WILBUR SMITH

Entscheidung Delta

Aus dem Englischen
übersetzt von Stefanie Schaffer

BASTEI
LÜBBE

BASTEI-LÜBBE-TASCHENBUCH
Band 10 346

Auch dieses Buch widme ich meiner
Frau Danielle Antoinette

1. Aufl. Jan. 1984
2. + 3. Aufl. Febr. 1984
4. Aufl. Nov. 1984
5. Aufl. Jan. 1987

Originaltitel: WILD JUSTICE

Lizenzausgabe: Gustav Lübbe Verlag GmbH, Bergisch Gladbach
Printed in Western Germany 1987
Einbandgestaltung: Roberto Patelli
Titelbild: Mall Photo Design
Gesamtherstellung: Ebner Ulm
ISBN 3-404-10346-7

Auf dem Flughafen Victoria auf Mahé, in der Inselrepublik der Seychellen, warteten nur fünfzehn Anschlußpassagiere auf ihre Abfertigung für den Flug der British Airways.
Zwei Mädchen und zwei Männer bildeten eine geschlossene Gruppe in der Reihe der Wartenden. Alle vier waren jung, braungebrannt und offensichtlich noch in unbeschwerter und gelöster Stimmung von ihrem Urlaub in diesem Inselparadies. Eines der beiden Mädchen aber war so bildhübsch und attraktiv, daß es die restlichen in den Schatten stellte.
Sie war hochgewachsen und langbeinig, ihr Kopf saß auf einem stolzen, edel geformten Hals. Ihr dichtes goldblondes Haar war zu einem Zopf geflochten und auf dem Scheitel zu einem Knoten gewunden. Die Sonne hatte ihre Haut mit einem goldbraunen Schimmer übergossen, der ihre gesunde Jugendfrische noch stärker zur Geltung brachte.
Ihre nackten Füße steckten in offenen Sandalen, und wenn sie sich mit der geschmeidigen Grazie einer Raubkatze bewegte, wippten ihre vollen, spitzen Brüste unter dem dünnen Baumwoll-T-Shirt, und der verblichene Denim ihrer abgeschnittenen Jeans spannte sich über die festen, runden Hinterbacken.
Auf ihrem T-Shirt prangte die anzügliche Zeichnung einer *Coco-de-mer,* und quer darüber die Aufschrift „I AM A LOVE NUT".
Strahlend lächelte sie dem dunkelhäutigen Grenzbeamten zu, als sie ihm ihren grünen US-Paß mit dem goldenen Adler zuschob, doch als sie sich an ihren männlichen Begleiter wandte, sprach sie in raschem, fließendem Deutsch. Nachdem sie den Paß wieder an sich genommen hatte, ging sie den anderen voran zur Sicherheitskontrolle.
Auch den beiden eingeborenen Polizisten, denen die Sicherheitskontrolle oblag, schenkte sie ihr Lächeln, während sie die geflochtene Tragtasche von der Schulter schwang.
»Wollen Sie das da auch überprüfen?«, fragte sie, und alle drei

lachten. In dem Schulternetz befanden sich zwei riesige *Cocos-de-mer.* Die grotesken Früchte, jede doppelt so groß wie ein Menschenkopf, waren die beliebtesten Souveniers von der Insel. Auch die drei anderen hatten solche Trophäen in ihren Schulternetzen. Der Polizist, für den das ein alltäglicher Anblick war, kümmerte sich nicht weiter darum, sondern ließ seinen Metalldetektor mit routinierter Gleichgültigkeit über die Flugtaschen aus Segeltuch gleiten, die alle vier jungen Leute als Handgepäck bei sich trugen. Als das Gerät bei einer der Taschen einen schrillen Summton von sich gab, zog der Burche, dem die Tasche gehörte, verlegen eine kleine Nikkormat-Kamera daraus hervor. Wieder lachten alle, und dann winkte der Polizist die ganze Gruppe durch die Kontrolle durch, hinein in die Abflughalle.

Sie war bereits vollgestopft mit Transit-Passagieren, die auf Mauritius an Bord gegangen waren. Durch die Fenster der Halle sah man den riesigen Boeing-747-Jumbo auf dem Vorfeld stehen, grell von Flutlichtern angestrahlt und von Männern umschwirrt, die dabei waren, die Maschine aufzutanken.

In der ganzen Halle war kein einziger Sitzplatz frei, und die vier jungen Leute stellten sich unter einen der großen rotierenden Deckenventilatoren, denn die Nacht war drückend schwül und feucht – und die Menschenmasse in dem abgeschlossenen Raum verpestete die Luft noch zusätzlich mit Tabaksqualm und Schweißgeruch.

Das blonde Mädchen, das seine beiden männlichen Begleiter um einige Zentimeter und das andere Mädchen um einen ganzen Kopf überragte, gab in dem fröhlichen Geplauder und Gelächter den Ton an, und bald stand die Gruppe im Mittelpunkt der allgemeinen Aufmerksamkeit. Seit die vier die Abflughalle betreten hatten, hatte sich ihr Verhalten ein wenig verändert; sie wirkten erleichtert, als hätten sie ein schwieriges Hindernis überwunden, und eine fast fiebrige Erregung schwang in ihrem Gelächter. Sie verhielten sich keine Sekunde lang still, traten ruhelos von einem Bein aufs andere und strichen mit den Händen über ihre Haare und über ihre Kleidung.

Obwohl sie eine eindeutig geschlossene, durch einen beinahe

verschwörerischen Hauch von Kameraderie von den anderen Passagieren isolierte Gruppe bildeten, erhob sich einer der Transitpassagiere von dem Platz neben seiner Frau am anderen Ende der Halle und steuerte auf sie zu.

»Sagen Sie – sprechen Sie Englisch?« fragte er, als er sich der Gruppe näherte.

Er war ein beleibter Mann, Mitte der Fünfzig, mit einem dichten Schopf stahlgrauen Haares, dunkler Hornbrille und mit dem ungezwungenen und selbstsicheren Benehmen der Erfolgreichen und Wohlhabenden.

Widerstrebend gewährte ihm die Gruppe Zutritt, und das große blonde Mädchen antwortete ihm, als käme ihr ganz selbstverständlich die Rolle der Wortführerin zu.

»Natürlich, ich bin auch Amerikanerin.«

»Ehrlich?« fragte der Mann kichernd. »Na ja, man kann nie wissen.« Und er musterte sie mit unverhohlener Bewunderung. »Ich wollte nur wissen, was das hier für Dinger sind.« Er deutete auf das Netz mit den Nüssen, das zu ihren Füßen lag.

»*Cocos-de-mer*«, antwortete die Blonde.

»Ach ja, ich hab' davon gehört.«

»Man nennt sie auch ‚Liebesnüsse'«, fuhr das Mädchen fort und beugte sich hinunter, um das schwere Netz zu ihren Füßen zu öffnen. »Wollen Sie sehen, warum?« Sie hielt ihm eine Nuß hin. Die beiden Hälften der Nuß waren das exakte Ebenbild eines menschlichen Gesäßes.

»Kehrseite.« – Sie lächelte und zeigte ihre Zähne, die so weiß waren wie feines, durchscheinendes Porzellan.

»Vorderseite.« Sie drehte die Nuß um und ließ ihn den perfekten Venushügel mit einem Spalt und einem Tuff krauser Locken begutachten, und nun war es offensichtlich, daß sie mit ihm kokettierte und ihn hänselte. Sie änderte die Haltung, schob die Hüften ein wenig nach vor, und der Mann warf unwillkürlich einen Blick hinunter auf das langgezogene Dreieck ihres Schamhügels, der sich unter dem engen blauen Denim wölbte und durch die Stoffnaht, die sich ein wenig hochgeschoben hatte und in die Scheide preßte, in zwei Teile geschnitten wurde.

Er wurde ein wenig rot, seine Lippen öffneten sich, und er schnappte unwillkürlich nach Luft.
»Der männliche Baum hat ein Staubgefäß – so dick und so lang wie Ihr Arm.« Sie sah ihn aus weit geöffneten Augen an, die groß und dunkel wurden wie blaue Stiefmütterchen, und seine Frau erhob sich von ihrem Platz auf der anderen Seite der Halle und kam, von irgendeinem weiblichen Instinkt gewarnt, auf die Gruppe zu. Sie war viel jünger als ihr Mann, hochschwanger, und ihr schwerer Leib machte sie plump und unbeholfen.
»Die Bewohner der Seychellen sagen, daß der männliche Baum bei Vollmond seine Wurzeln aus der Erde zieht und herumgeht, um sich mit den weiblichen Bäumen zu paaren ...«
»So lang und so dick wie Ihr Arm ...«, wiederholte lächelnd das hübsche, kleine, dunkelhaarige Mädchen neben ihr. »... Wumm!« Auch sie neckte ihn nun, und beide Mädchen ließen ostentativ ihre Blicke über die Vorderfront seines Körpers gleiten. Er wand sich geniert, und die beiden jungen Männer links und rechts von ihm grinsten über sein Unbehagen.
Seine Frau war nun neben ihm und zupfte ihn am Arm. Auf ihrem Hals zeigten sich hektische rote Zornflecken, und auf der Oberlippe glitzerten kleine Schweißperlen wie durchsichtige Bläschen.
»Harry, mir ist nicht gut«, jammerte sie leise.
»Ich muß jetzt gehen«, murmelte er. Seine Gelassenheit und sein Selbstvertrauen waren erschüttert, und erleichtert nahm er seine Frau beim Arm und zog sie weg.
»Hast du ihn erkannt?« fragte das dunkelhaarige Mädchen fast flüsternd auf deutsch und immer noch lächelnd.
»Harold McKevitt«, antwortete die Blonde leise in derselben Sprache. »Neurochirurg aus Fort Worth. Er hat Samstag vormittag den Schlußvortrag gehalten«, erklärte sie. »Großer Fisch – sehr großer Fisch.« Und wie eine Katze fuhr sie sich mit ihrer rosa Zungenspitze über die Lippen.
Dreihundertsechzig von den vierhundertundein Passagieren, die sich an jenem Montag abend in der Abflughalle befanden, waren Chirurgen oder deren Frauen. Die Chirurgen, darunter einige der Prominentesten aus aller Welt, waren vom europäischen Konti-

nent, aus England, aus den Vereinigten Staaten, aus Japan, Südamerika und Asien zu der Tagung gekommen, die vor vierundzwanzig Stunden auf der Insel Mauritius, rund achthundert Kilometer südlich von Mahé, zu Ende gegangen war. Der Flug der British Airways war einer der ersten, die seither die Insel verließen, und war seit Festsetzung des Tagungstermines ausgebucht gewesen.

»British Airways gibt den Abflug ihres Fluges BA 070 nach Nairobi und London bekannt. Transitpassagiere werden gebeten, sich zum Hauptausgang zu begeben.« Die Durchsage aus den Lautsprechern ertönte mit dem weichen singenden Akzent der Kreolen und die Menschenmassen strömten dem Ausgang zu.

»Victoria Control, hier Speedbird Null Sieben Null. Erbitten Freigabe zum Anlassen der Triebwerke.«

»Null Sieben Null, Sie sind freigegeben zum Anlassen der Triebwerke. Rollen Sie bis zum Haltepunkt für Piste 01.«

»Bitte schreiben Sie die Berichtigung unseres Flugplanes für Nairobi mit: Wir haben 401 Passagiere an Bord – *full house.*«

»Verstanden, Speedbird, Ihr Flugplan ist berichtigt.«

Die Schnauze des riesigen Flugzeugs, das sich immer noch im Steigflug befand, war steil nach oben gerichtet, und die Aufforderung »Bitte anschnallen und das Rauchen einstellen« leuchtete hell an den Wänden der Kabine erster Klasse. Das blonde Mädchen und sein Begleiter saßen Seite an Seite in den geräumigen Sitzen 1a und 1b direkt hinter dem Rumpfspant, das die Kabine von der Flugkanzel und der Bordküche erster Klasse trennte. Die Plätze für das junge Paar waren Monate im voraus gebucht worden.

Die Blonde nickte ihrem Begleiter zu, und er beugte sich vor, um sie vor den Blicken der jenseits des Ganges sitzenden Passagiere abzuschirmen, während sie eine der großen Nüsse aus dem Netz nahm und sich auf den Schoß legte.

Die Nuß war entlang ihrer natürlichen Trennlinie sorgfältig in zwei Hälften gesägt und nach dem Entfernen der Milch und des weißen Fleiches ebenso vorsichtig wieder zusammengeklebt wor-

den. Die Klebestelle war nur zu erkennen, wenn man ganz genau hinsah.
Das Mädchen zwängte einen kleinen Gegenstand aus Metall in die Fuge, drehte ihn mit einem kurzen, heftigen Ruck, und mit leisem Knacken fielen die beiden Hälften auseinander wie ein Osterei aus Schokolade. In den mit Schaumgummi ausgepolsterten Mulden der beiden Schalenhälften lagen zwei glatte, graue, eiförmige Gegenstände – jeder so groß wie ein Baseball. Es waren Handgranaten ostdeutschen Fabrikats mit der Signatur MK IV (C) vom Oberkommando des Warschauer Paktes. Die Mäntel der beiden Granaten waren aus Panzerplastik, dem Material, das auch für Landminen verwendet wird, um eine Entdeckung durch elektronische Minensuchgeräte zu verhindern. An dem gelben Streifen um die Granaten konnte man erkennen, daß es sich nicht um gewöhnliche Splittergranaten, sondern um Spezialgranaten mit besonders hoher Sprengwirkung handelte.
Das blonde Mädchen öffnete den Sicherheitsgurt, nahm eine Granate in die Hand und erhob sich ruhig von seinem Platz. Die anderen Passagiere blickten nur mit flüchtigem Interesse auf, als sie den Vorhang zur Seite schob und in die Bordküche hineinschlüpfte. Doch der Steward und die beiden Stewardessen, die immer noch angegurtet auf ihren Klappsitzen saßen, hoben ruckartig die Köpfe, als sie den Serviceraum betrat.
»Tut mir leid, Madam, aber ich muß Sie bitten, zu Ihrem Platz zurückzukehren, bis der Kapitän die Leuchtanzeigen ausschaltet.«
Das blonde Mädchen hob die linke Hand und zeigte dem Steward das glänzende graue Ei.
»Das ist eine Spezialgranate, mit der man die ganze Besatzung eines Panzers töten kann«, sagte sie ruhig. »Sie könnte den Rumpf dieses Flugzeugs wie einen Papiersack zerreißen, und die Druckwelle würde jedes Lebewesen im Umkreis von fünfundvierzig Metern töten.«
Sie beobachtete die Gesichter ihrer Gegenüber und sah die Furcht wie eine böse Blume darin aufblühen.
»Die Zündung ist so eingestellt, daß die Granate drei Sekunden, nachdem ich sie aus der Hand lasse, explodiert.« Sie machte eine

kurze Pause und ihre Augen glitzerten vor Aufregung, ihr Atem ging rasch und flach.
»Sie bringen mich zum Flugdeck«, sagte sie, indem sie auf den Steward wies. »Und Sie beide bleiben, wo Sie sind. Tun Sie nichts, und sagen Sie nichts.«
Als sie den Kopf einzog, um das winzige Cockpit zu betreten, in dem die Instrumentenpanele und Elektronikkonsolen so viel Platz einnahmen, daß kaum noch genügend Raum für die Besatzung blieb, wandten alle drei Männer überrascht die Köpfe. Und sie hob die Hand und zeigte ihnen, was sie bei sich trug.
Sie verstanden sofort.
»Ich übernehme das Kommando an Bord dieser Maschine«, sagte sie und fügte dann, an den Bordingenieur gewandt, hinzu: »Schalten Sie die Funksprechgeräte ab.«
Der Bordingenieur warf dem Kapitän einen raschen Blick zu, und als dieser kurz nickte, begann er folgsam, seine Funkgeräte abzuschalten. Zuerst die VHF-Geräte, dann die Hochfrequenzgeräte und schließlich die Ultrahochfrequenzgeräte.
»Und das Satellitenrelais«, befahl das Mädchen. Er hob den Kopf, erstaunt darüber, daß sie so gut Bescheid wußte.
»Und rühren Sie die Nottaste nicht an!« Nun blinzelte er vor Überraschung. Niemand, aber auch wirklich niemand außerhalb der Fluggesellschaft konnte normalerweise von diesem Spezialrelais wissen, das nach einem Druck auf den Knopf neben seinem rechten Knie sofort ein Notsignal an den Kontrollturm von Heathrow weiterleiten und diesem die Überwachung aller im Cockpit geführten Gespräche ermöglichen würde. Er zog die Hand zurück.
»Drehen Sie die Sicherung für die Nottaste heraus.« Sie deutete auf den richtigen Kasten über seinem Kopf, und wieder warf er dem Kapitän einen kurzen Blick zu, doch der Klang ihrer Stimme war scharf wie der Stachel eines Skorpions.
Sorgfältig schraubte er die Sicherung heraus, und sie entspannte sich ein wenig.
»Wiederholen Sie Ihre Abflugfreigabe! – Wörtlich!«, befahl sie.
»Wir sind freigegeben zum radarüberwachten Abflug mit Kurs

auf Nairobi und können ohne Beschränkung auf eine Reiseflughöhe von 39.000 Fuß steigen.«

»Wann ist Ihre nächste Pflichtmeldung fällig?«

Die Pflichtmeldung war eine Routinedurchsage an den Kontrollturm von Nairobi, daß der Flug planmäßig verlief.

»In elf Minuten und fünfunddreißig Sekunden.« Der Bordingenieur, ein dunkelhaariger, recht gut aussehender junger Mann mit hoher Stirn und blasser Haut, war es gewohnt, rasch und effizient zu reagieren.

Das Mädchen wandte sich an den Kapitän der Boeing, und sie maßen einander mit starrem, abschätzendem Blick. Das kurzgestutzte Haar auf dem großen runden Schädel des Kapitäns war mehr grau als schwarz, er hatte einen kräftigen Stiernacken und das fleischigrote Gesicht eines Bauern oder eines Metzgers. Sein Blick war ruhig und fest, sein Verhalten gelassen und unerschütterlich. Die junge Frau erkannte sofort, daß man vor diesem Mann auf der Hut sein mußte.

»Ich hoffe, es ist Ihnen klar, daß ich mich voll und ganz für diese Operation einsetze«, sagte sie, »und daß ich mit Freuden bereit wäre, meiner Sache auch mein Leben zu opfern.« Ihre dunklen Augen hielten seinem Blick ohne Furcht stand, und sie erkannte darin das erste Aufkeimen von Respekt. Das war gut – es gehörte zu ihrem sorgfältig durchdachten Plan.

»Davon bin ich überzeugt«, sagte der Pilot und nickte kurz.

»Sie sind für die vierhundertsiebzehn Menschen an Bord dieser Maschine verantwortlich«, fuhr sie fort. Darauf brauchte er nicht zu antworten. »Es wird ihnen nichts geschehen, solange Sie meine Befehle exakt ausführen. Das verspreche ich Ihnen.«

»Gut.«

»Hier ist unser neues Ziel.« Sie reichte ihm ein kleines, weißes, maschinenbeschriebenes Kärtchen. »Berechnen Sie den neuen Kurs unter Berücksichtigung der Windvorhersagen und teilen Sie mir dann die Ankunftszeit mit. Und nehmen Sie sofort nach der nächsten Pflichtmeldung Kurs auf das neue Ziel, also in ...« Sie warf dem Flugingenieur nochmals einen kurzen Blick zu, um die genaue Zeit zu erfahren.

»Neun Minuten, achtundfünfzig Sekunden«, antwortete er prompt.
». . . Und wenden Sie sehr sachte und behutsam. Wir wollen doch nicht, daß die Passagiere ihren Champagner verschütten, nicht wahr?«
In den wenigen Minuten, die seit ihrem Erscheinen im Cockpit vergangen waren, hatte sie bereits eine merkwürdig bizarre Beziehung zwischen sich und dem Kapitän hergestellt: eine Mischung aus widerwilligem Respekt, offener Feindseligkeit und unterschwellig knisternder Erotik. Sie hatte sich mit Absicht so gekleidet, daß ihre Formen nicht zu übersehen waren, und ihre in der Aufregung hart und dunkel gewordenen Brustwarzen stachen deutlich unter dem dünnen Baumwolleibchen mit seiner anzüglichen Aufschrift hervor, und der durch ihre Erregung noch verstärkte intensiv weibliche Geruch ihres Körpers erfüllte den kleinen geschlossenen Raum.
Mehrere Minuten lang sprach keiner von ihnen, dann brach der Bordingenieur das Schweigen.
»Noch dreißig Sekunden bis zur Pflichtmeldung.«
»Schön, schalten sie die Hochfrequenzanlage ein und machen Sie Ihre Meldung.«
»Nairobi Anflugkontrolle, hier Speedbird Null Sieben Null.«
»Speedbird Null Sieben Null bitte kommen.«
»Betrieb normal«, sprach der Ingenieur ins Mikrophon seines Kopfhörers.
»Verstanden, Null Sieben Null. Melden Sie sich wieder in vierzig Minuten.«
»Verstanden. Ende.«
Das blonde Mädchen atmete erleichtert auf. »Gut, schalten Sie das Gerät wieder aus.« Und dann, an den Kapitän gewandt: »Stellen Sie den Autopiloten ab und wenden Sie von Hand. Zeigen Sie uns, wie behutsam Sie sein können.«
Die Schleife war ein Musterbeispiel fliegerischen Könnens, zwei Minuten für eine Richtungsänderung von 76°, und die Nadeln des Wendezeigers schwankten nicht einmal um Haaresbreite. Als sie die Schleife gezogen hatten, lächelte das Mädchen zum ersten Mal

– ein strahlend sonniges Lächeln, das ihre blendend weißen Zähne aufblitzen ließ.
»Gut«, sagte sie und lächelte dem Kapitän direkt ins Gesicht. »Wie heißen Sie?«
»Cyril«, antwortete er nach kurzem Zögern.
»Sie dürfen mich Ingrid nennen«, antwortete sie einladend.

Der Tagesablauf im neuen Kommandobereich von Peter Stride unterlag keiner strengen Regelung, mit Ausnahme der täglichen Übungsstunde auf dem Schießplatz, in der mit Pistolen und Automatikwaffen trainiert wurde. Keinem einzigen Mitglied des Thor-Kommandos – nicht einmal den Technikern – blieben diese täglichen Schießübungen erspart.
Aber auch den Rest des Tages war Peter unermüdlich aktiv gewesen. Der halbe Vormittag war für eine Einsatzbesprechung zur Erläuterung des neuen elektronischen Funksystems aufgegangen, das erst kürzlich in seinem Kommandoflugzeug installiert worden war. Danach war er gerade noch rechtzeitig in der Hauptkabine des Hercules-Transporters eingetroffen, um mit den Männern seiner Sondereinheit am täglichen Manöver teilzunehmen.
Er sprang mit der ersten Gruppe von zehn Mann. Sie sprangen aus einer Höhe von hundertfünfzig Metern, und es sah so aus, als würden sich die Fallschirme erst wenige Sekunden vor der Landung öffnen. Doch der Seitenwind war stark genug gewesen, um sie auch bei dieser geringen Höhe ein wenig auseinanderzutreiben. Die erste Landung war Peter nicht exakt genug gewesen. Sie hatten vom Absprung bis zum Eindringen in das verlassene Verwaltungsgebäude, das einsam in einer der Militärzonen auf der Ebene von Salisbury stand, zwei Minuten und achtundfünfzig Sekunden gebraucht.
»Wenn die da drinnen Geiseln gehabt hätten, wären wir gerade zurecht gekommen, um mit dem Blutaufwischen zu beginnen«, sagte Peter düster zu seinen Männern.
»Versuchen wir es noch einmal!«
Beim zweiten Mal waren sie um eine Minute und fünfzig Sekunden schneller und landeten in dichter Formation rund um das Ge-

bäude – und schlugen Colin Nobles Truppe um zehn Sekunden. Um diesen kleinen Triumph zu feiern, hatte Peter auf den Rücktransport mit Militärfahrzeugen verzichtet, und sie waren die acht Kilometer bis zur Flugpiste in voller Kampfausrüstung und mit ihren riesigen Fallschirmbündeln unter dem Arm zu Fuß zurückgelaufen.

Die Hercules hatte bereits gewartet, um sie zum Stützpunkt zurückzufliegen, doch als sie schließlich landeten und in das abgesicherte Gelände des Thor-Kommandos am Ende der Hauptlandebahn rollten, war es bereits dunkel.

Peter hatte große Lust verspürt, Colin Noble die Manöverbesprechung zu überlassen. Sein Chauffeur hatte Melissa-Jane sicherlich schon vom Bahnhof in East Croydon abgeholt, und sie würde allein in dem neuen Landhaus, kaum einen Kilometer vom Stützpunkt entfernt, auf ihn warten.

Peter hatte sie seit sechs Wochen – seit er den Oberbefehl über das Thor-Kommando übernommen hatte – nicht gesehen, denn er hatte sich in dieser ganzen Zeit keinen einzigen Ruhetag gegönnt. Er empfand ein kurz aufflackerndes Schuldgefühl, weil er so nahe daran gewesen war, einer Schwäche nachzugeben, und blieb nach der Besprechung noch einige Minuten da, um Colin Noble den Oberbefehl zu übertragen.

»Was machst du am Wochenende?« fragte Colin.

»Morgen abend will sie mit mir in ein Pop-Konzert gehen – keine Geringeren als die *Living Dead*«, grinste Peter. »Offenbar muß man erst die ‚Toten' gehört haben, um zu den Lebenden gezählt zu werden.«

»Schöne Grüße und einen Kuß für Melissa-Jane«, trug Colin ihm auf.

Peter legte großen Wert auf seine Privatsphäre, die etwas ganz Neues für ihn war. Seit er erwachsen war, hatte er die meiste Zeit seines Lebens in Kasernen und Offizierskasinos zugebracht und war ständig von anderen Menschen umgeben gewesen. Doch sein neuer Befehlsbereich hatte es ihm ermöglicht, dem zu entkommen. Das Landhaus war mit dem Auto vom Stützpunkt aus in viereinhalb Minuten zu erreichen und lag doch so abgeschieden, als stünde es auf einer Insel. Er hatte es möbliert und zu einem erstaunlich günstigen Preis gemietet. Es lag an einer ruhigen kleinen Straße, hinter einer hohen Wildrosenhecke, inmitten eines üppig wuchernden, naturbelassenen Gartens, und war in wenigen Wochen ein echtes Heim für ihn geworden. Er war sogar endlich dazugekommen, seine Bücher auszupacken. Bücher, die er im Laufe von mehr als zwanzig Jahren zusammengetragen und für eine solche Gelegenheit aufbewahrt hatte. Er genoß den Anblick der Bücherstapel rund um seinen Schreibtisch in dem kleinen Vorderzimmer und auf den Tischen neben seinem Bett, obwohl er bisher kaum Gelegenheit gehabt hatte, viel darin zu lesen. Seine neue Aufgabe nahm ihn sehr in Anspruch.

Melissa-Jane mußte das Knirschen des Kieses unter den Reifen des Rovers gehört haben; sicherlich hatte sie schon darauf gewartet. Sie kam durch die vordere Eingangstür auf die Zufahrt hinausgerannt, direkt in den Strahl der Scheinwerfer, und Peter hatte vergessen, wie hübsch sie war. Er fühlte, wie sich sein Herz zusammenkrampfte.

Als er aus dem Wagen stieg, flog sie auf ihn zu und umschlang ihn mit beiden Armen. Er hielt sie so lange fest, und keiner von beiden brachte ein Wort hervor. Sie war so schlank und warm, ihr Körper schien vor Leben und Vitalität zu beben.

Schließlich hob er ihr Kinn und betrachtete ihr Gesicht. Die großen veilchenblauen Augen schwammen in Glückstränen, und sie schnüffelte laut. Schon jetzt besaß sie die altmodisch-englische porzellanene Schönheit. Die Pubertät würde für Melissa-Jane ohne Kümmernisse und Pickel vorübergehen.

Peter küßte sie feierlich auf die Stirn. »Du wirst dir den Tod holen«, schimpfte er liebevoll.

»O Daddy, du bist wie eine besorgte alte Gluckhenne.« Sie lächelte unter Tränen, stellte sich auf die Zehenspitzen und küßte ihn mitten auf den Mund.

Sie aßen Lasagne und Cassata in einem italienischen Restaurant in Croydon, und Melissa-Jane schwatzte drauf los. Peter betrachtete sie, hörte ihr zu und ergötzte sich an ihrer Jugend und Frische. Es war kaum zu glauben, daß sie noch nicht vierzehn war; ihr Körper war fast voll entwickelt, die Brüste unter ihrem weißen, hochgeschlossenen Pullover schon über das Stadium zarter Knospen hinaus. Und sie benahm sich auch, als wäre sie zehn Jahre älter, und verriet sich nur gelegentlich durch ein ausgelassenes Kichern oder die Verwendung irgendeines gräßlichen Ausdrucks aus dem Schülerjargon. „Logo" zum Beispiel war eines dieser Lieblingswörter.

Als sie wieder daheim waren, machte sie für jeden eine Tasse Ovomaltine, und sie setzten sich an den Kamin, tranken und schmiedeten Pläne für jede Minute des bevorstehenden Wochenendes, wobei sie vorsichtig allen Fallen und ungeschriebenen Tabus, die hauptsächlich das Thema „Mutter" betrafen, auswichen.

Als es Zeit zum Schlafengehen wurde, setzte sie sich auf seine Knie und zeichnete mit den Fingerspitzen die Linien seines Gesichtes nach.

»Weißt du, an wen du mich erinnerst?«

»An wen denn?«, erkundigte er sich.

»An Gary Cooper – nur daß du natürlich viel jünger bist«, fügte sie rasch hinzu.

»Natürlich«, grinste Peter. »Aber woher kennst du überhaupt Gary Cooper?«

»Vorigen Sonntag gab's *High Noon* im Fernsehen.«

Sie küßte ihn, und ihre Lippen schmeckten nach Zucker und Ovomaltine, und ihr Haar roch frisch und sauber.

»Wie alt bist du überhaupt, Daddy?«

»Neununddreißig.«

»Das ist eigentlich gar nicht so schrecklich alt«, tröstete sie ihn unsicher.

»Manchmal komme ich mir so alt vor wie ein Dinosaurier ...« In diesem Augenblick gab das Taschenfunkgerät neben Peters leerer Tasse sein schrilles, nerventötendes elektronisches Piepsen von sich, und Peter fühlte, wie sich sein Magen ahnungsvoll zusammenkrampfte.

»Nicht jetzt«, dachte er. »Nicht gerade heute, nachdem ich sie so lange nicht gesehen habe.«

Das Gerät war so klein wie eine Zigarettenpackung, und das rote

Leuchten seines einzigen Auges war ebenso beharrlich und unausweichlich wie das akustische Signal. Widerwillig nahm Peter das Gerät zur Hand, schaltete es ein und drückte auf den Sendeknopf, während Melissa-Jane immer noch auf seinen Knien saß.
»Thor Eins«, sagte er.
Die Antwort klang blechern und verzerrt, denn das Gerät hatte keine sehr große Reichweite, und er befand sich an deren äußerster Grenze.
»General Stride, Atlas hat *Condition Alpha* angeordnet.«
Wieder ein falscher Alarm, dachte Peter bitter. Im letzten Monat hatte es etwa ein Dutzend Alphas gegeben. Aber warum gerade heute nacht? Alpha war die erste Alarmstufe und bedeutete Truppenverladung und Bereitmachen für *Condition Bravo*, das Signal zum Start.
»Sagen Sie Atlas, daß wir in sieben Minuten für Bravo bereit sind.«
Viereinhalb Minuten davon würde er für die Fahrt zum Stützpunkt brauchen, und plötzlich erwies sich sein Entschluß, dieses Landhaus zu mieten, als eine gefährliche und eigensüchtige Schwäche. In viereinhalb Minuten konnten unschuldige Menschen ums Leben kommen.
»Liebling, es tut mir leid.« Er drückte Sally an sich.
»Schon gut.« Es klang förmlich und vorwurfsvoll.
»Wir werden es bald nachholen, ich versprech' es dir.«
»Das versprichst du mir immer«, flüsterte sie und begriff, daß er gar nicht mehr zuhörte. Er schob sie von sich und stand auf, die Zähne fest zusammengepreßt, so daß seine kräftigen Kinnbacken sich spannten. Die dichten dunklen Brauen über der schmalen, geraden, aristokratischen Nase berührten einander fast.
»Sperr die Tür zu, wenn ich weg bin, Liebling. Ich schick' dir den Chauffeur, wenn es sich wirklich um *Bravo* handelt. Er wird dich nach Cambridge zurückbringen, und ich werde deine Mutter verständigen.«
Noch während er in den Mantel schlüpfte, trat er hinaus in die Nacht. Sie hörte, wie er den Wagen startete, lauschte auf das Knirschen der Reifen auf dem Kies und das immer schwächer werdende Summen des Motors.

Als die Pflichtmeldung des Fluges der British Airways von den Seychellen nicht zur festgesetzten Zeit erfolgte, wartete man im Kontrollturm von Nairobi noch fünfzehn Sekunden. Danach versuchte der Fluglotse einmal, zweimal, dreimal eine Funkverbindung herzustellen, aber er erhielt keine Antwort. Er schaltete auf Kanäle um, die für den Informationsdienst, die Anflugleitung und den Tower reserviert waren, und schließlich auf die Notfrequenz. Zumindest auf einer dieser Frequenzen hätte 070 erreichbar sein müssen. Aber es kam immer noch keine Antwort.
Speedbird 070 hatte die Zeit für die Pflichtmeldung um fünfundvierzig Sekunden überschritten, als der Fluglotse den gelben Kontrollstreifen aus seinem Pult für die Anflugkontrolle nahm und in das Notfallfach für verlorenen Funkkontakt legte. Damit wurden automatisch sämtliche Such- und Rettungsmaßnahmen in die Wege geleitet.
Speedbird 070 hatte die Zeit für die Pflichtmeldung um zwei Minuten und dreizehn Sekunden überschritten, als das Telex auf dem Pult der British Airways im Kontrollturm von Herthrow landete, sechzehn Sekunden später war Atlas informiert und hatte beim Thor-Kommando Alarmstufe Alpha ausgelöst.

Der Mond würde in drei Tagen voll sein, sein oberer Rand hatte nur noch eine winzige Delle vom Schatten der Erde. In dieser Höhe jedoch sah er beinahe so groß aus wie die Sonne, und sein goldenes Licht war zweifellos schöner.
Große silbrige Wolkenbänke türmten sich auf dem Himmel der Tropensommernacht und ballten sich zu majestätischen Gewitterwolken zusammen, über die der Mond sein schimmerndes Licht goß.
Wie eine riesige schwarze Fledermaus mit angelegten Flügeln bohrte sich das Flugzeug durch die Wolkenbänke und schoß westwärts.
Unter dem Backbord-Flügel öffnete sich plötzlich eine Lücke in der Wolkenschicht, finster wie der Eingang zur Hölle, und tief im Innern dieses Abgrunds blinzelte ein fahles Licht, weit weg und schwach wie das Licht eines sterbenden Sterns.

»Das wird Madagaskar sein«, sagte der Flugkapitän, und seine Stimme schnitt überlaut in das Schweigen im Cockpit. »Wir sind auf Kurs.« Hinter seinem Rücken bewegte sich das Mädchen und nahm vorsichtig die Granate in die andere Hand, bevor sie, zum ersten Mal seit einer halben Stunde, wieder zu sprechen begann. »Einige unserer Passagiere könnten noch wach sein und es bemerken.« Sie warf einen Blick auf ihre Armbanduhr. »Es wird Zeit, auch die anderen aufzuwecken, um ihnen die gute Nachricht mitzuteilen.« Sie wandte sich wieder an den Bordingenieur. »Bitte schalten Sie die Kabinenbeleuchtung und die Leuchtanzeigen ein und geben Sie mir das Mikrophon.«
Und abermals erkannte Cyril Watkins, der Kapitän, wie sorgfältig diese Aktion geplant worden war. Das Mädchen hatte den Zeitpunkt des geringsten Widerstandes für seine Mitteilung an die Passagiere abgewartet; um zwei Uhr morgens, herausgerissen aus dem unruhigen Schlummer eines Interkontinentalfluges, würden sie sich zunächst höchstwahrscheinlich ergeben in ihr Schicksal fügen.
»Kabinenbeleuchtung und Leuchtanzeigen eingeschaltet«, meldete der Bordingenieur und reichte ihr das Mikrophon.
»Guten Morgen, meine Damen und Herren.« Ihre Stimme klang warm, klar und frisch. »Ich bedaure es, Sie zu dieser frühen Stunde wecken zu müssen, aber ich habe eine sehr wichtige Mitteilung für Sie und bitte Sie alle um äußerste Aufmerksamkeit.« Sie machte eine kurze Pause. Die Passagiere begannen sich zu regen, hoben die zerzausten Köpfe, blickten verschlafen und unsicher blinzelnd um sich und rieben sich die Müdigkeit aus den Augen. »Wie Sie sehen, sind die Leuchtanzeigen eingeschaltet. Bitte stellen Sie fest, ob ihr jeweiliger Nachbar ganz wach ist und sich angeschnallt hat. Ich bitte auch das Bordpersonal, dies zu überprüfen.«
Wieder machte sie eine kurze Pause. Die Sicherheitsgurte würden jede plötzliche Bewegung, jede spontane Reaktion im ersten Schock verhindern. Ingrid schaute auf den Sekundenzeiger ihrer Armbanduhr und ließ sechzig Sekunden verstreichen, bevor sie weitersprach.
»Gestatten Sie, daß ich mich Ihnen zuerst vorstelle. Ich heiße In-

grid. Ich bin die Rangälteste im Aktionskommando für Menschenrechte ...« Kapitän Watkins kräuselte zynisch die Lippen beim pompösen Klang dieses selbstherrlichen Namens, aber er schwieg und starrte hinaus in die sternenfunkelnde, vom Mondlicht erhellte Tiefe des Raumes. »Dieses Flugzeug steht unter meinem Befehl. Keiner von Ihnen wird seinen Platz ohne die ausdrückliche Genehmigung eines Kommandomitgliedes verlassen – unter keinen, wie auch immer gearteten Umständen. Eine Mißachtung dieses Befehls würde unmittelbar zur Zerstörung dieses Flugzeuges und zur Vernichtung aller an Bord befindlichen Menschen durch eine Sprengung führen.«

Sie wiederholte diese Mitteilung in fließendem Deutsch und danach in weniger fließendem, aber gut verständlichem Französisch, ehe sie auf englisch weitersprach.

»Die Mitglieder des Aktionskommandos werden rote Hemden tragen, damit sie jeder erkennen kann. Außerdem sind sie bewaffnet.«

Während sie sprach, entfernten ihre drei Kollegen im vorderen Teil der Kabine erster Klasse die Doppelböden ihrer Flugtaschen. Der Raum darunter war nur fünf Zentimeter tief und fünfunddreißig mal zwanzig Zentimeter weit, aber das genügte für die zerlegten zwölfkalibrigen Schußwaffen und die zehn mit grobem Schrot gefüllten Patronen. Die Läufe waren fünfunddreißig Zentimeter lang, glatt und aus Panzerplastik. Dieses Material hätte dem Durchgang von Vollmantelgeschossen, wie sie bei Läufen mit Zugkonstruktion verwendet werden, oder einem der neueren Explosivgeschosse nicht standgehalten, sondern war für die Verwendung von Korditgeschossen mit geringerem Druck und geringerer Mündungsgeschwindigkeit bestimmt. Auch das Verschlußstück und die Doppelgriffe waren aus Hartplastik und ließen sich rasch und mühelos einsetzen. Der Schlagbolzen und die Bolzenfeder, beide aus hochwertigem Stahl, waren die einzigen Metallteile an der ganzen Waffe. Sie waren nicht größer als die Metallbeschläge auf den Flugtaschen, weshalb sie auch bei der Sicherheitskontrolle auf dem Flughafen von Mahé keinen Alarm ausgelöst hatten. Auch die zehn Patronen in jeder Tasche hatten Kunststoff-

mäntel und Kunststoffböden, nur die Zündhütchen waren aus Aluminiumfolie, die ein elektrisches Feld nicht stört. Die Patronen steckten in den Schlaufen von Patronengürteln, die sich um die Taille schlingen ließen.
Die Waffen waren kurz, schwarz und häßlich, mußten wie herkömmliche Schrotflinten nachgeladen werden, die leeren Patronenhülsen wurden nicht automatisch ausgeworfen, und der Rückstoß war so heftig, daß es einem Schützen, der die Griffe nicht mit aller Kraft nach unten drückte, die Handgelenke brechen konnte. Doch aus einer Entfernung bis zu rund neun Metern war die Wirkung furchtbar; aus einer Entfernung von etwa vier Metern konnte man mit dieser Waffe einem Menschen die Eingeweide aus dem Leib schießen, aus rund zwei Metern ihm den Kopf vom Leib trennen. Aber dennoch besaß die Waffe nicht die nötige Durchschlagskraft, um den Rumpf eines Interkontinentalflugzeuges zu durchlöchern.
Es waren perfekte Waffen für den Zweck, dem sie dienen sollten. Innerhalb weniger Sekunden waren drei davon zusammengebaut und geladen, die beiden Männer hatten leuchtend rote Hemden über ihre T-Shirts gestreift und Stellung bezogen – einer im hinteren Teil der Kabine erster Klasse, der zweite hinten in der Touristenkabine. Da standen sie nun und hielten ihre grotesken Waffen großspurig im Anschlag.
Das deutsche Mädchen mit den dunklen Haaren und der grazilen Figur blieb noch eine Weile auf seinem Platz. Rasch und sauber öffnete sie die restlichen *Cocos-de-mer* und verteilte den Inhalt in zwei Schulternetze. Diese Granaten unterschieden sich von jener, die Ingrid bei sich trug, nur durch eine um die Mitte verlaufende rote Doppellinie, das Kennzeichen dafür, daß sie elektronisch gezündet werden konnten.
Ingrids klare junge Stimme erklang nun wieder über den Kabinenlautsprecher, und die langen Reihen der Passagiere – die nun allesamt wach waren – saßen steif und in gespannter Aufmerksamkeit da. In fast allen Gesichtern spiegelte sich das gleiche Entsetzen und die gleiche Furcht.
»Das Mitglied des Aktionskommandos, das nun den Gang entlang-

kommt, wird hochexplosive Sprengkörper über ihren Köpfen deponieren.« Das dunkelhaarige Mädchen begann, den Gang entlangzugehen, öffnete das Gepäckabteil über jeder fünfzehnten Reihe, legte eine Granate hinein, verriegelte das Abteil wieder und ging weiter. Langsam wandten die Passagiere die Köpfe und beobachteten sie gebannt aus weit geöffneten Augen, in denen Grauen und Entsetzen lag. »Jede einzelne dieser Granaten hat eine ausreichende Sprengkraft, um diese Maschine zu zerstören – sie wurden dazu geschaffen, die gesamte Besatzung eines Kampfwagens mit einer 15-cm-Panzerung durch den Explosionsdruck zu töten ... Das Kommandomitglied wird vierzehn solcher Bomben auf die Gesamtlänge der Maschine verteilen. Sie können mittels eines elektronischen Auslösers, der meiner Kontrolle untersteht, simultan gezündet werden ...« Ein boshafter Unterton schwang nun in ihrer Stimme, beinahe ein verhaltenes Lachen »... und wenn das geschehen sollte, könnte man den Knall bis zum Nordpol hören!«
Die Passagiere begannen auf ihren Plätzen hin und her zu wetzen wie vom Wind gezauste Blätter eines Baumes. Irgendwo begann eine Frau zu weinen. Es war ein erstickter, apathischer Klagelaut, und niemand wandte auch nur den Kopf in ihre Richtung.
»Aber machen Sie sich keine Sorgen. das wird nicht geschehen. Denn jeder wird genau das tun, was ihm gesagt wird, und wenn alles vorüber ist, werden Sie stolz auf die Rolle sein, die Sie bei dieser Operation gespielt haben. Wir sind alle Partner in einer edlen und glorreichen Mission, wir sind alle Kämpfer für die Freiheit und für die Würde des Menschen. Heute tun wir einen großen Schritt auf eine neue Welt zu – auf eine von Ungerechtigkeit und Tyrannei geläuterte und gesäuberte Welt, dem Wohl aller Völker geweiht, die auf ihr leben.«
Die Frau weinte noch immer, und nun stimmte ein Kind mit höheren und schrilleren Lauten in ihr Weinen ein.
Das dunkelhaarige Mädchen kehrte an seinen Platz zurück und holte die Kamera, die am Flughafen von Mahé das Alarmsignal des Prüfgerätes ausgelöst hatte. Sie hängte sich den Apparat um den Hals und bückte sich nochmals, um die übrigen beiden Schuß-

waffen und die Patronengurte an sich zu nehmen, dann eilte sie nach vorne, wo die große Blonde sie entzückt und ohne jede Scham auf die Lippen küßte.
»Karen, Liebling, du warst wunderbar.« Sie nahm ihr die Kamera ab und hängte sie sich selbst um den Hals.
»Das...«, erklärte sie dem Kapitän, »ist nicht, was es zu sein scheint. Es ist die elektronische Fernzündung für die Granaten im Flugzeugrumpf.«
Er nickte schweigend, und mit offensichtlicher Erleichterung entschärfte Ingrid die Granate, die sie so lange in der Hand gehalten hatte, indem sie den Sicherungssplint wieder einsetzte. Dann überreichte sie die Granate dem anderen Mädchen.
»Wie weit ist es noch bis zur Küste?« fragte sie, während sie sich den Patronengurt umschnallte.
»Zweiunddreißig Minuten«, antwortete der Bordingenieur prompt, und Ingrid öffnete den Verschluß der Pistole, überprüfte die Ladung und ließ den Verschluß dann wieder zuschnappen.
»Ihr könnt nun Pause machen, du und Henri«, sagte sie zu Karen. »Versucht zu schlafen.«
Die Operation konnte noch viele Tage dauern, und die Erschöpfung würde sich als ihr gefährlichster Feind erweisen. Das war der einzige Grund, weshalb sie die Sache so groß angelegt hatten. Von nun an würden sich, wenn alles wie geplant verlaufen sollte, jeweils zwei von ihnen ausruhen, während die beiden anderen Dienst machten.
»Sie alle haben wie Profis agiert«, sagte der Pilot Cyril Watkins, »... bisher.«
»Danke.« Ingrid lachte und legte ihm kameradschaftlich von hinten die Hand auf die Schulter. »Wir haben uns sehr genau auf diesen Tag vorbereitet.«

Peter Stride blinkte dreimal, als er, ohne die Geschwindigkeit des Rovers zu verlangsamen, die lange schmale Gasse zum Einfahrtstor des Stützpunktes hinunterraste, und der Wachposten schwang das Tor gerade noch rechtzeitig zur Seite, um ihn hindurchbrausen zu lassen.

Keine Scheinwerfer, keine hektische Aktivität – nur die beiden Flugzeuge, die in der widerhallenden Höhle des Hangers nebeneinanderstanden.
Die Lockheed Hercules schien das ganze Gebäude, das für die kleineren Bomber des Zweiten Weltkrieges gebaut worden war, auszufüllen. Die riesige Seitenflosse des Höhenleitwerks reichte fast bis zu den Tragbalken des Daches hinauf.
Die Hawker Siddeley Hs 125 nahm sich daneben wie ein zierliches Spielzeug aus. Die unterschiedliche Herkunft der beiden Maschinen wies darauf hin, daß diese Einheit ein kooperatives Unternehmen zweier Nationen war.
Diese Tatsache wurde dadurch unterstrichen, daß Colin Noble auf den Rover zugerannt kam, gerade als Peter den Motor abstellte und die Scheinwerfer ausschaltete.
»Eine tolle Nacht für so eine Sache, was, Peter?« Der schleppende Akzent des Amerikaners aus dem mittleren Westen war nicht zu überhören, obwohl Colin nicht gerade wie ein Colonel der US-Marines, sondern eher wie ein erfolgreicher Gebrauchtwagenhändler aussah. Zu Beginn hatte Peter geglaubt, daß die strikte Aufteilung von Material und Personal auf die beiden Nationen die Durchschlagskraft von Atlas schwächen konnte. Doch nun hatte er keine derartigen Bedenken mehr.
Colin trug einen unauffälligen Overall und eine Stoffkappe, beide mit der Inschrift THOR COMMUNICATIONS, und sah darin eher wie ein Techniker als ein Soldat aus, was durchaus beabsichtigt war.
Colin war Peters Stellvertreter. Sie kannten einander erst seit sechs Wochen, seit Peter das Kommando von Thor übernommen hatte – doch nach einer kurzen Periode vorsichtigen Abtastens hatte sich zwischen den beiden Männern eine jener spontanen Freundschaften entwickelt, die auf gegenseitiger Sympathie und Achtung beruhen.
Colin war mittelgroß, aber dennoch ein stattlicher Mann. Auf den ersten Blick hätte man ihn für dick halten können, denn sein Körper wirkte irgendwie plump und gedrungen, wie der Leib einer Kröte. Aber es war kein Gramm Fett an ihm, sein Körper bestand

nur aus Muskeln und Knochen. Er hatte in Priceton und bei den *Marines* in der Schwergewichtsklasse geboxt, und seine Nase, die ihm einer genau unter dem Nasenrücken gebrochen hatte, saß ein wenig schief und krumm über dem breiten, lachenden Mund. Colin gab sich gerne mit dem polternden, großspurigen Gehaben des Berufssportlers, doch aus seinen wachsamen, karamelbraunen Augen, denen nichts entging, blitzte Intelligenz. Er war zäh und gerissen wie eine alte Straßenkatze. Es war nicht leicht, den Respekt von Peter Stride zu gewinnen. Colin war es in weniger als sechs Wochen gelungen.

Er stand nun zwischen den beiden Flugzeugen, während seine Männer sich rasch, umsichtig und ohne viel Aufhebens auf ihren Einsatz vorbereiteten.

Beide Maschinen waren in den für Verkehrsflugzeuge üblichen Farben gestrichen – blau, weiß und gold, mit einer stilisierten Darstellung des hammerbewehrten Donnergottes auf dem Leitwerk und der Aufschrift THOR COMMUNICATIONS auf der Unterseite des Rumpfes. Sie konnten auf jedem Flughafen der Welt landen, ohne unnötiges Aufsehen zu erregen.

»Was soll der Lärm, Colin?« fragte Peter Stride, als er die Tür des Rovers zuschlug und auf den Amerikaner zueilte. Es hatte ihn einige Zeit und Mühe gekostet, seine Ausdrucksweise und die ihm geläufige Art der Anrede dem legeren Stil seines neuen Stellvertreters anzupassen. Aber er hatte sich bald damit abgefunden, daß er nicht erwarten durfte, von Colin Noble jedesmal mit „Sir" angeredet zu werden, wenn dieser das Wort an ihn richtete, nur weil Peter der jüngste Generalmajor der britischen Armee war.

»Ein Flugzeug ist abgängig.« Warum hatten sie sich gerade ein Flugzeug ausgesucht? Warum nicht einen Zug, eine Botschaft oder gar einen Überseedampfer, dachte Peter. »Von den British Airways. Gehen wir doch ins Warme, um Christi willen.« Der Wind zerrte an den Hosenbeinen und Ärmeln von Colins Overall.

»Wo?«

»Im Indischen Ozean.«

»Sind wir für Bravo bereit?« fragte Peter, als sie ins Kommandoflugzeug krochen.

»Alles bereit.«
Das Innere der Hawker war zu einem kompletten Hauptquartier und Nachrichtenzentrum auf kleinstem Raum umgestaltet worden.
Direkt hinter der Flugkanzel befand sich ein Raum, der vier Offizieren bequem Platz bot. Die beiden Elektronikingenieure waren mitsamt ihren Geräten in einem separaten Abteil im hinteren Teil der Maschine untergebracht, hinter dem sich nur noch die kleine Toilette und die Bordküche befanden.
Einer der Techniker warf einen Blick durch die Verbindungstür, als Peter in die Kabine schlüpfte. »Guten Abend, General Stride – wir haben eine Direktverbindung zu Atlas hergestellt.«
»Geben Sie ihn mir auf den Bildschirm«, befahl Peter, als er sich in den gepolsterten Lederstuhl hinter dem kleinen Schreibtisch sinken ließ.
In das Paneel, dem Peter nun gegenübersaß, war ein Fernsehschirm mit einem Durchmesser von 35 cm eingebaut; darüber befanden sich vier kleinere Konferenz-Bildschirme mit je 15 cm Durchmesser. Die große Fläche begann zu flimmern, dann wurden die Umrisse des mächtigen, edel geformten Kopfes, der an das majestätische Haupt eines Löwen erinnerte, schärfer.
»Guten Tag, Peter.« Sein Lächeln war warm, charismatisch und bezwingend.
»Guten Abend, Sir.«
Dr. Kingston Parker neigte leicht den Kopf, um anzudeuten, daß ihm der Hinweis auf den Zeitunterschied zwischen Washington und England nicht entgangen war.
»Im Augenblick tappen wir noch völlig im dunkeln. Wir wissen weiter nichts, als daß von der Maschine BA 070 mit vierhundertein Passagieren und einer sechszehnköpfigen Besatzung an Bord, die sich auf dem Flug von Mahé nach Nairobi befindet, seit zweiunddreißig Minuten keine Meldung mehr vorliegt.«
Parker war unter anderem Vorsitzender des *Intelligence Oversight Board* und unterstand in dieser Eigenschaft direkt dem Präsidenten der Vereinigten Staaten. Er war der vertraute Freund des Präsidenten. Sie hatten in Annapolis dieselbe Klasse besucht, waren

beide unter den zwanzig Besten vom College gegangen, doch Parker war, zum Unterschied vom Präsidenten, sofort danach in den Staatsdienst eingetreten.
Parker war ein Künstler, ein begabter Musiker, Verfasser von vier gelehrten Werken über Philosophie und Politik und außerdem ein Meister im Schachspiel. Er war eine überwältigende Persönlichkeit, außerordentlich menschlich und von überragender Intelligenz. Er war aber auch sehr verschlossen, scheute das grelle Scheinwerferlicht der Medien und verbarg sorgsam seine Ambitionen, falls er überhaupt welche hatte – obwohl es für einen solchen Mann kein unmöglicher Traum gewesen wäre, Präsident der Vereinigten Staaten zu werden. Und er nahm jede Last, die man ihm aufbürdete, mit außergewöhnlichem Geschick und ungewöhnlicher Energie auf sich.
Peter war ihm, seit er zu Thor abkommandiert worden war, etwa ein halbes dutzendmal begegnet. Er hatte ein Wochenende in Parkers Haus in New York verbracht, und seine Achtung vor diesem Mann war ins Grenzenlose gestiegen. Peter war überzeugt, daß es für die Leitung einer derart komplexen Institution wie Atlas keinen besseren Mann geben konnte als Parker. Es bedurfte des mäßigenden Einflusses eines Philosophen auf Berufssoldaten, des Taktgefühls und des Charismas eines Diplomaten, um mit den Regierungschefs zweier Staaten direkt zu verhandeln, und es bedurfte dieses stählernen Intellekts, um die letzten Entscheidungen in Situationen zu treffen, bei denen unter Umständen das Leben Hunderter unschuldiger Menschen auf dem Spiel stand und die besorgniserregende politische Folgen nach sich ziehen konnten.
Rasch und in klaren, knappen Worten berichtete er Peter das wenige, das sie von Flug 070 wußten, und teilte ihm mit, welche Such- und Rettungsmaßnahmen bereits in die Wege geleitet worden waren, bevor er fortfuhr: »Ich will nicht den Unheilspropheten spielen, aber das Ganze sieht nach einer perfekt angelegten Operation aus. In dem Flugzeug sitzen fast alle führenden Chirurgen der Welt; und die Tagung wurde schon achtzehn Monate vorher öffentlich angekündigt. Ärzte haben das nötige Image, um die

Gefühle der Öffentlichkeit anzusprechen, und ihre Nationalitäten sind gut gemischt – Amerikaner, Briten, Franzosen, Skandinavier, Deutsche, Italiener ... Drei dieser Länder haben eine bekannt nachgiebige Einstellung zu militanten Gruppen. Das Flugzeug ist eine britische Maschine, und das Landeziel wurde wahrscheinlich so gewählt, daß die ganze Angelegenheit noch komplizierter und jede Gegenaktion unmöglich gemacht wird.«
Parker schwieg, und für einen Augenblick zeigte sich eine kleine Sorgenfalte auf seiner breiten, glatten Stirn.
»Ich habe auch Mercury das Kommando für *Condition Alpha* gegeben – wenn es sich wirklich um eine militante Aktion handelt, könnte das Landeziel ebensogut östlich der zuletzt angegebenen Position des Flugzeugs liegen.«
Die Offensivtruppen von Atlas umfaßten drei gleichwertige Einheiten. Thor war für den Einsatz in Europa und Afrika vorgesehen. Mercury hatte seine Basis auf dem amerikanischen Marinestützpunkt in Indonesien und war für Asien und Australien zuständig, während der Stützpunkt der Einheit Diana, die für Konterattacken auf den beiden amerikanischen Kontinenten eingesetzt wurde, in Washington selbst lag.
»Ich habe Tanner von Mercury am anderen Kanal. Ich melde mich in wenigen Sekunden wieder, Peter.«
»Sehr wohl, Sir.«
Das Bild verschwand, und Colin Noble, der in dem Stuhl neben Peter saß, zündete sich eine seiner teuren holländischen Zigarren an und kreuzte die auf dem Schreibtisch ruhenden Beine.
»Es sieht so aus, als wäre der große Gott Thor zu einem kleinen Techtelmechtel auf die Erde herabgestiegen. Und als er sein Schäferstündchen mit einer von Freias Jungfrauen beendet hatte, hielt er es für angebracht, die Hüterin goldener Äpfel auf die Ehre hinzuweisen, die ihr erwiesen worden war. ‚*I am Thor*', sagte er zu ihr. ‚Ich bin Thor.' Doch die Kleine, die ein wenig Schwierigkeiten mit der Aussprache hatte, verstand ganz was anderes, nämlich ‚*I am sore*, ich bin ganz erledigt', und antwortete lispelnd: ‚*Tho am I* – ich auch. Aber es hat trotzdem Spaß gemacht'.«
Peter schüttelte sorgenvoll den Kopf. »Soll das witzig sein?« fragte er.

»Es reicht, um sich die Zeit zu vertreiben.« Colin warf einen Blick auf seine Armbanduhr. »Wenn das wieder ein falscher Alarm ist, macht das insgesamt genau dreizehn.« Er gähnte. Es gab nichts zu tun. Alles, was getan werden konnte, war bereits geschehen, alles bis ins letzte Detail vorbereitet. In dem riesigen Hercules-Transporter war jedes einzelne Stück des komplexen Arsenals an Apparaturen zum sofortigen Einsatz bereit. Die dreißig speziell geschulten Soldaten waren an Bord, die fliegende Besatzung beider Maschinen war im Kommandostand, die Nachrichtentechniker hatten ihre über Satelliten geführten Funkverbindungen zu den entsprechenden Computern in Washington und London hergestellt. Es blieb nichts weiter übrig, als zu warten – der Großteil eines Soldatenlebens besteht im Warten, aber Peter hatte sich noch immer nicht daran gewöhnt. Die Gesellschaft Colin Nobles war ihm nun eine große Hilfe.

Wenn man sein Leben meistens in der Gesellschaft von Männern verbringt, ist es schwierig, enge Beziehungen herzustellen. Hier, in dem verhältnismäßig kleinen, beinahe familiären Stab von Thor, war ihnen das im Bemühen um ein gemeinsames Ziel gelungen, und sie waren Freunde geworden. Sie unterhielten sich gelöst und ungezwungen über dies und jenes, doch nie ohne die unterschwellige Wachsamkeit, die beiden Männern zur zweiten Natur geworden war.

Nach einer Weile erschien Kingston Parker wieder auf dem Bildschirm, um ihnen mitzuteilen, daß die Such- und Rettungsmaschine an der zuletzt angegebenen Position von 070 nicht den geringsten Hinweis auf den Verbleib der Maschine gefunden habe, daß über den „Big Bird"-Aufklärungssatelliten Aufnahmen des gesamten Gebiets gemacht worden seien, der Film aber erst in etwa vierzehn Stunden ausgewertet werden könne. Speedbird 070 hatte die Zeit für die Pflichtmeldung nun um eine Stunde und sechs Minuten überschritten, und plötzlich dachte Peter an Melissa-Jane. Er ließ sich von der Telefonzentrale eine freie Leitung geben und wählte die Nummer seines Landhauses. Es meldete sich niemand, also hatte der Chauffeur sie schon abgeholt. Er hängte ein und rief Cynthia in Cambridge an.

»Verdammt, Peter. Das ist wirklich sehr rücksichtslos von dir.« Er hatte sie aus dem Schlaf gerissen, ihre Stimme klang gereizt und weckte sofort Abneigung und Widerwillen in ihm. »Melissa hat sich so darauf gefreut ...«

»Ja, ich weiß. Ich habe mich auch gefreut.«

»... und George und ich hatten geplant ...« George, ihr zweiter Mann, war Universitätsprofessor für Politologie. Gegen seinen Willen konnte Peter den Mann recht gut leiden. Er war gut zu Melissa-Jane gewesen.

»So ist es eben im Militärdienst«, warf Peter leichthin ein.

Ihre Stimme wurde bitter: »Wie oft habe ich mir das anhören müssen – ich hatte gehofft, es nie wieder zu hören.« Sie waren wieder in der sinnlosen, alten Tretmühle endloser Auseinandersetzungen, und er mußte dem ein Ende machen.

»Schau, Cynthia, Melissa ist unterwegs ...«

Der große Bildschirm vor ihm wurde plötzlich hell, und Kingston Parkers Augen waren so dunkel vor Bedauern, als trauere er um die gesamte Menschheit.

»Ich muß Schluß machen«, sagte Peter zu der Frau, die er einst geliebt hatte, unterbrach die Verbindung und neigte sich aufmerksam dem Bild auf dem Fernsehschirm zu.

»Die südafrikanische Radarverteidigung hat ein unidentifiziertes Objekt erfaßt, das sich ihrem Luftraum nähert«, teilte ihm Kingston Parker mit. »Nach Geschwindigkeit und Position könnte es sich um die BA 070 handeln. Man hat einen Mirage-Abfangjäger gestartet – aber ich bin mittlerweile zu der Ansicht gelangt, daß es sich um eine militante Aktion handelt und möchte Sie bitten, sofort auf *Condition Bravo* zu gehen, Peter.«

»Wir machen uns sofort auf den Weg, Sir.«

Neben ihm nahm Colin Noble die Füße vom Tisch und sprang auf. Die Zigarre steckte noch immer zwischen seinen Zähnen.

Das Ziel war nun *live* in Sicht, und der Pilot der Mirage F1, die eine Jagdstaffel anführte, hatte seinen Flugcomputer auf „Angriff" geschaltet und sein gesamtes Waffenarsenal – Raketen und Kanonen – schußbereit gemacht. Der Computer gab ihm dreiunddreißig

Sekunden Zeit für das Abfangmanöver, und die Magnetnadel zeigte einen konstanten Steuerkurs des Objektes von 210° Mißweisung und eine Fluggeschwindigkeit von 483 Knoten an.
Vor ihm brach mit theatralischem Prunk die Morgendämmerung an. Silbrige und rosarote Wolken türmten sich in einem Himmel, über den die immer noch unter dem Horizont stehende Sonne lange Speere goldenen Lichtes warf. Der Pilot beugte sich in seinen Schultergurten nach vorne und schob den Blendschutz seines Helmes mit der behandschuhten Hand hoch, um einen ersten Blick auf das Objekt zu erhaschen.
Sein geschultes Schützenauge erspähte den dunklen Fleck, der sich nur undeutlich von dem sonnenüberfluteten Wolkenhintergrund abhob, und er änderte fast unmerklich den Kurs, um eine Frontalannäherung an das Ziel zu vermeiden.
Der Fleck wurde beunruhigend rasch größer, als die Abfangjäger mit einer Geschwindigkeit von nahezu fünfzehnhundert Meilen pro Stunde auf das Objekt zuschossen, und sobald sich der Staffelkapitän von der Richtigkeit seiner Beobachtung überzeugt hatte, riß er seine Maschine senkrecht hoch. Die anderen folgten ihm, immer noch in dichter „Fünf-Finger-Formation", dann brausten sie mit einer Höhendifferenz von fünftausend Fuß über das Zielobjekt hinweg, gingen auf denselben Kurs und reduzierten sofort die Leistung, um sich der Geschwindigkeit des tief unter ihnen liegenden Flugzeugs anzupassen.
»Cheetah, hier Diamond Eins – wir haben Sichtkontakt. Das Zielobjekt ist eine Boeing 747 mit den Kennzeichen der British Airways.«
»Diamond Eins, hier Cheetah. Passen Sie sich dem Kurs und der Geschwindigkeit des Objekts an, halten Sie eine Distanz von fünftausend Fuß und unterlassen Sie vorläufig jedes Einschüchterungsmanöver. Melden Sie sich wieder in sechzig Sekunden.«

Der Executive-Jet von Generalmajor Peter Stride schoß wie ein Pfeil in Richtung Süden und ließ die riesige Transportmaschine, die schwerfällig in seinem Sog dahinrumpelte, immer weiter hinter sich. Die Distanz zwischen den beiden Maschinen wurde mit jeder Minute größer, und die Hawker würde das endgültige Ziel – wo immer das auch sein mochte – wahrscheinlich mit einem Vorsprung von tausend Meilen oder mehr erreichen. Doch die geringe Geschwindigkeit der Hercules erwies sich stets als Vorzug, wenn es darauf ankam, das ganze Team mitsamt der schweren Ausrüstung in die unwahrscheinlichsten Winkel der Welt zu bringen und auf kurzen, ungepflasterten Pisten zu landen – manchmal unter höchst turbulenten Bedingungen, wie jeder Pilot sie fürchtet.

Es war die Aufgabe der Hawker, Peter Stride so rasch wie möglich an den Schauplatz terroristischer Aktivitäten zu bringen. Sobald der General dort angelangt war, bestand sein Auftrag darin, die Terroristen hinzuhalten, mit ihnen zu verhandeln und die ganze Sache so lange hinauszuzögern, bis Colin Nobles Stoßtrupp eintraf.

Noch hatten die beiden Männer Kontakt miteinander, und der mittlere der kleinen Bildschirme vor Peter gewährte ihm einen ständigen Blick in die Hauptkabine der Hercules. Als Peter Stride von der Arbeit aufblickte, sah er seine Leute in den bequemen Thor-Overalls in zwangloser und entspannter Haltung im Mittelgang der Hercules herumlümmeln. Auch sie waren Veteranen in dem harten Wartespiel. Im Vordergrund saß Colin Noble an seinem kleinen Arbeitstisch und ging die umfangreichen Checklisten für *Condition Charlie* durch, die Alarmstufe, die in Kraft trat, sobald terroristische Aktivitäten eindeutig erwiesen waren.

Während er Colin Noble bei der Arbeit zusah, fand Peter Stride einen Augenblick lang Zeit, wieder einmal über die enormen, größtenteils aus dem Budget des US-Geheimdienstes bestrittenen Kosten nachzudenken, die der Unterhalt einer Einheit wie Atlas verschlang, und über die Hindernisse und Widerstände, die überwunden worden waren, um das Projekt auf die Beine stellen zu können. Erst der Erfolg der Israelis in Entebbe und der Deutschen in Mogadischu hatte dies überhaupt möglich gemacht. Doch in beiden an Atlas beteiligten Ländern gab es immer noch heftige Widerstände gegen die Erhaltung dieser binationalen Antiterroreinheit.

Mit einem leisen Klicken und Summen begann der Hauptbildschirm auf Peters Instrumentenpaneel zu flimmern, und Dr. Parker setzte zum Reden an, noch bevor sein Bild richtig scharf geworden war.

»Ich fürchte, es wird *Condition Charlie* werden, Peter«, sagte er leise, und Peter fühlte das Blut durch seine Adern rauschen. Es war nur natürlich für einen Soldaten, der sein Leben lang für einen besonderen Augenblick trainiert hatte, diesen Augenblick willkommen zu heißen – und doch verachtete sich Peter seiner Empfindung wegen; kein vernünftiger Mensch konnte die Aussicht auf Gewalt und Tod und das ganze damit verbundene Leid willkommen heißen.

». . . Die Südafrikaner haben die BA 070 abgefangen und identifiziert. Die Maschine hat vor fünfundvierzig Sekunden ihren Luftraum betreten.«

»Funkkontakt?« fragte Peter.

»Nein.« Parker schüttelte seinen mächtigen Kopf. »Sie verweigern jede Funkverbindung, und wir müssen annehmen, daß die Maschine unter der Kontrolle einer militanten Gruppe steht – ich werde also diesen Schreibtisch nicht verlassen, bis die Sache erledigt ist.« Kingston Parker bediente sich nie des emotionsgeladenen Wortes „Terrorist" und wollte es auch von seinen Untergebenen nicht hören.

»Man soll seinen Gegner niemals blindlings hassen«, hatte er einmal zu Peter gesagt. »Man muß versuchen, seine Motive zu verstehen, seine Stärke zu erkennen und zu respektieren – dann ist man besser dafür gewappnet, ihm entgegenzutreten.«

»Mit wessen Kooperation können wir rechnen?« fragte Peter.

»Alle afrikanischen Staaten, mit denen wir bisher Verbindung aufnehmen konnten, haben ihre volle Unterstützung zugesagt und haben uns die Erlaubnis zum Überfliegen ihres Hoheitsgebietes sowie zum Landen und Auftanken gegeben. – Und auch die Südafrikaner verhalten sich sehr kooperativ. Ich habe mit dem südafrikanischen Verteidigungsminister gesprochen, und er hat uns jede mögliche Hilfe angeboten. Südafrika wird der Maschine selbstverständlich keine Landeerlaubnis erteilen, und ich rechne damit,

daß sie zu einem der schwarzen Staaten weiter oben im Norden fliegen muß, was wahrscheinlich ohnehin der Absicht der militanten Gruppe entspricht. Ich nehme an, Sie kennen meine Ansichten über Südafrika – doch in diesem Fall muß ich zugeben, daß sie sich sehr anständig verhalten.«
Eine schwarze Bruyère-Pfeife mit einem großen runden Pfeifenkopf kam ins Bild, und Parker begann Tabak ins Pfeifenloch zu stopfen. Seine Hände waren groß, ebenso wie sein ganzer Körper, aber die Finger waren lang und gelenkig wie die Finger eines Pianisten – und natürlich war er auch einer. Peter erinnerte sich an den würzigen Geruch des Tabaks, den Parker rauchte. Obwohl Peter Nichtraucher war, hatte ihn dieser Geruch nie gestört. Beide Männer schwiegen nun, tief in Gedanken versunken, und Parker runzelte ein wenig die Stirn, während er sich auf seine Pfeife zu konzentrieren schien. Dann seufzte er und blickte wieder auf.
»Na schön, Peter. Lassen Sie hören, was Sie zu berichten haben.«
Peter blätterte in den Notizen, die er sich gemacht hatte. »Ich habe die möglichen Reaktionen auf vier hypothetische Situationen ausgearbeitet, Sir. Die wichtigste Frage ist, ob es sich um eine Operation *à l'allemande* oder *à l'italienne* handelt ...«
Parker nickte und hörte zu; obwohl sie dieses Thema schon oft und oft besprochen hatten, mußten sie die Sache nochmals durchgehen. Eine Operation auf italienische Art war leichter zu handhaben, denn dabei handelte es sich um eine klare, unumwundene Geldforderung. Bei einer Operation nach deutschem Muster ging es um die Freilassung Gefangener, um soziale und politische Forderungen, die nationale Grenzen überschritten. Sie arbeiteten etwa eine Stunde, bevor sie abermals unterbrochen wurden.
»Guter Gott!« An der Verwendung eines derart emotionalen Ausdrucks ließ sich Kongston Parkers Überraschung ermessen. »Es ist etwas Neues eingetreten ...«

Erst als die BA 070 in die östliche Luftstraße einflog und zum Instrumentalanflug ansetzte, ohne überhaupt die Freigabe der Flugverkehrsleitung einzuholen, wurde dem südafrikanischen Luftwaffenkommando klar, was bevorstand.

Sofort wurde auf allen Luftfahrtfrequenzen der Befehl zur Funkstille ausgegeben, und die anfliegende Maschine wurde mit dringlichen Befehlen bombardiert, den Luftraum des Landes sofort zu verlassen. Es kam keinerlei Antwort. Die Boeing, die nur noch hundertfünfzig Seemeilen vom internationalen Flughafen Jan Smuts entfernt war, reduzierte ihre Geschwindigkeit und begann ruhig und langsam niederzugehen, um in den kontrollierten Luftraum einzufliegen.

»British Airways 070, hier ist die Leitstelle Jan Smuts. Es wird Ihnen ausdrücklich untersagt, in die Platzrunde einzufliegen. Verstehen Sie mich, 070?«

»British Airways 070, hier spricht das Luftwaffenkommando. Wir machen Sie darauf aufmerksam, daß Sie den nationalen Luftraum verletzen. Sie werden aufgefordert, sofort auf dreißigtausend Fuß zu steigen und Kurs auf Nairobi zu nehmen.«

Die Boeing war nur noch hundert Seemeilen vom Flughafen entfernt und ging soeben auf eine Flughöhe von 15.000 Fuß herunter.

»Diamond Eins, hier Cheetah. Zwingen Sie das Zielobjekt zum Abdrehen.«

Die lange, schnittige Maschine mit ihrem buntgescheckten braungrünen Tarnanstrich ließ sich pfeilgeschwind fallen, befand sich in kürzester Zeit auf gleicher Höhe mit dem riesigen, vielmotorigen Jet, tauchte knapp hinter dem Leitwerk unter ihm durch und zog dann direkt vor seiner fröhlich bemalten rot-weiß-blauen Nase steil wieder hoch.

Geschickt hielt der Pilot der Mirage mit seiner wendigen kleinen Maschine einen Abstand von nur dreißig Metern zwischen sich und der Boeing und signalisierte den „Follow-me"-Befehl, indem er mit den Tragflächen wackelte.

Die Boeing flog seelenruhig weiter, als hätte der Pilot nichts gesehen oder nicht verstanden. Der Pilot der Mirage drosselte die Geschwindigkeit, und der Zwischenraum zwischen den beiden Maschinen verringerte sich auf fünfzehn Meter. Abermals wackelte er mit den Flügeln und begann dann ruhig eine Standardkurve in die von Cheetah befohlene nördliche Richtung zu ziehen.

Die Boeing hielt eisern ihren Anflugkurs auf Johannesburg, und

dem Mirage-Piloten blieb nichts anderes übrig, als seine Versuche aufzugeben.
Er schob sich längsseits der Boeing, gerade noch über dem Triebwerksstrahl ihrer Backbordmotoren, bis auf gleiche Höhe mit dem Cockpit vor, so daß er aus einer Entfernung von knapp fünfzehn Metern hinüberstarren konnte.
»Cheetah, hier Diamond Eins. Ich habe die Flugkanzel des Zielobjektes im Blickfeld. Es befindet sich eine vierte Person im Cockpit. Eine Frau. Sie ist anscheinend mit einer Maschinenpistole bewaffnet.«
Die Gesichter der beiden Piloten waren kalkweiß, als sie sich dem Abfangjäger zuwandten. Die Frau beugte sich über die Rücklehne des linken Sitzes und hob die plumpe schwarze Waffe zu einem ironischen Salut. Sie lächelte, und der Pilot der Mirage war nahe genug, um zu sehen, wie weiß ihre Zähne waren.
»... eine junge Frau, blondes Haar, *mooi, baie mooi*...« meldete er. »Hübsch – sehr hübsch.«
»Diamond Eins, hier Cheetah. Gehen sie in Frontalangriffsstellung.«
Die Mirage donnerte augenblicklich davon und stieg rasch höher. Die anderen vier Maschinen zogen einen weiten Bogen um die Boeing und schossen hinterdrein, um die enge „Fünf-Finger-Formation" wieder herzustellen.
»Cheetah. Wir sind in Frontalangriffsstellung.«
»Diamond Flight. Simulieren Sie. Greifen Sie im Formationsflug an. In Fünf-Sekunden-Intervallen und mit minimalem Zwischenraum. Eröffnen Sie nicht das Feuer, ich wiederhole, nicht das Feuer eröffnen. Das ist ein simulierter Angriff. Ich wiederhole, das ist ein simulierter Angriff.«
»Diamond Eins – verstanden, simulierter Angriff.«
Die Mirage F1 schwang sich über die Fläche ab und ging auf seitlichen Sturzflug; der Geschwindigkeitsanzeiger auf der Machschen Zahlenskala rotierte wie wild, als die Maschine mit angsteinjagender Aggressivität die Schallgeschwindigkeitsgrenze durchbrach. Cyril Watkins sah sie aus einer Entfernung von elf Kilometern auf sich zurasen.

»Jesus«, schrie er. »Das ist ernst.« Und er beugte sich mit einem Ruck nach vorn, um die Boeing von Hand aus dem elektronisch gesteuerten Anflugkurs zu reißen.
»Bleiben Sie auf Kurs.« Ingrid hob zum ersten Mal die Stimme. »Bleiben Sie auf Kurs.« Sie richtete die drohend klaffenden Mündungen der doppelläufigen Waffe auf den Bordingenieur. »Wir brauchen jetzt keinen Navigator.«
Der Flugkapitän erstarrte, und die Mirage raste mit heulenden Motoren auf sie zu, schien größer und größer zu werden, bis sie die ganze Windschutzscheibe ausfüllte. Im allerletzten Augenblick hob sich die Schnauze des Abfangjägers, und er brauste nur wenige Fuß über die Boeing hinweg, doch die durch die Überschallgeschwindigkeit verursachte Turbulenz traf die riesige Maschine mit ungeheurer Wucht, rüttelte und schüttelte sie, als wäre sie flaumleicht wie Distelwolle.
»Da kommt schon wieder eine«, schrie Cyril Watkins.
»Ich meine es ernst.« Ingrid drückte dem Bordingenieur die Mündung der Waffe so fest in den Nacken, daß er mit der Stirn auf die Kante seiner Computerkonsole aufschlug, und hellrot sickerte Blut aus der Platzwunde auf seiner blassen Haut.
Der Triebwerksstrahl aus den Düsenwerken der Mirage-Jäger hieb auf die Boeing ein, als eine Maschine nach der anderen attackierte. Ingrid griff haltesuchend mit der freien Hand durch die Luft, doch immer noch hielt sie die Waffe gegen den Nacken des Flugingenieurs gepreßt. »Ich meine es ernst«, schrie sie immer wieder. »Ich bring' ihn um.« Die Schreie der Passagiere drangen bis ins Cockpit. Dann war die letzte Mirage vorbeigezogen und verschwunden, der Autopilot erholte sich von den heftigen Stößen der aus nächster Nähe erfolgten Angriffe und richtete die Maschine sofort wieder auf die Funkfeuer des Jan-Smuts-Flughafens aus.
»Sie werden uns kein zweites Mal angreifen.« Ingrid trat zurück und gestattete dem Bordingenieur, den Kopf zu heben und das Blut mit seinem Hemdärmel zu trocknen. »Sie können nicht mehr kommen. Wir sind bereits im kontrollierten Luftraum.« Sie deutete nach vorne. »Schauen Sie!«
Die Boeing war nun auf fünftausend Fuß gesunken, aber der Ho-

rizont lag hinter einem Schleier von Smog und Dunst verborgen. Rechter Hand tauchte die glatte Silhouette der Kühltürme des Kempton-Park-Kraftwerks auf, und davor, in nächster Nähe, breiteten sich die giftgelben Tafelländer der Abraumhalden auf der flachen, eintönigen Ebene des afrikanischen Hochlandes aus. Die Besiedelung war in diesem Gebiet so dicht, daß sich die frühe Morgensonne in Hunderten von Fensterscheiben fing und sie wie Funkfeuer aufblitzen ließ.

Und unmittelbar vor ihnen lag der lange, gerade, blaue Streifen der Haupt-Start- und Landebahn des Flughafens Jan Smuts.

»Landen Sie direkt auf Piste 21«, befahl Ingrid.

»Wir können nicht . . .«

»Tun Sie, was ich sage«, fuhr ihn das Mädchen an. »Die Flugleitung hat die Landebahn ohne Zweifel geräumt. Sie können uns nicht mehr aufhalten.«

»Doch, das können sie«, antwortete Cyril Watkins. »Schauen Sie hinunter aufs Vorfeld.«

Sie waren nahe genug, um fünf Tankwagen zählen zu können, nahe genug, um das Firmenzeichen von Shell darauf zu erkennen.

»Sie wollen die Landebahn blockieren.«

Mit den Tankern kamen fünf leuchtendrote Einsatzwagen der Feuerwehr und zwei große, weiße Ambulanzen. Sie holperten und rumpelten über die Graseinfassung der Landebahn und parkten, einer hinter dem anderen, in Abständen von wenigen hundert Metern auf der weißen Mittellinie der Landebahn.

»Wir können nicht landen«, sagte der Flugkapitätn.

»Schalten Sie die Automatik aus und landen Sie von Hand.« Die Stimme des Mädchens klang nun anders – hart, grausam.

Die Boeing sank tausend Fuß tief, nahm genau Kurs auf Piste 21, und die rotierenden roten Lichter auf den Dächern der Feuerwehrwagen schienen sie herausfordernd anzublinken.

»Ich kann doch nicht einfach in sie hineinrasen«, sagte Cyril Watkins plötzlich entschieden, und nun lag kein Zögern und kein Zweifel mehr in seiner Stimme. »Ich werde sie überfliegen und zusehen, daß wir hier herauskommen.«

»Landen Sie auf dem Rasen«, schrie das Mädchen mit schriller

Stimme. »Links von der Landebahn ist eine offene Rasenfläche – setzen Sie dort auf.«
Aber Cyril Watkins hatte sich bereits vorgebeugt und die Gashebel nach vorn geschoben. Die Triebwerke heulten auf und die Boeing zog steil nach oben.
Der junge Bordingenieur hatte sich in seinem Drehstuhl herumgewirbelt und starrte durch die Windschutzscheibe. Sein ganzer Körper war wie erstarrt, sein Gesichtsausdruck angespannt, und der Blutklecks auf seiner Stirn stand in lebhaftem Kontrast zur Blässe seiner Haut.
Mit der rechten Hand umklammerte er die Kante seines Instrumentenpultes, und die Gelenksknochen seiner Faust schimmerten weiß und glänzend wie Eierschalen.
Das blonde Mädchen, das sich überhaupt nicht gerührt zu haben schien, hatte das Handgelenk dieser starren rechten Faust mit den Mündungen der Pistole niedergepreßt.
Ein scharfer Knall, der in der engen Kabine so überlaut dröhnte, als würde er das Trommelfell zerreißen, und die Waffe schnellte hoch, bis hinauf zu dem goldblonden Mädchenkopf, und schon stieg ihnen der beißende Geruch verbrannten Kordits in die Nase.
Ungläubig starrte der Bordingenieur auf sein Instrumentenpult hinab. Der Schuß hatte ein Loch in die Metallplatte geschlagen, und an den schartigen Rändern war das glänzende, nackte Metall zu sehen.
Die Schrotladung hatte seine Hand am Gelenk glatt abgetrennt. Die amputierte Hand war in den Raum zwischen den beiden Pilotensitzen geschleudert worden, und die zersplitterten Knochen ragten aus dem zerfetzten Fleisch hervor. Die Hand zuckte wie ein verstümmeltes Insekt.
»Landen Sie«, sagte das Mädchen. »Landen Sie, oder der nächste Schuß geht durch seinen Kopf.«
»Sie blutrünstiges Monster«, schrie Cyril Watkins und starrte auf die abgetrennte Hand.
»Landen Sie, oder Sie sind für das Leben dieses Mannes verantwortlich.«
Der Bordingenieur preßte seinen Armstumpen gegen den Bauch

und krümmte sich schweigend darüber zusammen, das Gesicht vom Schock verzerrt.
Cyril Watkins hob den Blick, der immer noch wie gelähmt auf der abgetrennten Hand gelegen war und schaute wieder nach vorne. Zwischen den Pistenmarkierungszeichen und der schmalen Rollbahn lag eine weite, offene Grasfläche. Das Gras war etwa kniehoch, und er wußte, daß der Boden darunter einigermaßen glatt war. Ruhig zog seine Hand die Gashebel zurück, fast so, als handle sie aus eigenem Willen. Das Getöse der Treibwerke wurde leiser und die Nase der Maschine senkte sich.
Er nahm wieder Kurs auf die Hauptlandebahn, bis er sich etwa über den ersten Signallichtern befand. Er wollte die Lenker der blockierenden Fahrzeuge nicht auf seine Absicht aufmerksam machen, solange sie noch Zeit hatten, diese zu durchkreuzen.
»Sie mordgieriges Luder«, murmelte er mit zusammengepreßten Lippen.
»Sie dreckiges, mordgieriges Luder.«
Er legte die Boeing steil in die Kurve, richtete sie auf den langen Grasstreifen aus, nahm den Schub ganz weg, brachte sie mit hocherhobener Nase in eine nur wenig vom Überziehen entfernte Stellung, fing sie kurz vor dem Aufsetzen nochmals ab und setzte dann hart auf dem Gras auf.
Heftig rüttelnd landete die riesige Maschine auf der rauhen Piste und begann wild zu schlingern, als Watkins sich krampfhaft bemühte, die Seitenruder ausgerichtet zu halten, während er das Bugrad mit dem Höhenruder vom Boden fernhielt und sein Kopilot alle Triebwerke auf Schubumkehr schaltete und mit aller Kraft auf die Bremsen des Hauptfahrwerks stieg.
Die Einsatzfahrzeuge der Feuerwehr und die Tankwagen flitzten an der rechten Flügelspitze vorbei. Die erstaunten und betroffenen Gesichter ihrer Insassen waren sehr nahe und sehr weiß – dann war die Boeing vorüber, ihre Geschwindigkeit erstarb so plötzlich, daß ihr Bugrad sich senkte, und schaukelnd und schwankend kam sie schließlich ganz knapp vor dem Backsteingebäude, das die Anflug- und Landenavigationshilfen und die Radaranlagen beherbergte, zum Stillstand.

Es war sieben Uhr fünfundzwanzig Lokalzeit, und Speedbird 070 war gelandet.

»Nun ja, sie sind unten«, stellte Kingston Parker lapidar fest. »Und Sie können sich wohl vorstellen, daß alles versucht wurde, sie daran zu hindern. Mit der Wahl des Landezieles ist nun eine Ihrer Fragen beantwortet, Peter.«

»*A l'allemande* ...«, sagte Peter und nickte. »Eine politische Sache. Ganz Ihrer Meinung, Sir.«

»Und wir beide, Sie und ich, sehen uns nun der schrecklichen Wirklichkeit einer Sache gegenüber, die wir bisher nur theoretisch erörtert haben ...« Parker hielt ein langes Streichholz an seine Pfeife und paffte zweimal, bevor er weitersprach. »... einer moralisch gerechtfertigten militanten Aktion.«

»Hier gehen unsere Ansichten auseinander, Sir«, unterbrach Peter rasch. »Es gibt nichts dergleichen.«

»Nein?« fragte Parker und schüttelte den Kopf. »Und was ist mit den deutschen Offizieren, die von der französischen Résistance in den Straßen von Paris getötet wurden?«

»Das war Krieg«, rief Peter aus.

»Vielleicht glaubt die Gruppe, die jene BA 070 entführt hat, daß sie sich im Kriegszustand befinde.«

»Mit Zivilisten als Opfern?« fragte Peter heftig.

»Auch die *Haganah* hat Zivilisten als Geiseln genommen – und doch war die Sache, für die sie kämpfte, gut und gerecht.«

»Ich bin Engländer, Dr. Parker – Sie können von mir nicht erwarten, daß ich den Mord an britischen Frauen und Kindern gutheiße.« Peter hatte sich steif in seinem Stuhl aufgerichtet.

»Nein«, stimmte Parker zu. »Also reden wir nicht von den Mau-Mau in Keyna oder von Irland – aber was ist mit der Französischen Revolution oder mit der Verbreitung des katholischen Glaubens, die mit den schrecklichsten Verfolgungen und Foltern verbunden war, die je ein Mensch ersonnen hat. Waren das nicht moralisch gerechtfertigte militante Aktionen?«

»Ich würde es vorziehen, diese Aktionen verständlich, aber tadelnswert zu nennen. Für Terrorismus jeglicher Art gibt es keine

moralische Rechtfertigung.« Peter, der sich provoziert fühlte, verwendete absichtlich dieses Wort, um Parker herauszufordern, und sah, wie dieser ein wenig die dicken, buschigen Brauen hob. »Es gibt Terrorismus von oben – und Terrorismus von unten.« Parker griff das Wort auf und wiederholte es absichtlich. »Wenn man den Terrorismus als extreme körperliche oder seelische Nötigung definiert, durch die andere Menschen gezwungen werden sollen, sich dem Willen des Terroristen zu beugen – so fällt auch der legale Terror durch Androhung des Galgens, der religiöse Terror durch Androhung des Höllenfeuers und der väterliche Terror durch Androhung der Prügelstrafe in den Rahmen dieser Definition. – Sind diese Formen des Terrors moralisch mehr gerechtfertigt als die Bestrebungen der Schwachen, der Armen, der politisch Unterdrückten, der machtlosen Opfer einer ungerechten Gesellschaft? Soll ihr Protestschrei erstickt werden . . .?«
Peter rückte unbehaglich auf seinem Stuhl hin und her.
»Protest außerhalb des Gesetzes . . .«
»Gesetze werden von Menschen gemacht, fast immer von den Reichen und Mächtigen – Gesetze werden von Menschen geändert, gewöhnlich nur nach einer militanten Aktion. Die Emanzipationsbewegung der Frauen, die Bürgerrechtskampagne in diesem Land . . .« Parker hielt inne und lachte in sich hinein. »Verzeih, Peter. Manchmal gerate ich selbst ein wenig durcheinander. Es ist oft viel schwieriger, ein Liberaler zu sein als ein Tyrann. Zumindest hegt der Tyrann nur selten Zweifel an seinem Tun.« Parker lehnte sich in seinen Stuhl zurück und deutete damit an, daß das Gespräch zu Ende sei. »Ich glaube, es ist am besten, wenn ich Sie jetzt ein oder zwei Stunden in Ruhe lasse. Sie werden jedenfalls Ihre Pläne der neuen Entwicklung anpassen wollen. Aber ich persönlich zweifle nicht mehr daran, daß wir es mit einer politisch motivierten militanten Gruppe zu tun haben und nicht mit einer Bande gewöhnlicher Kidnapper, die durch einen raschen Coup zu Geld kommen wollen. Und ich bin mir auch einer weiteren Sache ganz sicher – wir werden uns, noch bevor wir die Angelegenheit erledigt haben, genötigt sehen, unser eigenes Gewissen sehr genau zu erforschen.«

»Nehmen Sie die zweite rechts«, sagte Ingrid ruhig, und die Boeing holperte von dem Grasstreifen herunter auf die Rollbahn. Das Fahrwerk hatte anscheinend keinen Schaden erlitten, doch nun, da die Maschine ihr natürliches Element verlassen hatte, hatte sie auch ihre Anmut und Schönheit verloren, sie wirkte plump und unbeholfen.

Das Mädchen war nie zuvor auf dem Flugdeck eines gelandeten Jumbos gewesen, und die Höhe über dem Erdboden erschien ihr sehr eindrucksvoll. Sie gab ihr ein Gefühl der Distanz und Unverletzbarkeit.

»Nun wieder nach links«, befahl sie, und die Boeing drehte von den Hauptgebäuden des Flughafens ab und rollte zum südlichen Ende der Landebahn. Auf dem Besucherbalkon des Flughafengebäudes hatten sich bereits Hunderte neugieriger Beobachter eingefunden, doch auf dem Vorfeld herrschte Totenstille. Die wartenden Maschinen und die Tankwagen standen verlassen da, kein menschliches Wesen ließ sich blicken.

»Parken Sie hier!« Sie deutete auf eine offene Fläche, nicht ganz vierhundert Meter vom nächstgelegenen Gebäude entfernt und etwa in der Mitte zwischen dem Terminal, den Wartungshallen und dem Haupttanklager. »Halten Sie dort auf der Kreuzung.«

Zornerfüllt und schweigend tat Cyril Watkins, wie ihm befohlen wurde, und wandte sich dann auf seinem Sitz um.

»Ich muß eine Ambulanz für ihn anfordern.«

Der Kopilot und eine Stewardeß hatten den Bordingenieur gleich hinter der Tür zum Flugdeck auf den Boden der Bordküche gelegt. Sie hatten ihm den Arm mit Leinenservietten abgebunden, um die Blutung so gut es ging zu stillen. Der Gestank nach Kordit lag immer noch in der Luft und mischte sich mit dem Geruch von frischem Blut.

»Niemand verläßt diese Maschine.« Das Mädchen schüttelte den Kopf. »Er weiß schon zu viel über uns.«

»Menschenskind! Er braucht ärztliche Versorgung!«

»Es befinden sich dreihundert Ärzte an Bord dieser Maschine . . .« Sie streckte gleichgültig die Hand aus. »Die besten der Welt. Zwei von ihnen können nach vorn kommen, um ihn zu versorgen.«

Sie setzte sich auf die Schmalseite des blutbespritzten Instrumentenpults und nahm das Mikrophon für Durchsagen in die Kabine zur Hand. Trotz seines ohnmächtigen Zorns bemerkte Cyril Watkins, daß es nur einer einzigen Demonstration bedurft hätte und Ingrid wäre imstande gewesen, die ganze komplizierte Funkanlage zu bedienen. Sie war gescheit und sehr gut geschult.
»Meine Damen und Herren, wir sind auf dem Flughafen von Johannesburg gelandet. Wir werden lange hierbleiben – einige Tage, vielleicht sogar Wochen. Unsere Geduld wird auf eine harte Probe gestellt werden, und ich muß Sie daher darauf aufmerksam machen, daß jeder Ungehorsam aufs strengste bestraft werden muß. Ein Versuch zum Widerstand wurde bereits unternommen – die Folge ist, daß ein Mitglied der Besatzung angeschossen und schwer verwundet wurde. Es könnte sein, daß er an seiner Verwundung stirbt. Wir wollen keine Wiederholung eines solchen Zwischenfalls. Auf jeden Fall muß ich Sie warnen, daß weder meine Mitarbeiter noch ich zögern werden, nochmals zu schießen oder sogar die Sprengkörper über ihren Köpfen zu zünden – wenn es notwendig sein sollte.«
Sie schwieg einen Augenblick lang und betrachtete die beiden Ärzte, die ausgesucht worden waren und nun nach vorne kamen und sich zu beiden Seiten des Bordingenieurs niederknieten. Der Schock schüttelte ihn, als läge er in hohem Fieber, sein weißes Hemd war mit Blut bespritzt und verschmiert. Doch Ingrids Gesicht drückte keinerlei Reue aus, keinerlei Mitgefühl, und ihre Stimme war ruhig, als sie fortfuhr.
»Zwei meiner Mitarbeiter werden nun durch den Gang kommen und ihre Pässe einsammeln. Bitte halten Sie Ihre Ausweise bereit.«
Ihr Blick schnellte nach rechts, als sie aus den Augenwinkeln eine Bewegung auf der Servicefläche bemerkte. Vier gepanzerte Kampfwagen bogen hintereinander um die Ecke der Wartungshallen und rollten in einer Linie auf die Maschine zu. Es waren in Südafrika hergestellte Varianten des französischen Panhard-Modells mit großen, schweren Geländereifen und abgeschrägten Türmen. Die unverhältnismäßig langen Geschützläufe waren nach vorne

ausgerichtet. Die Panzer zogen vorsichtig einen Kreis um das Flugzeug herum und hielten dann nicht ganz 300 Meter vor den vier strategischen Punkten – Flügelspitzen, Schwanz und Nase – entfernt, die langen Geschütze auf die Maschine gerichtet.

Das Mädchen betrachtete sie voller Verachtung, bis einer der Ärzte auf sie zukam und sich vor ihr aufpflanzte. Er war ein kleiner, dicklicher Mann mit beginnender Glatze – aber er war tapfer.

»Dieser Mann muß sofort in ein Krankenhaus gebracht werden.«

»Das kommt überhaupt nicht in Frage.«

»Ich bestehe darauf. Er schwebt in Lebensgefahr.«

»Wir schweben alle in Lebensgefahr, Doktor.« Sie schwieg einen Augenblick, um diese Worte auf ihn wirken zu lassen. »Stellen Sie eine Liste der Medikamente zusammen, die Sie brauchen. Ich werde dafür sorgen, daß Sie sie bekommen.«

»Sie sind nun schon sechzehn Stunden unten und haben nur ein einziges Mal Kontakt aufgenommen, um Medikamente anzufordern und einen Anschluß ans Stromnetz zu verlangen.«

Kingston Parker hatte die Jacke ausgezogen und den Knoten seiner Krawatte gelockert, doch sonst hatte die durchwachte Nacht keinerlei Spuren an ihm hinterlassen.

Peter Stride nickte dem Bild auf dem Fernsehschirm zu. »Was für ein Bild haben sich Ihre Ärzte aus der Liste der angeforderten Medikamente gemacht?« fragte er.

»Es sieht nach einer Schußverletzung aus. Blutkonserve, Blutgruppe AB positiv. Das ist selten, aber wir haben die Dienstblätter der Crew-Mitglieder überprüft und einer der Männer hat tatsächlich diese Blutgruppe. Zehn Liter Plasmalyt B, ein Transfusionsbesteck und Spritzen, Morphium und Penizillin zur intravenösen Verabreichung, Tetanus-Immunstoff – alles, was zur Behandlung einer schweren Verletzung benötigt wird.«

»Und hat man die Maschine ans Stromnetz angeschlossen?«

»Ja, ohne Klimaanlage wären mittlerweile vierhundert Menschen erstickt. Die Flughafenbehörde hat ein Kabel gelegt und an die Außensteckdose angeschlossen. Die gesamte Energieversorgung

der Maschine – sogar die Beheizung der Bordküche – funktioniert voll und ganz.«
»Wir sind also in der Lage, ihnen jederzeit den Hahn abzudrehen.« Peter machte sich eine Notiz auf dem vor ihm liegenden Block.
»Aber noch keine Forderungen? Noch kein Verhandlungspartner verlangt?«
»Nein, nichts. Sie scheinen sehr genau zu wissen, welche Taktik in solchen Situationen angebracht ist – im Gegensatz zu unseren Freunden aus dem Gastland. Ich fürchte, wir werden eine Menge Schwierigkeiten mit der Wyatt-Earp-Mentalität kriegen ...« Parker schwieg einen Augenblick. »Oh, verzeihen Sie, Wyatt Earp war einer unserer Grenzmarschälle ...«
»Ich habe den Film gesehen und das Buch gelesen«, antwortete Peter scharf.
»Nun ja, die Südafrikaner brennen darauf, die Maschine zu stürmen, und sowohl unser Botschafter wie auch der Botschafter Ihres Landes haben große Mühe, sie zurückzuhalten. Sie sind ganz versessen darauf, die Türen des *Saloons* mit einem Fußtritt zu öffnen, reinzustürmen und mit ihren *Sixguns* loszuballern. Wahrscheinlich haben sie den Film auch gesehen.«
Peter fühlte, wie ihm die Angst über den Rücken kroch. »Das gäbe zweifellos eine Katastrophe«, sagte er rasch. »Diese Leute haben ihre Operation bis ins kleinste geplant.«
»Mich brauchen Sie nicht zu überzeugen«, meinte Parker. »Wann werden Sie voraussichtlich auf dem Jan-Smuts-Flughafen eintreffen?«
»Wir haben vor sieben Minuten den Zambesi überflogen.« Peter warf einen Blick durch die Plexiglasluken in der Seitenwand der Kanzel, doch die Erdoberfläche war unter einem Nebelschleier und einer Schichte von Kumuluswolken verborgen. »Wir haben noch zwei Stunden und zehn Minuten zu fliegen – aber meine Hilfstruppe hat einen Rückstand von drei Stunden und vierzig Minuten.«
»All right, Peter. Ich werde mich wieder mit den Südafrikanern in Verbindung setzen. Die Regierung hat eine Sitzung des ganzen

Kabinetts einberufen, und unsere beiden Botschafter werden als Beobachter und Berater teilnehmen. Ich glaube, ich werde sie wohl über die Existenz von Atlas aufklären müssen.«
Er schwieg sekundenlang. »Nun erweist sich die Gründung von Atlas schließlich doch noch als gerechtfertigt, Peter. Endlich verfügen wir über eine Einheit, die alle nationalen Erwägungen beiseite lassen und rasch und unabhängig handeln kann! Ich glaube, Sie sollten wissen, daß ich bereits die Zustimmung des Präsidenten und Ihres Premierministers für *Condition Delta* eingeholt habe – ich werde nach meinem Gutdünken davon Gebrauch machen.«
Condition delta bedeutete Befehl zum totalen Angriff – das Todesurteil für die Terroristen.
». . . Aber ich möchte nochmals betonen, daß ich Delta nur als allerletzten Ausweg in Betracht ziehe. Ich möchte zuerst die Forderungen hören und prüfen, und in dieser Hinsicht sind wir zu Verhandlungen bereit – voll und ganz bereit . . .«
Während Parker weitersprach, änderte Peter Stride ein wenig die Haltung und stützte das Kinn in die Mulde seiner Hand, um seine Gereiztheit zu verbergen. Sie hatten sich wieder auf ein strittiges Gebiet begeben – und abermals mußte Peter darauf hinweisen, daß er mit Parker nicht einer Meinung war.
»Jedesmal, wenn man ein Mitglied einer militanten Gruppe mit dem Leben davonkommen läßt, schafft man nur die Voraussetzungen für weitere Anschläge zur Befreiung inhaftierter Mitglieder.«
»Ich habe die Zustimmung für *Condition Delta*«, wiederholte Parker, nun mit einer Spur von Schärfe in der Stimme, »aber ich stelle klar, daß ich nur nach reiflicher Überlegung davon Gebrauch machen werde. Wir sind keine Killereinheit, General Stride.«
Parker nickte seinem Assistenten zu, der nicht im Bild zu sehen war. »Ich lasse mich nun mit den Südafrikanern verbinden, um sie über Atlas zu informieren.« Der Bildschirm wurde dunkel.
Peter Stride sprang aus seinem Stuhl hoch und versuchte, in dem engen Raum zwischen den Sitzen auf und ab zu gehen, doch der Raum war zu niedrig für seine hochgewachsene Gestalt, und er schwang sich verärgert wieder auf seinen Sitz.

Kingston Parker erhob sich von seinem Platz am Kommunikationspult im Vorzimmer zu seinen Büroräumen im Westflügel des Pentagon. Die zwei Nachrichtentechniker beeilten sich, ihm aus dem Weg zu gehen, und sein persönlicher Sekretär öffnete ihm die Tür zu seinem Privatbüro.
Parkers Bewegungen waren trotz seiner Größe erstaunlich geschmeidig. Er wog kein Gramm zuviel, seine breiten, schweren Knochen waren nur mit magerem, muskulösem Fleisch bedeckt. Seine Anzüge waren aus gutem Stoff und gut geschnitten – das Beste, was die Fifth Avenue zu bieten hatte –, aber sie waren so abgetragen, daß sie beinahe schon schäbig wirkten. Der Kragen seines Hemdes war ein wenig ausgefranst, die italienischen Schuhe vorne abgewetzt, und das alles erweckte den Anschein, als würden ihm Äußerlichkeiten überhaupt nichts bedeuten. Dennoch trug er seine Kleidung mit sozusagen unbewußter Eleganz. Und er wirkte gut zehn Jahre jünger als dreiundfünfzig. Seine dichte, buschige Haarmähne war nur von wenigen Silberstreifen durchzogen.
Sein Privatbüro war spartanisch eingerichtet, mit den funktionsgerechten, aber unpersönlichen Möbeln der US-Regierung. Nur die Bücher, die sämtliche Regale füllten und sich sogar auf dem großen Klavier türmten, waren sein Eigentum. Das Klavier war ein Bechstein-Flügel und viel zu groß für den Raum. Parker ließ seine rechte Hand leicht über die Tasten gleiten, als er daran vorbeikam – aber er ging weiter zum Schreibtisch.
Er ließ sich in den Drehstuhl fallen und blätterte durch den Stapel von Geheimakten auf seinem Tisch. Jede dieser Akten enthielt die neuesten Computer-Ausdrucke, die er angefordert hatte – Lebensläufe, Charakterstudien und Beurteilung aller Personen, die bisher in irgendeiner Weise mit der Entführung von Flug 070 zu tun gehabt hatten.
Da waren die Dossiers der beiden Botschafter – die rosa Einbände mit der Aufschrift „nur für Abteilungsleiter" wiesen darauf hin, daß es sich um streng vertrauliche Dokumente handelte. Vier weitere Dossiers mit den grünen Einbänden für weniger streng geheime Dokumente enthielten die Beschreibung aller in Not-

situationen entscheidungsbefugten Regierungsmitglieder Südafrikas. Die dickste Akte war die des südafrikanischen Ministerpräsidenten – und wieder einmal verzog Parker ironisch das Gesicht bei dem Gedanken, daß der Mann während des Zweiten Weltkrieges von der probritischen Regierung des Generals Jan Smuts als militanter Opponent gegen die Beteiligung seines Landes an diesem Krieg ins Gefängnis gesteckt worden war. Er fragte sich, wieviel Verständnis dieser Mann nun wohl für andere militante Aktivisten aufbringen mochte.
Dann gab es noch die beiden Dossiers des südafrikanischen Verteidigungsministers und des Justizministers und die etwas dünneren grünen Akten des Polizeikommissars und seines Stellvertreters, denen die Verantwortung für alle unmittelbaren Entscheidungen auf dem Schauplatz des Zwischenfalls übertragen worden war. Von all diesen Männern hob sich nur der Ministerpräsident als wirkliche Persönlichkeit ab – eine mächtige, bulldoggenhafte Erscheinung, ein Mann, der sich nicht leicht beeinflussen oder von seinen Ideen abbringen ließ. Instinktiv erkannte Kingston Parker, daß letztlich nur dieser Mann Autorität besaß.
Die unterste Akte in dem beachtlichen Stapel hatte wieder einen rosaroten Einband und war schon so abgegriffen, daß der Pappendeckeleinband im Falz bereits brüchig wurde. Der ursprüngliche Computerausdruck aus diesem Dossier war vor zwei Jahren angefordert und seither alle Vierteljahre mit den neuesten Daten ergänzt worden.
STRIDE PETER CHARLES stand auf dem Einband – und darunter die nachträglich hinzugefügte Bemerkung „nur für den Leiter von Atlas".
Kingston Parker hätte den Inhalt dieser Akte wahrscheinlich auswendig hersagen können – aber dennoch legte er sie sich nun auf die Knie, knüpfte die Bänder auf und öffnete den Einband. Bedächtig an seiner Pfeife paffend, begann er langsam die losen Blätter durchzusehen.
Da war zunächst das Skelett eines Lebenslaufs. Geboren 1939, einer von Kriegszwillingen aus einer Soldatenfamilie, Vater drei Jahre nach seiner Geburt beim Einsatz als Kommandant einer

Panzerbrigade in der Wüste Nordafrikas von Rommels Truppen überrannt und im Gefecht ums Leben gekommen. Der ältere Zwillingsbruder hatte den Titel eines Baronet geerbt, und Peter hatte, wie in der Familie üblich, zuerst die *Public School* in Harrow und dann die Militärakademie in Sandhurst besucht, wo er die Familie anscheinend durch seine geistige Brillanz, durch seine Abneigung gegen den Teamsport und durch seine Bevorzugung der individuelleren Sportarten wie Golf, Tennis und Langstreckenlauf aus der Fassung brachte.
Kingston Parker dachte eine Weile über dieses Detail nach. Es war ein Hinweis auf den Charakter des Mannes, der auch ihn ein wenig beunruhigt hatte. Parker empfand die für den Intellektuellen typische Verachtung für das Militär und hätte einen Mann vorgezogen, der mehr seiner Vorstellung vom draufgängerischen Soldaten entsprach.
Als jedoch der junge Stride in das Regiment seines Vaters eingetreten war, dürfte seine ungewöhnliche Intelligenz offenbar doch in konventionelle Bahnen gelenkt und seine Neigung zu unabhängigem Denken und Handeln unterdrückt, wenn nicht gar zur Gänze ausgeschaltet worden sein – bis sein Regiment auf dem Höhepunkt der griechisch-türkischen Unruhen nach Zypern entsandt wurde. Schon eine Woche nach seiner Ankunft war der junge Stride mit der begeisterten Zustimmung seines Kommandeurs zum Abwehrdienst abgestellt worden. Vielleicht hatte der Kommandeur bereits bemerkt, welche Probleme es mit sich brachte, ein Wunderkind innerhalb der Wände seines traditionsgebundenen Offizierskasinos zu beherbergen.
Dies eine Mal hatten die Militärs eine logische, wenn nicht geradezu brillante Entscheidung getroffen. Stride hatte in den sechzehn Jahren danach nicht einen einzigen Fehler gemacht, abgesehen von seiner Ehe, die nach zwei Jahren geschieden wurde. Wäre er bei seinem Regiment geblieben, hätte das seiner Laufbahn vielleicht geschadet – aber seit Zypern hatte er eine Karriere gemacht, die ebenso unkonventionell und glanzvoll war wie sein Intellekt. Er hatte seither bei einem Dutzend unterschiedlicher und schwieriger Dienstaufträge seine Begabung gezeigt und neue Talente

entwickelt; ungeachtet des allgemeinen Trends zu einer Einschränkung der britischen Verteidigungsausgaben hatte er noch vor Erreichung seines dreißigsten Lebensjahres den Rang eines Stabsoffiziers erlangt.
Im NATO-Hauptquartier hatte er zu beiden Seiten des Atlantik einflußreiche Freunde und Bewunderer gewonnen, und am Ende seiner dreijährigen Dienstzeit in Brüssel war er zum Generalmajor und Leiter des britischen Abwehrdienstes in Irland befördert worden und hatte sich dieser Aufgabe mit dem Einsatz seiner ganzen Persönlichkeit und dem ihm eigenen Fingerspitzengefühl gewidmet.
Die erfolgreiche Eindämmung der irischen Terrorwelle in Großbritannien war zu einem guten Teil ihm zu verdanken, und seine Studie über die Hintergründe der modernen Stadtguerilla und über die Persönlichkeitsstruktur militanter Aktivisten war – auch wenn sie nur in Fachkreisen Interesse erregt hatte – wahrscheinlich die scharfsinnigste Arbeit über dieses Thema.
Der erste Vorschlag zur Gründung von Atlas war in dieser Studie vorgelegt worden, und daher war Stride auch in die engere Auswahl für die Leitung des Projektes gekommen. Seine Ernennung schien bereits ziemlich sicher zu sein – die Amerikaner waren von seiner Studie beeindruckt und seine Freunde in der NATO hatten ihn nicht vergessen, ja im Prinzip war die Sache so gut wie entschieden gewesen, als plötzlich, im letzten Augenblick, eine starke Opposition gegen die Ernennung eines Berufssoldaten zum Leiter einer derart heiklen Institution spürbar wurde. Diese Opposition kam sowohl von Whitehall als auch aus Washington und erwies sich als sehr zäh.
Kingston Parker klopfte seine Pfeife aus, ging hinüber zum Klavier und legte die Akte auf den offenen Notenständer. Er setzte sich auf den Klaviersessel und begann, immer noch in der Akte lesend, zu spielen.
Die hämmernden Synkopen Liszts unterbrachen seine Gedankengänge nicht, sondern schienen sie sogar noch anzufeuern.
Parker hatte Stride nicht gewollt, hatte ihn von allem Anfang an für gefährlich gehalten, da er spürte, daß dieser Mann von Ambi-

tionen und Motivationen geleitet wurde und schwierig in Zaum zu halten war. Er hätte einen der von ihm selbst nominierten Männer vorgezogen – Tanner, der nun die Mercury-Truppe von Atlas befehligte, oder Colin Noble. Und er hatte auch erwartet, daß Stride eine Ernennung, die so tief unter seinen Fähigkeiten lag, ablehnen würde.

Stride hatte jedoch die Bestellung auf den niedrigeren Posten akzeptiert und das Kommando von Thor übernommen. Parker hatte den Verdacht, daß es dafür einen ungewöhnlichen Beweggrund gab und hatte alles getan, um den Mann persönlich unter die Lupe zu nehmen. Er hatte ihn fünfmal nach Washington beordert, hatte sein ganzes Charisma und seine Ausstrahlungskraft auf ihn konzentriert. Er hatte ihn sogar privat zu sich nach New York eingeladen und stundenlange tiefschürfende und weitgespannte Diskussionen mit ihm geführt, die ihm trotz aller Bedenken einen gewissen Respekt vor dem Intellekt des Mannes abgerungen hatten. Was aber Peter Strides Zukunft bei Atlas anging, so war Parker zu keinem eindeutigen Ergebnis gelangt.

Parker blätterte eine Seite der Charakteranalyse um. Er hatte schon vor langer Zeit gelernt, bei der Suche nach den Schwächen eines Gegners mit dessen Triebleben zu beginnen. Bei diesem Mann allerdings gab es keinerlei Hinweise auf irgendwelche abnormalen sexuellen Neigungen. Zweifellos war er kein Homosexueller, und wenn überhaupt irgend etwas, dann höchstens ein wenig zu sehr das Gegenteil. Er war seit seiner Scheidung mindestens ein Dutzend ernsterer Liaisons eingegangen, aber alles sehr diskret und ehrbar. Zwar waren drei der Damen verheiratet gewesen, doch keine davon mit einem seiner Untergebenen, einem Offizierskameraden oder einem Mann, der seiner Karriere hätte schaden können.

Die von ihm bevorzugten Frauen hatten alle gewisse Eigenschaften gemeinsam – sie waren meistens hochgewachsen, intelligent und erfolgreich. Eine davon war Journalistin, deren Artikel gleichzeitig von mehreren Zeitungen gedruckt wurden, eine andere war ehemaliges Fotomodell und Mannequin, das nun seine eigene Kollektion entwarf und über einflußreiche Verbindungen in

London und in Paris auf den Markt brachte. Dann war da noch eine Schauspielerin, Mitglied der Royal Shakespeare Company. – Ungeduldig überflog Parker die Seiten, denn er hatte weder Verständnis noch Geduld für einen Mann, der den Forderungen seines Körper nachgab.
Er hatte sich selbst zu völliger sexueller Enthaltsamkeit gezwungen und all seine diesbezüglichen Energien auf geistige Ebenen umgeleitet. Dieser Stride hingegen fand es nicht einmal unter seiner Würde, sich in zwei oder drei Liebesaffären gleichzeitig einzulassen.
Parker wandte seine Aufmerksamkeit dem zweiten schwachen Punkt zu. Strides Erbe war durch die sträflich hohen Erbschaftssteuern in Großbritannien stark zusammengeschmolzen – aber sein Privateinkommen lag sogar nach Abzug der immensen Steuern immer noch ein wenig über zwanzigtausend Pfund Sterling im Jahr, und wenn man sein Offiziersgehalt und die Zulagen dazurechnete, so konnte er davon recht gut leben. Er konnte sich sogar die relativ harmlose Extravaganz leisten, seltene Bücher zu sammeln. – Und ungewöhnliche Damen, dachte Parker mit ätzender Ironie – eine etwas weniger harmlose Extravaganz.
Aber es gab keinerlei Hinweise auf irgendwelche ungesetzlichen Reserven – keine Schweizer Bankkonten, keine Rücklagen in Goldbarren, keine Besitzungen im Ausland, keine auf den Namen von Strohmännern lautenden Aktienbeteiligungen an ausländischen Gesellschaften –, und Parker hatte eifrig danach gesucht, denn sie hätten auf illegale Erwerbsquellen, vielleicht sogar von fremden Regierungen, hingewiesen. Ein Mann wie Stride hatte viel zu verkaufen, und zu Preisen, die er selbst bestimmen konnte – aber er hatte es anscheinend nicht getan.
Stride war Nichtraucher. Parker nahm die alte schwarze Bruyère-Pfeife aus dem Mund und betrachtete sie einen Augenblick lang liebevoll. Sie war sein einziges Laster, ein harmloses Laster, was immer auch der Chef des Sanitäts- und Veterinärwesens der Vereinigten Staaten dazu sagen mochte, und Parker steckte sie sich entschlossen wieder zwischen die Zähne.
Stride trank mäßig, obwohl er als gewiefter Weinkenner galt. Er

ging gelegentlich zu Pferderennen, doch weniger wegen des Wettgewinns, als aus Spaß am gesellschaftlichen Ereignis, und die gelegentlichen fünfzig Pfund, die er auf ein Pferd setzte, konnte er sich leicht leisten. Ansonsten gab es keinerlei Anzeichen von Glücksspiel. Aber er ging nicht auf die Jagd – folgte also nicht der Tradition der meisten Engländer aus gehobenen Kreisen. Vielleicht hatte er moralische Einwände gegen blutige Sportarten, dachte Parker, obwohl das unwahrscheinlich zu sein schien, da Stride ein hervorragender Scharfschütze war und mit Gewehr, Schrotflinte und Pistole gleich gut umging. Bei der Olympiade in München hatte er Großbritannien als Pistolenschütze repräsentiert und hatte eine Goldmedaille in der Fünfzig-Meter-Klasse gemacht; und er verbrachte täglich eine Stunde auf dem Schießplatz.
Parker wandte sich der Seite mit dem medizinischen Gutachten zu. Der Mann mußte in ausgezeichneter Körperverfassung sein – mit Neununddreißig wog er ein Pfund weniger als er mit Einundzwanzig gewogen hatte, und er trainierte immer noch wie ein Frontsoldat. Parker stellte fest, daß er im vergangenen Monat sechzehn Fallschirmabsprünge absolviert hatte. Seit er bei Atlas war, hatte er weder Gelegenheit noch Zeit zum Golfspielen, doch während seiner Dienstzeit bei der NATO hatte er mit einer Vorgabe von nur drei Schlägen gespielt.
Parker klappte die Akte zu und spielte leise weiter, aber weder das glatte, kühle Elfenbein unter seinen Fingerspitzen, dessen Berührung ihm sonst eine beinahe sinnliche Freude bereitete, noch die schmerzhaft-schöne Rhythmik der Musik konnte seine Unruhe besänftigen. So erschöpfend der Bericht auch war, ließ er dennoch manche Frage offen, zum Beispiel, warum Stride die Bestellung zum Kommandanten von Thor annahm, die unter seinem Rang lag – er war nicht der Typ, der unbesonnen handelte. Mit besonderer Beharrlichkeit jedoch nagte an Parker die Frage, wie beweglich und unabhängig der Geist dieses Mannes wirklich war, wie stark er von seinen Ambitionen und seinem scharfen Intellekt getrieben wurde – und welche Bedrohung ein solcher Mann für die Entwicklung von Atlas zu der dieser Institution letztlich bestimmten Rolle darstellen konnte.

»Doktor Parker . . .« Sein Assistent klopfte leise an und trat dann ein. »Es ist etwas Neues geschehen.«
Parker seufzte ein wenig. »Ich komme«, sagte er und ließ die letzten melancholisch-schönen Töne unter seinen langen, kräftigen Fingern hervorperlen, bevor er sich erhob.

Die Hawker glitt fast geräuschlos über den Himmel. Der Pilot hatte die Triebwerke in einer Höhe von fünftausend Fuß gedrosselt und vollzog den Anflug, ohne die Gashebel nochmals zu berühren. Er überflog die Einzäunung mit nur zehn Knoten über der Abreißgeschwindigkeit, setzte zwanzig Fuß jenseits der Schwellenmarkierung von Piste Eins Fünf auf und schaltete sofort auf die höchstzulässige Bremsleistung. Eins Fünf war die zweite Seitenwindlandebahn, und die Ausrollstrecke, die die Hawker brauchte, war so kurz, daß das gesamte Anflug- und Landemanöver von den Gebäuden des Hauptterminals verdeckt wurde. Auf dem südlichen Teil der Hauptlandepiste, wo die Speedbird 070 stand, konnte niemand die Landung der Maschine bemerkt haben.
Der Pilot zog eine Schleife von 360 Grad und rollte dann gelassen in die Gegenrichtung zurück. Er gab gerade soviel Gas, daß die Maschine gemächlich ausrollen konnte.
»Gut gemacht«, murmelte Peter Stride und beugte sich über den Pilotensitz. Er war fast sicher, daß niemand an Bord der 070 ihre Ankunft bemerkt hatte.
»Man hat uns im Nordsektor einen Platz gerichtet und einen Anschluß ans Hauptstromnetz hergestellt . . .« Peter unterbrach sich, als er den Einwinker auf dem Vorfeld mit seinen Kellen winken sah und hinter ihm eine geschlossene Gruppe von vier Männern. Drei davon trugen Tarnanzüge, der vierte eine tadellose blaue Uniform mit Kappe und die goldenen Rangabzeichen eines höheren Offiziers der südafrikanischen Polizei.
Der Offizier war der erste, der Peter begrüßte, als dieser die ausgeklappte Gangway der Hawker hinunterstieg. »Prinsloo.« Er schüttelte ihm die Hand. »Generalleutnant.«
Er stand im Rang höher als Peter, aber es war kein militärischer, sondern ein Polizeirang. Er war ein untersetzter Mann mit stahl-

umrandeten Brillen, ein wenig dickbäuchig und mindestens fünfundzwanzig Jahre alt. Er hatte die etwas groben Züge und fleischigen Kinnbacken und Lippen, die Peter während seiner NATO-Zeit in den Niederlanden so oft an belgischen und holländischen Bauern aufgefallen waren. Ein Mann, der mit beiden Füßen auf dem Boden stand, hart und konservativ.

»Gestatten Sie, daß ich Ihnen Kommandeur Boonzaier vorstelle.« Das war ein militärischer Rang, der dem eines Obersten entsprach. Der Mann war jünger, doch er sprach mit dem gleichen schweren Akzent, und seine Gesichtszüge glichen denen des Polizeioffiziers. Aber er war groß, höchstens drei Zentimeter kleiner als Peter. Beide Südafrikaner wirkten mißtrauisch und verstimmt, und der Grund dafür wurde sofort klar.

»Ich wurde angewiesen, meine Befehle von Ihnen entgegenzunehmen, General.« Die beiden Offiziere nahmen, ohne den Blick voneinander zu wenden, neben ihm Aufstellung, und Peter bemerkte sofort, daß ihre Feindseligkeit nicht ausschließlich ihm galt.

Es hatte bereits Reibungen zwischen Polizei und Militär gegeben – und wieder einmal wurde dadurch der grundlegende Wert von Atlas unterstrichen.

Eine einzige, klare Linie im Hinblick auf Befehlsgewalt und Verantwortung war absolut notwendig – Peter dachte plötzlich an die Schießerei zwischen den ägyptischen Kommandotruppen und den zypriotischen Gardesoldaten auf dem Flughafen von Larnaca, aus der die Entführer der gelandeten Maschine unverletzt davongekommen waren, während Dutzende von Zyprioten und Ägyptern tot oder lebensgefährlich verletzt zwischen den brennenden Wrackteilen der ägyptischen Transportmaschine auf dem Flugfeld lagen.

Das erste Prinzip der terroristischen Strategie war, dort zuzuschlagen, wo sich nationale Verantwortungsbereiche überschnitten. Atlas durchkreuzte diese Strategie.

»Danke.« Peter übernahm das Kommando ohne viel Aufhebens. »Meine Hilfstruppen werden in etwas mehr als drei Stunden landen. Wir werden natürlich nur im äußersten Notfall Gewalt anwenden – aber wenn es zu einem Gegenangriff kommen sollte, werde ich dafür ausschließlich Atlas-Personal einsetzen. Ich möchte das von allem Anfang an klarstellen.« Er sah, wie der Soldat enttäuscht die Lippen zusammenpreßte.

»Meine Männer sind die Elite ...«

»Es handelt sich um ein britisches Flugzeug, die meisten Geiseln sind britische oder amerikanische Staatsbürger – das ist eine politische Entscheidung, Oberst. Aber ich wäre Ihnen für Ihre Hilfe in anderen Bereichen dankbar.« Peter versuchte, ihn taktvoll abzuweisen.

»Zunächst möchte ich Sie bitten, mir zu zeigen, wo ich am besten meine Überwachungsanlage aufstellen könnte – und dann wollen wir miteinander die Lage besprechen.«

Peter fand mühelos einen geeigneten Platz für seinen vorgeschobenen Beobachtungsposten. Das geräumige, spärlich möblierte Büro des Servicemanagers im dritten Stock des Flughafengebäudes gewährte Ausblick auf die gesamte Servicefläche und auf den südlichen Teil der Rollbahn, wo die Boeing stand.

Als die Büros evakuiert worden waren, hatte man die Fenster offen gelassen, und so war es nicht nötig, irgendwelche äußere Veränderungen vorzunehmen.

Da der Zuschauerbalkon im nächsthöheren Stockwerk vorsprang, lag der Raum im Schatten, außerdem war er so tief, daß kein Beobachter aus dem gleißenden Sonnenlicht in das Innere des Büros sehen konnte, nicht einmal mit einem sehr lichtstarken Fernglas. Die Terroristen rechneten wahrscheinlich damit, daß man sie von der Glaskuppel des Kontrollturms aus beobachtete – und jede Irreführung, wie trivial sie auch sein mochte, lohnte sich.

Die Überwachungsanlage war leicht und kompakt, keine der Fernsehkameras war größer als eine 8-mm-Super-Filmkamera, und die beiden ausziehbaren Aluminiumstative ließen sich unschwer mit einer Hand tragen. Aber die Kameras waren mit Zoom-Objektiven ausgestattet, die auf eine Brennweite von 800 mm verstellt werden konnten, projizierten die Filme direkt auf die Fern-

sehschirme im Cockpit der Hawker und speicherten sie gleichzeitig auf ein Videoband.
Der Tonverstärker war etwas größer, aber nicht schwerer. Er war mit einer Parabolantenne versehen, in deren Zentrum sich der Tonkollektor befand, und ließ sich mit Hilfe des Visierfernrohrs exakt wie das Gewehr eines Scharfschützen auf eine Tonquelle ausrichten. Auf eine Entfernung von mehr als 700 Meter konnte er genau auf die Lippen eines Menschen eingestellt werden und jedes Gespräch deutlich aufzeichnen. Der Ton wurde direkt zum Kommandopult der Hawker übertragen und gleichzeitig auf den großen Magnetspulen gespeichert.
Peter ließ zwei seiner Nachrichtentechniker in dem Raum zurück, versorgte sie mit einer großen Kanne Kaffee und mit Krapfen, und begab sich dann in Begleitung des südafrikanischen Obersten zum Aufzug, um in die Glaskuppel des Kontrollturms hinaufzufahren.

Vom Kontrollturm aus konnte man den ganzen Flugplatz, das Vorfeld und auch die Servicefläche rund um den Terminal ungehindert überblicken. Der Besucherbalkon war mittlerweile geräumt worden, der Zutritt nur noch Militärs gestattet.
»... Ich habe alle Zufahrten zu den Haupteingängen des Flughafens sperren lassen. Nur Passagiere mit Buchungsbestätigungen und gültigen Tickets werden durchgelassen – keine Schaulustigen. Und bis auf den Nordteil des Terminals wurde der gesamte Flughafen für den Flugverkehr gesperrt.«
Peter nickte und wandte sich an den dienstältesten Beamten der Flugsicherung. »Wie sieht die Verkehrslage aus?«
»Wir haben allen Privatflugzeugen die Start- und Landeerlaubnis verweigert. Alle planmäßigen Inlandsflüge wurden nach Lanseria und Germiston umgeleitet, wir lassen nur internationale Linienmaschinen landen und starten – aber durch den Zwischenfall haben sich Verzögerungen von bis zu drei Stunden ergeben.«
»Wie steht es mit dem Fernhalten des Flugverkehrs von der BA 070?« fragte Peter.
»Zum Glück liegt der Terminal für den internationalen Flugverkehr weitab vom Standort der Maschine, und wir verwenden auch

die Pisten und das Vorfeld des südlichen Sektors nicht. Wie Sie sehen, haben wir das ganze Gebiet geräumt – mit Ausnahme dieser drei Maschinen der SA-Airways, die überholt und gewartet werden müssen, befindet sich im Umkreis von rund einem Kilometer kein Flugzeug in der Nähe der Boeing.«

»Es könnte sein, daß ich den gesamten Verkehr lahmlegen muß, sobald...« Peter machte eine kurze Pause, »oder soll ich besser sagen: *wenn* es zu einer Eskalation kommt.«

»In Ordnung, Sir.«

»In der Zwischenzeit können Sie wie bisher weitermachen.« Peter hob das Fernglas und betrachtete abermals prüfend die riesige Boeing.

Da stand sie in majestätischer Einsamkeit, in so völliger Stille, als wäre kein Mensch an Bord. Die bunte, beinahe aufdringliche Bemalung verlieh ihr ein karnevalartiges Aussehen. Rot, blau und strahlendweiß funkelte sie im gleißenden Sonnenlicht der Hochebene. Sie war so abgestellt, daß ihre ganze Längsseite dem Tower zugekehrt war, und sämtliche Luken und Türen waren immer noch fest verschlossen und verriegelt.

Langsam ließ Peter den Blick über den Flugzeugrumpf mit der langen Reihe von Plexiglasfenstern schweifen – aber die Innenjalousien waren überall herabgezogen und die Luken sahen aus wie die erblindeten Facettenaugen eines Insektes.

Er hob den Feldstecher ein wenig und musterte die Windschutzscheibe und die Luken in den Seitenabdeckblechen des Flugdecks. Aber auch diese waren von innen mit Tüchern verhängt und verwehrten jeden Blick auf die Besatzung und die Entführer. Damit entfiel auch jede Chance, einen Schuß ins Flugdeck abzufeuern, obwohl die Entfernung zum nächstgelegenen Abschnitt des Terminals nicht mehr als rund vierhundert Meter betrug, und es mit den neuen Laser-Zielfernrohren für einen von Thors ausgebildeten Scharfschützen an sich eine Kleinigkeit gewesen wäre, einen gezielten Kopfschuß abzugeben. Er hätte sich sogar aussuchen können, auf welches Auge er zielen wollte.

Wie eine lange, verletzliche Nabelschnur schlängelte sich das dünne schwarze Kabel, das die Maschine mit dem Stromnetz ver-

band, über das leere Vorfeld der Rollbahn. Peter betrachtete es gedankenvoll, bevor er seine Aufmerksamkeit den vier Panhard-Panzern zuwandte. Ein wenig gereizt runzelte er die Stirn.
»Oberst, bitte ordnen Sie an, daß diese Panzer zurückgezogen werden.« Er versuchte seine Gereiztheit zu verbergen. »Bei den dicht verschlossenen Türmen werden Ihre Leute da drinnen wie Weihnachtsgänse geröstet.«
»General, ich betrachte es als meine Pflicht...«, begann Boonzaier, und Peter senkte das Glas und lächelte. Es war ein charmantes, freundliches Lächeln, das Peters eben noch so strenge Gesichtszüge weicher machte und den Mann überraschte – aber in den stahlblauen Augen, die ihm aus Peters scharfgeschnittenem Gesicht mit hartem Blick entgegenblitzten, lag keine Spur von Humor.
»Ich möchte die Atmosphäre so weit wie möglich entladen.« Es verdroß Peter, Erklärungen abgeben zu müssen, aber er lächelte weiter. »Wenn einer weiß, daß vier Riesenkanonen auf ihn gerichtet sind, ist es leicht möglich, daß er eine falsche Entscheidung trifft und als erster auf den Abzug drückt. Sie können Ihre Panzer zur Unterstützung in der Nähe behalten, aber entfernen Sie sie aus dem Blickfeld der Entführer. Stellen Sie sie auf den Parkplatz und gönnen Sie Ihren Leuten ein wenig Ruhe.«
Widerwillig gab der Oberst den Befehl über das an seinem Gürtel baumelnde Walkie-Talkie weiter, und als die Panzer sich in Bewegung setzten und langsam hinter den Wartungshallen verschwanden, fuhr Peter unbarmherzig fort.
»Wie viele Männer haben Sie aufmarschieren lassen?« Er deutete auf die Reihe von Soldaten entlang der Brüstung des Besucherbalkons und dann auf die Köpfe, die sich schemenhaft zwischen dem schimmernden Blau des afrikanischen Himmels und der Silhouette der Wartungshallen abzeichneten.
»Zweihundertdreißig.«
»Ziehen Sie sie zurück«, befahl Peter, »und sorgen Sie dafür, daß die Leute in der Boeing das auch bemerken.«
»Alle?« kam es ungläubig.
»Alle«, pflichtete Peter bei, und nun wurde sein Lächeln diabolisch. »Und rasch, wenn ich bitten darf, Oberst.«

Der Mann lernte schnell und hob das winzige Walkie-Talkie abermals zum Mund. Einige Sekunden lang rannten die Soldaten verwirrt und ziellos hin und her, doch bald formierte sich die Truppe auf dem einen Stock tiefer liegenden Besucherbalkon. Die Mündungen ihrer umgeschnallten Gewehre und die Stahlhelme, die wie eine Reihe tanzender junger Pilze über die Brüstung hinausragten, konnten zweifellos von jedem Beobachter in der Boeing deutlich gesehen werden.

»Wenn Sie diese Leute, diese Bestien ...« In der Stimme des Colonels schwangen unterdrückte Wut und Enttäuschung. »... Wenn Sie die mit Glacéhandschuhen anfassen ...«

Peter wußte genau, was nun kommen würde. »... Und wenn Sie weiterhin mit Kanonen vor ihren Nasen herumfuchteln, dann bewirken Sie, daß sie auf der Hut und Gewehr bei Fuß bleiben, Oberst. Lassen wir sie doch ein bißchen zur Ruhe kommen und sich entspannen, wiegen wir sie doch in Sicherheit.« Er sprach, ohne das Fernglas zu senken. Mit dem geschulten Blick des Soldaten suchte er sich die Stellen aus, an denen er seine Scharfschützen postieren würde. Die Chance, sie auch wirklich einzusetzen, war gering, denn sie hätten alle Feinde gleichzeitig aufs Korn nehmen müssen; aber eine vage Chance dafür mochte sich bieten. Also beschloß Peter, einen der Männer auf dem Dach der Wartungshalle zu postieren, wo es einen großen Ventilator gab, in den man ein Loch bohren konnte, um den Ausblick auf die Backbordseite der Maschine zu ermöglichen. Zwei weitere wollte er so aufstellen, daß sie beide Seiten des Flugdecks im Schußfeld hatten, und der vierte konnte sich durch den Entwässerungsgraben entlang der Hauptlandebahn in das kleine Gebäude schleichen, in dem das Instrumentenlandesystem und die Radargeräte für die Anflugkontrolle untergebracht waren. Das Gebäude befand sich hinter dem Heck der Boeing. Aus dieser Richtung würden sie vielleicht keinen Angriff erwarten. Punkt für Punkt ging Peter seine Überlegungen nochmals durch, kritzelte seine Entscheidungen in das kleine, ledergebundene Notizbuch, beugte sich über die Karte, auf der in großem Maßstab der ganze Flughafen dargestellt war, berechnete aus den angegebenen Neigungen und Winkeln

die Schußfelder, maß die Entfernungen nach und kalkulierte die Zeit, die ein Stoßtrupp vom nächstgelegenen Angriffspunkt bis zum Ziel brauchen würde. Kritisch betrachtete er jedes Problem von allen Seiten, bewertete die Chancen, bemühte sich immer wieder um neue Lösungen und versuchte die Gedankengänge eines immer noch gesichtslosen und eminent bedrohlichen Feindes zu erraten.
Es bedurfte einer Stunde harter Arbeit, ehe er zufrieden war. Nun konnte er seine Entscheidungen an Colin Noble an Bord der sich nähernden Hercules durchgeben, und vier Minuten nach Aufsetzen der großen Fahrwerksräder würde sein hervorragend geschultes Team Position bezogen haben, jeder Mann würde sein ganzes Geschick und seine ganze Begabung für die bevorstehende Aufgabe einsetzen.
Peter richtete sich von der Landkarte auf, öffnete die Brusttasche seines Hemdes und steckte den Notizblock hinein. Nochmals betrachtete er jeden Zoll des einsamen, dicht verschlossenen Flugzeugs durch sein Fernglas – doch nun zwang er sich nicht mehr dazu, seine Erregung zu unterdrücken.
Zorn und Haß stiegen aus irgendwelchen verborgenen Tiefen seiner Seele empor, ließen das Blut in seinen Adern rauschen, spannten seine Bauch- und Schenkelmuskeln. Wieder einmal sah er sich dem vielköpfigen Monster gegenüber. Da draußen hockte es auf der Lauer und wartete auf ihn, wie schon so oft zuvor.
In der Erinnerung sah er plötzlich wieder die Glassplitter und Scherben auf dem Kopfsteinpflaster in Belfast, die wie Diamanten im Licht der Bogenlampen geglitzert hatten, spürte den Geruch von Sprengstoff und Blut, der dick in der Luft gehangen war.
Er sah die Leiche einer jungen Frau im ausgebrannten Inneren eines mondänen Londoner Restaurants liegen. Die Explosion hatte sämtliche Kleidungsstücke von ihrem schönen, jungen Körper gerissen – bis auf das winzige perlfarbene, französische Spitzenhöschen.
Er erinnerte sich an eine Familie – Vater, Mutter und drei kleine Kinder –, die in ihrem Campingwagen verbrannt waren, erinnerte sich an den Geruch der verkohlenden Leiber, die sich wie Tänzer

eines langsamen, makabren Balletts in den hochzüngelnden Flammen gedreht und gewunden hatten. Er hatte seither nie wieder Schweinefleisch essen können.
Er sah die angstvollen Augen eines kleinen Mädchens, die ihm aus einem blutverschmierten, maskenhaft verzerrten Gesicht entgegenstarrten, den Arm des Kindes, der abgetrennt auf dem Erdboden lag und dessen bleiche Finger immer noch eine schmutzige kleine Lumpenpuppe umklammerten.
In unzusammenhängender Folge jagten die Bilder durch seine Gedanken und nährten seinen Haß, bis seine Augen zu stechen und zu brennen begannen und er das Fernglas senken mußte, um sich mit dem Handrücken über die Lider zu fahren.
Es war derselbe Feind, den er schon so oft gejagt hatte, aber sein Instinkt sagte ihm, daß dieser Feind seither noch stärker, noch unmenschlicher geworden war. Peter bemühte sich, seinen Haß zu unterdrücken, um die Urteilsfähigkeit nicht zu beeinträchtigen, um sich nicht in den schwierigen Stunden und Tagen, die – wie er wußte – vor ihm lagen, durch ihn behindern zu lassen – aber der Haß war zu stark, hatte zu lange schon Nahrung gefunden.
Peter wußte, daß dieser Haß das Laster des Feindes war, daß diesem Haß jene vertrackten Philosophien und monströsen Aktionen entsprangen, und daß es hieß, auf das unmenschliche Niveau des Feindes herabzusteigen, wenn man sich diesem Haß überließ – dennoch konnte er ihn nicht unterdrücken.
Er erkannte ganz klar, daß sein Haß nicht nur von den grausigen Bluttaten und Verstümmelungen herrührte, deren Zeuge er so oft geworden war. Noch mehr wurde er durch das Wissen um die Bedrohung einer ganzen Gesellschaft und ihrer Rechtsordnung geschürt. Wenn man das Böse siegen ließ, würden in Zukunft die Gesetze von wahnwitzigen Revolutionären mit dem Gewehr in der Hand gemacht werden – die Welt würde von ihren Zerstörern gelenkt werden und nicht von denen, die aufbauten, und diese Aussicht erfüllte ihn mit noch mehr Haß als die Gewalt und das Blut, die er so sehr verabscheute wie nur ein Soldat das kann, denn der Soldat allein kennt die Schrecken des Krieges.
Peters Soldateninstinkt gebot ihm, den Feind sofort anzugreifen

und zu vernichten – aber die warnende Stimme des Gebildeten und des Philosophen sagte ihm, daß dies nicht der richtige Moment sei, und mit enormer Willensanstrengung hielt er den Instinkt des Kämpfers in Zaum.
Und doch wußte er in seinem Innersten, daß er für diesen Augenblick, für diese Konfrontation mit den Kräften des Bösen, seine ganze Karriere aufs Spiel gesetzt hatte.
Als seine schon fast sichere Bestellung zum Kommandanten von Atlas zunichte geworden war und man an seiner Stelle einen Politiker für diese Aufgabe ernannte, hätte Peter das Angebot für einen untergeordneten Posten bei Atlas ausschlagen sollen. Ihm standen andere Wege offen. Dennoch hatte er sich dafür entschieden, bei diesem Projekt zu bleiben – und er hoffte, daß niemand seinen bitteren Groll bemerkt hatte. Gott weiß, daß Kingston Parker seither keinen Grund zur Klage gehabt hatte. Es gab keinen Offizier bei Atlas, der härter arbeitete als Peter, und er hatte seine Loyalität mehr als nur einmal bewiesen.
Nun schien sich all das doch gelohnt zu haben – der Augenblick, für den er gearbeitet hatte, war gekommen. Der Feind wartete zwar nicht auf einer sanften, regenverhüllten grünen Insel oder in den schmutzigen Straßen einer übervölkerten Stadt auf ihn, sondern auf einem brennend heißen Flugfeld da draußen unter der afrikanischen Sonne – aber es war immer noch derselbe alte Feind, und Peter wußte, daß seine Zeit kommen würde.

Als Peter sich in die Kabine der Hawker duckte, die nun sein Kommandohauptquartier war, und sich in seinen gepolsterten Stuhl fallen ließ, hatte sein Nachrichtentechniker Colin Noble auf dem Hauptbildschirm. Der Schirm rechts oben zeigte einen Rundblick über den südlichen Terminalbereich, in dessen Mitte die Boeing stand wie ein brütender Adler, der auf seinem Nest hockt. Auf dem Schirm daneben sah man eine mit dem Zoom-Objektiv vergrößerte Aufnahme des Flugdecks. Sie war so scharf, daß Peter sogar den Firmennamen auf dem Etikett der Decke entziffern konnte, mit der die Windschutzscheibe verhängt war. Der dritte kleine Bildschirm zeigte eine Gesamtinnenansicht des Kontrollturms. Im Vordergrund sah man die Lotsen, die in Hemdsärmeln dasaßen und sich über ihre Radaranlagen beugten, dahinter bot sich durch die wandhohen Fenster ein weiterer Blick auf die Boeing. Alle diese Aufnahmen wurden mit den eine Stunde zuvor im Flughafengebäude installierten Kameras gemacht. Der letzte kleine Bildschirm war leer, und Colin Nobles vertrautes, humorvolles Gesicht füllte den Hauptschirm aus.

»Wenn es nur die Kavallerie wäre und nicht die US-Marines«, sagte Peter, »dann wärst du schon gestern hier gewesen ...«

»Warum hast du's so eilig, Kamerad? Sieht nicht so aus, als hätte die Party schon begonnen.« Colin grinste ihm vom Bildschirm zu und schob sich die Baseballkappe in den Nacken.

»Verdammt wahr«, pflichtete Peter ihm bei. »Wir wissen noch nicht einmal, wer diese Party veranstaltet. Wann wirst du schätzungsweise ankommen?«

»Wir haben jetzt guten Wind – noch eine Stunde und zweiundzwanzig Minuten zu fliegen«, teilte ihm Colin mit.

»Gut, dann wollen wir anfangen«, sagte Peter und begann mit der Einsatzbesprechung, wobei er sorgfältig jeden Punkt seiner Notizen durchging. Wenn er auf einen dieser Punkte näher eingehen wollte, ersuchte Peter seine Kameramänner um einen Bildwechsel, und sie schwenkten die Kameras oder rissen sie hoch, zeigten das Radargebäude und die Wartungshalle mit dem Ventilator, wo Peter seine Scharfschützen postieren wollte. Die Bilder wurden nicht nur auf die Konsole im Cockpit übertragen, sondern auch in die Hauptkabine der anfliegenden Hercules, so daß die Männer sich die Stellen, an denen sie postiert werden sollten, schon jetzt genau ansehen und sich eingehend auf ihren Einsatz vorbereiten konnten. Dieselben Aufnahmen wurden durch die Stratosphäre zu einem Satelliten geschickt und wieder zurück zur Erde geleitet, und erschienen, nur geringfügig verzerrt, auf den Bildschirmen des im Westflügel des Pentagon untergebrachten Atlaskommandos. Wie ein alter Löwe kauerte Kingston Parker in seinem Lehnstuhl und verfolgte jedes Wort des *Briefing*, richtete sich nur auf, als sein Assistent ihm ein langes Fernschreiben überbrachte, und veranlaßte dann mit einem kurzen Nicken die

Übertragung seines eigenen Bildes auf Peters Funkkonsole.
»Entschuldigen Sie die Unterbrechung, Peter, aber wir haben hier etwas recht Brauchbares. Von der Annahme ausgehend, daß die militante Gruppe in Mahé an Bord der Boeing gegangen ist, haben wir die Polizei der Seychellen ersucht, die Liste der Anschlußpassagiere zu überprüfen. Es waren insgesamt fünfzehn, zehn davon auf den Seychellen ansässig. Ein Kaufmann mit seiner Frau, dazu acht Kinder zwischen Neun und Vierzehn ohne erwachsene Begleitperson. Es handelt sich um die Kinder ausgewanderter britischer Staatsbeamter, die einen Dienstvertrag mit der Seychellen-Regierung haben. Sie sollten zu Beginn des neuen Semesters in ihre englischen Schulen zurückkehren.«
Peter fühlte, wie sich das Gewicht des Entsetzens wie eine physische Last auf ihn senkte. Kinder! Ihr junges Leben war noch wichtiger, noch verletzlicher! Aber Parker las ihm weitere Auszüge aus dem Fernschreiben in seiner linken Hand vor und kratzte sich dabei mit dem Pfeifenstiel in seiner Rechten den Nacken.
»Weiter ist da ein britischer Geschäftsmann von der *Shell Oil Company*, ziemlich bekannt auf der Insel. Und dann noch vier Touristen – eine Amerikanerin, ein Franzose und zwei deutsche Staatsangehörige. Diese vier gehören anscheinend zusammen, die Beamten der Einwanderungs- und Sicherheitskontrolle erinnern sich recht gut an sie. Zwei Frauen und zwei Männer, alle jung. Namen: Sally-Anne Taylor, fünfundzwanzig, Amerikanerin; Heidi Hotthauser, vierundzwanzig, und Günther Retz, fünfundzwanzig, die beiden Deutschen; und Henri Larousse, sechsundzwanzig, der Franzose. Die Polizei hat Erkundigungen über den Aufenthalt der vier auf der Insel eingezogen. Sie haben zwei Wochen im Hotel Reef außerhalb von Victoria gewohnt, die beiden Frauen in einem Zweibettzimmer, die Männer in einem anderen, sind schwimmen gegangen und in der Sonne gelegen – bis vor fünf Tagen eine kleine seetüchtige Jacht in Victoria anlegte. Eine Einmannjacht, fünfunddreißig Fuß lang, mit der ein Amerikaner um die Welt segelt. Die vier waren jeden Tag auf dem Schiff, solange es im Hafen lag. Vierundzwanzig Stunden vor Abflug der BA 070 ist die Jacht wieder abgesegelt.«

»Wenn diese Jacht ihnen die Waffen und die Munition gebracht hat, dann war diese Aktion schon seit langem geplant«, meinte Peter nachdenklich. »Und verdammt gut geplant.«
Wieder fühlte er das prickelnde Aufwallen seines Blutes. Nun nahm der Feind Gestalt an, die Umrisse der Bestie wurden deutlicher, sie wurde immer häßlicher und bedrohlicher.
»Haben Sie die Namen in den Computer eingegeben?« fragte er.
Parker nickte. »Nichts. Entweder scheinen sie in den Akten des Geheimdienstes nicht auf, oder die Namen und Pässe sind falsch ...«
Er brach ab, als plötzlich Bewegung in das Bild auf dem Fernsehschirm kam, über den der Kontrollturm überwacht wurde, und eine fremde Stimme aus dem Lautsprecher schallte. Die Lautstärke war zu hoch eingestellt, und der Techniker am Kontrollpult reduzierte sie rasch. Es war eine weibliche Stimme, eine frische, klare, junge Stimme, die das leicht singende Englisch der Amerikaner von der Westküste sprach.
»Jan Smuts Tower, hier spricht der Kommandant der Kampfgruppe des Aktionskommandos für Menschenrechte, das die Befehlsgewalt über Speedbird 070 übernommen hat. Bleiben Sie auf Empfang! Wir haben eine Mitteilung für Sie.«
»Kontakt!« Peter atmete tief. »Endlich haben sie Kontakt mit uns aufgenommen.«
Auf dem kleinen Bildschirm grinste Colin Noble und rollte seine Zigarre gekonnt von einem Mundwinkel in den anderen. »Nun geht es also los«, verkündete er munter, doch der harte Klang seiner Stimme strafte den heiteren Tonfall Lügen.

Die drei Männer der Flugbesatzung hatten die Pilotenkanzel verlassen müssen und saßen nun in der Kabine erster Klasse auf den Plätzen, die von der Vierergruppe mittlerweile geräumt worden waren.
Ingrid hatte das Cockpit der Boeing zu ihrem Hauptquartier gemacht und arbeitete sich rasch durch den Stoß von Pässen. In einen vor ihr liegenden Sitzplan trug sie Namen und die Nationalität jedes einzelnen Passagiers ein.
Die Tür zur Bordküche stand offen, und bis auf das Summen der

Klimaanlage herrschte in dem riesigen Flugzeug eine seltsame Stille. Jedes Gespräch war untersagt, und die Mitglieder des Aktionskommandos in ihren roten Hemden patrouillierten in den Gängen auf und ab, um die Einhaltung dieses Gebotes zu überwachen.
Sie überwachten auch die Benützung der Toiletten. Erst wenn ein Passagier an seinen Platz zurückgekehrt war, durfte sich der nächste erheben. Die Toilettentüren mußten während der Benützung offenbleiben, damit die Aktionsmitglieder jederzeit einen kurzen Blick hineinwerfen konnten.
Trotz der Stille lag eine knisternde Spannung über dem Flugzeuginnern. Nur wenige Passagiere schliefen, hauptsächlich die Kinder. Die anderen saßen starr, mit erregten und angespannten Gesichtern da, und beobachteten ihre Entführer mit einer Mischung aus Haß und Angst.
Henri, der Franzose, schlüpfte ins Cockpit.
»Sie ziehen die Panzerwagen zurück«, sagte er. Er war schlank, hatte die verträumten Augen eines Dichters und ein sehr junges Gesicht, zu dem der hängende blonde Schnurrbart, der ihm wohl ein gefährliches Aussehen verleihen sollte, nicht recht passen wollte.
Ingrid blickte zu ihm auf. »Du bist so nervös, *chéri.*« Sie schüttelte den Kopf. »Es wird schon alles gutgehen.«
»Ich bin überhaupt nicht nervös«, antwortete er steif.
Sie kicherte liebevoll, streckte die Hand aus und streichelte ihm übers Gesicht. »Ich wollte dich nicht beleidigen.« Sie zog seinen Kopf herab und küßte ihn. Ihre Zunge drang tief in seinen Mund. »Du hast deinen Mut bewiesen – oft genug«, murmelte sie.
Er ließ seine Waffe klirrend auf den Tisch fallen und zog das Mädchen an sich. Die obersten drei Knöpfe ihrer roten Baumwollbluse waren offen, sie ließ seine Hand hineinschlüpfen und ihre Brüste umfassen. Sie waren voll und spitz, und sein Atem wurde unregelmäßig, als er ihre Brustwarzen streichelte und fühlte, wie sie sich versteiften und wie Fruchtgeleebohnen in die Höhe standen. Doch als er mit der freien Hand nach dem Zippverschluß ihrer Shorts tastete, schob sie ihn heftig von sich.

»Später«, sagte sie brüsk, »wenn das hier vorbei ist. Geh jetzt zurück zu deinem Sitz.« Sie beugte sich vor und hob einen Zipfel des Tuches, mit dem das Seitenfenster des Cockpits verhängt war. Das Sonnenlicht war sehr grell, doch ihre Augen paßten sich rasch an und sie sah die Reihe von behelmten Köpfen über der Brüstung des Besucherbalkons. Sie zogen also auch die Truppen zurück. Es war fast an der Zeit, Kontakt aufzunehmen – aber ein klein wenig wollte sie sie noch im eigenen Saft schmoren lassen.

Sie erhob sich, knöpfte ihre Bluse zu, rückte die Kamera an dem Riemen um ihren Nacken zurecht, blieb in der Bordküche kurz stehen, um die glänzende Fülle ihres goldenen Haares zu ordnen, und schritt dann langsam die volle Länge des Mittelganges entlang, hielt kurz inne, um die über ein schlafendes Kind gebreitete Decke zurechtzuzupfen und sich aufmerksam die Klagen der schwangeren Frau des Neurochirurgen aus Texas anzuhören.

»Sie und die Kinder werden als erste das Flugzeug verlassen – das verspreche ich Ihnen.«

Als sie an dem Bordingenieur vorbeikam, der immer noch ausgestreckt auf dem Boden lag, kniete sie neben ihm nieder.

»Er schläft jetzt. Ich habe ihn mit Morphium vollgepumpt«, murmelte der dicke kleine Arzt, ohne sie anzusehen, damit sie den Haß in seinen Augen nicht lesen konnte. Der verletzte Arm war hochgelagert, um die Blutung zum Stillstand zu bringen, und ragte in seiner dicken Hülle von Druckbandagen steif in die Höhe. Der helle Blutfleck bewirkte eine merkwürdige perspektivische Verkürzung.

»Sie leisten gute Arbeit . . .« Sie berührte seinen Arm. »Ich danke Ihnen.« Nun warf er ihr einen überraschten Blick zu und sie lächelte – ein so strahlendes, liebliches Lächeln, daß er dahinzuschmelzen begann.

»Ist das Ihre Frau?« Ingrid senkte die Stimme, so daß nur er sie hören konnte – und er nickte und hob kurz den Blick zu der plumpen kleinen Jüdin, die auf dem nächstgelegenen Platz saß. »Ich werde dafür sorgen, daß sie unter den ersten ist, die das Flugzeug verlassen dürfen«, murmelte Ingrid, und seine Dankbarkeit war geradezu rührend. Sie erhob sich und ging weiter den Gang entlang.

Der Deutsche im roten Hemd stand im vorderen Teil des Touristenabteils, gleich neben dem Eingang zur zweiten Bordküche. Er hatte das streng geschnittene Gesicht eines religiösen Fanatikers, dunkle brennende Augen, langes, schwarzes Haar, das ihm fast bis auf die Schultern fiel – und eine weiße Narbe über dem Mundwinkel, die seine Oberlippe zu einem permanenten Grinsen verzog.

»Kurt, alles in Ordnung?« fragte sie auf deutsch.

»Sie klagen über Hunger.«

»Wir werden ihnen in rund zwei Stunden etwas zu essen geben – aber nicht so viel, wie sie sich erhoffen ...« Sie ließ ihren Blick verächtlich durch das Abteil schweifen. »Fette Schweine«, sagte sie ruhig, »... große, fette, bourgeoise Schweine.« Damit schlüpfte sie in die Bordküche und sah ihn einladend an. Er folgte ihr sofort und zog den Vorhang hinter sich zu.

»Wo ist Karen?« fragte Ingrid, während er seinen Gürtel öffnete. Sie brauchte es jetzt sehr dringend, die Aufregung und das Blut hatten sie erregt.

»Sie ruht sich aus – im hinteren Teil des Abteils.«

Ingrid öffnete den Knopf, der den Bund ihrer Shorts zusammenhielt, und zog den Reißverschluß hinunter.

»Na schön, Kurt«, flüsterte sie heiser und erregt, »aber schnell, ganz schnell.«

Ingrid saß auf dem Platz der Bordingenieurs, neben ihr stand das dunkelhaarige Mädchen, den Patronengurt wie eine Schärpe über die leuchtendrote Bluse geschlungen und die große häßliche Waffe an der Hüfte.

Ingrid hielt das Mikrophon an die Lippen und fuhr sich, während sie sprach, mit den Fingern der anderen Hand durch das dichte goldene Lockengewirr.

»... Einhundertachtundneunzig britische Staatsbürger, einhundertsechsundvierzig Amerikaner ...« Sie las die Liste ihrer Gefangenen vor. »Unter den Passagieren befinden sich einhundertzweiundzwanzig Frauen und sechsundzwanzig Kinder unter sechzehn Jahren.« Sie sprach seit beinahe fünf Minuten. Nun un-

terbrach sie sich, drehte sich in ihrem Stuhl um, und lächelte Karen über die Schulter hinweg zu. Das dunkelhaarige Mädchen erwiderte ihr Lächeln und streckte die schmale, knochige Hand aus, um über das feine Gespinst der goldenen Haarflut zu streicheln. Dann ließ sie die Hand wieder sinken.
»Wir haben Ihre letzte Durchsage mitgeschrieben.«
»Nennen Sie mich Ingrid.« Ihr Lächeln verwandelte sich in ein boshaftes Grinsen, als sie wieder ins Mikrophon sprach. Es folgte ein Augenblick schockierten Schweigens, bis der Lotse im Kontrollraum sich wieder gefaßt hatte.
»Roger, Ingrid. Haben Sie noch weitere Mitteilungen für uns?«
»Jawohl, Tower. Da dies ein britisches Flugzeug ist, und dreihundertvierundvierzig meiner Passagiere entweder Briten oder Amerikaner sind, verlange ich einen Verhandlungspartner, der die Botschaften dieser beiden Länder vertritt. Ich wünsche, daß er in zwei Stunden hier ist, um sich meine Bedingungen für die Freilassung der Passagiere anzuhören.«
»Bleiben Sie auf Empfang, Ingrid. Wir nehmen sofort mit den beiden Botschaftern Kontakt auf und melden uns dann wieder.«
»Erzählen Sie mir keine Märchen, Tower«, fuhr Ingrid ihn an. »Wir wissen doch beide verdammt gut, daß die zwei dicht hinter ihnen stehen. Sagen Sie ihnen, daß ich den Mann in zwei Stunden hier sehen will – andernfalls sehe ich mich gezwungen, die ersten Geiseln zu liquidieren.«

Peter Stride hatte seine Kleider bis auf eine Badehose und Leinenschuhe abgelegt. Ingrid hatte auf einem Treffen von Angesicht zu Angesicht bestanden, und Peter begrüßte die Gelegenheit, sich aus nächster Nähe einen Eindruck verschaffen zu können.
»Wir werden dir für jeden Zoll deines Weges hin und zurück Deckung geben«, sagte Colin Noble zu Peter und umschwirrte ihn aufgeregt wie ein Coach seinen Schützling vor dem Gong. »Ich kümmere mich persönlich um die MG-Schützen.«
Jeder der Schützen war mit einer handgefertigten 22er Magnum mit Präzisionslauf ausgerüstet, aus denen kleine leichte Geschosse mit enormer Geschwindigkeit und Aufschlagskraft abgefeuert

wurden. Die Munition war von entsprechender Qualität, jede Patrone mit Liebe von Hand gefertigt und poliert. Die Infrarot-Zielfernrohre konnten mit wenigen Handgriffen gegen Laser-Visiere ausgetauscht werden und verliehen der Waffe bei Tageslicht wie auch bei Nacht tödliche Treffsicherheit. Die Geschosse hatten eine saubere, flache Flugbahn bis zu 650 Meter. Es waren perfekte Mordinstrumente, Präzisionswaffen, deren Genauigkeit die Gefahr für unschuldige Umstehende oder Geiseln auf ein Minimum reduzierte. Die leichten Kugeln schleuderten ihre Opfer mit der Wucht eines angreifenden Rhinozerosses zu Boden und explodierten im Körper, wodurch die Gefahr, auch Nebenstehende zu verletzen oder zu töten, so gut wie ausgeschlossen war.
»Bleib auf dem Teppich, Mann«, brummte Peter. »Die wollen reden, nicht schießen – zumindest noch nicht.«
»Diese Frau«, warnte Colin, »gib acht! Die ist gefährlich wie Gift.«
»Wichtiger als die MGs sind die Kameras und die Tonbandgeräte.«
»Ich war vorhin oben und hab' die Leute auf Vordermann gebracht. Du kriegst Bilder, die dir einen Oscar einbringen – dafür garantiere ich dir persönlich.« Colin warf einen Blick auf seine Armbanduhr. »Zeit zum Aufbruch. Laß die Dame nicht warten.« Er puffte Peter leicht in die Schulter. »Nimm's leicht«, sagte er, und Peter trat hinaus in die Sonne, beide Arme mit geöffneten Handflächen und gespreizten Fingern hoch über die Schultern erhoben.
Die Stille war ebenso drückend wie die trockene, sengende Hitze, aber sie war absichtlich herbeigeführt worden. Peter hatte den gesamten Luftverkehr einstellen lassen und angeordnet, daß alle Geräte im Terminalbereich abgeschaltet wurden. Er wollte eine Störung seiner Tonaufnahmen durch Nebengeräusche vermeiden.
Nichts war zu hören außer seinen eigenen Schritten. Er ging rasch – aber dennoch war es der längste Gang seines Lebens, und je näher er dem Flugzeug kam, desto höher schien es über ihm aufzuragen. Er wußte, man hatte ihn nicht nur deshalb aufgefordert, sich beinahe nackt auszuziehen, um sicherzugehen, daß er unbewaffnet sei, sondern um ihn auch in eine psychologisch ungünstige

Lage zu versetzen – ein Gefühl des Unbehagens und der Verletzbarkeit in ihm erwecken. Der Trick war alt – schon die Gestapo hatte ihre Opfer vor jedem Verhör dazu gezwungen, sich nackt auszuziehen. So hielt er sich stolz und gerade, froh darüber, daß sein Körper so schlank und fest und muskulös war wie der Körper eines Sportlers. Es wäre ihm schrecklich gewesen, den dicken, schlaffen Bauch und die hängenden Brüste eines alten Mannes diese vierhundert Meter entlangzuschleppen.

Er hatte den halben Weg zurückgelegt, als sich die vordere Einstiegtür gleich hinter dem Cockpit öffnete und einige Gestalten in der viereckigen Öffnung auftauchten. Seine Augen wurden schmal. Er erkannte zwei Gestalten in Uniform – nein, drei. Sie trugen die Uniform der British Airways; es waren die beiden Piloten und dazwischen die kleinere, schlankere, weibliche Gestalt einer Stewardeß.

Sie standen Schulter an Schulter, doch dahinter konnte er einen weiteren Kopf ausmachen, einen blonden Kopf – aber sein Blickwinkel und der Lichteinfall waren sehr ungünstig.

Als er näher kam, sah er, daß der ältere Pilot rechts stand. Kurzgeschnittene graue Locken, ein rötliches, rundes Gesicht – das mußte Watkins sein, der Kommandant. Ein guter Mann. Peter hatte seine Dienstbeschreibung gelesen. Er achtete nicht weiter auf den Kopiloten und die Stewardeß, sondern bemühte sich, einen Blick auf die Gestalt dahinter zu erhaschen, doch sie rührte sich erst, als er direkt unter dem geöffneten Einstieg stehenblieb. Nun konnte er ihr Gesicht deutlich sehen.

Er war überrascht von der Schönheit dieses goldumrahmten Kopfes, vom sanften Schimmer ihrer jungen, sonnenbraunen Haut und der überwältigenden Unschuld in den weit auseinanderstehenden, ruhigen grünen Augen – einen Augenblick konnte er nicht glauben, daß sie eine von denen war. Dann begann sie zu sprechen.

»Ich bin Ingrid«, sagte sie. Manche der giftigsten Blumen sind die schönsten, dachte er.

»Ich bin der Verhandlungsbeauftragte der britischen und amerikanischen Regierung«, antwortete er und wandte seinen Blick

dann rasch dem fleischigroten Gesicht von Watkins zu. »Wie viele Mitglieder Ihrer Crew sind an Bord?« fragte er.
»Keine Fragen!« fuhr Ingrid ihn wütend an, und Cyril Watkins streckte, ohne eine Miene zu verziehen, vier Finger seiner rechten, an die Hüfte gepreßten Hand aus.
Das war eine äußerst wichtige Bestätigung ihrer Vermutung, und Peter fühlte Dankbarkeit für den Piloten in sich aufsteigen.
»Bevor wir über Ihre Bedingungen diskutieren«, sagte Peter, »möchte ich, einfach der Menschlichkeit willen, Vereinbarungen für das Wohlergehen Ihrer Geiseln mit Ihnen treffen.«
»Es wird gut für sie gesorgt.«
»Brauchen Sie Nahrungsmittel oder Trinkwasser?«
Das Mädchen warf den Kopf zurück und lachte hämisch. »Damit Sie Abführmittel druntermischen können und wir bis zu den Knien in Scheiße stecken? Uns durch den Gestank raustreiben, was?«
Peter ließ das Thema fallen. Seine Ärzte hatten bereits Tabletts mit dem präparierten Essen vorbereitet.
»Sie haben einen Mann mit einer Schußverletzung an Bord?«
»Es gibt keine Verwundeten an Bord«, log sie unverfroren und hörte zu lachen auf. Aber Watkins gab ihm ein bejahendes Zeichen, indem er mit Daumen und Zeigefinger einen Kreis formte. Nun bemerkte Peter auch die eingetrockneten Blutflecken auf den Ärmeln von Watkins' weißem Hemd. »Das reicht«, sagte Ingrid warnend. »Noch eine Frage, und ich breche das Gespräch ab . . .«
»In Ordnung«, stimmte Peter rasch zu. »Keine weiteren Fragen.«
»Das Ziel dieses Aktionskommandos ist der endgültige Sturz des brutalen, faschistischen, unmenschlichen, neoimperialistischen Regimes, das dieses Land in erniedrigender Sklaverei und in tiefstem Elend hält und der großen Mehrheit der Arbeiter und des Proletariats die grundlegenden Menschenrechte verweigert.«
»Und das«, dachte Peter bitter, »ist – auch wenn es im eingedrillten Jargon der linken Chaoten vorgebracht wird – Wort für Wort wahr und könnte gar nicht schlimmer sein.« Hunderte Millionen Menschen auf der ganzen Welt würden mit dieser Erklärung sympathisieren und Peters Aufgabe noch schwieriger machen. Die Terroristen hatten sich ein „weiches" Ziel ausgesucht.

Das Mädchen sprach noch immer, eindringlich, mit beinahe religiöser Inbrunst, und während Peter ihr zuhörte, wuchs seine Überzeugung, daß sie eine Fanatikerin war, die sich auf dem Grat zwischen gesundem Verstand und Wahnsinn bewegte. Ihre Stimme wuchs zu einem schrillen Kreischen an, als sie ihren Haß und ihren Abscheu artikulierte, und als sie geendet hatte, wußte er, daß sie zu allem fähig war – jede Grausamkeit, jede Niedertracht war ihr zuzumuten. Er wußte, sie würde nicht einmal vor einem Selbstmord zurückschrecken, vor dem allerletzten Schritt, die Boeing mitsamt ihren Passagieren und sich selbst in die Luft zu jagen – er hatte sogar den Verdacht, daß sie eine solche Gelegenheit zum Märtyrertum willkommen heißen könnte, und fühlte, wie ihm bei diesem Gedanken ein eisiges Prickeln übers Rückgrat kroch.

Sie schwiegen nun und starrten einander an, während die hektische Röte des Fanatismus langsam aus dem Gesicht des Mädchens wich und ihr Atem wieder ruhiger wurde. Und Peter wartete, unterdrückte seine Befürchtungen, wartete darauf, daß sie sich beruhigen und fortfahren würde.

»Unsere erste Forderung«, das Mädchen hatte sich beruhigt und faßte Peter nun scharf ins Auge, »unsere erste Forderung besteht darin, daß meine soeben vorgebrachte Erklärung in sämtlichen Fernsehprogrammen Großbritanniens und der Vereinigten Staaten wie auch im südafrikanischen Fernsehen verlesen wird.«

Peters Abscheu vor diesem schrecklichen kleinen TV-Kasten überdeckte nun alle seine anderen Gefühle. Diesen meinungsmanipulierenden elektronischen Denkersatz, dieses tödliche Gerät zum Einfrieren, Verpacken und Verteilen von Ansichten haßte er fast ebensosehr wie die Gewalt und die Sensationen, die es so wirkungsvoll an den Mann brachte. »Die Erklärung muß in Los Angeles, New York, London und Johannesburg um 19 Uhr Lokalzeit verlesen werden . . .« Zur besten Sendezeit natürlich, und die Medien würden es gierig verschlingen, denn das war ihre Speise und ihr Trank. – Diese Pornographen der Gewalt!

In der offenen Einstiegstür hoch über ihm schwenkte das Mädchen einen dicken, cremefarbenen Umschlag. »Dieser Umschlag enthält eine für die Fernsehübertragung angefertigte Abschrift meiner Erklärung – er enthält auch eine Liste von Namen. Die Namen von hundertneunundzwanzig Menschen, die von diesem monströsen Polizeiregime ins Gefängnis gesteckt oder des Landes verwiesen wurden. Die Namen auf dieser Liste sind die Namen der wahren Führer Südafrikas.« Sie warf Peter den Umschlag zu, der vor seinen Füßen landete.

»Unsere zweite Forderung besteht darin, daß alle auf dieser Liste Genannten an Bord eines von der südafrikanischen Regierung bereitgestellten Flugzeugs gebracht werden, ebenso wie eine Million Rand-Goldmünzen, die dieselbe Regierung zur Verfügung stellen wird. Das Flugzeug wird in ein von den befreiten politischen Führern gewähltes Land fliegen. Mit dem Gold werden sie eine Exilregierung gründen, die solange bestehen wird, bis sie als die wahren Führer des Volkes wieder in dieses Land zurückkehren.«

Peter beugte sich hinab und hob den Umschlag auf. Er kalkulierte rasch. Eine einzige Rand-Münze war mindestens 170 Dollar wert. Das geforderte Lösegeld belief sich also auf eine Summe von hundertsiebzig Millionen Dollar.

Aber es gab noch eine andere Kalkulation. »Eine Million Rand wiegen gut über vierzig Tonnen«, erklärte er dem Mädchen. »Wie soll das alles in ein Flugzeug geschafft werden?«

Das Mädchen zögerte. Die Feststellung, daß sie nicht alles bis ins letzte Detail durchdacht hatten, war ein kleiner Trost für Peter. Wenn sie nur einen winzigen Fehler machten, waren sie auch zu weiteren Fehlern fähig.

»Die Regierung wird eben genügend Transportmittel für das ganze Gold und die Gefangenen zur Verfügung stellen müssen«, sagte das Mädchen scharf. Das Zögern hatte nur einen kurzen Augenblick gedauert.

»Ist das alles?« fragte Peter. Die Sonne stach auf seine nackten Schultern herab, und ein kalter Schweißtropfen rieselte ihm langsam von der Achselhöhle auf die Hüfte. Er hatte nie vermutet, daß es so schlimm werden könnte.

»Wenn die Maschinen nicht morgen vor zwölf Uhr Mittag abheben, beginnen wir mit der Exekution der Geiseln.« Peter fühlte, wie ihn Grauen übermannte. »Exekution«. Sie bediente sich der Sprache des Gesetzes, und ihm wurde in diesem Augenblick klar, daß sie ihre Drohung wahrmachen würde.

»Sobald die Maschinen das von ihren Passagieren gewählte Ziel erreichen, wird man uns über Funk mittels eines vorher vereinbarten Codes verständigen, und alle Frauen und Kinder an Bord dieses Flugzeuges werden sofort freigelassen.«

»Und die Männer?« fragte Peter.

»Am Montag, dem sechsten – also in drei Tagen wird die Vollversammlung der Vereinten Nationen in New York eine Resolution beraten. Darin werden sofortige umfassende, obligatorische Wirtschaftssanktionen gegenüber Südafrika gefordert – Zurückziehung des gesamten Auslandskapitals, vollständiges Öl- und Handelsembargo, Einstellung aller Transport- und Nachrichtenverbindungen, Blockade aller Häfen und des gesamten Luftraumes durch eine UNO-Friedenstruppe – so lange, bis das allgemeine Wahlrecht eingeführt und freie Wahlen unter Aufsicht von UNO-Beamten ausgeschrieben werden ...«

Peters Verstand arbeitete wie rasend. Er wußte natürlich von der Resolution; sie war der UNO von Sri Lanka und Tansania vorgelegt worden. Der Sicherheitsrat würde dagegen Einspruch erheben, das stand außer Zweifel. Aber der Zeitplan des Mädchens gab der Sache neue und bedrohliche Aspekte. Die Bestie hatte abermals ihre Gestalt geändert, und was er gehört hatte, verursachte ihm Übelkeit. Es konnte kein bloßer Zufall sein, daß die Resolution genau drei Tage nach diesem Coup auf der Tagesordnung stehen sollte – und es war schrecklich, auch nur darüber nachzudenken, was das alles implizierte: die stillschweigende Einwilligung, wenn nicht gar die direkte Mittäterschaft von Staatsoberhäuptern und Regierungen in der Strategie des Terrors.

Das Mädchen fuhr mit kühler Überlegenheit fort. »Wenn irgendein Mitglied des Sicherheitsrates der Vereinten Nationen – sei es nun Amerika, Großbritannien oder Frankreich – sein Veto einlegt, um diese Resolution zu unterbinden, wird dieses Flugzeug mit allen an Bord befindlichen Personen in die Luft gesprengt.«

Peters Stimme versagte. Er stand da und gaffte hinauf zu dem lieblichen blonden Kind, denn wie ein Kind sah sie aus, so jung und frisch.

Als er wieder sprechen konnte, klang seine Stimme rauh und heiser. »Ich kann nicht glauben, daß Sie genügend Sprengstoff an Bord dieses Flugzeuges haben, um Ihre Drohung wahrzumachen«, sagte er herausfordernd.

Das blonde Mädchen sprach ein paar Worte zu irgend jemandem im Hintergrund, und dann, einige Augenblicke später, warf sie ihm einen dunklen runden Gegenstand zu.

»Fangen Sie!« schrie sie, und er war überrascht vom Gewicht des Gegenstandes in seinen Hände. Er brauchte nur einen Augenblick, um ihn zu erkennen.

»Elektronisch gezündet!« lachte das Mädchen. »Und wir haben so viele davon, daß ich es mir leisten kann, Ihnen ein Muster zu überlassen.«

Der Pilot, Cyril Watkins, griff sich an die Brust und versuchte, ihm etwas mitzuteilen – aber Peter war zu sehr mit der Sprenggranate in seinen Händen beschäftigt. Er wußte, daß eine einzige davon genügte, um die Boeing und alle an Bord befindlichen Menschen zu vernichten.

Was versuchte Watkins ihm zu sagen? Abermals griff er sich an Brust und Nacken. Peter wandte seine Aufmerksamkeit dem Hals des Mädchens zu. Er sah einen Riemen, an dem eine kleine Kamera baumelte. Ob es eine Verbindung zwischen Kamera und Granate gab? War es das, was der Pilot ihm mitzuteilen versuchte?

Aber nun begann das Mädchen wieder zu sprechen. »Zeigen Sie das Ihren Herren und Meistern und lassen Sie sie zittern. Der Zorn der Massen lastet auf ihnen. Die Revolution findet hier und jetzt statt.« Dann wurde die Tür des Einstiegs zugeschlagen, und er hörte das Schloß einschnappen.

Peter wandte sich um und begann, den langen Weg zurückzugehen, einen Umschlag in der einen, eine Granate in der anderen Hand, Haß und Übelkeit in den Eingeweiden.

Colin Nobles athletische Gestalt füllte die Einstiegsluke der Hawker, und sein Gesicht war ausnahmsweise todernst; keine Spur

von Lachen in den Augen und in den Winkeln seines breiten, freundlichen Mundes.
»Doktor Parker ist auf dem Bildschirm.« Er begrüßte Peter, der sich noch den Overall zuknöpfte, während er auf das Kommandoflugzeug zueilte. »Wir haben jedes Wort aufgezeichnet, und er hat alles mitgehört.«
»Jesus Christus, es sieht schlimm aus«, stöhnte Peter.
»Das war die gute Neuigkeit«, erklärte ihm Colin. »Wenn du mit Parker fertig bist, habe ich auch noch schlechte Nachrichten für dich.«
»Danke, Kamerad.« Peter schlüpfte an ihm vorbei in die Kabine und ließ sich in seinen Lederstuhl fallen.
Auf dem Bildschirm beugte sich Kingston Parker über seinen Schreibtisch und brütete über dem Fernschreiben, auf dem das ganze Gespräch zwischen Ingrid und Peter aufgezeichnet war. Die kalte, leere Pfeife steckte zwischen seinen Zähnen, und das Gewicht der auf ihm lastenden Verantwortung ließ ihn die buschigen Brauen runzeln, als er die Forderungen des Terroristenkommandos durchlas.
Die aus dem Hintergrund kommende Stimme des Nachrichtenchefs schreckte ihn auf.
»General Stride, Sir.« Und Parker blickte auf zur Kamera.
»Peter. Dieses Gespräch findet nur zwischen Ihnen und mir statt. Ich habe alle anderen Verbindungen abschalten lassen und unsere Unterhaltung wird nur auf ein einziges Band aufgezeichnet. Ich will Ihre erste Reaktion hören, bevor wir zu Sir William und Constable durchschalten.« Sir William Davies war der britische Botschafter und Kelly Constable der Botschafter der Vereinigten Staaten in Pretoria.
»Ich möchte Ihre erste Reaktion hören.«
»Wir sind in ernsthaften Schwierigkeiten, Sir«, sagte Peter, und der große Kopf nickte.
»Wie groß ist das Waffenarsenal der Kidnapper?«
»Mein Sprengstoffteam untersucht soeben die Granate – aber ich zweifle nicht, daß sie rein technisch dazu imstande sind, die Maschine mit allen an Bord befindlichen Personen zu vernichten. Ich schätze, sie haben ein Overkillpotential von mindestens zehn.«

»Und das psychologische Potential?«
»Meiner Ansicht nach ist sie ein Kind von Bakunin und Jean Paul Satre ...« Wieder nickte Parker schwer, und Peter fuhr fort. »Das anarchistische Konzept von der Zerstörung als einzig echtem kreativem Akt, von der Gewalt als der Kraft, die den Menschen neu erschafft ... Sie wissen, was Satre gesagt hat: daß ein Tyrann stirbt und ein freier Mann emportaucht, wenn ein Revolutionär tötet.«
»Wird sie bis zum Äußersten gehen?« fragte Parker.
»Ja, Sir«, antwortete Peter ohne Zögern. »Wenn man sie unter Druck setzt, wird sie bis zum Äußersten gehen – Sie kennen die Argumente. Wenn die Zerstörung schön ist, bedeutet Selbstzerstörung Unsterblichkeit. Ich bin überzeugt, daß sie bis zum Äußersten geht.«
Parker seufzte und klopfte mit dem Stiel seiner Pfeife gegen seine großen weißen Zähne.
»Ja, das paßt zu dem, was wir über sie wissen.«
»Sie haben sie identifiziert?« fragte Peter eifrig.
»Wir haben eine erstklassige Tonaufzeichnung von ihrer Stimme; und das Computerportrait überprüft.«
»Wer ist sie?« fiel Peter ihm ungeduldig ins Wort. Man brauchte ihm nicht zu sagen, daß die Tonverstärker und die Zoom-Video-Kameras ihre Stimme und ihr Bild in die Computer des Geheimdienstes eingefüttert hatten, noch während sie ihre Forderungen vorbrachte.
»Ihr Geburtsname ist Hilda Becker. Amerikanerin deutscher Herkunft, dritte Generation. Ihr Vater ist ein erfolgreicher Zahnarzt, seit 1959 verwitwet. Sie ist einunddreißig Jahre alt.« Peter hatte sie für jünger gehalten, ihre frische junge Haut hatte ihn getäuscht. »Intelligenzquotient 138. University of Columbia 1965–68, *Master's Degree* in Politologie. Mitglied des SDS – das heißt Studentenvereinigung für eine demokratische Gesellschaft ...«
»Ja«, bemerkte Peter ungeduldig, »ich weiß.«
»Aktivistin in Protestkundgebungen gegen den Vietnamkrieg. Half Wehrdienstverweigerern dabei, in Kanada unterzutauchen. Ein Haftbefehl wegen Marihuanabesitzes im Jahre 1967, nicht ver-

urteilt. Verbindungen zu den *Weathermen*, einer Splittergruppe des SDS, und eine der Anführerinnen der Studentendemonstration im Frühling 1968. Wegen Bombardierung der Butler University festgenommen und wieder freigelassen. Verließ Amerika im Jahre 1970, um ihre Studien in Düsseldorf fortzusetzen. Doktorat für Nationalökonomie im Jahre 1972. Verbindungen zu Gudrun Ensslin und Horst Mahler von der Baader-Meinhof-Gruppe. Ging 1976 in den Untergrund, nachdem sie in den Verdacht geraten war, an der Entführung und Ermordung Heinrich Kohlers, des westdeutschen Industriellen, beteiligt gewesen zu sein ...« Ihr Lebenslauf ist ein fast klassisches Beispiel für die Entwicklung eines modernen Revolutionärs, dachte Peter bitter, ein perfektes Bildnis der Bestie. »Hat vermutlich in den Jahren 1976 und '77 eine Spezialausbildung bei der PFLP in Syrien erhalten. Seither liegen keine weiteren Berichte vor. Nimmt regelmäßig Drogen auf der Basis von Cannabis, soll ausschweifende sexuelle Beziehungen zu Angehörigen beiderlei Geschlechts unterhalten ...« Parker blickte auf. »Das ist alles, was wir haben«, sagte er.

»Ja«, wiederholte Peter leise. »Sie wird bis zum Äußersten gehen.«

»Was sind Ihre sonstigen Eindrücke?«

»Ich glaube, daß diese Operation auf hoher Ebene vorbereitet wurde – vielleicht sogar auf Regierungsebene ...«

»Worauf gründen Sie diese Vermutung?« fragte Parker scharf.

»Die Koordinierung mit UNO-Anträgen, die von den blockfreien Staaten unterstützt werden, deutet in diese Richtung.«

»Schön, fahren Sie fort.«

»Wir haben es zum ersten Mal mit einer vorzüglich organisierten und bestens untermauerten Aktion zu tun, bei der es nicht um das obskure Ziel irgendwelcher Partisanen geht. Man hat uns Forderungen vorgelegt, zu denen hundert Millionen Amerikaner und fünfzig Millionen Engländer unisono sagen würden: Zum Teufel, das klingt gar nicht so unvernünftig.«

»Weiter«, sagte Parker.

»Die Revolutionäre haben sich ein ‚weiches' Ziel gewählt – die Parias der westlichen Zivilisation. Diese UNO-Resolution wird hundertprozentig durchgehen, und jene Millionen Amerikaner und Engländer werden sich fragen müssen, ob sie das Leben von vierhundert ihrer prominentesten Staatsbürger opfern sollen, um eine Regierung zu unterstützen, deren Rassenpolitik sie verabscheuen.«

»Ja?« Parker beugte sich vor, und starrte Peters Bild auf dem Fernsehschirm an. »Glauben Sie, daß sie mit sich handeln lassen?«

»Wer? Die Aktivisten? Möglich.« Peter schwieg einen Augenblick, dann fuhr er fort. »Sie kennen meine Ansichten, Sir. Ich bin absolut dagegen, mit Leuten dieser Sorte zu verhandeln.«

»Selbst unter solchen Umständen?« fragte Parker.

»Nun erst recht. Meine Ansicht über die Politik des Gastlandes stimmt mit der Ihren überein, Doktor Parker. Aber gerade hier liegt das Problem. Egal, wie sehr wir persönlich von der Gerechtigkeit dieser Forderungen überzeugt sein mögen, müssen wir uns doch bis aufs Blut gegen die Art wehren, in der sie vorgebracht werden. Wenn diese Leute ihr Ziel erreichen, so ist das ein Sieg der Gewalt – und wir bringen die ganze Menschheit in Gefahr.«

»Wie beurteilen Sie die Aussichten für einen erfolgreichen Gegenangriff?« fragte Parker plötzlich, und obwohl Peter mit dieser Frage gerechnet hatte, zögerte er ziemlich lange.

»Vor einer halben Stunde hätte ich gesagt, die Chancen stehen zehn zu eins für uns, daß wir bei einem Delta-Einsatz nur mit Todesopfern unter den Revolutionären rechnen müssen.«

»Und nun?«

»Nun weiß ich, daß diese Leute keine fanatischen Wirrköpfe sind. Sie sind wahrscheinlich ebenso gut ausgebildet und ausgerüstet wie wir, und sie haben sich jahrelang auf diese Operation vorbereitet.«

»Und nun?« beharrte Parker.

»Die Chance, die Geiseln durch einen Delta-Einsatz mit, sagen wir, weniger als zehn Todesopfern zu befreien, steht vier zu eins für uns.«

»Und die nächstbeste Chance?«

»Ich würde sagen, es gibt keinen Mittelweg. Wenn wir versagen, müssen wir damit rechnen, daß keiner mit dem Leben davonkommt – wir würden das Flugzeug und alle an Bord befindlichen Menschen verlieren, und das gesamte an dieser Aktion beteiligte Thor-Personal.«

»Nun gut, Peter.« Parker lehnte sich mit einer abschließenden Geste ins einen Stuhl zurück. »Ich werde mit dem Präsidenten und dem Premierminister sprechen. Die Verbindung wird soeben hergestellt. Dann werde ich die Botschafter informieren – ich melde mich in etwa einer Stunde wieder.«

Sein Bild flackerte und verschwand in der Dunkelheit, und Peter stellte fest, daß es ihm gelungen war, seinen Haß zu unterdrücken. Sein Gehirn arbeitete kalt und funktionell wie das Skalpell eines Chirurgen. Bereit, die Aufgabe zu erfüllen, auf die er sich so intensiv vorbereitet hatte, und dennoch fähig, den Feind und seine Aussichten auf Erfolg richtig einzuschätzen.

Er drückte auf die Klingel. Colin hatte hinter der schalldichten Tür des Cockpits gewartet und kam sofort herein.

»Die Burschen vom Sprengstoffteam haben die Granate untersucht. Ein Superding! Mit dem neuen Sprengstoff CJ gefüllt, eine Erfindung der Sowjets. Die Zündung ist fabrikmäßig hergestellt. Eine professionelle Sache – und sie wird funktionieren. Und wie die funktionieren wird, mein Lieber!«

Peter brauchte diese Bestätigung kaum, und Colin fuhr fort, während er sich lässig in den gegenüberliegenden Stuhl warf.

»Wir haben die Namensliste und den Text der Erklärung per Fernschreiber an Washington durchgegeben.« Er beugte sich vor und sprach in die Kabinensprechanlage. »Spult den Film runter – ohne Ton zuerst.« Dann sagte er grimmig zu Peter. »Jetzt kommen die schlechten Nachrichten, die ich dir versprochen hab'.«

Das Videoband begann sich zu drehen, und die ersten Bilder flackerten über den Hauptschirm. Der Film war eindeutig von dem Beobachtungsposten in dem Büro mit Blick auf die Servicefläche aufgenommen worden.

Zuerst kam eine Großaufnahme der Boeing; der Hintergrund war durch die starke Vergrößerung unscharf und verschwommen und flimmerte infolge der von der makadamisierten Hauptrollbahn hinter dem Flugzeug aufsteigenden Hitze.

Im Vordergrund sah man den nackten Rücken und die Schultern Peters, der auf das Flugzeug zuging. Auch hier war durch die Vergrößerung die Tiefenschärfe verlorengegangen, so daß es aussah, als würde Peter auf dem Fleck treten.
Plötzlich änderten sich die Umrisse des vorderen Einstiegs, als die Tür zur Seite glitt, und sofort hatte der Kameramann den Zoom für eine Nahaufnahme betätigt.
Die Kamera richtete sich kurz auf die beiden Piloten und die Air-Hostess, und ging dann noch näher heran. Rasch paßte sich der Blendendurchmesser den Lichtverhältnissen an und glich die düstere Innenbeleuchtung aus. Einen Herzschlag lang war das Gesicht des blonden Mädchens ganz nahe und scharf im Bild, dann wandte sie langsam den Kopf, und ihre schön geschwungenen Lippen begannen sich zu bewegen. Sie schien drei Worte zu sagen. Dann drehte sie sich wieder zurück und blickte direkt in die Kamera.
»Okay«, sagte Colin. »Laßt ihn nochmals durchlaufen. Jetzt mit Ton, aber mit neutraler Balanceregelung.«
Der ganze Film begann von vorn, die Kabinentür öffnete sich, da waren die drei Geiseln, der schöne goldene Kopf wandte sich zur Seite, und dann Ingrids Worte *„Let's slide"*, doch von Hintergrundgeräuschen überdeckt.
»*Let's slide?*« fragte Peter.
»Spult ihn nochmals runter, jetzt mit Baßfilter«, befahl Colin.
Dieselben Bilder auf dem Schirm, der goldene Kopf bewegte sich auf dem langen, schlanken Hals zur Seite.
»*It's slide.*« Peter konnte die Worte nur undeutlich verstehen.
»Okay«, sagte Colin zu dem Techniker. »Jetzt mit Vollfilter und Resonanzmodulation.«
Abermals die schon bekannten Bilder, der Kopf des Mädchens, die vollen Lippen öffneten sich, als sie zu jemandem im Innern des Flugzeugs sprach, der im Bild nicht zu sehen war.
»*It's Stride*«, sagte sie sehr deutlich und unmißverständlich. »Es ist Stride.« Und Peter hatte das Gefühl, als hätte ihm jemand die Faust in die Magengrube gestoßen.
»Sie hat dich erkannt«, sagte Colin. »Zum Teufel nein – sie hat mit dir gerechnet.«

Die beiden Männer starrten einander an, eine böse Ahnung überschattete Peters scharf und gut geschnittene Züge. Atlas gehörte zu den Institutionen mit den allerstrengsten Sicherheitsbestimmungen. Nur zwanzig Mann außer den Offizieren von Atlas waren in deren Geheimnisse eingeweiht. Einer davon war der Präsident der Vereinigten Staaten, der andere der Premierminister Großbritanniens.

Bisher wußten nur vier oder fünf Männer, wer das Kommando über die Thor-Abteilung von Atlas innehatte – und doch waren die Worte des Mädchens unmißverständlich gewesen.

»Laßt ihn noch einmal durchlaufen«, befahl Peter brüsk.

Und sie warteten gespannt auf jene drei Worte, und als sie schließlich kamen, erklangen sie in dem deutlich singenden Tonfall jener frischen, jungen Stimme.

»Es ist Stride«, sagte Ingrid, und der Bildschirm wurde dunkel.

Peter massierte seine geschlossenen Lider mit Daumen und Zeigefinger. Mit leisem Erstaunen wurde ihm bewußt, daß er seit nahezu achtundvierzig Stunden nicht geschlafen hatte. Aber es war nicht die körperliche Müdigkeit, die ihn jetzt überkam, sondern die plötzliche, überwältigende Erkenntnis von Verrat und Betrug und ungeahntem Verderben.

»Jemand hat Atlas verraten«, sagte Colin leise. »Diese Geschichte ist absolut beschissen. Die lassen sich nicht so leicht überrumpeln.«

Peter ließ die Hand sinken und öffnete die Augen. »Ich muß noch einmal mit Kingston Parker sprechen«, sagte er. Als Parkers Bild wieder auf dem Hauptschirm erschien, war er deutlich aufgebracht und verärgert.

»Sie haben den Präsidenten unterbrochen.«

»Doktor Parker«, warf Peter rasch ein, »die Situation hat sich geändert. Meiner Ansicht nach sind die Chancen für einen erfolgreichen Delta-Angriff gesunken. Die Aussichten stehen fünfzig zu fünfzig.«

»Ich verstehe.« Parker bezwang seinen Ärger. »Das ist wichtig. Ich werde den Präsidenten davon in Kenntnis setzen.«

Die Toiletten waren mittlerweile alle verstopft, die Kloschüsseln fast zur Gänze voll, und der Gestank drang trotz der Klimaanlage in die Gondel.
Die Speisen und das Trinkwasser wurden streng rationiert, und die meisten Passagiere hatte der Hunger apathisch gemacht; die Kinder waren quengelig und weinerlich.
Die furchtbare Anspannung begann sich nun auch auf die Entführer selbst auszuwirken. Sie hielten rund um die Uhr Wache; vier Stunden unruhigen Schlafes wurden von vier Stunden ununterbrochener Wachsamkeit und Aktivität abgelöst. Die roten Baumwollhemden waren zerknittert und von der Nervosität und körperlichen Anstrengungen unter den Armen verschwitzt, die Augen blutunterlaufen, die Stimmung labil.
Kurz vor Einbruch der Nacht hatte Karen, das dunkelhaarige Mädchen, die Beherrschung verloren, als ein älterer Herr nicht rasch genug ihrer Aufforderung nachgekommen war, nach Benützung der Toilette an seinen Platz zurückzukehren. Sie hatte sich in eine hysterische Wut hineingesteigert, hatte gekreischt und dem alten Mann mehrmals mit dem kurzen Lauf ihrer Pistole ins Gesicht geschlagen, bis durch die klaffende Fleischwunde der bloße Knochen sichtbar wurde. Nur Ingrid war es gelungen, sie wieder zu besänftigen, indem sie sie in die Bordküche der Touristenklasse geführt, den Vorhang zugezogen und sie umarmt und gestreichelt hatte.
»Es wird schon alles gutgehen, Liebchen.« Sie strich ihr übers Haar. »Nur noch ein kleines Weilchen. Du bist bisher so stark gewesen. Nur noch ein paar Stunden, dann nehmen wir alle die Tabletten. Es dauert nicht mehr lange.« Und innerhalb weniger Minuten hatte das heftige Zittern von Karens Händen nachgelassen, und obwohl sie noch blaß war, konnte sie wieder ihren Posten im hinteren Teil des Touristenabteils beziehen.
Nur Ingrids Kraft schien unbegrenzt. In der Nacht ging sie langsam durch die Gänge, blieb stehen, um einem schlaflosen Passagier gut zuzureden, und beruhigte alle mit dem Versprechen auf baldige Freilassung.
»Morgen früh werden wir die Antwort auf unsere Forderungen

bekommen, und alle Frauen und Kinder werden frei sein – es kommt schon alles in Ordnung, nur keine Aufregung.«
Kurz nach Mitternacht suchte sie der dicke kleine Arzt im Cockpit auf.
»Dem Navigator geht es sehr schlecht«, teilte er ihr mit. »Wenn wir ihn nicht sofort ins Krankenhaus bringen, werden wir ihn verlieren.«
Ingrid ging mit ihm und kniete sich neben den Bordingenieur. Seine Haut war trocken und brennendheiß, und er atmete rasselnd.
»Nierenversagen«, sagte der Arzt und beugte sich über ihn. »Zusammenbruch der Nierenfunktion als Nachwirkung des Schocks. Wir können ihn hier nicht behandeln. Er muß ins Krankenhaus.«
Ingrid ergriff die unverletzte Hand des halb bewußtlosen Bordingenieurs. »Es tut mir leid, aber das ist unmöglich.«
Sie behielt seine Hand noch eine Weile in der ihren.
»Haben Sie überhaupt kein Gefühl?« fragte der Arzt bitter.
»Ich habe Mitleid mit ihm – wie mit der ganzen Menschheit«, antwortete sie ruhig. »Aber er ist nur einer. Da draußen sind Millionen.«

Der hoch aufragende Tafelberg war von Scheinwerfern angestrahlt. Es war Hochsaison, und das schönste Kap der Welt zeigte sich den Tausenden von Touristen und Urlaubern in seiner ganzen Pracht.
In der Penthouse-Etage des hohen Gebäudes, das wie so viele andere Bauwerke und öffentliche Einrichtungen in Südafrika nach irgendeinem mittelmäßigen Politiker benannt war, war das Kabinett mit seinen Sonderberatern zusammengetreten. Die Sitzung dauerte nun schon beinahe die ganze Nacht.
Am oberen Ende des langen Tisches saß brütend die bulldoggengesichtige, schwere, massige Gestalt des Ministerpräsidenten, mächtig und unbeweglich wie einer der Granithügel des Afrikanischen Hochlands. Seine Gegenwart beherrschte den holzgetäfelten Raum, obwohl er bisher kaum gesprochen und die anderen höchstens durch ein gelegentliches Nicken oder ein paar mürrische Worte ermutigt hatte.

Am anderen Ende des langen Tisches saßen die beiden Botschafter, Schulter an Schulter, um ihre Solidarität zu bekunden. Das vor ihnen stehende Telefon klingelte in kurzen Abständen, und sie hörten sich die letzten Berichte ihrer Botschaften oder Instruktionen ihrer Regierungshäupter an.
Zur Rechten des Ministerpräsidenten saß der gutaussehende, schnurrbärtige Außenminister, ein Mann mit außerordentlichem Charisma, dem man Mäßigung und gesunden Menschenverstand nachsagte – aber nun war sein Gesicht hart und sein Blick grimmig.
»Ihre eigenen Regierungen haben der Politik des Nichtverhandelns, des totalen Widerstands gegen terroristische Forderungen den Weg bereitet – warum bestehen Sie jetzt darauf, daß wir die weiche Linie einschlagen?«
»Wir bestehen nicht darauf, Herr Minister, wir haben nur auf das enorme Interesse hingewiesen, das dieser Affäre von der Öffentlichkeit im Vereinigten Königreich und in meinem Land entgegengebracht wird.« Kelly Constable war ein schlanker Mann von ansprechendem Äußeren, intelligent und überzeugend, Mitglied der Demokratischen Partei, der von der neuen amerikanischen Regierung bestellt worden war. »Es liegt im Interesse Ihrer Regierung, mehr noch als in unserem, diese Sache zu einem befriedigenden Abschluß zu bringen. Wir sind lediglich der Meinung, daß gewisse Zugeständnisse an die Terroristen uns leichter an dieses Ziel bringen könnten.«
»Der auf dem Schauplatz befindliche Einsatzleiter von Atlas ist der Meinung, daß die Chancen für einen erfolgreichen Gegenangriff nur fünfzig zu fünfzig stehen. Meine Regierung betrachtet dieses Risiko als indiskutabel.« Sir William Davies war ein Berufsdiplomat, der sich dem Pensionsalter näherte, ein grauer, dürrer Mann mit goldumrandeter Brille und einer hohen, nörgelnden Stimme.
»Meine Männer sind der Ansicht, daß wir es selbst besser machen können«, warf der Verteidigungsminister ein. Auch er trug eine Brille, aber er sprach mit dem dicken, derben Akzent des Afrikaners.

»Atlas ist vermutlich die bestausgerüstete und bestens geschulte Antiterroreinheit der Welt«, sagte Kelly Constable, und der Ministerpräsident fiel ihm schroff ins Wort.

»In diesem Stadium, meine Herren, sollten wir uns darauf beschränken, nach einer friedlichen Lösung zu suchen.«

»Ganz Ihrer Meinung, Herr Ministerpräsident.« Sir William nickte lebhaft. »Dennoch sollte ich vielleicht darauf hinweisen, daß der Großteil der von den Terroristen vorgebrachten Forderungen durchaus auf einer Linie mit den Vorstellungen der Regierung der Vereinigten Staaten liegt.«

»Sir, wollen Sie damit sagen, daß Sie diese Forderungen gutheißen?« fragte der Ministerpräsident mit Nachdruck, aber ohne erkennbare Emotion.

»Ich weise nur darauf hin, daß diese Forderungen in meinem Land auf Sympathie stoßen werden, und daß meine Regierung es leichter haben wird, gegen den extremen Antrag der Vollversammlung am Montag Einspruch zu erheben, wenn in anderer Hinsicht einige Zugeständnisse gemacht werden.«

»Ist das eine Drohung, Sir?« fragte der Ministerpräsident mit einem kleinen, humorlosen Lächeln, das die Härte der Frage kaum abschwächte.

»Nein, Herr Ministerpräsident, das ist weiter nichts als gesunder Menschenverstand. Wenn dieser UNO-Antrag angenommen und durchgeführt wird, würde das den wirtschaftlichen Ruin dieses Landes bedeuten. Es würde in Anarchie und politisches Chaos gestürzt werden – eine reife Frucht für weitere sowjetische Übergriffe. Meine Regierung würde das nicht gerne sehen – aber sie will natürlich auch nicht das Leben von vierhundert amerikanischen Staatsbürgern aufs Spiel setzen.« Kelly Constable lächelte. »Ich fürchte, wir müssen einen Ausweg aus unserer gemeinsamen mißlichen Lage finden.«

»Mein Verteidigungsminister hat einen Ausweg vorgeschlagen.«

»Herr Ministerpräsident, wenn Ihre Militärs die Boeing ohne vorherige Absprache mit den Staatsoberhäuptern Großbritanniens und der Vereinigten Staaten stürmen, dann wird im Weltsicherheitsrat eben kein Einspruch gegen die Resolution erhoben wer-

den und der Antrag der Mehrheit wird bedauerlicherweise durchgehen.«
»Selbst wenn das Unternehmen erfolgreich sein sollte?«
»Selbst wenn es erfolgreich sein sollte. Wir müssen darauf bestehen, daß militärische Entscheidungen nur von Atlas getroffen werden«, erklärte Constable feierlich und fuhr dann freundlicher fort: »Lassen Sie uns doch einmal feststellen, zu welchen Mindestzugeständnissen Ihre Regierung bereit wäre. Je länger wir den Verhandlungsdraht zu den Terroristen offenhalten, desto besser sind unsere Chancen auf eine friedliche Lösung. Können wir ihnen wenigstens das Angebot machen, einen kleinen Punkt auf der Liste ihrer Forderungen zu erfüllen?«

Ingrid überwachte persönlich das Servieren des Frühstücks. Jeder Passagier erhielt eine Schnitte Brot, ein Stück Zwieback und eine Schale stark gezuckerten Kaffees. Der Hunger hatte den Widerstand der Passagiere gebrochen, und sobald sie ihr mageres Mahl verschlungen hatten, verfielen sie wieder in träge Teilnahmslosigkeit.
Ingrid ging wieder durch die Reihen und teilte Zigaretten aus dem Vorrat an zollfreien Waren aus. Sie sprach freundlich mit den Kindern, blieb stehen, um verständnisvoll einer Mutter zuzuhören – lächelnd und ruhig. Die Passagiere nannten sie bereits „die Nette".
Als Ingrid in die Bordküche erster Klasse zurückgekehrt war, rief sie ihre Kollegen der Reihe nach zu sich, und jeder bekam ein komplettes Frühstück, bestehend aus Eiern, gebuttertem Toast und geräuchertem Fisch. Sie wollte sie für die harte Nervenprobe, die ihnen bevorstand, so gut wie möglich stärken und ihre Sinne schärfen. Mit den Aufputschmitteln mußte sie noch bis Mittag warten. Die Pillen erbrachten nur zweiundsiebzig Stunden lang die gewünschte Wirkung. Danach konnte der Einnehmende in seinen Handlungen und Entscheidungen unberechenbar werden. Die Ratifikation des Sanktionsvotums durch den Sicherheitsrat der Vereinten Nationen würde am folgenden Montag, um 12 Uhr New Yorker Zeit stattfinden – das hieß Montag abend, 19 Uhr Lokalzeit.

Ingrid mußte dafür sorgen, daß die Mitglieder ihres Aktionskommandos bis dahin wachsam und aktiv blieben. Sie wagte es nicht, die Aufputschmittel zu früh einzusetzen, aber sie war sich darüber im klaren, daß der Mangel an Schlaf und die Spannung sogar ihre eigenen körperlichen Reserven langsam erschöpften. Sie war nervös und fahrig, und als sie ihr Gesicht im Spiegel der übelriechenden Toilette erster Klasse betrachtete, sah sie, wie entzündet ihre Augen waren und bemerkte zum ersten Mal die feinen Linien des Alterns um Mund- und Augenwinkel. Das brachte sie in sinnlose Wut. Sie haßte den Gedanken, alt zu werden, und der Geruch ihres ungewaschenen Körpers stieg ihr selbst inmitten dieses umwerfenden Gestanks aus der Toilette in die Nase.
Kurt, der Deutsche, hatte sich in den Pilotensitz geworfen, die Pistole im Schoß, und schnarchte leise. Sein rotes Hemd war bis zur Mitte aufgeknöpft und seine muskulöse, behaarte Brust hob und senkte sich bei jedem Atemzug. Er war unrasiert, und das glatte schwarze Haar fiel ihm über die Augen. Sie konnte seinen Schweiß riechen und irgendwie erregte sie das, und sie musterte ihn eingehend. Er hatte etwas Grausames und Brutales an sich, den Machismo des Revolutionärs, der sie immer stark anzog – ja vielleicht war das vor vielen Jahren sogar der ursprüngliche Grund für ihre radikalen Neigungen gewesen. Sie begehrte ihn plötzlich heftig. Doch als sie ihre Hand über seine dünne Leinenhose gleiten ließ, um ihn zu wecken, starrte er sie triefäugig an, sein Atem roch faulig, und nicht einmal ihre geschickten Liebkosungen konnten ihn erregen. Nach einer Minute wandte sie sich angewidert von ihm ab.
Um ihren Tatendrang auf andere Weise zu befriedigen, griff sie nach dem Mikrophon und schaltete die Lautsprecher in den Passagiergondeln ein. Sie wußte, daß sie unvernünftig handelte, aber dennoch begann sie zu sprechen.
»Alles herhören, ich habe Ihnen eine sehr wichtige Mitteilung zu machen.« Plötzlich war sie wütend auf sie alle. Sie gehörten jener Klasse an, die diese eklatant ungerechte und kranke Gesellschaft erdacht und errichtet hatte, gegen die sie mit ihrer ganzen Kraft rebellierte. Sie waren die Repräsentanten der fetten, selbstgefälligen

Bourgeoisie. Sie waren wie ihr Vater, und sie haßte sie ebenso sehr wie ihn. Als sie zu sprechen begann, wurde ihr klar, daß diese Menschen ihre Sprache, die Sprache der neuen politischen Ordnung, nicht einmal verstehen würden, und ihre Frustration und ihr Zorn gegen sie und ihre Gesellschaft wuchsen. Es kam ihr nicht zu Bewußtsein, daß sie tobte, bis sie, wie von weitem, das wütende Kreischen ihrer eigenen Stimme hörte, das wie der Schmerzensschrei eines tödlich verwundeten Tieres klang, und sie hielt abrupt inne.

Sie fühlte sich schwindelig und benommen, so daß sie sich an der Tischplatte festhalten mußte, und ihr Herz pochte wild gegen ihre Rippen. Sie rang nach Atem, als wäre sie eine lange Strecke gelaufen, und es dauerte fast eine Minute, bis sie die Beherrschung wiedergewann.

Als sie neuerlich zu sprechen begann, klang ihre Stimme immer noch rauh und atemlos.

»Es ist jetzt neun Uhr«, sagte sie. »Wenn wir innerhalb der nächsten drei Stunden keine Nachricht von den Tyrannen haben, sehe ich mich gezwungen, mit der Exekution der Geiseln zu beginnen. Drei Stunden ...«, wiederholte sie unheilverkündend, »nur noch drei Stunden.«

Danach strich sie durch den Mittelgang des Flugzeugs wie eine große Katze, die beim Herannahen der Futterzeit die Gitterstäbe ihres Käfigs entlangstreicht.

»Noch zwei Stunden«, erklärte sie, und die Passagiere wichen zurück, wenn sie an ihnen vorbeikam.

»Eine Stunde noch.« In ihrer Stimme schwang ein helles, sadistisches Klirren der Erwartung. »Wir werden jetzt die ersten Geiseln aussuchen.«

»Aber Sie haben doch versprochen«, flehte der dicke kleine Arzt, als Ingrid seine Frau aus dem Sitz hochzerrte, und der Franzose sie in Richtung Flugdeck stieß.

Ingrid beachtete ihn nicht und wandte sich an Karen. »Hol die Kinder, einen Jungen und ein Mädchen ...«, trug sie ihr auf, »o ja, und die Schwangere. Sie sollen ihren dicken Bauch nur sehen. Dem können sie sicher nicht widerstehen.«

Karen trieb die Geiseln in die vordere Bordküche und zwang sie mit der Waffe in der Hand, sich nebeneinander auf die Klappstühle der Flugzeugcrew zu setzen.
Die Tür zum Flugdeck stand offen, und Ingrids Stimme drang deutlich in die Bordküche, als sie dem Franzosen Henri in englischer Sprache erklärte: »Es ist äußerst wichtig, daß wir keine Frist verstreichen lassen, ohne harte Vergeltungsmaßnahmen zu treffen. Wenn wir nur ein einziges Ultimatum vorübergehen lassen, verlieren wir unsere Glaubwürdigkeit. Es wird nur einmal nötig sein, aber zumindest einmal müssen wir ihnen unsere Härte zeigen. Sie müssen begreifen lernen, daß die von uns festgelegten Termine unwiderruflich sind, daß wir in dieser Hinsicht nicht mit uns handeln lassen ...«
Das kleine Mädchen begann zu weinen. Es war dreizehn Jahre alt und konnt die Gefahr bereits erfassen. Die plumpe Frau des Arztes legte ihm den Arm um die Schultern und zog es sanft an sich.
»Speedbird 070«, tönt es plötzlich krächzend aus der Funkanlage, »wir haben eine Nachricht für Ingrid.«
»Schießen Sie los, Tower, hier ist Ingrid.« Sie sprang auf, um das Mikrophon an sich zu reißen, und schlug hinter sich die Tür des Cockpits zu.
»Der Verhandlungsbeauftragte der britischen und amerikanischen Regierung hat Ihnen Vorschläge zu unterbreiten. Sind Sie bereit, mitzuhören?«
»Negativ.« Ingrids Stimme klang kühl und entschieden. »Ich wiederhole: negativ. Sagen Sie dem Verhandlungsbeauftragten, daß ich nur von Angesicht zu Angesicht mit ihm rede – und sagen Sie auch, daß das Ultimatum in vierzig Minuten abläuft. Er soll sich lieber beeilen«, warnte sie. Sie hängte das Mikrophon ein und wandte sich an Henri.
»Na gut, wir werden jetzt die Pillen nehmen – jetzt geht es endlich wirklich los.«

Ein neuer, wolkenloser Tag war angebrochen. Das strahlende Sonnenlicht brach sich funkelnd in den blanken Metallteilen des

Flugzeugs. Die Hitze drang durch Peters Schuhsohlen und brannte auf seinen bloßen Nacken herab.
Die vordere Tür öffnete sich wie am Tag zuvor, als Peter Stride etwa die Hälfte des Weges zurückgelegt hatte.
Diesmal waren keine Geiseln zu sehen, die Einstiegsluke war ein dunkles leeres Rechteck. Peter unterdrückte den Drang, sich zu beeilen, schritt würdevoll einher, den Kopf hoch erhoben, die Zähne zusammengebissen.
Er war noch rund fünfzig Meter vom Flugzeug entfernt, als das Mädchen in die Öffnung trat. Mit lässiger Anmut stand sie da, das ganze Gewicht auf ein Bein verlagert, das andere schräg aufgesetzt – lange, nackte, braune Beine. Auf der einen Hüfte trug sie die große Schußwaffe, und der Patronengurt betonte ihre schmale Taille. Mit einem leichten Lächeln auf den Lippen beobachtete sie, wie Peter näherkam. Plötzlich erschien ein medaillonförmiger kleiner Lichtfleck auf ihrer Brust, ein blendend heller Fleck, glitzernd wie ein Insekt, und sie sah verächtlich darauf nieder.
»Das ist eine Provokation«, rief sie. Sie wußte genau, daß der helle Fleck von einem Laserstrahl aus dem Zielfernrohr eines der Scharfschützen kam, die sie vom Flughafengebäude aufs Korn nahmen. Ein wenig mehr Druck auf den Auslöser würde eine 22 mm-Kugel genau durch diesen Fleck auf ihrer Brust jagen und ihr Herz und ihre Lungen zu blutigen Fetzen reißen.
In Peter wallte Zorn über den MG-Schützen auf, der sein Laserfernrohr ohne Befehl in Betrieb genommen hatte, doch der Zorn wurde durch eine widerstrebende Bewunderung für den Mut des Mädchens gedämpft. Sie brachte es doch tatsächlich zustande, sich höhnisch über diese todbringende Markierung auf ihrer Brust hinwegzusetzen.
Peter gab ein Zeichen mit der rechten Hand, und der Lichtfleck verschwand fast augenblicklich, als der Schütze sein Laserfernrohr abstellte.
»So ist es besser«, sagte das Mädchen und lächelte, als sie ihren Blick taxierend über Peters Körper gleiten ließ.
»Du hast eine gute Figur, Baby«, sagte sie, und Peters Zorn wallte unter ihrem abschätzenden Blick wieder auf.

»Einen hübschen, flachen Bauch«, sagte sie, »gut geformte Beine, und diese Muskeln hast du bestimmt nicht vom Schreibtischhocken gekriegt.« Gedankenvoll schürzte sie die Lippen. »Weißt du, ich halte dich für einen Polizisten oder einen Soldaten. Genau das, Baby. Ich glaube, du bist ein verdammtes Schwein.« Ihre Stimme hatte einen neuen, rauhen Klang, und ihre Haut wirkte trockener und welker – älter als am Tag zuvor.

Er war nun nahe genug, um das merkwürdige Glitzern in ihren Augen zu sehen, und bemerkte die abrupten, rastlosen Bewegungen und die Spannung, die ihren ganzen Körper zu schütteln schien. Er war sicher, daß sie Drogen genommen hatte. Er hatte es mit einer politischen Fanatikerin mit einer langen Geschichte von Gewalt und Tod zu tun, deren noch vorhandene menschliche Züge nun durch die Wirkung der stimulierenden Drogen gänzlich unterdrückt werden würden. Er wußte, daß sie jetzt gefährlicher war als ein verwundetes wildes Tier, ein in die Enge getriebener Leopard, ein menschenfressender Hai, der sich am Geschmack von Blut in einen Mordrausch hineinsteigert.

Er antwortete nicht, doch er hielt ihrem Blick stand, als er mit ausgestreckten Armen vor dem offenen Einstieg stehenblieb.

Ruhig wartete er, daß sie beginnen möge. Das in ihrem Blut kreisende Rauschgift ließ sie nicht zur Ruhe kommen. Sie spielte nervös mit der Waffe in ihren Händen und betastete die Kamera, die immer noch am Riemen um ihren Hals baumelte. Cyril Watkins hatte versucht, ihm irgend etwas im Zusammenhang mit dieser Kamera zu sagen – und plötzlich wurde Peter klar, was. Der Auslöser für die Zündung? überlegte er, während er wartete. Fast sicher, entschied er. Deshalb trug sie das Ding ständig bei sich. Sie bemerkte die Richtung seines Blickes, ließ schuldbewußt die Hand sinken, und bestätigte so seine Vermutung.

»Sind die Gefangenen zum Abflug bereit?« fragte sie. »Ist das Gold verladen? Ist alles für die Aussendung unserer Erklärung vorbereitet?«

»Die Regierung Südafrikas hat dem Drängen der Regierungen Großbritanniens und der Vereinigten Staaten nachgegeben.«

»Gut.« Sie nickte.

»Die Südafrikaner haben sich aus Gründen der Humanität bereit erklärt, alle Personen auf Ihrer Liste von Gefangenen und Verbannten freizulassen ...«
»Gut.«
»Sie werden in das Land ihrer Wahl gebracht werden.«
»Und das Gold?«
»Die südafrikanische Regierung weigert sich kategorisch, eine verfassungswidrige Opposition mit Sitz im Ausland zu finanzieren oder mit Waffen zu versorgen. Sie lehnen es ab, Geldmittel für die unter diesem Abkommen befreiten Personen zur Verfügung zu stellen.«
»Und die Fernsehübertragung?«
»Die südafrikanische Regierung betrachtet die Erklärung als unwahr, jeglicher Grundlage entbehrend und äußerst nachträglich für die Erhaltung von Gesetz und Ordnung in diesem Land. Sie weigert sich, ihre Zustimmung zur Aussendung dieser Erklärung zu geben.«
»Sie haben nur eine unserer Forderungen akzeptiert ...«
Die Stimme des Mädchens wurde noch schneidender, und ihre Schultern bewegten sich ruckartig, wie im Krampf.
»Die Freilassung der politischen Gefangenen und Verbannten unterliegt einer weiteren Bedingung«, warf Peter rasch ein.
»Und die wäre?« fragte das Mädchen, und zwei hektische rote Flecken zeichneten sich auf ihren Wangen ab.
»Als Gegenleistung für die Freilassung der politischen Gefangenen verlangen sie die Freilassung aller Geiseln, nicht nur der Frauen und Kinder, sondern aller Personen, die sich an Bord des Flugzeugs befinden – und sie garantieren Ihnen und allen Mitgliedern Ihrer Gruppe, daß Sie das Land ohne Behinderung zusammen mit den freigelassenen Gefangenen verlassen können.«
Das Mädchen warf den Kopf zurück, und die üppige Mähne flog ihr ums Gesicht, als sie schrill zu lachen begann. Das Gelächter klang wild, beinahe wahnsinnig, und obwohl sie sich gar nicht beruhigen konnte, lag keinerlei Fröhlichkeit in ihrem Blick. Ihre Augen glühten grimmig wie die Augen eines Adlers. Plötzlich verstummte sie abrupt, und als sie wieder zu sprechen begann, klang ihre Stimme flach und ausdruckslos.

»Sie glauben also, sie könnten Bedingungen stellen, was? Sie glauben, sie könnten dem UNO-Antrag die Zähne ziehen? Sie denken, die faschistischen Regierungen Großbritanniens und Amerikas könnten wieder einmal ungestraft ihr Veto einlegen, wenn es keine Geiseln mehr gibt, auf die man Rücksicht nehmen muß?«
Peter antwortete nicht.
»Antworten Sie!« schrie sie ihn plötzlich an. »Sie glauben wohl nicht, daß wir es ernst meinen, was?«
»Ich bin nur der Bote«, sagte er.
»Das sind Sie nicht«, schrie sie anklagend. »Sie sind ein ausgebildeter Mörder. Sie sind ein Schwein!« Sie hob die Waffe und hielt sie mit beiden Händen direkt auf Peters Gesicht gerichtet.
»Welche Antwort soll ich überbringen?« fragte Peter, ohne die auf ihn zielende Waffe zu beachten.
»Eine Antwort«, sagte sie, und ihre Stimme nahm beinahe wieder normalen Gesprächston an. »Natürlich eine Antwort.« Sie ließ die Waffe sinken und warf einen Blick auf ihre japanische Armbanduhr aus rostfreiem Stahl. »Es ist jetzt drei Minuten nach zwölf – drei Minuten über das Ultimatum hinaus, und sie haben natürlich das Recht auf eine Antwort.«
Sie blickte sich mit einem fast verblüfften Ausdruck um. Wahrscheinlich hat das Rauschgift seine Nebenwirkungen, dachte Peter. Vielleicht hat sie zuviel genommen, vielleicht hat derjenige, der es verschrieben hat, nicht bedacht, daß die vorangegangenen achtundvierzig Stunden der Anspannung und Schlaflosigkeit die Wirkung beeinträchtigen könnten.
»Die Antwort«, wiederholte er beinahe freundlich, um nicht einen neuerlichen Ausbruch zu provozieren.
»Ja. Warten Sie«, sagte sie und verschwand plötzlich ins Dämmerlicht des Flugzeuginneren.

Karen stand über die vier Geiseln gebeugt, die in einer Reihe auf den Klappsitzen saßen. Mit einem dunklen Glimmen in den Augen wandte sie sich zu Ingrid um. Ingrid nickte ihr kurz zu, und Karen drehte sich wieder zurück zu ihren Gefangenen.
»Kommt«, sagte sie sanft, »wir lassen euch jetzt gehen.« Beinahe

behutsam legte sie der schwangeren Frau die Hand auf die Schulter und half ihr auf die Beine.
Ingrid ließ sie allein und begab sich rasch ins Innere der Gondel. Als sie Kurt sah, nickte sie abermals kurz, und er schwang sich das glatte Haar mit einer ruckartigen Kopfbewegung aus den Augen und steckte die Waffe in seinen Gürtel.
Aus dem Gepäcknetz über seinem Kopf holte er zwei von den Plastikgranaten. Eine in jeder Hand haltend, zog er mit den Zähnen die Sicherungssplinte heraus und klemmte mit den kleinen Fingern die Ringe fest.
Mit ausgebreiteten Armen rannte er leichtfüßig den Gang entlang.
»Diese Handgranaten sind entsichert. Keine Bewegung, niemand verläßt seinen Platz – was immer auch geschehen mag. Bleiben Sie auf Ihren Plätzen.«
Das vierte Mitglied der Terroristenbande stimmte in sein Geschrei ein und hielt zwei weitere Granaten mit beiden Händen.
»Keine Bewegung! Und kein Wort! Bleiben Sie ruhig sitzen. Alles ruhigbleiben!« Er wiederholte seine Worte auf deutsch und französisch, und auch in seinen Augen lag nun das harte Glitzern des Drogenhighs.
Ingrid kehrte ins Cockpit zurück.
»Komm, Liebling.« Sie legte dem kleinen Mädchen einen Arm um die Schultern und führte es zu der geöffneten Tür – aber das Kind zuckte angsterfüllt vor ihr zurück.
»Rühren Sie mich nicht an«, flüsterte es, die Augen waren groß vor Angst. Der Junge war noch kleiner, vertrauensvoller. Bereitwillig nahm er Ingrids Hand.
Er hatte dichtes, lockiges Haar und blickte aus honigbraunen Augen zu ihr auf. »Ist mein Daddy da?« fragte er.
»Ja, Liebling.« Ingrid drückte seine Hand. »Sei jetzt ein braver Junge, und du wirst deinen Daddy bald wiedersehen.«
Sie führte ihn zur offenen Tür.
»Bleib hier stehen«, sagte sie.

Peter Stride wurde nicht genau, was er davon halten sollte, als der Junge hoch über ihm in die geöffnete Tür trat. Dann erschien eine plumpe Frau in mittleren Jahren neben ihm. Sie trug ein hochmodisches, sehr teures, aber zerknittertes Seidenkleid; wahrscheinlich ein Modell von Nina Ricci, ging es Peter irrelevant durch den Kopf. Das sorgfältig frisierte und lackierte Haar der Frau hatte sich aufgelöst und hing ihr in struppigen Büscheln über die Ohren. Aber sie hatte ein freundliches, humorvolles Gesicht und legte ihren Arm beschützend um die Schultern des kleinen Jungen.

Die zweite Frau war größer und jünger und hatte eine blasse, empfindliche Haut. Ihre Nasenlöcher waren rot entzündet vom Weinen oder vielleicht von einer Allergie, und auf Hals und Oberarmen hatten sich hektische rote Flecken gebildet. Unter dem lose hängenden Umstandskleid aus Baumwolle wölbte sich ihr voller Bauch grotesk und brachte sie beinahe aus dem Gleichgewicht. Sie stand da, die Knie ihrer dünnen weißen Beine unbeholfen gegeneinandergepreßt, und ihre ans Dämmerlicht der Gondel gewöhnten Augen blinzelten in das grelle, gleißende Sonnenlicht.

Als vierte und letzte Person kam ein kleines Mädchen, und mit einem jähen, schmerzhaften Stich unter den Rippen glaubte Peter im ersten Augenblick Melissa-Jane zu sehen. Es dauerte einige rasende Herzschläge lang, bis er sich klar wurde, daß sie es nicht war – aber sie hatte das gleiche liebliche viktorianische Gesicht, den klassisch-englischen Rosenteint, den zierlichen, beinahe schon fraulichen Körper, zart knospende Brüste, lange, schlaksige Beine und knabenhaft schmale Hüften.

In ihren riesigen Augen lag nackte Angst, und sie schien sofort zu begreifen, daß Peter ihre einzige Hoffnung auf Rettung war. Flehend richtete sich ihr Blick auf ihn, und Hoffnung keimte darin auf.

»Bitte«, flüsterte sie. »Lassen Sie nicht zu, daß die uns etwas antun.« Sie sprach so leise, daß Peter sie kaum verstehen konnte. »Bitte, Sir. Bitte, helfen Sie uns.«

Doch schon war Ingrid da, und ihre Stimme erhob sich schneidend.

»Sie sollen sehen, daß wir auch halten, was wir versprechen. Sie und Ihre üblen kapitalistischen Machthaber müssen zur Kenntnis

nehmen, daß wir nicht bereit sind, auch nur ein einziges Ultimatum ohne Hinrichtungen verstreichen zu lassen. Wir müssen beweisen, daß wir keine Gnade kennen, wenn es um die Revolution geht, und Sie müssen begreifen lernen, daß unsere Forderungen voll und ganz zu erfüllen sind, daß es da nichts zu handeln gibt. Wir müssen Ihnen den Preis für die Nichteinhaltung eines Ultimatums zeigen.« Sie schwieg einen Augenblick und fuhr dann fort: »Die nächste Frist läuft heute Mitternacht ab. Und Sie sollen den Preis kennenlernen, den Sie bezahlen müssen, wenn unsere Forderungen bis dahin nicht zur Gänze erfüllt wurden.« Abermals hielt sie inne, und dann hob sich ihre Stimme zu jenem hysterischen Kreischen. »Das ist der Preis!« Und sie trat zurück und verschwand im Flugzeuginneren.
Hilflos vor Grauen zermarterte sich Peter Stride den Kopf nach einer Möglichkeit, das Unvermeidliche zu verhindern.
»Spring!« schrie er und hob dem kleinen Mädchen beide Arme entgegen. »Spring schnell! Ich fang dich auf.«
Aber das Kind zögerte. Der Höhenunterschied betrug gut neun Meter, und die Kleine schwankte unsicher.
Zehn Schritte hinter ihr standen Seite an Seite die dunkelhaarige Karen und das Mädchen mit der blonden Löwenmähne. Gleichzeitig hoben sie die kurzen, großkalibrigen Waffen, hielten sie mit beiden Händen tief im Anschlag und nahmen so Aufstellung, daß der Schußwinkel und die Entfernung den weichen, schweren Schrotkörnern, mit denen die Patronen gefüllt waren, ausreichende Streuung verleihen würden, um über die Rücken aller vier Geiseln hinwegzupeitschen.
»Spring!« Peters Stimme drang deutlich in die Gondel, und Ingrids Mund zuckte nervös und verzerrte sich zur schrecklichen Parodie eines Lächelns.
»Jetzt!« sagte sie, und die beiden Frauen drückten gleichzeitig ab. Der Knall der Schüsse vermengte sich zu einem ohrenbetäubenden Donnern, blauer Rauch stieg aus den klaffenden Mündungen der Pistolen hoch, versengte Wattefetzen flogen durch die Kabine, und es klang, als würde jemand eine Handvoll Melonenkerne gegen eine Wand schleudern, als die Bleigeschosse ins lebendige Fleisch drangen.

Ingrid feuerte den Schuß aus dem zweiten Lauf einen Augenblick früher ab als Karen, so daß das durchdringende Krachen diesmal dicht hintereinander erklang, und in der schrecklichen Stille, die den beiden Schüssen folgte, hörte man die beiden Männer in den Passagierkabinen wild brüllen.
»Bleiben Sie auf Ihren Plätzen! Keine Bewegung!«

Peter Stride schien es, als hätten diese Sekundenbruchteile Stunden gedauert. Wie ein grotesker Film aus einer Aufeinanderfolge starrer Bilder rollten sie endlos in seinem Gehirn ab. Und jedes Bild schien vom Ganzen getrennt, so daß er sein Leben lang jedes einzelne vollständig und unverzerrt im Gedächtnis behalten und die lähmende Angst jener Augenblicke immer wieder unvermindert stark empfinden würde.
Die schwangere Frau war von einem der ersten Schüsse mit voller Wucht getroffen worden. Ihr praller Leib wurde von den Geschossen, die sie von der Wirbelsäule bis zum Nabel durchbohrten, aufgerissen, sie brach auf wie eine überreife Fruckt, wurde nach vorn geschleudert und stürzte mit einem Salto hinaus ins Freie. Sie schluß auf den Beton auf, die bleichen, dünnen Glieder grotesk verschlungen, und blieb ganz still, ohne das geringste Lebenszeichen, liegen.
Die dicke Frau klammerte sich an den neben ihr stehenden Jungen, und beide schwankten in der offenen Tür. Um sie herum schwirrten blaßblaue Wölkchen von Pulverrauch. Zwar verlor sie nicht das Gleichgewicht, doch die Kugeln hatte ihr straff gespanntes cremefarbenes Seidenkleid durchsiebt, als hätte man ihren Leib viele Mal mit einer spitzen Stricknadel durchlöchert. Auch das weiße Schulhemd des Jungen war von ausgefransten Löchern übersät, und kleine, blutrote Blumen blühten um jede Wunde auf, breiteten sich rasch aus über das ganze Hemd. Keiner der beiden gab einen Ton von sich, und in ihren Gesichtern stand Überraschung und Verständnislosigkeit. Die folgenden Schüsse trafen sie mit voller Wucht, und als sie, einander immer noch umklammernd, nach vorn taumelten, schien es, als wären ihre Körper knochenlos und ohne jedes Gewicht. Ihr Sturz schien endlos, ehe

sie mit gespreizten Gliedmaßen gemeinsam auf dem Körper der schwangeren Frau landeten.
Als das kleine Mädchen hinabstürzte, rannte Peter nach vorn, um es aufzufangen. Ihr Gewicht drückte ihn nieder, so daß er mit den Knien auf dem Beton aufschlug. Er sprang auf und rannte los, die Kleine wie ein schlafendes Baby in den Armen haltend, einen unter ihre Knie geschoben, den anderen um ihre Schultern gelegt. Ihr lieblicher Kopf schlug gegen seine Schulter, das feine, seidige Haar wurde ihm ins Gesicht geblasen, so daß er beinahe nichts sehen konnte.
»Stirb nicht«, stöhnte er immer und immer wieder im Rhythmus seiner hämmernden Schritte. »Bitte, bitte, stirb nicht.« Aber er spürte, wie ihm ihr Blut warm und feucht über den Bauch rieselte, seine Shorts durchtränkte und ihm über die Beine tropfte.
Vom Eingang des Flughafengebäudes rannte Colin Noble einige Schritte auf ihn zu und versuchte, ihm das Kind aus den Armen zu nehmen, aber Peter leistete heftigen Widerstand.
Er übergab den zarten, völlig schlaffen Körper dem Arzt des Thor-Kommandos. Ohne ein Wort, ohne einen Ausdruck des Schmerzes blieb er daneben stehen, als der Arzt das Kind rasch untersuchte. Und als dieser schließlich aufblickte, war Peters Gesicht wie versteinert, sein breiter Mund zu einem dünnen, harten Strich zusammengepreßt.
»Ich fürchte, sie ist tot, Sir.«
Peter nickte kurz und wandte sich ab. Seine Absätze klapperten über den hallenden Marmorboden der menschenleeren Flughalle, und Colin Noble schritt schweigend neben ihm. Sein Gesicht war ebenso leer und ausdruckslos wie Peters, als sie in das Cockpit der Hawker krochen.

»Sir William, Sie werfen uns vor, daß wir Staatsfeinde ohne ordentliches Gerichtsverfahren festhalten.« Der Außenminister beugte sich vor und streckte anklagend den Finger aus. »Aber ihr Briten habt mit der Verabschiedung des Gesetzes zur Unterbindung des Terrorismus das Recht des Staatsbürgers auf die *Habeas Corpus*-Akte mißachtet, und in Zypern und Palästina habt ihr schon lange vorher Gefangene ohne Gerichtsverfahren festgehalten. Und was ist jetzt mit eurem H-Block in Ulster – ist das vielleicht in irgendeiner Weise besser, als das, was wir hier zu tun gezwungen sind?«

Sir William, der britische Botschafter, schluckte indigniert, während er überlegte.

Kelly Constable intervenierte besänftigend. »Meine Herren, wir versuchen hier eine gemeinsame Basis zu finden – es hat doch keinen Sinn, jetzt Meinungsverschiedenheiten auszutragen. Es stehen Hunderte von Menschenleben auf dem Spiel ...«

Das folgende Schweigen, in dem nur das Summen der Klimaanlage zu hören war, wurde vom schrillen Klingeln des Telefons unterbrochen, und Sir William hob den Hörer mit sichtlicher Erleichterung ans Ohr. Doch während er lauschte, wich alles Blut aus seinem Gesicht, und er wurde aschgrau.

»Ich verstehe«, sagte er einmal, und dann: »Gut, ich danke Ihnen.«

Er legte den Hörer auf und blickte über den langen, polierten Tisch zu der imposanten Gestalt am anderen Ende.

»Herr Ministerpräsident.« Seine Stimme bebte ein wenig. »Ich bedaure, Ihnen mitteilen zu müssen, daß die Terroristen die von Ihrer Regierung gemachten Kompromißvorschläge abgelehnt und vor zehn Minuten vier Geisel ermordet haben!«

Die angespannt horchende Runde um den Tisch schnappte ungläubig nach Luft.

»Bei den Geiseln handelte es sich um zwei Frauen und zwei Kinder – einen Jungen und ein Mädchen. Man hat sie von hinten erschossen und ihre Leichen aus dem Flugzeug geworfen. Die Terroristen haben für die Annahme ihrer Bedingungen ein neues Ultimatum festgelegt – heute Mitternacht. Sollten wir dieses Ultimatum nicht einhalten, werden weitere Geiseln erschossen.«

Die Stille dauerte fast eine Minute, und langsam wandte sich Kopf um Kopf, bis alle die mächtige, gebeugte Gestalt am Ende des Tisches anstarrten.

»Ich appelliere an Sie im Namen der Menschlichkeit, Sir.« Es war Kelly Constable, der das Schweigen brach. »Wir müssen zumindest die Frauen und Kinder retten. Die Welt wird es nicht zulas-

sen, daß wir untätig zusehen, wie sie ermordet werden.«
»Wir müssen das Flugzeug stürmen und die Geiseln befreien«, sagte der Ministerpräsident mit schwerer Stimme.
Doch der amerikanische Botschafter schüttelte den Kopf. »Meine Regierung ist unerbittlich, Sir – ebenso wie die meines britischen Kollegen.« Er warf Sir William einen Blick zu, und dieser nickte bestätigend. »Wir können und wollen kein Massaker riskieren. Wenn Sie das Flugzeug stürmen, werden unsere Regierungen keinerlei Versuch unternehmen, die Bedingungen des UNO-Antrags zu mäßigen. Und wir werden auch im Sicherheitsrat nicht eingreifen, um unser Veto einzulegen.«
»Aber wenn wir den Forderungen dieser – dieser Bestien – nachkommen ...«, sagte der Ministerpräsident mit grimmigem Nachdruck, »dann bringen wir unsere Nation in schreckliche Gefahr.«
»Herr Ministerpräsident, wir haben nur wenige Stunden Zeit, um eine Lösung zu finden – dann beginnt das Morden von neuem.«

»Sie selbst haben gesagt, daß die Erfolgsaussichten für einen Delta-Angriff nicht besser als fünfzig zu fünfzig stehen«, stellte Parker fest und starrte Peter Stride von dem kleinen, viereckigen Bildschirm herunter grimmig an. »Weder der Präsident noch ich halten diese geringe Chance für akzeptabel.«
»Doktor Parker, da draußen auf dem Rollfeld werden Frauen und Kinder ermordet.« Peter versuchte, seiner Stimme einen neutralen Klang zu geben und möglichst sachlich zu argumentieren.
»Die südafrikanische Regierung wird stark unter Druck gesetzt, um die Bedingungen für die Freilassung der Frauen und Kinder zu akzeptieren.«
»Damit wird das Problem nicht gelöst.« Peter konnte sich nicht mehr zurückhalten. »Wir werden morgen nacht vor genau derselben Situation stehen.«
»Wenn wir die Freilassung der Frauen und Kinder sicherstellen können, verringert sich die Zahl der gefährdeten Menschenleben, und in vierzig Stunden könnte sich die Situation geändert haben –

wir versuchen, Zeit zu gewinnen, Peter, selbst wenn wir teuer dafür bezahlen müssen.«

»Und wenn die Südafrikaner nicht zustimmen? Wenn das Mitternachtsultimatum verstreicht, ohne daß wir uns mit den Entführern geeinigt haben, was passiert dann, Doktor Parker?«

»Das ist schwer zu sagen, Peter, aber wenn das geschehen sollte ...« Mit einer resignierenden Geste spreizte Parker die langen, schlanken Finger seiner wohlgeformten Hände. »Wenn das geschehen sollte, verlieren wir vielleicht weitere vier Leben, aber das ist immer noch besser, als das Massaker von vierhundert Menschen heraufzubeschwören. Und danach werden die Südafrikaner nicht länger auf ihrem Standpunkt beharren können. Sie werden die Bedingungen für die Freilassung der Frauen und Kinder akzeptieren müssen – um jeden Preis.«

Peter traute seinen Ohren kaum. Er wußte, daß er knapp daran war, die Beherrschung vollständig zu verlieren, und brauchte ein paar Sekunden, um sich wieder zu fassen. Er senkte den Blick auf seine ineinander verschlungenen Hände, die auf der Schreibtischplatte ruhten. Unter den Fingernägeln seiner rechten Hand waren schwarze Halbmonde vom geronnenen Blut des Kindes, daß er vom Flugzeug weggetragen hatte. Abrupt riß er die Hände auseinander und steckte sie tief in die Taschen seines blauen Thor-Overalls. Er schöpfte tief Atem, hielt die Luft einen Augenblick an und atmete langsam wieder aus.

»Wenn das schwer zu sagen war, Doktor Parker – dann trösten Sie sich damit, daß es noch verdammt viel schwerer anzuhören war.«

»Ich verstehe Ihre Gefühle, Peter.«

»Das glaube ich nicht, Sir.« Peter schüttelte langsam den Kopf. »Sie sind Soldat ...«

»... Und nur ein Soldat weiß die Gewalt wirklich zu hassen«, beendete Peter den Satz für ihn.

»Wir dürfen uns in dieser Sache nicht von persönlichen Gefühlen beeinflussen lassen.« Kingston Parkers Stimme hatte nun einen scharfen Unterton. »Ich muß Sie nochmals mit allem Nachdruck daran erinnern, daß der Präsident der Vereinigten Staaten und der Premierminister Ihres Landes mir die Entscheidung über einen etwaigen Delta-Einsatz übertragen haben. Ohne meinen ausdrücklichen Befehl findet kein Angriff statt. Haben Sie das verstanden, General Stride?«

»Ich habe verstanden, Doktor Parker«, antwortete Peter ausdruckslos. »Und ich hoffe, daß wir ein paar wirklich gute Filme von den nächsten Morden bekommen. Ich werde Ihnen Kopien für Ihre Privatsammlung schicken.«

Eine zweite Boeing 747 war, gerade als der Zwischenfall begonnen hatte, zum Service gelandet, und stand nun nicht ganz einen Kilometer von der gekaperten Maschine entfernt, doch die Wartungshallen und ein Eck des Flughafengebäudes schirmten sie vollständig ab und entzogen sie dem Blick der Terroristen.

Bis auf das Leitwerk, das die orange-blaue Kokarde der South African Airways mit dem Springbock trug, war sie mit ihrer Schwestermaschine fast identisch. Sogar das Innere unterschied sich kaum von dem des Speedbird 070, das das Hauptbüro der British Airways in Heathrow per Fernschreiber durchgegeben hatte. Colin Noble hatte die Gelegenheit, die ihnen dieser glückliche Zufall bot, sofort genützt und mittlerweile sieben Testangriffe auf das leere Flugzeug unternommen.

»Okay Jungs, nun wollen wir mal unsere Ärsche heben und auf höchsten Gang schalten. Ich möchte die Zeit zwischen dem *GO* und dem Eindringen in die Maschine um vierzehn Sekunden verbessern.« Seine Leute, die im Kreis auf dem Rollfeld hockten, warfen einander Blicke zu, einige rollten dramatisch die Augen. Colin beachtete sie nicht. »Wir wollen es auf neun Sekunden bringen, Jungs«, sagte er und erhob sich.

Der eigentliche Sturmtrupp umfaßte sechzehn Mann – siebzehn mit Peter Stride. Die anderen Mitglieder von Thor waren technische Fachkräfte: Experten auf dem Gebiet der Elektronik und Nachrichtentechnik, vier Scharfschützen, ein Waffenmeister und ein Sprengstoffexperte im Rang eines Sergeanten, außerdem ein Arzt, ein Koch, drei Techniker im Unteroffiziersrang, die einem Leutnant unterstanden, und schließlich noch die Piloten und das

übrige Flugpersonal. Ein großes Team, aber jeder Mann darin war unentbehrlich.
Die Mitglieder des Sturmtrupps trugen enganliegende einteilige Uniformen aus schwarzem Nylon, die des Nachts eine gute Tarnung boten, und Schnürstiefel aus schwarzem Leinen mit weichen, leisen Gummisohlen. Jeder Mann hatte eine Gasmaske um den Hals gehängt, und die Spezialwaffen und sonstigen Geräte hingen an den schwarzen Koppeln oder waren in Tornistern verstaut. Keine dicken, kugelsicheren Flak-Jacken, die die Beweglichkeit beeinträchtigen oder an einem Hindernis hängen bleiben können, keine festen Helme, mit denen man gegen Metall stoßen und einen wachsamen Gegner warnen kann.
Fast alle Mitglieder der Truppe waren ausgesuchte junge Männer Anfang Zwanzig, vom U. S. Marine-Corps oder vom 22. Regiment des britischen *Special Air Service,* das Peter Stride einst kommandiert hatte. Sie waren in hervorragender Körperverfassung und auf Hochform gedrillt.
Colin Noble musterte sie sorgfältig, als sie schweigend auf den mit Kreide auf das Rollfeld gezeichneten Markierungen Aufstellung nahmen, die die Eingänge ins Flughafengebäude und die der gekaperten Maschine am nächsten gelegenen Hangars symbolisierten. Er suchte nach irgendwelchen Anzeichen der Ermüdung, irgendwelchen Abweichungen von dem beinahe unerreichbaren Standard, den er für Thor festgelegt hatte. Er konnte keine finden. »Okay, zehn Sekunden – zu den Granatwerfern«, rief er. Ein Delta-Angriff begann mit dem Abschuß von Phosphorraketen vor der Nase des attackierten Flugzeugs. Die auf ihren winzigen Fallschirmen abwärts schwebenden Leuchtkerzen würden die Aufmerksamkeit der Terroristen auf sich lenken, und sie würden sich – so hoffte man zumindest – alle ins Cockpit drängen, um die Quelle der Lichter ausfindig zu machen. Außerdem bewirkte das grelle Licht ein Austrocknen der Netzhaut, das die Nachtsichtigkeit der Terroristen minutenlang lahmlegen würde.
»Raketen ab!« schrie Colin, und die Sturmtruppe lief los, angeführt von den beiden „Stock"-Männern, die auf das Heck des leeren Flugzeugs zurannten und sich direkt unter den riesigen Schwanz

der Maschine fallen ließen. Jeder der beiden trug an einem über die Schulter gehängten Riemen einen Gaszylinder, der durch eine flexible Panzerkupplung mit einer langen Sonde aus rostfreiem Stahl verbunden war. Das waren die „Stöcke", die den Männern ihren Namen gaben.
Der Anführer trug auf seinem Rücken einen Behälter mit Druckluft, die auf 250 Atmosphären komprimiert war. An der Spitze seiner siebeneinhalb Meter langen Sonde befand sich die Diamantbohrspitze des Preßluftbohrers. Er ließ sich unter dem Flugzeugbauch, drei Meter hinter dem Fahrwerk, auf ein Knie nieder und preßte die Spitze des Preßluftbohrers gegen die aus der Konstruktionszeichnung errechnete Stelle, an der der Druckluftkörper am dünnsten und die Passagiergondel nur duch die dünne Schicht der Metallegierung geschützt war.
Das Kreischen des Bohrers würde vom Heulen der Triebwerke der im Südterminal abgestellten Flugzeuge übertönt werden. Drei Sekunden brauchten sie, um den Rumpf zu durchstoßen, und der zweite „Stock"-Mann stand schon bereit, um die Spitze seiner Sonde in das Bohrloch einzuführen.
»Strom aus«, knurrte Colin; in diesem Augenblick würde die Stromverbindung zum Flugzeug unterbrochen werden, um die Klimaanlage außer Betrieb zu setzen.
Der zweite Mann simulierte das nächste Stadium der Attacke, indem er so tat, als würde er aus der Flasche auf seinem Rücken Gas durch die Sonde in die Gondel strömen lassen. Das Gas lief unter der einfachen Bezeichnung FAKTOR V. Es roch ein wenig nach frisch ausgegrabenen Trüffeln und bewirkte bei 5%iger Konzentration in der Luft innerhalb von weniger als zehn Sekunden eine teilweise Lähmung – Verlust der motorischen Kontrolle über die Muskulatur, unkoordinierte Bewegungen, schleppende Sprache und Verzerrung der visuellen Wahrnehmung waren die ersten Symptome.
Wurde es zwanzig Sekunden lang eingeatmet, bewirkte es eine vollständige Lähmung, nach dreißig Sekunden Bewußtseinsverlust. Zwei Minuten langes Einatmen führte zum Atemstillstand und Tod. Das Gegenmittel war frische Luft, oder, noch besser, reiner

Sauerstoff. Die Erholung erfolgte rasch, ohne langfristige Nachwirkungen.
Der Rest der Sturmtruppe war den „Stock"-Männern gefolgt und teilte sich nun in vier Teams. Sprungbereit hockten sie unter den Flügeln, Gasmasken vor dem Gesicht, alles Nötige griffbereit, die Waffen im Anschlag.
Colin beobachtete den Zeiger seiner Stoppuhr. Er konnte es nicht riskieren, die Passagiere länger als zehn Sekunden der Wirkung von Faktor V auszusetzen. Wahrscheinlich waren ältere Leute darunter, kleine Kinder, Asthmaleidende. Als die Nadel die Zehn-Sekunden-Marke erreichte, schnippte er mit den Fingern.
»Strom an.« Die Klimaanlage würde sofort anspringen und das Gas aus den Kabinen waschen. Und nun hieß es: »*GO!*«
Zwei Teams der Truppe kletterten behende über die Sturmleitern aus Aluminium auf die Flügelansätze hinauf und zertrümmerten die Verkleidung der Notausstiege. Die beiden anderen Teams stürmten zu den Haupteingängen. Natürlich konnten sie nur so tun, als schlügen sie mit den schweren Hämmern auf das Metall ein, um die innen angebrachte Verriegelung zu erreichen. Auch die Detonation der Blendgranaten konnte nur simuliert werden.
»Und jetzt hinein!« Der bei dieser Übung für Peter Stride eingesprungene Sturmtruppenführer gab das Signal zum Eindringen in die Kabinen, und Colin drückte auf den Knopf seiner Stoppuhr.
»Wie lange?« fragte eine ruhige Stimme hinter ihm, und er wandte sich rasch um. So vertieft war er in seine Aufgabe gewesen, daß er Peter Stride nicht hatte herankommen hören.
»Elf Sekunden, Sir.« Die respektvolle Anrede war ein Zeichen für Colin Nobles Überraschung. »Nicht schlecht – aber auch nicht gut, verdammt noch mal. Wir machen das Ganze von vorn.«
»Laß sie ausruhen«, befahl Peter. »Ich möchte die Sache ein wenig durchdiskutieren.«
Sie standen nebeneinander vor dem hohen Fenster in der Südwand des Kontrollturms und musterten zum hundertsten Mal an diesem Tag die große, rot-weiß-blaue Maschine.
In der Hitze des Nachmittags waren Gewitterwolken aufgezogen,

große, purpurrote und silbern schimmernde, pilzförmige Wolkenballen, die sich bis zum Himmel türmten. Graue Zipfel von Regengüssen hinter sich herziehend, glitten sie über den Horizont und gaben einen majestätischen Hintergrund ab, der in seinem theatralischen Prunk beinahe unecht wirkte und in dem die sinkende Sonne Risse fand, durch die sie lange, tastende Finger goldenen Lichts hindurchschickte, was die kulissenhafte Wirkung noch erhöhte.

»Noch sechs Stunden bis zum Ablaufen des Ultimatums«, brummte Colin Noble und suchte in seinen Taschen nach einer seiner würzigen schwarzen Zigarren. »Irgendwelche Neuigkeiten über Zugeständnisse seitens der Südafrikaner?«

»Nichts. Ich glaube nicht, daß sie darauf einsteigen.«

»Nicht ehe die nächste Partie Geiseln hingerichtet wurde.« Colin biß das Ende der Zigarre ab und spuckte es zornig in eine Ecke. »Seit zwei Jahren rackere ich mich mit diesem Training ab, und nun binden sie uns die Hände auf dem Rücken fest.«

»Wenn du das Startsignal für Delta bekämst, wann würdest du losgehen?« fragte Peter.

»Sobald es dunkel wird«, antwortete Colin prompt.

»Nein. Sie sind immer noch high von den Drogen«, wandte Peter ein. »Wir sollten warten, bis die Wirkung nachläßt. Ich nehme an, daß sie kurz vor Ablauf des Ultimatums wieder Tabletten nehmen. Ich würde kurz vorher zuschlagen ...« Er schwieg einen Augenblick, um zu überlegen. »Ich würde fünfzehn Minuten vor elf angreifen – fünfundsiebzig Minuten vor Ablauf der Frist.«

»Wenn wir das Startsignal für Delta hätten«, brummte Colin.

»Wenn wir das Startsignal für Delta hätten«, pflichtete Peter bei, und sie schwiegen einen Moment. »Hör zu, Colin, diese Geschichte hat mich fertiggemacht. Wenn diese Monster meinen Namen kennen, was wissen sie dann noch alles über Thor? Kennen sie unser Programm für die Befreiung einer gekaperten Maschine?«

»O Gott, so weit hab' ich noch gar nicht gedacht.«

»Ich suche die ganze Zeit nach einem neuen Dreh, nach irgendeiner Abweichung vom Modell, irgend etwas, das unsere Ausgangsposition verbessert, selbst wenn sie wissen, was sie erwartet.«

»Wir haben zwei Jahre gebraucht, um alles bis ins kleinste Detail zu planen.« Colin betrachtete ihn zweifelnd. »Wir können jetzt nichts mehr ändern.«
»Die Leuchtraketen«, sagte Peter. »Wir sollten Delta nicht mit den Leuchtraketen ankündigen, sondern einfach so losstürmen.«
»Damit die Banditen hübsch auf die ganze Gondel verteilt sind, mitten unter den Passagieren und der Besatzung.«
»Ingrid hat ein rotes Hemd angehabt. Ich vermute, daß alle vier so eine Art Uniform tragen, um ihre Geiseln zu beeindrucken. Wir müßten eben auf alles und jeden losgehen, was rot ist. Wenn ich mit meiner Vermutung danebenliege, müßten wir die israelische Taktik anwenden.«
Die israelische Taktik bestand darin, allen zuzurufen, sich auf den Boden zu legen, und auf jeden zu schießen, der diesem Befehl nicht nachkam oder eine agressive Haltung einnahm.
»Das Mädchen ist diejenige, auf die es ankommt. Das Mädchen mit der Kamera. Haben deine Jungs das Videoband genau studiert?«
»Sie kennen ihr Gesicht besser als das von Farah Fawcett-Major«, brummte Colin. »Das Biest ist so verdammt hübsch – ich hab' ihnen das Videoband von den Exekutionen dreimal vorspielen müssen, zweimal im Zeitlupentempo, um ihre Kavaliersinstinkte abzuwürgen. Es ist schwer, einen Mann dazu zu bringen, ein hübsches Mädchen zu töten; und bei einer so gut geschulten Fanatikerin wie Ingrid wäre schon ein winziger Augenblick des Zögerns höchst kritisch. Ich hab' sie auch dazu gezwungen, sich das kleine Mädchen gut anzuschauen, ehe es in den Sarg gelegt und ins Leichenschauhaus gebracht wurde. Jetzt sind sie in der richtigen Stimmung.« Colin zuckte die Achseln. »Aber was soll's? Wir kriegen von Atlas ohnehin kein Startsignal für Delta. Wir verschwenden nur unsere Zeit.«
»Was hältst du davon, wenn wir so tun als ob?« fragte Peter und fuhr, ohne Colins Antowrt abzuwarten, fort. »Laß uns so tun, als hätte Atlas das Startsignal für Delta gegeben. Ich möchte, daß du alles für einen Angriff um genau 22 Uhr 45 Lokalzeit vorbereitest. Und zwar so, als wäre es kein Manöver, sondern Ernst – bis in alle Einzelheiten.«

Colin wandte sich langsam um und musterte das Gesicht seines Kommandanten, aber Peter blickte ihm gerade und offen in die Augen, ohne das geringste verräterische Zucken um die kräftigen Linien von Mund und Kinn.
»So tun als ob?« fragte Colin Noble ruhig.
»Natürlich«, antwortete Peter Stride knapp und ungeduldig, und Colin zuckte die Achseln.
»Zum Teufel, ich tu hier schließlich nur meine Arbeit«, meinte er und wandte sich ab.
Peter hob den Feldstecher und musterte die große Maschine langsam vom Schwanz bis zur Schnauze. Keinerlei Lebenszeichen. Alle Luken und Fenster waren immer noch dicht verhängt. Widerstrebend ließ er das Fernglas ein wenig sinken, bis er auf das jämmerliche Häufchen toter Körper starrte, die immer noch auf dem Rollfeld unter dem vorderen Einstieg lagen.
Mit Ausnahme der Leute, die den Stromanschluß hergestellt und die Medikamente geliefert hatten, und Peter selbst, der zweimal den langen Weg zur Maschine gegangen war, hatte sich bisher keiner der Maschine nähern dürfen. Kein Auftanken, kein Wegschaffen der Abfälle oder Sanitärbehälter, keine Versorgung mit Nahrungsmitteln – ja nicht einmal die Leichen der ermordeten Geiseln waren entfernt worden. Die Entführer hatten aus vergangenen Entführungsversuchen gelernt. Aus dem Zwischenfall von Mogadischu etwa, bei dem lebenswichtige Informationen mit den Abfällen und Sanitärbehältern aus dem Flugzeug geschmuggelt worden waren, und aus dem Zwischenfall von Lod, bei dem die Antiterroreinheit verkleidet als Zubringer von Lebensmitteln das Flugzeug gestürmt hatte.
Peter starrte noch immer auf die Leichen, und obwohl er an den Tod in seinen furchtbarsten Formen gewöhnt war, verletzte ihn der Anblick dieser Leichen tiefer als je zuvor. Das war eine ungeheuerliche Zurschaustellung der Verachtung für alle zutiefst in der Gesellschaft verwurzelten Tabus. Peter empfand eine grimmige Befriedigung über den Entschluß der südafrikanischen Polizei, keine Fernsehteams oder Pressefotografen auf das Flughafengelände zu lassen.

Er wußte, daß die Medienleute Zeter und Mordio schrien und in höchsten Tönen der Empörung dagegen protestierten, daß man ihnen ihr gottgegebenes Recht nahm, der gesamten zivilisierten Menschheit Bilder von den grauenhaften Ermordungen und Verstümmelungen ins Haus zu liefern, liebevoll gemachte Aufnahmen in herrlichen Farben, die all die makabren Details mit professioneller Exaktheit zeigen würden.
Ohne diese enthusiastische Berichterstattung über seine Heldentaten würde dem internationalen Terrorismus viel Wind aus den Segeln genommen werden, und Peters Aufgabe wäre ganz wesentlich leichter. Einen Augenblick kroch in ihm sogar ein wenig Neid hoch, daß die Polizei dieses Landes die Macht besaß, verantwortungslose Menschen dazu zu zwingen, im Interesse der Gesellschaft zu handeln. Doch als er den Gedanken ein wenig weiter spann, begann wieder einmal hatnäckig die Frage an ihm zu nagen, wer denn eigentlich dafür qualifiziert sei, solche Entscheidungen im Namen der Gesellschaft zu treffen. Wenn die Polizei diese Entscheidung traf und durchsetzte, war das nicht bloß eine andere Form des Terrorismus, den sie zu unterdrücken suchte? »Jesus Christus«, dachte Peter zornig, »ich mach' mich noch selbst verrückt.«
Er trat neben den dienstältesten Lotsen.
»Ich möchte es nochmals versuchen«, sagte er, und der Mann überreichte ihm das Mikrophon.
»Speedbird 070, hier Tower. Ingrid, hören Sie mich? Bitte kommen, Ingrid.«
Er hatte in den letzten paar Stunden etwa ein dutzendmal versucht, einen Kontakt herzustellen, aber die Entführer hatten sich in unheilverkündendes Schweigen gehüllt.
»Ingrid, bitte kommen«, versuchte Peter es weiter, und plötzlich vernahm er die klare, frische Stimme.
»Hier Ingrid. Was wollen Sie?«
»Ingrid, wir verlangen Ihre Erlaubnis, die Leichen von einem Ambulanzwagen abholen zu lassen«, sagte Peter.
»Abgelehnt, Tower. Ich wiederhole, abgelehnt. Niemand darf sich dem Flugzeug nähern.« Nach einer kurzen Pause sprach sie

weiter. »Wir werden warten, bis wir ein rundes Dutzend Leichen für Sie zum Wegschaffen haben.« Das Mädchen kicherte – die Drogen taten noch immer ihre Wirkung. »Warten Sie bis Mitternacht, und wir werden dafür sorgen, daß es sich wirklich lohnt.« Ein Klicken, und die Funkanlage verstummte.

»Sie bekommen jetzt ihr Abendessen«, rief Ingrid fröhlich, und ein leises Raunen erwachenden Interesses ging durch die Sitzreihen in der Gondel. »Und heute ist auch mein Geburtstag. Sie kriegen alle Champagner – ist das nicht großartig!«

Doch der dickliche kleine jüdische Arzt sprang plötzlich auf die Beine. Sein spärliches graues Haar stand ihm in komischen Büscheln um den Kopf, und sein Gesicht wirkte verfallen und konturenlos, wie schmelzendes Kerzenwachs, verwüstet und entstellt vom Kummer. Er schien nicht mehr zu begreifen, was gesagt wurde und was vor sich ging. »Sie hatten kein Recht, sie zu töten.« Seine Stimme klang wie die eines sehr alten Mannes. »Sie war ein guter Mensch. Sie hat nie jemandem etwas zuleid getan ...« Er sah sich nach einem verwirrten, unsicheren Blick um, und fuhr sich mit den Fingern durch das zerzauste Haar. »Sie hätten sie nicht töten dürfen«, wiederholte er.

»Sie war schuldig«, schrie Ingrid ihn an. »Niemand ist unschuldig! Sie alle sind die fügsamen Werkzeuge des internationalen Kapitalismus ...« Ihr Gesicht verzerrte sich zu einer häßlichen Maske des Hasses. »Ihr seid schuldig, ihr alle, ihr verdient es zu sterben ...« Sie hielt inne und versuchte mit offenkundiger Willensanstrengung, die Beherrschung wiederzuerlangen. Dann lächelte sie, ging auf den kleinen Arzt zu und legte ihm den Arm um die Schultern. »Setzen Sie sich«, sagte sie fast liebevoll, »ich weiß, was Sie empfinden, bitte glauben Sie mir das. Ich wünschte, es hätte eine andere Möglichkeit gegeben.«

Langsam sank er auf seinen Platz nieder, seine Augen waren blank vor Kummer, dumpf zupfte er an seinen Fingern herum.

»Bleiben Sie ganz ruhig hier sitzen», sagte Ingrid freundlich. »Ich bringe Ihnen jetzt ein Glas Champagner.«

»Herr Ministerpräsident.« Kelly Constables Stimme klang heiser von der beinahe zwei Tage und Nächte anhaltenden Spannung. »Es ist bereits zehn Uhr vorüber. Wir müssen zu einer Entscheidung kommen, in weniger als zwei Stunden . . .«
Der Ministerpräsident hob die Hand, um ihn zu unterbrechen. »Ja, wir alle wissen, was dann geschehen wird.«
Ein Düsenflugzeug der Luftwaffe hatte eine Kopie des Videobandes aus dem über tausendsechshundert Kilometer entfernten Johannesburg gebracht, und das versammelte Kabinett und die beiden Botschafter hatten die von einer 800-mm-Linse aufgezeichnete bestialische Tat in allen Einzelheiten gesehen. Es saß kein einziger Mann am Tisch, der nicht selbst Kinder hatte. Die härtesten Rechtsextremisten unter ihnen wetzten unsicher auf ihren Sitzen herum, und selbst der koboldhafte kleine Polizeiminister konnte dem Botschafter, der beschwörend von einem zum anderen blickte, nicht in die Augen sehen.
»Und wir alle wissen, daß es keinen Kompromiß gibt. Wir müssen die Forderungen zur Gänze akzeptieren oder vollständig ablehnen.«
»Herr Botschafter«, der Ministerpräsident brach schließlich das Schweigen. ». . . wenn wir die Forderungen annehmen, werden wir das nur aus Gründen der Menschlichkeit tun. Wir werden einen außerordentlich hohen Preis für das Leben Ihrer Staatsbürger bezahlen. – Aber können wir, falls wir dazu bereit sind, hundertprozentig mit Ihrer Unterstützung rechnen – mit der Unterstützung Großbritanniens und der Vereinigten Staaten –, wenn es übermorgen mittag im Sicherheitsrat zur Abstimmung kommt?«
»Der Präsident der Vereinigten Staaten hat mich dazu ermächtigt, als Gegenleistung für Ihre Kooperation seine Unterstützung zuzusagen«, sagte Kelly Constable.
»Die Regierung Ihrer Majestät, der Königin von Großbritannien, hat mich beauftragt, Ihnen dieselbe Unterstützung zuzusichern«, sagte Sir William betont. »Und unsere Regierungen werden Ihnen auch die 170 Millionen Dollar ersetzen, die die Entführer verlangen.«
»Trotzdem kann ich die Entscheidung nicht auf eigene Faust tref-

fen«, seufzte der Ministerpräsident. »Das wäre eine zu große Last für einen einzigen Menschen. Ich will meine Minister, das versammelte Kabinett, abstimmen lassen.« Er wies auf die gespannten, grimmigen Gesichter rund um den Tisch. »Ich bitte Sie, uns für einige Minuten allein zu lassen, meine Herren, damit wir unsere Entscheidung treffen können.«
Die beiden Botschafter erhoben sich zugleich und machten eine leichte Verbeugung in Richtung der besorgt und brütend dasitzenden Gestalt, bevor sie den Raum verließen.

»Wo ist Colin Noble?« fragte Kingston Parker.
»Er wartet.« Peter deutete mit einer kurzen Kopfbewegung auf die schalldichte Tür des Cockpits.
»Ich möchte, daß er bei diesem Gespräch anwesend ist«, sagte Parker vom Bildschirm herunter, und Peter drückte auf den Klingelknopf.
Colin Noble kam sofort herein, ein wenig gebückt, da der Raum sehr niedrig war, die Thor-Kappe tief in die Stirn gezogen – eine kräftige, bullige Gestalt.
»Guten Abend, Sir.« Er begrüßte das Bild auf dem Schirm und zwängte sich in den Stuhl neben Peter.
»Ich bin froh, daß Colin Noble hier ist.« Peters Stimme hatte einen geschäftlichen, ein wenig scharfen Klang. »Ich denke, er wird meine Behauptung unterstützen, daß unsere Chancen für einen erfolgreichen Delta-Angriff wesentlich steigen, wenn wir mit unserer Attacke nicht später als zehn Minuten vor elf beginnen.« Er schob den Ärmel ein wenig hoch und warf einen Blick auf seine Armbanduhr. »Das heißt also, in vierzig Minuten. Wir rechnen damit, die Entführer in dem Augenblick zu erwischen, in dem die Wirkung der Drogen ihren Tiefpunkt erreicht hat, und noch ehe sie neue Pillen nehmen, um sich für den Ablauf des Ultimatums aufzuputschen. Ich glaube, daß das Risiko nur gering ist, wenn wir in diesem Augenblick zuschlagen ...«
»Ich danke Ihnen, General Stride«, unterbrach Parker ihn ruhig, »aber ich wünschte Colin Nobles Anwesenheit, damit es keinerlei Mißverständnisse hinsichtlich meiner Anordnungen gibt.

Colin Noble ...« Parker änderte die Richtung seines Blicks. «Der Kommandant von Thor hat einen sofortigen Delta-Angriff auf Speedbird 070 beantragt. Ich lehne diesen Antrag nun in Ihrer Gegenwart ab. Die Verhandlungen mit der südafrikanischen Regierung haben ein kritisches Stadium erreicht, und es darf unter keinen Umständen zu offenen oder versteckten Feindseligkeiten gegenüber den Entführern kommen. Habe ich mich klar und deutlich ausgedrückt?«

»Jawohl, Sir.« Colin Nobles Gesicht war unbeweglich.

»General Stride?«

»Ich habe verstanden, Sir.«

»Sehr gut. Bleiben Sie bitte auf Empfang. Ich will mich jetzt mit den Botschaftern besprechen. Ich melde mich wieder, sobald ich weitere konkrete Anweisungen habe.«

Das Bild verblaßte, und der Schirm wurde dunkel. Oberst Colin Noble wandte sich langsam um und sah Peter Stride an. Sein Ausdruck änderte sich ein wenig beim Anblick von Peters Gesicht, und er drückte rasch auf den Trennknopf der Kommandokonsole, womit alle Tonbänder gestoppt und alle Videokameras ausgeschaltet wurden, so daß es keinerlei Aufzeichnungen ihres Gesprächs gegen würde.

»Hör zu, Peter, du hast beste Aussichten auf diesen Kommandoposten bei der NATO, das wissen alle. Wenn du erst einmal dort bist, sind dir keine Grenzen mehr gesetzt, Kamerad. Von dort hast du unbeschränkte Aufstiegsmöglichkeiten – so weit hinauf wie du nur willst, bis in den Generalstab.«

Peter antwortete nicht, sondern blickte nochmals auf seine goldene Rolex. Es war siebzehn Minuten nach zehn.

»Überleg doch, Peter. Um Himmels willen, Mann! Du hast zwanzig Jahre lang geschuftet, um dahin zu kommen, wo du jetzt bist. Sie würden dir das nie verzeihen, Kumpel, glaub mir. Sie würden dich und deine Karriere vernichten. Tu's nicht, Peter. Tu's nicht! Es wär zu schade um dich! Überleg doch mal eine Minute lang.«

»Ich überlege«, sagte Peter ruhig. »Ich überlege die ganze Zeit, seit ...« Er unterbrach sich. »Es kommt immer wieder aufs gleiche

raus. Wenn ich zulasse, daß sie sterben, bin ich ebenso schuldig wie diese Frau, die auf den Abzug drückt.«
»Peter, du brauchst dir nicht den Kopf zu zerbrechen. Die Entscheidung wird von einem anderen getroffen ...«
»Es wäre einfacher, so zu denken, nicht wahr«, fuhr Peter ihn an, »aber es würde die Menschen da draußen nicht retten.«
Colin beugte sich vor und legte seine große, behaarte Pranke auf Peters Oberarm. Er drückte ihn leicht und sagte: »Ich weiß, aber es geht mir gegen den Strich, zuzuschauen, wie du alles wegschmeißt. Für mich bist du Spitze, Kamerad.« Es war das erste Mal, daß er sich eine solche Erklärung abrang, und Peter war einen Augenblick lang gerührt.
»Du kannst dich da raushalten, Colin. Es soll nicht auch noch dich und deine Karriere kaputtmachen.«
»Ich war noch nie wild drauf, mich irgendwo rauszuhalten.« Colin ließ seine Hand sinken. »Ich denke, ich werde mitmachen.«
»Ich möchte, daß dein Protest aufgezeichnet wird – es hat keinen Sinn, wenn wir uns beide rausschmeißen lassen«, sagte Peter und schaltete die audiovisuellen Aufnahmegeräte wieder ein. Nun würde jedes Wort aufgezeichnet werden.
»Colonel Noble«, sagte er sehr deutlich, »ich habe die Absicht, einen sofortigen Delta-Angriff auf Flug 070 zu unternehmen. Bitte treffen Sie alle nötigen Vorbereitungen.«
Colin wandte das Gesicht zur Kamera. »General Stride, ich muß in aller Form gegen Ihren Befehl protestieren, ohne ausdrückliche Genehmigung des Kommandanten von Atlas Vorbereitungen für einen Delta-Einsatz zu treffen.«
»Colonel Noble, Ihr Protest wird hiermit zur Kenntnis genommen«, sagte Peter feierlich in Richtung Kamera, und Colin Noble drückte abermals auf den Trennknopf, um die Tonbänder und die Kameras wider abzuschalten.
»Okay, das ist genug Mist für einen Tag.«
Leichtfüßig sprang er hoch. »Und jetzt los – holen wir uns die verdammten Banditen.«

Ingrid saß am Pult des Bordingenieurs und hielt das Mikrophon für den Bordlautsprecher an die Lippen. Ihre Haut wirkte grau unter dem goldenen Schimmer von Sonnenbräune, ein pochender Schmerz im Augenhintergrund ließ sie ein wenig die Stirn runzeln, und ihre Hand mit dem Mikrophon zitterte leicht. Sie wußte, daß all das Symptome des Drogen-Katers waren und bedauerte es nun, daß sie sich über die Einnahmevorschriften auf dem Beipackzettel hinweggesetzt und die Anfangsdosis erhöht hatte – aber sie hatte diesen zusätzlichen Stimulus gebraucht, um die ersten Hinrichtungen durchführen zu können. Nun mußten sie alle vier den Preis dafür zahlen. Aber in zwanzig Minuten würde es soweit sein, daß sie eine weitere Runde Pillen ausgeben konnte. Diesmal würde sie sich genau an die vorgeschriebene Dosierung halten. Sie konnte es kaum erwarten, das erregende Pulsieren in ihren Adern, die gesteigerte Wahrnehmungskraft und Energie, die prickelnde stimulierende Wirkung der Droge zu spüren. Ja sie genoß sogar den Gedanken an das, was vor ihnen lag; die Möglichkeit, unumschränkte Macht auszuüben, über Leben und Tod zu gebieten, war eine der lohnendsten Erfahrungen, die das Leben zu bieten hatte. Sartre, Bakunin und Most hatten eine der großen Lebenswahrheiten entdeckt – daß der Akt der Zerstörung, der vollständigen Zerstörung, eine Katharsis war, ein Schöpfungsakt, ein Wiedererwecken der Seele. Selbst durch den Schleier von Mattigkeit und Schmerzen hindurch empfand sie eine erwartungsvolle Erregung beim Gedanken an die nächsten Hinrichtungen.
»Meine Freunde«, sprach sie ins Mikrophon, »wir haben noch immer keine Nachricht von den Tyrannen. Dieser Mangel an Sorge um Ihr Leben ist charakteristisch für diese faschistischen Imperialisten. Was kümmert sie die Sicherheit der Menschen, von deren Blut und Schweiß sie zehren, um sich selbst zu mästen ...«
Die Nacht hüllte die Maschine in schwarze, undurchdringliche Finsternis. Gewitterwolken verdunkelten den halben Himmel, und alle paar Minuten zuckten Blitze auf und erhellten die Wolken von innen. Zweimal seit Sonnenuntergang war ein kurzer, heftiger Regenguß auf den Rumpf der Boeing niedergeprasselt,

und nun spiegelten sich die Flughafenlichter im regennassen Beton des Vorfeldes.
»Wir müssen den Unterdrückern unseren unbeugsamen Mut und unsere eiserne Entschlossenheit zeigen. Wir können es uns nicht leisten, auch nur einen Augenblick zu zögern. Wir müssen nun vier weitere Geiseln auswählen. Wir werden dabei so objektiv wie nur möglich sein – und ich möchte, daß Sie begreifen, daß wir alle miteinander Teil der Revolution sind, daß Sie stolz darauf sein können ...«
Ein heller Blitz fuhr plötzlich über den Himmel, viel näher als zuvor, übergoß ihn mit einem schillernden, flammenden Licht, das das ganze Flughafengelände in gnadenlose Helligkeit tauchte. Ein krachender Donner hieb auf die Maschine ein, und das Mädchen Karen stieß unwillkürlich einen Schrei aus, sprang nervös hoch und eilte nach vor, um sich neben Ingrid zu stellen. Die Müdigkeit und der Drogenentzug hatten tiefe schwarze Schatten unter ihre dunklen Augen gezeichnet, sie zitterte heftig, und Ingrid streichelte sie geistesabwesend, so wie man ein verängstigtes Kätzchen beruhigen mochte, während sie weiter ins Mikrophon sprach.
»... Wir müssen alle lernen, den Tod willkommen zu heißen und freudig die Gelegenheit begrüßen, unseren Platz einzunehmen und unseren Beitrag zum großen Wiedererwachen der Menschheit zu leisten, und sei dieser Beitrag auch noch so klein und bescheiden.«
Ein zweiter Blitz zuckte grell über den Himmel, doch Ingrid sprach weiter ins Mikrophon. Die sinnlosen Worte klangen irgendwie hypnotisch und einlullend, und ihre Gefangenen saßen ruhig und teilnahmslos da, schweigend, reglos, als wären sie zu keinem eigenen Gedanken mehr fähig.
»Ich habe die nächsten Märtyrer der Revolution durch das Los ermittelt. Ich werde nun die Sitznummern aufrufen, und meine Mitarbeiter werden die Aufgerufenen von ihren Plätzen abholen. Bitte verhalten Sie sich kooperativ, indem Sie sich rasch zur Bordküche erster Klasse begeben.« Eine kurze Pause und dann wieder Ingrids Stimme. »Platz Nummer 63 B. Bitte stehen Sie auf.«
Der Deutsche mit der Narbe und dem glatten schwarzen Haar, das

ihm in die Augen hing, mußte den hageren Mann in mittleren Jahren mit Gewalt hochzerren, indem er ihm das Handgelenk verdrehte und zwischen die Schulterblätter drückte. Der Mann trug eine altmodisch-enge Hose, und über dem zerknitterten weißen Hemd spannten sich elastische Hosenträger.

»Sie dürfen das nicht zulassen«, flehte er die anderen Passagiere an, als Henri ihn den Gang entlangstieß. »Sie dürfen doch nicht zulassen, daß die mich umbringen – bitte!« Und sie senkten die Blicke in den Schoß. Keiner rührte sich, keiner sprach.

»Platz Nummer 43 F.« Das Gesicht der hübschen, dunkelhaarigen Frau Mitte Dreißig schien langsam zu verfallen, als sie die Nummer über ihrem Sitzplatz las, und sie legte die Hand über den Mund, um nicht laut aufzuschreien. – Doch von dem Platz auf der anderen Seite des Ganges erhob sich rasch ein lebhafter alter Herr mit einer prächtigen silbergrauen Haarmähne und rückte seine Krawatte zurecht.

»Würde es Ihnen etwas ausmachen, mit mir Platz zu tauschen, gnädige Frau?« fragte er leise mit einem abgehackten britischen Akzent und begann auf langen, dünnen Storchenbeinen den Gang entlangzuschreiten. Verachtungsvoll fegte er an dem Franzosen mit dem blonden Schnurrbart vorbei, der auf ihn zugeeilt kam, um ihn nach vorn zu bringen. Ohne nach links oder rechts zu schauen, die schmalen Schultern kerzengerade, verschwand er durch den Vorhang in die Bordküche erster Klasse.

Von der Kanzel der Boeing aus gab es einen toten Winkel von etwa zwanzig Grad, der sich von den Seitenfenstern des Flugdecks bis zum Schwanz der Maschine erstreckte, aber die Entführer waren so gut ausgerüstet und hatten offenbar alle Eventualitäten so sorgsam bedacht, daß kaum zu befürchten war, sie hätten es für nötig erachtet, diesen toten Winkel in irgendeiner Weise zu überwachen.

Peter und Colin standen in einer Ecke des Haupthangars und besprachen leise diese Möglichkeit. Aufmerksam untersuchten sie die hoch aufragenden Umrisse des Flugzeugschwanzes und den durchgebogenen Bauch des Rumpfes nach dem verräterischen

Aufblitzen eines Spiegels oder irgendeiner sonstigen Überwachungseinrichtung. Sie standen direkt hinter dem Flugzeug, und die Strecke, die sie überbrücken mußten, betrug nicht ganz vierhundert Meter, die erste Hälfte davon durch kniehohes Gras, den Rest über den Betonboden des Vorfeldes.

Das Vorfeld war nur von den blauen Begrenzungslichtern der Rollbahn und vom Lichtschimmer aus den Fenstern des Flughafengebäudes erhellt.

Peter hatte daran gedacht, die gesamte Flughafenbeleuchtung abschalten zu lassen, hatte den Gedanken aber wieder verworfen, da eine solche Maßnahme die Entführer nur gewarnt und die völlige Dunkelheit das Vordringen des Stoßtrupps außerdem erschwert hätte.

»Ich kann nichts entdecken«, murmelte Colin.

»Nein«, pflichtete Peter ihm bei, und sie händigten ihre Nachtgläser einem in der Nähe stehenden Unteroffizier aus – sie würden sie nicht mehr brauchen. Die Truppe hatte alle entbehrlichen Geräte zurückgelassen und führte nur noch das Nötigste mit sich.

Peter hatte weiter nichts mit als ein leichtes VHF-Sende-Empfangsgerät, um den Kontakt mit seinen Männern im Flughafengebäude aufrechtzuerhalten – und eine Maschinenpistole, eine Walther PK 38, die in einem Schnellziehhalfter an seiner rechten Hüfte steckte.

Jedes Mitglied der Truppe konnte sich seine Waffe selbst wählen. Colin Noble schätzte die Browning 45 wegen ihrer enormen Tötungskraft und ihres großen Magazins, das vierzehn Schuß faßte, während Peter die millimetergenaue Treffsicherheit und den geringen Rückstoß der 9-mm-Parabellum-Walther bevorzugte, mit der er aus einer Entfernung von fünfzig Metern einen todsicheren Kopfschuß abgeben konnte.

Nur eines gehörte zur Standardausrüstung aller Mitglieder dieser Sondereinheit. Sämtliche Waffen waren mit Super-Velex-Sprengstoffkugeln geladen, die die Wirkung beim Einschlagen der Geschosse verdreifachten und im menschlichen Körper explodierten, so daß sich das Risiko einer zu großen Reichweite, das

Unschuldige in Gefahr bringen konnte, verringerte. Peter erinnerte seine Leute immer wieder daran, daß sie fast stets mit Situationen rechnen müßten, wo Terroristen und Opfer auf engem Raum beisammen seien.
Colin Noble, der neben Peter stand, öffnete den Verschluß seiner dünnen, goldenen Halskette mit dem winzigen Davidstern, der im schwarzen Gestrüpp seiner Brusthaare goldig glitzerte. Er steckte das Schmuckstück in seine Tasche und knöpfte die Lasche zu.
»Was meinst du, alter Knabe«, fragte er in einer gräßlich klingenden Imitation des Sandhurst-Akzents, »soll'n wir loszockeln?«
Peter warf einen Blick auf das Leuchtzifferblatt seiner Rolex. Es war sechzehn Minuten vor elf. Genau in diesem Augenblick geht meine Karriere zu Ende, dachte er grimmig, hob mit geballter Faust den rechten Arm und schwenkte ihn zweimal hintereinander auf und ab – das alte Kavalleriesignal zum Angriff.
Sofort stürmten die beiden „Stock"-Männer los, völlig geräuschlos auf ihren weichen Gummisohlen, die Sonden hoch erhoben, um nicht damit gegen den Beton des Rollfeldes oder gegen die Metallteile des Flugzeugs zu stoßen – dunkle, bucklige Gestalten, niedergedrückt von der Last der Gaszylinder auf ihren Rücken.
Peter zählte langsam bis fünf, um ihnen einen kleinen Vorsprung zu geben, und während er wartete, fühlte er das Adrenalin durch sein Blut jagen, fühlte, wie sich jeder Nerv und jeder Muskel seines Körpers spannte, und hörte das Echo seiner Worte an Kingston Parker wie eine Untergangsprophezeiung in seinen Ohren dröhnen.
»Es gibt keinen Mittelweg. Die Alternative heißt, daß keiner mit dem Leben davonkommt. Wir verlieren das Flugzeug, die Passagiere und das gesamte, an Bord der attackierten Maschine befindliche Thor-Personal.«
Er schob den Gedanken beiseite und wiederholte sein Zeichen zum Ansturm. In zwei sauberen, dicht geschlossenen Reihen rannten die Männer los. Drei davon trugen die Sturmleitern aus Aluminiumlegierung, vier andere die Schultertaschen mit den Blendgranaten, andere wiederum die schweren Hämmer, mit

denen die Türschlösser herausgeschlagen werden sollten, und jeder hatte seine Waffe bei sich – lauter großkalibrige Wiederlader, denn Peter Stride hätte es nie riskiert, einen von ihnen mit einer Selbstladepistole ins überfüllte Innere eines entführten Flugzeugs zu schicken, und verlangte von jedem Mitglied seiner Truppe die Fähigkeit, mit absoluter Treffsicherheit auf ein kleines, bewegliches Ziel zu feuern und es mehrmals rasch hintereinander zu treffen, ohne Unschuldige zu gefährden.
Sie rannten in fast absoluter Stille; das Geräusch, das Peter am lautesten in den Ohren dröhnte, war sein eigener Atem, und er hatte nun Zeit für einen kurzen Augenblick des Bedauerns. Es war ein Hasardspiel, das er niemals gewinnen konnte, dessen Ergebnis bestenfalls der völlige Ruin seines Lebenswerkes sein würde. Aber er bot seine ganze Kraft auf, schob den Gedanken beiseite und rannte hinaus in die Nacht.
Vor sich sah er die von den Lichtern des Flughafengebäudes aus dem Dunkel hervorgehobenen Umrisse der schwarzen Gestalten seiner „Stock"-Männer, die bereits ihre Positionen unter dem silbrigen Bauch des Flugzeugs bezogen hatten. Ein plötzlich über den Himmel zuckender Blitz erfüllte die riesigen silbergrauen Gewitterwolken mit seinem flackernden, grellweißen Licht und erhellte das ganze Vorfeld. Deutlich hob sich die Doppelreihe schwarzgekleideter Gestalten von dem blasseren Hintergrund der Grasfläche ab. Wenn sie beobachtet wurden, dann würde es jetzt kommen. Das Krachen des Donners ließ Peter, der sich schon auf eine Detonation und Flammen aus einem Dutzend Sprengkörpern gefaßt machte, nervös zusammenzucken.
Dann wurde es wieder dunkel, und der sumpfig-weiche, feuchte Grasboden unter seinen Füßen wich glattem, hartem Beton. Und schon waren sie unter dem Rumpf der Boeing, wie Küken unter dem schützenden Bauch der Henne, und die beiden Reihen formierten sich zu vier Gruppen. Immer noch in dicht geschlossener Formation ließen sich die Männer aufs linke Knie sinken und hoben mit der in wiederholten Übungen eingedrillten Präzision alle gleichzeitig die Gasmasken, um Nase und Mund damit zu bedecken.

Peter warf noch einen raschen Blick auf sie, dann drückte er auf den Sendeknopf seines Funkgerätes. Von nun an bis zum Ende der Operation würde er kein Wort sprechen, denn es war durchaus möglich, wenn auch nicht wahrscheinlich, daß die Entführer diese Frequenz überwachten.

Das Klicken des Sendeknopfes war das Signal für seine Mitarbeiter im Terminal – und fast im selben Augenblick erhob sich das pfeifende und heulende Geräusch der anlaufenden Triebwerke der Düsenmaschinen.

Die Maschinen, insgesamt fünf interkontinentale Linienflugzeuge, waren zwar im Nordteil des Abflugsektors abgestellt, doch man hatte sie so gedreht, daß die Triebwerksauslässe genau in Richtung Servicefläche zeigten. Der Lärm, den die zwanzig großen Düsenwerke gemeinsam produzierten, war selbst aus dieser Entfernung ohrenbetäubend – und Peter gab mit geöffneter Hand das Signal.

Der erste „Stock"-Mann wartete bereits sprungbereit, streckte sofort die Hand aus und setzte die Bohrspitze am Bauch des Flugzeugrumpfes an. Das Geräusch der Preßluft, die den Bohrer kreisen ließ, wurde vollständig verschluckt; man sah nur das leichte Rucken der langen Sonde, als sie in den Druckrumpf eindrang.

Sofort führte der zweite „Stock"-Mann die Spitze seiner Sonde in das kleine Loch ein und warf Peter einen Blick zu. Abermals gab Peter das Zeichen mit der geöffneten Hand, und das Gas strömte in den Rumpf. Peter beobachtete den Sekundenzeiger seiner Armbanduhr.

Er drückte zweimal auf den Sendeknopf seines Funkgerätes, und die Lichter hinter der Reihe verhängter Luken erloschen, als die Stromzufuhr unterbrochen wurde – und damit war auch die Klimaanlage in den Kabinen der Boeing außer Betrieb gesetzt.

Das Heulen der Triebwerke hielt noch einige Sekunden an, und Peter gab den Männern mit den Leitern ein Zeichen.

Vorsichtig und nur scheinbar ohne Eile hängten die schwarz gekleideten Gestalten mit ihren grotesken Masken die gummigeschützten Oberkanten der Leitern in die hoch über ihren Köpfen liegenden Vorderkanten der Tragflügel und in die Türeinfassungen ein.

Als das Gas zehn Sekunden lang in den Rumpf geströmt war, drückte Peter dreimal auf den Sendeknopf. Sofort wurde die Stromverbindung zur Boeing wieder hergestellt, und die Lichter flackerten auf. Nun lief die Klimaanlage wieder und begann das Gas rasch aus den Kabinen und dem Cockpit zu waschen.
Peter tat einen langen, tiefen Atemzug, dann klopfte er Colin leicht auf die Schulter. Rasch und geräuschlos kletterten die Teams, angeführt von Peter und Colin, über die Leitern zu den beiden Tragflächen hoch.

»Neun Minuten vor elf«, sagte Ingrid zu Karen. Sie hob ihre Stimme ein wenig, um sich über das Getöse der Düsentriebwerke hinweg verständlich zu machen, die irgendwo draußen in der Nacht heulten. Der Drogenentzug hatte ihre Kehle schmerzhaft ausgetrocknet, und unbeherrscht zuckte ein Nerv in ihrem Augenwinkel. Ihr Kopf schmerzte, als würde ein zusammengeknüpftes Seil langsam fester und fester um ihre Stirn gezurrt. »Sieht so aus, als hätte Kalif sich verrechnet. Die Südafrikaner geben anscheinend nicht nach.« Erwartungsvoll zuckte es um ihre Lippen, als sie sich umwandte und durch die offene Tür des Cockpits einen kurzen Blick auf die vier Geiseln warf, die in einer Reihe auf den Klappstühlen saßen. Der Engländer mit dem silbergrauen Haar rauchte eine Virginia, die in einer langen Zigarettenspitze aus Bernstein und Elfenbein steckte, und erwiderte ihren Blick mit solcher Verachtung, daß in Ingrid der Zorn aufwallte. Sie hob die Stimme ein wenig mehr, damit er die folgenden Worte hören konnte. »Es wird wohl notwendig sein, auch diesen Haufen zu erschießen.«
»Kalif hat sich bisher noch nie geirrt.« Karen schüttelte heftig den Kopf. »Das Ultimatum läuft erst in einer Stunde ab.« Und in diesem Augenblick flackerten die Lichter einmal kurz auf und erloschen dann. Durch die verhängten Fenster war die Dunkelheit nun vollkommen, und das Summen der Klimaanlage verstummte, noch ehe sich überraschtes Gemurmel erheben konnte.
Ingrid tastete mit der Hand über das Instrumentenpaneel und suchte nach dem Schalter, der die Verbindung zu den Bordbat-

terien herstellen und das Cockpit mit eigenem Strom versorgen würde. Als das gedämpfte rötliche Glühen der Kontrollampen aufflackerte, lag ein besorgter und gespannter Ausdruck in ihrem Gesicht.
»Sie haben die Stromverbindung unterbrochen«, rief sie aus. »Die Klimaanlage – das könnte Delta bedeuten.«
»Nein.« Karens Stimme war schrill. »Sie haben keine Leuchtraketen abgeschossen.«
»Wir könnten ...« begann Ingrid, doch dann hörte sie den schleppenden Tonfall ihrer eigenen Stimme. Ihre Zunge fühlte sich zu groß in ihrem Mund an, Karens Gesicht schien vor ihren Augen zu verschwimmen, die Konturen verwischten sich und wurden unscharf.
»Karen ...« sagte sie, und schon stieg ihr der unverwechselbare Geruch nach Trüffeln in die Nase, und sie spürte den Geschmack roher Pilze auf der Zunge.
»Jesus Christus!« schrie sie auf und stürtzte zu der Ausklinkvorrichtung für die Sauerstoffmasken. Die Klappen über den Sitzen öffneten sich, und die Sauerstoffmasken baumelten an ihren Spiralschläuchen in die Kabinen.
»Kurt! Henri!« rief Ingrid kreischend ins Mirkophon. »Sauerstoff! Nehmt Sauerstoff! Es ist Delta. Sie gehen auf Delta!«
Sie riß eine der baumelnden Sauerstoffmasken an sich und sog den Sauerstoff in tiefen Zügen ein, um ihren Körper von dem betäubenden, lähmenden Gas zu reinigen. In der Bordküche erster Klasse sackte eine der Geiseln langsam zusammen und stürtzte nach vorn auf den Boden, eine andere rutschte seitwärts vom Sitz.
Immer noch Sauerstoff einatmend, schlang Ingrid sich den Riemen mit der Kamera vom Hals. Karen betrachtete sie aus schrekkensweiten dunklen Augen und nahm die Sauerstoffmaske vom Gesicht, um zu fragen: »Du wirst uns doch nicht in die Luft jagen, Ingrid?«
Ingrid beachtete sie nicht, sondern nützte den Sauerstoff in ihren Lungen, um ins Mikrophon zu brüllen:
»Kurt! Henri! Sie kommen, sobald die Stromverbindung wieder

hergestellt ist. Haltet euch Augen und Ohren zu, sie haben Blendgranaten, und achtet auf die Einstiege und die Feuerluken über den Flügeln.« Sie schob die Sauerstoffmaske wieder über den Mund und rang keuchend nach Luft.

»Jag uns nicht in die Luft, Ingrid«, flehte Karen durch die Maske hindurch. »Bitte! Wenn wir uns ergeben, kriegt Kalif uns in einem Monat wieder frei. Wir müssen nicht sterben!«

In diesem Augenblick ging die Kabinenbeleuchtung wieder an, und die Klimaanlage begann zu summen. Ingrid nahm einen letzten, tiefen Zug aus der Sauerstoffmaske, sprang über die reglosen Körper der Geiseln und zweier Air-Hostessen und rannte zurück in das Abteil erster Klasse. Sie griff nach einer anderen Maske, die über dem Sitz eines Fahrgastes baumelte, und ließ ihren Blick durch den langen Flugzeugrumpf schweifen.

Kurt und Henri hatten ihre Anordnungen befolgt. Beide hatten Sauerstoffmasken vor dem Gesicht. Der Deutsche stand sprungbereit in der Nähe des Notausstiegs auf der Backbordseite, und Henri wartete vor dem hinteren Einstieg – beide hielten die kurzen, großkalibrigen Waffen im Anschlag, doch die gelben Sauerstoffmasken verbargen ihre Gesichter, so daß Ingrid nicht darin lesen konnte.

Nur wenige Passagiere waren rasch und geistesgegenwärtig genug gewesen, nach den herunterhängenden Sauerstoffmasken zu greifen, um bei Bewußtsein zu bleiben – die meisten waren in ihren Sitzen zusammengesunken oder seitwärts in den Gang hinuntergerutscht.

Ein Dickicht von baumelnden, tanzenden und schwingenden Sauerstoffschläuchen zog sich wie ein Wald von Lianen durch die Gondel, behinderte die Sicht und steigerte das Chaos. Nach den Sekunden der Dunkelheit schmerzte das helle Licht in den Augen.

Ingrid hielt die Kamera in der freien Hand. Mit der anderen preßte sie immer noch die Maske gegen das Gesicht, denn sie wußte, daß sie noch weiter Sauerstoff einatmen mußten. Die Klimaanlage würde noch viele Minuten brauchen, um alle Spuren von Faktor V aus der Luft zu beseitigen.

Karen stand neben ihr; die Hand mit der Waffe hing schlaff herunter, mit der anderen preßte auch sie sich die Maske gegen den Mund.
»Geh zurück und sichere den vorderen Einstieg ab«, fuhr Ingrid sie an. »Es werden . . .«
»Ingrid, wir müssen nicht sterben«, flehte Karen, und mit einem Krachen brach die Verkleidung des Notausstiegs über den Backbordflügeln nach innen, und im selben Augenblick flogen zwei kleine dunkle Gegenstände durch die finstere Öffnung in die Kabine.
»Blendgranaten!« kreischte Ingrid. »Werft euch zu Boden!«

Peter Stride fühlte sich leicht und beschwingt wie ein Adler im Flug. Seine Hände und Füße schienen die Sprossen der Leiter kaum zu berühren. Nun, im wirbelnden, alles überflutenden Strom des Handelns gab es keinen Zweifel, kein Zögern mehr – er konnte nicht zurück, und das war ein herrliches, beflügelndes Gefühl der Erleichterung.
Mit einer eleganten Bewegung von Schultern und Hüften schwang er sich über die glatte, gewölbte Vorderkante des Flügels, landete geschmeidig auf den Füßen und tappte leise über die breite, metallisch glänzende Tragfläche. Die Regentropfen glitzerten wie Diamanten unter seinen Füßen, und ein frischer Wind zauste an seinem Haar.
Er erreichte den Hauptsektor des Rumpfes und hockte sich neben den Notausstieg. Seine Fingerspitzen suchten tastend die messerscharfe Fuge, während sich sein Stellvertreter rasch ihm gegenüber aufs Knie ließ. Die Männer mit den Granaten hatten bereits vor dem Notausstieg Stellung bezogen und balancierten wie Akrobaten auf der gekrümmten, rutschigen Oberfläche des großen Flügels.
»Weniger als sechs Sekunden«, schätzte Peter die Zeit, die vom Startsignal bis zu diesem Augenblick vergangen war. Das Wissen um den lauernden Tod und das Grauen hatte ihre Sinne geschärft, und es hatte rascher und reibungsloser funktioniert als je zuvor im Training.

Gemeinsam stemmten sich Peter und sein Stellvertreter mit aller Kraft und vollem Gewicht gegen die Ausklinkvorrichtung des Notausstiegs, und die Verkleidung gab sofort nach und flog ins Innere, da es einen Druckwiderstand gab. Im selben Augenblick sausten auch schon die Blendgranaten durch die Öffnung, und alle vier Männer von Peters Team senkten die Köpfe, wie Mohammedaner, die sich im Gebet in Richtung Mekka verneigen, und bedeckten Augen und Ohren mit den Händen.
Doch selbst außerhalb der Gondel, und obwohl sie sich Augen und Ohren zuhielten, war der Knall der Explosionen markerschütternd. Er schien mit ungeheurer Wucht auf das Gehirn einzuhämmern, und das grelle Licht des brennenden Phosphorpulvers zeichnete ein Röntgenbild von Peters Fingern auf das fleischige Rot seiner geschlossenen Lider. Dann schrien die Männer ins Flugzeug hinein: »Auf den Boden! Alles hinlegen.« Sie würden diesen Befehl, der israelischen Taktik entsprechend, so lange wiederholen, bis alles vorbei wäre.
Peter hatte, benommen vom Knall der Explosion, eine Hundertstelsekunde gezögert und zerrte nun ein wenig nervös am Kolben seiner Walther. Als sie mit einem leisen Klicken aus dem Schnellziehhalfter glitt, legte er den Daumen auf den Abzug und stieg dann – Füße voran wie ein Sprinter, der sich ins Ziel schiebt – ins Innere der Boeing. Er war noch halb in der Luft, als er das Mädchen in der roten Bluse sah, das die Kamera schwenkend nach vorn stürzte und irgend etwas kreischte, das keinerlei Sinn ergab; doch sein Gehirn registrierte die Worte selbst in diesem unseligen Augenblick. Er feuerte, sobald seine Füße den Boden berührten, und sein erster Schuß traf das Mädchen in den Mund und schlug ein dunkelrotes Loch in die Reihe weißer Zähne. Ihr Kopf wurde mit unglaublicher Wucht zurückgeschleudert, und er hörte das knirschende Brechen ihrer zarten Halsknochen.

Ingrid hielt sich beide Arme vor Augen und Ohren und kroch in geduckter Haltung durch das Chaos von Lärm und Licht, das wie ein Hurrikan durch das menschenvolle Flugzeuginnere fegte, und selbst als es vorbei war, taumelte sie noch und klammerte sich

krampfhaft an die Rücklehne eines Sitzes, um ihr Gleichgewicht wiederzufinden und den Augenblick abzuschätzen, in dem die Angreifer ins Flugzeug eingedrungen sein würden.
Sie durfte die Sprengkörper noch nicht zünden, sonst würden diejenigen, die noch draußen waren, der direkten Wirkung der Explosion entgehen und hätten hohe Überlebenschancen. Sie wollte warten, bis sie alle da waren, wollte möglichst viele von ihnen töten, möglichst viele mit sich mitnehmen, und sie hob die Kamera mit beiden Händen hoch über den Kopf.
»Los, kommt nur!« kreischte sie, doch die Gondel war erfüllt von dicken, wirbelnden Wolken ätzenden weißen Rauchs, und die baumelnden Schläuche der Sauerstoffmasken tanzten und wanden sich wie Medusenhäupter. Sie hörte den Knall eines Schusses, einen gellenden Schrei und Stimmen, die immer wieder riefen: »Hinlegen! Alles zu Boden!«
Der ganze Raum war ein einziges Chaos von Rauch und Lärm, doch Ingrid ließ die dunkle Öffnung des Notausstiegs nicht aus den Augen und wartete, den Finger auf dem Auslöseknopf der Kamera. Eine gelenkige, schwarzgekleidete Gestalt mit einer grotesken Maske vor dem Gesicht schwang sich – Beine voran – in die Kabine, und im selben Augenblick kreischte Karen neben ihr.
»Nein, bring uns nicht um!« Und sie schlug Ingrid die Kamera aus den erhobenen Händen, riß sie am Riemen an sich und ließ Ingrid waffenlos stehen. Immer noch schreiend, rannte sie durch den raucherfüllten Gang, die Kamera wie ein Friedensangebot vor sich herhaltend. »Bring uns nicht um! Kalif hat gesagt, daß wir nicht sterben würden. Kalif ...« schrie sie wie besessen und rannte weiter, und die schwarzgekleidete, maskierte Gestalt drehte sich geschmeidig in der Luft, duckte sich ein wenig und landete mit beiden Füßen in der Mitte des Ganges. Kaum hatten Peters Füße den Boden berührt, schnellte die Pistole in seiner Hand hoch, und er drückte ab, doch der Knall des Schusses klang gedämpft und beinahe harmlos nach dem ohrenbetäubenden Krachen der explodierenden Blendgranaten.
Karen rannte durch den Mittelgang auf Peter zu, kreischend und

die Kamera schwenkend, als die Kugel in ihren Mund einschlug und ihr Kopf sich grotesk verrenkte und nach hinten kippte. Die nächsten beiden Schüsse folgten so rasch aufeinander, daß sie das Gehör täuschten und zu einem einzigen Knall verschmolzen. Aus dieser Nähe abgefeuert, schlugen selbst die Velex-Sprengpatronen durch Karens Oberkörper durch, rissen die Rückseite ihrer Bluse auf und tränkten den roten Stoff mit einem helleren, feuchtglänzenden Rot, als sie zwischen den Schulterblättern wieder hervorbrachen. Die Kamera wirbelte in hohem Bogen durch die Luft und landete im Schoß eines bewußtlosen Passagiers, der zusammengesunken in einem der Mittelsitze zwischen den Gängen saß.
Ingrid reagierte mit der instinktiven Geschwindigkeit einer Raubkatze, indem sie zu Boden ging und unterhalb der Feuerlinie, flach auf dem Teppich liegend, den Gang entlangkroch. Eingehüllt in den sinkenden weißen Rauch der Granaten schlängelte sie sich auf dem Bauch weiter, um die Kamera zu erreichen.
Es waren etwa sechs Meter bis zu der Stelle, wo die Kamera gelandet war, doch Ingrid bewegte sich mit der Behendigkeit einer Schlange. Sie wußte, daß der Rauch sie verbarg, aber sie wußte auch, daß sie wieder aufstehen und über zwei Sitze und zwei bewußtlose Passagiere hinweggreifen mußte, um die Kamera zu erreichen.

Ohne das Gleichgewicht zu verlieren, war Peter auf dem teppichbelegten Gang des Flugzeugs gelandet, hatte das Mädchen rasch und ohne Zögern getötet und schwang sich nun zur Seite, um seinem Stellvertreter Platz zu machen. Leichtfüßig sprang dieser auf die freigewordene Stelle, doch der Deutsche in dem roten Hemd schoß aus einem Winkel hinter der Touristen-Bordküche hervor und jagte ihm eine volle Ladung Schrot ins Kreuz. Sein Körper wurde beinahe in zwei Teile gerissen, und er schien wie ein Taschenmesser in der Mitte zusammenzuklappen, als er zu Peters Füßen stürzte.
Peter wirbelte herum, als er den Schuß hörte, und wandte Ingrid, die durch den Phosphorrauch vorwärts kroch, den Rücken zu. Verzweifelt versuchte Kurt, den kurzen dicken Lauf seiner Waffe,

der durch den Rückstoß hoch über seinen Kopf geschleudert worden war, herunterzuziehen. Sein rotes Hemd war bis zum Nabel offen und zeigte die glänzenden, harten, braunen Muskeln unter dem dichten Gekräusel schwarzer Brusthaare. Seine Augen funkelten mit irrem Blick durch eine fette Strähne schwarzen Haares, und die narbige Lippe verzog sein Gesicht zu einer starren Grimasse.

Peter feuerte einen Schuß auf seine Brust ab, denn er wollte nichts riskieren, und als der Mann zurücktaumelte, immer noch bemüht, die Pistole auf Peter zu richten, drückte dieser ein zweites Mal ab; diesmal zielte er auf die Schläfe direkt über dem linken Ohr. Die Lider senkten sich über die wild blickenden Augen, und der Mann fiel mit dem Gesicht voran zu Boden.

»Zwei.« Peter stellte fest, daß sein Gehirn, wie stets in verzweifelten Situationen, kalt und effizient funktionierte. Seine Schüsse waren perfekte Reflexhandlungen gewesen, rasch und sicher wie bei einem Übungsschießen auf bewegliche Papp-Kameraden. Und er hatte sie sogar gezählt. Vier waren nun noch in der Walther.

»Und zwei von der Bande sind noch übrig«, dachte er. Doch der Rauch war noch so dicht, daß er nicht weiter als viereinhalb Meter sehen konnte, und der tanzende Wald der Sauerstoffschläuche, die immer noch vom Druck der Explosion hin und her schaukelten, beeinträchtigte zusätzlich die Sicht.

Er sprang über den zusammengekrümmten Körper seines toten Stellvertreters, spürte das glitschige Blut unter seinen Gummisohlen, und plötzlich sah er die undeutlichen Umrisse von Colin Nobles bulliger schwarzer Gestalt auf der anderen Seite der Kabine. Er war über den Steuerbordflügel eingedrungen und stand nun im Gang gegenüber. Von wirbelnden Qualmfetzen umtanzt, sah er mit seiner Gasmaske aus wie ein Dämon, schrecklich und bedrohlich. Er ging in die hockende Stellung des Scharfschützen, die große Browning fest mit beiden Händen umfaßt, und der laute Knall des Schusses peitschte die Luft wie eine der großen Bronzeglocken von Notre Dame.

Er feuerte auf eine dritte Gestalt im roten Hemd, die Peter durch

den Qualm und die schwingenden Schläuche nur halb sehen konnte. Es war ein Mann mit einem runden, jungenhaften Gesicht, mit hängendem, sandfarbenem Schnurrbart. Die großen Velex-Geschosse rissen den Terroristen in Stücke wie die Klauen eines rasenden Raubtieres. Sie schienen ihn wie ein Insekt am Rumpfspant festzuspießen und rissen große Stücke Fleisch aus seiner Brust und weiße Knochensplitter aus seinem Schädel.
»Drei«, dachte Peter. »Nur noch einer übrig – und ich muß an die Kamera heran.«
Er hatte die schwarze Kamera in den Händen des Mädchens gesehen, das er getötet hatte, hatte ihren Fall beobachtet und wußte, wie lebenswichtig es war, sie sicherzustellen, damit sie nicht dem anderen Mädchen in die Hände fiel, der Blonden, der Gefährlichen.
Erst vier Sekunden waren vergangen, seit er in den Flugzeugrumpf eingedrungen war, aber sie kamen ihm wie eine schleppende Ewigkeit vor. Er hörte das Krachen der Vorschlaghämmer, die auf die Schlösser der Vorder- und Hintertüren niedersausten. In wenigen Sekunden würden die Thor-Teams durch sämtliche Öffnungen in die Boeing strömen, und er hatte immer noch nicht festgestellt, wo das vierte, das wirklich gefährliche Mitglied der Terroristenbande war.
»Auf den Boden! Alles hinlegen!« riefen die Männer, die die Granaten geworfen hatten, und Peter wirbelte leichtfüßig herum und rannte in Richtung Flugdeck. Er war sicher, daß das blonde Mädchen dort vorn im Cockpit war.
Doch dann versperrte ihm eine Gestalt, die vor ihm auf dem Boden lag, den Weg. Es war das Mädchen, das er erschossen hatte. Ihr langes dunkles Haar war bereits von tiefrotem Blut durchtränkt und lag wie ein Fächer um ihr blasses, immer noch schreckverzerrtes Gesicht. Die schwarze Lücke in der Reihe weißer Zähne gab ihr das Aussehen einer alten Frau. Ihre schlanken, ineinander verschlungenen, scheinbar knochenlosen Glieder blockierten den Gang.
Die Vordertür fiel krachend auf, als das Schloß nachgab, aber vor Peters Augen ballten sich immer noch dichte Schwaden weißen

Rauches. Er riß sich zusammen, um über den Körper des toten Mädchens zu springen, und in diesem Augenblick schoß die andere, die Blonde, vom Boden hoch, wie eine schöne, aber böse Erscheinung, die geheimnisvoll aus dem Rauch emporzutauchen schien.
Sie beugte sich über die mittlere Sitzreihe und versuchte die Kamera zu erreichen, und Peter geriet ein wenig aus dem Gleichgewicht, als er sich mitten im Schwung abbremste, um die Pistole auf sie zu richten. Rasch wechselte er die Waffe in die andere Hand, denn er war mit beiden gleich geschickt, aber das kostete ihn eine Zehntelsekunde, und das Mädchen hatte bereits den Riemen der Kamera erwischt und zerrte verzweifelt daran. Die Kamera mußte sich irgendwo verklemmt haben, und Peter wirbelte herum und zielte auf den Kopf des Mädchens, denn sie war nur zehn Schritte von ihm entfernt, und er konnte sie selbst in dem Qualm und dem allgemeinen Chaos nicht verfehlen.
Einer der wenigen Passagiere, der Sauerstoff aus der Maske eingeatmet hatte und daher noch bei Bewußtsein war, mißachtete den ständig wiederholten Befehl »Alles niederlegen! Auf dem Boden bleiben!« und erhob sich stolpernd und taumelnd. »Nicht schießen! Bringt mich hier raus! Nicht schießen!« schrie er, und seine Stimme schwoll zu einem hysterischen Kreischen an. Er stand genau zwischen Peter und dem Mädchen in der roten Bluse und blockierte die Schußlinie. Peter riß die Pistole im letzten Augenblick zur Seite. Die Kugel schlug in die Decke ein, und der immer noch schreiende Passagier prallte gegen Peter.
»Bringen Sie mich raus! Ich will hier raus!«
Peter versuchte verzweifelt, seine Hand mit der Pistole zu befreien, denn das Mädchen hatte den Kamerariemen zerrissen und fummelte bereits an dem schwarzen Gehäuse herum. Der Passagier hielt Peters Arm umklammert, schüttelte ihn wild und weinte und schrie.
Von der anderen Seite der Mittelreihe feuerte Colin Noble einen Schuß ab. Er war immer noch im Steuerbordgang und konnte aus diesem Winkel unmöglich genau treffen, denn er mußte etwa 20 Zentimeter an Peters Schulter vorbei und durch das Dickicht der baumelnden Schläuche hindurch zielen.

Der erste Schuß ging fehl, aber nur um Haaresbreite, so daß das Mädchen heftig zurückwich und mit steifen Fingern nach der Zündkapsel tastete.
Mit den versteiften Fingern seiner rechten Hand versetzte Peter dem hysterischen Passagier einen Schlag gegen die Kehle und stieß ihn zurück auf den Sitz, während er verzweifelt versuchte, das Mädchen wieder in seine Schußlinie zu bekommen – er wußte, daß er ihr Gehirn treffen mußte, um ihre Finger sofort abzuwehren.
Colin feuerte einen zweiten Schuß ab, eine Hundertstelsekunde früher als Peter, und die große Kugel schleuderte das Mädchen zur Seite und riß ihren Kopf aus Peters Ziellinie.
Peter sah den Einschlag von Colins Kugel. Sie traf das Mädchen hoch oben an der rechten Schulter, fast genau an der Verbindung zwischen Schulterblatt und Oberarmknochen, und zerschmetterte den Knochen mit solcher Wucht, daß ihr Arm wie zur Parodie eines kommunistischen Grußes hochgeschleudert wurde, sich unnatürlich verreckte und über ihrem Kopf hin und her schlug. Wiederum wurde die Kamera zur Seite geschleudert, und das Mädchen stürzte nach hinten, als wäre es von einem vorbeirasenden Auto zu Boden gestoßen worden.
Peter hob abermals die Pistole in den Anschlag und wartete auf die Gelegenheit zu einem sauberen, tödlichen Kopfschuß, während das Mädchen sich hochzurappeln versuchte. – Doch noch ehe er abdrücken konnte, tauchte eine Masse schwarzgekleideter Gestalten aus dem Rauch, stürzte auf das Mädchen, das sich strampelnd und schreiend wehrte, und drückte es auf den Teppich des Mittelganges nieder. Das Thor-Team war gerade rechtzeitig durch die Vordertür eingedrungen, um das Leben des Mädchens zu retten, und Peter steckte die Walther zurück ins Halfter und bückte sich, um die Kamera vorsichtig aufzuheben. Dann riß er sich mit der anderen Hand die Maske vom Gesicht.
»Das wär's. Nun haben wir alle«, schrie er. »Wir haben sie alle. Feuer einstellen. Es ist alles vorbei.« Dann sprach er in das Mikrophon seines Funkgerätes. »*Touch down! Touch down!*« Das war das Codewort für hundertprozentigen Erfolg. Drei seiner Männer

drückten das Mädchen zu Boden, doch trotz der schweren, heftig blutenden Wunde in ihrer Schulter kämpfte sie wie ein Leopard in der Falle.

»Laßt die Gleitbahnen der Notausgänge runter«, befahl Peter, und die langen Plastikrutschen bliesen sich auf und senkten sich aufs Rollfeld hinab. – Seine Männer führten bereits die Passagiere, die bei Bewußtsein waren, zu den Ausgängen und halfen ihnen auf die Rutschbahnen.

Vom Flughafengebäude schoß ein Dutzend Ambulanzwagen mit heulenden Sirenen über das Vorfeld heran. Das Hilfspersonal von Thor stürmte aus dem Gebäude in den hellen Schein der Flutlichter hinaus und brach in dünn klingendes Hurrageschrei aus. »*Touch down! Touch down!*«

Wie prähistorische Monster rumpelten die Automatiktreppen vom nördlichen Vorfeld auf die Maschine zu, um einen Zugang zum Rumpf der Boeing zu schaffen.

Mit der Kamera in der Hand trat Peter auf das Mädchen zu und blickte auf sie herab. Der kalte, mitleidlose Zorn des Kampfes hielt ihn immer noch umklammert, sein Geist funktionierte messerscharf, seine Sinne waren hellwach, und er sah alles beinahe überdeutlich.

Das Mädchen hörte auf sich zu wehren und erwiderte seinen Blick. Das Bild eines gefangenen Leoparden war vollkommen. Niemals hatte Peter so wild glühende, gnadenlose Augen gesehen. Dann zog sie wie eine angreifende Kobra den Kopf zurück und spuckte ihn an. Weißer, schaumiger Speichel tropfte über Peters Hosenbeine.

Nun stand Colin Noble neben ihm und zog sich die Gasmaske vom Gesicht.

»Es tut mir leid, Peter. Ich hab' aufs Herz gezielt.«

»Ihr könnt mich nicht lange einsperren«, schrie das Mädchen plötzlich kreischend. »Noch vor dem *Thanksgiving*-Tag bin ich wieder frei.«

Peter wußte, daß sie recht hatte. Die Strafe, die Leuten ihrer Sorte von einer total eingeschüchterten und verwirrten Gesellschaft zugemessen wurde, bestand gewöhnlich nur aus wenigen Monaten

Gefängnis, und selbst diese wurden oft ausgesetzt. Er dachte an das sterbende Kind in seinen Armen, an sein warmes Blut, das ihm über Bauch und Beine getropft war.
»Meine Leute werden mich befreien.« Das Mädchen spuckte abermals, diesmal ins Gesicht eines der Männer, der sie zu Boden drückte. »Ihr könnt mich niemals gefangenhalten. Meine Leute werden euch zwingen, mich freizulassen.«
Und wieder hatte sie recht. Ihre Gefangennahme war eine offene Einladung zu weiteren Schreckenstaten, das Rad von Rache und Vergeltung hatte sich in Bewegung gesetzt. Für das Leben dieser teuflischen, gefangenen Bestie würden noch Hunderte von Menschen leiden, Dutzende von Menschen sterben müssen.
Nun setzte die Reaktion ein, die Wut des Kampfes verebbte, und Peter fühlte, wie sich seine Eingeweide zusammenkrampften und Übelkeit in ihm hochstieg. Es ist umsonst gewesen, dachte er. Er hatte die Bemühungen und Bestrebungen eines ganzen Lebens weggeworfen, nur um einen vorübergehenden Sieg zu erringen. Er hatte den Kräften des Bösen Schach geboten, sie aber nicht geschlagen – und sie würden sich zusammenscharen und von neuem angreifen, stärker und tückischer als je zuvor, und diese Frau hier würde sie abermals anführen.
»Wir sind die Revolution!« Das Mädchen hob den unversehrten Arm zum Salut mit geballter Faust. »Wir sind die Macht. Nichts und niemand kann uns Einhalt gebieten.«
Das Bild der schwangeren Frau, deren praller Leib aus der Form gegangen und aufgebrochen war wie die Hülse einer reifen Frucht, als diese Frau hier eine Ladung Schrotkugeln durch ihn hindurchgejagt hatte, tauchte deutlich in Peters Erinnerung auf.
Die blonde Frau schüttelte die geballte Faust vor Peters Gesicht. »Das ist nur der Anfang – eine neue Ära hat begonnen.«
Eine höhnische, selbstsichere Drohung lag in ihrer Stimme – und Peter wußte, daß sie nicht unbegründet war. Eine neue Kraft war in der Welt freigeworden, etwas, das tödlicher war, als er es je für möglich gehalten hatte. Er machte sich keine Illusionen über die Rolle, die der blinde Zufall bei seinem kleinen Sieg gespielt hatte. Er war sich auch völlig darüber im klaren, daß die Bestie kaum

nennenswert verwundet war und aus diesem kleinen Mißerfolg lernen würde. Das nächste Mal würde sie noch stärker sein, noch schlauer. Und mit den Nachwirkungen der Anspannung spülte eine gewaltige Welle der Furcht und Verzweiflung über ihn hinweg, der seine ganze Seele zu erfassen schien. Es war alles umsonst gewesen.

»Ihr könnt niemals gewinnen«, höhnte die Frau. Da lag sie, mit ihrem eigenen Blut bespritzt, und dennoch furchtlos und ohne jede Reue und schien seine Gedanken zu lesen.

»Und wir können niemals verlieren«, kreischte sie.

»Meine Herren«, der südafrikanische Ministerpräsident sprach mit bedächtiger Vorsicht, »mein Kabinett und ich sind zu der Überzeugung gelangt, daß wir uns auf den Rücken eines Tigers setzen, von dem wir nie wieder herunterkommen, wenn wir den Forderungen der Terroristen nachgeben.« Er hielt inne, senkte einen Augenblick seinen mächtigen, wie aus Granit gehauenen Kopf, und richtete dann den Blick auf die beiden Botschafter. »Aber die Verpflichtung gegenüber der Menschlichkeit und der Würde des Menschenlebens und der Druck, den zwei große Nationen auf eine viel kleinere ausüben können, sind so groß, daß wir uns einstimmig dazu entschlossen haben, alle Bedingungen, die für die Freilassung der Frauen und Kinder erfüllt werden müssen, voll und ganz zu akzeptieren.«

Ein Telefon auf dem Tisch vor dem Platz des amerikanischen Botschafters begann mit lästiger Beharrlichkeit zu schrillen, und der Premierminister hielt mit leicht gerunzelten Brauen inne.

»Wir vertrauen voll und ganz auf das Versprechen, das Ihre beiden Regierungen abgegeben haben ...« Er unterbrach sich abermals, da das Telefon hartnäckig weiterläutete. »Sie sollten vielleicht doch lieber abheben, Sir«, sagte er dann zu Kelly Constable.

»Entschuldigen Sie bitte, Herr Ministerpräsident.« Der Amerikaner nahm den Hörer ab, und ein Ausdruck ungläubiger Fassungslosigkeit veränderte seine Züge, als er lauschte. »Bleiben Sie am Apparat«, sagte er in den Hörer, legte die Hand auf die Sprechmuschel und blickte auf. »Herr Ministerpräsident – es ist mir eine

große Freude, Ihnen mitteilen zu können, daß vor drei Minuten das Thor-Team die Boeing gestürmt und drei Terroristen getötet hat – ein vierter wurde verwundet und gefangengenommen. Aber die Passagiere sind alle unverletzt. Sie haben sie alle befreit, alle, bis auf den letzten. Sie sind gesund und in Sicherheit.«
Der große Mann an der Spitze des Tisches sank erleichtert in seinen Stuhl zurück, und als ein Sturm des Jubels und der Beglückwünschungen um ihn losbrach, begann er zu lächeln. Ein Lächeln, das seine schroffen Züge völlig veränderte; das Lächeln eines zutiefst väterlichen und freundlichen Mannes. »Ich danke Ihnen, Sir«, sagte er, immer noch lächelnd. »Ich danke Ihnen von ganzem Herzen.«

»Sie haben sich einer eklatanten Verletzung Ihrer Dienstpflicht schuldig gemacht, General Stride«, sagte Kingston Parker zornig und vorwurfsvoll.
»Meine Sorge galt nur dem Leben der Geiseln und der Kraft des moralischen Gesetzes«, gab Peter ruhig zurück. Weniger als fünfzehn Minuten waren vergangen, seit er in fiebrigem Zorn in den Rumpf der Boeing eingedrungen war. Seine Hände zitterten noch ein wenig, und ihm war hundeelend zumute.
»Sie haben bewußt meinem ausdrücklichen Befehl zuwidergehandelt.« Parker war wie ein wütender Löwe. Seine dichte, silberdurchwirkte Mähne schien sich zu sträuben, und die Augen glühten vom Bildschirm herunter. Die überwältigende Ausstrahlung seiner Persönlichkeit schien das ganze Cockpit der Hawker zu füllen. »Ich habe schon immer große Bedenken hinsichtlich Ihrer Eignung für diesen verantwortungsvollen Posten gehegt, mit dem man Sie betraut hat, und habe meine Vorbehalte auch schriftlich bei Ihrem Vorgesetzten angemeldet. Wie sich nun zeigt, waren sie voll und ganz gerechtfertigt.«
»Aus all dem ziehe ich den Schluß, daß mir das Kommando von Thor entzogen wurde«, unterbrach Peter, der seinen Zorn nicht länger unterdrücken konnte, ihn brüsk, und Parker versuchte seinen Unmut ein wenig zu zügeln.
Peter wußte, daß nicht einmal Kingston Parker den Helden eines

so erfolgreichen Unternehmens auf der Stelle hinauswerfen konnte. Er würde ein wenig Zeit brauchen, einige Tage vielleicht. Aber sein Schicksal war besiegelt, das stand außer Zweifel, und Parkers folgende Worte bestätigten diese Vermutung.
»Sie werden das Kommando weiterhin innehaben – unter meiner direkten Aufsicht. Sie werden keine Entscheidung treffen, ohne mir vorher Bericht zu erstatten, keine wie auch immer geartete Entscheidung. Haben Sie verstanden, General Stride?«
Peter verzichtete auf eine Antwort. Er empfand ein unbändiges Gefühl der Verwegenheit, das seine sinkenden Lebensgeister wieder weckte, ein Gefühl der Freiheit und Ungebundenheit, wie er es nie zuvor gekannt hatte. Zum ersten Mal in seiner bisherigen Berufslaufbahn hatte er mit voller Absicht einem vorgesetzten Offizier den Gehorsam verweigert, und – Glück hin oder her – das Ergebnis war ein brillanter Erfolg gewesen.
»Ihre erste Aufgabe wird darin bestehen, alle Thor-Einheiten zurückzuziehen, und zwar so rasch und diszipliniert wie möglich. Die Revolutionärin, die sie in Gewahrsam genommen haben, wird nach London gebracht und dort verhört und vor ein Gericht gestellt werden . . .«
»Ihre Verbrechen wurden hier begangen. Sie sollte hier des Mordes angeklagt werden – die zuständigen Behörden dieses Landes sind bereits an mich herangetreten.«
»Wir werden uns mit den südafrikanischen Behörden verständigen.« Parkers Zorn war nicht verflogen, aber er hatte ihn nun besser unter Kontrolle. »Sie wird an Bord Ihrer Maschine nach Großbritannien zurückkehren. Der Arzt von Thor wird sich um sie kümmern.«
Peter erinnerte sich an den Fall der Terroristin Leila Khaled, die man aus der El-Al-Maschine geholt hatte, in der sie von israelischen Sicherheitsbeamten festgehalten worden war. Als Gast der britischen Polizei hatte sie sechs kurze Tage in Gefangenschaft verbracht und war dann mit viel Publicity in Glanz und Glorie freigelassen worden – eine Heldin der Medien, die Jeanne d'Arc des Terrorismus – freigelassen, um die Ermordung und Vernichtung Hunderter weiterer Unschuldiger zu planen und durch-

zuführen, um den Angriff auf die Fundamente der Zivilisation anzuführen und die Pfeiler zu erschüttern, auf denen die Gesetze und Rechtsnormen der Gesellschaft ruhten.

»Ich verlange, daß diese Frau innerhalb der nächsten vierundzwanzig Stunden nach London gebracht und bis dahin gegen jeglichen Vergeltungsversuch geschützt wird. Ein solches Blutbad wie jenes, das Sie in der Boeing angerichtet haben, können wir uns nicht noch einmal leisten.«

Peter Stride hielt sich sehr aufrecht, sehr gerade, als er die von Marmorsäulen getragene Abflughalle für Binnenflüge, in der jeder Laut echote, betrat.

»Großartig, Sir!«

»Tolle Sache, General.«

»Ein Meisterstück!«

Seine Männer kümmerten sich um die befreiten Passagiere, räumten ihre herumliegenden Utensilien zusammen, demontierten die Sicherheits- und Funkanlagen und packten alles ein – in einer Stunde würden sie zum Rückzug bereit sein. Doch nun unterbrachen sie ihre Tätigkeit, scharten sich um ihn, und jeder wollte ihm die Hand schütteln.

Die Passagiere erkannten, daß dies der Mann sein mußte, dem sie ihre Rettung verdankten, und jubelten ihm zu, als er langsam durch die Halle schritt. Und nun lächelte er, nahm ihren armseligen Dank entgegen, blieb stehen, um mit einer alten Dame zu sprechen, und fügte sich in ihre tränenreiche Umarmung.

»Gott segne dich, mein Junge. Gott segne dich.« Und er fühlte ihren zitternden Körper an dem seinen. Sanft schob er sie weg und ging weiter, immer noch lächelnd. Doch er lächelte nur mit den Lippen, denn sein Herz war kalt und hart wie Stahl.

Die Hauptbüros der Verwaltung im Halbstock wurden von Thor-Soldaten bewacht, die mit Maschinenpistolen bewaffnet waren, aber sie traten sofort beiseite, um Peter durchzulassen.

Colin Noble trug immer noch seinen hautengen schwarzen Kampfanzug und die große Fünfundvierziger an der Hüfte. Eine Zigarre steckte zwischen seinen Zähnen.

»Schau dir das mal an«, rief er Peter zu. Der Schreibtisch war vollbepackt mit Sprengkörpern und Schußwaffen. »Das meiste von dem Zeug stammt von jenseits des Eisernen Vorhangs – aber der Himmel allein weiß, wo sie das aufgetrieben haben.« Er deutete auf die doppelläufigen Flinten. »Wenn das eine Sonderanfertigung ist, muß es sie eine schöne Stange Geld gekostet haben.«
»Sie haben auch genug davon«, antwortete Peter trocken. »Das Lösegeld für die OPEC-Minister betrug einhundertfünfzig Millionen Dollar, für die Brüder Braun fünfundzwanzig Millionen, für Baron Altmann weitere zwanzig Millionen – das ist das Verteidigungsbudget einer ganzen Nation.« Er nahm eine der Waffen und öffnete den Verschluß. Sie war nicht geladen.
»Ist das die Flinte, mit der sie die Geiseln erschossen hat?«
Colin zuckte die Achseln. »Wahrscheinlich. Es sind durch beide Läufe Schüsse abgefeuert worden.« Colin hatte recht. In den kurzen, glatten Rohren waren schwarze Flecken von verbranntem Pulver zu erkennen.
Peter nahm einige Schrotpatronen von dem Haufen auf dem Tisch, lud die Pistole und ging dann langsam durch den langen Raum mit den Flugplakaten an den Wänden und den zugedeckten Schreibmaschinen auf den verlassenen Schreibtischen.
An einer Wand lagen, nebeneinander gereiht, die Leichen der drei Luftpiraten in durchsichtigen Plastikhüllen. Zwei Männer von Thor untersuchten soeben die Dinge, die man in ihren Taschen gefunden hatte – ein paar Schmuckstücke, einige wenige persönliche Habseligkeiten – und verpackten sie in beschilderte Plastiksäckchen.
Der Leichnam von Peters Stellvertreter lag an der Wand gegenüber, auch in Plastik eingewickelt, und Peter blieb stehen und beugte sich über ihn. Durch die Plastikhülle hindurch konnte er die Gesichtszüge des toten Mannes erkennen. Die Augen standen weit offen, und das Kinn hing schlaff herunter. Daß der Tod immer so würdelos sein muß, dachte Peter und richtete sich wieder auf.
Immer noch mit der Pistole in der Hand ging er weiter ins Chefbüro, und Colin Noble folgte ihm.

Das Mädchen lag auf der Krankenbahre, eine Plasmatropfinfusion hing über ihrem Kopf, und der Thor-Arzt und seine beiden Assistenten untersuchten sie schweigend. Der junge Arzt blickte gereizt auf, als Peter die Tür aufstieß, doch als er ihn erkannte, änderte sich sein Gesichtsausdruck.

»General, wenn wir ihren Arm retten wollen, muß ich sie verdammt schnell in einen Operationssaal schaffen lassen. Das Schultergelenk ist zerschmettert.«

Das Mädchen wandte den schönen Kopf Peter zu. Das dichte goldene Haar war von getrocknetem Blut verklebt, und auch über eine Wange zog sich ein blutiger Schmierer. Ihr Gesicht, aus dem nun alle Farbe gewichen war, sah aus wie ein aus weißem Marmor gemeißeltes Engelsgesicht. Die Haut hatte einen wächsernen, fast durchsichtigen Schimmer, nur die Augen glühten noch immer, unbeeinträchtigt von der Wirkung der schmerzstillenden Injektionen.

»Ich habe die Südafrikaner um Unterstützung gebeten«, fuhr der Arzt fort. »Sie haben uns zwei hervorragende orthopädische Chirurgen zur Verfügung gestellt und haben uns angeboten, das Mädchen per Hubschrauber ins Central Hospital in Edenvale zu bringen.«

Schon wurde sie, selbst von den Thor-Angehörigen, wie eine Berühmtheit behandelt. Und schließlich war sie das ja auch. Sie hatte den ersten Schritt auf dem mit Rosen bestreuten Weg zum Ruhm getan, und Peter konnte sich gut vorstellen, wie die Medien von ihrer Schönheit schwärmen würden. – Schon die dunkelhäutige Leila Khaled mit ihren flinken Frettchenaugen und dem zarten, dunklen Anflug eines Lippenbärtchens hatte sie ganz aus dem Häuschen gebracht und zu den extravagantesten Lobeshymnen hingerissen. Für diese hier würden sie total verrückt spielen.

In Peter wallte ein so heftiges Gefühl hoch, wie er es noch nie zuvor verspürt hatte.

»Verschwinden Sie«, sagte er zu dem Arzt.

»Sir?« Der Mann sah ihn überrascht an.

»Verschwinden Sie«, wiederholte Peter. »Sie alle.« Und er wartete, bis sich die Milchglastür hinter ihnen geschlossen hatte, ehe er sich in ruhigem Konversationston an das Mädchen wandte.

»Sie haben mich dazu gebracht, meinen eigenen Prinzipien untreu zu werden und auf Ihr Niveau herabzusteigen.«

Das Mädchen betrachtete ihn unsicher, ihr Blick flackerte zu der Pistole, die von Peters rechter Hand herabbaumelte.

»Sie haben mich, einen Berufssoldaten, gezwungen, den Befehlen eines vorgesetzten Offiziers im Angesicht des Feindes zuwiderzuhandeln.« Er schwieg einen Augenblick, dann fuhr er fort. »Ich bin immer ein stolzer Mann gewesen, aber wenn ich nun getan haben werde, was ich tun muß, wird es nicht mehr viel geben, worauf ich noch stolz sein kann.«

»Ich will den amerikanischen Botschafter sprechen«, sagte das Mädchen mit rauher Stimme, den Blick immer noch auf die Pistole gerichtet. »Ich bin amerikanische Staatsbürgerin. Ich verlange den Schutz ...«

Peter unterbrach sie. Er sprach nun sehr rasch. »Dies ist keine Rache. Ich bin alt und klug genug, um zu wissen, daß die Rache von allen menschlichen Ausschreitungen den bittersten Beigeschmack hat.«

»Das können Sie nicht tun ...« Die Stimme des Mädchens hob sich, und die Angst ließ sie noch schneidender und schriller klingen als sonst. »Man wird Sie vernichten.«

Aber Peter fuhr fort, als hätte sie nichts gesagt. »Es ist keine Rache«, wiederholte er. »Sie selbst haben ganz deutlich den Grund genannt. Wenn Sie weiterleben, werden Ihre Leute kommen, um Sie zu befreien. Solange Sie leben, müssen andere sterben – und sie werden sterben, aller menschlichen Würde beraubt. Sie werden in Angst und Schrecken sterben, so wie alle, die Sie ermordet haben ...«

»Ich bin eine Frau. Ich bin verwundet. Ich bin eine Kriegsgefangene«, kreischte das Mädchen und versuchte sich aufzusetzen.

»Das sind alte Gesetze«, sagte Peter. »Sie haben das Buch dieser Gesetze zerrissen und ein neues geschrieben – ich halte mich nun an Ihre Gesetze. Ich bin auf Ihr Niveau gesunken.«

»Sie können mich nicht umbringen!« schrie das Mädchen wie verrückt. »Ich habe noch Arbeit ...«

»Colin«, sagte Peter ruhig, ohne den Amerikaner anzusehen. »Du läßt uns jetzt besser allein.«
Colin Noble zögerte, die rechte Hand am Abzug der Browning, und das Mädchen wandte ihm flehend das Gesicht zu.
»Sie können nicht zulassen, daß er das tut.«
»Peter ...« begann Colin.
»Du hattest recht, Colin«, unterbrach Peter ihn ruhig. »Dieses kleine Mädchen hatte wirklich eine starke Ähnlichkeit mit Melissa-Jane.«
Colin Noble ließ die Hand von der Pistole sinken und wandte sich zur Tür. Das Mädchen stieß nun Flüche und Drohungen aus, ihre Stimme überschlug sich fast vor Angst und Haß.
Colin schloß sachte hinter sich die Tür und stellte sich mit dem Rücken dagegen. Das Krachen des einzigen Schusses war erschreckend laut, und der Strom wüster Beschimpfungen versiegte abrupt. Die Stille war fast noch beängstigender als die gräßlichen Geräusche, die ihr vorangegangen waren. Colin rührte sich nicht. Er wartete vier, fünf Sekunden, dann öffnete sich die Tür, und General Peter Stride kam heraus. Ein Lauf der Pistole war heiß, als er sie Colin Noble in die Hand drückte.
Peters schöne, aristokratische Züge wirkten entstellt, wie nach einer langen, zehrenden Krankheit. Das Gesicht eines Mannes, der in den Abgrund gesprungen war.
Peter Stride ließ die Glastür offen und ging davon, ohne sich nochmals umzublicken. Trotz des schrecklichen Ausdrucks der Verzweiflung in seinem Gesicht ging er immer noch aufrecht wie ein Soldat, und sein Schritt war fest.
Colin Noble warf nicht einmal einen Blick durch die offene Tür.
»Okay«, rief er dem Arzt zu. »Jetzt gehört sie ganz Ihnen.« Und er folgte Peter Stride die breite Treppe hinunter.

Es war ein langer, anstrengender Galopp hinauf zum Bergkamm, aber der Boden war gut, und die offenen Weideflächen wurden nur von einem einzigen Gatter unterbrochen. Melissa-Jane saß auf dem rotbraunen Fohlen, daß Onkel Steven ihr zu Weihnachten geschenkt hatte. Wie die meisten jungen Mädchen in der Pubertät liebte sie ihr Pferd mit leidenschaftlicher Hingabe und machte auch wirklich eine gute Figur auf dem Rücken des prächtigen Vollbluts. Die Kälte hatte ihre Wangen gerötet, und der honigblonde Zopf, der ihr über den Rücken hing, hüpfte bei jedem Schritt fröhlich auf und ab. Es waren nur wenige Wochen vergangen, seit Peter sie zum letzten Mal gesehen hatte, doch selbst in dieser kurzen Zeit war sie herangereift, und er stellte mit einer gewissen Scheu und beträchtlichem Stolz fest, daß sie rasch zu einer großen Schönheit erblühte.

Peter ritt eines von Stevens Jagdpferden, ein großes, geschmeidiges Tier, kräftig genug, um sein Gewicht zu tragen. Doch der Wallach hatte Mühe, mit dem dahinfliegenden Paar, das vor ihm hertanzte, Schritt zu halten.

Melissa-Jane dachte nicht daran, das Gatter zu benützen, als sie die Hecke erreichte, sondern zügelte das Pferd mit sanfter, aber starker Hand und setzte über die Hecke hinweg. Ihr kleiner, runder Popo hob sich aus dem Sattel, als sie sich im Sprung vornüberbeugte, und die Hufe des Pferdes wirbelten Klumpen schwarzer Erde hoch. Kaum war sie über die Hecke hinweg, drehte sie sich erwartungsvoll im Sattel nach ihm um, und Peter wußte, daß er sich der Herausforderung stellen mußte. Plötzlich kam ihm die Hecke mannshoch vor, und er merkte zum ersten Mal, wie steil der Boden dahinter bergab fiel. Er war seit fast zwei Jahren nicht mehr geritten und saß zum ersten Mal auf diesem Wallach – aber das Pferd setzte brav zum Sprung an. Sie streiften die Hecke ein wenig, landeten ungeschickt, und einen schrecklichen Augenblick lang hing Peter schief im Sattel und klammerte sich verzweifelt am Nacken des Pferdes fest, überzeugt, daß er vor den kritischen Augen seiner Tochter abgeworfen werden würde. Doch dann fand er sein Gleichgewicht wieder, riß den Kopf des Pferdes hoch, und sie hatten es beide geschafft.

»Super-Star!« rief Melissa-Jane lachend, und als er sie einholte, war sie bereits abgestiegen und wartete auf ihn unter der Eibe oben auf dem Bergkamm, und ihr Atem dampfte in der kalten, reglosen Luft.

»Unser Besitz reichte früher einmal bis dorthin zur Kirche ...« Peter zeigte auf die ferne graue Nadel aus Stein, die sich in den Bauch des Himmels bohrte. »Und dort drüben fast bis hinauf zu den Kalkbergen.« Er drehte sich um und wies in die andere Richtung.

»Ja.« Melissa-Jane hakte sich bei ihm unter und schmiegte sich an ihn. »Die Familie mußte ihn verkaufen, als Großvater starb. Du hast mir schon davon erzählt. Und das ist auch ganz richtig so. Eine einzige Familie sollte nicht so viel besitzen.«

Peter warf ihr einen überraschten Blick zu. »Mein Gott, eine Kommunistin in der Familie. Eine Natter am Busen.«

Sie drückte seinen Arm. »Mach dir keine Sorgen, lieber Daddy. Onkel Steven ist der aufgeblasene Plutokrat. Du bist kein Kapitalist – du hast nicht einmal mehr einen Posten ...« Kaum waren ihr die Worte herausgerutscht, blieb ihr auch schon das Lachen im Hals stecken, und sie machte ein betroffenes Gesicht. »Oh, so hab' ich das nicht gemeint. Ehrlich nicht.«

Es war nun fast einen Monat her, daß Peters Rücktrittsgesuch vom Kriegsministerium angenommen worden war, aber die Wogen des Skandals hatten sich noch nicht ganz geglättet.

Die enthusiastischen Lobgesänge über den Erfolg von Thors Delta-Einsatz hatten nur einige Tage angehalten. Die begeisterten Leitartikel, die mehrspaltigen Berichte auf den ersten Seiten, die ausführliche Berichterstattung in den Nachrichtenprogrammen sämtlicher Fernsehkanäle, die überschwenglichen Glückwunschbotschaften der westlichen Staatsoberhäupter, der Triumph für Peter Stride und seine kleine Schar von Helden hatten bald einen merkwürdigen Unterton, einen säuerlichen Beigeschmack angenommen.

Nach und nach sickerte die Tatsache durch, daß die rassistische Regierung Südafrikas schon *vor* dem Sturm auf die gekaperte Maschine ihre Zustimmung zur Freilassung der politischen Gefangenen gegeben hatte und daß eine der Flugzeugentführerinnen der Terrorbekämpfungseinheit lebendig in die Hände gefallen und erst im Flughafengebäude durch einen Schuß tödlich verwundet worden war. Und dann veröffentlichte eine der befreiten Geiseln

– ein freischaffender Journalist, der als Pressebeobachter an der medizinischen Tagung auf Mauritius teilgenommen hatte – einen sensationellen Augenzeugenbericht über die ganze Episode, und ein Dutzend weiterer Fahrgäste bestätigte seine Behauptung, daß das vierte Mitglied der Terroristenbande laut geschrien und um Gnade gefleht habe, ehe sie nach ihrer Gefangennahme erschossen wurde.

Ein Sturm der Entrüstung und Diffamierung seitens des extrem linken Flügels der britischen Labour-Regierung war durch das Parlament in Westminster gefegt und hatte seinen Widerhall bei den Demokraten im amerikanischen Kongreß gefunden. Die Existenz des Thor-Kommandos wurde einer kritischen Prüfung unterzogen und mit geradezu ausfallender Heftigkeit verurteilt. Die kommunistischen Parteien Frankreichs und Italiens unternahmen Protestmärsche, und die Explosion einer Handgranate – einer jener M26, die von der Baader-Meinhof-Gruppe aus dem amerikanischen Stützpunkt in Metz gestohlen worden war – forderte ein Todesopfer und zweiundzwanzig Verletzte unter einer Menschenmenge, die soeben im Begriff war, das Prinzenparkstadion in Paris zu verlassen. Kurz danach erhielt *France Soir* den Anruf eines Mannes, der in holprigem Französisch erklärte, daß dieser neuerliche Anschlag ein Racheakt für die Ermordung der vier Luftpiraten durch das imperialistische Exekutionskommando sei.

Das Drängen auf Peters Entlassung war zunächst vom Pentagon ausgegangen, und es gab kaum einen Zweifel, daß Dr. Kingston Parker dahintersteckte, obwohl er als Oberbefehlshaber von Atlas niemals namentlich genannt wurde, da das ganze Projekt immer noch auf höchster Geheimhaltungsstufe stand. Die Medien hatten begonnen, eine Untersuchung des gesamten Sachverhalts um die Existenz von Thor zu fordern, und hatten verlangt, daß die verantwortliche Person, oder die verantwortlichen Personen, vor ein Militär- oder Zivilgericht gestellt werden, sollte sich erweisen, daß es bei der Durchführung der Operation tatsächlich zu vorschriftswidrigen und strafbaren Handlungen gekommen sei. Zum Glück war es den Medien bisher nicht gelungen, das Geheimnis

um das Atlas-Kommando in seinem vollen Umfang zu enthüllen. Die kritischen Untersuchungen bezogen sich ausschließlich auf Thor; von der Existenz von Mercury und Diana hatte die Presse vorläufig noch keine Ahnung.
Im Kriegsministerium und in den Regierungen Großbritanniens und der Vereinigten Staaten hatte Peter Stride viele Sympathien und massive Unterstützung gefunden – aber er hatte es sich und seinen Freunden leichter gemacht, indem er selbst um seinen Rücktritt einkam. Das Rücktrittsgesuch wurde angenommen, aber die Linke schrie immer noch nach mehr. Sie forderten Blut, das Blut von Peter Stride.
Melissa-Janes große, stiefmütterchenblaue Augen schwammen nun in Tränen. »Ich hab's nicht so gemeint. Wirklich nicht.«
»Es hat auch sein Gutes, daß ich keinen Posten mehr habe – jetzt hab' ich mehr Zeit für mein Lieblingsmädchen.« Er lächelte ihr zu, aber sie ließ sich nicht so leicht besänftigen.
»Ich glaube die schrecklichen Dinge nicht, die man behauptet. Ich weiß, daß du ein Ehrenmann bis, Daddy.«
»Danke«, sagte er, und Kummer und Schuldbewußtsein zogen sein Herz schmerzhaft zusammen. Sie schwiegen eine Weile, immer noch dicht nebeneinander stehend, bis Peter schließlich das Schweigen brach.
»Du willst Paläontologie studieren ...« sagte er.
»Nein! Das war im vorigen Monat. Ich hab's mit überlegt. Ich interessier' mich nicht mehr für alte Knochen. Ich will Ärztin werden, Kinderärztin.«
»Das ist gut.« Peter nickte ernst. »Aber bleiben wir trotzdem einen Augenblick bei den alten Knochen. Denk an das Zeitalter der großen Reptilien, der Dinosaurier – warum sind sie ausgestorben?«
»Sie konnten sich den veränderten Umweltbedingungen nicht anpassen.« Melissa-Jane hatte die Antwort parat.
»Ein Begriff wie ‚Ehre' – ich frage mich, ob er noch in die heutige Zeit paßt?« murmelte Peter. Dann sah er ihr Erstaunen, ihren verletzten Blick, und wußte, daß er sich auf gefährlichen Grund begeben hatte. Seine Tochter hatte eine leidenschaftliche Liebe für alles

Lebendige, besonders für den Menschen. Obwohl sie noch so jung war, hatte sie bereits ein stark ausgeprägtes politisches und soziales Gewissen, das sich durch den uneingeschränkten Glauben an strahlende Ideale und an das grundlegend Schöne und Gute im Menschen auszeichnete. Die Jahre würden auch noch genügend Enttäuschungen für sie bereit halten. Die Bezeichnung „ehrenhaft" war für Melissa-Jane der Ausdruck allerhöchster Anerkennung. Es spielte keine Rolle, daß dieses Attribut auf jedes ihrer augenblicklichen Idole angewandt werden konnte – auf den Prinzen von Wales, auf irgendeinen Popsänger, dessen fürchterlichen Namen Peter nie behalten konnte, auf Virginia Wade, die letzte Wimbledon-Siegerin, oder auf ihren Biologieprofessor, der Melissa-Janes Interesse für die Medizin geweckt hatte. Peter wußte, daß er ihr dankbar sein mußte, in diese illustre Gesellschaft aufgenommen worden zu sein.

»Ich werde mich anstrengen, um deiner guten Meinung über mich gerecht zu werden.« Er beugte sich hinunter und küßte sie, überrascht von der starken Liebe, die er für diese Kind-Frau empfand. »Und jetzt wird es zu kalt, um noch länger hierzubleiben. Und Pat verzeiht es uns nie, wenn wir zu spät zum Lunch kommen.«

Knie an Knie reitend, klapperten sie über das Kopfsteinplaster des Wirtschafthofes, und bevor Peter abstieg, genoß er noch seinen Lieblingsblick auf das Haus, das immer sein Heim gewesen war, auch wenn es jetzt, zusammen mit dem Titel, Steven gehörte, seinem älteren Bruder – drei Stunden älter zwar nur, aber eben doch der Ältere.

Das Haus war aus rotem Backstein, mit einem Dach, das fünfzig verschiedene, höchst ungewöhnliche Neigungen aufwies. Es war hart an der Grenze zu einem scheußlichen Ungetüm, strahlte aber dennoch, oder gerade deshalb, einen gewissen märchenhaften Zauber aus. Peter konnte verstehen, daß Steven dieses auswuchernde Gebäude mit beinahe leidenschaftlicher Hingabe liebte, und mißgönnte es ihm nicht.

Vielleicht hatte der Wunsch, dieses Haus zu besitzen und ihm seine alte Herrlichkeit wiederzugeben, Steven zu den beinahe übermenschlichen Bemühungen angespornt, die es einen Bewohner

der britischen Inseln kostet, trotz der Steuerlast und der sozialen Restriktionen so etwas wie ein Vermögen anzuhäufen.
Steven hatte diesen Kampf auf sich genommen, und nun stand Abbot's Yew makellos und heißgeliebt inmitten herrlicher Gärten, und Sir Steven pflegte aristokratischen Stil.
Seine Geschäfte waren so komplex und über so viele Kontinente verstreut, daß offenbar selbst die britischen Steuerfahnder den Mut hatten sinken lassen. Peter hatte einmal dieses Thema angetippt, und sein Zwillingsbruder hatte ihm ruhig geantwortet.
»Wenn ein Gesetz eklatant ungerecht ist, wie unser Steuergesetz, ist es die Pflicht eines ehrlichen Mannes, es zu umgehen.«
Peters altmodischer Sinn für Gerechtigkeit hatte sich gegen eine solche Logik gewehrt, aber er hatte das Thema nicht weiter verfolgt.
Es war merkwürdig, daß das Schicksal der beiden Brüder diesen Weg gegangen war, denn Peter hatte in der Familie immer als der Hochbegabte gegolten, und wenn von seinem Bruder die Rede gewesen war, hatte es geheißen „der arme Steven". Es hatte niemanden überrascht, als Steven mitten in seinem letzten Jahr von Sandhurst abgegangen war und man hinter vorgehaltener Hand dunkle Andeutungen tuschelte. Aber zwei Jahre später war Steven bereits Millionär gewesen und Peter weiter nichts als einkleiner Leutnant der britischen Armee. Doch Peter grinste ohne Groll im Gedenken an diese Zeit. Er hatte seinen älteren Bruder immer besonders gut leiden können. Doch in diesem Augenblick wurden Peters Gedanken unterbrochen, als sein Blick auf die spiegelglänzende silberne Limousine fiel, die am Ende des Wirtschaftshofes parkte. Es war ein langer Mercedes-Benz, genau die Art Wagen, die von Popstars, arabischen Ölscheichs oder Staatsoberhäuptern bevorzugt wird. Der Chauffeur, der eine schlichte marineblaue Uniform trug, war damit beschäftigt, den Lack auf Hochglanz zu polieren. Nicht einmal Steven war ein Anhänger solcher Straßenkreuzer, und Peter wurde ein wenig neugierig. Die Hausgäste auf Abbot's Yew waren immer interessant. Steven Stride gab sich nur mit Menschen ab, die über Macht und Reichtum oder über eine außerordentliche Begabung verfügten. Hinter

dem Mercedes 600 stand ein zweites, etwas kleineres Modell; es war schwarz, und die beiden Männer darin hatten die harten verschlossenen Gesichter, an denen man sie sofort als Leibwächter erkannte.
Melissa-Jane rollte die Augen, als sie den Wagen sah. »Wahrscheinlich wieder so ein hochgestochener Plutokrat«, murmelte sie. Das war momentan ihr Lieblingswort für den Ausdruck tiefster Mißbilligung. – Immerhin ein großer Fortschritt gegenüber „grauslich", dachte Peter unwillkürlich, während er seiner Tochter dabei half, die Pferde abzusatteln und trockenzurubbeln. Dann gingen sie Arm in Arm durch den Rosengarten und betraten fröhlich lachend das große Wohnzimmer.
»Peter, alter Knabe!« Steven eilte ihm entgegen. Er war ebenso groß wie sein Bruder und war früher einmal auch genauso schlank gewesen, aber das gute Leben hatte ihn ein wenig rundlich gemacht, während andererseits die Anstrengungen seines Daseins als Geschäftsmann seine Schläfen grau getönt und seinen Schnurrbart mit silbernen Fäden durchzogen hatten. Sein Gesicht war kein exaktes Ebenbild von Peters Zügen, es war ein wenig fleischiger und rosiger – aber die Ähnlichkeit der Zwillinge war immer noch unverkennbar. Und nun strahlte er vor Freude.
»Teufel noch mal, dachte schon, du hättest dir deinen verdammten Hals gebrochen!« Steven kultivierte das polternde Gehaben des Landedelmannes, um seine flinke Intelligenz und Schläue zu verbergen.
Nun wandte er sich Melissa-Jane zu und umarmte sie mit der zarten Andeutung einer mehr als nur onkelhaften Freude. »Na, wie hat sich Florence Nightingale gemacht?«
»Sie ist ein Schatz, Onkel Steven. Ich weiß gar nicht, wie ich dir danken soll.«
»Peter, ich möchte dich gerne mit einer charmanten Dame bekanntmachen . . .«
Sie hatte sich mit Patricia Stride, Stevens Frau, unterhalten, und als sie sich nun umdrehte, fiel die Wintersonne durch die Erkerfenster auf ihr Gesicht und umstrahlte es mit einem sanften, romantischen Schimmer.

Peter hatte das Gefühl, als schwanke der Boden unter seinen Füßen; eine Faust schloß sich um seine Rippen, nahm ihm den Atem und preßte sein Herz zusammen.
Er erkannte sie sofort von den Fotos in der Akte über die langwierige Entführungsgeschichte, die mit der Ermordung ihres Mannes geendet hatte. Eine Zeitlang hatte es so ausgesehen, als hätten die Kidnapper ihr Opfer über den Kanal nach England gebracht, und Thor war fast eine Woche lang in Alarmstufe Alpha gewesen. Peter hatte die Fotos, die aus den verschiedensten Quellen stammten, eingehend studiert, aber nicht einmal die farbigen Porträtaufnahmen aus *Vogue* und *Jours de France* hatten das großartige Aussehen dieser Frau voll eingefangen.
Zu seiner Überraschung las Peter in ihrem Gesicht denselben Ausdruck des Wiedererkennens. Sie verzog zwar keine Miene, aber in ihren Augen blitzte es kurz auf, wie das Feuer eines dunkelgrünen Smaragds, und Peter zweifelte nicht daran, daß sie ihn kannte. Als er auf sie zuging, bemerkte er erst, wie groß sie war; aber ihre Figur war so wohlproportioniert, daß einem das gar nicht gleich auffiel. Sie trug einen Rock aus feinem Wollkrepp, der die elegante Linie ihrer langen, schön geformten Beine nachzeichnete.
»Baronin, darf ich Ihnen meinen Bruder, General Stride, vorstellen.«
»Ich freue mich, Sie kennenzulernen, General.« Ihr Englisch war fast perfekt, und ihre leise, verhangene Stimme machte den leichten Akzent noch reizvoller. Aber sie sprach seinen Rang in drei getrennten Silben aus.
»Peter, das ist Baronin Altmann.«
Ihr dichtes, glänzend-schwarzes Haar, das im Ansatz spitz zusammenlief, war straff aus der Stirn gekämmt und betonte die hohen, slawischen Backenknochen und ihren makellosen Teint. Und dennoch war sie nicht schön im landläufigen Sinn. Dazu war ihr Kinn zu eckig und energisch, die Linie ihres Mundes zu entschlossen und arrogant. Eine faszinierende Frau, aber nicht schön. – Peter fühlte sich heftig zu ihr hingezogen, mit jenem atemberaubenden, rückhaltlosen Gefühl, das er seit zwanzig Jahren nicht mehr gespürt hatte.

Sie schien alles in sich zu vereinen, was er an einer Frau bewunderte.

Ihr Körper war geschmeidig wie der eines trainierten Sportlers. Durch die austernfarbene Seidenbluse schimmerten ihre straffen, fein modellierten Arme, die Taille war schmal, die hübsche Form der kleinen, durch keinen Büstenhalter beengten Brüste zeichnete sich deutlich unter dem dünnen Stoff ab, und ihre frische, zart gebräunte Haut schimmerte gesund und gepflegt. Aber alles das machte nur einen Teil der Anziehungskraft aus, die sie auf ihn ausübte.

Noch ausschlaggebender war das Bild, das Peter von ihr in sich trug. Er ußte, daß sie eine Frau von außergewöhnlicher Energie war, die Erstaunliches leistete – und das war für ihn das reinste Aphrodisiakum. Außerdem umgab sie ein aufreizendes Fluidum der Unerreichbarkeit. Ihr stolzer Blick mokierte sich mit der Unnahbarkeit einer Königin oder Göttin über seine unverhohlen maskuline Bewunderung. Es schien, als würde sie innerlich lächeln – ein kühles, huldvolles Lächeln, in dem die Überzeugung lag, daß ihr diese Bewunderung selbstverständlich gebührte. Rasch überschlug Peter in Gedanken, was er von ihr wußte.

Ihre Verbindung zu dem Baron hatte damit begonnen, daß sie seine Privatsekretärin und im Lauf von fünf Jahren unentbehrlich für ihn wurde. Der Baron, der ihre Fähigkeiten bald erkannte, beförderte sie sehr rasch, indem er sie zunächst in den Aufsichtsrat einiger weniger bedeutender Zweigunternehmen berief und schließlich zum Aufsichtsratsmitglied seiner wichtigsten Holdinggesellschaft machte. Als die Körperkräfte des Barons in seinem aussichtslosen Kampf gegen eine unerbittliche Krebserkrankung zu schwinden begannen, stützte er sich immer mehr auf sie, ein Vertrauen, das sich bald als gerechtfertigt erwies. Denn sie leitete das komplexe Gefüge seines Imperiums an Schwer-, Elektronik- und Rüstungsindustrie, seine Bank-, Fracht- und Immobiliengeschäfte wie der Sohn, den er nie gehabt hatte. Als er sie heiratete, war er achtundfünfzig, fast dreißig Jahre älter als sie, und sie war ihm eine perfekte Frau, so wie sie ihm ein perfekter Partner im Geschäftsleben gewesen war.

Sie hatte das enorme Lösegeld aufgetrieben, das seine Entführer forderten, und es gegen den Rat der französischen Polizei persönlich abgeliefert. Allein und ohne Bewachung war sie zu einem Treffen mit gnadenlosen Mördern gegangen, und als die Entführer die schrecklich verstümmelte Leiche des Barons herausgaben, hatte sie um ihn getrauert und ihn begraben und das Wirtschaftsimperium, das sie geerbt hatte, mit einem für ihr Alter ungewöhnlichen Weitblick und außergewöhnlicher Energie weitergeführt.
Sie war nun neunundzwanzig Jahre alt. Nein, das war vor zwei Jahren gewesen, korrigierte sich Peter im stillen, während er sich über ihre Hand beugte, ohne die glatten, kühlen Finger direkt mit den Lippen zu berühren. Sie mußte jetzt einunddreißig sein. Außer ihrem Ehering – einem Goldreif mit einem Solitär – trug sie keinen Schmuck. Es war kein besonders großer Diamant, nicht mehr als sechs Karat, aber er war makellos weiß und funkelte, als hätte er ein eigenes Leben. Der Ring einer Frau, die enorme Reichtümer und noch mehr Geschmack besaß.
Als Peter sich wieder aufrichtete, bemerkte er, daß sie ihn ebenso prüfend betrachtete wie er sie. Es schien ihm fast unmöglich, irgend etwas vor diesen schräggeschnittenen smaragdgrünen Augen zu verbergen, aber er erwiderte ruhig ihren Blick, denn er war sich ohne jede Eitelkeit darüber im klaren, daß er ihrer Musterung standhalten konnte. Doch immer noch verwirrte ihn das sichere Gefühl, daß sie ihn kannte.
»Ihr Name wurde in letzter Zeit sehr häufig in den Medien genannt«, sagte sie, wie zur Erklärung.
Mit Stevens, Pats drei Kindern und Melissa-Jane waren sie sechzehn zum Lunch. Es war eine Mahlzeit in fröhlicher, gelockerter Stimmung, doch die Baronin saß so weit von Peter entfernt, daß er sich nicht direkt mit ihr unterhalten konnte, und sie sprach so leise und hauptsächlich mit Steven und dem neben ihr sitzenden Herausgeber einer überregionalen Tageszeitung, daß er ihrem Gespräch nicht folgen konnte, so sehr er sich auch bemühte. Außerdem war er voll damit ausgelastet, sich der atemlosen Bewunderung einer hübschen, aber ziemlich albernen Blondine zu er-

wehren, die an seiner linken Seite saß. Sie war ein Starlet, das gut geheiratet hatte und aus der Scheidung noch besser herausgestiegen war. Pat Stride, Peters Schwägerin, die in ihren Bemühungen, ihm einen geeigneten Ersatz für Cynthia zu finden, unermüdlich war und sich durch die Mißerfolge von zwölf Jahren nicht im geringsten entmutigen ließ, hatte sie persönlich für ihn ausgesucht. Trotz dieser Ablenkung entging es Peter nicht, daß die Baronin nur ein- oder zweimal an ihrem Weinglas nippte, ohne daß dessen Inhalt abnahm, und daß sie kaum ein paar Bissen von ihrem Teller aß.

Obwohl Peter sie ständig unauffällig beobachtete, gelang es ihm kein einziges Mal, ihren Blick aufzufangen. Erst als der Kaffee serviert wurde, setzte sie sich zwanglos und ohne Umschweife neben ihn.

»Steven hat mir erzählt, daß es auf dem Grundstück römische Überreste gibt«, sagte sie.

»Ich kann sie Ihnen zeigen, wenn Sie wollen. Es ist ein hübscher Spaziergang durch die Wälder.«

»Gern! Ich habe allerdings vorher noch eine geschäftliche Besprechung mit Steven. Können wir uns um drei Uhr treffen?«

Sie hatte sich umgezogen und trug nun ein lose geschnittenes Tweed-Kostüm, das an einer kleineren oder etwas fülligeren Frau plump gewirkt hätte, dazu hohe Stiefel im selben lavendelgetönten Braun, einen Rollkragenpullover aus Kaschmir und einen Schal aus derselben feinen Wolle, der ihr über den Rücken hing. Den breitkrempigen Hut mit der leuchtenden Feder am Band hatte sie sich tief in die Stirn gezogen.

Schweigend ging sie neben ihm her, die Hände tief in den großen Taschen vergraben, ohne die geringste Bemühung, ihre teuren Stiefel vor dem Schlamm, den Dornen und dem feuchten Farnkraut zu schützen. Ihre langen Beine bewegten sich mit tänzerischer Anmut aus den Hüften heraus, so daß sie beinahe zu schweben schien, und ihre Schultern und ihr Kopf reichten fast an Peters Größe heran. Jemand, der sie nicht kennt und der nicht weiß, daß sie eine führende Persönlichkeit der Finanz- und Industriewelt ist, könnte sie ebensogut für ein Top-Mannequin halten, dachte

Peter. Obwohl sie sich anscheinend nicht viel aus Kleidern machte, verstand sie sie so zu tragen, daß sie elegant und teuer wirkten. Peter respektierte ihr Schweigen und genoß es, mit weitausholenden Schritten an ihrer Seite durch die dunklen tropfenden Wälder zu gehen, die nach vermodertem Laub und kaltem Regen dufteten und deren kahle, moosbewachsene Eichen mit ihren emporgestreckten arthritischen Ästen den violettgrauen Himmel anzuflehen schienen.

Sie hielten kein einziges Mal an, obwohl der Weg steil und rutschig war, und als sie die Anhöhe erreichten, atmete sie tief, aber regelmäßig, und ihre Wangen waren zart gerötet, gerade genug, um die hohen, slawischen Backenknochen schmeichelhaft zu betonen. Sie muß in hervorragender Körperverfassung sein, dachte Peter.

»Da sind sie.« Er deutete auf einen kaum erkennbaren, grasüberwucherten Graben, der sich im Kreis um die Spitze des Hügels zog. »Sie sind nicht sehr eindrucksvoll, aber ich wollte Sie nicht vorher warnen.«

Nun lächelte sie. »Ich bin schon einmal hier gewesen«, sagte sie mit ihrer betörend verschleierten Stimme.

»Nun, das ist ja ein schöner Anfang! Gleich bei unserer ersten Begegnung schwindeln wir einander etwas vor ...« meinte Peter grinsend.

»Ich bin eigens von Paris hierhergekommen«, erklärte sie. »Es kam mir wirklich sehr ungelegen – die geschäftliche Sache, die ich mit Sir Steven zu besprechen hatte, hätte sich in einem fünfminütigen Telefongespräch erledigen lassen. Aber was ich mit Ihnen besprechen will, läßt sich nur Angesicht für Angesicht – verzeihen Sie – von Angesicht zu Angesicht erledigen«, korrigierte sie sich sofort. Es war selten, daß ihr ein solcher Fehler unterlief. Steven hatte merkwürdig hartnäckig darauf gedrungen, daß Peter dieses Wochenende auf Abbot's Yew verbringe. Es stand außer Zweifel, daß er dieses Zusammentreffen arrangiert hatte.

»Ich fühle mich geschmeichelt, daß eine so schöne Frau sich für mich interessiert ...«

Sofort runzelte sie die Stirn und tat das Kompliment mit einer irritierten Geste ab.

»Die Narmco-Sektion von Seddler-Steel ist kürzlich mit dem Angebot an Sie herangetreten, die Leitung der Verkaufsabteilung zu übernehmen«, sagte sie, und Peter nickte. Er hatte viele Angebote erhalten, seit sein Rücktrittsgesuch vom Kriegsministerium angenommen worden war. »Die Bedingungen, die man Ihnen geboten hat, waren außerordentlich großzügig.«
»Das ist richtig.«
»Aber Sie ziehen vielleicht das zurückgezogene Leben eines Gelehrten vor?« fragte sie, und obwohl ihn diese Frage ein wenig aus der Fassung brachte, ließ Peter sich nichts anmerken. Sie konnte unmöglich davon wissen, daß ihm eine führende amerikanische Universität einen Lehrstuhl für zeitgenössische Heeresgeschichte angeboten hatte, ein Angebot, mit dem er immer noch ein wenig liebäugelte.
»Ich möchte einige Bücher lesen und schreiben«, sagte Peter.
»Bücher! Ja, ich weiß, Sie haben eine bedeutende Sammlung. Ich habe auch die Bücher gelesen, die Sie geschrieben haben. Sie sind eine interessante Mischung von Gegensätzen, General Stride. Ein Mann der direkten Aktion und gleichzeitig an politischer und sozialer Forschung interessiert.«
»Manchmal gerate ich selbst ein wenig durcheinander«, sagte Peter lächelnd. »Wie sollen Sie mich da verstehen können?«
Sie ließ sich kein Lächeln entlocken. »Ein Großteil dessen, was Sie geschrieben haben, deckt sich mit meiner eigenen Überzeugung. Und was Ihre Taten betrifft – wäre ich ein Mann an Ihrer Stelle gewesen, hätte ich vielleicht ebenso gehandelt.«
Peter wurde ein wenig steif. Er reagierte immer noch empfindlich auf jede Anspielung auf die Geiselbefreiung, und wiederum schien sie ihn instinktiv zu verstehen.
»Ich spreche von Ihrer gesamten Karriere, General. Von Zypern bis Johannesburg – und Irland nicht zu vergessen.« Und er entspannte sich ein wenig.
»Warum haben Sie das Angebot von Narmco abgelehnt?«
»Weil es mir in der stillschweigenden Annahme unterbreitet wurde, ich könne es ohnehin nicht zurückweisen. Weil die Bedingungen so großzügig waren, daß die ganze Sache irgendwie faul

roch. Weil ich glaube, daß man von mir die Erfüllung von Aufgaben verlangt hätte, die dem Ruf entsprechen, der mir anscheinend seit dieser Geiselbefreiungsaffäre anhaftet.«
»Was ist das für ein Ruf?« Sie neigte sich ihm ein wenig entgegen, und er atmete ihren Duft ein, jenen ganz spezifischen Geruch, mit dem das Parfum ihre weiche, blütenzarte, von der Anstrengung des Bergaufmarsches erhitzte Haut überzog. Dieses zarte Aroma zerdrückter Zitronenblüten, vermischt mit dem sauberen, gesunden Geruch der reifen Frau erregte ihn so sehr, daß er ein beinahe unwiderstehliches Verlangen spürte, die Hand auszustrecken und sie zu berühren, die Wärme und Glätte ihrer Haut zu fühlen.
»Vielleicht der Ruf eines Mannes, der sich den Umständen anpaßt«, antwortete er.
»Was glauben Sie denn, was man eventuell von Ihnen verlangt hätte?«
Nun zuckte er die Achseln. »Vielleicht hätte ich meinen früheren Kollegen aus dem NATO-Kommando Bestechungsgelder überbringen sollen, um sie dazu zu bewegen, den Erzeugnissen von Narmco besonderes Wohlwollen entgegenzubringen.«
»Wie kommen Sie auf diese Idee?«
»Ich war einmal entscheidungsbefugter Offizier in diesem Kommando.«
Sie wandte sich von ihm ab und ließ ihren Blick über die für eine englische Winterlandschaft typischen Schattierungen von Grün gleiten – die regelmäßigen Flächen der Felder und Weiden und dazwischen die dunklen Keile der Wälder und die geometrischen Formen der Hecken und Gebüsche.
»Wußten Sie, daß ich über Altmann Industries und andere Unternehmen die Aktienmehrheit von Seddler Steel und damit natürlich auch von Narmco besitze?«
»Nein«, gab Peter zu. »Aber ich kann nicht sagen, daß es mich überrascht.«
»Wußten Sie, daß das Angebot von Narmco in Wirklichkeit von mir persönlich kam?«
Diesmal antwortete er nicht.
»Sie haben natürlich vollkommen recht, Ihre Kontakte zu den

oberen Rängen der NATO und zum britischen und amerikanischen Oberkommando wären jeden Centime des großzügigen Gehaltes wert gewesen, das man Ihnen geboten hat. Was die Bestechungsgelder anlangt ...« Nun lächelte sie plötzlich, und dieses Lächeln veränderte ihr Gesicht vollkommen. Sie wirkte plötzlich viele Jahre jünger, und in ihren Zügen lag eine Wärme und ein Sinn für Humor, den er nie bei ihr vermutet hätte. »Wir leben in einer kapitalistischen Gesellschaft, General. Wir bezeichnen solche Gelder lieber als Provisionen und Einführungshonorare.«

Unwillkürlich erwiderte er ihr Lächeln, nicht wegen ihrer Worte, sondern einfach weil dieses Lächeln unwiderstehlich war.

»Jedenfalls kann ich Ihnen mein feierliches Wort geben, daß man niemals von Ihnen erwartet hätte, jemanden zu bestechen oder – nein, seit dem Lockheed-Skandal hat sich das geändert. Man könnte Narmco nicht die geringste Unredlichkeit nachweisen und ganz bestimmt nicht den Führungskräften des Unternehmens. Bestimmt nicht Ihnen.«

»Die ganze Frage ist nun rein akademisch«, bemerkte Peter. »Ich habe das Angebot ja abgelehnt.«

»Da bin ich anderer Ansicht, General Stride.« Die Hutkrempe beschattete ihre Augen, als sie den Kopf senkte. »Ich hoffe, daß Sie vielleicht noch einmal darüber nachdenken, wenn Sie hören, was ich eigentlich bezweckt habe. Ich habe einen Fehler gemacht, als ich versuchte, zwischen uns Distanz zu wahren. Ich habe mich darauf verlassen, daß das großzügige Angebot Sie verlocken würde. Es passiert mir selten, daß ich mich in der Beurteilung eines Menschen so arg täusche.« Sie hob den Blick und lächelte ihm wieder zu, und diesmal streckte sie die Hand aus und berührte seinen Arm. Ihre Finger waren lang und schlank, wie alles an ihr, die Fingerspitzen delikat geformt, und die gepflegten Nägel mit einem glänzenden, fleischrosa Lack überzogen. Sie ließ ihre Hand auf seinem Arm ruhen, während sie weitersprach.

»Mein Mann war ein außergewöhnlicher Mensch, unglaublich weitblickend, stark und verständnisvoll. Deshalb haben sie ihn gefoltert und getötet...« Ihre Stimme war zu einem rauhen, eindringlichen Flüstern gesunken. »Sie haben ihn auf die abscheulichste Art umgebracht...« Sie hielt inne, versuchte aber nicht, den Kopf abzuwenden. Sie schämte sich nicht der Tränen, die ihre Augen füllten, ohne überzufließen. Ja sie blinzelte nicht einmal, und Peter war derjenige, der zuerst beiseite blickte. Nun erst bewegte sie die Hand, ließ sie locker in Peters Armbeuge gleiten, und stellte sich neben ihn, so daß ihre Hüfte beinahe die seine berührte.

»Es wird bald regnen«, sagte sie, und ihre Stimme klang wieder ruhig und beherrscht. »Wir sollten zurückgehen.« Erst als sie sich auf den Weg gemacht hatten, fuhr sie fort.

»Die Schlächter, die Aaron das angetan haben, sind freigegangen, und eine hilflose Gesellschaft hat tatenlos zugesehen. Eine Gesellschaft, die sich systematisch jeder Möglichkeit zur Verteidigung gegen die nächste Attacke begeben hat. Amerika hat seinen Geheimdienst so gut wie aufgelöst und dem noch vorhandenen Rest solche Fesseln angelegt oder ihn so bloßgestellt, daß er machtlos ist. Ihr Land kümmert sich nur um seine eigenen speziellen Probleme, genau wie wir im übrigen Europa. Es gibt kein internationales Vorgehen gegenüber einem Problem, das doch internationales Ausmaß hat. Die Gründung von Atlas war eine gute Idee, auch wenn dieser Institution Grenzen gesetzt sind, da sie ja nur Vergeltungsschläge unternehmen kann, und selbst das nur unter gewissen Bedingungen. Aber wenn die eingefleischte Linke je argwöhnen sollte, daß eine Institution wie Atlas existiert, wird sie sich zusammenscharen und wie ein Rudel hungriger Hyänen darüber herfallen und sie in Stücke reißen.« Sie drückte seinen Arm und warf ihm von der Seite einen ernsten Blick aus ihren schrägen, smaragdgrünen Augen zu. »Ja, General, ich weiß von Atlas – aber fragen Sie mich nicht, woher.«

Peter schwieg, und sie betraten den Wald, sorgsam auf ihre Schritte achtend, denn der Weg war rutschig und steil.

»Nach dem Tod meines Mannes habe ich viel darüber nachgedacht, wie wir unsere Welt, die Welt, wie wir sie kennen, verteidigen und schützen können, ohne die Gesetze zu übertreten, die ja ursprünglich zu diesem Schutz gemacht wurden. Mit Altmann In-

dustries hatte ich ein weitverzweigtes Unternehmen geerbt, das es mir ermöglichte, auf der ganzen Welt Informationen zu sammeln, auch wenn dieses Informationsmaterial naturgemäß fast gänzlich auf wirtschaftliche und industrielle Belange ausgerichtet war.« Sie fuhr fort, mit dieser leisen, eindringlichen Stimme, die so elektrisierend auf Peter wirkte, erzählte ihm, wie sie nach und nach ihr riesiges Vermögen eingesetzt und ihren Einfluß geltend gemacht hatte, um über Grenzen hinwegzuschreiten, die den meisten verschlossen blieben, um sich einen Überblick über diese neue Welt von Gewalt und Einschüchterung zu verschaffen. »Ich brauchte keine solchen Rücksichten zu nehmen wie etwa die Interpol, der es durch eine selbstmörderische Gesetzgebung verboten ist, sich in irgendein Verbrechen einzuschalten, dem politische Motive zugrunde liegen. Erst als ich dazu in der Lage war, das weiterzugeben, was ich erfahren hatte, wurde auch ich mit jener selbstzerstörerischen Geisteshaltung konfrontiert, die sich als Demokratie und individuelle Freiheit tarnt. Zweimal hatte ich Informationen über einen geplanten terroristischen Anschlag und konnte die Behörden warnen, aber man sagte mir, daß die Absicht noch kein Verbrechen sei, und die Schuldigen wurden in beiden Fällen in aller Verschwiegenheit zur Grenze gebracht und freigelassen, um sich fast vor den Augen der Öffentlichkeit auf ihre nächste Schandtat vorzubereiten. Die Welt muß sich ducken und auf den nächsten Schlag warten, sie wird daran gehindert, Präventivmaßnahmen zu seiner Verhinderung zu treffen, und wenn es dann soweit ist, verstricken sich die Verantwortlichen in wirre nationale Fragen und werden durch das verwickelte Konzept minimaler Gewaltanwendung am Erfolg gehindert.« Die Baronin unterbrach sich. »Aber Sie wissen das ja alles! Sie haben sich in Ihren Büchern eingehend mit diesem Thema auseinandergesetzt.«
»Es ist interessant, meine Ansichten aus fremdem Mund zu hören.«
»Ich werde sehr bald zum wirklich interessanten Teil kommen – wir sind schon fast beim Haus angelangt.«
»Kommen Sie«, sagte Peter und führte sie an den Stallungen vorbei zum überdachten Swimming-pool. Die Wasseroberfläche des be-

heizten Beckens dampfte leicht, und die üppigen tropischen Pflanzen standen in seltsamem Gegensatz zu der winterlichen Szenerie außerhalb der Glaswände.
Sie saßen Seite an Seite auf einer Hollywood-Schaukel, nahe genug, um sich in gedämpftem Ton unterhalten zu können, doch die dichte Stimmung war für den Augenblick gebrochen. Sie legte Hut, Schal und Jacke ab und warf sie auf den gegenüberliegenden Korbstuhl, dann lehnte sie sich seufzend in die Polster zurück.
»Soviel ich weiß, würde Sir Steven es gerne sehen, wenn Sie ins Bankgeschäft gingen.« Sie warf ihm einen schrägen Blick zu. »Es muß schwierig sein, so umworben zu werden.«
»Ich glaube nicht, daß ich Stevens Verehrung für Geld teile.«
»Das ist etwas, woran man rasch Geschmack findet, General Stride«, versicherte sie ihm. »Es kann sogar zur Sucht werden.«
In diesem Augenblick kamen die Kinder der beiden Stride-Brüder mit fröhlichem Geschrei und Gelächter hereingestürmt, das nur wenig an Lautstärke verlor, als sie Peter und die Baronin in der Hollywood-Schaukel entdeckten.
Stevens jüngster Sohn, dessen rundes Kinderbäuchlein sich über der Badehose wölbte und auf dessen Vorderzähnen eine Regulierspange steckte, schielte mit rollenden Augen in ihre Richtung und teilte Melissa-Jane in bühnenlautstarkem Geflüster mit: »*Je t'aime, ma chérie,* seufz, seufz!« Sein Akzent klang schauerlich, und Melissa-Jane wies ihn zischelnd zurecht und stieß ihn mit einem Schubs ins Kreuz in den tiefen Teil des Schwimmbeckens.
Die Baronin lächelte. »Ihre Tochter nimmt Sie aber sehr in Schutz!« Sie wandte sich ihm ein wenig zu, um sein Gesicht zu mustern. »Oder ist sie bloß eifersüchtig?« Ohne auf seine Antwort zu warten, fuhr sie mit einer neuen Frage fort. Peter dachte zuerst, er hätte sich in dem Wirbel von Geschrei und Geplansche verhört.
»Was sagten Sie?« fragte er vorsichtig, überzeugt, daß seine Miene nichts verraten hatte, und sie wiederholte:
»Sagt Ihnen der Name Kalif irgend etwas?«
Er runzelte leicht die Stirn, als würde er überlegen, während seine Gedanken zu den schrecklichen Mikrosekunden tödlichen Kampfes zurückeilten, zu dem Rauch, den Flammen, den Schüssen und

einem dunkelhaarigen Mädchen in einer roten Bluse, das schrie: »Bring uns nicht um! Kalif hat gesagt, daß wir nicht sterben würden. Kalif . . .« Der Rest war von den Kugeln aus seiner Pistole erstickt worden, die in den offenen Mund des Mädchens einschlugen. Das Wort hatte ihn seither verfolgt, er hatte es hin und her gedreht, um einen Sinn und eine Bedeutung darin zu finden, hatte auch die Möglichkeit erwogen, er hätte sich vielleicht verhört. Nun wußte er, daß das nicht der Fall war.

»Kalif?« fragte er, ohne genau zu wissen, warum er es leugnen wollte. Vielleicht bloß, weil es ihm wichtig schien, irgend etwas in Reserve zu haben, sich nicht ganz vom Wirbelstrom der Gegenwart und Persönlichkeit dieser Frau mitreißen zu lassen. »Das ist ein mohammedanischer Titel – ich glaube, wörtlich bedeutet es ‚Erbe Mohammeds', Nachfolger des Propheten.«

»Ja«, nickte sie ungeduldig. »Es ist der Titel eines Herrschers und religiösen Führers – aber haben Sie diesen Titel je als Decknamen gehört?«

»Nein, tut mir leid, das habe ich nicht. Was soll er bedeuten?«

»Ich bin nicht sicher, sogar die Angaben aus meinen Quellen sind hier ein wenig dunkel und verworren.« Sie seufzte, und beide betrachteten schweigend Melissa-Jane. Das Kind hatte darauf gewartet, daß Peter ihm seine Aufmerksamkeit zuwenden würde, und rannte nun leichtfüßig aufs Sprunbrett hinaus, schwang sich, leicht wie eine Schwalbe im Flug, mit einem sauberen doppelten Salto hinab, tauchte so elegant unter, daß sich die Wasseroberfläche kaum kräuselte, schoß gleich wieder hoch, einen triefenden Schleier feiner heller Haare vor dem Gesicht und schaute sofort wieder zu Peter hinüber, um sein Lob einzuheimsen.

»Ein hübsches Kind«, sagte die Baronin. »Ich habe keine Kinder. Aaron wünschte sich einen Sohn – aber wir bekamen keinen.« In ihren Augen lag echte Trauer, und rasch senkte sie die Lider. Melissa-Jane kletterte auf der anderen Seite des Beckens aus dem Wasser und wickelte sich rasch ein Handtuch um die Schultern, um ihren Busen zu verbergen, der nun groß genug und noch so neu für sie war, daß er sie mit Verlegenheit und scheuem Stolz zugleich erfüllte.

»Kalif«, erinnerte Peter die Baronin ruhig, und sie wandte sich ihm wieder zu.
»Ich habe den Namen vor zwei Jahren zum ersten Mal gehört, in einer Situation, die ich nie vergessen werde...« Sie zögerte. »Darf ich annehmen, daß Sie über die näheren Umstände der Entführung und Ermordung meines Mannes zur Gänze informiert sind? Ich möchte nicht die ganze quälende Geschichte wiederholen, wenn es nicht nötig ist.«
»Ich kenne sie«, versicherte Peter ihr.
»Wissen Sie auch, daß ich das Lösegeld persönlich überbracht habe?«
»Ja.«
»Der Treffpunkt lag auf einem verlassenen Flugplatz in der Nähe der ostdeutschen Grenze. Sie warteten in einer kleinen zweimotorigen Maschine, einem Aufklärungsflugzeug russischer Herkunft, dessen Kennzeichen übersprüht war...« Peter dachte daran, wie sorgfältig die Entführer der Boeing ihren Anschlag vorbereitet hatten und wie gut sie ausgerüstet gewesen waren. Es paßte alles zusammen. »Es waren vier Männer, maskiert. Sie sprachen russisch, oder besser gesagt, zwei von ihnen sprachen russisch, schlechtes Russisch. Die anderen beiden redeten überhaupt nicht.« Peter erinnerte sich nun daran, daß die Baronin Russisch und fünf weitere Sprachen beherrschte. Sie kam aus einem mitteleuropäischen Milieu. Es tat ihm leid, daß er ihre Geheimakte nicht genauer studiert hatte. Ihr Vater war mit ihr aus ihrem Geburtsland Polen geflohen, als sie noch ein kleines Kind gewesen war. »Ich bin fast sicher, daß das Flugzeug und die russische Sprache nur dazu dienen sollten, ihre wahre Identität zu verschleiern«, sagte sie nachdenklich. »Ich bin eine ganze Weile mit ihnen zusammen gewesen. Schließlich hatte ich fünfundvierzig Millionen Schweizer Franken zu übergeben, und das war, selbst in großen Noten, eine ziemlich umfangreiche und schwere Ladung, die sich nicht so rasch ins Flugzeug verfrachten ließ. Als ihnen nach den ersten paar Minuten klar wurde, daß ich ohne Polizeibegleitung gekommen war, wurden sie etwas lockerer und begannen sogar Witze zu machen, während sie das Geld verluden.

Das Wort ‚Kalif' tauchte – in englischer Aussprache – in einem russischen Wortwechsel auf. Der eine Mann sagte – roh übersetzt, so etwas wie ‚er hat wieder einmal recht gehabt', und der andere antwortete ‚Kalif hat immer recht'. Vielleicht erinnere ich mich so gut daran, weil sie das englische Wort verwendeten.« Abermals hielt sie inne und nackter, unverhüllter Schmerz lag in ihren grünen Augen.

»Haben Sie es der Polizei erzählt?« fragte Peter sanft, und sie schüttelte den Kopf.

»Nein. Ich weiß nicht warum. Die Polizei hatte bis dahin so wenig zustande gebracht, und ich war zornig und traurig und verwirrt. Vielleicht hatte ich damals schon beschlossen, die Täter auf eigene Faust zu jagen – und dieses Wort war alles, worauf ich mich stützen konnte.«

»War das das einzige Mal, daß Sie den Namen gehört haben?« fragte er, und sie antwortete nicht sofort. Sie sahen den Kindern beim Spielen zu, und es mutete sie plötzlich wie ein Hirngespinst an, in dieser Umgebung, vor diesem Hintergrund von Lachen und unschuldiger Fröhlichkeit über die Quelle solch abgrundtiefer Niedertracht zu diskutieren.

Als die Baronin schließlich antwortete, hatte sie sich offenbar einem völlig neuen Thema zugewandt.

»Es gab eine Zeit, da schien es, als wäre dem internationalen Terrorismus das Handwerk gelegt. Die Amerikaner hatten anscheinend mit ihrem Kuba-Abkommen und den rigorosen Kontrollen auf den Flughäfen das Entführungsproblem bewältigt. Ihre eigene erfolgreiche Kampagne gegen den militanten Flügel der IRA in diesem Land, die erfolgreiche Aktion in Entebbe und die Befreiung der Geiseln von Mogadischu durch die Deutschen – all das wurde als ein Sieg, als ein großer Durchbruch gefeiert. Alle wiegten sich in die Sicherheit, daß der Terror besiegt war. Die Araber waren zu sehr mit dem Krieg im Libanon und mit Rivalitäten in den eigenen Reihen beschäftigt. es sah so aus, als wäre der Terrorismus nur eine vorübergehende Erscheinung gewesen.« Sie schüttelte abermals den Kopf. »Aber das stimmt nicht. Der Terrorismus ist eine wachsende Industrie – die Risiken sind geringer als bei der Finanzierung eines größeren Filmprojekts, die Aussichten auf Erfolg liegen nachweisbar bei siebenundsechzig Prozent, die Investitionen sind minimal, der Profit – an Bargeld und Publicity – ist ungeheuer, man weiß sofort, ob man mit Gewinn oder Verlust abschließt –, und die potentielle Macht übersteigt jegliche Kalkulation. Und selbst bei einem kompletten Mißerfolg haben die Teilnehmer eines terroristischen Anschlags immer noch mehr als fünfzig Prozent Überlebenschancen.« Sie lächelte wieder, nun aber freudlos und ohne Wärme. »Jeder Geschäftsmann wird Ihnen sagen, daß das bessere Bedingungen sind als diejenigen auf den Warenmärkten.«

»Das einzige, was dagegen spricht, ist die Tatsache, daß dieses Geschäft von Amateuren betrieben wird«, sagte Peter. »Oder von Profis, die sich in ihren Haß verbohren oder sich von engstirnigen Interessen und begrenzten Zielen verblenden lassen.«

Und nun wandte sie sich ihm zu, schwang ihre langen Beine hoch und ringelte sich in der leinenbezogenen Schaukel zusammen, wie nur Frauen das können.

»Sie sind mir ein wenig voraus, Peter.« Sie hielt inne. »Oh, verzeihen Sie, aber General Stride läßt sich wirklich schwer sagen, und ich habe das Gefühl, als würde ich Sie schon lange kennen.« Sie lächelte, nur flüchtig zwar, aber es war wieder ein warmes Lächeln. »Ich heiße Magda«, fügte sie schlicht hinzu. »Wollen Sie mich so nennen?«

»Gerne, Magda.«

»Ja«, sagte sie und nahm den Gesprächsfaden wieder auf, »das Geschäft liegt in den Händen von Amateuren – aber es ist ein zu gutes Geschäft, als daß es lange so bleiben wird.«

»Also betritt Kalif die Szene«, vermutete Peter.

»Man munkelt davon, aber gewöhnlich wird kein Name genannt. Es ist nur die Rede von irgendwelchen Treffen in Athen oder Amsterdam oder Ostberlin oder Aden – den Namen Kalif habe ich nur noch einmal gehört. Aber wenn es diesen Kalif gibt, muß er mittlerweile einer der reichsten Männer der Welt sein, und bald wird er auch der mächtigste sein.«

»Ein einziger Mann?« fragte Peter.

»Ich weiß nicht. Vielleicht eine Gruppe von Männern – vielleicht sogar eine Regierung. Rußland, Kuba, ein arabisches Land? Wer weiß das schon?«

»Und die Ziele?«

»Geld, vor allem Reichtum, um die politischen Ziele in Angriff nehmen zu können – und schließlich Macht, nackte Macht.« Magda Altmann unterbrach sich mit einer abschwächenden Geste. »Das sind natürlich nur Vermutungen, meine eigenen Vermutungen, die sich auf vergangene Ereignisse gründen. Den Reichtum haben sie bereits – von der OPEC und von einigen anderen, mich eingeschlossen. Nun haben sie – oder er – die politischen Ziele in Angriff genommen. Und als erstes haben sie sich ein ‚weiches' Ziel ausgesucht. Eine rassistische Minderheitsregierung in Afrika, die nicht den Schutz mächtiger Verbündeter genießt. Eigentlich hätte dieses Projekt Erfolg haben müssen. Es hätte ihnen gelingen müssen, einen ganzen Staat zu erobern – einen rohstoffreichen Staat – für den Preis einiger Dutzend Leben. Und selbst wenn sie dieses Ziel nicht erreicht hätten, hätten sie als Trostpreis immer noch vierzig Tonnen reinen Goldes bekommen. Das ist ein gutes Geschäft, Peter. Es hätte Erfolg haben müssen. Es *hatte* auch Erfolg. Die westlichen Nationen haben die Opfer tatsächlich unter Druck gesetzt und dazu gezwungen, den Forderungen nachzugeben – es war ein Versuch, und er funktionierte hervorragend, hätte nicht ein Mann dazwischengefunkt.«

»Ich habe Angst«, sagte Peter leise, »solche Angst, wie nie zuvor in meinem Leben.«

»Ja, ich auch, Peter. Ich habe Angst seit jenem schrecklichen Anruf in jener Nacht, in der Aaron entführt wurde. Und je mehr ich in Erfahrung bringe, desto größer wird meine Angst.«

»Was wird als nächstes geschehen?«

»Ich weiß nicht – aber der Name, den er sich gewählt hat, klingt irgendwie nach Größenwahn, nach einem Mann, der sich vielleicht als gottähnlicher Herrscher sieht ...« Sie spreizte die Finger ihrer zarten, schmalen Hände, und der Diamant sprühte und funkelte. »Es wird uns kaum gelingen, den Geist eines Mannes zu ergründen, der dazu fähig ist, einen solchen Kurs einzuschlagen. Wahrscheinlich glaubt er, daß das, was er tut, letztlich dem Wohl der Menschheit dient. Vielleicht hat er es auf die Reichen abgesehen, vielleicht will er ungeheure Reichtümer aufhäufen, um die Tyrannen durch eine weltumspannende Tyrannei zu vernichten, um die Menschheit zu befreien, indem er sie durch Terror unterjocht. Vielleicht sucht er das Unrecht in der Welt durch Schurkerei und Ungerechtigkeit wiedergutzumachen.«

Wieder berührte sie seinen Arm, und Peter war überrascht von der Kraft, die in diesen langen Fingern steckte. »Sie müssen mir helfen, ihn zu finden, Peter. Ich will alles in diese Jagd investieren, ohne jede Einschränkung, ich stelle Ihnen meinen ganzen Reichtum und meinen ganzen Einfluß zur Verfügung.«

»Ist Ihre Wahl auf mich gefallen, weil Sie glauben, daß ich eine verwundete Gefangene ermordet habe?« fragte Peter. »Sind das meine Empfehlungen?« Sie wich ein wenig zurück und starrte ihn aus ihren leicht mongolischen, schrägen Augen an; dann ließ sie die Schultern ein wenig sinken.

»Nun gut, das ist ein Teil davon, aber nur ein sehr kleiner Teil. Sie wissen, daß ich Ihre Bücher gelesen habe, Sie müssen wissen, daß ich mich sehr eingehend mit Ihnen beschäftigt habe. Sie sind der beste Mann, den ich bekommen kann, und Sie haben schließlich auch bewiesen, daß Sie sich voll und ganz für diese Sache engagieren. Ich weiß, daß Sie die Kraft, die Geschicklichkeit und die nötige Härte haben, um Kalif zu finden und zu vernichten – bevor er uns und unsere Welt vernichtet.«

Peter war tief in Gedanken versunken. Er hatte geglaubt, daß die Bestie tausend Köpfe habe und daß für jeden abgeschlagenen Kopf tausend neue wachsen würden – doch nun, zum ersten Mal, konnte er sich diese Bestie in voller Größe und Gestalt vorstellen. Sie lag noch im Hinterhalt, war noch nicht deutlich zu sehen, aber sie hatte nur einen einzigen Kopf. Und vielleicht war sie letztlich doch tödlich verwundbar.

»Werden Sie mir helfen, Peter?« fragte sie.

»Sie wissen, daß ich es tun werde«, antwortete er ruhig. »Ich habe keine andere Wahl.«

Sie flog durch die strahlende Helle des Sonnenlichts, das von den blendendweißen Schneehängen reflektiert wurde, legte sich mit eleganten Jet-Schwüngen in die Kurven, schnitt ihre Spur in den knirschenden Schnee, bei jedem Bogen eine kleine Schneefontäne aufwirbelnd, und schwebte wie ein Ballettänzer in einer komplizierten Folge ineinanderfließender Bewegungen den Hang hinab.
Sie trug einen hautengen perlgrauen Schianzug mit schwarzem Besatz an Schultern und Manschetten, ihre Füße steckten in glänzend-schwarzen Schischuhen, und sie fuhr auf langen, schmalen, schwarzen Brettern – Rennschiern von Rossignol, wie nur Profis sie fahren.
Peter folgte ihr und gab sich alle Mühe, nicht zu weit zurückzufallen, aber seine soliden Stemmschwünge konnten mit der Körperdynamik ihrer eleganten Jet-Schwünge nicht mithalten, so daß sich ihr Vorsprung bei jedem Bogen um einen weiteren Sekundenbruchteil vergrößerte.

The dun he ran like a stag of ten
But the mare like a new roused fawn

Der Vers von Kipling schien so gut auf sie beide zu passen, und als sie den Wald erreichten, war sie bereits gut neunzig Meter voraus. Die Nadelbäume warfen ihre Schatten auf den Weg, und der harschige Schnee knirschte unter seinen Schiern, als er mit gefährlicher Geschwindigkeit durch die engen Kurven sauste. Ihr Vorsprung wurde immer größer. Wie ein silbergraues Irrlicht schwebte sie auf ihren langen, schlanken Beinen dahin, wiegte sich in der schmalen Taille, und ihr straffes, rundes Gesäß wippte hin und her, wenn sie sich rhythmisch schwingend in die Kurven legte. Gekonnt setzte sie die Kanten ein, wo der eisige Weg keinen Halt bot, und schoß dann wieder wie ein Pfeil voran, lehnte sich in den brausenden Fahrtwind, und ihr melodisches Lachen drang aus weiter Ferne an Peters Ohr. Es gibt gewisse Fertigkeiten, die kann man sich nur von Kindesbeinen an erwerben, und nun fiel ihm ein, daß sie als Polin wahrscheinlich schon auf Schiern gestanden war, ehe sie noch richtig gehen konnte, und er unterdrückte den

kurz aufflackernden Unwillen, den er stets empfand, wenn ein anderer besser war als er – vor allem die Frau, für die seine Leidenschaft von Sekunde zu Sekunde wuchs.
Wieder kam er um eine steil überhöhte Kurve, die Schneewand zu seiner Rechten türmte sich beinahe fünf Meter hoch, und die Wipfel der Nadelbäume zu seiner Linken ragten kaum über den Weg hinaus, so steil fiel der Berg zum Tal ab.
Die Schilder, die vor dem eisigen Grund warnten, sausten an ihm vorüber, und dann kam eine Holzbrücke, spiegelglatt, von grünlich schillerndem Eis überzogen. Er merkte, wie er die Kontrolle über seinen Körper verlor, als seine Schier auf der spiegelglatten, stahlharten Oberfläche auftrafen. Die Brücke lag über einer tiefen, dunklen Schlucht, in der ein gefrorener Wasserfall wie mit Kruzifixnägeln von seinen eigenen mörderischen Eiszapfen an den schwarzen Fels des Berges geheftet wurde.
Der Versuch, die donnernde Fahrt über den tückischen Boden durch Abkanten oder Stemmbogen abzubremsen, hätte unweigerlich zu einer Katastrophe geführt, aber er durfte sich auch nicht abwehrend zurücklehnen, wenn er nicht stürzen und gegen das massive Holzgeländer der Brücke geschleudert werden wollte. In dem Augenblick, in dem Peter auf die schmale Brücke zuschoß, verlagerte er sein ganzes Gewicht nach vorn, seine Schienbeine preßten sich gegen den gepolsterten Rand der Schischuhe, und trunken vor Angst und Lust zugleich donnerte er über die Brücke und ertappte sich dabei, wie er laut lachte, obwohl sein Herz wild gegen die Rippen schlug und sein Atem so laut ging wie der Wind, der ihm um die Ohren zischte.
Sie wartete auf ihn an der Stelle, wo der Weg in die tiefer gelegenen Hänge einmündete, hatte sich die Handschuhe ausgezogen, die Schibrille auf die Stirn geschoben und beide Stöcke neben sich in den Schnee gesteckt.
»Sie können sich gar nicht vorstellen, wie sehr ich das gebraucht habe.« Sie war an diesem Morgen mit ihrem Privatflugzeug, einem Lear-Jet, in Zürich gelandet. Peter war mit der Swissair aus Brüssel gekommen, und dann waren sie gemeinsam mit dem Wagen hierhergefahren. »Wissen Sie, was ich gerne tun würde, Peter?«

»Sagen Sie's mir«, forderte er sie auf.
»Ich würde mir gerne einen ganzen Monat freinehmen, dreißig herrliche Tage, um nur das zu tun, was mir Spaß macht. Um ein ganz gewöhnlicher Mensch zu sein wie alle anderen, ohne auch nur einen Augenblick Gewissensbisse zu verspüren.«
In den sechs Wochen seit ihrer ersten Begegnung auf Abbot's Yew hatte er sie nur dreimal gesehen. Es waren drei viel zu kurze Zusammenkünfte gewesen, die für Peter unbefriedigend verlaufen waren.
Das erste Mal hatten sie sich in Brüssel getroffen, in seinem neuen Büro in der Zentrale von Narmco, einmal auf La Pierre Bénite, ihrem Landsitz bei Paris, aber da waren noch zwanzig andere Gäste zum Diner geladen gewesen, und das dritte Mal waren sie auf einem Flug von Brüssel nach London nebeneinander in der holzgetäfelten, geschmackvoll eingerichteten Gondel ihres Lear-Jets gesessen.
Obwohl sie bisher mit ihrer Jagd auf Kalif kaum Fortschritte gemacht hatten, ließ Peter nicht locker, spürte weiterhin allen erdenklichen Möglichkeiten nach und hatte bereits ein Dutzend Angeln mit Haken und Ködern ausgelegt.
Bei ihrem dritten Treffen hatte er sie von der Notwendigkeit einer Umorganisation ihres Sicherheitssystems überzeugt und ihre Leibwächter durch Mitarbeiter einer diskreten Schweizer Agentur ersetzt, die ihre Leute selbst ausbildete und deren Direktor ein alter und vertrauenswürdiger Freund war.
Das jetzige Treffen hatte sie verabredet, damit Peter ihr über seine Fortschritte Bericht erstatten könne. Aber der Schnee hatte sie beide für einige Stunden verführt.
»Es dauert noch zwei Stunden, bis es dunkel wird.« Peter blickte über das Tal zur Dorfkirche. Die goldenen Zeiger der Uhr standen auf kurz nach zwei. »Wollen Sie vom Rheinhorn abfahren?«
Sie zögerte nur einen Augenblick. »Die Welt wird sich wohl trotzdem weiterdrehen.« Ihre Zähne waren sehr weiß, doch einer stand ein wenig schief – ein kleiner Schönheitsfehler, den er merkwürdig anziehend fand, als sie ihm nun zulächelte. »Zwei Stunden wird sie sicher warten.«

Er hatte mittlerweile ihren unglaublichen Stundenplan kennengelernt. Sie begann mit der Arbeit, wenn die übrige Welt noch schlief, und saß immer noch am Schreibtisch, wenn die Büros von Altmann Industries auf dem Boulevard Capucine mit Ausnahme ihrer eigenen Räume im letzten Stockwerk schon finster und verlassen dalagen. Selbst auf der Fahrt von Zürich hierher hatte sie Korrespondenz durchgesehen und einem ihrer Sekretäre die Antworten diktiert. Er wußte, daß ihre beiden Sekretäre nun bereits in dem Chalet auf der anderen Seite des Tales mit einem Berg von Fernschreiben auf sie warten würden und daß die Telex-Verbindung für sie freigehalten wurde.
»Es gibt bessere Arten zu sterben, als sich zu Tode zu arbeiten.« Ihre Zielstrebigkeit machte ihn plötzlich ungeduldig, und sie lachte unbeschwert. Ihre Wangen waren gerötet und in ihren grünen Augen leuchtete noch die Begeisterung über die rasche Abfahrt.
»Ja, Sie haben recht, Peter. Ich sollte Sie öfter in meiner Nähe haben, damit Sie mich immer daran erinnern können.«
»Das ist der erste vernünftige Satz, den ich in den letzten sechs Wochen von Ihnen gehört habe.« Er spielte auf ihre hartnäckige Opposition gegen seine Pläne zu ihrem persönlichen Schutz an. Er hatte vergeblich versucht, sie dazu zu überreden, den gewohnten regelmäßigen Tagesablauf zu ändern. Das Lächeln lag noch immer auf ihren Lippen, aber der Blick, mit dem sie ihn musterte, war sehr ernst.
»Mein Mann hat mir ein Vermächtnis hinterlassen.« Plötzlich spürte man durch das Lächeln hindurch ihre Traurigkeit. »Ein Vermächtnis, das ich erfüllen muß. Eines Tages will ich es Ihnen erklären – aber nicht jetzt, wo wir nur diese zwei Stunden haben.«
Es schneite leicht, und die Sonne war bereits hinter den Fels-, Schnee- und Wolkenbergen versunken, als sie ins Dorf zurück hinunterkamen. Die Lichter brannten in den vollen Schaufenstern und waren ebenso Teil der fröhlichen Kulisse wie die buntgekleidete Menschenschar, die von den Hängen herabströmte und in schweren Schistiefeln über die vereisten Gehsteige stapfte, Schier und Stöcke über den Schultern, fröhlich schwatzend und noch

ganz erregt von der Faszination der Piste, einer Faszination, die selbst in der schneedurchstobenen Dämmerung noch nachklang.
»Ein schönes Gefühl, eine kleine Weile von meinen Wölfen befreit zu sein!« Magda hielt sich an seinem Arm fest, als sie mit ihren Schistiefeln auf dem schmutzigen, rissigen Eis ins Rutschen kam und ließ ihre Hand auch dort, nachdem sie ihr Gleichgewicht wiedergefunden hatte.
Ihre Wölfe waren die Leibwächter, die Peter ihr besorgt hatte, die schweigenden, wachsamen Männer, die ihr entweder zu Fuß oder in einem zweiten Wagen überall hin folgten. Sie warteten vor ihrem Büro, während sie arbeitete, und bewachten das Haus, wenn sie schlief. An diesem Morgen jedoch hatte sie zu Peter gesagt: »Heute habe ich einen Olympiasieger im Pistolenschießen als Begleiter, einen Goldmedaillengewinner sogar, da brauche ich meine Wölfe nicht.«
Narmco brachte sein eigenes Modell der 9-mm-Parabellum auf den Markt, eine Pistole mit dem Namen „Cobra", deren Vorzüge Peter schon nach einem einzigen Vormittag auf dem unterirdischen Schießstand schätzengelernt hatte. Sie war leichter und flacher als die ihm vertraute Walther, einfacher zu tragen und zu verbergen und erbrachte durch den Hahnspannungsmechanismus beim ersten Schuß einen Zeitgewinn von Sekundenbruchteilen. Er hatte sich ohne jede Schwierigkeit die Genehmigung verschafft, stets eine Waffe als Musterexemplar bei sich zu tragen, allerdings mit der Auflage, sie vor jeder Geschäftsreise einzuchecken, aber sie ließ sich bequem in einem Schnellziehhalfter unter der Achsel verbergen.
Zuerst war er sich theatralisch und melodramatisch vorgekommen, aber nach kurzem, nüchternem Überlegen hatte er sich klargemacht, daß er sich nur selbst die Chancen verdarb, wenn er Kalifs Spuren unbewaffnet folgte.
Nun hatte er sich schon an die Waffe gewöhnt und bemerkte die beruhigenden Umrisse und das Gewicht in seiner Achselhöhle kaum noch. Erst Magdas Worte hatten ihn wieder daran erinnert.
»Ich sterbe fast vor Durst«, fuhr sie fort, und sie stellten ihre Schier

ab und traten in die angenehm warme Dunstwolke, die ihnen aus einem der zahlreichen Cafés in der Hauptstraße entgegenschlug. An einem Tisch, um den schon eine Schar junger Leute saß, fanden sie noch Platz und bestellten zwei Gläser dampfend heißen Glühwein.
Als die Vier-Mann-Band mit einer beliebten Tanzmelodie loslegte, strömten ihre Tischgenossen auf die winzige Tanzfläche hinaus. Peter hob fragend die Brauen und sie meinte amüsiert: »Haben Sie je in Schischuhen getanzt?«
»Man muß alles einmal ausprobieren.«
Sie tanzte so, wie sie alles tat, mit völliger Hingabe, und ihr schlanker Körper fühlte sich stark und fest an.
Es war bereits völlig dunkel, als sie den schmalen, vom Dorf bergan führenden Pfad hinaufstapften und durch das elektronisch überwachte Gartentor in der Mauer traten, die schützend das Chalet umgab.
Irgendwie war es typisch für sie, daß sie sich keinen der mondänen Urlaubsorte ausgesucht hatte und daß ihr Chalet sich von außen kaum von den fünfzig anderen unterschied, die sich hier an den Waldrand kuschelten.
Ihre Umgebung war sichtlich erleichtert über ihre Rückkehr, und sie reagierte fast ein wenig trotzig auf die Besorgnis, als hätte sie sich soeben selbst irgend etwas bewiesen. Ohne sich erst umzuziehen, verschwand sie sofort mit ihren beiden Sekretären in den Büroräumen im ersten Stock. »Ich kann mit Männern besser arbeiten«, hatte sie Peter einmal erklärt. Als Peter seine sportliche Kleidung nach einer dampfendheißen Dusche gegen eine bequeme Hose, einen seidenen Rollkragenpullover und einen Blazer tauschte, konnte er vom oberen Stockwerk immer noch das Geklapper der Fernschreiber hören, und erst eine Stunde später rief sie ihn über das Haustelefon zu sich.
Das ganze obere Stockwerk gehörte ihr, und als er eintrat, stand sie am Fenster und blickte hinaus in das Schneegestöber über den Lichtern im Tal.
Sie trug eine grüne Hose, deren Beine in Après-Ski-Schuhen steckte, dazu eine Bluse in derselben Farbe, die wunderbar zu

ihren Augen paßte. Als Peter eintrat, drückte sie auf einen verborgenen Knopf, und die Vorhänge glitten leise zu. Dann wandte sie sich zu ihm um.
»Einen Drink, Peter?« fragte sie.
»Nicht, wenn wir zu reden haben.«
»Wir müssen miteinander reden«, sagte sie bestimmt und wies auf einen tiefen, weichen Lederfauteuil gegenüber dem Kamin. Sie hatte der Versuchung widerstanden, das Haus im rustikalen Schweizer Stil mit Kuckucksuhren und knorrigen Kiefernholzmöbeln einzurichten. Der dicke weiche Teppich paßte in der Farbe genau zu den Vorhängen, die Möbel waren niedrig und modern, aber bequem, funktionell und fröhlich, und fügten sich in ihrer raffinierten Schlichtheit sehr harmonisch in den Raum mit den modernen Gemälden und abstrakten Skulpturen aus Marmor und schön gemasertem Holz ein.
Plötzlich lächelte sie ihm zu. »Ich hatte keine Ahnung, daß ich mir mit Ihnen einen begabten Verkaufsdirektor für Narmco angeln würde – es beeindruckt mich wirklich, was Sie in so kurzer Zeit geleistet haben.«
»Ich mußte doch den wahren Grund für meine Anwesenheit irgendwie plausibel kaschieren . . .«, tat Peter das Kompliment ab. »Außerdem war ich Soldat – der Job interessiert mich.«
»Ihr Engländer!« sagte sie mit gespielter Verzweiflung. »Immer so bescheiden.« Sie setzte sich nicht, sondern ging im Zimmer auf und ab. Obwohl sie ständig in Bewegung war, vermittelte sie doch nie den Eindruck von Ratlosigkeit. »Man hat mir mitgeteilt, daß Kestrel nun – nach zwei Jahren ständigen Hinauszögerns – endgültig von der NATO getestet werden soll.«
Kestrel war Narmcos transportable Mittelstrecken-Boden-Boden-Rakete.
»Ich habe auch erfahren, daß diese Entscheidung gefallen ist, nachdem Sie sich mit einigen Ihrer früheren Kollegen getroffen hatten.«
»Die ganze Welt läuft nach dem alten System der guten Beziehungen«, grinste Peter. »Das sollten Sie doch wissen.«
»Und haben Sie auch gute Beziehungen zum Iran?« Sie hob herausfordernd den Kopf.

»Das war nichts weiter als ein bißchen Glück. Ich habe vor fünf Jahren gemeinsam mit dem neuen militärischen Berater des Iran an einem militärischen Fortbildungskurs teilgenommen.«
»Wieder Glück«, sagte sie lächelnd. »Ist es nicht merkwürdig, daß das Glück so oft jene Menschen begünstigt, die klug, engagiert und aktiver sind als die Masse?«
»In anderen Dingen habe ich weniger Glück gehabt«, erwiderte Peter, und sofort erlosch das Lächeln auf ihren Lippen und in ihren smaragdgrünen Augen, doch Peter fuhr fort: »Ich habe bisher keinen Erfolg in der Sache gehabt, über die wir bei unserem letzten Treffen gesprochen haben . . .«
Sie hatten über die Möglichkeit diskutiert, sich Zugang zu der Computerdatei von Atlas zu verschaffen, um an Angaben über „Kalif" aus der Zentraldatenbank des Geheimdienstes heranzukommen, falls solche existieren.
»Wie ich schon erklärte, gab es eine vage Möglichkeit – jemand, der mir einen Gefallen schuldete. Aber er konnte mir nicht helfen. Falls es überhaupt einen ‚Kalif' in der Datei gibt, so sind die Eingabedaten seiner Ansicht nach blockiert und von einer Geräuschspur überlagert, was bedeutet, daß jedes unerlaubte Abrufen sofort einen Alarm bei der Geheimdienstüberwachung auslösen würde. Wir würden einen Delta-Alarm bei Atlas auslösen, wenn wir den Computer mit einer *Print-out*-Forderung füttern.«
»Sie haben ihm doch nicht den Namen gesagt?« fragte Magda scharf.
»Nein, es sind keine Namen gefallen. Wir haben uns nur ganz allgemein unterhalten – beim Dinner im *Brooks*. Aber ich habe durchblicken lassen, worum es ungefähr geht.«
»Sehen Sie noch andere Möglichkeiten?«
»Ich denke schon, eine gibt es noch, aber das ist nur der allerletzte Ausweg«, sagte Peter. »Doch bevor wir dazu kommen, könnten Sie mir vielleicht sagen, ob Sie aus Ihren Informationsquellen etwas Neues erfahren haben.«
»Meine Informationsquellen . . .« Magda hatte sich nie deutlicher ausgedrückt, und Peter war instinktiv nie in sie gedrungen. Es lag irgend etwas Endgültiges in der Art, wie sie das Wort aussprach.

»Meine Informationsquellen haben nur negative Resultate erbracht. Mit dem Anschlag auf die niederländische Botschaft in Bonn hatte Kalif nichts zu tun. Es war genau das, wofür er sich ausgab – ein Anschlag extremistischer Südmolukken. Die Entführer der Cathay Airlines und der Transit Airlines waren hitzige Amateure, wie ihre Methoden und das Ergebnis deutlich zeigen.« Sie lächelte trocken und durchschritt den Raum, fuhr mit der Hand über die Hundertwasser-Collage an einer der Wände und rückte den Rahmen mit einer typisch weiblichen Geste zurecht. »In letzter Zeit gab es nur einen Anschlag, der Kalifs Handschrift trägt.«

»Prinz Hassied Abdel Hayek?« fragte Peter, und sie wandte sich ihm zu, die Hand auf die leicht vorgeschobene linke Hüfte gestützt, ihre Fingernägel leuchteten sehr rot auf dem hellgrünen Stoff, und der lanzettförmig gefaßte Diamant funkelte.

»Was halten Sie von der Geschichte?« fragte sie. Der Prinz war in seinem Zimmer auf dem Gelände der Universität von Cambridge im Schlaf erschossen worden. Drei Kugeln vom Kaliber zweiundzwanzig hatten die Täter auf seinen Hinterkopf abgefeuert. Er war ein Enkel des Königs Khalid von Saudi-Arabien, neunzehn Jahre alt, ein bebrillter, intellektueller Jüngling, der nicht gerade zu den Lieblingen des Königs zählte und sich anscheinend damit zufriedengab, sein Leben am Rande des gewaltigen Stromes von Palastmacht und Politik zu fristen. Es hatte keinen Entführungsversuch gegeben, keine Anzeichen für einen Kampf, keinen Hinweis auf einen Diebstahl, und der junge Prinz hatte keine engen Freunde und allem Anschein nach auch keine Feinde gehabt.

»Es scheint keinen Grund und keinerlei Motive dafür zu geben«, gab Peter zu. »Gerade deshalb dachte ich an Kalif.«

»Die Durchtriebenheit Kalifs ...« Magda wandte sich ab und ihre schlanken Hüften wiegten sich unter dem schmiegsamen Material der grünen Hose. Der Schatten der tiefen Furche zwischen den beiden perfekt geformten Rundungen ihres Gesäßes schimmerte durch den dünnen Stoff, unter dem sich keine störende Naht abzeichnete. Peter betrachtete ihre Beine, während sie auf und ab ging, und bemerkte zum ersten Mal, daß ihre Füße ebenso lang

und schmal waren wie ihre Hände, zartknochig, grazil und perfekt proportioniert.
»Wenn ich Ihnen jetzt sage, daß Saudi-Arabien den übrigen Mitgliedern der OPEC vorige Woche klargemacht hat, daß es nicht im entferntesten daran denkt, eine Preiserhöhung für Rohöl zu unterstützen, sondern bei der nächsten OPEC-Tagung sogar energisch für eine fünfprozentige Senkung des internationalen Rohölpreises eintreten wird ...«
Peter richtete sich langsam in seinem Fauteuil auf, und Magda fuhr leise fort. »... und daß der Iran sich diesem Vorschlag anschließen wird. Wenn ich Ihnen das sage, was würden Sie dann davon halten?«
»Der König hat noch mehr Enkelkinder, die ihm lieber sind als der Ermordete. Er hat Enkelsöhne, Söhne, Brüder und Neffen ...«
»Siebenhundert insgesamt«, pflichtete Magda ihm bei und überlegte dann laut weiter. »Der Schah von Persien hat ebenfalls Kinder, er ließ sich sogar scheiden, um diese Kinder zu bekommen ...«
»Der Schah hat seinerzeit beim Überfall auf die OPEC-Minister, für den Carlos verantwortlich zeichnete, prompt die hundert Millionen Dollar Lösegeld bezahlt, um seinen Ölminister zu retten. Was würde er wohl für seine eigenen Kinder tun?« Peter erhob sich. Er konnte einfach nicht mehr stillsitzen unter dem Ansturm all dieser neuen Gedanken.
»Und der König von Saudi-Arabien ist ein Araber. Sie wissen, wie Mohemmedaner zu ihren Söhnen und Enkelsöhnen stehen.« Magda stand nun so nahe neben ihm, daß er ihre Wärme spüren konnte. Ihr Parfum, das den reifen, süßlichen, fraulichen Geruch ihres Körpers zart betonte, verwirrte ihn, schärfte aber gleichzeitig auf seltsame Weise seine Sinne. »Vielleicht wurde König Khalid an seine eigene Sterblichkeit erinnert.«
»Also gut.« Peter hob die Schultern und runzelte nachdenklich die Stirn. »Was können wir daraus schließen? Daß Kalif eine neue, einfache Formel gefunden hat? Zwei Männer, die das wirtschaftliche Schicksal der westlichen Welt bestimmen? Zwei Männer, die persönlich ihre Entscheidungen treffen, die keinem Kabinett, keiner Regierung, nichts und niemandem Rechenschaft geben müssen?«

»Männer, die man einschüchtern kann, wenn man sie selbst oder ihre Familie zum Zielpunkt terroristischer Anschläge macht. Männer, denen man eine Beschwichtigungspolitik gegenüber Terroristen nachsagt.« Magda schwieg einen Augenblick. »Die alten Wahrheiten stimmen immer noch ‚Schlecht ruht der Kopf, der eine Krone trägt.' Die Angst vor dem Schwert des Attentäters wird weder dem Schah noch dem König fremd sein. Sie kennen das Gesetz des Messers, denn sie haben immer danach gelebt.«
»Zum Teufel, man muß es beinahe bewundern.« Peter schüttelte den Kopf. »Es ist gar nicht nötig, Geiseln zu nehmen und gefangenzuhalten. Gar nicht nötig, sich zu exponieren. Man tötet einfach irgendein unwichtiges Mitglied einer großen Königsfamilie und gibt zu verstehen, daß andere nachfolgen werden, jeder ein wenig bedeutsamer, jeder dem Haupt der Familie ein wenig näher.«
»Beide Familien zeigen sich gerne in der Öffentlichkeit. Der Schah liebt das helle Licht. In diesem Augenblick befindet er sich in Gstaad. Für einen Scharfschützen wäre es eine Kleinigkeit, sich im Wald zu verstecken und auf eines seiner Kinder zu zielen. Seine Schwester Shams ist derzeit auf Mauritius. Und die Familie des Königs – man braucht bloß ins Dorchester zu gehen, dort findet man zu jeder Zeit einen seiner Söhne oder Enkelsöhne beim Kaffee in der *Public Lounge*. Sie geben gute Zielscheiben ab, und es sind genügend von ihnen da. Selbst wenn die Terroristen zwei oder drei junge Prinzen umbringen müßten – insgeheim würde die Welt denken, daß ihnen recht geschehen sei. Es werden keine Tränenmeere um Menschen vergossen werden, die selbst die Welt erpressen.«
Peters Stirn glättete sich wieder, seinen Mund verzog ein schiefes Lächeln. »Man muß es nicht nur bewundern – man muß den Zielen dieser Terroristen fast gegen seinen Willen eine gewisse Sympathie entgegenbringen. Ein unfehlbares Mittel gegen die schleichende Inflation auf der ganzen Welt, gegen die negativen Handelsbilanzen, die unser ganzes Wirtschaftssystem zerrütten.«
Magdas Miene war so grimmig, wie er es nie zuvor an ihr gesehen hatte. »Genau das ist die Falle, Peter. Man sieht nur das Ziel und

verhärtet sich gegen die Mittel. So war es auch bei der Entführung der Boeing. Kalifs Forderungen deckten sich mit jenen der westlichen Mächte und diese setzten das Opfer des Anschlags noch zusätzlich unter Druck. Wenn unsere Annahme stimmt, und Kalif die Öldiktatoren zu einer Mäßigung ihrer Forderungen zwingt – welche Unterstützung kann er wohl von den kapitalistischen Mächten des Westens erwarten?«

»Sie sind selbst eine Kapitalistin«, bemerkte Peter. »Wenn er Erfolg hat, werden Sie eine der ersten sein, die davon profitiert.«

»Ja, ich bin eine Kapitalistin. Aber in erster Linie bin ich ein Mensch, ein denkender Mensch. Glauben Sie wirklich, daß wir nichts mehr von Kalif hören werden, wenn er jetzt Erfolg haben sollte?«

»Natürlich nicht.« Peter spreizte resigniert die Hände. »Seine Forderungen werden immer härter werden – er wird mit jedem Erfolg kühner werden.«

»Ich glaube, wir könnten jetzt einen Drink vertragen«, sagte Magda leise und wandte sich ab. Sie drückte leicht mit der Hand gegen die schwarze Onyxplatte des Kaffeetischchens, und diese glitt zur Seite und gab den Blick auf die darunter stehenden Flaschen und Gläser frei.

»Whisky, nicht wahr?« fragte sie und goß ein wenig Glenlivet-Malt in eines der hohen Kristallgläser. Als sie ihm das Glas reichte, berührten sich ihre Finger, und er war überrascht, wie kühl und trocken sich ihre Haut anfühlte. Sie füllte eine Sektflöte zur Hälfte mit Weißwein und goß ihn mit Perrier auf. Als sie die Weißweinflasche in den Eiskübel zurückstellte, sah Peter das Etikett. Es war ein Montrachet 1969, wahrscheinlich der beste Weißwein der Welt, und Peter mußte gegen die Art, in der sie ihn entweiht hatte, protestieren.

»Alexander Dumas hat einmal gesagt, man dürfe ihn nur auf Knien und mit demütig gesenktem Kopf trinken.«

»Er hat das Mineralwasser vergessen«, sagte Magda mit einem kehligen Lachen, das wie das Schnurren einer Katze klang. »Außerdem sollte man einem Mann, der andere Leute dafür engagierte, seine Bücher zu schreiben, sowieso nicht trauen.« Sie hob ihr Glas mit dem verpantschten Wein und prostete ihm zu. »Ich habe schon vor langer Zeit beschlossen, nach meinen eigenen Gesetzen zu leben.«

»Wollen wir darauf trinken?« fragte Peter, und sie betrachteten einander über die Ränder der Gläser hinweg. Der Flüssigkeitspegel in Magdas Glas war unverändert, als sie es zur Seite stellte und zu der gedrungenen, abstrakt geformten Kristallschale hinüberging, um die Glashaustulpen darin zu ordnen.

»Wenn wir recht haben, wenn hinter all dem Kalif steckt, dann stört es das Bild, das ich mir instinktiv von ihm gemacht habe«, brach Peter das Schweigen.

»Wie?« fragte sie, ohne von den Blumen aufzusehen.

»Kalif – das ist ein arabischer Name. Und er attackiert den Führer der arabischen Welt.«

»Die Durchtriebenheit Kalifs! Wurde der Name bewußt gewählt, um seine Jäger zu verwirren – oder gibt es vielleicht noch andere Forderungen, abgesehen vom Ölpreis – wird Khalid vielleicht auch unter Druck gesetzt, um die Palästinenser stärker zu unterstützen oder eine der anderen extremistischen arabischen Bewegungen? Wir wissen nicht, was Kalif sonst noch von Saudi-Arabien will.«

»Aber der Ölpreis! Das ist doch westlich orientiert. Irgendwie ist man doch bisher immer der Meinung gewesen, der Terrorismus sei eine Waffe der extremen Linken«, bemerkte Peter kopfschüttelnd. »Die Entführung der BA 070 – ja selbst die Entführung Ihres Mannes –, das war doch beides gegen die kapitalistische Gesellschaft gerichtet.«

»Er hat Aaron wegen des Geldes entführt und ihn getötet, um seine eigene Identität zu schützen. Der Angriff auf die südafrikanische Regierung, auf das Ölkartell, die Wahl des Namens – all das deutet auf eine Persönlichkeit mit einer Art Gotteswahn hin.« Mit einer abrupten, ärgerlichen Geste riß Magda den Kopf einer Tulpe ab, zerdrückte ihn in ihrer Faust und ließ die Blütenblätter in den tiefen Onyxaschenbecher fallen. »Ich fühle mich so hilflos, Peter. Ich habe das Gefühl, daß wir sinnlos im Kreis herumlaufen.«

Sie stellte sich neben ihn vor die zugezogenen Vorhänge. »Sie haben einmal gesagt, es gebe ein sicheres Mittel, Kalif aus dem Hinterhalt zu locken?«
»Ja«, nickte Peter.
»Können Sie es mir verraten?«
»Die indischen Jäger verwendeten früher einen alten Trick, wenn sie es müde wurden, dem Tiger im dichten Dschungel nachzujagen, ohne die Bestie auch nur zu Gesicht zu kriegen. Sie spießten einen Bock auf einen Pfahl und warteten, bis der Tiger ihn holen kam.«
»Einen Bock?«
»Ich bin im Zeichen des Steinbocks geboren«, sagte Peter mit leisem Lächeln.
»Ich verstehe nicht.«
»Wenn ich durchsickern ließe, daß ich Jagd auf Kalif mache ...« Er lächelte abermals. »Kalif kennt mich. Eine der Terroristinnen hat meinen Namen gesagt – deutlich, unmißverständlich. Sie war gewarnt worden. Und daher glaube ich, daß Kalif mich genügend ernst nehmen würde, um es für notwendig zu halten, mich zu schnappen.«
Er sah, wie der Hauch von Farbe auf ihren hohen Backenknochen jäh verblaßte und ihre Augen sich umschatteten.
»Peter ...«
»Das ist die einzige Möglichkeit, an ihn heranzukommen.«
»Peter ...« Sie legte die Hand auf seinen Unterarm, aber sie konnte nicht weitersprechen. Schweigend starrte sie ihn an, und ihre Augen waren grün und dunkel und unergründlich. Er bemerkte das sanfte Pulsieren einer Ader auf ihrem langen, graziösen Hals, direkt unter dem Ohr. Ihre Lippen öffneten sich, als wolle sie zum Sprechen ansetzen. Es waren schön geschwungene Lippen, und als sie sich nun mit ihrer rosa Zungenspitze darüberfuhr, schimmerten die feucht und sanft und irgendwie hilflos. Sie preßte sie wieder zusammen, ohne ein Wort zu sagen, doch der Druck ihrer Finger auf seinem Arm wurde stärker, und die Haltung ihres ganzen Körpers änderte sich. Sie krümmte ein wenig den Rücken, wodurch ihr Unterkörper sich ihm näherte, und hob ganz leicht das Kinn.

»Ich bin so einsam gewesen«, flüsterte sie. »So einsam, so lange Zeit einsam. Wie sehr, das ist mir erst heute bewußt geworden – als ich mit Ihnen zusammen war.«
Peter fühlte, wie seine Kehle sich zusammenschnürte und das Blut hinter seinen Augen rauschte.
»Ich will nie wieder einsam sein, niemals wieder.«

Sie hatte ihr Haar gelöst. Es war sehr dicht und lang und fiel wie ein wogender, von schimmernden Lichtern durchsetzter Vorhang bis zu ihren Hüften herab.
Sie hatte es in der Mitte gescheitelt, und eine dünne, gerade Linie weißer Haut teilte die großen schwarzen Flügel, die ihr Gesicht mit den viel zu großen, verletzlichen Augen umrahmten und es blasser und kindlicher wirken ließen. Und als sie nun zum Bett hinüberging, wo Peter lag, umfloß die schimmernde Haarfülle lautlos den Brokat ihres Schlafmantels.
Der Saum des Gewandes berührte den Teppich, und ihre nackten Zehen guckten bei jedem Schritt hervor. Schmale, feinknochige Zehen mit gepflegten, farblos lackierten Nägeln. Die Ärmel des Mantels, so weit wie die Schwingen einer Fledermaus, waren mit Satin gefüttert, und der hohe chinesische Stehkragen war bis oben zugeknöpft.
Neben dem Bett blieb sie stehen, und ihr Mut und ihre Sicherheit schienen sie zu verlassen. Ihre Schultern sanken ein wenig nach vor, und sie verkrampfte die langen, schlanken Finger in einer defensiven Geste vor der Brust.
»Peter, ich fürchte, ich werde mich dabei nicht sehr gut anstellen.« Das kehlige Wispern war kaum hörbar, und ihre Lippen zitterten, als sie ihn flehend ansah. »Und ich möchte so gerne gut sein.«
Schweigend streckte er eine Hand nach ihr aus, die Handfläche nach oben gekehrt. Er hatte sich die Decke bis zur Mitte gezogen, aber Brust und Arme – gebräunt und mit dunklem drahtigem Haar bewachsen – waren nackt. Als er nach ihr griff, spannten sich die Muskeln unter der Haut und traten hervor, und sie sah, wie gut er gebaut war – da war kein bißchen Speck, weder um die Mitte noch auf Schultern und Oberarmen. Er wirkte schlank, hart und

sehnig und doch geschmeidig wie eine Gerte, und sie reagierte nicht sofort auf seine einladende Geste, überwältigt von seiner Männlichkeit.
Er schlug die dicke, daunengefüllte Decke zurück, und das sanfte rosige Licht fiel auf das knisternd frische, glattgebügelte Leintuch. »Komm«, sagte er mit sanftem Nachdruck, aber sie wandte sich ab und drehte ihm den Rücken zu, um ihren bestickten Mantel langsam, von oben nach unten, aufzuknöpfen.
Dann ließ sie den Mantel von ihren Schultern gleiten und drückte ihn einen Augenblick mit den Ellbogen an ihren Körper. Ihre glatte, blasse Haut schimmerte durch die Kaskade ihrer dunklen Haare, und sie schien alle Muskeln anzuspannen, wie ein Taucher, der noch einmal tief Atem holt, bevor er den Sprung in unbekannte Tiefen wagt.
Dann ließ sie den Mantel fallen, und raschelnd glitt er an ihrem Körper herab und legte sich wie eine seichte, in den Farben von Pfaufedern schillernde Pfütze um ihre Füße.
Sie hörte ihn tief einatmen und schwang die Haare mit einem Ruck ihres langen schwanenweißen Halses nach hinten. Wie ein undurchdringlicher Vorhang fielen sie bis über die Taille herab und endeten genau oberhalb der tiefen Furche ihres Gesäßes in einer geraden sauberen Linie. Ihr Gesäß war rund, zierlich und makellos, doch noch während er sie anstarrte, überzog eine leichte Gänsehaut die marmorne Glätte der Haut, als wäre sein Blick eine körperliche Liebkosung. Diese entwaffnend natürliche Reaktion bewies Peter, wie sehr alle ihre Sinne erregt und aufgewühlt sein mußten, und der Gedanke zog ihm das Herz zusammen. Am liebsten wäre er zu ihr gestürzt und hätte sie in die Arme geschlossen, aber sein Instinkt sagte ihm, daß sie selbst den letzten Schritt über die Kluft tun mußte, und er blieb ruhig, auf einen Ellbogen gestützt liegen und fühlte, wie der süße Schmerz des Begehrens seinen ganzen Körper erfaßte.
Sie bückte sich, um den Mantel aufzuheben, und stand einen Augenblick mit leicht gespreizten Beinen wie ein linkisches Fohlen da, die Rundungen ihres Gesäßes änderten die Form, waren nicht mehr vollkommen symmetrisch, sondern teilten sich ein wenig,

und in der weichen Mulde zwischen Gesäß und Oberschenkeln zeigte sich für einen winzigen, atemberaubenden Augenblick ein dichtes Gekräusel von Locken, die das schräg einfallende Licht mit einem rötlich schimmernden Glanz übergoß. Dann richtete sie sich wieder zu ihrer vollen Größe auf, ließ den Mantel auf die niedrige Couch fallen und drehte sich um.

Er schöpfte abermals tief Luft, sein Sinn für Kontinuität begann zu schwinden, und alles löste sich in ein Mosaik einzelner, anscheinend unzusammenhängender Bilder und Empfindungen auf.

Ihre Brüste waren klein wie die eines Mädchens in der Pubertät, aber die Brustwarzen waren erstaunlich vorgewölbt, voll und dunkelweinrot wie reife junge Beeren, prall und hart wie kleine Kieselsteine.

Die blasse, glatte Bauchdecke mit der tiefen Nabeldelle, das sanfte Rund des dicht und dunkel behaarten Hügels, der wie ein kleines verängstigtes Lebewesen, das sich vor dem herabstürzenden Falken duckt, in dem tiefen Keil zwischen ihren Oberschenkeln kauerte ...

Ihr Gesicht an seiner Brust, das Kitzeln ihres raschen Atems, der über seine Brusthaare strich, die fast schmerzvolle Umklammerung ihrer schlanken, kräftigen Arme, die sich mit verzweifelter Kraft um seine Mitte schlangen ...

Der Geschmack ihres Mundes, als ihre Lippen sich langsam und weich den seinen öffneten, ihre Zunge, samtig weich auf der Oberlippe, glatt und schlüpfrig auf der Unterseite, zuerst unsicher flatternd, dann immer kühner werdend...

Ihr Atmen, das ihm wie ein tiefes, sonores Vibrieren in den Ohren klang, im Rhythmus mit seinen eigenen Atemzügen ...

Der Geruch ihres Atems, in dem der schwere, aromatische Duft ihrer Erregung lag und sich mit dem Orangenduft ihres Parfums mischte ... Der reife, frauliche Geruch ihres Körpers ...

Und das Gefühl, sie neben sich zu spüren – die Wärme und Weichheit ihrer Haut, die Härte der straffen Muskeln, die knisternden Wellen langen dunklen Haares, die sein Gesicht und seinen Körper umflossen, das rauhe, erregende Kratzen der dichten, krausen Locken, die sich zu beinahe unerträglicher Glut auftaten

und ihn in Tiefen versinken ließen, die alle Grenzen der Realität und Vernunft zu überschreiten schienen ...
Und dann, später, die Stille vollkommenen Friedens, die von ihr ausströmte, sein Herz erfüllte und sich bis in die entferntesten Winkel seiner Seele auszubreiten schien.
»Ich habe gewußt, daß ich einsam war«, flüsterte sie. »Aber ich habe nicht gewußt, wie schrecklich, wie unendlich einsam.« Und sie hielt ihn, als wolle sie ihn nie wieder loslassen.

Magda weckte ihn in der kalten, undurchdringlichen Finsternis drei Stunden vor Morgengrauen, und es war immer noch dunkel, als sie das Chalet verließen. Die Scheinwerfer des nachfolgenden Mercedes, in dem ihre Wölfe saßen, erhellten das Innere der Limousine bei jeder Biegung der steilen Serpentine, die ins Tal hinunter führte.
Beim Start in Zürich saß Magda als Kapitän im linken Pilotensitz des Lear-Jet und bediente die starke Maschine mit der gelassenen Selbstverständlichkeit, an der man den wirklich guten Piloten erkennt. Ihr Privatpilot, ein grauhaariger, schweigsamer Franzose, der nun die Rolle des Kopiloten übernommen hatte, hatte offenbar große Achtung vor ihren Fähigkeiten und beobachtete sie mit Anerkennung und fast väterlichem Stolz, als sie die Kontrollzone Zürich verließ und auf Reiseflughöhe in Richtung Paris Orly stieg, ehe sie ihm die Überwachung des Autopiloten übertrug und in die Passagiergondel zurückging. Sie setzte sich neben Peter in einen der mit schwarzem Kalbsleder bezogenen Sitze, aber ihr Verhalten war nicht anders als während des letzten gemeinsamen Fluges in dieser Maschine – reserviert und höflich –, und es fiel ihm schwer, an die Wunder zu glauben, die sie in der vergangenen Nacht gemeinsam entdeckt hatten.
Sie arbeitete mit den beiden Sekretären, die ihr in dunklen Anzügen gegenübersaßen, und sprach in fließendem, singendem Französisch, mit demselben Hauch von Akzent, der auch ihr Englisch so bezaubernd machte. Peter hatte sich gezwungen gesehen, sein Französisch in der kurzen Zeit, die seit seinem Eintritt bei Narmco verstrichen war, in einem Intensivkurs aufzufrischen. Seine Be-

herrschung dieser Sprache war vielleicht nicht gerade brillant, aber ausreichend für Fachdiskussionen technischer und finanzieller Natur. Ein- oder zweimal wandte Magda sich an ihn, um seinen Kommentar oder seine persönliche Ansicht zu hören, und ihr Blick war ernst und fern. Sie wirkte so unpersönlich und tüchtig wie ein Elektronengehirn, und Peter verstand, daß sie ihre neue Beziehung zu ihm nicht vor den Angestellten zur Schau tragen wollte.

Doch gleich darauf bewies sie ihm das Gegenteil, als ihr Kopilot ihr über den Kabinenlautsprecher mitteilte, daß sie in vier Minuten in den Flugraum Orly einfliegen würden.

Sie wandte sich leger und unbefangen um, küßte Peter auf die Wange und sagte, immer noch französisch sprechend:

»Entschuldige mich, *chéri*. Ich möchte die Landung machen. Ich brauche die Flugzeit in meinem Logbuch.«

Sanft setzte sie die schlanke, schnelle Maschine auf die Landebahn auf, als würde sie Butter auf ein heißes Toastbrot streichen. Der Kopilot hatte ihre Ankunft schon über Funk gemeldet, und als sie die Maschine in den Privathangar rollen ließ, wurden sie bereits von einem uniformierten *policier* der Einwanderungsbehörde und einem *douanier* erwartet.

Die Beamten kamen an Bord, salutierten respektvoll und warfen kaum einen Blick auf Magdas roten Diplomatenpaß. Mit Peters blaugoldenem britischen Paß ließen sie sich ein wenig mehr Zeit, und Magda murmelte mit einem leisen Lächeln:

»Ich muß dir ein kleines rotes Büchlein beschaffen. Es macht die Dinge soviel einfacher.« Und dann, an die Beamten gewandt: »Ein kalter Morgen, meine Herren. Ich hoffe, Sie werden ein Gläschen trinken.« Ihr Steward in seiner weißen Jacke stand bereits in der Nähe. Sie verabschiedeten sich von den beiden Franzosen, die ihre Kepis und Pistolengurte ablegten, es sich in den Lederfauteuils bequem machten und in aller Muße ihre Wahl unter den Zigaretten- und Kognaksorten trafen, die der Steward ihnen anbot. Im Hintergrund des Hangars warteten drei Wagen mit Chauffeuren und Leibwächtern auf sie. Peter kräuselte die Lippen beim Anblick des Maserati.

»Ich hab' dir doch gesagt, daß du nicht mit dem Ding fahren sollst«, brummte er. »Da könntest du gleich deinen Namen in riesigen Neonbuchstaben dranschreiben.«

Als Peter ihren Privatschutz neu organisiert hatte, hatten sie wegen dieses Fahrzeugs gestritten. Der Maserati, der in einer ihrer Lieblingsfarben, einem silberglänzenden Stahlgrau, lackiert war, wirkte wie ein schimmernder Pfeil aus Metall. Sie wirbelte zu ihm herum und sagte mit ihrem verhangenen kleinen Lachen:

»Oh, wie schön das ist, wieder einen energischen Mann um sich zu haben. Nun fühle ich mich wieder wie eine Frau.«

»Ich kenne andere Wege, dir dieses Gefühl zu geben.«

»Ich weiß«, stimmte sie zu und ihre grünen Augen blitzten übermütig, »und die sind mir auch viel lieber, aber nicht jetzt – bitte! Was um alles in der Welt würden meine Leute denken!« Dann fügte sie ernst hinzu. »Nimm du den Maserati, ich habe ihn ohnehin für dich kommen lassen. Warum soll sich nicht irgend jemand daran freuen? Und bitte komm heute abend nicht zu spät. Ich hab' mir den Abend extra für uns freigehalten. Versuch um zirka acht Uhr in *La Pierre Bénite* zu sein – ja?«

Als Peter die Geschwindigkeit zurücknehmen mußte, um sich in die Verkehrsschlange auf der Zufahrt nach Paris über den Pont Neuilly einzureihen, hatte er sich bereits an den starken Motor und die hohe Beschleunigung des Maserati gewöhnt und befolgte Magdas Anregung, den Wagen zu genießen. Selbst in dem wahnwitzigen Pariser Verkehr betätigte er immer wieder die leichtgängige Schaltung, um sich auch durch die winzigste Lücke hindurchzuschlängeln, jagte den Motor hinauf, um aus einem Verkehrsgewühl davonzuziehen oder zu überholen, und genoß das Gefühl der Macht, das die Kontrolle über eine so prachtvolle Maschine dem Fahrer verleiht.

Nun verstand er, warum Magda diesen Wagen so liebte, und als er ihn in der Untergrundgarage auf der Champs-Elysées-Seite der Place de la Concorde abstellte, grinste er sich im Spiegel zu.

»Verdammter Cowboy!« sagte er und warf einen Blick auf seine Rolex. Er hatte noch eine Stunde Zeit bis zu seiner ersten Verabredung und löste, einem plötzlichen Impuls folgend, das Schul-

terhalfter mit der Cobra und sperrte beides in das Handschuhfach des Maserati. Er grinste abermals bei dem Gedanken, wie wenig ratsam es war, bis zu den Zähnen bewaffnet ins französische Marineministerium hineinzuspazieren.
Als er auf die Place de la Concorde hinaustrat, hatte der Nieselregen aufgehört, und er bemerkte, daß die Kastanien in den Elyséegärten bereits die ersten grünen Knospen getrieben hatten. Von einer Telefonzelle in der Métro-Station Concorde rief er die britische Botschaft an. Er unterhielt sich zwei Minuten mit dem Militärattaché, und als er wieder einhängte, wußte er, daß die Sache wahrscheinlich schon angelaufen war. Wenn Kalif tief genug ins Atlas-Kommando vorgedrungen war, um ihn persönlich als den Kommandanten von Thor zu erkennen, würde es nicht lange dauern, bis er erfuhr, daß der ehemalige Kommandant seine Spur aufgegriffen hatte. Der Militärattaché in der britischen Botschaft in Paris hatte auch noch andere, weniger augenfällige Aufgaben, als bei diplomatischen Empfängen den Damen die Hände zu küssen.
Als Peter zwei Minuten früher als vereinbart vor dem Haupteingang des Marineministeriums an der Ecke der Rue Royale ankam, stand bereits ein Sekretär unter der flatternden Trikolore und wartete auf ihn. Er geleitete Peter an den Wachposten vorbei in den Versammlungsraum des Rüstungsausschusses im dritten Stock, aus dem sich der Blick auf eine graue, nebelverhangene Seine und die vergoldeten Bogen des Pont Neuf bot. Zwei von Peters Assistenten von Narmco waren bereits da, hatten schon den Inhalt ihrer Aktentaschen ausgepackt und auf dem polierten Nußholztisch ausgebreitet.
Der französische Flaggschiffkapitän, der einmal in Brüssel gewesen war und Peter an einem unvergeßlichen Abend auf eine sagenhafte Tour durch die Bordells der Stadt mitgenommen hatte, begrüßte ihn mit gallischer Überschwenglichkeit, umarmte und duzte ihn, was ein sehr gutes Omen für das bevorstehende Treffen war.
Genau um zwölf machte er den Vorschlag, das Treffen auf die andere Straßenseite in einen der Privaträume im ersten Stock von Maxim's zu verlegen, in der beseligenden Überzeugung, Narmco

würde die Rechnung bezahlen, wenn es ihnen wirklich ernst damit war, die Kestrel-Raketentriebwerke an die französische Marine zu verkaufen.

Peter mußte mit sehr viel Takt die Tatsache überspielen, daß er dem Clos de Vougeot und dem Rémy Martin nicht ganz so freudig zusprach, wie man es von ihm erwartete, und mehr als einmal stellte er fest, daß ihm ein Teil der immer lauter werdenden Diskussion entgangen war. Seine Gedanken weilten bei smaragdgrünen Augen und einem kleinen kecken Busen.

Auf dem Weg von Maxim's zurück zum Marineministerium und danach mußte Peter abermals sein ganzes diplomatisches Geschick ausspielen, als der Kapitän seinen Schnurrbart glattstrich und Peter einen verschmitzten, wissenden Blick zuwarf. »Ich kenn' da einen bezaubernden kleinen Klub, ganz in der Nähe und wirklich sehr gemütlich ...«

Gegen sechs Uhr hatte Peter sich endlich von dem Franzosen freigemacht – unter zahlreichen Freundschaftsbeteuerungen und mit dem Versprechen, sich in zehn Tagen nochmals mit ihm zu treffen. Eine Stunde später verabschiedete er sich im Hotel Meurice nach einer kurzen, aber gründlichen Besprechung über die Ergebnisse des Tages von seinen beiden Verkaufsassistenten. Sie waren sich alle drei darin einig, daß für den Anfang alles recht glatt gelaufen war, daß aber bis zum Ziel noch ein langer, langer Weg vor ihnen liege.

Als er durch die Rue de Rivoli zurückspazierte, schwirrte ihm der Kopf von den endlosen Gesprächen dieses langen Tages und von der Anstrengung, rasch in einer Sprache zu denken, die ihm immer noch nicht leicht über die Lippen kam, und im Augenhintergrund bohrte ein leiser Schmerz, der wohl vom Wein, vom Kognak und dem eingeatmeten Zigarren- und Zigarettenqualm kam. Aber dennoch fühlte er sich beflügelt von einem prickelnden Gefühl der Erwartung, denn Magda wartete auf ihn. Und er schritt beschwingt und rasch dahin.

Als er vor einer Ampel halten mußte, erblickte er sein Spiegelbild in einem Schaufenster und lächelte, ohne es zu merken.

Während er auf der Rampe der Parkgarage darauf wartete, zu be-

zahlen und sich in den Verkehrsstrom einzuordnen, warf er einen Blick in den Rückspiegel des ungeduldig summenden Maserati. Das hatte er sich vor vielen Jahren angewöhnt, als sein Name auf einer Proskriptionsliste der Provos an erster Stelle gestanden war; seither versäumte er es nie, über seine Schulter zu blicken.
Der Citroën, der als zweiter in der Autoschlange hinter ihm stand, fiel ihm auf, weil die Windschutzscheibe zerbrochen war und der eingedrückte Kotflügel einen tiefen Kratzer aufwies, der einen breiten Streifen blanken Metalls freigelegt hatte.
An einer Fußgängerampel in den Champs Elysée war der schwarze Citroën immer noch zwei Wagen hinter ihm, doch als er sich ein wenig duckte, um einen Blick auf den Fahrer werfen zu können, schaltete der die Scheinwerfer ein, als wolle er ihn absichtlich ärgern, und in diesem Augenblick wurde es grün und er mußte weiterfahren.
Als er um den Étoile herum fuhr, war der Citroën in dem grauen feuchten Nebel des Spätwinters vier Plätze zurückgefallen, aber er sah ihn noch einmal, als er die Avenue de la Grande Armée entlangfuhr, denn nun hielt er bereits bewußt nach ihm Ausschau. Diesmal wechselte der Citroën die Spur, verließ die Hauptdurchzugsstraße und bog nach links ab. Sofort war er im Gewirr der Seitenstraßen verschwunden, und Peter hätte ihn nun eigentlich vergessen und sich ganz genüßlich dem Maserati hingeben können, aber irgendeine dunkle Vorahnung ließ ihn nicht los, und selbst als er die komplizierte Straßenkreuzung längst hinter sich gelassen und in die Umfahrungsstraße und schließlich in die Straße nach Versailles und Chartres eingebogen war, wechselte er unwillkürlich immer noch die Spuren, änderte die Geschwindigkeit und überprüfte im Rückspiegel immer wieder die Straße hinter sich.
Erst als er durch Versailles hindurch war und sich bereits auf der Straße nach Rambouillet befand, konnte er etwa eineinhalb Kilometer der schnurgeraden Platanenallee hinter sich ungehindert überblicken, und war sicher, daß ihm kein Fahrzeug folgte. Nun erst entspannte er sich völlig und konzentrierte sich auf die letzte Abzweigung nach *La Pierre Bénite.*

Die feuchtglänzende schwarze Straße wickelte sich wie eine Schlange vor ihm auf und machte plötzlich einen Buckel. Peter jagte den Wagen mit 150 Stundenkilometern über die Kuppe, aber er widerstand der Versuchung, hart abzubremsen, sondern tippte nur leicht aufs Brems- und Kupplungspedal, um auf dem schlüpfrigen und unebenen Makadam nicht ins Schlingern zu geraten. Vor sich sah er einen Gendarmen in einem glänzenden, regenfeuchten, weißen Plastikcape, der eine rot leuchtende Taschenlampe hin und her schwenkte. Dann bemerkte er das rubinrote Glühen rückstrahlender Warndreiecke, den Peugeot, der im Straßengraben hing und dessen Scheinwerfer sich in den Himmel bohrten, einen dunkelblauen Polizeikombi, der die Straße zur Hälfte blockierte, und auf dem Straßenfleck im Scheinwerferkreis des Kombi zwei nebeneinanderliegende Körper – das Ganze eingehüllt in den dunstigen Mantel des sanft, aber beständig herabrieselnden Regens – die typische Szenerie eines Straßenunfalls.
Peter hatte den Maserati gut in der Hand und schaltete sofort herunter, bis der Wagen nur noch dahinkroch. Der Elektromotor summte leise, als er das Seitenfenster herunterkurbelte, und ein Strom eiskalter Nachtluft wehte in den warmen Wagen. Der Gendarm gab ihm mit der Lampe ein Zeichen, auf die enge Stelle zwischen der Hecke und dem geparkten Kombi zu fahren, als eine unerwartete Bewegung Peters Aufmerksamkeit erregte. Einer der Körper hatte sich gerührt. Ein leichtes Krümmen des Rückens, die unwillkürliche Bewegung eines Menschen, der aus dem Liegen aufspringen will.
Der Mann hob ein wenig den Arm, nicht mehr als ein paar Zentimeter, aber das genügte Peter, um einen Blick auf das Ding zu erhaschen, das der Mann gegen die Außenseite seines Oberschenkels preßte. Trotz des Regens und der Dunkelheit erkannte Peters geschultes Auge sofort den perforierten Mantel um den kurzen Lauf einer zusammengeklappten Maschinenpistole.
Sein Gehirn begann so rasend zu arbeiten, daß alles, was um ihn herum geschah, sich im schleppenden Tempo eines seltsamen Traumes abzuspielen schien.

Der Maserati, dachte er. Sie sind hinter Magda her.
Der Gendarm kam nun um die Fahrerseite des Maserati herum und seine rechte Hand steckte unter dem Plastikcape auf Höhe des Pistolengurts.
Peter stieg mit voller Wucht aufs Gaspedal, und der Maserati jaulte auf wie ein ins Herz getroffener Büffel. Die Hinterräder hoben sich von der nassen Fahrbahn, Peter half mit einer leichten Drehung des Lenkrades nach, und wie eine Sense schwang der silberne Riese auf den Gendarmen zu. Er hätte ihn bestimmt niedergemäht, aber der Mann war zu schnell. Als er sich duckte und auf die Hecke zurannte, sah Peter, daß er die Pistole unter dem Cape hervorgeholt hatte, doch im Augenblick war er glücklicherweise zu beschäftigt, um davon Gebrauch zu machen.
Die Blätter raschelten, als der Maserati die Hecke streifte, und Peter hob den rechten Fuß vom Pedal, fing den Wagen ab und schwang ihn in die Gegenrichtung. Kaum stand er wieder gerade, drückte Peter abermals das Gaspedal durch, und der Motor heulte auf. Diesmal stieg der blaue Rauch verbrannten Gummis von den Hinterrädern hoch.
Der Mann am Steuer des blauen Polizeikombis versuchte nun seinen Wagen vorzuziehen, um die Straße ganz zu blockieren, aber er war nicht schnell genug.
Die beiden Fahrzeuge streiften einander mit einem metallischen Kreischen und Knirschen, das Peter durch Mark und Bein drang, doch was ihn viel mehr beunruhigte, war die Tatsache, daß die beiden Gestalten im Scheinwerferlicht nicht mehr flach dalagen. Der Mann, der ihm am nächsten war, kniete auf einem Bein und schwang die kurze, dicke Maschinenpistole auf ihn zu. Aber das Ausklappen des Kolbens kostete den Mann entscheidende Sekundenbruchteile, ehe er die Waffe in den Schulteranschlag heben konnte. Außerdem verstellte er dem hinter ihm kauernden Mann, der seine Maschinenpistole im Hüftanschlag hielt, sie mit Zeigefinger und Unterarm fixierte und den Mittelfinger bereits am Abzug hatte, die Schußlinie. Gar nicht schlecht, dachte Peter, dessen Gehirn so rasch arbeitete, daß er noch genügend Zeit fand, die professionelle Geschicklichkeit zu bewundern.

Der Maserati schleuderte den Polizeikombi zur Seite, und Peter hob den rechten Fuß vom Gaspedal, um das Durchdrehen der Hinterräder zu verhindern, und kurbelte das Lenkrad bis zum Anschlag nach rechts. Mit quietschenden Reifen scherte das Heck des Maserati nach links aus und schlitterte auf die beiden Gestalten auf der Straße zu, und Peter duckte sich tief hinunter. Er hatte das Manöver absichtlich vorgenommen, um den Motorraum und die Karosserie zwischen sich und die beiden Männer zu bringen.

Als er hinuntertauchte, hörte er ein vertrautes Geräusch; es klang, als würde ein Riese eine schwere Leinwand in Stücke reißen, und Peter wußte, es war eine Maschinenpistole mit einer Feuergeschwindigkeit von fast zweitausend Schuß pro Minute. Die Kugeln schlugen in die Längsseite des Maserati, bohrten sich mit ohrenbetäubendem Gellen ins Metall, und Glassplitter regneten auf Peter herab wie die Gischt einer sturmgepeitschten Welle, die gegen einen Felsen prallt. Sie prasselten auf seinen Rücken, zerstachen ihm Wangen und Nacken und glitzerten wie eine Diamanttiara in seinem Haar.

Wer immer da geschossen hatte, er hatte sein Magazin in diesen wenigen Sekunden geleert, und nun fuhr Peter in seinem Sitz hoch, die Augen bis auf einen schmalen Schlitz zusammengekniffen, um sie vor dem Glassplitterregen zu schützen. Er sah die dunkle Hecke wie in einem Alptraum auf sich zukommen und kurbelte das Lenkrad herum. Der Wagen überschlug sich beinahe, und Peter erhaschte einen kurzen Blick auf die beiden Schützen, die sich in panischem Schrecken in den halbvollen Graben rollen ließen, doch in diesem Augenblick prallte das rechte Hinterrad des Wagens gegen die Böschung, und Peter wurde mit solcher Wucht in seinem Sicherheitsgurt nach vorn geschleudert, daß es ihm den Atem abschnürte. Der Maserati bäumte sich auf wie ein Hengst, der die Stute wittert, schlitterte auf den Hinterrädern weiter und holperte in kurzen, bockigen Stößen über die Straße, während Peter verzweifelt Schaltung, Bremsen und Lenkrad betätigte, um den Wagen wieder in den Griff zu bekommen. Verschwommen und undeutlich sah er durch den Regenschleier hindurch einen wirbelnden Reigen von Scheinwerferlichtern, laufenden und auf dem Boden rollenden Gestalten, und er erkannte, daß er sich im Kreis um die eigene Achse gedreht haben mußte. Dann lag wieder die offene Straße vor ihm, und er jagte mit heulendem Motor los und warf sogleich einen Blick in den Rückspiegel.

Im Scheinwerferlicht sah er den Dampf und die blauen Rauchwolken vom verbrannten Gummi seiner Reifen aufsteigen, und durch den Qualm hindurch die Umrisse des zweiten Schützen, dessen Oberkörper aus dem Graben ragte. Er hielt die Maschinenpistole in Hüfthöhe, und das Mündungsfeuer umstrahlte ihn mit hellem Lodern.

Peter hörte, wie die erste Salve den Maserati traf, aber er konnte sich nun nicht ducken, denn vor ihm im Regen lag eine Kurve, die beängstigend rasch näher kam, und er biß die Zähne zusammen. Die nächste Salve traf den Wagen mit einem Geräusch, das wie das Niederprasseln von Hagelkörnern auf ein Metalldach klang, und Peter spürte ein heftiges Ziehen und einen lähmenden Riß im Oberkörper.

»Getroffen!« stellte er fest. Es gab keinen Zweifel, er kannte das Gefühl, er war schon früher von einer Kugel getroffen worden. Das erste Mal vor langer Zeit, als er an der Spitze eines Spähtrupps in einen EOKA-Hinterhalt geraten war. Ruhig versuchte er zu beurteilen, wie schwer die Kugel ihn verletzt hatte, und stellte fest, daß er immer noch beide Hände gebrauchen konnte und alle seine Sinne beisammen hatte. Entweder war es ein Prellschuß gewesen oder die Kugel hatte beim Durchgang durch die Heckscheibe und die Sitzlehne den Großteil ihrer Durchschlagskraft verloren.

Der Maserati legte sich sauber in die Kurve, doch dann heulte der Motor plötzlich auf und begann zu stottern. Fast im selben Augenblick füllte der durchdringende Geruch nach Benzin das Wageninnere.

»Die Benzinleitung«, sagte er sich und registrierte gleichzeitig das warme, unangenehme Gefühl sickernden Blutes im Rücken und an der Seite. Die Wunde mußte tief unter der linken Schulter liegen. Wenn die Kugel durchgegangen war, war es ein Lungen-

schuß, und er machte sich schon auf den salzigen, ein wenig metallischen Geschmack nach Blut in der Kehle gefaßt und auf den blasigen Schaum im Mund, das sichere Anzeichen dafür, daß Luft aus den Lungen entweicht.
Stockend und blubbernd pochte der um Benzin ringende Motor weiter. Die erste Salve aus der MP mußte den Motorraum aufgerissen haben, und Peter dachte mit leiser Ironie daran, wie man diese Szene wohl in einem Film gezeigt hätte. Zweifellos wäre der Maserati sofort in einem spektakulären pyrotechnischen Flammenmeer wie ein Miniaturvesuv explodiert, was in Wirklichkeit jedoch nicht geschah, denn aus der lädierten Leitung spritzte immer noch ein wenig Benzin über die Zündkerzen und den Verteiler.
Peter warf noch einen letzten Blick in den Rückspiegel, bevor er um die Kurve herumbog, und sah drei Männer auf den Polizeikombi zurennen. Drei Männer und der Fahrer, das waren lausige Aussichten für ihn! Gleich würden sie hinter ihm herjagen, und der lädierte Wagen machte noch einen letzten tapferen Satz, der ihn fast fünfhundert Meter weiterbrachte, dann starb der Motor endgültig ab.
Vor sich, an der Spitze des Scheinwerferstrahls, sah Peter die weißen Tore von *La Pierre Bénite*. Sie hatten sich für ihren Hinterhalt eine Stelle ausgesucht, wo es kaum Verkehr gab, wo ihnen nur der silberne Maserati ins Netz gehen würde.
Rasch rief er sich die Lage des Geländes hinter dem Einfahrtstor zum Grundstück ins Gedächtnis. Es war nur einmal hiergewesen, noch dazu am Abend, aber er hatte den geschulten Blick des Soldaten für die Beschaffenheit eines Geländes und erinnerte sich an einen dichten Wald zu beiden Seiten der Zufahrtstraße, die zu einer kleinen Brücke über einen schmalen, rasch dahinströmenden Fluß mit steilen Uferböschungen führte. Dahinter kam eine scharfe Linkskurve, und das letzte Stück bis zum Haus ging steil bergan. Vom Einfahrtstor bis zum Haus waren es etwa achthundert Meter, ein weiter Weg für einen Verwundeten, dem vier bewaffnete Banditen auf den Fersen sind. Und wer garantierte ihm, daß er in Sicherheit war, sobald er das Haus erreicht hätte?

Der Maserati rollte im Leerlauf über die leicht bergab gesenkte Straße auf das Einfahrtstor zu, immer langsamer und langsamer, und nun stank es bereits beißend nach Öl und verbranntem Gummi. Der Lack der Motorhaube begann Blasen zu werfen und sich zu verfärben. Peter schaltete die Zündung ab, um zu verhindern, daß die elektrische Pumpe noch mehr Treibstoff über den erhitzten Motor sprühte, und fuhr sich mit der Hand unter die Jacke. Er fand die Wunde dort, wo er sie erwartet hatte – tief unten links. Sie begann bereits zu stechen, und seine Hand war feucht und blutverklebt, als er sie zurückzog. Er wischte sie sich am Oberschenkel ab.

Hinter sich bemerkte er den immer heller werdenden Widerschein von Scheinwerfern auf dem regennassen Asphalt. Sie mußten jeden Augenblick um die Kurve biegen. Peter öffnete das Handschuhfach.

Die 9-mm-Cobra gab ihm ein wenig Trost, als er sie aus dem Halfter nahm und in den Gürtel steckte, aber er hatte kein Reservemagazin mit, und der Verschluß war leer, eine Sicherheitsmaßnahme, die er nun bedauerte, denn so blieben ihm nur die neun Schuß im Magazin – und ein Schuß mehr oder weniger konnte unter Umständen sehr viel ausmachen.

Aus den Ritzen und Fugen der Motorhaube züngelten bereits kleine helle Flammen hoch und schlängelten sich bis hinauf zu den Kühlrippen. Peter öffnete den Sicherheitsgurt, stieß mit einer Hand die Tür auf und steuerte mit der anderen auf das Straßenbankett zu. Er befand sich in einer überhöhten Kurve, hinter der die Straße steil abfiel.

Er riß das Lenkrad in die Gegenrichtung, nützte den Schwung und ließ sich aus dem Wagen fallen, während der Maserati zur Straßenmitte zurückschlitterte und mit langsam zunehmender Geschwindigkeit davonrollte.

Peter landete wie bei einem Fallschirmsprung, Füße und Knie aneinandergepreßt, um die Wucht des Aufpralls abzuschwächen, und rollte sich sofort zusammen. Ein stechender Schmerz durchzuckte seine Schulterwunde, und er spürte, wie irgend etwas riß. In Hockstellung kam er wieder auf die Beine und rannte geduckt auf den Waldrand zu, und die Flammen aus dem brennenden Wagen übergossen die dunklen Bäume mit einem orangeflackernden Licht. Die Finger seiner Linken waren geschwollen und gefühllos, als er eine Patrone aus dem Magazin in den Lauf preßte. In diesem Augenblick blitzten hinter der Kurve die Scheinwerfer auf, so blendend hell, daß Peter das Gefühl hatte, als stünde er im Lichtkegel eines Scheinwerfers mitten auf der Bühne des Palladiums. Er ließ sich bäuchlings auf die weiche, regengetränkte Erde fallen, spürte einen heftigen Stich in seiner Wunde und fühlte, wie das warme Blut ihm unterm Hemd über den Rücken tropfte, während er verzweifelt auf den Waldrand zurobbte.

Der Polizeikombi jagte mit heulendem Motor die Straße herunter. Peter machte sich ganz flach und preßte das Gesicht gegen die Erde, die nach Pilzen roch, und der Wagen brauste an ihm vorüber.

Rund dreihundert Meter nach seiner Rodelfahrt über die abschüssige Straße war der Maserati endgültig stehengeblieben, mit zwei Rädern noch auf der Straße, den anderen beiden auf dem Bankett, und brannte lichterloh.

Der Kombi hielt in einer respektvollen Entfernung an, denn die Männer darin waren sich der Gefahr einer Explosion wohl bewußt. Eine Gestalt – der Gendarm in seinem Plastikcape – sprang heraus, rannte zu dem Wagen, warf einen Blick hinein und rief dann irgend etwas. Es klang französisch, aber die Flammen prasselten bereits sehr laut, und die Entfernung war zu groß, um die Worte deutlich hören zu können.

Der Kombi wendete, holperte übers Bankett und begann dann langsam zurückzufahren. Die beiden Männer, die zuvor die Unfallopfer gemimt hatten, rannten ihm, immer noch mit den Maschinenpistolen in der Hand, wie Jagdhunde im Schweißriemen mit gesenkten Köpfen voraus und suchten nach Abdrücken im weichen Boden der Bankette zu beiden Seiten der Straße. Der weißbemantelte Gendarm stand auf dem Trittbrett des langsam fahrenden Wagens und stachelte seine Jäger mit ermutigenden Zurufen an.

Peter war nun wieder auf den Beinen, hetzte zusammengeduckt

auf den Waldrand zu und rannte mit voller Wucht in den Stacheldrahtzaun. Er spürte, wie sich die spitzen Dornen durch den Stoff seiner Hose bohrten und stürzte zu Boden, rappelte sich aber gleich wieder hoch.

»Hundertsiebzig Guineas«, dachte er bitter. Er hatte sich den Anzug in der Savile Row nach Maß schneidern lassen. Als er die stacheligen Drähte des Zaunes auseinanderbog, um durchzukriechen, hörte er hinter sich einen Ausruf. Sie hatten seine Spur aufgenommen. Und als er über die letzten paar Meter offenen Landes hinwegsetzte, drang ein weiterer Schrei an sein Ohr, schärfer und triumphierender diesmal.

Sie hatten ihn im Schein der aus dem brennenden Maserati hochauflodernden Flammen gesehen, und schon zerriß der Peitschenknall einer MP-Kugelsalve die Luft. Aber die Entfernung war zu groß für die kurzen Läufe und die geringe Geschwindigkeit der Munition. Das Geräusch der über ihn hinwegpfeifenden Kugeln klang wie das Gewisper von Fledermausflügeln in der Dunkelheit, und dann hatte er den Waldrand erreicht und duckte sich hinter einen der ersten Bäume.

Er atmete keuchend, aber regelmäßig und mühelos. Noch machte ihm die Wunde nicht zu schaffen, und sein Hirn funktionierte messerscharf wie immer, wenn ihn die kalte Wut dem Kampfes packte.

Die Entfernung bis zum Stacheldraht betrug schätzungsweise fünfzig Meter – das war der internationale Standard für Pistolenschützen, seine beste Distanz.

Aber da draußen gab es keine Schiedsrichter, und er umklammerte die Pistole mit beiden Händen und ließ die Männer in den Stacheldraht hineinrennen.

Zwei von ihnen stürzten zu Boden, und ihr zorniges Fluchen war eindeutig französisch. Als sie sich wieder hochrappelten, waren ihre Umrisse vor dem Hintergrund des Feuerscheins ganz deutlich zu sehen. Peter hob die mit einem Leuchtvisier ausgestattete Cobra und zielte auf das Zwerchfell des einen MP-Schützen.

Der Knall der Neunmillimeter war durchdringend wie ein Peitschenhieb, und sie jagte die Geschosse mit einer Kraft von 385

Fußpfund durch Fleisch und Knochen. Es klang, als pralle ein Baseballschläger mit voller Wucht gegen eine Wassermelone, als die Kugel einschlug. Dem Mann wurden die Beine weggezogen und er stürzte rücklings zu Boden. Sofort schwenkte Peter die Pistole auf das nächste Ziel. Aber die Männer waren Profis. Obwohl das Feuer vom Waldrand völlig überraschend gekommen war, reagierten sie sofort und drückten sich flach an die dunkle Erde. Sie gaben kein Ziel mehr ab, und Peter hatte zu wenig Munition, um einfach draufloszuballern, bloß um sie in Schach zu halten. Nun feuerte wieder einer eine Salve aus seiner MP ab, und die Kugeln streiften die Bäume und rissen Rindenstücke, Zweige und Blätter herunter. Peter schoß auf das Mündungsfeuer der Waffe, nur einmal, zur Warnung, duckte sich dann sofort und rannte mit gesenktem Kopf, um nicht von einem Zufallstreffer erwischt zu werden, tiefer in den Wald hinein.

Der Stacheldrahtzaun und die drohende Gefahr eines neuerlichen Beschusses würde die Männer zwei oder drei Minuten lang aufhalten, und Peter wollte in der Zwischenzeit ein wenig Raum gewinnen.

Der Widerschein des brennenden Maserati erleichterte ihm die Orientierung, und er steuerte mit raschen Schritten auf den Fluß zu. Doch er hatte kaum zwei Meter hinter sich gebracht, als es ihn plötzlich heftig zu schütteln begann. Sein leichter Anzug war von dem hartnäckigen Nieseln und dem Sprühregen, der jedesmal auf ihn herabrieselte, wenn er einen der tropfenden Zweige streifte, bereits völlig durchnäßt. Seine Kalbslederschuhe hatten nur leichte, dünne Ledersohlen, und er war wiederholt in schlammige Pfützen getreten, und auch das kniehohe Gras war triefnaß. Die Kälte drang durch seine Kleider, seine Wunde zog sich schmerzhaft zusammen, und seine Bauchdecke spannte sich, als ihn die erste Welle von Übelkeit erfaßte. Dennoch blieb er etwa alle fünfzig Meter stehen und wartete horchend auf die Schritte seiner Verfolger. Einmal hörte er Motorengeräusch von der Straße her – wahrscheinlich ein vorüberfahrender Wagen – und fragte sich, was der Fahrer wohl beim Anblick des verlassenen Polizeikombis und des brennenden Maserati denken mochte. Aber selbst wenn er es der

Polizei melden sollte, würde längst alles vorbei sein, ehe eine Streife käme, und Peter verwarf den Gedanken an Hilfe von dieser Seite.

Langsam begann es ihn zu wundern, daß von seinen Verfolgern nicht der geringste Laut zu hören war, und er sah sich nach einem geeigneten Versteck um. Schließlich fand er eine umgestürzte Eiche und kauerte sich unter den Baumstamm. Der Schlupfwinkel war gut – er bot ihm Deckung und günstige Rückzugsmöglichkeiten, und die Umrisse seiner Verfolger würden sich deutlich gegen den Himmel abzeichnen, den die Flammen aus dem brennenden Maserati mit einem roten Leuchten übergossen. Nun waren es nur noch drei Männer, die ihm auf den Fersen waren, und er hatte noch sieben Patronen in der Cobra. Wären nicht die beißende Kälte und der zermürbende Schmerz in seinem Oberkörper gewesen, hätte er nun vielleicht sein altes Selbstvertrauen wiedergefunden, aber die nagende Angst des gehetzten Wildes hielt ihn immer noch umklammert.

Er wartete fünf Minuten völlig reglos, in gespannter Aufmerksamkeit, die Cobra mit beiden Händen ausgestreckt im Anschlag haltend, bereit, sich nach rechts oder links rollen zu lassen, je nachdem, woher der Schuß kommen würde. Aber da war kein Geräusch außer dem Klatschen des Regens, der von den nassen Bäumen tropfte.

Weitere zehn Minuten vergingen, ehe ihm plötzlich bewußt wurde, daß die Verfolger mittlerweile erkannt haben mußten, daß ihnen das falsche Wild in die Falle gegangen war. Sie waren natürlich hinter Magda Altmann her gewesen und mußten inzwischen bemerkt haben, daß ihnen ein Mann in die Falle gegangen war – ein bewaffneter noch dazu. Er überlegte, wie sie wohl reagieren mochten. Wahrscheinlich würden sie den Rückzug antreten, hatten es vielleicht sogar schon getan.

Anstelle einer Dame, die zwanzig oder dreißig Millionen Dollar Lösegeld wert war, hatten sie einen ihrer Angestellten erwischt, einen bewaffneten Leibwächter, wie sie nun wohl annehmen würden, der den Maserati entweder als Lockvogel fuhr oder ihn überhaupt nur zustellen sollte. Ja, entschied er,. sie würden es nun

sicher aufgeben, würden ihren Verwundeten verfrachten und das Weite suchen. Und zweifellos würden sie keine Hinweise auf ihre Identität zurücklassen! Schade, dachte Peter; er hätte zu gerne einen dieser Burschen ausgequetscht. Und dann zog er eine Grimasse, als ihm neuerlich ein stechender Schmerz durch die Schulter fuhr.
Obwohl die Kälte und der Wundschock seinen Körper schüttelten, wartete er noch weitere zehn Minuten reglos und gespannt, dann erhob er sich leise und begann, langsam zum Fluß zurückzugehen. Der Maserati mußte mittlerweile ausgebrannt sein, denn der Himmel war wieder schwarz, und Peter mußte sich ganz auf seinen Orientierungssinn verlassen, um die Richtung nicht zu verlieren. Obwohl er wußte, daß er allein war, blieb er doch alle fünfzig Meter stehen, um zu horchen und sich umzusehen.
Schließlich hörte er das Rauschen des Flusses. Er lag ganz nahe, direkt vor ihm. Peter ging nun ein wenig rascher und wäre in der Dunkelheit beinahe die Böschung hinuntergestolpert. Er hockte sich einen Augenblick hin, um zu verschnaufen, denn die Schulter schmerzte nun sehr heftig und die Kälte zehrte an seinen Kräften. Die Aussicht, den Fluß zu durchwaten, war alles andere als einladend. Es hatte seit Tagen ununterbrochen geregnet, und der Fluß rauschte gewaltig und schnell dahin. Zweifellos war das Wasser eiskalt und würde nicht nur bis zur Hüfte, sondern bis hinauf zur Schulter reichen. Die Brücke konnte nicht viel mehr als einige hundert Meter flußabwärts sein, und Peter stand wieder auf und begann, die Uferböschung entlangzugehen.
Kälte und Schmerz können die Konzentrationsfähigkeit sehr rasch erschöpfen, und Peter mußte alle Kräfte zusammennehmen, um wachsam zu bleiben. Bei jedem Schritt tastete er sich vorsichtig voran, ehe er sein ganzes Gewicht auf den Fuß verlagerte, die Cobra baumelte in seiner herabhängenden Rechten, Mündung nach unten, aber jederzeit schußbereit, und er blinzelte heftig, denn der feine Nieselregen und der kalte Schweiß, den Schmerz und Angst ihm aus den Poren trieben, legten sie wie ein Schleier vor seine Augen.
Aber sein Geruchssinn war es, der ihn die Gefahr wittern ließ. Der

schale, Kleidern anhaftende Geruch nach dem abgestandenen Rauch türkischen Tabaks war ihm schon immer zuwider gewesen, und er roch ihn sofort, obwohl ihm nur ein schwacher Hauch davon entgegenwehte.

Er erstarrte mitten im Schritt, während sein Gehirn sich fieberhaft auf die unerwartete neue Situation einzustellen versuchte. Er war fast sicher gewesen, daß er allein sei.

Nun erinnerte er sich wieder an das Motorengeräusch von der Straße her und machte sich klar, daß jemand, der sich die Mühe genommen hatte, eine so ausgeklügelte Falle aufzustellen – der vorgetäuschte Verkehrsunfall, der Polizeikombi, der uniformierte Gendarm –, sicher auch das Gelände zwischen dem Hinterhalt und dem Ziel des Opfers genau studiert hatte.

Bestimmt wußten seine Verfolger besser über die Ausdehnung des Waldes und die Lage des Flusses und der Brücke Bescheid als er und hatten sofort nachdem ihr erster Mann verwundet worden war die Sinnlosigkeit einer blinden Verfolgungsjagd durch die Dunkelheit erkannt. Die schlauen Hunde hatten einfach wieder kehrtgemacht und waren ein Stück zurückgefahren, um ihm aufzulauern, und sicher hatten sie sich dafür die Uferböschung oder die Brücke selbst ausgesucht.

Das einzige, was Peter Kopfzerbrechen machte, war ihre Beharrlichkeit. Sie *mußten* doch wissen, daß es nicht Magda Altmann war, die ihnen in die Falle gegangen war. Und obwohl seine Nerven durch die unerwartete Entdeckung aufs äußerste gespannt waren, fiel ihm plötzlich der Citroën ein, der ihm durch die Champs Elysées gefolgt war. Alles war anders, als es auf den ersten Blick zu sein schien, und langsam ging Peter den Schritt, in dem er innegehalten hatte, zu Ende.

Dann blieb er völlig reglos stehen – jeder Muskel gespannt, jeder Nerv hellwach –, aber die Nacht war schwarz, und das Rauschen des Flusses überdeckte alle anderen Geräusche. Peter wartete. Wenn man nur lange genug ausharrt, rührt sich der andere immer, und Peter wartete mit der Geduld eines auf der Lauer liegenden Leoparden, obwohl ihm die Kälte bis in die Knochen drang und der Regen ihm über Wangen und Nacken troff.

Endlich bewegte sich der Mann. Ein leises Plätschern im Schlamm, das unverwechselbare Rascheln von Zweigen, die gegen Stoff streifen, dann wieder Stille. Er war sehr nahe, höchstens zehn Meter entfernt, aber es war stockfinster, und Peter verlagerte vorsichtig sein Gewicht, um in die Richtung zu schauen, aus der das Geräusch gekommen war. Doch der alte Trick für solche Fälle – ein Schuß in Richtung des Geräusches und gleich darauf ein zweiter auf das im Licht des Mündungsfeuers sichtbar gewordene Ziel – war in dieser Situation unbrauchbar, denn seine Gegner waren zu dritt und die Salve aus einer Maschinenpistole kann einen Menschen in der Mitte auseinanderreißen, wenn sie ihn aus einer Entfernung von nur drei Metern trifft. Peter wartete.
Dann hörte er flußaufwärts abermals Motorengeräusch, ferne noch, aber rasch näher kommend. Gleich darauf vernahm er einen leisen Pfiff, eine steigende Folge von zwei Tönen – zweifellos ein vorher vereinbartes Signal. Eine Wagentür wurde zugeschlagen, viel näher als das Singen des herannahenden Wagens, dann der tuckernde Laut eines Starters, das etwas rauhere Brummen eines anspringenden Motors, Scheinwerfer, die sich durch den Regen bohrten, und Peter blinzelte, als die ganze Szenerie vor ihm plötzlich in helles Licht getaucht wurde.
Etwa neunzig Meter vor ihm lag die Brücke über den Fluß. Die Wellen, die die Stützpfeiler umspülten, glänzten schwarz wie frisch abgebaute Kohle.
Der blaue Polizeikombi stand unmittelbar vor der Brücke. Er hatte offensichtlich auf Peter gewartet, aber nun setzte er sich in Bewegung, wahrscheinlich alarmiert durch das von *La Pierre Bénite* näher kommende Motorengeräusch. Der Fahrer steuerte zurück hinaus auf die Hauptstraße, der falsche Gendarm hetzte mit flatterndem Cape neben dem Wagen her und versuchte durch die offene Tür auf den Beifahrersitz zu springen – und aus der Dunkelheit, ganz nahe neben Peter, rief eine beunruhigte Stimme: »*Attendez!*« Der dritte Mann hatte keine Lust, von seinen Kumpanen zurückgelassen zu werden, und stürmte, alle Vorsicht vergessend, vorwärts. Er hatte Peter nun den Rücken zugekehrt, fuchtelte aufgeregt mit der Maschinenpistole, seine Umrisse waren im

Scheinwerferlicht des Kombis ganz deutlich zu sehen, und er war weniger als drei Meter von Peter entfernt. Ein todsicherer Schuß, und instinktiv riß Peter die Pistole hoch, um dem Mann eine 95-Gramm-Kugel durch die Schulterblätter zu jagen – erst im letzten Augenblick hielt sein Finger am Abzug inne.
Der Mann stand mit dem Rücken zu ihm, und aus dieser Entfernung wäre das glatter Mord gewesen. Aber das war nicht der ausschlaggebende Grund – Peters Ausbildung hatte ihn längst davon kuriert, so feine Unterschiede zu machen. Was seinen Finger am Abzug wirklich stoppte, war der dringende Wunsch, herauszukriegen, was hier eigentlich gespielt wurde. Er mußte wissen, wer diese Leute waren, wer sie geschickt hatte, was für einen Auftrag sie hatten und hinter wem sie her waren.
Nun, da der Mann von seinen Kumpanen im Stich gelassen worden war, hatte er jegliche Vorsicht aufgegeben und rannte, als würde er einem abfahrenden Bus nachjagen, und Peter sah die Chance, ihn sich zu schnappen. Die Rollen waren plötzlich vertauscht, und Peter wechselte die Cobra in seine linke, verletzte Hand und preschte los, tief geduckt, damit der Mann ihn nicht aus den Augenwinkeln bemerken konnte.
Mit vier Schritten war er neben ihm, umklammerte ihn mit dem unverletzten rechten Arm und setzte zu einem Halbnelson an, um ihn herumzuwirbeln und ihm die Orientierung zu nehmen, ehe er ihm den Lauf der Cobra gegen die Schläfe knallen würde.
Doch der Mann war rasch wie eine Katze. Irgend etwas hatte ihn gewarnt, vielleicht das Quietschen von Peters triefnassen Schuhen, und er drückte das Kinn auf die Brust, zog die Schultern hoch und versuchte sich herumzudrehen, um den Angriff abzuwehren. Peter verfehlte den Hals, erwischte den Mann am Kopf und preßte ihn mit der Armbeuge den Mund zu. Doch die unerwartete Drehung hatte ihn ein wenig aus dem Gleichgewicht gebracht. Hätte er seinen linken Arm voll gebrauchen können, wäre es ihm vielleicht noch gelungen, sein Opfer herumzuwirbeln, aber intuitiv erkannte er, daß er den Vorteil vergeben hatte. Der Mann bemühte sich bereits, seinen Kopf aus Peters Armfessel zu befreien, stemmte sich mit seinen massigen Schultern gegen ihn,

und als Peter die stahlharten Muskeln fühlte, wußte er, daß dieser Mann kein leichter Gegner sein würde.
Wenn es ihm gelang, sich Peters Umklammerung zu entwinden, brauchte er ihm bloß den kurzen Lauf der Maschinenpistole in den Leib zu pressen und abzudrücken. Der Schuß würde ihn wie eine Kreissäge in Stücke reißen.
Peter änderte ein wenig den Griff, gab den Widerstand auf und drückte mit seinem vollen Gewicht und der ganzen Kraft seines rechten Armes in dieselbe Richtung wie sein Gegner. In enger Umklammerung wirbelten die beiden Männer herum wie ein walzertanzendes Paar, doch Peter wußte genau, daß der andere wieder die Oberhand gewinnen und ihn mit Leichtigkeit töten könnte, sobald es sie auseinanderriß.
Instinktiv erkannte er, daß der Fluß seine einzige Chance war, und noch ehe er den Vorteil wieder an seinen Feind abgab, ließ er sich, ohne den Griff um den Körper des Mannes zu lockern, nach rückwärts fallen.
Gemeinsam stürzten sie in das schwarze Nichts, Peter unten, der andere oben, und obwohl der Fall nur kurz war, hob es ihnen den Magen bis zum Hals. Wenn da unten, am Ende der steilen Uferböschung, felsiger Grund war, würde ihn das Gewicht des anderen zermalmen, zuckte es Peter durch den Kopf.
Klatschend schlugen sie auf dem schnell dahinbrausenden Wasser auf, und die eisige Kälte traf Peter wie ein Keulenschlag, so daß er im Reflex beinahe die Luft aus den Lungen gelassen hätte.
Der jähe Schock des kalten Wassers schien den Mann in seiner Umklammerung für einen Augenblick gelähmt zu haben, und Peter spürte, wie die Luft zischend aus dessen Lungen entwich.
Abermals änderte er den Griff, zwängte seinen Ellbogen unter das Kinn des Gegners, aber es gelang ihm nicht ganz, an den Hals heranzukommen. Sofort begann der Mann, in wilder Verzweiflung um sich zu schlagen, wie jeder Mensch, der mit leeren Lungen kopfunter in eiskaltes Wasser getaucht wird.
Er mußte seine Maschinenpistole verloren haben, denn er zerrte nun mit beiden Händen an Peters Armen und Gesicht, während ein Wasserstrudel sie beide ergriff und auf die Brücke zutrieb.

Peter mußte verhindern, daß der andere wieder Luft holen konnte, und während er seinen einzigen, kostbaren Atemzug anhielt, versuchte er, obenauf zu kommen und den anderen hinunterzudrücken.
Verzweifelt langte dieser über die Schulter zurück und drückte Peter seine Finger zuerst in die geschlossenen Augen und dann zwischen die Lippen. Peter öffnete ein wenig den Mund, und sofort stieß der andere Mann seine Finger tief hinein und versuchte, an Peters Zunge zu zerren. Peter schlug seine Zähne mit solcher Wucht in die Finger des anderen, daß seine Kiefergelenke krachten, und sein Mund sich mit dem widerlichen Geschmack warmen, sprudelnden Blutes füllte.
Er bezwang die aufsteigende Übelkeit und klammerte sich verzweifelt mit Zähnen und Armen an den anderen. Auch er hatte seine Waffe verloren, sie war ihm aus den tauben und schmerzenden Fingern in die schwarzen Fluten entglitten, und der Mann wehrte sich nun mit der animalischen Kraft eines in Todesangst nach Luft Ringenden. Jedesmal, wenn er versuchte, seine festgeklammerten Finger aus Peters Mund zu befreien, hörte dieser das knirschende Geräusch reißenden Fleisches, und das frische Blut würgte ihn und schnürte ihm die Luft ab.
Als sie wieder an die Oberfläche tauchten, erhaschte Peter durch den Wasserschleier vor seinen Augen einen kurzen Blick auf die Umrisse der Brücke, die sich über ihnen wölbte. Der blaue Kombi war verschwunden, aber Magda Altmanns Mercedes stand mitten auf der Brücke, und im verwaschenen Licht der Scheinwerfer erkannte Peter ihre beiden Leibwächter. Sie beugten sich tief über das Brückengeländer, und einen Augenblick befürchtete Peter, einer von ihnen könne zu schießen beginnen. Dann wurden die beiden Kämpfenden mit solcher Wucht gegen die Betonpfeiler der Brücke geschleudert, daß sich der tödliche Schraubstock, in dem sie einander umklammert hielten, löste.
Die Gegenströmung hinter der Brücke erfaßte sie und trieb sie auf die Uferböschung zu. Keuchend und schluckend vor Kälte, Erschöpfung und Schmerzen, versuchte Peter krampfhaft auf dem steinigen Schotterboden Fuß zu fassen. Auch der MP-Schütze

hatte bereits Grund unter den Füßen und stolperte verzweifelt auf die Böschung zu. Im Scheinwerferlicht der Limousine sah Peter die beiden Leibwächter Magdas über die Brücke zurückrennen, um den Mann abzufangen.
Peter erkannte, daß er ihn nicht mehr daran hindern konnte, die Böschung zu erreichen.
»Carl!« schrie er dem vorne rennenden Leibwächter zu. »Halt ihn auf. Laß ihn nicht entkommen.«
Der Leibwächter schwang sich über das Geländer, landete wie eine Katze in völligem Gleichgewicht und hielt seine Pistole mit beiden Händen auf Nabelhöhe im Anschlag.
Unter ihm schleppte sich der MP-Schütze, der nun nur noch bis zur Mitte im Wasser stand, auf die Böschung zu. Erst jetzt wurde Peter plötzlich klar, was geschehen würde.
»Nein!« schrie er, Wasser und Blut spuckend. »Schnappt ihn lebendig. Bring ihn nicht um, Carl!«
Aber der Leibwächter hatte ihn nicht gehört oder nicht verstanden. Ein donnernder Knall, und das Mündungsfeuer leuchtete wie ein blutorangerotes Seil zwischen ihm und der schwankenden Gestalt da unten im Fluß auf. Klatschend schlugen die Kugeln in die Brust und den Bauch des MP-Schützen, und er stürzte um wie ein von der Axt getroffener Baum.
»Nein!« schrie Peter hilflos. »Jesus, nein! Nein!«
Er schnellte vor und fing den Körper auf, ehe er in den schwarzen Fluten versinken konnte, und zerrte ihn an einem Arm zur Böschung. Die Leibwächter stürzten hinzu und zogen ihn ganz heraus. Der Kopf des Mannes wackelte hin und her wie der Kopf eines Idioten, und das Blut glänzte matt und blaßrosa im Widerschein des Scheinwerferlichtes.
Dreimal versuchte Peter, die Böschung zu erklettern, doch jedesmal rutschte er erschöpft wieder zurück, bis Carl die Hand ausstreckte und ihn am Handgelenk hochzog.
Immer noch Wasser und Blut hustend, kniete Peter auf dem schlammigen Uferboden nieder und erbrach sich mit schwachem Würgen.
»Peter!« Magdas Stimme bebte vor Sorge, und er blickte auf und

wischte sich mit dem Handrücken den Mund. Sie war aus dem Fond des Wagens geschlüpft und rannte nun über die Brücke. Ihre langen Beine steckten in Schihosen und schwarzen Stiefeln, ihr Gesicht war leichenblaß vor Angst und ihre Augen weit vor Schreck.
Peter rappelte sich hoch und schwankte wie ein Betrunkener. Sie stürzte hinzu, fing ihn auf und umklammerte seinen zitternden Körper.
»Peter, o Gott! Was ist geschehen, Liebling?«
»Dieses saubere Bürschchen und ein paar von seinen Freunden wollten eine kleine Fahrt mit dir machen – aber sie haben die falsche Adresse erwischt.«
Sie starrten hinunter auf die Leiche. Carl hatte mit einer 357er Magnum geschossen, und der Mann war schrecklich zugerichtet. Magda wandte den Kopf ab.
»Hübsche Arbeit«, sagte Peter bitter zu dem Leibwächter. »Jetzt wird er uns wohl kaum noch eine Frage beantworten, was?«
»Sie haben gesagt, ich soll ihn aufhalten«, knurrte Carl, während er die Pistole nachlud.
»Würd' mich interessieren, was Sie getan hätten, wenn ich Ihnen befohlen hätte, ihn abzuknallen.« Peter wollte sich angewidert abwenden, doch dann hielt er vor Schmerz mitten in der Bewegung inne und schnappte nach Luft.
»Du bist verwundet«, sagte Magda, nun erst recht verängstigt. »Nehmen Sie seinen anderen Arm«, befahl sie Carl, und sie halfen ihm übers Geländer und hinüber zum Wagen.
Peter zog die zerfetzten, triefnassen Überreste seiner Kleider vom Leib, und Magda wickelte ihn in die Reisedecke aus Angorawolle, ehe sie seine Wunde im Schein der Wagenbeleuchtung untersuchte.
Der Schuß hatte ein sauberes kleines Loch in Peters glatte Haut gestanzt, das bläulich schimmerte und von einem roten Hof entzündeten Fleisches umgeben war. Die Kugel steckte zwischen den Rippen und dem flachen, harten Trapezmuskel. Magda konnte ganz deutlich die Schwellung von der Größe einer reifen Eichel in dem hochroten Fleisch erkennen.

»Gott sei Dank«, wisperte sie, wickelte sich den Jean-Patou-Schal von ihrem langen weißen Hals und verband vorsichtig die Wunde. »Wir bringen dich sofort ins Krankenhaus von Versailles. Fahr schnell, Carl.«
Sie öffnete die walnußfurnierte Tür der eingebauten Bar, nahm eine Kristallkaraffe heraus und schenkte ihm ein halbes Glas Whisky ein.
Der Whisky schwemmte den Geschmack nach Blut aus Peters Mund, rann ihm warm durch die Kehle und löste die von der Kälte und dem Schock ausgelösten Magenkrämpfe.
»Warum bist du eigentlich gekommen?« fragte er, und seine Stimme klang immer noch rauh und erregt. Es ging ihm nicht ein, warum sie plötzlich wie gerufen auf der Bildfläche erschienen war.
»Die Polizei von Rambouillet war von einem Verkehrsunfall verständigt worden. Sie kennen den Maserati, und der Inspektor rief sofort auf *La Pierre Bénite* an. Ich hatte schon das Schlimmste befürchtet ...«
In diesem Augenblick erreichten sie das Einfahrtstor an der Hauptstraße. Das glosende Wrack des Maserati lag am Straßenrand, und ein halbes Dutzend Gendarmen in weißen Plastikcapes und kleinen, runden Kepis umstanden sie wie Pfadfinder ein Lagerfeuer und wußten anscheinend nicht recht, was sie tun sollten.
Carl fuhr etwas langsamer, und Magda kurbelte das Fenster herunter und richtete ein paar knappe Worte an einen Sergeanten, der sie mit ungeheurem Respekt behandelte. »*Oui, Madam la Baronne, d'accord. Tout à fait vrai ...*« Sie entließ ihn mit einem kurzen Nicken, und er und seine Männer salutierten, als die Limousine sich wieder in Bewegung setzte.
»Sie werden die Leiche an der Brücke holen ...«
»Möglicherweise liegt noch eine zweite am Waldrand.«
»Du bist gut, was?« Sie warf ihm einen Blick aus ihren schrägen Augen zu.
»Die wirklich Guten lassen sich nicht erwischen«, sagte er und lächelte ihr zu. Das Stechen und Brennen der Wunde hatte durch

den Whisky ein wenig nachgelassen, und der Knoten in seinen Eingeweiden hatte sich gelöst. Es war ein schönes Gefühl, noch am Leben zu sein, er begann, es langsam wieder zu genießen.
»Du hast also recht gehabt wegen des Maserati – sie haben wirklich darauf gewartet.«
»Darum habe ich ihn verbrannt«, sagte er, aber sie erwiderte sein Lächeln nicht.
»O Peter, du kannst dir gar nicht vorstellen, wie mir zumute war. Die Polizei hat mir gesagt, daß der Fahrer mitsamt dem Maserati verbrannt sei. Ich habe gedacht – ich habe das Gefühl gehabt, als wäre ein Teil von mir gestorben. Es war so schrecklich ...« Sie zitterte. »Ich wäre beinahe nicht gekommen, ich wollte es nicht sehen. Ich war schon drauf und dran, nur meine Wölfe loszuschicken, aber dann – ich mußte es einfach wissen. Carl hat dich im Fluß gesehen, als wir auf die Brücke hinauffuhren. Er sagte, das seist du, und ich konnte es fast nicht glauben ...« Sie hielt inne, und die Erregung jagte ihr einen Schauer über den Rücken. »Erzähl mir, was geschehen ist. Erzähl mir alles«, bat sie und schenkte ihm Whisky nach.
Aus irgendeinem Grund, der ihm selbst nicht ganz klar war, erwähnte Peter den Citroën nicht, der ihm bei der Ausfahrt aus Paris gefolgt war. Er sagte sich, daß dies nicht wichtig war. Es mußte ein Zufall gewesen sein, denn hätte der Fahrer des Citroën tatsächlich zu der Bande gehört, hätte er doch telefonieren können, um die anderen zu warnen, daß Magda Altmann nicht in dem Maserati sei. Daß er es nicht getan hatte, würde bedeuten, daß sie nicht hinter ihr, sondern hinter ihm, Peter Stride, hergewesen waren, und das ergab keinerlei Sinn, denn er hatte sich doch erst an diesem Vormittag entschlossen, den Lockvogel zu spielen, und sie hatten es noch nicht erfahren können. Er versuchte, das kreisende Karussell seiner Gedanken anzuhalten. – Alles nur vom Schock und vom Whisky, sagte er sich. Er würde später noch genügend Zeit haben, eingehender darüber nachzudenken. Vorläufig wollte er einfach an dem Gedanken festhalten, daß sie Magda aufgelauert hatten und er ihnen ins Netz gegangen war. Und so erzählte er ihr die Geschichte auch, beginnend mit dem Augenblick, da er den am

Straßenrand parkenden Polizeikombi gesehen hatte. Magda hörte sehr aufmerksam zu, ihre riesigen Augen hingen an seinem Mund, und alle paar Minuten streichelte sie ihn, als wolle sie sich immer wieder vergewissern, daß er wirklich neben ihr saß.
Als Carl unter dem überdachten Eingang zur Notaufnahmestation des Krankenhauses hielt, stellte sich heraus, daß die Polizei schon angerufen hatte. Ein Internist und zwei Krankenschwestern erwarteten Peter bereits mit einem Operationswagen.
Bevor Magda die Tür öffnete, um Peter dem Arzt zu überlassen, beugte sie sich zu ihm und küßte ihn mitten auf den Mund.
»Ich bin so froh, daß ich dich noch habe«, flüsterte sie und wisperte ihm dann ins Ohr: »Es war wieder Kalif, glaubst du nicht?«
Er zuckte ein wenig die Achseln und verzog vor Schmerz das Gesicht, ehe er antwortete.
»So aus dem Stegreif fällt mir kein anderer ein, der fähig wäre, die Sache so professionell aufzuziehen.«
Magda ging bis zum Eingang in den Operationssaal neben dem Krankenwagen her, und als Peter sich aus der dumpfen Benommenheit der Anästhesie wachkämpfte, saß sie an seinem Bett hinter dem zugezogenen Vorhang.
Neben ihr stand der französische Arzt und streckte ihm mit der schwungvollen Geste eines Zauberers das blutverschmierte Souvenier hin.
»Ich hab' nicht schneiden müssen«, sagte er stolz. »Hab' sie so herausgekriegt.« Die Kugel war erstaunlich verflacht. Zweifellos hatte sie beim Durchgang durch die Karosserie des Maserati viel von ihrer Geschindigkeit eingebüßt. »Sie sind ein Glückspilz«, fuhr der Arzt fort. »Großartige Körperverfassung, Muskeln wie ein Rennpferd – das hat die Kugel am tieferen Eindringen gehindert. Sie werden bald wieder ganz in Ordnung sein.«
»Ich hab' versprochen, mich um dich zu kümmern. Du darfst heimgehen.« Auch Magda beugte sich nun über ihn. »Sie lassen ihn doch gehen, nicht wahr, Doktor?«
»Sie werden eine der schönsten Krankenschwestern der Welt haben«, sagte der Arzt, verbeugte sich galant und warf Magda einen sehnsüchtigen Blick zu.

Der Arzt hatte recht gehabt. Die Schußwunde setzte ihm weniger zu als sein vom Stacheldraht aufgerissener Oberschenkel. Aber Magda Altmann benahm sich, als litte er an einer schweren, unheilbaren Krankheit.

Als sie am nächsten Tag in ihr Büro auf dem Boulevard des Capucines gehen mußte, rief sie dreimal an, nur um sich zu vergewissern, daß er noch am Leben war, und um ihn nach seiner Schuh- und Kleidergröße zu fragen. Es war noch nicht dunkel, als der Autokonvoi mit ihr und ihren Begleitern nach *La Pierre Bénite* zurückkehrte.

»Du hörst ja pünktlich wie ein Beamter mit der Arbeit auf«, neckte er sie, als sie schnurstracks in die Gästesuite mit Blick auf die terrassenartig angelegten Rasenflächen und den künstlichen See kam.

»Ich hab' gewußt, daß ich dir fehle«, erklärte sie und gab ihm einen Kuß, bevor sie zu schimpfen begann. »Roberto hat mir erzählt, daß du im Regen herumgelaufen bist. Der Doktor hat gesagt, du mußt im Bett bleiben. Ich werde morgen hierbleiben müssen, um selbst auf dich aufzupassen.«

»Ist das eine Drohung?« fragte er grinsend. »Für diese Art von Strafe würde ich Kalif noch ein zweites Loch schießen lassen.«

Rasch legte sie den Finger auf die Lippen. »Peter, *chéri*, mach keine solchen Witze.« Und eine Spur von Angst lag in dem Schatten, der ihre Augen verdunkelte. Doch gleich lächelte sie wieder. »Schau, was ich dir mitgebracht habe.«

Peters Koffer war im Kofferraum des Maserati gewesen, und sie hatte ihm einen Ersatz besorgt: einen schwarzen Krokodillederkoffer von Hermes. Um ihn anzufüllen, mußte sie am oberen Ende des Faubourg St. Honoré begonnen und sich bis zur Place Vendôme hinuntergearbeitet haben.

»Ich hab' gar nicht mehr gewußt, wieviel Spaß es macht, Geschenke für jemanden zu kaufen, den man ...« Sie beendete den Satz nicht, sondern hielt einen Hausmantel aus Seidenbrokat hoch. »Jeder bei St. Laurent wußte genau, was ich dachte, als ich das hier ausgesucht hab'.«

Sie hatte nichts vergessen. Rasierzeug, seidene Taschentücher und Unterwäsche, einen blauen Blazer, Hosen und Schuhe von Gucci,

sogar Manschettenknöpfe aus reinem Gold, jeder mit einem kleinen Saphir besetzt.
»Du hast so blaue Augen«, erklärte sie. »Und jetzt geh' ich, um mich fürs Abendessen respektabel zu machen. Ich hab' Roberto gesagt, daß wir hier essen werden; heute abend gibt es sonst keine Gäste.«
Sie hatte den metallgrauen Hosenanzug und Turban gegen ein fließendes, wolkenzartes Gespinst aus feinster Seide getauscht, und ihr glänzendes Haar, das bis zur Taille herabhing, schimmerte mit der Seide um die Wette.
»Ich werd' den Champagner aufmachen«, sagte sie. »Dazu braucht man beide Hände.«
Er trug den Brokatmantel, den linken Arm noch immer in der Binde, und sie standen da und bewunderten einander über den Rand der Champagnergläser hinweg.
»Ich hab' recht gehabt«, sagte sie zufrieden nickend. »Blau ist deine Farbe. Du mußt es öfters tragen.« Und er mußte über das drollige Kompliment lächeln und stieß sein Glas leicht gegen das ihre. das Kristall klirrte melodiös, und sie prosteten einander zu, bevor sie tranken. Doch gleich stellte sie das Glas beiseite und ihr Gesicht wurde wieder ernst.
»Ich hab' mit meinen Freunden in der *Sureté* gesprochen. Sie meinen auch, daß man mich kidnappen wollte, und weil ich sie darum gebeten habe, werden sie deine Aussage erst zu Protokoll nehmen, wenn es dir wieder besser geht. Ich habe ihnen gesagt, sie sollen morgen einen Mann herschicken. Von dem Kerl, auf den du am Waldrand geschossen hast, war übrigens keine Spur zu finden. Entweder konnte er selbst weggehen oder seine Freunde haben ihn weggetragen.«
»Und der andere Mann?« fragte Peter. »Der Tote?«
»Die Polizei kennt ihn gut. Hat eine häßliche Vergangenheit. Bei den Paras in Algerien – die Meuterei!« Sie machte eine beredte Handbewegung. »Meine Freunde waren sehr überrascht, daß es ihm nicht gelungen ist, dich zu töten. Ich habe nicht zuviel von deiner eigenen Vergangenheit erzählt. Ich glaube, das ist besser so.«

»Ja sicher«, stimmte Peter zu.
»Wenn ich so mit dir beisammen bin, vergesse ich, daß auch du ein sehr gefährlicher Mann bist.« Sie unterbrach sich und musterte eingehend sein Gesicht. »Oder liegt das zum Teil daran, daß ich dich so ...« sie suchte nach dem richtigen Wort »... so anziehend finde? Du kannst so sanft sein, Peter. Deine Stimme klingt so weich und ...« Sie zuckte die Achseln. »Aber manchmal liegt irgend etwas in deinem Lächeln, und bei einem gewissen Lichteinfall sind deine Augen so blau und hart und grausam. Und dann denke ich daran, daß du viele Menschen getötet hast. Glaubst du, daß es das ist, was mich anzieht?«
»Ich hoffe nicht.«
»Manche Frauen erregt der Anblick von Blut und Gewalt – Stierkämpfe, Ringkämpfe, da sind immer genauso viele Frauen wie Männer dabei, und ich hab' ihre Gesichter beobachtet. Ich hab' auch über mich nachgedacht, aber ich bin noch nicht ganz dahintergekommen. Ich weiß nur, daß starke, mächtige Männer mich anziehen. Aaron war so ein Mann. Ich habe seither nicht viele von der Art kennengelernt.«
»Grausamkeit hat nichts mit Stärke zu tun«, erklärte Peter ihr.
»Nein, wirklich starke Männer haben diesen Zug von Sanftheit und Verständnis. Du bist so stark, und doch, wenn du mich liebst, tust du das mit soviel Zartheit, auch wenn ich immer die Stärke und Grausamkeit fühlen kann – aber im Zaum gehalten wie der Falke unter der Haube.«
Sie durchquerte den in Creme-, Schokolade- und Goldfarben gehaltenen Raum und zog an der bestickten Klingelleine, die von der handbemalten Kassettendecke herabhing. Die Kassetten zeigten Schäferidylle von der Art, die Marie Antoinette so bewundert hatte. Peter wußte, daß ein Großteil der Einrichtung von *La Pierre Bénite* auf Auktionen erstanden worden war und aus den vom Revolutionskomitee beschlagnahmten Schätzen des Hauses Bourbon stammte. Außer diesen Schätzen gab es noch Blumen; Blumen überall, wohin Magda Altmann ging.
Sie kam zu ihm zurück, als Roberto, der italienische Butler, mit dem Servierwagen eintrat. Er schenkte den Wein ein, mit weißen

Handschuhen, als wären die Weinflaschen Utensilien des heiligen Sakramentes, und schickte sich dann an, das Mahl zu servieren, doch Magda entließ ihn mit einer kurzen Handbewegung, und er verschwand schweigend und mit vielen Verbeugungen.

Auf Peters Platz lag ein Päckchen in Geschenkpapier, mit einer kunstvoll gebundenen roten Schleife. Er blickte fragend zu ihr auf, als sie die Suppe in zerbrechliche Schüsselchen aus Limoge-Porzellan schöpfte.

»Nachdem ich erst einmal mit dem Geschenkekaufen angefangen hatte, konnte ich nicht mehr aufhören«, erklärte sie. »Außerdem ist mir der Gedanke nicht aus dem Kopf gegangen, daß diese Kugel in meinem Rücken hätte stecken können.« Dann wurde sie ungeduldig. »Willst du es nicht aufmachen?«

Vorsichtig wickelte er das Päckchen aus und starrte dann stumm auf den Gegenstand in seiner Hand.

»Afrika ist deine Spezialität, oder nicht?« fragte sie ängstlich. »Das Afrika des neunzehnten Jahrhunderts?«

Er nickte, hob ehrfurchtsvoll das Buch aus seinem Bett aus Seidenpapier und schlug es auf. Es war in kastanienbraunes Leder gebunden und ganz außergewöhnlich gut erhalten, nur die Widmung in der Handschrift des Autors auf dem ersten Blatt war ein wenig vergilbt.

»Wo um alles in der Welt hast du das aufgetrieben?« fragte er. »Es war 1971 bei Sotheby's. Ich hab' damals bei der Versteigerung mitgeboten.« Er war bei fünftausend Pfund ausgestiegen.

»Du hast doch keine Erstausgabe von Cornwallis Harris?« fragte sie wieder ängstlich, und er schüttelte den Kopf, während er eine der vorzüglichen Farbtafeln von afrikanischem Großwild betrachtete.

»Nein, hab' ich nicht. Aber woher hast du das gewußt?«

»Oh, ich weiß ebensoviel über dich wie du selbst«, lachte sie. »Gefällt es dir?«

»Es ist wunderbar. Ich bin sprachlos.« Das Geschenk war zu kostspielig, selbst für jemanden, der so reich war wie sie. Es beunruhigte ihn irgendwie, und unwillkürlich dachte er an den alten Witz von dem Ehemann, der unverhofft mit einem Strauß Blumen

nach Hause kommt und sofort von seiner Frau verdächtigt wird: Hast du vielleicht ein schlechtes Gewissen?
»Gefällt es dir wirklich? Ich versteh' so wenig von Büchern.«
»Es ist genau das Werk, das ich noch gebraucht habe, um meine Sammlung weißer Raben zu vervollständigen«, sagte er. »Und es ist wahrscheinlich das schönste Exemplar, das es außerhalb des Britischen Museums noch gibt.«
»Bin ich froh.« Sie wirkte ehrlich erleichtert. »Ich hab' mir wirklich Sorgen gemacht.« Und sie legte den silbernen Suppenlöffel weg und hob beide Arme, um sich umarmen zu lassen.
Beim Essen war sie munter und redselig, und erst als Roberto den Servierwagen fortgerollt hatte und sie nebeneinander auf der weichen Couch vor dem Kamin Platz nahmen, änderte sich ihre Stimmung wieder.
»Peter, ich hab' heute an nichts anderes denken können, als an diese Geschichte – du und ich und Kalif. Ich hab' Angst gehabt, und ich hab' sie noch immer. Ich denke die ganze Zeit an Aaron und an das, was man ihm angetan hat – und dann denk' ich an dich und an das, was dir beinahe geschehen wäre.«
Sie schwiegen, starrten in die Flammen und nippten an ihrem Kaffee in den winzigen Mokkatäßchen. Und plötzlich kam sie wieder auf etwas anderes zu sprechen. Langsam begann er, sich an diese Gedankensprünge zu gewöhnen.
»Ich hab' eine Insel – nicht eine, sondern neun kleine Inseln – und in der Mitte ist eine neun Kilometer breite Lagune. Das Wasser ist so klar, daß man bis zu fünfzehn Meter tief die Fische sehen kann. Auf dem Hauptatoll ist eine Landepiste. Nicht ganz zwei Stunden Flugzeit von Tahiti. Keiner würde ahnen, daß wir dort sind. Wir könnten den ganzen Tag schwimmen, am Strand spazierengehen und uns unter den Sternen lieben. Du wärst der König der Inseln und ich deine Königin. Schluß mit Altmanns Industries – ich könnte jemanden finden, der die Firma genauso gut leitet wie ich, vielleicht sogar besser. Keine Gefahren mehr, keine Angst, kein Kalif – kein ...« Sie hielt abrupt inne, als wäre sie im Begriff gewesen, zuviel zu sagen, doch dann setzte sie rasch fort. »Laß uns dorthin gehen, Peter. Laß uns

alles andere vergessen. Einfach weglaufen und miteinander glücklich sein, für immer.«
»Ein hübscher Gedanke.« Er wandte sich zu ihr und empfand tiefes, aufrichtiges Bedauern.
»Es könnte funktionieren. Wir würden schon dafür sorgen, daß es funktioniert.«
Und er sagte nichts, sah ihr nur in die Augen, bis sie das Gesicht abwandte und seufzte.
»Nein«, sagte sie, wie als Echo auf sein bedauerndes Schweigen.
»Du hast recht. Keiner von uns beiden könnte sein jetziges Leben aufgeben. Wir müssen weitermachen. Aber ich habe solche Angst, Peter! Ich hab' Angst vor dem, was ich von dir weiß, und vor dem, was ich nicht weiß. Und ich hab' Angst vor dem, was du von mir nicht weißt, und was ich dir niemals sagen kann – aber wir müssen weitermachen. Du hast recht. Wir müssen Kalif finden und vernichten. Aber ich bete zu Gott, daß wir uns dabei nicht selbst vernichten, nicht zerstören, was wir gemeinsam gefunden haben – ich bete zu Gott, daß es uns gelingen möge, das zu erhalten.«
»Die beste Art, den Teufel an die Wand zu malen, ist, darüber zu reden.«
»Na schön, laß uns statt dessen Rätsel raten. Ich bin zuerst dran. Was ist das Schrecklichste, was einer Frau widerfahren kann?«
»Ich passe.«
»In einer Winternacht allein zu schlafen.«
»Die Rettung ist nahe«, versprach er.
»Und deine arme Schulter?«
»Oh, irgendwie werden wir es schon schaffen – wir sind doch beide klug und begabt.«
»Ich glaube, du hast recht«, schnurrte sie und kuschelte sich wie eine schlanke, seidenweiche Katze an ihn. »Wie immer.«

Es gibt einem Mann immer ein herrlich dekadentes Gefühl, Unterwäsche für eine schöne Frau zu kaufen, und Peter amüsierte sich über den wissenden Blick der nicht mehr ganz jungen Verkäuferin. Ganz offensichtlich hatte sie ihre eigenen Vorstellungen von der Beziehung zwischen Peter und seiner Begleiterin, als sie mit

verschmitztem Blick eine Lade voll hauchdünner und frevelhaft teurer Seidenwäsche zum Vorschein brachte.
»O ja«, rief Melissa-Jane verzückt, »das ist genau das richtige!« Sie hielt eines der Dinger an die Wange, und die Verkäuferin blähte sich auf vor Stolz über ihr gutes Urteilsvermögen. Peter wollte sie nicht enttäuschen und spielte die Rolle des „Geldonkels" noch etwas länger, während er einen Blick in den Spiegel hinter ihrem Kopf warf.
Der „Schatten" war noch immer da, eine unauffällige Gestalt in grauem Mantel, die soeben am anderen Ende der Halle mit dem gierigen Interesse und der Kennermiene eines Transvestiten in einem Haufen von Büstenhaltern wühlte.
»Ich glaube nicht, daß es deiner Mutter gefallen würde, Liebling«, sagte Peter, und die Verkäuferin machte ein verblüfftes Gesicht.
»O bitte, Daddy. Ich werde doch im nächsten Monat schon vierzehn.«
Sie ließen ihn beschatten, seit er am vergangenen Nachmittag in Heathrow gelandet war, und er war bisher nicht dahintergekommen, wer „sie" waren. Langsam begann er es zu bedauern, daß er sich noch keinen Ersatz für die Cobra beschafft hatte, die in dem Fluß versunken war.
»Ich glaube, wir sollten lieber auf Nummer Sicher gehen«, erklärte Peter seiner Tochter, und sowohl Melissa-Jane als auch die Verkäuferin machten enttäuschte Gesichter.
»Aber nicht so ein altmodisches Zeug«, jammerte Melissa-Jane. »Nicht so ein häßliches Ding, das bis zum Knie geht.«
»Also gut – schließen wir einen Kompromiß« meinte Peter. »Kein Höschen mit Bein – aber auch nicht so ein Spitzending, nicht bevor du sechzehn bist. Ich finde, lackierte Fingernägel sind vorläufig genug.«
»Daddy, manchmal könnte man wirklich meinen, du stammst aus dem Mittelalter, ehrlich.«
Peter warf abermals einen Blick in den Spiegel und stellte fest, daß drüben soeben eine Wachablösung stattfand. Der Mann in dem schäbigen grauen Mantel mit dem karierten Wollschal schlenderte davon und verschwand in einem der Aufzüge. Peter über-

legte, daß er einige Zeit brauchen würde, um den neuen Mann zu entdecken, doch dann grinste er – nein, würde er nicht! Da kam er ja schon. Er trug eine Sportjacke aus Tweed in lebhaftem Hahnentrittmuster, dazu eine schottisch karierte Hose, und er grinste wie eine freundliche Kröte.

»Heiliges Kanonenrohr! Das ist vielleicht eine Überraschung!« Er steuerte von hinten auf Peter zu und versetzte ihm mit der offenen Hand einen Schlag zwischen die Schulterblätter, der Peter fast die Luft wegnahm. Nun wußte er wenigstens, wer „sie" waren.

»Colin!« Er drehte sich um und nahm die riesige Pranke mit den schwarzen Borsten auf dem Handrücken in die seine. »Ja, das ist wirklich eine Überraschung. Seit gestern stolpere ich bei jedem Schritt über deine Gorillas.«

»Esel sind das«, pflichtete Colin ihm freundlich bei. »Ausgewachsene Esel, alle miteinander!« Dann wandte er sich zu Melissa-Jane um und musterte sie. »Hübsch bist du«, erklärte er und küßte sie mit mehr als onkelhafter Begeisterung.

»Onkel Colin! Dich schickt der Himmel.« Melissa-Jane befreite sich aus der Umarmung und zeigte auf die durchsichtigen Höschen. »Was hältst du davon?«

»Wie für dich gemacht. Die mußt du haben.«

»Dann sag das bitte meinem Vater, ja?«

Colin blickte sich in Peters Suite im Dorchester um und grunzte. »Das nenn' ich ein Leben! So gut geht's einem beim Militär nicht.«

»Daddy entwickelt sich wirklich zu einem aufgeblasenen Plutokraten – genau wie Onkel Steven«, stimmte Melissa-Jane zu.

»So? Und du und Vanessa und deine anderen Freundinnen – ihr alle tragt Spitzenhöschen«, konterte Peter.

»Das ist was anderes«, trat Melissa-Jane rasch den Rückzug an und umklammerte mit einer abwehrenden Geste das grüne Päckchen von Harrod's. »Man kann durchaus ein soziales Gewissen haben, ohne sich deshalb wie ein Bauer anzuziehen, weißt du.«

»Klingt recht erfreulich.« Peter warf seinen Mantel über die Couch und ging hinüber zur Bar. »Bourbon?«

»*On the rocks*«, antwortete Colin.

»Gibt's einen süßen Sherry?« erkundigte sich Melissa-Jane.
»Es gibt Coca«, antwortete Peter. »Und du kannst es in dein Zimmer mitnehmen, junge Dame.«
»O Daddy, ich hab' Onkel Colin seit einer Ewigkeit nicht mehr gesehen.«
»Verdufte«, sagte Peter, und als sie fort war, »süßer Sherry, sonst noch was!«
»Das ist beschissen, wenn sie erwachsen werden – und noch dazu so aussehen.« Colin nahm Peter das Glas ab und ließ die Eiswürfel klirrend kreisen, während er sich in den Fauteuil zurücklehnte. »Willst du mir nicht gratulieren?«
»Mit Vergnügen.« Peter nahm sein Glas, stellte sich vors Fenster und blickte hinaus auf die kahlen Zweige und den grauen verhangenen Himmel über dem Hyde Park. »Und wozu?«
»Komm schon, Peter! Thor! – Ich hab' deinen Job gekriegt, nachdem du gegangen bist.«
»Nachdem man mich rausgeschmissen hat.«
»Nachdem du gegangen bist«, wiederholte Colin fest. Er nahm einen Schluck von dem Bourbon und gurgelte geräuschvoll. »Es gibt viele Dinge, die wir nicht verstehen. – *Ours not to reason why, ours but to die and die* – Shakespeare.«
Er spielte immer noch den Spaßvogel, aber seine kleinen Augen waren so honiggelb und berechnend wie die eines brandneuen Teddybären unter dem Weihnachtsbaum. Nun machte er mit dem Glas in der Hand eine weitausholende, den ganzen Raum umfassende Geste.
»Das ist toll! Wirklich toll! Um dich war es schade bei Thor – das hat doch jeder gewußt. Du mußt jetzt mehr kassieren als der ganze Generalstab miteinander.«
»Ich wette meinen Kopf, daß du schon längst eine Xeroxkopie meines Dienstvertrages mit Narmco gesehen hast.«
»Narmco!« sagte Colin mit einem leisen Pfiff. »Für die arbeitest du jetzt? Ehrlich, altes Haus, das finde ich super.«
Und Peter mußte lachen, es war eine Art Kapitulation. Er ging durchs Zimmer und ließ sich Colin gegenüber in einen Stuhl fallen.

»Wer hat dich geschickt, Colin?«
»Eine lausige Frage ...«
»Nur eine Eröffnung.«
»Warum soll mich irgendwer geschickt haben? Ich könnt' doch auch bloß gekommen sein, um mit einem alten Freund zu plaudern.«
»Er hat dich geschickt, weil er genau weiß, daß ich jedem anderen wahrscheinlich den Schädel einschlagen würde.«
»Na klar, und weil jeder weiß, daß wir zwei uns wie Brüder lieben.«
»Worum geht's?«
»Meinen Glückwunsch, alter Knabe! Ich bin da, um dir zu sagen, daß du soeben ein Rückflugticket nach New York City gewonnen hast.« Er legte eine Hand aufs Herz und sang mit überraschend schmelzendem Bariton. »*New York, New York, it's a wonderful town.*«
Peter saß da und starrte Colin unbewegt an, aber er überlegte sehr rasch. Er wußte, daß er gehen mußte. Irgendwie war er sicher, daß sich etwas tat, daß etwas durch den trüben Schlamm an die Oberfläche kam, daß sich die einzelnen Teile langsam zu einem Ganzen zu fügen begannen. Das war genau das, worauf er gehofft hatte, als er seine Absichten hatte durchsickern lassen.
»Wann?«
»In Croydon wartet schon eine Maschine von der Luftwaffe.«
»Und Melissa-Jane?«
»Unten steht ein Wagen mit Chauffeur. Er wird sie nach Hause bringen.«
»Sie wird wütend auf dich sein.«
»So geht's mir immer«, seufzte Colin. »Mich lieben nur die Hunde.«

Während des ganzen Flugs über den Atlantik spielten sie Gin-Rummy und tranken den pechschwarzen Kaffee der Luftwaffe. Colin Noble bestritt, mit der Zigarre im Mund, den Großteil der Unterhaltung. Insiderklatsch, der sich hauptsächlich um Thor drehte – um die Ausbildung, Details über das Personal, kleine Anekdoten über Männer und Dinge, die sie beide gut kannten. Er

machte keinen Versuch, Peter über seinen Job und über Narmco auszufragen, sondern erwähnte nur beiläufig, er würde ihn rechtzeitig für die Narmco-Tagungen, deren Beginn Peter für den kommenden Montag festgelegt hatte, nach London zurückbringen. Ein absichtlicher Wink mit dem Zaunpfahl darauf, wieviel Atlas über Peter und seine Tätigkeit wußte.
Kurz nach Mitternacht landeten sie auf dem Kennedy-Flughafen, wo sie von einem Armee-Chauffeur erwartet wurden. Er brachte sie zu einem in der Nähe gelegenen Howard-Johnson-Motel, wo sie für sechs Stunden in einen tiefen, schwarzen, komaähnlichen Schlaf sanken.
Peter hatte immer noch brennende Augen und einen Kopf wie aus Watte, als er mit ungläubigem Staunen zusah, wie Colin eines jener phänomenalen amerikanischen Frühstücke verschlang – Waffeln mit Ahornsyrup, Frankfurter, Speck mit Eiern, Kuchen und Honigschnecken, und dazu Unmengen von Fruchtsaft und Kaffee, mit denen er alles hinunterspülte. Dann zündete er sich seine erste Zigarre an und verkündete:
»Dem Himmel sei's gedankt, ich bin wieder daheim. Jetzt merke ich erst, wie dünn ich in den letzten beiden Jahren vor Unterernährung geworden bin!«
Der Chauffeur vom Vortag erwartete sie vor dem Motel-Eingang mit dem Cadillac, der ein Symbol für ihren Status in der Militärhierarchie war. Peter lehnte sich in die Polsterung der klimatisierten Limousine zurück und blickte abwesend hinaus auf die tristen Ghettos von Harlem. Von der hochgelegenen Chaussee entlang des East River sahen sie wie ein verlassenes Schlachtfeld aus, auf dem ein paar Überlebende sich in die dunklen Hauseingänge drückten oder in dem kalten, nebeligen Morgen über die mit Abfällen übersäten löchrigen Gehsteige hasteten. Die Kritzeleien auf den nackten Ziegelwänden waren das einzige, was Vitalität und Leidenschaft verriet.
Sie erreichten die Fifth Avenue auf der Höhe der Hundertelften Straße, wälzten sich in dem immer dichter werdenden Morgenverkehr am Central Park entlang und am Metropolitan Art Museum vorbei in Richtung Süden, bogen schließlich ab und fuhren in den

aufgerissenen Schlund einer Parkgarage unter einem der Betonklötze, die bis hinauf in den grauen, kalten Himmel zu ragen schienen.

Über der Garageneinfahrt hing eine Tafel mit der Aufschrift „Nur für Hausbewohner", aber der Portier ließ das elektronisch gesteuerte Gittertor nach oben gleiten und winkte sie herein. Colin führte Peter zu einem der Aufzüge, und es drückte ihnen den Magen hinunter, als sie mit schwindelerregender Geschwindigkeit hochschossen, während die Leuchtziffern über der Tür ihre Fahrt bis ins letzte Stockwerk registrierten.

Dort stiegen sie aus und kamen in eine Empfangshalle mit dekorativen, aber zweckdienlichen Trennwänden.

Ein mit einem Seitengewehr bewaffneter Wachposten in der Uniform eines Militärpolizisten musterte sie durch das Sprechgitter hindurch und verglich Colins Atlas-Paß mit seiner Liste, ehe er sie durchließ.

Das Appartement nahm das ganze obere Stockwerk des Gebäudes ein, und jenseits der Dachgärten hinter den gläsernen Schiebetüren bot sich über schwindelerregende Straßenschluchten hinweg der Blick auf die am anderen Ende der Insel aufragenden Wolkenkratzer – das Pan Am-Gebäude und die Zwillingstürme des Welthandelszentrums.

Die Innendekoration war im orientalischen Stil gehalten. Sachlich strenge Räume bildeten den Rahmen für Kostbarkeiten, die – wie Peter von seinen früheren Besuchen wußte – unermeßlichen Wert hatten: antike japanische Seidenmalereien, geschnitzte Figuren aus Jade und Elfenbein, eine Sammlung kleiner Netsuke – und in einem Atrium niedrige Keramikschalen mit einem Miniaturwald von japanischen Zwergbäumen, deren krumme Stämme und verwachsene Äste Zeugen ihres hohen Alters waren.

Unpassenderweise wurden diese exquisiten Räume von den Donnerklängen der Berliner Philharmoniker erfüllt, die Herbert von Karajan durch die Herrlichkeit der Eroica dirigierte.

Durch das Atrium hindurch gelangten sie zu einer schlichten Tür aus hellem Eichenholz, die fast augenblicklich zur Seite glitt, als Colin Noble auf die Klingel neben dem Türstock drückte.

Colin ging voran in den langen, teppichbelegten Raum, dessen Decke mit schalldämmenden Platten verkleidet war und der neben den überfüllten Bücherregalen und dem Arbeitstisch auch ein riesiges Konzertpiano enthielt. Und an der Wand gegenüber war eine umfangreiche Tonanlage mit Wiedergabegeräten und Lautsprecherboxen aufgebaut, die in einem kommerziellen Tonstudio besser am Platz gewesen wäre.
Kingston Parker stand neben dem Klavier, eine heroische, hochgewachsene Gestalt mit mächtigen Schultern, den großen Kopf mit der zottigen Mähne auf die Brust gesenkt, die Augen geschlossen, und ein entrückter, an religiöse Inbrunst grenzender Ausdruck glühte auf seinem Gesicht.
Seine kräftige Gestalt wiegte sich im Takt der Musik wie ein vom Sturm gepeitschter Baumriese. Peter und Colin blieben in der Tür stehen. Sie fühlten sich als Eindringlinge in dieser privaten, intimen Atmosphäre. Aber es dauerte nur wenige Sekunden, bis Parker sich ihrer Gegenwart bewußt wurde und den Kopf hob. Er schien den Zauberbann der Musik von sich abzuschütteln wie ein ans trockene Land springender Spaniel, der sich das Wasser aus dem Fell schüttelt, und hob den Tonarm des Wiedergabegerätes von der kreisenden schwarzen Scheibe.
Die schmetternden Akkorde verstummten so jäh, daß die Stille in den Ohren fast weh tat.
»General Stride«, begrüßte ihn Kingston Parker, »oder darf ich noch Peter sagen?«
»Mister Stride genügt«, sagte Peter, und Parker machte eine beredte kleine Geste des Bedauerns und deutete, ohne Peter die Hand zum Gruß zu reichen, auf die bequeme Ledercouch auf der anderen Seite des Raumes.
»Wenigstens sind Sie gekommen«, sagte er, und Peter nickte, während er sich in die Couch sinken ließ.
»Meine Neugier ist schon immer unersättlich gewesen.«
»Darauf habe ich auch gezählt«, bemerkte Kingston Parker lächelnd. »Haben Sie schon gefrühstückt?«
»Nur eine Kleinigkeit«, fuhr Colin dazwischen, aber Peter nickte.
»Dann also Kaffee«, sagte Parker, gab durch die Sprechanlage seine

Anweisungen und wandte sich dann wieder an seine beiden Besucher.
»Wo soll ich beginnen?« Er fuhr sich mit beiden Händen durch das dichte, ergrauende Haar und machte es dadurch noch strubbeliger, als es ohnehin schon war.
»Beginnen Sie, wie der Herzkönig zu Alice sagte, mit dem Anfang«, schlug Peter vor.
»Mit dem Anfang ...« Parker lächelte ein wenig. »Na schön! Es begann damit, daß ich gegen Ihre Mitarbeit bei Atlas war.«
»Ich weiß.«
»Ich hatte nicht erwartet, daß Sie die Bestellung zum Thor-Kommandanten akzeptieren würden. Es war ein Schritt zurück in Ihrer Karriere. Sie haben mich dort überrascht, und nicht zum ersten Mal.«
Ein chinesischer Diener in einer weißen Jacke mit Messingknöpfen brachte ein Tablett herein. Sie schwiegen, während er Kaffee, Sahne und braunen Kristallzucker servierte. Als er gegangen war, fuhr Parker fort.
»Zu dieser Zeit, General Stride, hielt ich Sie trotz Ihrer brillanten Dienstbeschreibung und Ihrer gediegenen Leistungen für einen Offizier mit starren, altmodischen Ansichten. Für einen Mann der „*Colonel Blimp*-Mentalität", die sich besser für den Schützengraben eignet als für Kriege aus dem Verborgenen, wie wir sie nun führen und auch in Zukunft zu führen gezwungen sein werden.«
Er schüttelte den großen zottigen Kopf, strich abwesend mit den Fingern über die glatten, kühlen Elfenbeintasten des Klaviers und ließ sich dann auf dem Klavierhocker nieder.
»Sehen Sie, General Stride, ich war der Meinung, daß die Rolle von Atlas durch die Richtlinien, die man dieser Organisation ursprünglich aufgezwungen hat, zu sehr eingeschränkt werde. Ich glaubte nicht, daß Atlas seinen Zweck erfüllen könne, wenn es weiter nichts sein durfte als ein Arm der Vergeltung. Wenn es auf einen feindlichen Akt warten mußte, bevor es reagieren konnte, wenn es sich völlig auf andere Organisationen – mit all ihren internen Rivalitäten und Zwistigkeiten – stützen mußte, um lebenswichtige Geheiminformationen zu bekommen, brauchte ich Offi-

ziere, die nicht nur brillant, sondern auch zu unkonventionellem Denken und unabhängigem Handeln fähig waren. Ich glaubte nicht, daß Sie diese Eigenschaften besäßen, obwohl ich mich eingehend mit Ihnen beschäftigt habe. Und daher konnte ich Sie nicht voll und ganz ins Vertrauen ziehen.«
Parkers Finger entlockten den Tasten eine perlende Melodienfolge, als wolle er damit seine Worte unterstreichen, und einen Augenblick schien er ganz in seinem eigenen Spiel aufzugehen. Dann hob er wieder den Kopf.
»Hätte ich es getan, wäre Ihre Aktion zur Befreiung der gekaperten 070 vielleicht ganz anders verlaufen. Ich habe mich seither gezwungen gesehen, meine Meinung über Sie völlig zu ändern, General Stride – und das war nicht so einfach. Denn als sie ausgerechnet jene Eigenschaften bewiesen, die ich Ihnen nicht zugemutet habe, haben Sie meine Urteilsfähigkeit durcheinandergebracht. Ich gebe zu, daß auch der persönliche Ärger meinen Scharfblick ein wenig getrübt hat – und als ich wieder nüchtern und klar denken konnte, hatte man Ihnen bereits so zugesetzt, daß Sie um Ihren Rücktritt einkamen.«
»Ich weiß, daß mein Rücktrittsgesuch Ihnen persönlich vorgelegt wurde, Doktor Parker – und daß Sie seine Annahme empfohlen haben.« Peters Stimme klang sehr kalt und ein wenig abgehackt von unterdrücktem Zorn. Parker nickte.
»Ja, Sie haben recht. Ich habe Ihren Rücktritt befürwortet.«
»Dann meine ich aber doch, daß wir hier nur unsere Zeit verschwenden.« Peters Lippen waren zu einem dünnen, unversöhnlichen Strich zusammengepreßt, und die Haut über den Backenknochen und den fein modellierten Nasenflügeln war gespannt und weiß wie Porzellan.
»Bitte, General Stride – lassen Sie mich erst erklären.«
Parker streckte ihm eine Hand hin, als wolle er ihn am Aufstehen hindern, und seine Miene war ernst und beschwörend. Peter sank in die Couch zurück, doch seine Augen blieben wachsam und seine Lippen waren immer noch schmal.
»Ich muß ein wenig weiter ausholen, um Ihnen die ganze Sache begreiflich zu machen.« Parker erhob sich vom Klavierstuhl und

ging hinüber zu dem Pfeifenständer auf dem Arbeitstisch zwischen den Hi-Fi-Geräten. Bedächtig suchte er sich eine Pfeife aus, eine Meerschaumpfeife, die durch das Alter die Farbe kostbaren Bernsteins angenommen hatte. Er sog an der leeren Pfeife, stapfte dann über den dicken Teppich zurück und pflanzte sich vor Peter auf.

»Einige Monate vor der Entführung der BA 070 – sechs Monate vorher, um genau zu sein –, erhielt ich die ersten Hinweise darauf, daß wir in eine neue Phase des internationalen Terrorismus eintreten. Zunächst waren es nur Andeutungen, aber sie wurden bald durch stärkere Beweise erhärtet.« Während Parker sprach, stopfte er Tabak aus einem Lederbeutel in die Meerschaumpfeife. Dann zog er den Reißverschluß zu und legte den Beutel aufs Klavier. »Die Sache, mit der wir uns konfrontiert sahen, war eine Konsolidierung der Gewalt unter der Leitung irgendeiner Art zentralisierter Organisation – wie diese Leitung aussehen sollte, wußten wir nicht genau.« Er unterbrach sich und studierte Peters Gesicht, hielt seinen Ausdruck irrtümlicherweise für grenzenlose Skepsis und schüttelte den Kopf. »Ja, ich weiß, es klingt weit hergeholt, aber ich werde Ihnen die Akten zeigen. Es gab eindeutige Beweise für Zusammenkünfte berüchtigter militanter Führer und einiger anderer nebuloser Figuren, vielleicht Repräsentanten einer östlichen Regierung. Genau wissen wir es bis heute noch nicht. Und unmittelbar danach wurde ein völliger Wandel in der scheinbaren Motivation und Kriegsführung militanter Aktivisten spürbar. Ich glaube nicht, daß ich Ihnen das im Detail auseinandersetzen muß. Zunächst die systematische Anhäufung immenser finanzieller Mittel durch die straff organisierte und sorgfältigst geplante Entführung prominenter Persönlichkeiten; zuerst der Überfall auf die OPEC-Minister, dann die Entführung führender Persönlichkeiten aus der Industrie- und Finanzwelt.« Parker zündete ein Streichholz an, sog an seiner Pfeife, und würzig duftende Rauchwolken umschwirrten seinen Kopf. »Noch sah es so aus, als hätte sich nichts an der Motivation geändert, als ginge es immer noch zur Gänze um den persönlichen Gewinn oder um einen begrenzten politischen Sieg. Und dann wurde die BA 070 gekapert.

Ich hatte Sie vorher nicht ins Vertrauen gezogen, und als Sie auf dem Weg nach Johannesburg waren, war es bereits zu spät. Ich konnte nichts anderes mehr tun, als zu versuchen, Ihre Aktionen durch ziemlich strenge Befehle zu bremsen. Ich konnte Ihnen nicht erklären, daß wir den Verdacht hatten, dies sei die erste Welle der neuen Kampfstrategie und daß wir es darauf ankommen lassen mußten, die Dinge möglichst weit gedeihen zu lassen, um die Hintergründe aufdecken zu können. Es war eine schreckliche Entscheidung, aber ich mußte einige Menschenleben aufs Spiel setzen, um lebenswichtige Informationen zu bekommen. Und dann handelten Sie so, wie ich es nie für möglich gehalten hätte.«

Parker nahm die Pfeife aus dem Mund und lächelte. Wenn er lächelte, konnte man ihm alles glauben, ihm alles verzeihen, wie ungeheuerlich es auch sein mochte. »Ich gebe zu, General Stride, meine erste Reaktion war hilfloser Zorn. Ich wollte Ihren Kopf, ich wollte Sie bis in die Eingeweide treffen. Doch dann begann ich, wieder zu denken. Sie hatten soeben den Beweis dafür erbracht, daß Sie der Mann sind, den ich brauche – mein Soldat, der zu unkonventionellem Denken und Handeln fähig ist. Sie zu diskreditieren und auf die Straße zu setzen, bot uns die entfernte Chance, daß die Führergruppe dieser neuen Terrorstrategie dieselben Eigenschaften in Ihnen erkennen würde, die ich erkennen mußte. Wenn ich es zuließ, daß Sie Ihre Karriere ruinierten, zum Ausgestoßenen wurden – ein verbitterter Mann wurden, aber ein Mann mit unschätzbaren Fähigkeiten und unbezahlbarem Wissen, ein Mann, der bewiesen hatte, daß er notfalls unbarmherzig sein konnte ...« Parker unterbrach sich mit einer um Verständnis heischenden Geste. »Es tut mir leid, General Stride, aber ich mußte damit rechnen, daß Sie ein sehr attraktiver Mann für ...«, er unterbrach sich abermals mit einer ungeduldigen Handbewegung, »... ich weiß nicht, wie ich diese Leute nennen soll. Nennen wir sie einfach ‚den Feind'. Jedenfalls mußte ich zur Kenntnis nehmen, daß Sie für den Feind von großem Interesse sein würden. Und daher habe ich Ihr Rücktrittsgesuch befürwortet.« Er nickte düster. »Ja, ich habe es befürwortet, und ohne es zu wissen, wurden Sie zu einem Atlas-Agenten, der zu haben ist. Ich hielt diese

Lösung für geradezu perfekt. Sie brauchten keine Rolle zu spielen – Sie glaubten ja selbst daran. Sie waren der Ausgestoßene, der Diskreditierte, der Mann, dem man Unrecht zugefügt hatte – und damit waren Sie reif dazu, umgedreht zu werden.«

»Ich glaube kein Wort«, erklärte Peter unverblümt, und Parker ging wieder hinüber zum Schreibtisch, nahm einen Umschlag von einem japanischen Keramiktablett und reichte ihn Peter.

Es dauerte eine kleine Weile, bis Peter erkannte, daß es sich um einen Schweizer Bankauszug handelte – von der *Crédit Suisse* in Genf. Das Konto lautete auf seinen Namen und wies nur Einzahlungen auf. Keine Abhebungen, keine Belastungen. Jede Einzahlung lautete auf genau die gleiche Summe und entsprach dem Nettogehalt eines Generalmajors der britischen Armee.

»Sie sehen«, sagte Parker lächeln, »Sie bekommen immer noch Ihr Gehalt von Atlas überwiesen. Sie gehören immer noch zu uns, Peter. Und ich kann nur sagen, daß es mir wirklich sehr, sehr leid tut, daß wir dieses Scheinmanöver mit Ihnen aufziehen mußten. Aber es scheint sich gelohnt zu haben.«

Peter blickte zu ihm auf, noch nicht ganz überzeugt, aber auch nicht mehr ganz so feindselig.

»Was wollen Sie damit sagen, Doktor Parker?«

»Es sieht so aus, als wären Sie wieder im Spiel.«

»Ich bin Verkaufsdirektor der Northern Armaments Company«, erklärte Peter ausdruckslos.

»Ja, natürlich, und Narmco gehört zum Altmann-Imperium. Und Baron Altmann und seine schöne Frau sind – oder besser gesagt waren – ein außerordentlich interessantes Paar. Wußten Sie zum Beispiel, daß der Baron ein Spitzenagent des Mossad in Europa war?«

»Unmöglich.« Peter schüttelte irritiert den Kopf. »Er war römisch-katholisch. Es dürfte wohl kaum üblich sein, daß der israelische Geheimdienst Katholiken rekrutiert.«

»Ja, ich weiß«, pflichtete Parker bei. »Sein Großvater ist zum Katholizismus übergetreten – und hat den Familiensitz in *La Pierre Bénite* umgetauft. Eine geschäftliche Entscheidung, dessen sind wir sicher. Ein Jude hatte im Frankreich des neunzehnten Jahr-

hunderts keine besonders guten Aussichten. Aber der junge Altmann stand unter dem starken Einfluß seiner Großmutter und seiner Mutter. Er war schon in jungen Jahren Zionist und setzte seinen enormen Reichtum und Einfluß unerschütterlich für diese Sache ein – bis zur Zeit, als er ermordet wurde. Aber er machte es so schlau, so unauffällig, daß nur die wenigsten Menschen von seinen Verbindungen zum Judentum und zum Zionismus wußten. Er beging niemals den Fehler, zum Glauben seiner Ahnen zurückzukehren, denn er wußte genau, daß er als praktizierender Christ viel mehr erreichen konnte.«
Peter überlegte in fieberhafter Eile. Wenn das stimmte, sah alles wieder ganz anders aus. Es mußte auch irgendwie mit den Gründen für die Ermordung des Barons zusammenhängen – und auch die Rolle, die Magda Altmann in seinem Leben spielte, erschien plötzlich in einem anderen Licht.
»Und die Baronin?« fragte er. »Wußte sie davon?«
»Ah, die Baronin!« Kingston Parker nahm die Pfeife aus dem Mund und lächelte mit widerstrebender Bewunderung. »Was für eine bemerkenswerte Frau! Wir wissen nicht sehr viel von ihr – außer, daß sie sehr schön und außerordentlich begabt ist. Wir wissen, daß sie in Warschau geboren wurde. Ihr Vater war Medizinprofessor an der dortigen Universität. Er floh in den Westen, als die Baronin noch ein Kind war, und kam einige Jahre später bei einem Verkehrsunfall in Paris ums Leben. Wurde überfahren, als er sein Institut an der Sorbonne verließ – der Täter beging Fahrerflucht. Die Umstände seines Todes sind immer noch ein wenig geheimnisvoll. Das Kind wurde anscheinend von Familie zu Familie weitergereicht – Freunde des Vaters, entfernte Verwandte. Sie hatte bereits als Dreizehnjährige ausgeprägte intellektuelle Neigungen, war musikalisch begabt und eine vielversprechende Schachspielerin. Dann gab es eine Periode ihres Lebens, über die wir absolut nichts wissen. Es sieht so aus, als wäre sie vom Erdboden verschwunden. Wir haben nur einen einzigen Hinweis von einer Art Pflegemutter, die nun schon eine sehr alte Dame mit schwindendem Erinnerungsvermögen ist. ‚Ich glaube, sie ist für eine Weile heimgekehrt – sie sagte mir, sie würde heimfahren', hat

uns diese Dame berichtet.« Parker breitete die Hände aus. »Wir wissen allerdings nicht, was das bedeuten soll. Heim wohin? Nach Warschau? Israel? Irgendwohin in den Osten?«
»Sie haben ihre Vergangenheit sehr sorgsam recherchiert«, sagte Peter. Was er gehört hatte, verursachte ihm leises Unbehagen.
»Selbstverständlich. Wir haben alle Personen überprüft, die seit Ihrem Abgang von Atlas mit Ihnen Verbindung aufgenommen haben. Es wäre sehr nachlässig von uns gewesen, das nicht zu tun. Aber für die Baronin haben wir uns ganz besonders interessiert. Sie hat uns am meisten fasziniert, das werden Sie sicher verstehen.«
Peter nickte und wartete. Er wollte nicht weiterfragen. Es schien ihm Magda gegenüber irgendwie unfair, kleinlich, ein Beweis für mangelndes Vertrauen. Aber dennoch wartete er, und Parker fuhr ruhig fort.
»Dann kam sie nach Paris zurück. Sie war mittlerweile neunzehn Jahre alt – eine äußerst tüchtige Privatsekretärin, die fünf Sprachen perfekt beherrschte, noch dazu schön und immer nach der neuesten Mode gekleidet. Es dauerte nicht lange, und sie hatte eine ganze Schar wohlhabender, einflußreicher und mächtiger Verehrer – der letzte davon war ihr Arbeitgeber, Baron Aaron Altmann.« Nun verstummte Parker und wartete auf Peters Frage, zwang ihn, ihm einen Schritt entgegenzukommen.
»Arbeitet sie auch für den Mossad?«
»Wir wissen es nicht. Es ist möglich – aber sie hat sich sehr sorgfältig abgesichert. Eigentlich hoffen wir, daß Sie das für uns herausfinden werden.«
»Ich verstehe.«
»Sie muß gewußt haben, daß ihr Mann Zionist war. Sie muß auch den Verdacht gehabt haben, daß das irgendwie mit seiner Entführung und Ermordung zu tun hatte. Und die sechs fehlenden Jahre in ihrem Lebenslauf – vom dreizehnten bis zum neunzehnten Lebensjahr, wo war sie da?«
»Ist sie Jüdin?« fragte Peter. »War ihr Vater Jude?«
»Wir vermuten es, obwohl der Professor keinerlei Interesse für Religion zeigte und diese Spalte in seinem Bewerbungsschreiben

an die Sorbonne unausgefüllt ließ. Seine Tochter zeigte dasselbe Desinteresse an religiösen Dingen – wir wissen nur, daß ihrer standesamtlichen Vermählung mit dem Baron in Rambouillet eine katholische Hochzeitszeremenie voranging.«
»Wir sind ziemlich weit vom internationalen Terrorismus abgeschweift«, bemerkte Peter.
»Das glaube ich nicht.« Kingston Parker schüttelte den zottigen Kopf. »Der Baron war ein Opfer von Terroristen, und kaum haben Sie – einer der führenden Experten in der Bekämpfung des bewaffneten Widerstandes und der Stadtguerilla – kaum haben Sie Verbindung zur Baronin aufgenommen, versucht man, die Baronin zu töten oder zu entführen.«
Es überraschte Peter nicht im geringsten, daß Parker von jener Nacht auf der Straße nach *La Pierre Bénite* wußte, obwohl er seinen Arm erst seit wenigen Tagen nicht mehr in der Binde trug.
»Sagen Sie, Peter, was halten Sie von dieser ganzen Geschichte? Ich habe einen Auszug Ihrer Aussage gelesen, die Sie bei der französischen Polizei zu Protokoll gegeben haben – aber was können Sie dem noch hinzufügen?«
Peter sah plötzlich ganz lebhaft den Citroën vor sich, der ihm aus Paris hinaus gefolgt war, und hörte in der Erinnerung fast gleichzeitig das Knattern der Maschinenpistolen in jener Nacht.
»Sie waren hinter der Baronin her«, sagte er fest.
»Und Sie fuhren ihren Wagen?«
»Richtig.«
»Sie befanden sich dort, wo sonst die Baronin sich um diese Zeit befindet?«
»Richtig.«
»Wer hat diesen Vorschlag gemacht? Sie?«
»Ich sagte ihr, daß der Wagen zu auffällig sei.«
»Und also schlugen Sie vor, ihn in jener Nacht selbst nach *La Pierre Bénite* zu bringen?«
»Ja«, log Peter, ohne zu wissen warum.
»Wußte sonst noch jemand, daß die Baronin nicht selbst fahren würde?«
»Niemand.« Außer ihren Leibwächtern und den beiden Chauffeu-

ren, die sie bei ihrer Rückkehr aus der Schweiz erwartet hatten, dachte Peter.
»Sind Sie sicher?« bohrte Parker weiter.
»Ja«, erwiderte Peter heftig. »Niemand sonst.« Außer Magda, nur Magda. Er schob den Gedanken ärgerlich beiseite.
»Nun gut, wir müssen also annehmen, daß der Anschlag der Baronin galt – aber wollte man sie töten oder entführen? Das könnte wichtig sein. Wenn es ein Mordversuch war, würde das darauf hindeuten, daß man einen feindlichen Agenten eliminieren wollte, daß die Baronin wahrscheinlich auch für den Mossad arbeitet, daß ihr Mann sie angeworben hat. Ein Entführungsversuch hingegen würde nahelegen, daß die Täter Geld wollten. Was war es, Peter?«
»Sie hatten die Straße blockiert ...«, sagte er, aber er erinnerte sich, daß die Sperre nicht lückenlos gewesen war. »Und der als Polizist verkleidete Mann gab mir ein Zeichen anzuhalten ...« Oder zumindest langsamer zu fahren, dachte er, langsam genug, um ein gutes Ziel für die lauernden Schützen abzugeben. »Und sie haben das Feuer erst eröffnet, als ihnen klar wurde, daß ich nicht stehenbleiben würde.« – Aber sie hatten die Waffen bereits im Anschlag gehabt, als er sich entschloß, den Maserati durch die Sperre hindurchzujagen. Die Absicht der beiden MP-Schützen war offensichtlich gewesen. »Ich würde sagen, daß sie eher darauf aus waren, die Baronin lebendig zu kriegen.«
»Also gut«, meinte Parker und nickte, »nehmen wir das vorläufig einmal an.« Er warf Colin einen Blick zu. »Colonel Noble? Sie hatten eine Frage?«
»Danke, Doktor. Wir haben noch nicht gehört, auf welche Weise Narmco oder die Baronin mit Peter Kontakt aufgenommen hat. Wer hat die Verbindung angeknüpft?«
»Eine Londoner Firma wandte sich an mich, die darauf spezialisiert ist, Führungskräfte zu vermitteln. Die Leute wurden direkt vom Narmco-Aufsichtsrat geschickt ...« Und ich hab' ihnen die kalte Schulter gezeigt, dachte er. Erst später, auf Abbot's Yew ...
»Ich verstehe.« Colin runzelte enttäuscht die Stirn. »Es war nie von einer Zusammenkunft mit der Baronin die Rede?«

»Nicht in diesem Stadium.«

»Man hat dir die Leitung der Verkaufsabteilung angeboten – wurden keinerlei andere Aufgaben an dich herangetragen? Sicherheit, Industriespionage ...«

»Nein, nicht damals.«

»Später?«

»Ja. Als ich die Baronin kennenlernte, stellte ich fest, daß die Sicherheitsvorkehrungen zu ihrem persönlichen Schutz unzulänglich waren. Ich habe gewisse Änderungen vorgenommen.«

»Hast du nie mit ihr über den Mord an Altmann gesprochen?«

»Doch.«

»Und?«

»Und nichts.« Peter fiel es langsam schwer, Antworten zu improvisieren, aber er hielt sich an die alte Regel, so weit wie möglich bei der Wahrheit zu bleiben.

»Hat die Baronin nie von einer Jagd nach den Mördern ihres Mannes gesprochen? Hat sie dich nie dazu aufgefordert, deine Talente in den Dienst eines Rachefeldzuges zu stellen?«

Peter mußte eine rasche Entscheidung treffen. Seine Andeutungen gegenüber dem britischen Militärattaché in Paris – der Köder, den er so sorgfältig ausgelegt hatte, um Kalif anzulocken – waren Parker sicher schon zu Ohren gekommen. Er wußte ganz bestimmt davon, schließlich war er Kommandant von Atlas und hatte Zugang zum Zentralcomputer des Geheimdienstes. Peter konnte es sich nicht leisten, die Sache abzustreiten.

»Ja, sie hat mich gebeten, alle Informationen auszugraben, die einen Hinweis auf die Mörder ihres Mannes geben könnten. Ich habe G2 in Paris gebeten, mir alles, was er weiß, mitzuteilen. Aber er konnte mir nicht helfen.«

Parker brummte. »Ja, ich weiß – G2 hat einen Routinebericht abgegeben. Aber diese Bitte der Baronin war wohl ganz natürlich.« Er schlenderte zurück zum Schreibtisch und warf einen Blick auf einen Notizblock, auf den er in einer Art Privatkurzschrift einige Worte gekritzelt hatte.

»Wir wissen, daß die Baronin vor ihrer Eheschließung mit acht Männern intime Beziehungen eingegangen ist – lauter politisch einflußreiche oder wohlhabende Männer. Sechs davon verheiratet ...«

Peter bebte vor Zorn, so heftig, daß es ihn selbst überraschte. Er haßte Parker dafür, daß er so von Magda sprach, und es kostete ihn große Mühe, sich nichts anmerken zu lassen.

Seine Hand lag entspannt und locker in seinem Schoß, obwohl er den unbändigen Wunsch verspürte, sie zur Faust zu ballen und Parker ins Gesicht zu stoßen.

»Alle diese Affären verliefen äußerst diskret. Und anscheinend hatte sie keine Liebschaften, solange sie mit dem Baron verheiratet war. Aber seit seiner Ermordung sind drei neue hinzugekommen: mit einem Minister der französischen Regierung, einem amerikanischen Geschäftsmann – dem Direktor des zweitgrößten Ölkonzerns der Welt ...« Er legte den Notizblock zurück auf den Tisch und drehte sich um, um Peter ins Gesicht zu sehen. »Und nun gibt es seit kurzem einen dritten Mann.« Er starrte Peter mit einem durchdringenden Blick an. »Die Dame hält anscheinend sehr viel davon, das Geschäft mit dem Vergnügen zu verbinden. Alle ihre Partner waren Männer, die in der Lage waren, sehr konkrete Beweise für ihre Zuneigung zu liefern. Ich glaube, das trifft auch auf ihren zuletzt erkorenen Partner zu.«

Colin Noble hüstelte verlegen und wetzte auf seinem Stuhl hin und her, aber Peter warf ihm nicht einmal einen Blick zu, sondern erwiderte Parkers Starren mit unbewegtem Gesicht. Magda und er hatten kein großes Geheimnis aus ihrer Beziehung gemacht – dennoch war es peinlich und geschmacklos, mit einem Dritten darüber reden zu müssen.

»Ich glaube, daß Sie dazu in der Lage sind, uns äußerst wichtige Geheiminformationen zu beschaffen. Ich glaube, daß Sie dem Zentrum dieses namenlosen und gestaltlosen Einflusses sehr nahe sind – ich glaube, daß Sie in der Lage sein werden, auf irgendeine Weise mit dem Feind Kontakt aufzunehmen, selbst wenn es nur ein weiteres Scharmützel sein sollte. Die einzige Frage ist, ob es irgendeinen Grund – emotionelle Befangenheit oder sonst irgend etwas – gibt, der Sie daran hindern könnte, Ihre Pflicht zu erfüllen?« Kingston Parker neigte den Kopf zur

Seite und verwandelte dadurch die Feststellung in eine Frage.
»Ich habe mich von meinem Privatleben noch nie an der Ausübung meiner Pflicht hindern lassen, Doktor«, erwiderte Peter ruhig.
»Ja, das ist wahr«, stimmte Kingston Parker zu. »Und ich bin sicher, daß Sie nun, wo Sie ein wenig mehr über die Baronin Altmann wissen, verstehen werden, wie gerechtfertigt unser Interesse an dieser Dame ist und wie wichtig weitere Informationen für uns sind.«
»Ja, das verstehe ich.« Peter hatte seinen Zorn völlig unter Kontrolle. »Sie wollen also, daß ich meine privilegierte Stellung dazu benutze, sie auszuhorchen. Ist das richtig?«
»Genauso richtig wie unsere Überzeugung, daß sie diese Beziehung für ihre eigenen Zwecke ausnutzt...« Parker unterbrach sich, als wäre ihm plötzlich ein seltsamer Gedanke gekommen. »Ich hoffe, ich war nicht zu offen und habe Ihnen vielleicht irgendwelche schönen Illusionen zerstört.« Es klang abschließend, die Unterredung war zu Ende.
»In meinem Alter, Doktor, hat man keine Illusionen mehr.« Peter erhob sich. »Ergeht meine Berichterstattung direkt an Sie?«
»Colonel Noble wird alle Nachrichten an mich weiterleiten.« Kingston Parker streckte ihm die Hand hin. »Ich hätte Sie nicht um diese Sache gebeten, wenn ich eine andere Wahl gehabt hätte.«
Peter nahm die Hand, ohne zu zögern. Sie war kühl und trocken, und Peter spürte die Kraft dieses Mannes in den harten Pianistenfingern; aber er ließ sich nichts anmerken.
»Ich verstehe, Sir«, sagte Peter und fügte in Gedanken grimmig hinzu: Und selbst wenn das eine Lüge ist, so werde ich doch verdammt bald verstehen.

Peter drückte sich vor dem Gin-Rummyspiel mit der Ausrede, er sei müde, und stellte sich fast den ganzen langen Transatlantikflug hindurch schlafend. Mit geschlossenen Augen versuchte er, irgendeine Ordnung in seine Gedanken zu bringen, aber sie gingen immer wieder im Kreis und er kam sich vor wie eine Katze, die ihrem eigenen Schwanz nachjagt. Nicht einmal über seine Gefühle für Magda Altmann wurde er sich ganz klar. Sie schienen sich ständig zu wandeln, und er ertappte sich dabei, daß er sich über völlig irrelevante Dinge den Kopf zerbrach. »Intime Beziehungen!« – Was für eine lächerlich geschraubte Wendung Parker doch gebraucht hatte! Und warum hatte sie ihn, Peter, so in Zorn gebracht? Acht Verhältnisse vor ihrer Ehe, sechs davon mit verheirateten Männern, zwei weitere seit dem Tod des Barons – und alle waren reich und mächtig gewesen. Er versuchte diesen nackten statistischen Zahlen Fleisch und Blut zu geben, und stellte sich mit bitterem Groll diese gesichtslosen, schemenhaften Gestalten neben ihrem schlanken, weichen Körper vor. Die kleinen, vollkommen geformten Brüste, der lange, schimmernde Schleier ihres Haares! Er fühlte sich irgendwie betrogen, ärgerte sich aber sofort über diese jugendliche Aufwallung.

Es gab andere, schlimmere Fragen, die Kingston Parker aufgeworfen hatte: die mögliche Verbindung zum Mossad, die sechs fehlenden Jahre in Magdas Lebenslauf. – Und doch kam er immer wieder auf das zurück, was zwischen ihr und ihm geschehen war. War sie wirklich dazu fähig, jemanden derart raffiniert zu täuschen, oder war es keine Täuschung? Litt er nur an verletztem Stolz, oder hatte sie ihn, ohne daß er es merkte, in eine Position gedrängt, die ihn verletzlicher machte? War es ihr gelungen, ihn verliebt in sie zu machen?

Was empfand er für sie? Er mußte sich dieser Frage offen stellen und versuchen, eine Antwort zu finden. Doch als sie landeten, wußte er die Antwort immer noch nicht. Er wußte bloß, daß ihn die Aussicht auf ein Wiedersehen mit ihr mit grenzenloser Freude erfüllte und daß ihn der Gedanke, sie könne ihn wirklich mit voller Absicht für ihre Zwecke benutzt haben und wäre dazu fähig, ihn genau wie die anderen wieder fallenzulassen, bestürzte und schmerzte. Er fürchtete sich vor der Antwort, die er finden mußte, und plötzlich dachte er an die Insel, von der sie gesprochen hatte, an ihren Vorschlag, gemeinsam mit ihm dorthin zu entfliehen. Und da wurde ihm klar, daß sie dieselbe Furcht empfand, und er fragte sich mit düsterer Ahnung, ob das Schicksal sie dazu bestimmt habe, einander zu zerstören.

Im Dorchester erwarteten ihn drei Mitteilungen von Magda. Je-

desmal hatte sie die Telefonnummer von Rambouillet hinterlassen. Er rief sie an, sobald er in seinem Appartement war.
»O Peter, ich habe mir solche Sorgen gemacht! Wo warst du?« Es war schwer zu glauben, daß ihre Besorgnis nur gespielt war, und noch schwerer, sich die Freude nicht einzugestehen, als sie ihn am folgenden Mittag selbst am Flughafen Charles de Gaulle abholte, statt einen Chauffeur zu schicken.
»Ich mußte einfach eine Stunde aus dem Büro raus«, erklärte sie, ließ ihre Hand in seine Armbeuge schlüpfen und schmiegte sich an ihn. »Das ist natürlich gelogen. Ich bin gekommen, weil ich es nicht aushielt, noch eine Stunde länger auf dich zu warten.« Dann lachte sie ihr kehliges Lachen. »Ich benehme mich schamlos, was wirst du bloß von mir denken!«
Sie waren zu acht an diesem Abend – Dinner im Doyen und anschließend Theater im Palais de Chaillot. Peters Französisch reichte noch immer nicht ganz für Molière, und so erfreute er sich verstohlen am Anblick Magdas, und es gelang ihm, all die häßlichen Fragen für einige Stunden aus seinem Gedächtnis zu verdrängen. Erst um Mitternacht auf der Fahrt nach *La Pierre Bénite* entschloß er sich zum nächsten Zug in diesem komplizierten Spiel.
»Ich konnte es dir am Telefon nicht sagen . . .«, begann er, als sie in der intimen Dunkelheit und Wärme ihrer Limousine saßen, »Atlas ist an mich herangetreten. Der Chef von Atlas hat mich nach New York kommen lassen. Dort war ich, als du anriefst. Sie sind auch hinter Kalif her.«
Nun seufzte sie, und ihre Hand schlüpfte in die seine. »Ich hab' darauf gewartet, daß du es mir erzählen würdest, Peter«, sagte sie einfach und seufzte wieder. »Ich hab' gewußt, daß du nach Amerika geflogen bist und hatte das schreckliche Vorgefühl, du würdest mich belügen. Ich weiß nicht, was ich dann getan hätte.« Peter fühlte den schmerzhaften Stich des Schuldbewußtseins unter den Rippen, zugleich aber auch das beunruhigende Pochen seines Herzens. Sie hatte von seiner Reise gewußt! Woher? Und dann fielen ihm ihre „Quellen" ein.
»Erzähle«, sagte sie, und er erzählte – alles, bis auf die nagenden

Fragezeichen, die Kingston Parker hinter ihren Namen gesetzt hatte. Die fehlenden Jahre, die Verbindung des Barons zum Mossad, und jene namenlosen zehn Männer.
»Sie wissen offenbar nichts von dem Namen ‚Kalif‘«, erklärte Peter ihr. »Aber sie sind anscheinend ziemlich sicher, daß du hinter ihm her bist und mich zu diesem Zweck engagiert hast.«
Ruhig besprachen sie die Sache, während der kleine Konvoi von Limousinen durch die Nacht brauste, und später, als sie in sein Appartement kam, diskutierten sie weiter, hielten einander umfangen und wisperten in die Dunkelheit der Nacht, und Peter war überrascht, daß es ihm gelang, sich so natürlich zu benehmen, daß die Zweifel so leicht verflogen, wenn sie bei ihm war.
»Kingston Parker führt mich immer noch als Atlas-Mitglied«, erklärte Peter. »Und ich habe nicht dagegen protestiert. Wir wollen Kalif finden, und es kann uns sicher nur von Nutzen sein, wenn ich immer noch im Dienstverhältnis zu Atlas stehe.«
»Der Meinung bin ich auch. Atlas kann uns helfen – vor allem jetzt, wo sie ebenfalls von der Existenz Kalifs wissen.«
Sie liebten sich im Morgengrauen, mit einer Hingabe, die ihnen tiefe Erfüllung schenkte und Körper und Geist satt vor Glück machte. Bevor es hell wurde, schlüpfte sie diskret aus seinem Zimmer, aber eine Stunde später trafen sie sich zum gemeinsamen Frühstück im Wintergarten.
Sie schenkte ihm Kaffee ein und deutete auf ein kleines Päckchen neben seinem Teller.
»Wir sind offenbar nicht ganz so diskret, wie wir glauben, *chéri*«, sagte sie mit einem leisen Lächeln. »Irgend jemand scheint zu wissen, wo du deine Abende verbringst.«
Er wog das Päckchen in der Rechten. Es hatte die Größe einer 35-mm-Filmrolle, war in braunes Papier gewickelt und mit rotem Wachs versiegelt.
»Es muß gestern abend expreß zugestellt worden sein.« Sie brach eines der knusprigen *Croissants* und tauchte es in ihre Tasse, während sie ihm mit einem schrägen Blick aus ihren grünen Augen zulächelte.
Die Adresse war auf ein Klebeetikett getippt, das Päckchen war

mit britischen Marken frankiert und laut Poststempel am vergangenen Morgen in Südlondon aufgegeben worden.
Plötzlich überfiel Peter eine schreckliche Vorahnung. Die Gegenwart von irgend etwas überwältigend Bösem schien den ganzen heiteren Raum zu füllen.
»Was ist los, Peter?« Ihre Stimme klang brüchig und beunruhigt.
»Nichts«, sagte er, »gar nichts.«
»Du bist auf einmal leichenblaß geworden, Peter. Bist du sicher, daß dir nichts fehlt?«
»Ja, ich fühl' mich wohl.«
Er nahm sein Frühstücksmesser, um das Wachssiegel aufzubrechen, und schlug das braune Papier auseinander.
Der Inhalt des Päckchens bestand aus einer kleinen durchsichtigen Glasflasche mit Schraubverschluß, und die darin enthaltene Flüssigkeit war ebenfalls klar und durchsichtig. Er erkannte sofort, daß es sich um irgendeine Art von Konservierungsmittel handeln mußte. Alkohol vielleicht oder Formaldehyd.
In der Flüssigkeit schwamm etwas Weiches, Weißes.
»Was ist das?« fragte Magda.
Peter fühlte, wie sich die kalten Fangarme der Übelkeit um seinen Magen klammerten.
Das frei in der Flüssigkeit schwebende Ding drehte sich ein wenig und blitzte einen Augenblick leuchtendrot auf.
»Erlaubt deine Mutter jetzt, daß du dir die Nägel lackierst, Melissa-Jane?« Die Erinnerung an die Frage hallte durch seine Gedanken, und er sah seine Tochter vor sich, wie sie kokett die Hände mit den leuchtendrot lackierten Fingernägeln schwenkte. Es war dasselbe lebhafte Rot.
»O ja – aber natürlich nicht für die Schule. Du vergißt immer, daß ich schon fast vierzehn bin, Daddy.«
Das in der Flüssigkeit schwebende weiße Ding war ein menschlicher Finger. Er war am untersten Gelenk abgetrennt worden, und das Konservierungsmittel hatte das freigelegte Fleisch zu einem krankhaften Weiß ausgebleicht. Die Haut war verschrumpelt und runzlig wie die Haut eines Ertrunkenen. Nur der lackierte Fingernagel war unverändert hübsch und leuchtete fröhlich.

Die Übelkeit stieg ihm die Kehle hoch, schnürte ihm die Luft ab, und ein würgender Brechreiz erstickte ihn fast, während er auf das kleine Fläschchen starrte.

Das Telefon läutete dreimal, bevor jemand abhob.
»Cynthia Barrow.« Peter erkannte die Stimme seiner Exgattin sofort, obwohl sie von Kummer und Schmerz entstellt war.
»Cynthia, hier Peter.«
»O Peter, Gott sei Dank. Ich versuche dich schon seit zwei Tagen zu erreichen.«
»Was ist los?«
»Ist Melissa-Jane bei dir, Peter?«
»Nein.« Er hatte das Gefühl, als würde der Boden unter seinen Füßen weggezogen.
»Sie ist fort, Peter. Sie ist schon seit zwei Nächten fort. Ich bin schon fast verrückt.«
»Hast du die Polizei verständigt?«
»Ja natürlich.« Ihre Stimme klang hysterisch.
»Bleib, wo du bist«, sagte Peter. »Ich komme sofort nach England. Wenn du bis dahin eine Nachricht für mich hast, hinterlaß sie im Dorchester.« Er hängte rasch ein, denn er spürte, daß ihr Schmerz jeden Augenblick alle Dämme niederreißen würde und er im Augenblick nichts tun konnte.
Über den goldbronzenen Louis-quatorze-Tisch hinweg blickte Magda ihn an. Sie war blaß, gespannt, und sie brauchte keine Frage zu stellen, denn die Frage lag in ihren Augen, die zu groß für ihr Gesicht schienen.
Und er brauchte die Frage nicht zu beantworten. Er nickte kurz, mit einer abrupten, ruckartigen Bewegung, dann wählte er abermals, und während er wartete, konnte er den Blick nicht von der makabren Trophäe wenden, die in ihrem Fläschchen mitten auf dem Tisch stand.
»Colonel Noble«, stieß er schroff hervor. »Sagen Sie ihm, daß General Stride am Apparat und daß es dringend ist.«
Colin kam sogleich ans Telefon. »Bist du das, Peter?«
»Sie haben sich Melissa-Jane geschnappt.«

»Wer? Ich versteh' nicht recht.«
»Der Feind! Sie haben sie entführt.«
»Jesus Christus! Bist du sicher?«
»Ja, ich bin sicher. Sie haben mir ihren Finger in einer Flasche geschickt.«
Colin schwieg ein paar Sekunden, und dann klang seine Stimme stumpf und leblos. »Das ist ja Wahnsinn! Jesus Christus, das ist Wahnsinn!«
»Setz dich mit der Polizei in Verbindung. Mach allen deinen Einfluß geltend. Sie müssen den Mund halten. Bisher ist noch nichts an die Öffentlichkeit gedrungen. Und ich will bei der Jagd nach diesen Bestien dabei sein. Schalte Thor ein. Versuch herauszukriegen, soviel du kannst. Ich mach' mich sofort auf den Weg. Ich werd' dir die Flugnummer angeben.«
»Ich laß jemanden rund um die Uhr auf dieser Telefonnummer Dienst machen«, versprach Colin. »Und ich schick' dir einen Chauffeur.« Dann zögerte er. »Peter, es tut mir so leid. das weißt du doch.«
»Ja, ich weiß.«
»Wir stehen alle hinter dir, bis zum Ende!«
Peter legte den Hörer auf die Gabel, und Magda erhob sich resolut vom Tisch.
»Ich komme mit nach London«, sagte sie, und Peter streckte seine Hand aus und nahm die ihre.
»Nein«, sagte er sanft. »Ich danke dir, aber komm nicht mit. Es wird nichts für dich zu tun geben.«
»Peter, ich möchte in dieser schrecklichen Sache bei dir sein. Ich hab' das Gefühl, als wär' ich an allem schuld.«
»Das ist Unsinn.«
»Sie ist ein so entzückendes Mädchen!«
»Du kannst mir hier mehr helfen«, sagte Peter fest. »Versuch es mit allen deinen Quellen; jede winzigste Information kann wichtig sein.«
»Ja, wie du meinst.« Sie fügte sich seiner Entscheidung ohne ein weiteres Wort. »Wo kann ich dich finden, wenn ich eine Nachricht habe?«

Er kritzelte Colin Nobles Geheimnummer im Thor auf den Notizblock neben dem Telefon. »Entweder auf dieser Nummer oder im Dorchester«, sagte er.
»Aber wenigstens bis Paris möchte ich dich begleiten«, sagte sie.

Als Peter auf dem Flughafen Heathrow landete, war die Neuigkeit bereits publik geworden. Sie starrte ihm von der Titelseite des *Evening Standard* entgegen, und Peter holte sich ein Exemplar vom Zeitungsstand und verschlang auf der Fahrt nach London gierig den Artikel.

> Das Opfer wurde am Donnerstag um elf Uhr vor dem Eingang zu seinem Heim in den Leaden Street in Cambridge entführt. Eine Nachbarin sah noch, wie das Kind mit den Insassen einer kastanienfarbenen Triumph-Limousine sprach und dann durch die hintere Tür in den Wagen stieg, der sofort losfuhr.
> »Ich denke, es waren zwei Personen im Wagen«, erzählte die Nachbarin, Mrs. Shirley Callon, 32, unserem Korrespondenten. »Und Melissa-Jane wirkte überhaupt nicht beunruhigt. Sie schien freiwillig in den Triumph einzusteigen. Ich weiß, daß ihr Vater, ein höherer Offizier, sie oft mit irgendeinem Wagen abholen oder nach Hause bringen läßt, und darum hab' ich mir weiter nichts dabei gedacht.«
> Es dauerte fast vierundzwanzig Stunden, ehe Alarm geschlagen wurde, da die Mutter des abgängigen Mädchens ebenfalls dachte, das Kind könnte bei ihrem ehemaligen Mann sein.
> Erst als es ihr nicht gelang, Verbindung mit dem Vater des Kindes, Generalmajor Stride, aufzunehmen, verständigte sie die Polizei, die bald darauf auf dem Parkplatz vor dem Cambridger Bahnhof einen kastanienbraunen Triumph fand, der – wie sich bald herausstellte – am Tag zuvor in London gestohlen worden war. Daraufhin wurden sofort alle Polizeidienststellen des Landes aufgefordert, die Suche nach dem abgängigen Mädchen aufzunehmen.
> Alle Personen, die zweckdienliche Angaben machen können,

werden gebeten, sich telefonisch mit dem für die Untersuchungen verantwortlichen Polizeioffizier, Chefinspektor Richards, in Verbindung zu setzen.

Es folgten eine Londoner Telefonnummer, eine genaue Beschreibung von Melissa-Jane und detaillierte Angaben über die Kleider, die sie zum Zeitpunkt ihres Verschwindens getragen hatte.
Peter zerknüllte die Zeitung und warf sie auf den Sitz. Er starrte vor sich hin, verschloß den Zorn in sich wie eine sorgsam gehütete Flamme – denn die Hitze war ungleich leichter zu ertragen, als die eisige Verzweiflung, die nur darauf lauerte, ihn zu verschlingen.

Inspektor Alan Richards war ein drahtiger kleiner Mann, den man eher für einen Jockey als für einen Polizisten gehalten hätte. Sein Gesicht war früh runzelig geworden, und er hatte eine beginnende Glatze, die er unter langen, quer über den Kopf gekämmten Haarsträhnen zu verstecken suchte. Aber sein Blick war wach und intelligent, sein Verhalten geradlinig und entschlossen.
Er schüttelte Peter die Hand, als Colin Noble sie miteinander bekannt machte. »Ich muß ganz deutlich klarstellen, General, daß dies eine Angelegenheit der Polizei ist. Aber unter diesen ganz besonderen Umständen bin ich bereit, eng mit dem Militär zusammenzuarbeiten.«
Rasch berichtete er, was bisher unternommen worden war. In seinen beiden Büroräumen im dritten Stock von Scotland Yard, aus denen sich über Schornsteinkappen hinweg der Blick auf die Türme der Westminster Abbey und der Parlamentsgebäude bot, waren die Untersuchungen bereits angelaufen.
Richards hatte zwei junge Polizistinnen dafür abgestellt, alle Anrufe auf der in Presse und Fernsehen bekanntgegebenen Telefonnummer entgegenzunehmen. Bisher waren es mehr als vierhundert gewesen. »Leider nichts Konkretes, nur vage Vermutungen oder völlig absurdes Gefasel, aber wir müssen natürlich alles überprüfen.« Zum ersten Mal wurde sein Gesicht etwas weicher. »Eine langwierige Sache, General Stride, in der wir nur langsam

voankommen werden; aber wir haben noch ein paar andere Spuren, denen wir nachgehen wollen – kommen Sie.«
Auch das Büro des Inspektors war mit den schlichten und soliden Dutzendmöbeln öffentlicher Ämter eingerichtet, aber auf dem kleinen Gasofen stand ein Kessel mit kochendem Wasser, und Richards schenkte ihnen Tee ein, während er weitersprach.
»Drei meiner Männer nehmen soeben den Wagen auseinander. Wir sind sicher, daß es der richtige ist. Ihre geschiedene Frau hat ein Geldtäschchen identifiziert, das auf dem Boden gefunden wurde. Es gehört Ihrer Tochter. Wir haben über sechshundert Fingerabdrücke abgenommen, die jetzt im Labor untersucht werden. Es wird noch einige Zeit dauern, bis wir jeden einzelnen ausgesondert haben und darauf hoffen können, irgendeinen der fremden Abdrücke zu identifizieren. Zwei davon entsprechen denen, die wir im Zimmer Ihrer Tochter abgenommen haben. – Zucker? Milch?«
Richards gab Peter die Tasse und fuhr fort.
»Die Nachbarin, Mrs. Callon, die gesehen hat, wie Ihre Tochter in den Wagen stieg, hilft uns bei der Herstellung eines Phantombilds von dem Fahrer, aber sie hat ihn leider nicht sehr genau gesehen. Ob uns das weiterhelfen wird, ist eine große Frage.«
Richards nahm einen Schluck Tee. »Auf jeden Fall werden wir das nach ihren Angaben hersgestellte Phantombild im Fernsehen zeigen. Vielleicht bringt es uns doch auf eine neue Spur. In solchen Fällen können wir leider nicht mehr viel tun, als zu warten: auf einen Tip oder darauf, daß die Kidnapper Kontakt aufnehmen. Wir glauben zwar nicht, daß sie sich mit Ihrer ehemaligen Frau in Verbindung setzen, aber wir hören trotzdem ihr Telefon ab und lassen sie überwachen.« Richards breitete die Arme aus. »Das wär's, General Stride. Und nun sind Sie dran. Was können Sie uns sagen? Wer könnte ein Interesse daran haben, Ihre Tochter zu entführen?«
Peter wechselte einen Blick mit Colin Noble und schwieg, während er seine Gedanken zu sammeln suchte. Aber Inspektor Richards ließ nicht locker.
»Soviel ich weiß, sind Sie kein sehr reicher Mann, General. – Aber Ihre Familie, Ihr Bruder?«

Peter tat den Gedanken mit einem Kopfschütteln ab. »Mein Bruder hat selbst Kinder. Wenn es um Geld ginge, wäre es logischer gewesen, seine Kinder zu entführen.«
»Rache? Sie sind energisch gegen die Provos in Irland vorgegangen. Sie haben die Befreiung der gekaperten BA 070 geleitet.«
»Das wäre möglich.«
»Sie stehen nicht mehr im Dienst der Armee, soviel ich weiß?«
Peter hatte nicht die Absicht, sich näher auf dieses Thema einzulassen. »Ich glaube nicht, daß uns diese Art von Ratespiel weiterbringt. Sobald die Kidnapper ihre Forderungen stellen, werden wir das Motiv wissen.«
»Richtig.« Richard klopfte nervös mit den Fingern gegen seine Teetasse. »Die Kidnapper hätten Ihnen nicht den Finger ...« Er brach ab, als er Peters Gesicht sah. »Tut mir leid, General. Es ist schrecklich und furchtbar traurig, aber wir müssen den Finger als Beweis dafür akzeptieren, daß Ihre Tochter noch lebt und daß die Kidnapper irgendwann mit Ihnen Kontakt aufnehmen werden. Diese schreckliche Botschaft, die wohl auch eine Drohung ist, zeigt uns, wie ernst die es meinen, aber ...«
Das Telefon auf seinem Tisch begann schrill zu klingeln, und Richards riß den Hörer ans Ohr.
»Richards!« meldete er sich knapp, dann horchte er lange und gab nur gelegentlich ein ermutigendes Brummen von sich. Als er den Hörer aufgelegt hatte, schwieg er einen Augenblick und bot Peter eine Zigarette aus einem zerknautschten Päckchen an. Als Peter dankend ablehnte, zündete er sich selbst eine an, ehe er zögernd zu sprechen begann.
»Das war das Labor. Sie wissen doch, daß Ihre Tochter Blut gespendet hat?«
Peter nickte. Das gehörte zu Melissa-Janes sozialem Engagement. Hätte man es ihr nicht taktvoll ausgeredet, hätte sie ihr Blut und Mark wahrscheinlich kübelweise verschenkt.
»Wir haben uns vom Krankenhaus in Cambridge eine Gewebebeschreibung beschaffen können. Das Gewebe des amputierten Fingers entspricht dem Gewebetyp Ihrer Tochter. Ich fürchte, wir müssen uns damit abfinden, daß es ihr Finger ist – ich kann mir

nicht vorstellen, daß die Kidnapper sich die Mühe genommen haben, irgendwo ein Ersatzstück vom selben Typ aufzutreiben.«
Peter hatte sich im stillen an die Hoffnung geklammert, daß das nur ein Bluff sei. Daß die Fingerspitze von einer Leiche stamme, aus einem Seziersaal, aus der Unfallstation eines städtischen Krankenhauses – und nun, als diese Hoffnung starb, sprang ihn die kalte Verzweiflung an und raubte ihm fast den Verstand. Eine ganze Minute saßen sie stumm da, bis Colin Noble das Schweigen brach.
»Inspektor, wissen Sie über das Thor-Kommando Bescheid?«
»Ja, natürlich. Es stand eine Menge darüber in den Zeitungen, als damals diese Maschine nach Johannesburg entführt wurde. Es ist eine Terrorbekämpfungseinheit.«
»Wir sind vermutlich die bestgeschulte der Welt, wenn es darum geht, Geiseln heil aus den Händen von Terroristen zu befreien ...«
»Ich verstehe, was Sie mir damit sagen wollen, Colonel«, murmelte Richards trocken. »Aber zuerst müssen wir unsere Terroristen finden. Und wenn es soweit ist, werden alle Befreiungsaktionen der Leitung des Polizeipräsidenten unterstehen.«

Es war drei Uhr morgens, als Peter Stride ins Dorchester Hotel in der Park Lane kam.
»Wir haben Ihr Appartement seit heute mittag freigehalten, General«, teilte ihm der Nachtportier mit.
»Tut mir leid«, murmelte Peter undeutlich, und erst der schleppende Klang seiner eigenen Stimme machte ihm bewußt, wie sehr die ganze nervliche Anspannung ihn erschöpft hatte. Er hatte das Polizeipräsidium erst verlassen, nachdem er sich davon überzeugt hatte, daß alles Menschenmögliche getan wurde und daß er Chefinspektor Richards und seinem Team voll und ganz vertrauen konnte. Er hatte dem Inspektor das feierliche Versprechen abgenommen, ihn sofort zu verständigen, sobald sich irgendeine neue Entwicklung abzeichnen sollte, ganz gleich zu welcher Tages- oder Nachzeit.
Seine geschwollenen Lider brannten, und er mußte blinzeln, als er das Anmeldeformular unterschrieb.

»Es sind ein paar Nachrichten für Sie gekommen, General.«
»Nochmals vielen Dank und gute Nacht.«
Im Aufzug warf er einen Blick auf die Post, die der Portier ihm überreicht hatte.
Die erste Nachricht war eine Telefonnotiz. »Baronin Altmann erbittet Ihren Rückruf in Paris oder Rambouillet.«
Und noch ein zweites Telefonat. »Mrs. Cynthia Barrow hat angerufen. Sie erreichen Sie auf der Nummer Cambridge 699-313.«
Die dritte Nachricht steckte in einem versiegelten weißen Umschlag, gute Qualität, aber kein Aufdruck oder Monogramm. Sein Name stand in Großbuchstaben auf dem Umschlag – in einer sehr regelmäßigen, wie gestochen wirkenden, altmodischen Handschrift. Keine Briefmarke, er mußte also persönlich abgegeben worden sein.
Peter riß den Umschlag mit dem Daumen auf und zog einen Bogen linierten Schreibpapiers daraus hervor, wieder gute Qualität, aber Massenware, wie jeder Papierhändler im gesamten Vereinigten Königreich sie sicher stapelweise auf Lager hatte.
Auch die Mitteilung war in dieser merkwürdig regelmäßigen, unnatürlich wirkenden Schrift verfaßt. Der Schreiber mußte eine Schablone verwendet haben, um jeden Buchstaben einzeln hinzumalen. Eine jener durchsichtigen Plastikschablonen, die man in jedem Spielwarengeschäft und jeder Papierhandlung kaufen konnte. Eine sehr wirksame Methode, die Handschrift zu verstellen.

> Einen Finger haben Sie bereits, als nächstes bekommen Sie die Hand, dann die zweite Hand, dann einen Fuß, den anderen Fuß – und zum Schluß den Kopf.
> Das nächste Päckchen kommt am 20. April, die folgenden Sendungen alle sieben Tage.
> Wenn Sie das verhindern wollen, müssen Sie ein Leben gegen ein Leben eintauschen. An dem Tag, an dem Dr. Kingston Parker stirbt, bekommen Sie Ihre Tochter lebendig und ohne weiteren Schaden zurück.
> Vernichten Sie diesen Brief, und erzählen Sie niemandem davon, oder Sie bekommen sofort den Kopf.

Der Brief war mit dem Namen unterzeichnet, der seit einiger Zeit wie ein drohender Schatten über Peters Leben lag: KALIF.
Es war, als würde der Schock sich bis in den letzten Winkel seiner Seele ausbreiten. Den Namen geschrieben zu sehen! Die letzte Bestätigung für all das Böse, das sie verdächtigt hatten, in Händen zu halten! Die Signatur der Bestie mit eigenen Augen zu sehen – schwarz auf weiß und unwiderlegbar!
Und der Inhalt des Briefes machte den Schock noch tiefer, fast unerträglich. Diese Grausamkeit, diese gnadenlose Skrupellosigkeit übertraf alles, was Peter für glaubwürdig gehalten hatte.
Der Brief bebte in seiner Hand, und er bemerkte fast erstaunt, daß es ihn schüttelte, als hätte er hohes Fieber. Der Hoteldiener, der seinen schwarzen Krokodillederkoffer trug, starrte ihn neugierig an, und es kostete Peter eine ungeheure körperliche Anstrengung, das Zittern seiner Hände zu unterdrücken und den weißen Bogen zusammenzufalten.
Starr, wie auf dem Paradeplatz, stand er da, bis die Aufzugtür sich öffnete, und marschierte dann auf steifen Beinen durch den Gang bis zu seinem Appartement. Er drückte dem Diener einen Geldschein in die Hand, ohne auch nur einen Blick darauf zu werfen, und kaum war die Tür hinter ihm ins Schloß gefallen, faltete er den Bogen wieder auseinander, blieb mitten im Zimmer stehen und studierte abermals die gespreizten Schriftzüge, und dann nochmals, bis die Worte ineinanderzufließen und jeglichen Zusammenhang und Sinn zu verlieren schienen.
Er erkannte, daß er das erste Mal im Leben in Panik war, daß er alle Entschlußkraft und Zielstrebigkeit verloren hatte.
Er schöpfte tief Luft, schloß die Augen und zählte langsam bis hundert, versuchte völlig abzuschalten, und dann gab er sich den Befehl: Denk nach!
Also: Kalif wußte über alles, was er tat, Bescheid, sogar wann man ihn im Dorchester erwartete. Wer wußte das? Cynthia, Colin Noble, Magda Altmann und ihr Sekretär in Rambouillet, der die Reservierung vorgenommen hatte, Colins Sekretär bei Thor und alle Angestellten des Dorchester. Und daß er immer im Dorche-

ster abstieg, konnte jeder wissen, der seine Gepflogenheiten auch nur flüchtig untersucht hatte. Das war eine Sackgasse.
»Überleg weiter!«
Heute war der vierte April. Noch sechzehn Tage, bis Kalif ihm Melissa-Janes amputierte Hand schicken würde. Er fühlte, wie die Panik wieder in ihm hochstieg und kämpfte sie nieder.
»Denk nach!«
Kalif hatte ihn beobachtet, hatte ihn genauestens studiert und seinen Wert taxiert. Dieser Wert bestand darin, daß Peter sich völlig unverdächtig in höchsten Kreisen bewegen konnte. Er konnte an den Kommandanten von Atlas herankommen, indem er einfach um eine Unterredung bat. Mehr als das, er konnte sich wahrscheinlich Zugang zu jedem Staatsoberhaupt verschaffen, wenn er es nur dringend genug wollte.
Zum ersten Mal im Leben verspürte Peter das Bedürfnis nach Alkohol. Rasch ging er hinüber zur Bar und fummelte am Schlüssel. Das Gesicht eines Fremden starrte ihm aus dem goldgerahmten Spiegel über der Bar entgegen. Ein bleiches, abgezehrtes Gesicht mit tiefen Furchen um den Mund. Unter den Augen lagen pflaumenblaue Schatten der Müdigkeit, frische Bartstoppeln überzogen seine hageren, knochigen Wangen mit einem stahlgrauen Schimmer, und in den saphirblauen Augen lag ein wildes, verstörtes Glitzern. Er wandte den Blick von seinem Spiegelbild, das das Gefühl der Unwirklichkeit nur noch steigerte, ab.
Er goß sich ein halbes Glas Whisky voll und trank die Hälfte davon mit einem einzigen Zug. Der scharfe Alkohol brachte ihn zum Husten, und ein Tropfen lief ihm aus dem Mundwinkel übers Kinn. Er wischte ihn mit dem Daumen fort und ging zurück, um den weißen Papierbogen nochmals zu studieren. Die Stellen, an denen er ihn zu heftig angefaßt hatte, waren schon ganz zerknittert. Er strich sie sorgfältig glatt.
»Denk nach!« sagte er sich wieder. Das also war Kalifs Methode. Sich niemals selbst zu exponieren. Sich seine Agenten mit unglaublicher Sorgfalt auszusuchen. Fanatiker, wie das Mädchen Ingrid, das die Entführung der BA 070 geleitet hatte. Geschulte Mörder,

wie den Mann, den Magdas Leibwächter in dem Fluß auf *La Pierre Bénite* erschossen hatte. Experten in hohen Positionen wie General Peter Stride. Er studierte sie, taxierte sie und ihre Fähigkeiten und fand schließlich ihren Preis.

Peter hatte nie an das alte Gesetz geglaubt, daß jeder Mensch seinen Preis habe. Er hatte gemeint, er stünde über diesem Gesetz. Nun wußte er, daß dem nicht so war – und dieses Wissen verursachte ihm Übelkeit.

Kalif hatte seinen Preis gefunden, mit untrüglichem Instinkt. Melissa-Jane! Plötzlich sah er lebhaft das Bild seiner Tochter auf dem Rücken des Pferdes vor sich, wie sie im Sattel herumwirbelte, um ihm zuzulachen und zuzurufen:

»Super-Star!« Und der Wind trug ihm den Klang ihres Lachens zu. Es schauderte ihn, und er zerknüllte den Papierbogen zu einem Knäuel in seiner Faust, ohne es zu merken.

Er sah den Weg vor sich, den das Schicksal ihm zu gehen bestimmt hatte. Jäh blitzte in ihm die Erkenntnis auf, daß er den ersten Schritt auf diesem Weg bereits getan hatte. Damals auf dem Flughafen von Johannesburg, als er der blonden Mörderin die Pistole angesetzt und sich selbst zum Richter und Henker gemacht hatte. Kalif war für diesen ersten Schritt auf dem Weg zum Bösen verantwortlich gewesen, und nun war es wieder Kalif, der ihn weiter auf diesem Weg vorantrieb.

Mit plötzlicher Hellsichtigkeit erkannte Peter, daß es nicht mit Kingston Parkers Leben enden würde. Wenn er sich Kalif erst einmal verschrieben hatte, würde es für immer sein – oder zumindest so lange, bis einer von ihnen, Peter Stride oder Kalif, ausgelöscht war.

Peter leerte sein Whiskyglas.

Ja, Melissa-Jane war sein Preis. Kalif hatte ihm den richtigen Preis geboten. Nichts anderes hätte ihn je dazu treiben können.

Er holte sich die Streichhölzer aus der Bar, ging damit wie ein Schlafwandler ins Badezimmer, drehte das Papier zu einer Art Fakkel, zündete ein Ende an und hielt es über die Toilettemuschel. Er hielt es so lange, bis die Flamme ihm schmerzhaft die Finger versengte, dann ließ er es in die Muschel fallen und zog die Spülung.

Er ging zurück in den Salon und schenkte sich Whisky nach. Dann zog er den bequemen Lehnstuhl heran, der unter dem Fenster stand, und ließ sich hineinfallen. Erst jetzt merkte er, wie unsagbar müde er war. Die Nerven in seinen Schenkeln zuckten und vibrierten unbeherrschbar.

Er dachte über Kingston Parker nach. Ein Mann wie er hatte der Menschheit Unschätzbares zu bieten. Es muß so aussehen, als hätte der Mordanschlag mir gegolten, überlegte Peter. Als hätte der Mörder das falsche Opfer erwischt.

Eine Bombe, dachte er. Er haßte Bomben. Irgendwie waren sie für ihn das Symbol der sinnlosen Gewalt, die er so haßte. Er hatte sie in Irland gesehen und in London, diese ziellose, gedankenlose, unbarmherzige Zerstörung, und es gab nichts, was er mehr haßte.

Es muß eine Bombe sein, entschied er und stellte überrascht fest, daß sein Haß ein neues Ziel gefunden hatte. Zum ersten Mal in seinem Leben haßte er sich selbst für das, was er zu tun beabsichtigte.

Kalif hatte gewonnen. Peter wußte, daß sie gegen einen Feind von solchem Kaliber keine Chance hatten, das Versteck zu finden, in dem Melissa-Jane gefangengehalten wurde. Kalif hatte gewonnen, und Peter Stride saß den Rest der Nacht da und plante eine Tat, deren Verhinderung er bis zu dieser Zeit sein ganzes Leben gewidmet hatte.

»Ich kann nicht verstehen, warum die noch immer keinen Kontakt aufgenommen haben.« Inspektor Richards strich sich abwesend mit der Hand über die Glatze, wodurch er den sorgsam darübergekämmten Haarflaum durcheinanderbrachte, so daß er ihm vom Kopf abstand, als hätte ihn etwas erschreckt. »Jetzt sind es schon fünf Tage. Und noch immer keine Forderungen.«

»Dabei wissen die genau, wo sie Peter erreichen können«, stimmte Colin Noble zu. »Darauf wurde doch in seinem Interview ausdrücklich hingewiesen.«

Peter Stride war im BBC-Fernsehen aufgetreten, um den dringenden Appell an die Kidnapper zu richten, seine Tochter nicht

weiter zu verstümmeln und um die Öffentlichkeit um Informationen zu bitten, die zu ihrer Befreiung führen könnten.
Im selben Programm hatte man das von der Polizei nach den Angaben der einzigen Zeugin verfertigte Phantombild des Mannes gezeigt, der den kastanienbraunen Triumph gefahren hatte.
Die Reaktion war überwältigend gewesen; zahllose Anrufer hatten die Telefonleitungen in Inspektor Richards Sonderhauptquartier stundenlang blockiert, und die Polizei hatte einige recht skurrile Fänge gemacht.
In Bournemouth hatte man sie auf die Spur einer vierzehnjährigen Ausreißerin gehetzt, die sie mit ihrem zweiunddreißigjährigen Liebhaber im Bett vorfanden, als sie das Appartement stürmten. Das bitterlich weinende Mädchen war in den Schoß seiner Familie zurückgebracht worden und vierundzwanzig Stunden später abermals verschwunden.
In Nordschottland hatte sich die Polizei bei der Erstürmung eines einsam gelegenen Landhauses, dessen Mieter glattes dunkles Haar und einen Schnauzbart wie der Mann auf dem Phantombild hatte, eine peinliche Stümperei geleistet. Der Mann, der sich als Heimproduzent von LSD-Tabletten entpuppte, war längst über alle Berge, als die Polizisten ins Haus eindrangen, und mit ihm seine vier Assistenten, zu denen ein junges Mädchen gehörte, auf das die Beschreibung von Melissa-Jane nur insofern zutraf, als es weiblichen Geschlechts und blond war. Es hatte eine ganze Weile gedauert, ehe die schottischen Gendarmen die Bande im Hochland aufgestöbert und schwitzend und schnaufend überwältigt hatten.
Peter Stride tobte vor Wut. »Wenn es wirklich Melissa-Jane gewesen wäre, hätten die fünfzehn Minuten Zeit gehabt, sie zu erledigen«, fuhr er Richards zornig an. »Das nächste Unternehmen müssen Sie Thor überlassen.«
Über einen Videoschirm des Fernverbindungsnetzes von Thor sprach er direkt mit Kingston Parker.
»Wir werden unseren ganzen Einfluß geltend machen«, versprach Parker und fügte dann, mit tiefem Mitleid im Blick hinzu: »Peter, ich mache jede Minute dieser schrecklichen Sache in Ge-

danken mit Ihnen durch. Das Bewußtsein, daß ich Sie in diese furchtbare Situation gebracht habe, ist eine schwere Last für mich. Aber ich habe nicht damit gerechnet, daß der Angriff auf dem Weg über Ihre Tochter kommen würde. Ich hoffe, Sie wissen, daß Sie von mir jede nur mögliche Unterstützung bekommen können.«

»Ich danke Ihnen, Sir«, sagte Peter und fühlte, wie sein Entschluß einen Augenblick ins Wanken geriet. Innerhalb der nächsten zehn Tage mußte er diesen Mann liquidieren. Doch der Gedanke an einen verschrumpelten weißen Finger in einer kleinen Flasche machte ihn wieder hart.

Kingston Parkers Einfluß wurde sofort spürbar. Sechs Stunden später kam über den Polizeichef der Befehl aus der Downing-Street, daß der nächste Sturm auf ein mutmaßliches Versteck der Kidnapper dem Thor-Kommando überlassen werden solle.

Die Royal Air Force stellte Thor für die Dauer der Operation zwei Hubschrauber zur Verfügung, und der Sturmtrupp von Thor begann mit einem intensiven Training für die Befreiung von Geiseln unter städtischen Bedingungen. Peter exerzierte mit ihnen, und er und Colin fanden in der Zusammenarbeit rasch wieder zu dem harmonischen Verhältnis von früher zurück.

Wenn sie nicht mit den Hubschraubern trainierten, um verschiedene Kampfmanöver noch weiter auszufeilen, verbrachte Peter viel Zeit auf dem Schießplatz, um seine Gedanken im Dröhnen der Gewehrsalven zu ersticken, aber die Tage vergingen rasch in einer Aufeinanderfolge falscher Alarme und irreführender Hinweise.

Jede Nacht musterte er sein Gesicht in dem Spiegel über der Bar, und jedesmal war es abgezehrter, die blauen Augen waren trübe von der Erschöpfung und der schrecklichen, quälenden Furcht vor dem, was der nächste Tag bringen mochte.

Es blieben noch sechs Tage Zeit, als Peter eines Morgens vor dem Frühstück das Hotel verließ, am Green Park in die U-Bahn stieg und sie am Finsbury Park verließ. In einem nahegelegenen Gartenfachgeschäft kaufte er einen Plastiksack mit Gartendünger – zwanzig Pfund Amoniumnitrat. Er brachte den Sack in einem versperrten Samsonite-Koffer ins Dorchester und verstaute ihn im Schrank hinter seinem Trenchcoat.

Als er an diesem Abend mit Magda telefonierte, bat sie ihn wieder, sie nach London kommen zu lassen.
»Peter, ich weiß, daß ich dir helfen kann. Selbst wenn ich nur bei dir bin, um deine Hand zu halten.«
»Nein. Warum fängst du wieder damit an?« Er hörte den brutalen Klang seiner Stimme, konnte ihn aber nicht unterdrücken.Er wußte, er war am äußersten Rand seiner Beherrschung. »Hast du irgend etwas gehört?«
»Nein, Peter, es tut mir leid. Nichts, absolut nichts. Meine ‚Quellen' geben sich alle erdenkliche Mühe.«
Peter kaufte den Dieseltreibstoff bei einer Tankstelle in der Lex Garage in der Brewer Street. Er ließ sich fünf Liter in eine Plastikflasche mit Schraubverschluß abfüllen, in der früher ein Haushaltsreiniger gewesen war. Der Tankwart, ein pickliger Jüngling in einem schmitzigen Overall, war nicht im geringsten an dem Geschäft interessiert.
In seinem Badezimmer stellte Peter mit dem Bitrat aus dem Gartenfachgeschäft und dem Dieseltreibstoff einundzwanzig Pfund hochexplosiven Sprengstoff her, der allerdings lammfromm war, solange er nicht durch die Sprengkapsel gezündet wurde, die Peter sich aus der Glühbirne einer Taschenlampe gebastelt hatte.
Die Bombe würde die ganze Suite in Schutt und Asche legen und alles und jeden darin vernichten. Aber der Schaden sollte sich auf jene drei Räume beschränken.
Unter dem Vorwand, er hätte dringliche Informationen über Kalif, die so schwerwiegend seien, daß er sie nur persönlich und unter vier Augen überbringen könne, mußte es relativ einfach sein, Kingston Parker in seine Suite zu locken.
In dieser Nacht war das Gesicht in dem Spiegel über der Bar das Gesicht eines Mannes, der an einer unheilbaren, tödlichen Krankheit leidet, und die Whiskyflasche war leer. Peter brach das Siegel einer neuen Flasche auf und redete sich ein, daß der Whisky ihm das Schlafen erleichtern würde.

Der Wind blies von der Irischen See her, scharf wie die Klinge einer Erntesichel, und die bleigraue, tiefhängende Wolke kroch die Hänge der Wicklow-Hills empor.
Durch die dünneren Stellen der Wolkenbank schickte eine kalte Sonne ihre krankhaft bleichen Strahlen auf die grünen, waldbedeckten Hänge nieder. Und mit der Wolke kam der Regen – ein eisiger, grauer, windgepeitschter Regen.
Ein Mann kam die verlassene Dorfstraße entlang. Die alljährliche Touristeninvasion hatte noch nicht begonnen, aber die *Bed and Breakfast*-Schilder hingen bereits in den Fenstern der am Dorfrand gelegenen Häuser, um die Urlauber zu begrüßen.
Der Mann ging an dem Pub mit seiner schockrosa gestrichenen Fassade vorüber und hob dann den Kopf, um das Schild über dem leeren Parkplatz zu lesen. „*Black is Beautiful* – trinken Sie Guiness", verkündete es, doch der Mann lächelte nicht, sondern senkte den Kopf und trottete über die Brücke, die das Dorf in zwei Teile schnitt.
Die steinerne Balustrade der Brücke hatte ein mitternächtlicher Künstler dazu benützt, mit leuchtender Farbe aus einer Spraydose politische Losungen draufzumalen.
‚BRITEN RAUS' stand auf dem linken Brückengeländer und ‚SCHLUSS MIT DER H-BLOCK FOLTER' auf dem rechten. Diesmal zog der Mann eine säuerliche Grimasse.
Unter ihm schlug das stahlgraue Wasser brodelnd gegen die steinernen Brückenpfeiler, ehe es weiter dem Meer zurauschte.
Der Mann trug einen Plastikumhang und eine schmalkrempige Tweedkappe, die er sich fast bis zu den Augen heruntergezogen hatte. Der Wind schlug ihm entgegen und peitschte die Zipfel seines Umhangs mit lautem Knattern gegen seine Stiefel.
Es schien, als würde er sich furchtsam ducken, wie er da mit eingezogenem Kopf gegen den kalten, wütenden Wind ankämpfend an den letzten Häusern des Dorfes vorübertrottete. Die Straße war menschenleer, aber der Mann wußte, daß die Dorfbewohner ihn hinter ihren zugezogenen Vorhängen beobachteten.
Er hätte sich dieses Dorf auf den unteren Hängen der Wicklow-Hills, kaum fünfzig Kilometer von Dublin entfernt, niemals ausgesucht. Die Verlassenheit der Gegend arbeitete gegen sie, machte

sie besonders auffällig. Er hätte die Anonymität einer Stadt vorgezogen. Aber er war nie um seine Meinung gefragt worden.
Das war nun das dritte Mal, daß er seit ihrer Ankunft das Haus verließ, um Dinge zu holen, die dringend benötigt wurden. Mit ein wenig mehr Umsicht hätte sich derlei vermeiden lassen. Man hätte eben an diese Dinge denken müssen, als man das alte Haus für ihre Ankunft vorbereitet hatte. Aber das kam davon, wenn man sich auf einen Trunkenbold verlassen mußte. Doch auch in dieser Hinsicht hatte man ihn nicht um seine Meinung gefragt.
Er war unzufrieden und in aufsässiger, gereizter Stimmung. Fast ununterbrochen hatte es geregnet, die ölgespeiste Zentralheizung funktionierte nicht, und das qualmende Torffeuer in den kleinen offenen Kaminen in den beiden großen, hohen und spärlich möblierten Räumen gab nur wenig Wärme – er fror, seit sie hier angekommen waren. Sie benutzten nur diese zwei Räume, in den übrigen Zimmern waren immer noch die Fensterläden herabgelassen und die Türen waren versperrt. Das Gebäude war düster und durchdrungen vom Geruch der Feuchtigkeit, die durch alle Ritzen drang. Und er hatte nur die Gesellschaft eines wimmernden Alkoholikers, einen kalten, verregneten Tag um den anderen. Der Mann war reif, ja überreif für Scherereien, jede Abwechslung wäre ihm willkommen gewesen, um aus diesem zermürbenden Einerlei herauszukommen – aber nun hatte man ihn zum Laufburschen und Hausdiener degradiert, eine Rolle, für die er weder charakterlich geeignet noch geschult worden war, und finster blickend trottete er über die Brücke und steuerte auf den Dorfladen zu, vor dessen Eingang die Benzinzapfsäulen wie eine Reihe von Wachposten habtachtstanden.
Der Besitzer sah ihn kommen und rief nach hinten in den Laden.
»Da kommt wieder der Kerl, der jetzt draußen im alten Pfarrhaus wohnt.«
Seine Frau, klein und rund, mit hellen Augen und einer spitzen Zunge, kam herein und wischte sich die Hände an der Schürze ab.
»Diese Städter haben wirklich nicht mehr Hirn als sie unbedingt brauchen. Bei dem Wetter!«

»Genau, und er kommt bestimmt nicht, um eine Dose Bohnen oder einen Whisky zu kaufen.«
Die Kunde von dem neuen Bewohner des alten Pfarrhauses hatte rasch im Dorf die Runde gemacht und man vertrieb sich damit die Zeit, anhand der regelmäßigen Berichterstattung des Fräuleins von der Telefonvermittlung – zwei Anrufe nach Übersee, des Briefträgers – keine Post, und des Mannes von der Müllabfuhr – hauptsächlich leere Bohnendosen Marke Heinz und Whiskyflaschen, Marke Jamieson, Spekulationen über ihn anzustellen.
»Ich glaub' immer noch, daß er so ein Unruhestifter aus dem Norden ist«, sagte die Frau des Ladenbesitzers. »Er schaut so aus wie einer aus Ulster, und er redet auch so.«
»Sei still, Frau«, mahnte ihr Mann sie zur Vorsicht. »Du bringst uns noch ins Unglück. Verschwind lieber wieder in die Küche.«
Der Mann trat aus dem Regen herein, nahm die Tweedkappe ab und schlug damit gegen die Tür, um das Wasser abzubeuteln. Er hatte ein dunkles irisches Gesicht, umrahmt von glattem, fransig geschnittenem, schwarzem Haar, und Augen, die so wild glühten wie der Blick eines Falken, wenn die Lederhaube gelüftet wird.
»Schönen guten Morgen auch, Mr. Barry«, begrüßte ihn der Ladeninhaber. »Sieht so aus, als wolle es zu regnen aufhören.«
Der Mann, den sie unter dem Namen Barry kannten, brummte und ließ den Blick flink über das bunte Durcheinander auf den vollgestopften Regalen des kleinen Gemischtwarenladens schweifen, während er aus dem wasserdichten Umhang schlüpfte.
Er trug eine Jacke aus rauhem Tweed über einem gestrickten Wollpullover mit Zopfmuster und dazu eine braune Kordhose, deren Beine in den Stiefeln steckten.
»Schon fertig mit dem Buch, das Sie schreiben?« Barry hatte dem Milchmann erzählt, daß er an einem Buch über Irland arbeite. Die Wicklow-Hills waren eine Hochburg der Literaten; in einem Umkreis von zwanzig Meilen gab es etwa ein Dutzend prominenter oder exzentrischer Schriftsteller, die die Steuervorteile ausnutzten, die Schriftstellern und anderen Künstlern in Irland gewährt wurden.

»Noch nicht«, knurrte Barry und ging hinüber zu den Regalen gleich neben der Registrierkasse. Er wählte etwa ein halbes Dutzend verschiedener Dinge aus und legte sie auf den abgenutzten Ladentisch.
»Wenn es fertig und gut geworden ist, werd' ich die Bücherei bitten, daß sie mir ein Exemplar besorgt«, versprach der Ladenbesitzer wie einer, der genau weiß, was man einem Schriftsteller sagt, um ihm eine Freude zu machen. Dann begann er die einzelnen Posten in seine Registrierkasse zu tippen.
Barrys Oberlippe war im Vergleich zum übrigen Gesicht immer noch merkwürdig glatt und blaß. Er hatte sich den dunklen, hängenden Schnauzbart am Tage vor seiner Ankunft im Dorf abrasiert und sich zugleich auch das Haar gestutzt, das ihm vorher bis zu den Augen gehangen war.
Der Ladenbesitzer hob einen Artikel hoch und warf Barry einen fragenden Blick zu, doch als das dunkle irische Gesicht völlig ausdruckslos blieb und Barry sich zu keiner Erklärung herabließ, wandte er verlegen den Blick ab, tippte den Preis in seine Kasse und steckte das Paket zusammen mit den anderen Dingen in eine Tragetasche aus Papier.
»Das macht drei Pfund und zwanzig Pence«, sagte er, stieß die Kassenlade mit einem lauten Klirren zu und wartete, bis Barry sich den Umhang um die Schultern geworfen und die Tweedkappe auf den Kopf gedrückt hatte.
»Gott mit Ihnen, Mr. Barry«, sagte er, erhielt aber keine Antwort. Er blieb noch stehen und sah Barry nach, der über die Brücke zurückstapfte, dann rief er seine Frau.
»Ganz bestimmt ist der so einer, ganz bestimmt«, begann die Frau wieder.
»Der hat eine Freundin mit.« Der Ladenbesitzer platzte fast vor Stolz über seine wichtige Entdeckung. »Auf einen hübschen kleinen Seitensprung ist der aus.«
»Woher willst du das wissen?«
»Er hat so Zeugs gekauft – na du weißt schon, für Frauen.« Er blinzelte ihr wissend zu.
»Gar nichts weiß ich«, widersprach seine Frau.

»Na ja, für die kritischen Tage – du weißt doch. So Zeugs halt.« Seine Frau wurde ganz rot vor Aufregung und begann, sich die Schürze aufzubinden.
»Bist du sicher?« fragte sie.
»Hab' ich dich vielleicht schon jemals angelogen?«
»Ich denk', ich geh' mal kurz rüber zu Mollie auf eine Tasse Tee«, erklärte seine Frau eifrig.
Diese Neuigkeit würde sie im ganzen Dorf zur Frau der Stunde machen.
Der Mann, den sie unter dem Namen Barry kannten, bog mit schweren Schritten in den schmalen, von hohen Mauern gesäumten Weg ein, der zum alten Pfarrhaus hinaufführte. Aber es waren nur die schweren Stiefel und der weite Umhang, die ihn so plump wirken ließen, denn in Wirklichkeit war er ein schlanker, beweglicher Mann in hervorragender Körperverfassung, und die Augen unter der Krempe des Hutes standen keine Sekunde still – Jägeraugen, deren Blick aufmerksam und rastlos nach allen Seiten schoß.
Die Mauer war mehr als dreieinhalb Meter hoch und von silbergrauen Flechten überzogen, wirkte aber, obwohl sie von Sprüngen durchzogen und stellenweise schon ganz verfallen war, immer noch recht wuchtig und bot dem dahinter liegenen Grundstück Schutz und völlige Abgeschiedenheit.
Am Ende des Weges war eine morsche, völlig verzogene, zweiteilige Holztür, aber das Sicherheitsschloß aus Messing glänzte ganz neu, und die Sprünge und klaffenden Spalten im Holz waren von Tannenrinde bedeckt, so daß es unmöglich war, in das Innere der Garage zu sehen.
Barry sperrte das Sicherheitsschloß auf, schlüpfte hinein und zog hinter sich den Schnappriegel zu.
In der Garage stand ein dunkelblauer Austin mit der Schnauze zur Tür, jederzeit abfahrbereit. Er war vor zwei Wochen in Ulster gestohlen, umlackiert und mit einem Dachgepäckträger versehen worden, um sein Aussehen zu verändern. Die Nummerntafeln waren ausgetauscht worden, der Motor überprüft und einem Service unterzogen, und Barry hatte dafür fast den doppelten Listenpreis bezahlt.

Nun schlüpfte er hinters Lenkrad und drehte den Zündschlüssel um. Der Wagen sprang sofort an, und Barry grunzte zufrieden. Sekunden konnten den Ausschlag zwischen Erfolg oder Mißerfolg geben, und in Barrys Leben war Mißerfolg ein Synonym für den Tod. Eine halbe Minute lauschte er auf das Brummen des Motors, überprüfte den Öldruck und den Benzinstand, dann schaltete er den Motor wieder ab und trat durch das Hintertor der Garage in den wild verwachsenen Küchengarten hinaus.
Das alte Haus hatte das traurige, ungeliebte Aussehen eines herrenlosen, langsam zur Ruine verfallenen Besitzes. Die Obstbäume in dem kleinen Obstgarten waren von Parasiten befallen und von Unkraut umwuchert.
Das Strohdach des Hauses war verrottet und von grünem Moos überzogen, und die Fenster waren wie die Augen eines Blinden, blicklos und stumpf.
Barry trat durch die Küchentür ein, ließ seinen Umhang und die Kappe auf den Boden fallen und stellte die Papiertasche mit den Einkäufen auf das Abtropfbrett der Spüle. Dann griff er in die Bestecklade und holte eine Pistole heraus. Es war die Dienstpistole eines britischen Offiziers, die vor drei Jahren bei einem Überfall auf ein Waffenarsenal der britischen Armee in Ulster gestohlen worden war.
Barry überprüfte die Waffe mit den geübten Griffen langjähriger Erfahrung und steckte sie dann in seinen Gürtel. Er war sich nackt und schutzlos vorgekommen in der kurzen Zeit ohne seine Waffe – aber er hatte sich widerstrebend eingestanden, daß es zu riskant war, bewaffnet durchs Dorf zu spazieren.
Nun ließ er Wasser in den Teekessel rinnen, und bei dem Geräusch ertönte aus dem finsteren Raum hinter der Küche eine Stimme.
»Sind Sie das?«
»Wer sonst«, antwortete Barry trocken, und der andere Mann kam herüber und blieb im Eingang zur Küche stehen. Er war ein dünner gebeugter Mann in den Fünfzigern mit dem aufgedunsenen roten Gesicht des schweren Trinkers.
»Haben Sie's bekommen?« Seine Stimme klang krächzend und

rauh vom Whisky, sein Gesicht sah elend und verkatert aus, und die Wangen waren fleckig von den grauen Stoppeln des einen Tag alten Bartes.
Barry deutete auf das Paket auf dem Spültisch.
»Ist alles drin, Doktor.«
»Nennen Sie mich nicht Doktor, ich bin kein Arzt mehr«, fuhr der Mann ihn gereizt an.
»Aber ja doch, ein verdammt guter noch dazu. Fragen Sie nur die Mädchen, die ihre Bündel losgeworden sind ...«
»Lassen Sie mich in Ruhe, zum Teufel!«
Ja, er war wirklich ein verdammt guter Arzt gewesen. Vor langer Zeit, bevor er mit dem Whisky angefangen hatte, und jetzt mit Abtreibungen, Versorgung von Schußwunden flüchtiger Verbrecher und Jobs wie diesem hier. Er dachte nicht gerne an diesen Job. Er ging hinüber zum Spültisch und holte die Päckchen aus dem Sack.
»Ich hab' gesagt, Sie sollen mir Hansaplast bringen«, sagte er.
»Sie hatten keins. Ich hab' dafür die Binden gebracht.«
»Ich kann doch nicht ...«, begann der Mann, aber Barry wirbelte wütend herum und sein Gesicht wurde dunkelrot vor Zorn.
»Ich hab' die Nase voll von Ihrem Gewimmer. Hätten Sie doch mitgebracht, was Sie brauchen, anstatt mich darum zu schicken.«
»Ich hab' nicht damit gerechnet, daß die Wunde ...«
»Sie haben mit überhaupt nichts gerechnet, außer mit einem Schluck Jamieson, Mann. Es gibt kein Hansaplast. Also machen Sie weiter und verbinden Sie die Hand der verdammten Göre mit den Binden.«
Der ältere Mann wich rasch zurück, nahm die Päckchen und schlurfte in den anderen Raum hinaus.
Barry goß den Tee auf, schenkte sich die dicke Porzellantasse voll, gab vier Löffel Zucker dazu und rührte geräuschvoll um, während er durch die verschmierten Fensterscheiben hinausstarrte. Es regnete schon wieder. Der ewige Regen und die Warterei würden ihn noch verrückt machen.
Der Doktor kam mit einem blut- und eiterverschmierten Bündel Stoff in die Küche zurück.

»Sie ist krank«, sagte er. »Sie braucht Medikamente, Antibiotika. Der Finger ...«
»Vergessen Sie's«, sagte Barry.
Aus dem Nebenraum drang ein langgezogenes Wimmern, dem das unzusammenhängende Geplapper eines jungen Mädchens folgte, das im Fieber und unter dem Einfluß hypnotischer Drogen phantasierte.
»Wenn sie nicht bald entsprechend versorgt wird, übernehme ich keine Verantwortung.«
»O doch, Sie werden sehr wohl die Verantwortung übernehmen«, erklärte Barry finster. »Dafür werde ich schon sorgen.«
Der Arzt legte das schmutzige Stoffbündel ins Abwaschbecken und ließ Wasser darüber rinnen.
»Kann ich jetzt ein Glas haben?« fragte er.
Barry konsultierte mit sadistischer Muße seine Uhr.
»Nein. Noch nicht«, entschied er.
Der Arzt schüttete Seifenflocken ins Becken.
»Ich glaube nicht, daß ich dazu fähig bin, ihr die Hand abzunehmen«, flüsterte er kopfschüttelnd. »Der Finger war schon schlimm genug – aber die Hand kann ich nicht machen.«
»Sie werden die Hand machen«, sagte Barry. »Haben Sie verstanden, Sie verrottetes altes Whiskyfaß? Sie werden die Hand machen und auch sonst alles, was ich Ihnen sage.«

Sir Steven Stride setzte eine Belohnung von fünfzigtausend Pfund für Hinweise aus, die zur Auffindung seiner Nichte führen könnten. Das Angebot, das zusammen mit dem Phantombild des Kidnappers durch Presse und Fernsehen ging, führte zu einer Belebung des nachlassenden Interesses der Öffentlichkeit an dem Fall.
Inspektor Richards hatte seinen Telefonbereitschaftsdienst in den letzten paar Tagen auf eine Beamtin reduzieren können, doch durch die neue Woge von Informationen und Spekulationen mußte er auch die zweite Polizistin wieder in den dritten Stock hinaufkommen lassen und zusätzlich noch zwei Sergeants für die Bearbeitung des eingegangenen Materials anfordern.

»Ich komm mir vor wie Littlewoods«, murrte er Peter an. »Jeder glaubt, daß er den richtigen Tip hat oder will um die paar Pence fürs Telefon Reklame für sich machen.« Er nahm einen Zettel zur Hand. »Da hat schon wieder einer die Verantwortung übernommen – die Demokratische Volkspartei für die Befreiung von Hongkong. Haben Sie von denen schon mal was gehört?«
»Nein, Sir.« Der ältere Sergeant blickte von seiner Liste auf. »Aber das ist jetzt der hundertachtundvierzigste, der die Tat gestanden oder die Verantwortung übernommen hat.«
»Und Heinrich der Achte hat vor einer halben Stunde wieder angerufen.« Eines der Mädchen an der Fernsprechanlage drehte sich um und lächelte ihm zu. »Keinen Tag hat er ausgelassen.«
Heinrich der Achte war ein achtundsechzigjähriger Pensionist, der in einem Gemeindebau im Süden Londons wohnte. Es war sein Hobby, Geständnisse über alle zuletzt begangenen spektakulären Verbrechen, von Sittlichkeitsdelikten bis zu Banküberfällen, abzulegen, und er hatte regelmäßig jeden Vormittag angerufen. »Kommt und holt mich«, hatte er jedesmal herausfordernd gesagt. »Aber ich warne euch, ich komme nicht freiwillig . . .« Als der für den Bezirk zuständige Konstabler ihm auf seinem Dienstgang einen Höflichkeitsbesuch abgestattet hatte, hatte Heinrich der Achte bereits seinen Koffer gepackt und war bereit, mitzukommen. Seine Enttäuschung, als der Bobby ihm taktvoll erklärte, daß man ihn nicht festnehmen würde, war herzzerreißend, aber als er ihm versicherte, man würde ihn streng überwachen, da der Kommissar ihn für einen sehr gefährlichen Mann hielte, hellte sich sein Gesicht wieder auf und er bot dem Konstabler eine Tasse Tee an.
»Die Schwierigkeit ist, daß wir keinen davon außer acht lassen dürfen, nicht einmal die wirklichen Spinner. Es muß alles überprüft werden«, seufzte Richards und bedeutete Peter mit einem Wink, in sein Büro voranzugehen.
»Immer noch nichts?« fragte Richards. Es war eine überflüssige Frage. Sie ließen sein Telefon im Hotel und im Thor-Hauptquartier überwachen, um jede Kontaktaufnahme der Kidnapper sofort auf Band aufzuzeichnen.
»Nein, nichts«, log Peter, aber die Lüge fiel ihm nun schon leicht –

genauso, wie er sich damit abgefunden hatte, alles zu akzeptieren, was sonst noch zur Befreiung Melissa-Janes nötig sein sollte.

»Das gefällt mir nicht, General. Es gefällt mir absolut nicht, daß überhaupt kein Versuch unternommen wurde, mit Ihnen Verbindung aufzunehmen. Ich will nicht verzweifeln, aber die Geschichte sieht mit jedem weiteren Tag des Schweigens mehr und mehr nach einem Racheakt aus . . .« Richards unterbrach sich und zündete sich eine Zigarette an, um seine Verlegenheit zu verbergen. »Gestern hat mich der Stellvertreter des Polizeipräsidenten angerufen. Er wollte von mir wissen, wie lange ich diese Sondereinheit voraussichtlich noch brauchen würde.«

»Was haben Sie ihm gesagt?« fragte Peter.

»Ich habe ihm gesagt, daß ich – wenn wir nicht innerhalb der nächsten zehn Tage irgendwelche greifbaren Hinweise, zumindest irgendeine Art von Forderung seitens der Kidnapper bekommen – daß ich dann annehmen müßte, daß Ihre Tochter nicht mehr am Leben ist.«

»Ich verstehe.« Peter empfand eine fatalistische Ruhe. Er wußte. Er war der einzige, der wußte. Vier Tage waren es noch bis zu Kalifs Ultimatum, und er hatte sich bereits einen genauen Zeitplan zurechtgelegt. Morgen früh würde er um eine dringende Unterredung mit Kingston Parker bitten. Er rechnete damit, daß es nicht einmal einen ganzen Tag dauern würde, diese Zusammenkunft zu arrangieren. Parker konnte nicht ablehnen, dafür würde er ihm die Sache zu schmackhaft machen.

Parker mußte kommen, aber Peter hatte auch die entfernte Möglichkeit einer Ablehnung in Betracht gezogen und sich die letzten drei Tage vor Ablauf des Ultimatums freigehalten, um nötigenfalls seinen Alternativplan durchzuführen.

Dazu müßte er zu Kingston Parker fliegen. Der erste Plan war besser, sicherer – aber sollte er mißlingen, war Peter bereit, jedes Risiko auf sich zu nehmen.

Nun ertappte er sich dabei, wie er, mitten in Richards Büro stehend, verloren auf die Wand über dem Kopf des kleinen Inspektors starrte. Er fuhr zusammen, als er bemerkte, daß Richards ihn mit einer Mischung von Mitlied und Sorge betrachtete.

»Es tut mir leid, General. Ich verstehe, was Sie fühlen – aber ich kann diese Sondereinheit nicht bis in alle Ewigkeit mit Beschlag belegen. Wir haben einfach nicht genug Personal.«
»Ich verstehe.« Peter nickte schroff und fuhr sich mit der Hand übers Gesicht. Eine erschöpfte, hoffnungslose Geste.
»General, ich glaube, Sie sollten Ihren Arzt aufsuchen. Wirklich.« Richards Stimme klang überraschend sanft.
»Das ist nicht nötig – ich bin nur ein wenig müde.«
»Kein Mensch kann mehr als ein gewisses Quantum ertragen.«
»Ich glaube, das ist genau das, womit diese Schweinehunde rechnen«, erwiderte Peter. »Aber ich mach' nicht schlapp.«
Aus dem Nebenbüro drang das fast ununterbrochene Geklingel der Telefone und das Gemurmel der beiden Polizistinnen, die den Ansturm der Anrufe entgegennahmen. Sie hatten sich alle schon an diese Geräusche gewöhnt, daß keiner der beiden Männer es überhaupt begriff, als schließlich der Anruf kam, auf den sie gewartet, um den sie gebangt und gebeten hatten. Und auch in der Telefonzentrale herrschte keinerlei Aufregung.
Die beiden Mädchen saßen Seite an Seite auf ihren Drehstühlen vor der provisorisch installierten Fernsprechanlage. Das blonde Mädchen war etwa Mitte Zwanzig, hübsch und keck, mit großen, runden Brüsten, über denen sich ihre zugeknöpfte blaue Uniformjacke spannte. Das blonde Haar war im Nacken zu einem Knoten gedreht, um die Ohren freizulassen, aber die Kopfhörer ließen sie älter und sehr amtlich wirken.
Die Klingel schlug an, und ein Licht auf dem Schaltbrett vor ihr leuchtete auf; sie drückte den Stöpsel hinein und sprach in den Kopfhörer.
»Guten Morgen. Hier ist die Informationsdienststelle der Polizei ...« Sie hatte einen angenehmen Mittelklasseakzent, aber es gelang ihr nicht ganz, den leicht gelangweilten Ton aus ihrer Stimme herauszuhalten. Sie war nun schon seit zwölf Tagen für diese Arbeit eingeteilt. Man hörte das schrille Signal einer öffentlichen Fernsprechzelle und danach das Klicken der in den Schlitz geschobenen Münze.
»Können Sie mich hören?« Ein ausländischer Akzent.

»Ja, Sir.«
»Hören Sie gut zu. Gilly O'Shaugnessy hat sie . . .« Nein, der ausländische Akzent war nicht echt, so hätte kein Ausländer den Namen aussprechen können.
»Gilly O'Shaugnessy«, wiederholte die Polizistin.
»Richtig. Er hat sie in Laragh versteckt.«
»Bitte buchstabieren Sie das.« Und wieder verflüchtigte sich der Akzent, als der Mann den Namen buchstabierte.
»Und wo ist das, Sir?«
»In der Grafschaft Wicklow in Irland.«
»Danke, Sir! Wie ist Ihr Name, bitte?«
Ein Klicken und die Verbindung war unterbrochen. Man hörte nur noch das Summen des Freizeichens. Das Mädchen zuckte die Achseln, kritzelte die Mitteilung auf den Block und warf gleichzeitig einen Blick auf die Armbanduhr.
»Noch sieben Minuten bis zur Teepause«, sagte sie. »Komm heran, Tod, kämpfe mit den Engeln.« Sie riß das Blatt vom Block und reichte es über die Schulter dem stämmigen krausköpfigen Sergeant, der hinter ihr saß.
»Ich lad' Sie zu einem Honigkuchen ein«, versprach er ihr.
»Ich muß Diät halten«, seufzte sie.
»Das ist doch albern, bei Ihrer Figur . . .« Der Sergeant unterbrach sich. »Gilly O'Shaugnessy. Woher kenn' ich den Namen?«
Der ältere Sergeant hob scharf den Kopf.
»Gilly O'Shaugnessy?« fragte er. »Lassen Sie mal sehen.« Und er schnappte sich den Zettel, überflog ihn rasch, und seine Lippen bewegten sich beim Lesen der Mitteilung. Dann blickte er wieder auf.
»Sie kennen den Namen, weil Sie ihn auf den Steckbriefen gelesen und im Fernsehen gehört haben. Gilly O'Shaugnessy, das ist der Kerl, der in Leicester die Bombe in den Red Lion geworfen und in Belfast den Polizeichef erschossen hat.«
Der Sergeant mit dem Krauskopf pfiff leise. »Das sieht nach einer heißen Spur aus. Nach einer wirklich heißen . . .« Aber sein Kollege stürmte bereits ins Chefbüro, ohne auch nur anzuklopfen.

Sieben Minuten später hatte Richards die Polizei von Dublin am Apparat.
»Schärfen Sie denen ein, daß kein Versuch unternommen werden darf ...« fauchte Peter, während sie warteten, aber Richards fiel ihm ins Wort.
»Schon gut, General. Überlassen Sie das mir. Ich weiß schon, was zu tun ist ...« In diesem Augenblick bekam er seine Verbindung und wurde sofort an einen Stellvertreter des Polizeikommissars weitergeleitet. Er sprach sehr ernst und sehr ruhig, und das Gespräch dauerte zehn Minuten. Dann legte er den Hörer auf.
»Sie wollen die Ortspolizei einschalten, um keine Zeit damit zu verlieren, einen Mann von Dublin hinunterzuschicken. Ich habe ihr Versprechen, daß sie nichts unternehmen werden, wenn sie den Verdächtigen ausfindig machen.«
Peter nickte dankbar. »Laragh«, sagte er. »Ich hab' noch nie davon gehört. Es kann nicht mehr als ein paar hundert Einwohner haben.«
»Ich hab' jemanden um eine Landkarte geschickt«, sagte Richards, und als die Karte kam, studierten sie sie gemeinsam.
»Es liegt an den Hängen der Wicklow-Hills – etwa sechzehn Kilometer von der Küste entfernt.« Und das war so ziemlich alles, was man aus der Karte ersehen konnte, obwohl der Maßstab recht groß war.
»Wir müssen eben warten, bis sich die Polizei von Dublin wieder meldet.«
»Nein.« Peter schüttelte den Kopf. »Rufen Sie nochmals in Dublin an und bitten Sie die Leute, sich mit dem Direktor des Vermessungsamtes in Verbindung zu setzen. Der muß trigonometrische Karten vom Dorf haben, Luftaufnahmen, einen genauen Straßenplan. Bitten Sie die Leute, einen Chauffeur zum Flughafen Enniskerry zu schicken.«
»Sollen wir das wirklich schon jetzt veranlassen? Und was, wenn sich diese Sache wieder als falscher Alarm entpuppt?«
»Dann haben wir eben das Geld für ein paar Liter Benzin und für die Zeit des Fahrers umsonst ausgegeben!« Peter konnte nicht länger stillsitzen. Er sprang auf und begann, ruhelos im Büro auf und

ab zu gehen. Es war ihm plötzlich viel zu klein, er hatte das Gefühl, als müsse er ersticken. »Aber ich glaube nicht, daß es ein falscher Alarm ist. Ich spür's in der Nase. Den Geruch der Bestie.«
Richards blickte erstaunt auf, und Peter schwächte seine überspitzten Worte mit einer beschwichtigenden Handbewegung ab. »Nur eine Redensart«, erklärte er und blieb dann plötzlich stehen, als ihm ein Gedanke durch den Kopf ging. »Die Hubschrauber werden auftanken müssen, sie können das nicht ohne Zwischenlandung schaffen; und sie sind so verdammt langsam!« Er hielt inne, kam zu einem Entschluß, beugte sich über Richards Schreibtisch, um den Telefonhörer abzunehmen und wählte Colin Nobles Geheimnummer bei Thor.
»Colin«, sagte er kurz angebunden, da die Spannung ihn wie eine eiserne Faust umklammert hielt. »Wir haben soeben einen Hinweis bekommen. Er ist noch nicht bestätigt, scheint aber von allen bisherigen der beste zu sein.«
»Wo?« unterbrach Colin ihn eifrig.
»Irland.«
»Verdammt weit.«
»Richtig. Wie lange brauchen die Hubschrauber bis Enniskerry?«
»Warte.« Peter hörte ihn mit jemandem sprechen – wahrscheinlich mit einem der R.A.F.-Piloten. Eine Minute später war er wieder am Apparat.
»Sie müßten unterwegs auftanken.«
»Ja, und?« fragte Peter ungeduldig.
»Viereinhalb Stunden«, teilte Colin ihm mit.
Jetzt ist es zwanzig nach zehn. – Bis sie in Enniskerry sind, ist es fast drei. Und bei dem Wetter wird es vor fünf schon dunkel, dachte Peter wütend. Und wenn wir das Thor-Team auf eine falsche Spur hetzen und inzwischen der richtige Hinweis kommt, nach Schottland oder nach Holland, oder . . .? Aber ich hab's im Gespür. Es muß die richtige Spur sein!
Er atmete tief ein. Er konnte Colin Noble keinen Befehl für *Bravo* geben, er war nicht mehr Kommandant von Thor.
»Colin«, sagte er. »Ich glaube, das ist es. Ich spür's einfach. Willst du mir vertrauen und auf *Bravo* gehen? Wenn wir nur eine halbe

Stunde länger warten, können wir Melissa-Jane nicht mehr befreien, bevor es finster wird – wenn sie dort ist.«
Es folgte ein langes Schweigen, in dem nur Colins Nobles leichtes, rasches Atmen zu hören war.
»Zum Teufel, es kann mich schließlich nicht mehr als meinen Job kosten«, sagte er schließlich leichthin. »Okay, Peter, altes Haus, dann also *Bravo*. In fünf Minuten sind wir in der Luft. Wir holen dich in fünfzehn Minuten vom Hubschrauberlandeplatz ab. Halte dich bereit.«

Die Wolkendecke brach auf, aber der Wind war immer noch bitter kalt und beißend und drang Peter, der in Trenchcoat, Blazer und Rollkragenpullover auf dem ungeschützten Hubschrauberlandeplatz wartete, bis in die Knochen. Der Wind trieb ihm und Richards Tränen in die Augen, als sie über die aufgewühlte Themse hinweg Ausschau nach den Hubschraubern hielten.
»Was soll'n wir tun, wenn wir eine Bestätigung bekommen, bevor Sie Enniskerry erreicht haben?«
»Sie können uns auf den R.A.F.-Frequenzen über Biggin Hill erreichen«, erwiderte Peter.
»Ich hoffe, ich werd' keine schlechten Nachrichten für Sie haben.« Richards hielt seinen Hut mit einer Hand auf dem Kopf fest, die Zipfel seiner Jacke umflatterten seine knochige Figur, und sein Gesicht war fleckig von der Kälte.
Mit lautem Knattern kamen die beiden plumpen Maschinen, an den Silberkreisen ihrer schwirrenden Rotoren hängend, tief über den Dächern angeflogen.
Aus einer Entfernung von dreißig Metern konnte Peter deutlich die Umrisse von Colin Nobles breiter Figur in der offenen Tür direkt vor den leuchtenden Rundscheiben der R.A.F. erkennen, und der Abwind der Rotoren peitschte die Luft um ihn und Richards auf.
»Weidmannsheil!« schrie Richards. »Ich wünschte, ich könnte mitkommen.«
Peter rannte leichtfüßig los und sprang auf, noch ehe das Fahrwerk des Hubschraubers die betonierte Landefläche berührt hat-

te. Colin packte ihn am Oberarm und zog ihn an Bord, ohne die Zigarre aus dem breiten Mund zu nehmen.
»Willkommen an Bord, Kamerad. Und jetzt ab mit dem Zirkus.« Er befestigte die große Fünfundvierziger an seiner Hüfte.

»Sie ißt nichts.« Der Doktor kam aus dem Zimmer und schabte das Essen vom Teller in den Abfallkübel unter dem Spültisch. »Ich mache mir Sorgen um sie, große Sorgen.«
Gilly O'Shaugnessy brummte, ohne den Blick von seinem Teller zu heben. Er brach ein Stück Rinde von der Brotschnitte und wischte sorgsam den Rest Tomatenketchup zusammen, schob sich das Brot in den Mund, nahm einen großen Schluck von dem dampfend heißen Tee, lehnte sich dann kauend in den Küchensessel zurück und betrachtete den anderen Mann.
Der Arzt war dem Zusammenbruch nahe. Seine Nerven würden ihm wahrscheinlich noch vor Ende der Woche durchgehen. Gilly O'Shaugnessy hatte das schon bei besseren Männern und unter geringeren Belastungen erlebt.
Er merkte, daß auch seine eigene Ruhe langsam schwand.
Es war nicht nur der Regen und die Warterei, die an seinen Nerven zehrten. Er war sein Leben lang der Fuchs gewesen, und hatte den Instinkt des gejagten Tieres entwickelt. Er konnte die Gefahr spüren, die Gegenwart der Verfolger, selbst wenn es keine wirklichen Anzeichen gab. Es machte ihn ruhelos, länger als notwendig an ein und demselben Ort zu verweilen, vor allem, wenn er einen Job zu erledigen hatte. Sie waren nun schon seit zwölf Tagen hier, viel zu lang. Je mehr er darüber nachdachte, desto unruhiger wurde er. Warum hatten seine Auftraggeber darauf bestanden, die Göre in diese einsame Gegend am Ende der Welt zu bringen, in der sie nur auffallen würden? Es gab nur eine Straße ins Dorf hinein und aus dem Dorf heraus, einen einzigen Fluchtweg. Warum hatten sie darauf bestanden, daß er gerade hier bleibe und warte? Es wäre ihm lieber gewesen, von Ort zu Ort zu fahren. Wenn er zu bestimmen gehabt hätte, hätte er sich einen gebrauchten Wohnwagen gekauft und wäre von einem Camping zum anderen gezogen. Er ließ seine Gedanken eine Weile schweifen und dachte darüber

nach, wie er alles arrangiert hätte – wenn man ihm die Planung anvertraut hätte.
Er zündete sich eine Zigarette an und starrte durch die regennassen Fensterscheiben, kaum auf die gemurmelten Klagen und Befürchtungen seines Kumpanen achtend. Sie hätten der verdammten Göre alle Finger abschneiden und sie ihrem Vater nach und nach schicken sollen, und dann hätten sie ihr ein Kissen über Mund und Nase halten und sie im Gemüsegarten verscharren oder mit Gewichten beschwert in die Irische See werfen sollen, dort wo sie hundert Klafter tief ist. Dann hätten sie keine Sorgen mit einem Arzt und mit der ganzen Pflege gehabt.
Alles andere hatten sie doch mit professioneller Geschicklichkeit gemacht, angefangen von der Kontaktaufnahme mit ihm in der *Favela* von Rio de Janeiro, wo er sich, bis auf den letzten Groschen abgebrannt, mit einer Halbblutindianerin in einer schmierigen Bretterbude versteckt gehalten hatte.
Daß sie ihn dort aufgestöbert hatten, hatte ihm einen ganz schönen Schrecken eingejagt, denn er war überzeugt gewesen, er hätte seine Spuren völlig verwischt. Sie hatten ihm den Paß und alle sonstigen Papiere auf den Namen Barry besorgt, und die Dokumente sahen nicht wie Fälschungen aus. Es waren gute Papiere, da war er sicher, und er verstand eine ganze Menge von Papieren. Und alles andere war ebenso sorgfältig geplant und rasch erledigt worden. Das Geld – tausend Pfund in Rio, weitere fünftausend, nachdem sie die Göre geschnappt hatten; und er zweifelte nicht daran, daß er auch die letzten zehntausend wie versprochen bekommen würde. Das war schließlich besser als englisches Gefängnis! Und das hatte Kalif ihm in Aussicht gestellt, wenn er nicht bereit sein sollte, den Job anzunehmen.
Kalif! Was für ein idiotischer Name, dachte Gilly O'Shaugnessy wohl zum fünfzigsten Mal, als er den Zigarettenstummel in den Teerest in seiner Tasse fallen ließ, wo er mit einem Zischen erlosch. Wirklich ein idiotischer Name, aber irgendwie ließ er einem das Blut in den Adern gefrieren, und O'Shaugnessy zitterte nicht nur vor Kälte.
Er stand auf und ging hinüber zum Küchenfenster. Es war alles so

rasch gegangen, so zielbewußt und wohldurchdacht, daß ein kleiner Fehler doppelt beunruhigend wirkte.
Gilly O'Shaugnessy hatte das Gefühl, daß Kalif nichts ohne guten Grund tat. – Aber warum hatte man ihnen dann befohlen, sich in dieser gefährlichen Sackgasse zu verkriechen, wo sie nur auffallen würden, wo es keine Möglichkeit zum Rückzug gab, keine Fluchtwege? Warum mußten sie dann hier herumsitzen und warten?
Er nahm seinen Regenumhang und die Tweedkappe. »Wohin gehen Sie?« fragte der Doktor ängstlich. »Frische Luft schnappen«, grunzte Gilly O'Shaugnessy und zog sich die Kappe tief in die Stirn.
»Dauernd treiben Sie sich draußen herum«, protestierte der Arzt. »Sie machen mich ganz nervös.«
Der dunkelhaarige Ire zog die Pistole unter seiner Jacke hervor und überprüfte die Ladung, bevor er die Waffe wieder in den Gürtel steckte. »Kümmern Sie sich nur um Ihre Aufgabe als Kindermädchen«, sagte er brüsk, »und überlassen Sie die Männerarbeit mir.«

Der kleine schwarze Austin kroch langsam die Dorfstraße hinauf, die auf Karosserie und Motorhaube herniederprasselnden Regentropfen spritzten in kleinen weißen Wirbeln nach allen Seiten, so daß die Umrisse des Wagens verwischt wirkten, und die triefende Windschutzscheibe entzog die Insassen allen fremden Blicken. Erst als der Austin direkt vor Laraghs einzigem Gemischtwarenladen hielt und beide Vordertüren aufgingen, wurde die Neugier der Beobachter, die in der ganzen Straße hinter ihren Vorhängen lauerten, befriedigt.
Die beiden irischen Polizisten trugen ihre blauen Winteruniformen mit dunkleren Epauletten. Die Regentropfen sprenkelten die Lacklederschirme ihrer Mützen, als sie ausstiegen und auf das Geschäft zueilten.
»Guten Morgen, Maeve, meine alte Liebe«, begrüßte der Sergeant die plumpe, rotgesichtige Frau hinter dem Ladentisch.
»Owen O'Neill, ich muß schon sagen . . .«, kicherte sie beim An-

blick des Sergeanten. – Es hatte eine Zeit gegeben, dreißig Jahre war das nun schon her, da hatte sich der Pfarrer so allerhand von den beiden anhören müssen, wenn sie zur Beichte kamen. »Was führt denn dich aus der großen Stadt den weiten Weg zu uns her?« Das war eine recht großzügige Bezeichnung für den verschlafenen Badeort Wicklow, der etwa vierundzwanzig Kilometer vom Dorf entfernt lag.
»Ich wollte wieder mal dein strahlendes Lächeln sehen.«
Sie plauderten etwa zehn Minuten lang wie gute alte Freunde, und als ihr Mann das Klappern von Teetassen hörte, kam auch er aus dem kleinen Lagerraum nach vor.
»Na, was gibt's denn Neues in Laragh?« fragte der Sergeant schließlich. »Irgendwelche neuen Gesichter im Dorf?«
»Nein, immer die gleichen. In Laragh tut sich nie was, Gott sei's gedankt.« Der Ladenbesitzer schüttelte den Kopf. »Nein, wirklich – nur unten im alten Pfarrhaus gibt's ein neues Gesicht, irgendein Kerl mit seiner Freundin.« Er zwinkerte verschmitzt. »Aber das ist ein Fremder, der zählt nicht für uns.«
Der Sergeant angelte umständlich nach seinem Notizbuch, öffnete es und nahm ein Foto daraus hervor. Es war das übliche Polizeifoto; en face und im Profil. Er verdeckte den Namen mit dem Daumen und hielt ihnen das Foto hin.
»Nein.« Die Frau schüttelte überzeugt den Kopf. »Der Kerl vom alten Pfarrhaus ist zehn Jahre älter und hat keinen Schnurrbart.«
»Das Bild ist auch schon zehn Jahre alt«, sagte der Sergeant.
»Ach so, warum hast du das nicht gleich gesagt.« Sie nickte. »Dann ist er's. Das ist Mr. Barry, ganz klar und eindeutig.«
»Im alten Pfarrhaus, sagt ihr?« Der Sergeant schien sich richtig aufzublähen, so wichtig kam er sich vor, als er das Foto in sein Notizbuch zurücksteckte. »Ich muß telefonieren, meine Liebe,«
»Wohin denn?« fragte der Ladenbesitzer mißtrauisch.
»Nach Dublin«, erklärte ihm der Sergeant. »Eine Polizeisache.«
»Ich muß den Anruf aber verrechnen«, warnte ihn der Mann rasch.
»Na, was hab' ich gesagt«, meinte seine Frau, als sie zusahen, wie der Sergeant wählte und dem Fräulein in der Telefonvermittlung

die Nummer durchgab. »Hab' ich dir nicht gesagt, daß der nicht ganz geheuer ausschaut. Ich hab' ja gleich gewußt, daß der aus dem Norden ist und uns Unglück bringt wie der schwarze Engel.«

Gilly O'Shaugnessy drückte sich eng an die Steinmauer, um sich vor dem strömenden Regen und den Blicken eines allfälligen Beobachters von der Böschung jenseits des Flusses aus zu schützen. Er bewegte sich vorsichtig und leise wie ein Kater auf Mitternachtsspaziergang, blieb bei den brüchigen oder eingestürzten Stellen der Mauer, die leicht zu überklettern waren, stehen und suchte nach etwaigen Fußabdrücken in der Erde und nach verräterischen Streifspuren an dem nassen, tropfenden Unkraut.
Im äußersten Winkel des Gartens stieg er auf den schräg gewachsenen Stamm eines Apfelbaumes, um einen Blick über die Mauer zu werfen, wobei er sich eng gegen das flechtenbewachsene Mauerwerk drückte, so daß die Umrisse seines Kopfes über der Mauer nicht zu sehen waren.
So wartete und beobachtete er zwanzig Minuten lang mit der animalischen Geduld des Raubtieres, dann sprang er herunter und schritt die ganze Mauer ab, ohne daß seine Wachsamkeit auch nur eine Sekunde nachließ, und anscheinend völlig unempfindlich gegen die Kälte und den beharrlichen Regen.
Es gab nichts, nicht das geringste Anzeichen einer Gefahr, keinen Grund für die nagende Unruhe – aber dennoch war sie da. Er erreichte einen weiteren Aussichtspunkt, das Eisentor, das auf den schmalen, mauergesäumten Weg hinausführte, lehnte sich gegen die Steinbrüstung, zündete sich in der Wölbung seiner Hände eine Zigarette an und suchte sich dann einen Spalt zwischen der Mauer und dem Tor, durch den er den Weg und die dahinter liegende Straße bis zur Brücke hinunter überschauen konnte.
Wieder harrte er geduldig auf seinem Beobachtungsposten aus, ließ sich nicht im geringsten durch die unbequemen äußeren Umstände stören, nur seine Augen und sein Hirn arbeiteten fieberhaft.
Es war nicht das erste Mal, das er sich über das ungewöhnliche Verständigungs- und Nachrichtensystem Gedanken machte, auf dem Kalif beharrt hatte.

Das Geld war auf ein Bankkonto überwiesen, an den Überbringer eines Berechtigungsscheines in Schweizer Franken ausbezahlt und per Postanweisung an seine Adresse in Rio und später an seine Londoner Adresse geschickt worden.
Er hatte Kalif eine Postsendung geschickt – die Flasche mit ihrem Inhalt – und zwei Telefongespräche mit ihm geführt. Das Päckchen war zwei Stunden nach der Entführung aufgegeben worden, als das Mädchen noch unter der Einwirkung der Narkose gestanden war. Der Arzt – Dr. Jamieson, wie Gilly O'Shaugnessy ihn in Gedanken nannte – hatte seine Arbeit auf dem Rücksitz eines zweiten Wagens erledigt, der auf dem Parkplatz am Bahnhof von Cambridge auf sie gewartet hatte. Ein kleiner grüner Ford-Lieferwagen mit geschlossenem Heck. Im Schutz der Dämmerung des Winterabends hatten sie das Mädchen aus dem kastanienbraunen Triumph in den Ford geschafft und waren auf einen Parkplatz vor einem Café auf der A 10 gefahren, wo Dr. Jamieson das Geschäft erledigt hatte. Alle chirurgischen Geräte waren für ihn in dem Lieferwagen bereitgelegen, aber er hatte die Sache arg vermurkst, weil seine Hände vor Nervosität und vor Gier nach Alkohol gezittert hatten. Die Kleine hatte heftig geblutet, und jetzt war die Hand infiziert.
Gilly O'Shaugnessy spürte zunehmende Gereiztheit beim Gedanken an den Doktor. Alles, was der anrührte, verwandelte sich in eine Katastrophe.
Gilly hatte die Flasche dem Fahrer eines kleinen Lieferwagens überbracht, der genau an der angegebenen Stelle gewartet und mit den Scheinwerfern das verabredete Zeichen gegeben hatte. Gilly war kaum stehengeblieben, war nur an den anderen Wagen herangefahren, hatte die Flasche hinübergereicht, war dann gleich in Richtung Westen weitergefahren und hatte noch die erste Fähre erreicht, lange bevor überhaupt bei der Polizei eine Vermißtenanzeige gemacht worden war.
Und dann waren da noch die Telefonate. Sie beunruhigten Gilly O'Shaugnessy genauso wie alles andere an dieser ganzen verdammten Geschichte. Das erste Mal hatte er gleich nach ihrer Ankunft in Laragh anrufen müssen. Es war ein Ferngespräch gewe-

sen, und er hatte nur einen einzigen Satz zu sagen gehabt: »Wir sind gut angekommen.« Gleich danach hatte er auftragsgemäß eingehängt. Eine Woche später hatte er dieselbe Nummer angerufen, und wieder war es nur ein Satz gewesen: »Es gefällt uns hier sehr gut.« Und abermals hatte er die Verbindung sofort wieder unterbrochen.
Gilly dachte daran, wie das Telefonfräulein ihn jedesmal zurückgerufen hatte, um zu fragen, ob die Verbindung geklappt hatte. Und jedesmal hatte sie erstaunt und verwirrt geklungen.
Das war nicht die Art, in der Kalif sonst vorging. Sie hinterließen Spuren für ihre Jäger, und Gilly hätte dagegen protestiert – wenn es nur irgend jemanden gegeben hätte, bei dem er sich beschweren konnte. Aber er hatte ja nur die eine Telefonnummer, keine andere Möglichkeit, sich mit Kalif in Verbindung zu setzen. Und während er so beim Gartentor stand, beschloß er, das nächste Telefonat, das in vier Tagen fällig war, nicht zu führen.
Dann fiel ihm ein, daß das der Tag war, an dem die Hand amputiert werden sollte. Wahrscheinlich würde er seine Anweisungen für die Ablieferung der Hand bekommen, wenn er anrief – aber das gefiel ihm nicht. Nicht einmal für das viele Geld – und plötzlich wanderten seine Gedanken zurück zu einem Zwischenfall vor langer, langer Zeit.
Sie hatten den Engländern falsche Informationen zuspielen wollen, Details über irgendeine beabsichtigte Operation, die in Wirklichkeit an einem anderen Ort und zu einem anderen Zeitpunkt stattfinden sollte. Sie hatten die detaillierten, aber wertlosen Informationen an einen jungen, unverläßlichen Provo weitergeleitet, von dem sie genau wußten, daß er bei einem Verhör nicht dichthalten würde, und hatten ihn in einem Haus in der Shankill Road versteckt – und genau dort hatten ihn sich die Engländer dann geschnappt.
Gilly O'Shaugnessy spürte, wie ihm ein leises, gespenstisches Prickeln die Wirbelsäule entlanglief, und dieses Gefühl hatte ihn noch nie zuvor getrogen – kein einziges Mal. Er warf einen Blick auf seine billige japanische Armbanduhr. Es war fast vier Uhr, und der Abend senkte sich bereits auf die grau und grün schattierten

Hügel. Als er wieder aufblickte, tat sich etwas auf der Straße. Von der Kuppe des Hügels kam ein Wagen um die Kurve und fuhr auf die Brücke zu. Es war ein kleiner schwarzer Wagen, den nun die Hecke vor seinen Augen verbarg.
Gilly O'Shaugnessy, der sich immer noch den Kopf über die beiden Telefonate zerbrach, wartete ohne besonderes Interesse auf das Wiederauftauchen des Wagens. Er versuchte dahinterzukommen, warum Kalif dieses Risiko auf sich genommen hatte, wozu diese beiden Anrufe notwendig waren.
Der kleine schwarze Wagen fuhr über die Brücke und kam nun fast direkt auf das Pfarrhaus zu, aber das Licht war schlecht und Gilly O'Shaugnessy konnte nur die Umrisse von zwei Köpfen hinter den gleichmäßig hin und her schwingenden Scheibenwischern erkennen.
Der Wagen fuhr nun immer langsamer, fast hätte man daneben herlaufen können, und Gilly richtete sich instinktiv auf, plötzlich ganz wachsam geworden, und spähte durch den Spalt. Er sah zwei verschwommene, helle Flecken – die ihm zugewandten Gesichter der beiden Insassen, und nun blieb der Wagen fast stehen. Das eine Fenster war ein wenig heruntergekurbelt, und nun konnte Gilly zum ersten Mal einen genaueren Blick ins Innere werfen. Er sah das Schild einer Uniformmütze und das silberne Aufblitzen eines Abzeichens auf der Mütze über dem angespannten, weißen Gesicht. Wieder kroch ihm ein Gruseln über die Wirbelsäule und der Atem brannte ihm plötzlich in der Kehle.
Der kleine schwarze Wagen bog um die Ecke und verschwand hinter der Steinmauer, und Gilly hörte, wie der Fahrer Gas gab. Er wirbelte so rasch herum, daß der Wind seinen Umhang wie einen Ballon aufblies, und rannte zum Haus zurück. Nun, da der Augenblick des Handelns gekommen war, war er ganz kalt, überlegen und ruhig.
Die Küche war leer, und er durchquerte sie mit Riesenschritten und stieß die Tür zum Nebenraum auf.
Der Arzt hatte sich über das Bett gebeugt und hob verärgert den Kopf.
»Ich hab' Ihnen gesagt, Sie sollen anklopfen.«

Sie hatten schon öfter deshalb gestritten. Der Doktor hielt sich bei der Behandlung seiner Patientin immer noch an einige bizarre Überreste seiner Berufsethik. Er hatte sich zwar nicht gescheut, das Kind für das Geld, das er so verzweifelt nötig hatte, mit seinem Messer zu verstümmeln, aber er hatte wütend protestiert, als Gilly O'Shaugnessy sich, jedesmal wenn er das Mädchen entkleidete, um es zu waschen, zu untersuchen oder seine Notdurft verrichten zu lassen, in der Tür aufgepflanzt und den jungen, schon recht entwickelten Körper mit gierigen Augen verschlungen hatte.
Der dunkelhaarige Ire hatte halbherzig versucht, ihn zum Nachgeben zu zwingen, aber als er auf eine überraschend mutige Opposition gestoßen war, hatte er seine voyeuristischen Gelüste unterdrückt und war nur ins Zimmer gekommen, wenn der Arzt nach ihm gerufen hatte.
Nun lag das Kind mit dem Gesicht nach unten auf den schmutzigen Decken, das blonde Haar verfilzt und zu fettigen Strähnen verklebt. Die Bemühungen des Arztes um Sauberkeit waren ebenso stümperhaft wie seine Operation, und völlig fruchtlos.
Der zarte junge Körper war durch die Infektion und die vielen Medikamente völlig abgezehrt, die Rückenwirbel standen hervor und das nackte Gesäß war so bleich und abgemagert, daß es zum Erbarmen aussah.
Nun zog ihr der Arzt die rauhe Decke bis zu den Schultern und stellte sich beschützend vor sie. Eine absurde Geste, wenn man sich den verschmierten und fleckigen Verband ansah, der um die linke Hand gewickelt war – und Gilly O'Shaugnessy zischte ihn wütend an.
»Wir verschwinden von hier.«
»Sie können das Mädchen jetzt nicht transportieren«, protestierte der Arzt. »Sie ist schwer krank.«
»Wie sie wollen«, meinte Gilly grimmig. »Dann lassen wir sie eben hier.« Er griff unter seinen tropfenden Umhang, holte die Pistole hervor, spannte den Hahn mit dem Daumen und ging auf das Bett zu. Der Doktor packte ihn am Arm, aber Gilly stieß ihn mühelos von sich, so daß er gegen die Wand taumelte.
»Sie haben recht, die Kleine fällt uns nur zur Last«, sagte er und drückte die Mündung der Pistole gegen den Nacken des Kindes.

»Nein«, kreischte der Doktor. »Nein, tun Sie das nicht! Wir nehmen sie mit.«
»Wir verschwinden, sobald es dunkel wird.« Gilly trat vom Bett weg und entspannte den Hahn der Pistole. »Sehen Sie zu, daß Sie bis dahin fertig sind«, warnte er.

Die beiden Hubschrauber flogen fast nebeneinander, der zweite nur knapp hinter dem ersten und nur wenig höher. Unter ihnen lag die Irische See wie eine dünn ausgewalzte, mit weißen Schaumkronen gesprenkelte Bleiplatte.
Sie hatten in Caernavon aufgetankt und waren seit ihrem Weiterflug von der walisischen Küste gut vorangekommen, denn sie hatten Rückenwind. Aber die Dämmerung holte sie dennoch ein, und Peter Stride schaute fluchend alle paar Sekunden auf seine Armbanduhr.
Sie hatten nicht ganz hundertfünfundvierzig Kilometer offenen Meeres zu überfliegen, aber Peter kam es so vor, als müßten sie den ganzen Atlantik überqueren. Colin lümmelte neben ihm auf der Bank an der Längsseite des Rumpfes, den Stummel einer Zigarre im Mundwinkel, die er sich wegen des über dem Spant hinter der Flugkanzel leuchtenden Rauchverbotssignals nicht angezündet hatte. Das übrige Thor-Team entspannte sich, wie immer in solchen Situationen. Einige Männer lagen auf dem Boden, die Tornister als Kissen unter die Köpfe gestopft, andere wieder hatten sich auf den Bänken ausgestreckt.
Peter Stride war der einzige, der sich nicht entspannen konnte; es war, als würde sein Blut vor nervöser Energie kochen. Nun stand er wieder auf und spähte durch das Plexiglasfenster, um festzustellen, wieviel Tageslicht noch war, und um durch die dicke Wolkenschicht hindurch den Stand der Sonne zu prüfen.
»Ruhig Blut«, riet Colin ihm, als er sich wieder auf seinen Platz fallen ließ. »Sonst kriegst du noch ein Magengeschwür.«
»Colin, wir müssen uns entscheiden. Was hat bei diesem Unternehmen den Vorrang?« Er mußte schreien, um sich über das Brausen des Windes und das Knattern der Rotoren hinweg verständlich zu machen.

»Da gibt's keine Prioritäten. Wir haben nur ein einziges Ziel – Melissa-Jane herauszuholen, und zwar wohlbehalten.«
»Wir werden nicht versuchen, die Kerle lebendig zu kriegen, um sie zu verhören?«
»Peter, alter Freund, wir werden auf alles und jeden losschießen, der sich uns in die Quere stellt, und zwar verdammt scharf.«
Peter nickte befriedigt. »Das sind sowieso nur kleine Fische, du kannst sicher sein, daß ihr Auftraggeber keine Spur hinterlassen hat, die zu ihm führt – aber was ist mit Kingston Parker? Er will wahrscheinlich Gefangene haben?«
»Kingston Parker?« Colin nahm den Zigarrenstummel aus dem Mund. »Nie von ihm gehört – hier ist Onkel Colin derjenige, der entscheidet.« Und er schenkte Peter sein freundliches, schiefes Grinsen, und in diesem Augenblick kam der Bordingenieur in die Gondel und schrie Colin zu:
»Die irische Küste ist in Sicht – in sieben Minuten landen wir in Enniskerry, Sir.«

Die Flugleitstelle von Enniskerry war über den Noteinsatz informiert. Sie hatte alle anderen Maschinen angewiesen, in verschiedenen Wartezonen der Platzrunde Halteschleifen zu ziehen, und gab den beiden R.A.F.-Hubschraubern sofort Landeerlaubnis. Knatternd senkten sie sich aus der tief liegenden grauen Wolken- und Regenschicht nieder und setzten auf dem Hangar-Vorfeld auf. Sofort schoß ein Polizeiwagen, dessen helle Scheinwerfer sich durch die Dämmerung bohrten, zwischen den Hallen hervor und hielt neben der Maschine des Kommandanten. Die Rotoren drehten sich noch, als bereits zwei irische Polizisten und ein Beamter vom Vermessungsamt in den mit Tarnfarbe gestrichenen Rumpf des Hubschraubers kletterten.
»Stride«, stellte Peter sich rasch vor. Er trug nun die Uniform des Sturmtrupps, den einteiligen, enganliegenden schwarzen Anzug und die weichen Stiefel, und die Pistole an der Koppel war an seiner rechten Hüfte festgeschnallt.
»General, wir haben die Bestätigung bekommen«, sagte ihm der Polizeiinspektor, während sie einander die Hände schüttelten.

»Leute aus dem Dorf haben O'Shaugnessy anhand eines Polizeifotos identifiziert. Er hält sich tatsächlich in diesem Gebiet auf.«
»Haben Sie herausgefunden, wo?« fragte Peter.
»Jawohl, Sir. In einem alten verfallenen Gebäude am Rande des Dorfes ...« Er winkte den bebrillten Mann vom Vermessungsamt heran, der eine Aktenmappe an die Brust gepreßt hielt. Es gab keinen Kartentisch in dem völlig leergeräumten Rumpf des Hubschraubers, und so breiteten sie die Vermessungskarte und die Fotografien auf dem Boden aus.
Colin Noble beordete das Team aus dem zweiten Hubschrauber herüber, und zwanzig Köpfe beugten sich über die Karten. »Hier, das ist das Gebäude.« Der Vermessungsbeamte zeichnete mit einem blauen Stift einen Kreis auf die Karte.
»In Ordnung«, brummte Colin. »Da haben wir gute Orientierungspunkte – wir folgen entweder dem Fluß oder der Straße bis hinauf zur Brücke und zur Kirche. Das Ziel liegt dazwischen.«
»Haben wir keinen Grundriß von dem Gebäude, keinen Innenplan?« fragte einer aus dem Thor-Team.
»Leider, die Zeit hat nicht gereicht, um danach zu suchen«, entschuldigte sich der Beamte.
»Die Ortspolizei hat sich vor wenigen Minuten wieder über Funk gemeldet. Sie sagen, daß das Haus von einer hohen Steinmauer umschlossen ist und daß sich nichts dahinter rührt.«
»Die Leute waren doch hoffentlich nicht in der Nähe?« fragte Peter. »Es wurde ausdrücklich angeordnet, daß sie sich dem Verdächtigen nicht nähern.«
»Sie sind nur einmal auf der Straße an dem Gebäude vorbeigefahren.« Der Inspektor machte ein leicht verlegenes Gesicht. »Sie wollten sich nur vergewissern, ob ...«
»Wenn es wirklich O'Shaugnessy ist, braucht er sie nur von weitem zu schnuppern, und schon ist er über alle Berge.« Peters Gesicht war steinern, aber seine blauen Augen sprühten Feuer. »Warum können diese Leute nicht tun, was man ihnen sagt?« Er wandte sich rasch an den Hubschrauberpiloten, der noch die gelbe Schwimmweste und den Helm mit den eingebauten Kopfhörern und dem Mikrophon trug.

»Können Sie uns hinbringen?«
Der Pilot antwortete nicht sofort, sondern blickte zum Fenster auf. Ein neuerlicher Regenguß prasselte gegen die Scheibe.
»In zehn Minuten ist es finster, vielleicht sogar früher, und die Wolken hängen bis zum Boden runter. Wir haben überhaupt nur mit Hilfe der VHR-Drehfunkfeuer hier landen können.« Er machte ein zweifelndes Gesicht. »Und es ist keiner an Bord, der das Ziel identifizieren kann – zum Teufel, ich weiß nicht – ich könnte Sie morgen hinbringen, sobald es hell wird.«
»Es muß heute abend sein, jetzt! Gleich jetzt!«
»Wenn Sie die Ortspolizei dazu bringen könnten, das Ziel irgendwie zu markieren«, schlug der Pilot vor. »Mit Fackeln oder Leuchtkugeln.«
»Das können wir nicht riskieren – wir müssen ohne Signale hinein. Und je länger wir da sitzen und reden, desto geringer werden unsere Chancen. Wollen Sie's nicht versuchen, so gut es eben geht?« Peter sprach fast flehend. Man kann einen Piloten nicht zu etwas zwingen, das er selbst für unklug hält, nicht einmal die Flugleitstelle kann das.
»Wir müßten versuchen, die ganze Zeit Bodenkontakt zu halten. Das ist die klassische Situation für Schwierigkeiten – ein ansteigendes Terrain und immer schlechter werdendes Wetter . . .«
»Versuchen Sie's«, sagte Peter. »Bitte.«
Der Pilot zögerte noch ein paar Sekunden. »Also los!« sagte er dann abrupt, und plötzlich strömten alle dem Ausgang zu. Das zweite Thor-Team, um sich in die andere Maschine zu begeben, und die Polizisten und der Mann von der Baubehörde, um nicht etwa auch auf die Passagierliste zu kommen.

Die Turbulenzen rüttelten den Hubschrauber wie die Fäuste eines Schwergewichtsboxers, und die Maschine kämpfte taumelnd und torkelnd wie ein Betrunkener dagegen an.
Der Boden flitzte unter ihnen hinweg, sehr nahe, und doch beinahe unwirklich in der wilden Nacht. Die Scheinwerfer eines einsamen Fahrzeuges auf einer verlassenen Landstraße, die verstreuten Lichter eines Dorfes, jedes ein deutliches, gelbes Viereck,

so nahe – das waren die einzigen Marksteine, an denen sie sich orientieren konnten. Der Rest waren dunkle Waldflecken, Hecken und Steinmauern, die sich wie schwarze Schnüre durch düstere Felder zogen, und selbst sie verschwanden alle paar Minuten, wenn eine neue Windböe dunkle Wolken und eine graue Regenschicht darüberlegte und ihnen alle Sicht nahm. Der Pilot konzentrierte seine ganze Aufmerksamkeit auf die schwach glühenden Leuchtanzeigen der Fluginstrumente, die in der Form eines deutlichen T auf der Konsole vor ihm angeordnet waren.
Jedesmal, wenn sie wieder aus den Wolken hervortauchten, schien das Licht schwächer geworden zu sein, und der dunkle, drohende Boden wirkte noch beängstigender, da sie gezwungen waren, tiefer und tiefer zu fliegen, um den Kontakt nicht zu verlieren.
Peter hatte sich in der Flugkanzel in den Klappsitz zwischen den beiden Piloten gezwängt, Colin stand dicht hinter ihm, und alle vier spähten hinaus, schweigend und angespannt, während die plumpen Maschinen knapp über dem Boden schwerfällig dahintorkelten und sich mühsam an die Küste herantasteten.
Endlich sahen sie die geisterhaft weiße Gischt nur fünfzehn Meter unter ihnen aufschimmern, und der Pilot schwang die Maschine herum und flog südwärts die Küste entlang – und Sekunden später tauchte ein anderes, helles Lichtfeld unter ihnen aus der Dunkelheit.
»Wicklow«, sagte der Pilot, und sein Kopilot gab den neuen Kurs bekannt. Nun, da sie einen Fixpunkt erreicht hatten, konnten sie Laragh direkt anfliegen.
Sie gingen auf neuen Kurs und folgten der Straße landeinwärts.
»Noch vier Minuten bis zum Ziel«, rief der Kopilot Peter zu und deutete mit dem Finger nach vor. Peter versuchte gar nicht, das Dröhnen und Knattern der Rotoren mit einer Antwort zu überschreien, sondern tastete bloß nach der Walther und ließ sie mit einem Ruck aus dem Schnellziehhalfter in seine Faust gleiten.

Gilly O'Shaugnessy warf seine wenigen persönlichen Habseligkeiten – eine Garnitur Unterwäsche und das Rasierzeug – in die Flugtasche aus blauem Segeltuch. Dann schob er das Eisenbett von der Wand, riß die Bodenleiste weg und räumte das Versteck aus, das er sich dort durch die Entfernung eines Ziegels angelegt hatte.

In dem Loch lagen seine neuen Papiere und die Pässe. Kalif hatte sogar Papiere für das Mädchen besorgt – sie lauteten auf den Namen Helen Barry und gaben die Kleine als seine Tochter aus. Kalif hatte an alles gedacht. Bei den Papieren befanden sich auch Travellerschecks im Wert von sechshundert Pfund und ein Paket Ersatzmunition für die Pistole. Er steckte alles in seine Jackentasche und blickte sich dann noch ein letztes Mal in dem leeren, düsteren Raum um. Er wußte, er hatte nichts zurückgelassen, das die Jäger auf seine Spur hetzen konnte, da er nie etwas bei sich trug, das zu seiner Identifizierung führen konnte. Und dennoch war er geradezu besessen vom Gedanken, daß alle Spuren ihres Verweilens in diesem Haus vernichtet werden mußten. Der Name Gilly O'Shaugnessy bedeutete ihm schon lange nichts mehr. Er hatte keinen Namen, und nur ein Ziel – und dieses Ziel war Vernichtung. Die herrliche Leidenschaft, alles Leben dem Untergang und der Zerstörung anheimfallen zu lassen.

Er kannte den Großteil von Bakunins *Revolutionskatechismus* auswendig, besonders die Definition des wahren Revolutionärs:

> Der verlorene Mensch, der keine Habseligkeiten, keine anderen Interessen hat, keine persönlichen Bindungen irgendwelcher Art – nicht einmal einen Namen. Nur von einem Gedanken, einem Interesse, einer Leidenschaft besessen – der Revolution. Ein Mensch, der mit der Gesellschaft gebrochen hat, mit ihren Gesetzen und ihren Konventionen. Er muß die Ansichten anderer verachten und zu jeder Zeit auf Tod und Folter gefaßt sein. Hart sich selbst gegenüber, muß er auch anderen gegenüber hart sein, und in seinem Herzen darf es keinen Platz geben für Liebe, Freundschaft, Dankbarkeit, ja nicht einmal für Ehre.

Als er so in dem leeren Raum stand, sah er sich in einem seltenen Augenblick der Erkenntnis als den Mann, der er hatte werden wol-

len – den wahren Revolutionär. Und er wandte den Kopf und gestattete sich einen Moment der Eitelkeit, in dem er sein Bild in dem Spiegel betrachtete, der an die abblätternde tapezierte Wand über dem eisernen Bettgestell geschraubt war.
Es war das finstere, kalte Gesicht des verlorenen Mannes, und er empfand Stolz bei dem Gedanken, zu dieser Elite-Klasse zu gehören; die schneidende Klinge des Schwertes, ja, das war er.
Er nahm seine Segeltuchtasche und ging hinaus in die Küche.
»Sind Sie fertig?« rief er.
»Helfen Sie mir.«
Er stellte die Tasche nieder und ging zum Fenster hinüber. Der letzte Schimmer von Tageslicht verglomm rosa- und perlmuttglühend im tiefhängenden, regenschwangeren Bauch des Himmels, der so nahe schien, daß er das Gefühl hatte, er könne die Hand ausstrecken und ihn berühren. Die Bäume in dem vernachlässigten Obstgarten verschmolzen bereits mit der Dunkelheit der herabsinkenden Nacht.
»Ich kann sie allein nicht tragen«, jammerte der Doktor, und Gilly fuhr herum. Es war wieder einmal Zeit zu gehen. Sein ganzes Leben lang war er gehetzt worden, stets mit dem Gebell der Meute hinter sich. Es war wieder Zeit, zu rennen, zu rennen wie der Fuchs.
Er ging hinein in den zweiten Raum. Der Arzt hatte das Kind in eine graue Wolldecke gehüllt und hatte versucht, es aus dem Bett zu heben, aber es war ihm nicht gelungen. Nun lag es, merkwürdig verrenkt, halb im Bett, halb auf dem Boden.
»Helfen Sie mir«, wiederholte der Arzt.
»Gehn Sie mir aus dem Weg.« Gilly O'Shaugnessy stieß ihn grob zur Seite und beugte sich über das Mädchen. Eine Sekunde lang war sein Gesicht ganz knapp über dem des Mädchens.
Ihre Augen standen offen, und sie war halb bei Bewußtsein, obwohl die Pupillen von den Medikamenten stark vergrößert waren. Die Lider waren rot gerändert und in den Augenwinkeln klebten kleine, buttergelbe, schleimige Klümpchen. Ihre Lippen waren weiß und schrumplig vor Trockenheit, an drei aufgesprungenen Stellen schimmerte das nackte Fleisch durch.

»Bitte sagen Sie es meinem Daddy«, wisperte sie. »Sagen Sie ihm, daß ich hier bin.«
Der widerlich säuerliche Geruch ihres Körpers stieg ihm in die Nase, aber er schob einen Arm unter ihre Beine und den anderen unter ihre Schultern, hob sie mühelos hoch, durchquerte die Küche und trat mit dem Fuß die Tür auf, so daß das Schloß barst, und die Tür in den Angeln hin und her schlug.
Rasch trug er sie durch den Garten hinüber zur Garage. Der Doktor stolperte mit einer Schachtel voller Medikamente und medizinischer Geräte hinterdrein und rutschte und schlitterte über den tückischen Boden.
Gilly O'Shaugnessy wartete, bis der Arzt die Hintertür des Wagens geöffnet hatte, und warf das Kind dann so grob hinein, daß es einen leisen Klagelaut ausstieß. Doch er achtete nicht darauf, ging zur Doppeltür der Garage und zog sie auf. Es war mittlerweile so dunkel geworden, daß er nicht weiter als bis zur Brücke sehen konnte.
»Wohin fahren wir?« stöhnte der Doktor.
»Das weiß ich noch nicht«, erwiderte Gilly brüsk. »Ich kenn' da einen Unterschlupf oben im Norden, aber vielleicht fahren wir auch übers Meer zurück nach England . . .« Er dachte wieder an den Wohnwagen – das war eine gute Idee.
»Aber warum müssen wir überhaupt fort? So plötzlich?«
Gilly nahm sich nicht die Mühe, zu antworten, sondern lief zurück in die Küche. Immerzu war er besessen von dem Gedanken, seine Spuren zu verwischen, keine Anhaltspunkte für die Jäger zu hinterlassen.
Er hatte wenig mitgebracht, und nahm das Wenige auch wieder mit sich, aber er wußte, daß das alte Haus dennoch Spuren enthielt, selbst wenn es nur seine Fingerabdrücke waren. Außerdem drängte es ihn dazu, seinen Zerstörungstrieb zu befreidigen.
Er riß die Holztüren aus den Küchenschränken, trat sie mit den Füßen zu Kleinholz und schichtete sie mitten auf dem Holzboden zu einem Stoß auf. Er knüllte die Zeitungen, die auf dem Küchentisch aufgestapelt lagen, zusammen, legte sie auf den Holzhaufen und warf noch den Tisch und die Sessel drauf.

Dann zündete er ein Streichholz an und hielt es an die zerknüllten Zeitungen. Sie fingen sofort Feuer, und Gilly richtete sich wieder auf und öffnete Fenster und Türen. Die Flammen loderten in der kalten, frischen Luft auf, züngelten gierig höher und fraßen sich in das Holz der zersplitterten Türen.

Gilly O'Shaugnessy hob seine Segeltuchtasche auf und trat zusammengeduckt hinaus in die windige Regennacht – doch auf halben Weg zur Garage richtete er sich abrupt wieder auf und lauschte.

Der Wind trug von der Küste her ein Geräusch heran. Es hätte das Motorengebrumm eines schweren Lastwagens sein können, der den Berg hochkletterte, aber das Summen des Motors wurde von einem merkwürdig dünnen, pfeifenden Geräusch begleitet, und die Lautstärke schwoll viel zu rasch an, um von einem schwer beladenen Laster herzurühren. Das Geräusch kam zu rasch näher, schien plötzlich die ganze Luft zu erfüllen und direkt den Wolken zu entströmen.

Gilly O'Shaugnessy stand da, das Gesicht zu dem feinen, silbrigen Nieseln emporgekehrt, und betrachtete die tief herabhängenden Wolken, als plötzlich ein gleichmäßig pulsierendes Glühen über den Himmel zu zucken schien, und es dauerte einen Augenblick, ehe Gilly erkannte, daß es das Blinklicht eines tief fliegenden Flugzeugs war, und im selben Augenblick wurde ihm klar, daß das schrille Pfeifen von den kreisenden Rotoren der Maschine kam, in der seine Jäger saßen.

»Warum? O Gott, warum?« schrie er in der Gewißheit von Verrat und nahendem Tod laut auf. Er rief den Gott an, von dem er sich vor langem schon losgesagt hatte, und begann zu rennen.

»Es hat keinen Sinn.« Der Pilot verrenkte sich den Hals, um Peter zuzurufen, ohne dabei den Blick von den Instrumenten zu nehmen, die die große, plumpe Maschine gerade und auf Kurs hielten. Den Kontakt mit dem anderen Hubschrauber hatten sie verloren.

»Wir sind in einer Waschküche. Ich seh' überhaupt nichts mehr.« Die Wolke schob sich über das Kabinendach wie kochende Milch,

die schäumend über den Topfrand fließt. »Ich muß höher steigen und Kurs zurück auf Enniskerry nehmen, bevor wir mit unserer zweiten Maschine zusammenkrachen.«
Die drohende Gefahr eines Zusammenstoßes mit dem anderen Hubschrauber war nicht von der Hand zu weisen.
Das über ihnen pulsierende Blinklicht erhellte zwar die undurchdringliche Wolkenschicht – aber der andere Pilot würde es zu spät sehen.
»Halten Sie durch. Nur noch eine Minute«, brüllte Peter zurück, und sein Gesicht im rötlich glimmenden Licht der Instrumentenkonsole war verzerrt vor Qual. Die ganze Operation schien immer mehr in einen Zustand heilloser Auflösung zu geraten und würde bald in einer Tragödie oder einem Fiasko enden, aber er mußte weitermachen.
»Es hat keinen Sinn ...«, begann der Pilot, und schrie dann erschrocken auf, riß den Hubschrauber zur Seite und änderte im selben Augenblick die Stellung der Schraubenblätter, so daß die Maschine rüttelte und schlingerte, als wäre sie gegen ein festes Hindernis gestoßen, und dann mit einem einzigen Satz um hundert Fuß höher schoß.
Der Turm einer Kirche war plötzlich aus den Wolken auf sie zugeschossen, wie ein Raubtier aus seinem Versteck, flitzte nur wenige Zentimeter an den geduckt in der Flugkanzel sitzenden Männern vorbei und verschwand gleich darauf in der Dunkelheit.
»Die Kirche!« schrie Peter. »Wir sind da. Drehen Sie um.«
Der Pilot drosselte die Maschine, die blindlings durch das Chaos von Regen und Wolken taumelte und vom Fallwind ihrer eigenen Rotoren hin und her gepeitscht wurde.
»Verdammter Mist, ich seh' überhaupt nichts mehr«, schrie er.
»Nach dem Funkhöhenmesser fliegen wir in einer Höhe von hundertsiebzig Fuß«, rief ihm sein Kopilot zu. Das war die tatsächliche Entfernung vom Boden, und dennoch konnten sie nichts unter sich erkennen.
»Bringen Sie uns runter. Um Himmels willen, bringen Sie uns runter«, beschwor Peter ihn.
»Ich kann's nicht riskieren. Wir haben keine Ahnung, was unter

uns ist.« Das Gesicht des Piloten wirkte im Glühen der Instrumentenbeleuchtung krankhaft gelb und seine Augen sahen aus wie die dunklen Höhlen eines Totenschädels. »Ich steige hoch und flieg' zurück.«

Peter griff hinunter, und der Kolben der Walther sprang ihm wie etwas Lebendiges in die Hand. Er war sich, völlig kalt, bewußt, daß er fähig war, den Piloten zu töten und den Kopiloten zur Landung zu zwingen – doch in diesem Augenblick riß die Wolkendecke auf und das Loch war gerade groß genug, daß sie die dunkle Erde unter sich erkennen konnten.

»Wir haben Sicht«, schrie Peter. »Wir haben Sicht, gehen Sie hinunter!« Und der Hubschrauber sank rasch tiefer, durchbrach die Wolkenschicht und war plötzlich im Klaren.

»Der Fluß!« Peter sah das Glitzern des Wassers. »Und die Brükke ...«

»Da ist der Kirchhof ...«, brüllte Colin aufgeregt. »Und dort ist unser Ziel.«

Das strohgedeckte Dach war schwarz und länglich, und aus den Fenstern an einer Seite des Gebäudes ergoß sich Licht, so daß sie die hohe Mauer rings um das Gründstück sehen konnten. Der Pilot ließ den Hubschrauber wie eine Kompaßnadel um die eigene Achse kreisen und senkte ihn auf das Gebäude herab.

Colin Noble kletterte in die Gondel hinunter und rief seinen Leuten zu. »*Delta!* Wir gehen auf *Delta!*« Und der Bordingenieur schob die Einstiegstür zur Seite. Sofort wurde durch den Luftstrom der Rotoren, der die regenschwangere Luft aufpeitschte, ein Schwall feinen Nebels in die Kabine gewirbelt.

Das Thor-Team war längst auf den Beinen und stellte sich nun zu beiden Seiten der offenen Tür auf, und Colin stand plötzlich neben dem Bordingenieur und übernahm das Kommando.

Der dunkle Boden raste ihnen entgegen, und Colin spuckte den Zigarrenstummel aus und spannte alle Muskeln an.

»Schießt auf alles, was sich bewegt«, schrie er. »Aber um Himmels willen gebt auf die Kleine acht. Los, Jungs, los!«

Peter war durch den raschen Sinkflug auf seinen Klappsitz niedergedrückt worden und konnte den anderen nicht sofort folgen. Er

verlor wertvolle Sekunden, aber dafür versperrte ihm nun nichts mehr die Sicht aus der Flugkanzel.
Das Licht in den Fenstern des Gebäudes flackerte unnatürlich, und Peter erkannte, daß es da drinnen brannte. Das waren Flammen! Seine Angst wuchs, aber er hatte keine Zeit, über diese neue Entwicklung nachzudenken. Er sah eine Bewegung im Halbdunkel des ummauerten Gartens, nur einen dunklen huschenden Schatten im Schein der Flammen und dem letzten Schimmer von Tageslicht – aber er erkannte die Silhouette eines Mannes, der zusammengeduckt dahinrannte und fast im selben Augenblick in einem der Nebengebäude verschwand, die an den schmalen, mauergesäumten Weg angrenzten.
Peter stemmte sich gegen die Schwerkraft aus seinem Sitz hoch und kroch unbeholfen in die Gondel hinunter, während der Hubschrauber die letzten paar Fuß tiefer sank und dann etwa drei Meter über dem Boden leise schwingend vor der Hinterseite des Hauses in der Luft stehen blieb. Schwarzgekleidete Gestalten entströmten dem Rumpf, sprangen leichtfüßig hinunter, rannten los, kaum daß sie den Boden berührt hatten, und verschwanden wie durch Zauberei in den Türen und Fenstern des Gebäudes. Trotz der quälenden Spannung dieser Augenblicke empfand Peter ein Aufflackern von Stolz, als er zusah, wie der Anführer mit Sandsäcken die Fensterscheiben und hölzernen Rolläden zertrümmerte, wie der Mann dahinter sich mit einem sauberen, eleganten Sprung durchs Fenster schwang, und mit welcher Geschwindigkeit und scheinbaren Mühelosigkeit die Männer das Gebäude stürmten.
Peter war der letzte Mann an Bord, und irgend etwas ließ ihn kurz vor dem Absprung innehalten. Vielleicht war es die Bewegung, die er zuvor vor dem Hauptgebäude bemerkt hatte. Er blickte nochmals in die Richtung, und plötzlich sah er zwei Lichter aufflammen, die sich wie Lanzen in die Dunkelheit des mauergesäumten Weges bohrten – die Scheinwerfer eines Autos. Und im selben Augenblick schoß der Wagen auch schon aus dem finsteren, verlassenen Nebengebäude heraus und raste den Weg hinunter.

Peter schwankte in der offenen Tür, denn er hatte bereits zum Sprung angesetzt, doch er klammerte sich verzweifelt an die Nylonschnur über der Tür, bis er sein Gleichgewicht wiedergefunden hatte. Der Fahrer verlangsamte die Geschwindigkeit des Wagens, um kurz vor der Brücke in die Hauptstraße einzubiegen – und Peter packte den Bordingenieur an der Schulter und schüttelte ihn wild, um ihm den flüchtenden Wagen zu zeigen. Seine Lippen waren nur wenige Zentimeter vom Gesicht des Mannes entfernt.

»Lassen Sie ihn nicht davonkommen«, schrie er, und der Bordingenieur reagierte rasch und umsichtig. Er stürzte zum Mikrophon, sprach drängend auf den Piloten im Flugdeck ein, und folgsam schwang sich der Hubschrauber herum, und das Brummen der Motoren nahm einen anderen Klang an, als sich die Blattsteigung der Rotoren dröhnend in die für den Vorwärtsflug nötige Stellung verschob – und dann schoß die Maschine nur wenige Zentimeter über das Garagendach hinweg und machte sich an die Verfolgung des immer schwächer werdenden Scheinwerferlichts des davonjagenden Wagens.

Peter mußte sich aus der Tür hinausbeugen, um sehen zu können, und der Wind pfiff ihm um den Kopf und zerrte an ihm, aber sie holten das über die kurvige schmale Straße in Richtung Küste rasende Auto rasch ein.

Es hatte nur noch einen Vorsprung von weniger als zweihundert Metern, und die dunklen Baumwipfel flitzten an Peter vorbei, scheinbar auf gleicher Höhe mit der Tür, in der er stand. Nun waren es nur noch neunzig Meter, und das Scheinwerferlicht des Wagens leuchtete hell durch den Nieselregen, streifte Hecken und Steinmauern und hob sie für kurze Augenblicke aus der Dunkelheit.

Sie waren nun so nahe, daß Peter den Wagen deutlicher sehen konnte. Es war kein besonders großes Fahrzeug – eine Art kleiner Kombiwagen. Der Fahrer steuerte ihn mit halsbrecherischer Geschwindigkeit, aber sehr geschickt, durch die Kurven und Biegungen der Straße, doch der Hubschrauber schob sich immer näher heran.

»Sagen Sie ihm, er soll das Blinklicht abschalten.« Peter schwang sich ins Innere der Maschine, um dem Bordingenieur ins Ohr zu brüllen. Der Fahrer sollte nicht merken, daß er verfolgt wurde. Aber gerade als der Bordingenieur das Mikrophon zum Mund hob, erloschen die Scheinwerfer. Der Fahrer hatte etwas gemerkt. Nach dem hellen Licht der Scheinwerfer wirkte die Nacht nun völlig schwarz, und der Wagen verschwand in undurchdringlicher Finsternis.
Peter spürte, wie der Hubschrauber zu schlingern begann, da der Pilot nicht auf die plötzliche Dunkelheit gefaßt gewesen war, und Schrecken durchzuckte ihn.
»Wir haben sie verloren«, dachte er. Er wußte, daß es Selbstmord war, in dieser Finsternis weiterzufliegen, nur wenige Zentimeter über den Baumwipfeln, aber der Pilot bekam die Maschine wieder in den Griff, und plötzlich wurde der Boden unter ihnen zu Peters Überraschung von einem blendend weißen Licht erhellt. Es dauerte einen Augenblick, ehe er erkannte, daß der Pilot die Landelichter eingeschaltet hatte. Es waren zwei Scheinwerfer, einer auf jeder Seite des Rumpfes, und sie waren nach unten und leicht vorwärts gerichtet.
Ihr strahlendes Licht erfaßte den Fluchtwagen zur Gänze.
Der Hubschrauber sank tiefer und zwängte sich zwischen die Telegrafenmasten und Bäume, die die schmale Straße säumten.
Nun sah Peter, daß der Wagen ein dunkelblauer Austin war, auf dessen langem Dach ein Gepäckträger festgeschraubt war. Und dieser Dachträger gab den Ausschlag. Ohne ihn wäre es völlig unmöglich gewesen, auf dem glatten, gewölbten Dach des schwingenden, schlingernden Wagens Halt zu finden.

Der Arzt auf dem Rücksitz des Austin war es gewesen, der den Hubschrauber bemerkt hatte. Der Motorenlärm und das Heulen des Windes hatten das Pfeifen der Rotoren übertönt, und Gilly O'Shaugnessy hatte bereits mit grimmigem Triumph in sich hineingekichert. Er hatte mit voller Absicht gewartet, bis der Hubschrauber seine Kampftruppe ausgeladen hatte, und erst dann die Scheinwerfer eingeschaltet und den Wagen aus der Garage auf den Weg hinausgejagt.

Er wußte, es würde viele Minuten dauern, bis die Männer des Sturmtrupps dahinterkämen, daß das brennende Haus leer war, und ebenso lange, bis sie sich wieder versammelt und an Bord des Hubschraubers begeben hätten, um ihre Jagd fortzusetzen. Und zu diesem Zeitpunkt würde er schon längst über alle Berge sein. In Dublin kannte er ein Haus, wo keiner sie finden würde – vor vier Jahren zumindest hatte dieses Haus noch gestanden. Vielleicht war es mittlerweile in die Luft geflogen. In diesem Fall müßte er Dr. Jamieson und die Göre loswerden – für jeden eine Kugel in den Hinterkopf – und den Austin in der Irischen See versenken. Der wilde Taumel im Angesicht von Gefahr und Tod hatte ihn wieder erfaßt, endlich war das Warten vorüber und er lebte wieder so, wie er wollte – war wieder der Fuchs, der vor der Meute herrennt. Und während sein rechter Fuß das Gaspedal bis zum Boden durchdrückte und der Austin durch die Nacht schoß, fühlte er endlich wieder, daß er lebte.

Das Mädchen auf dem Rücksicht wimmerte vor Angst und Schmerz. Der Arzt versuchte, es zu beruhigen, und Gilly lachte laut auf. Er jagte den Wagen mit wild quietschenden Reifen in die nächste Kurve, so daß er ins Schleudern geriet und die Hecke streifte, bevor Gilly ihn wieder aus der Kurve herausgezogen hatte.

»Sie verfolgen uns«, kreischte der Doktor, als Gilly den Wagen wieder geradezog, und Gilly warf einen Blick zurück über die Schulter. Er konnte durch die Heckscheibe hindurch nichts sehen.

»Was?«

»Der Hubschrauber . . .«

Gilly kurbelte sein Fenster herunter und streckte, während er mit einer Hand weiterlenkte, den Kopf hinaus. Das Blinklicht des Hubschraubers war ganz dicht hinter und über ihnen. Gilly zog den Kopf wieder ein, warf einen Blick nach vor, um sich zu vergewissern, daß die Straße gerade weiterlief, dann schaltete er die Scheinwerfer aus.

Obwohl es nun völlig finster war, fuhr er mit unverminderter Geschwindigkeit weiter, und nun klang sein Lachen wild und brutal.

»Sie sind verrückt«, schrie der Doktor. »Sie bringen uns alle um!«

»Ganz recht, Doktor!« Aber seine Augen gewöhnten sich an die Dunkelheit, und er fing den Austin noch rechtzeitig ab, ehe er gegen die Steinmauer auf der linken Seite prallen konnte, holte gleichzeitig die Pistole unter seinem Umhang hervor und legte sie auf den Sitz neben sich.
»Es wird . . .« begann er und brach ab, als das blendende Licht auf sie herabflutete. Der Hubschrauber hatte die Landelichter eingeschaltet. Die vor ihnen liegende Straße war hell erleuchtet, und Gilly schlitterte mit quietschenden Reifen in die nächste Kurve.
»Bleiben Sie stehen!« flehte der Arzt und hielt das halb bewußtlose Kind fest, um zu verhindern, daß es im Fond des schlingernden Wagens hin und her geschleudert wurde. »Geben wir doch auf, bevor die uns umbringen.«
»Sie haben keine Soldaten an Bord«, schrie Gilly zurück. »Sie können nichts tun.«
»Geben Sie auf«, wimmerte der Doktor. »Versuchen wir doch, mit dem Leben davonzukommen.« Und Gilly O'Shaugnessy warf den Kopf zurück und brüllte vor Lachen.
»Ich habe drei Kugeln, Doktor, eine für jeden von uns . . .«
»Sie sind direkt über uns.«
Gilly riß die Pistole an sich, streckte abermals den Kopf und die rechte Schulter zum Fenster hinaus und drehte sich um, um hinaufschauen zu können.
Die Lichter waren ganz knapp über ihm. Das war alles, was er sehen konnte, also feuerte er auf diese Lichter, und das Krachen der Schüsse verlor sich im knatternden Lärm der Rotoren und im tosenden Brausen des Windes. In der Tür balancierend, zählte Peter die Schüsse. Fünfmal sah er das helle, gelbrote Aufblitzen des Mündungsfeuers, aber er hörte keine Kugel vorüberpfeifen, keinen Knall von einem Einschlag.
»Gehen Sie tiefer!« rief er dem Ingenieur zu und unterstrich den Befehl mit einer ungeduldigen Handbewegung. Sofort senkte sich die große Maschine gehorsam auf den dahinrasenden Austin herab. Peter sammelte alle seine Kräfte, wartete auf den richtigen Zeitpunkt, und stieß sich dann von der Tür ab. Er hatte das Gefühl, als würde es ihm den Magen bis zum Hals heben, als er fiel.

Im Fallen spannte er die Muskeln an und streckte Arme und Beine von sich, um mit allen vier Gliedmaßen gleichzeitig aufzutreffen. Einen Augenblick fürchtete er schon, er hätte sich verschätzt und würde hinter dem Austin auf die Makadamstraße stürzen und durch die Schwungkraft seines eigenen Körpers zerschmettert und in Stücke gerissen werden.

Doch dann schwang der Austin ein wenig zur Seite und bremste leicht ab, und Peter krachte mit ungeheurer Wucht auf das Dach. Er spürte, wie das Metall unter ihm nachgab und sich nach innen wölbte, und dann rollte und schlitterte er zur Seite. Seine ganze linke Körperhälfte war wie gelähmt von der Wucht des Aufpralls, krampfhaft versuchte er sich mit der rechten Hand festzuklammern, seine Fingernägel kratzten über den Lack, aber es half nichts – er rollte auf die Kante zu, und seine Beine kickten wild in die schwarze, vorbeirauschende Leere.

Im letzten Augenblick vor seinem unausweichlich scheinenden Sturz auf die Straße krallten sich seine Finger um den Rahmen des Dachträgers, und wie eine Fledermaus hing er an einem Arm herab. Das Ganze hatte nicht mehr als eine Sekunde gedauert, und der Fahrer des Austin hatte den Mann auf dem Dach bemerkt. Er riß den kleinen Wagen in wilden, ruckartigen Kurven von einer Straßenseite zur anderen, so daß er bei jeder Drehung auf den beiden äußeren Rädern zu stehen kam, sich dann krachend wieder senkte und in die Gegenrichtung schleuderte. Die Reifen quietschten protestierend, und Peter wurde mit brutaler Wucht hin und her geschleudert, die Muskeln und Sehnen seines rechten Armes krachten und knackten unter der Anstrengung, den Halt nicht zu verlieren – aber das Gefühl in seiner linken Körperhälfte kehrte rasch wieder zurück.

Er mußte schnell handeln, noch eine dieser halsbrecherischen Schleuderbewegungen würde er nicht überleben, und er sammelte alle seine Kräfte, versuchte die Geschwindigkeit des Wagens zu schätzen und nützte den Schwung, um sich hochzuziehen und mit der freien Hand zuzupacken. Im selben Augenblick fanden seine Zehenspitzen in den weichen Stiefeln an einer Verstrebung des Dachträgers Halt, er ließ sich auf den Bauch fal-

len, preßte sich dicht an das Dach und klammerte sich mit Armen und Beinen fest, um nicht von dem wild schleudernden Fahrzeug abgeworfen zu werden.
Plötzlich tauchte im Licht des immer noch über ihnen schwebenden Hubschraubers eine scharfe Kehre auf, und der Austin verlangsamte die Geschwindigkeit, hörte zu schlingern auf, schnitt durch die Kehre, und vor ihnen senkte sich die Straße über ein steiles, kurvenreiches Gefälle zur Küste hinab.
Peter hatte sich halb aufgerichtet und wollte soeben ein Stück nach vorn rutschen, als das Metall nur fünfzehn Zentimeter vor seiner Nase plötzlich barst. Die Kugel stanzte ein sauberes Loch durch das Dach, kleine, herumfliegende Metallsplitter stachen ihm in die Wange, und das Krachen des Schusses hämmerte auf sein Trommelfell ein. Der Fahrer des Austin hatte blindlings durch die Karosserie hindurch gefeuert und sich bei der Beurteilung von Peters Position über ihm nur um Zentimeter verschätzt.
Peter warf sich verzweifelt zur Seite und verlor für einen Augenblick beinahe den Halt an den Verstrebungen des Dachträgers, und schon bohrte sich eine zweite Kugel klirrend durch das Metalldach. Sie hätte ihn direkt in den Bauch getroffen und einen Augenblick lang malte Peter sich schaudernd aus, wie diese Kugel ihn zugerichtet hätte, wenn sie in seinem Körper explodiert wäre.
Verzweifelt warf er sich zurück auf die andere Seite, versuchte den Mann unter sich zu überlisten, und wieder hörte er das Knallen eines Schusses, das Bersten von Metall, sah die kleine, schartige Narbe auf dem Dach, von der der Lack wegspritzte, so daß der Rand des Kugellochs wie eine polierte Silbermünze glänzte. Und wieder hätte ihn der Schuß getroffen, hätte er sich nicht rechtzeitig bewegt.
Peter rollte sich abermals zur Seite, spannte seine Bauchmuskeln in Erwartung des ziehenden, lähmenden Schmerzes und wartete auf den Schuß – aber er kam nicht. Erst jetzt fielen ihm die vergeudeten Schüsse ein, die der Fahrer auf den über ihm schwebenden Hubschrauber abgefeuert hatte. Er hatte sein Magazin leergeschossen, und noch während Peter sich das klarmachte, hörte er ein anderes, herzzerreißendes Geräusch, sehr schwach im don-

nernden Brausen des Windes und im Getöse der Motoren – aber unmißverständlich. Es war das Schreien eines Mädchens, und es elektrisierte Peter wie sonst nichts auf dieser Welt, nicht einmal der lauernde Tod.

Auf Zehenspitzen und Fingern richtete er sich wie eine Katze auf und kroch nach rechts vor, bis er direkt über dem Sitz des Fahrers war.

Das Mädchen schrie wieder, und er erkannte Melissa-Janes Stimme. Es gab keinerlei Zweifel. Er zog die Walther aus dem Halfter, spannte gleichzeitig den Hahn und warf einen Blick nach vorn. Sie schossen auf eine weitere Kurve in der schmalen Straße zu. Der Fahrer würde beide Hände brauchen, um nicht die Kontrolle über das schlingernde, dahinrasende kleine Fahrzeug zu verlieren.

»Jetzt«, sagte Peter sich und ließ sich nach vorn fallen, so daß er kopfunter mit halben Oberkörper über der Windschutzscheibe hing und aus einer Entfernung von einem knappen halben Meter direkt in das bleiche Gesicht des Fahrers sehen konnte.

In dem Bruchteil einer Sekunde erkannte Peter die finsteren, wölfischen Züge und die kalten, gnadenlosen Augen des Killers. Er hatte diesen Mann jahrelang gehetzt und sein Foto endlos studiert, als die Jagd auf die Provo-Terroristen seine Lebensaufgabe gewesen war.

Gilly O'Shaugnessy lenkte mit beiden Händen, die eine hielt immer noch die Pistole umklammert, deren Patronenkammer ladebereit offen stand. Er knurrte Peter an, wie ein Tier durch die Stäbe seines Käfigs, und Peter preßte die Mündung der Walther gegen die Windschutzscheibe und drückte ab.

Das Glas zersprang sternförmig zu einer milchigweiß schimmernden Masse, kippte dann durch den Druck des Fahrtwindes nach innen und füllte den Austin mit herumfliegenden Glassplittern, die wie Diamanten funkelten.

Gilly O'Shaugnessy hatte beide Hände vors Gesicht geschlagen, aber dazwischen quoll helles Blut hervor, spritzte ihm auf die Brust und durchtränkte das glatte, schwarze Haar.

Peter, der immer noch kopfunter vom Dach des Wagens hing, stieß die Walther durch die zerschmetterte Windschutzscheibe,

bis sie beinahe den Körper des Mannes berührte, und feuerte noch zwei Schüsse auf dessen Brust ab, wo die Explosivgeschosse gegen Knochen prallen und explodieren würden, ohne sonst jemanden im Inneren des Wagens zu gefährden. Er hatte noch Melissa-Janes Schreie im Ohr, als er Gilly O'Shaugnessy tötete. Er tat es so kühl und unbeteiligt, wie ein Tierarzt einen tollwütigen Hund erschießen mochte, und es bereitete ihm ebensowenig Vergnügen. Die Kugeln schleuderten Gilly O'Shaugnessy gegen die Lehne des Sitzes, sein Kopf rollte von einer Seite zur anderen, und Peter wartete auf das Verstummen des Motorengeheuls, nun da der Fuß des toten Mannes vom Gaspedal geglitten sein mußte.
Doch nichts geschah. Der Motor dröhnte weiter wie zuvor, denn der Körper des toten Mannes war nach vorne gerutscht, sein Knie hatte sich unter dem Armaturenbrett verkeilt, und der Fuß stand immer noch voll auf dem Gaspedal. Der kleine Wagen raste über die abschüssige Straße, und die Steinmauern zu beiden Seiten flitzten vorüber, als führen sie durch einen Tunnel tief unter der Erde.
Peter schob sich weiter vor, schob beide Arme durch die geborstene Windschutzscheibe und bekam das herrenlose Lenkrad gerade noch zu fassen, als es ziellos zu rotieren begann. Er gewann die Kontrolle über den Wagen und schwang ihn zurück zur Straßenmitte, aber die Kraft des Motors war erschöpft, und der Austin begann wie verrückt zu rütteln und zu schaukeln, bevor er mit einem wilden Satz vorwärts schoß. Es war fast unmöglich, ihn auf der Straße zu halten.
Peter hing immer noch kopfunter, hielt sich nur mit Knien und Zehenspitzen fest, und seine Oberarme wetzten gegen die scharfen Glassplitter im Rahmen der Windschutzscheibe, als er versuchte, das Lenkrad aus dieser absurden Position zu bedienen.
Der Wind peitschte auf ihn ein und zerrte an ihm, und Gilly O'Shaugnessys Körper sackte plötzlich über dem Lenkrad zusammen und klemmte es gerade in einem kritischen Augenblick fest. Und während Peter mit einer Hand den Körper zur Seite stieß, streifte der Austin mit einem metallischen Kreischen und orangefarbene Funken sprühend die Steinmauer. Peter riß ihn zurück

zur Straßenmitte, doch nun begann er wie verrückt von einer Seite zur anderen zu schleudern, wobei er sich jedesmal fast quer stellte, streifte abermals krachend die Mauer, schwang zur anderen Seite, holperte über den Randstreifen, und dann wieder zurück.

Peter wußte, daß sich der Wagen jeden Augenblick überschlagen konnte, und er würde unter dem Metalldach zermalmt und über die rauhe Oberfläche der gepflasterten Straße geschliffen werden. Er hätte herunterspringen sollen, um sich zu retten – aber er klammerte sich grimmig an den verrückt gewordenen Wagen, denn da drinnen war Melissa-Jane, und er konnte sie nicht im Stich lassen.

Noch einmal schleuderte der Wagen, und in diesem Augenblick erhaschte Peter einen Blick auf eine geschlossene Holztür in der Mauer. Er gab seine Versuche, den Schleuderbewegungen des Wagens entgegenzuwirken, auf, richtete die Vorderräder bewußt in Richtung der folgenden Drehung, um sie noch zu verstärken, steuerte direkt auf das Tor zu, und der Austin prallte krachend dagegen.

Das Ende eines Holzbalkens sauste über Peters Kopf hinweg, eine brühend heiße Dampfwolke aus dem zerschmetterten Kühler schlug ihm brennend über Gesicht und Hände, und dann war der Austin auf dem offenen Feld und spang holpernd über die hervorstehenden Felsbrocken. Doch die weiche, nasse Erde und der steil ansteigende Hang bremsten seine wilde Fahrt, und nach etwa fünfzehn Metern landete er mit den Vorderrädern in einem Entwässerungsgraben und kam, halb zur Seite gekippt, mit einem heftigen Ruck zum Stehen.

Peter ließ sich vom Dach gleiten, landete auf beiden Füßen und riß die Hintertür auf. Ein Mann fiel ihm fast entgegen, sank – sinnlos vor sich hinplappernd – in dem schlammigen Boden auf die Knie, und Peter stieß ihm sein rechtes Knie ins Gesicht. Man hörte das Knirschen von Knochen und Knorpeln und das Krachen brechender Zähne. Der Mann verstummte, und als er umfiel, versetzte Peter ihm noch einen Schlag mit der Kante der rechten Hand – einen Schlag, der bestimmt war, den Mann bewegungsunfähig zu machen, ihn aber nicht zu töten. Und noch bevor der bewußtlose

Mann umgesunken war, war Peter bereits über ihn hinweggesprungen.
Er hob seine Tochter aus dem Wagen, und der zarte, abgezehrte Körper schien überhaupt kein Gewicht zu haben, und ihr fieberheißes Gesicht brannte an seiner Brust.
Nur schwer widerstand er dem heftigen Wunsch, sie mit aller Kraft an sich zu drücken, hielt sie in seinen Armen, als wäre sie aus einem kostbaren, zerbrechlichen Material, und trug sie, vorsichtig über die Felsbrocken in dem unebenen Boden steigend, hinüber zu der Stelle, wo der Hubschrauber aus der Dunkelheit auftauchte und sich schwerfällig niederließ.
Der Thor-Arzt war noch an Bord der Maschine und sprang ab, noch ehe der Hubschrauber den Boden berührte, und rannte im hellen Schein der Landelichter auf Peter zu.
Peter ertappte sich dabei, wie er in leisem Singsang auf seine Tochter einsprach.
»Jetzt ist alles gut, Liebling. Es ist alles vorbei. Alles vorbei, mein Baby – ich bin bei dir, mein Kleines . . .«
Und dann machte er noch eine Entdeckung. Es war nicht Schweiß, der ihm über die Wangen lief und übers Kinn tropfte, und er fragte sich ohne Scham, wann er das letzte Mal geweint hatte. Er konnte sich nicht erinnern, und es war wohl auch nicht wichtig, nicht jetzt, wo er seine Tochter in den Armen hielt.

Cynthia kam nach London, und Peter durchlebte nochmals eine jener gräßlichen Szenen aus der Zeit ihrer Ehe.
»Immer muß deine ganze Umgebung leiden, Peter. Jetzt ist Melissa-Jane dran.«
Er konnte ihr und ihrer Märtyrermiene nicht aus dem Weg gehen, denn sie war ständig an Melissa-Janes Bett. Während er ihre Vorwürfe und spitzen Anklagen über sich ergehen ließ, fragte er sich, was aus dem fröhlichen, attraktiven jungen Mädchen geworden war, als das er sie kennengelernt hatte. Sie war zwei Jahre jünger als er, aber ihre Figur ging bereits aus der Form und ihr verknöchertes Wesen ließ sie zwanzig Jahre älter wirken.
Melissa-Jane sprach so rasch auf die Antibiotika an, daß es bei-

nahe an ein Wunder grenzte. Obwohl sie noch schwach, mager und blaß war, entließ sie der Arzt schon am dritten Tag aus dem Krankenhaus, und Peter und Cynthia hatten ihre letzte entwürdigende Auseinandersetzung, die Melissa-Jane schließlich für sich entschied.

»Mami, ich hab' immer noch solche Angst. Kann ich nicht bei Daddy bleiben – nur ein paar Tage?«

Schließlich gab Cynthia mit vielen Seufzern und gequälter Leidensmiene nach, so daß beide sich ein wenig schuldbewußt fühlten. Auf der Fahrt nach Abbot's Yew, wohin Steven sie eingeladen hatte, damit Melissa-Jane sich erholen könne, saß das junge Mädchen sehr still neben Peter. Ihre linke Hand war immer noch in der Schlinge, und der Finger trug einen kleinen, sauberen, weißen Turban. Erst als sie Heathrow hinter sich gelassen und in die M 4 einbogen, begann sie zu sprechen.

»Ich hab' die ganze Zeit gewußt, daß du kommen würdest. Sonst kann ich mich nicht an sehr viel erinnern. Es war immer dunkel und ich war immer so benommen – und alles sah immer wieder anders aus. Wenn ich in ein Gesicht schaute, begann es mir vor den Augen zu verschwimmen, und wenn ich das nächste Mal die Augen aufmachte, waren wir schon wieder woanders.«

»Das kam von den Medikamenten, die sie dir gegeben haben«, erklärte Peter.

»Ja, ich weiß. Ich erinnere mich noch genau an den Nadelstich ...« Sie rieb in Gedanken daran ihren Oberarm und ein kurzer Schauder schüttelte sie. »Aber trotz der Benommenheit durch die Drogen hab' ich immer gewußt, daß du kommen wirst. Ich weiß noch, wie ich in der Dunkelheit gelegen bin und auf deine Stimme gewartet habe ...«

Die Versuchung, so zu tun, als wäre das Ganze nie passiert, war sehr groß, und Melissa-Jane hatte bisher auch nie davon gesprochen. Aber Peter wußte, daß man ihr erlauben mußte sich auszusprechen.

»Möchtest du mir mehr davon erzählen?« forderte er sie sanft auf, denn er wußte, daß das für den Heilungsprozeß wichtig war. Schweigend hörte er zu, als die Erinnerungen aus ihr hervorbrachen – Bilder, die der Fieberrausch und die Drogen ihr vorgegaukelt hatten, unzusammenhängende Bruchstücke von Gesprächen und Eindrücken. Die Angst lag wieder in ihrer Stimme, als sie von dem dunkelhaarigen Iren sprach.

»Er hat mich manchmal angeschaut. Ich weiß noch, wie er mich manchmal angeschaut hat . . .« Und Peter dachte an die kalten Augen des Killers.

»Er ist jetzt tot, Liebling.«

»Ja, ich weiß. Man hat es mir erzählt.« Sie schwieg einen Augenblick und fuhr dann fort. »Er war ganz anders als der mit den grauen Haaren. Den hab' ich gemocht, den Alten. Er hieß Doktor Jamieson.«

»Woher hast du das gewußt?« fragte Peter.

»Der Dunkle hat ihn so genannt.« Sie lächelte. »Doktor Jamieson – ich weiß noch, er hat immer nach Hustensaft gerochen, und ich hab' ihn gut leiden können.«

Den, der den Finger amputiert hatte und ihr auch die Hand abgenommen hätte, dachte Peter grimmig.

»Den anderen hab' ich nie gesehen. Ich hab' gewußt, daß er da ist, aber ich hab' ihn nie gesehen.«

»Den anderen?« Peter wandte sich ihr mit einem Ruck zu. »Welchen anderen, Liebling?«

»Es war noch ein anderer da – und sogar der Dunkle hat Angst vor ihm gehabt. Ich weiß das. Sie haben alle Angst vor ihm gehabt.«

»Du hast ihn nie gesehen?«

»Nein, aber sie haben immer von ihm gesprochen und haben darüber diskutiert, was er tun würde.«

»Erinnerst du dich an seinen Namen?« fragte Peter, und Melissa-Jane runzelte nachdenklich die Stirn.

»Meistens sagte sie einfach nur ‚er', wenn sie von ihm sprachen, aber – o ja, jetzt weiß ich es wieder. Der Dunkle nannte ihn ‚Casper'.«

»Casper?«

»Nein, nicht so, nicht Casper. Oh, ich kann mich nicht erinnern.« Ihre Stimme war lauter geworden, und ein schriller Ton der Angst schwang darin, der an Peters Nerven zerrte.

»Quäl dich nicht damit«, versuchte er, sie zu trösten, aber sie schüttelte enttäuscht den Kopf.
»Nicht Casper, aber so etwas Ähnliches. Ich hab' gewußt, daß er derjenige ist, der mir wirklich weh tun wollte – die anderen haben nur getan, was er ihnen auftrug. Er war der, vor dem ich wirklich Angst hatte.« Die Worte verklangen in einem Schluchzen, und sie saß kerzengerade auf ihrem Platz.
»Jetzt ist alles vorbei, Liebling.« Peter lenkte den Wagen auf den Randstreifen und hielt an. Er streckte die Hand nach ihr aus, aber sie blieb ganz steif in seinen Armen, und als er sie an sich drückte, begann sie unkontrolliert zu zittern. Peter war bestürzt und drückte sie fester an seine Brust.
»Kalif«, wisperte sie. »So hat er geheißen. Kalif.« Und nun entspannte sich ihr Körper und sie seufzte. Das Zittern ließ langsam nach. Peter hielt sie noch eine Weile in den Armen und bemühte sich, den schrecklichen, brennenden Zorn, der in ihm aufstieg, zu unterdrücken. Erst nach einiger Zeit bemerkte er, daß sie in seinen Armen eingeschlafen war.
Es war, als wäre das Aussprechen dieses Namens eine Katharsis gewesen, die ihre Angst gelöst hatte. Nun war sie soweit, daß die innere Heilung beginnen konnte.
Peter legte sie sanft zurück auf ihren Platz und zog die Wolldecke über sie, ehe er weiterfuhr.
Aber er sah alle paar Sekunden hinüber, um sich zu vergewissern, daß sie friedlich neben ihm schlummerte.

Peter rief Magda Altmann zweimal von Abbot's Yew an, beide Male auf ihrer Privatnummer, aber sie war unerreichbar und hatte keine Nachricht für ihn hinterlassen. Seit fünf Tagen schon konnte er sie nicht erreichen, seit dem Delta-Coup, durch den Melissa-Jane befreit worden war. Sie war wie vom Erdboden verschwunden, und Peter machte sich in den ruhigen Tagen, in denen er fast ständig allein mit seiner Tochter war, Gedanken darüber, was das zu bedeuten hatte.
Dann traf Dr. Kingston Parker auf Abbot's Yew ein, und Sir Steven

Stride war entzückt, einen so berühmten Staatsmann als Gast bei sich begrüßen zu dürfen.
Kingston Parkers überwältigende Persönlichkeit schien das schöne alte Haus zur Gänze auszufüllen. Wenn er sich für etwas ereiferte, konnte er unwiderstehlich sein. Steven war begeistert von ihm, besonders als er entdeckte, daß Parker trotz seines Images als Liberaler und seines allgemein bekannten Engagements für die Menschenrechte auch ein Verfechter des kapitalistischen Systems und überzeugt war, daß sein Land seine Verantwortung als führende Nation der westlichen Welt ernster nehmen sollte. Beide beklagten den Verlust des B-1-Bombers, die Hinauszögerung des Programms zur Herstellung einer Neutronenbombe und die Reorganisation des Geheimdienstes der Vereinigten Staaten. Den Großteil des ersten Nachmittags verbrachten sie in Stevens rotholzgetäfeltem Arbeitszimmer, tauschten Gedanken und Ansichten aus, und als sie wieder herauskamen, waren sie bereits gute Freunde.
Vollends eroberte Parker den Strideschen Haushalt, als er zu erkennen gab, daß er mit Patricia Stride die Liebe zu antikem Porzellan teilte und ebenso viel darüber wußte wie sie. Seine warme Anteilnahme für Melissa-Jane und seine Erleichterung darüber, daß sie in Sicherheit war, waren zu spontan, um nicht ganz ehrlich zu sein. Er gewann die uneingeschränkte Zuneigung der jungen Dame, als er mit ihr zu den Stallungen ging, um Florence Nightingale kennenzulernen, und den Beweis dafür erbrachte, daß er auch von Pferden eine ganze Menge verstand.
»Ein hinreißender Mann. Ich glaube, er ist ein wirklicher Ehrenmann«, erklärte Melissa-Jane, als Peter in ihr Schlafzimmer kam, um ihr gute Nacht zu sagen. »Und er ist so nett und lustig ...« Und dann fügte sie, um in ihrem Vater keinen Zweifel an ihrer Treue aufkommen zu lassen, hinzu: »Aber du bist mir immer noch der liebste Mann auf der ganzen Welt.«
Sie schien sich bereits vollständig erholt zu haben, und als Peter wieder hinunter ging, um sich zu den anderen zu gesellen, wunderte er sich von neuem über die Widerstandskraft, die ein so junger Körper und Geist besaßen.

Wie üblich war die beim Dinner auf Abbot's Yew versammelte Runde eine illustre, anregende Gesellschaft, in deren Zentrum diesmal Kingston Parker stand. Aber nach dem Essen wechselten er und Peter einen einzigen Blick über den langen, mit Silber und Kerzen geschmückten Tisch Pat Strides hinweg, überließen die anderen ihrem Port, ihrem Cognac und ihren Zigarren, und schlüpften unauffällig hinaus in den Rosengarten.
Während sie Seite an Seite über den knirschenden Kiesweg schritten, stopfte sich Kingston Parker seine Meerschaumpfeife und begann dann, ruhig zu sprechen. Einmal hustete irgendwo im Schatten sein Leibwächter, der außerhalb der Hörweite ihrer gedämpften Stimmen wartete, aber das war das einzige Geräusch in der stillen, linden Frühlingsnacht. Ihr Gespräch über Tod und Gewalt, über den Gebrauch und Mißbrauch von Macht und die Manipulation mit enormen Vermögenswerten durch einen einzigen, mysteriösen Menschen, wirkte in dieser Umgebung fehl am Platze.
»Ich bin nun seit fünf Tagen in England«, sagte Kingston Parker mit einem Achselzucken. »Man kann schließlich nicht im Eilzugstempo durch die ehrwürdigen Räume von Whitehall rennen; dazu gab es auch zuviel zu besprechen ...« Peter wußte, daß Parker sich zweimal mit dem Premierminister getroffen hatte. »Und ich muß zugeben, daß sich unsere Gespräche nicht nur um Atlas gedreht haben.« Parker war ein Vertrauter des Präsidenten. Sicher hatten sie die Gelegenheit seines Besuches zu einem Gedankenaustausch mit der britischen Regierung genutzt. »Aber natürlich haben wir uns auch sehr eingehend über Atlas unterhalten. Sie wissen doch, daß Atlas Gegner und Kritiker auf beiden Seiten des Atlantik hat, die sich alle Mühe gegeben haben, das Projekt zu verhindern. Und als ihnen das nicht gelang, haben sie dafür gesorgt, die Machtbefugnisse und den Aufgabenbereich von Atlas möglichst einzuschränken.« Parker hielt inne, sog an seiner Pfeife und spuckte den Tabakssaft auf den Kiesweg. »Die Gegner von Atlas sind äußerst intelligente, engagierte und gut informierte Männer. Ihre Motive und ihre Argumente gegen Atlas sind durchaus lobenswert. Ich muß zugeben, daß ich gegen meinen

Willen Verständnis dafür aufbringe. Wenn man eine Antiterroreinheit wie Atlas gründet, die einem einzigen Mann oder einer Elitetruppe enorme Macht in die Hände legt, könnte es leicht geschehen, daß man damit einen Frankenstein ins Leben ruft – ein Monster, schrecklicher als jenes, dessen Vernichtung man anstrebt.«

»Das hängt von dem Mann ab, der die Kontrolle darüber hat, Dr. Parker. Ich glaube, daß Atlas den richtigen Mann hat.«

»Ich danke Ihnen, Peter.« Parker wandte ihm seinen großen zotteligen Kopf zu und lächelte. »Nennen Sie mich doch bitte Kingston.«

Peter nickte zustimmend und Parker fuhr fort. »Atlas hat einige spektakuläre Erfolge zu verzeichnen – in Johannesburg und jetzt in Irland –, aber das macht die Sache noch gefährlicher. Die Öffentlichkeit wird das ganze Konzept nun bereitwilliger akzeptieren. Und wenn Atlas größere Machtbefugnisse verlangt, wird es sie nun auch mit größerer Wahrscheinlichkeit bekommen. Und, glauben Sie mir, wenn es seine Aufgabe erfüllen soll, braucht es diese Befugnisse auch, Peter. Ich fühle mich hin und her gerissen . . .«

»Es bleibt uns nichts anderes übrig, als uns in jeder nur möglichen Weise zu rüsten, wenn wir die gefährlichste Bestie der Welt – den zum Killer gewordenen Menschen – jagen wollen«, erklärte Peter.

Kingston Parker seufzte. »Aber wenn Atlas diese Machtbefugnisse bekommt, wer kann schon sagen, wann sie mißbraucht werden, wann die Gewalt über Gesetz und Recht siegt?«

»Die Regeln haben sich geändert. Recht und Gesetz sind gegenüber jenen, die keine Achtung vor dem Gesetz haben, oft so machtlos.«

»Da ist noch ein anderer Aspekt, Peter. Einer, über den ich mein halbes Leben lang nachgedacht habe. Wie steht es mit der Herrschaft ungerechter Gesetze? Mit Gesetzen der Unterdrückung und Habgier, die einen Menschen seiner Hautfarbe oder seiner Religion wegen zum Sklaven machen oder seiner Rechte berauben? Was ist, wenn ein verfassungsmäßig gewähltes Parlament Rassengesetze erläßt? Oder wenn die Vollversammlung der Vereinten Nationen erklärt, daß der Zionismus eine Form des Imperialismus sei und geächtet werden müsse? – Was ist, wenn eine Handvoll Männer die Kontrolle über die Rohstoffe der Welt erlangt und sie durch gesetzliche Maßnahmen in einer von persönlicher Habsucht diktierten und der gesamten Menschheit zum Schaden gereichenden Weise ausübt, wie zum Beispiel der OPEC-Ausschuß, der Schah und der König von Saudiarabien?« Kingston Parker spreizte seine langen, sensiblen Finger in einer Geste der Hilflosigkeit. »Müssen wir solche Gesetze respektieren? Ist die Herrschaft des Gesetzes sakrosankt, auch wenn das Gesetz ungerecht ist?«

»Was wir brauchen, ist Gleichgewicht«, sagte Peter. »Es muß ein Gleichgewicht geben zwischen Gesetz und Macht.«

»Ja, aber worin besteht dieses Gleichgewicht, Peter?«

Plötzlich ballte er die Hände zu Fäusten. »Ich habe größere Machtbefugnisse für Atlas verlangt, einen weiteren Rahmen für den Einsatz von Atlas, und ich glaube, daß wir ihn bekommen. Wenn es soweit ist, werden wir gute Männer brauchen, Peter.« Kingston Parker streckte die Hand aus und packte Peters Schulter mit erstaunlicher Kraft. »Männer, die erkennen können, wann das Gesetz versagt hat oder ungerecht ist, und die den Mut und den Weitblick haben, so zu handeln, daß das Gleichgewicht, das Sie soeben erwähnt haben, wiederhergestellt wird.«

Seine Hand lag immer noch auf Peters Schulter und er ließ sie liegen. Es war eine ganz natürliche Geste ohne jeden Gefühlsüberschwang.

»Ich glaube, daß Sie zu diesen Männern zählen.« Er ließ die Hand sinken und sein Verhalten änderte sich plötzlich. »Ich habe für morgen ein Treffen mit Colonel Noble angesetzt. Er war bis jetzt damit beschäftigt, die Hintergründe der Operation in Irland aufzudecken und zu analysieren, und ich hoffe, er hat etwas gefunden, wo wir einhaken können. Und dann gibt es noch eine Menge anderer Dinge zu besprechen. Um zwei Uhr im Thor-Kommando, paßt Ihnen das, Peter?«

»Ja natürlich.«

»Und jetzt wollen wir wieder zu den anderen hineingehen.«

»Warten Sie.« Peter hielt ihn zurück. »Es gibt da etwas, das ich Ihnen sagen muß, Kingston. Es quält mich schon die ganze Zeit, und wenn Sie es gehört haben, könnten Sie unter Umständen Ihre Meinung über mich ändern – Ihre Meinung über meine Eignung für die Rolle, die Sie mir bei Atlas zugedacht haben.«
»Ja?« Parker drehte sich um und wartete ruhig.
»Sie wissen, daß die Leute, die meine Tochter verschleppt haben, keinerlei Forderungen für ihre Freilassung gestellt haben, keinen Versuch unternommen haben, mit mir oder der Polizei Kontakt aufzunehmen, um zu verhandeln?«
»Ja«, antwortete Parker. »Natürlich. Das war einer der verwirrenden Aspekte in dieser ganzen Angelegenheit.«
»Es stimmte nicht. Sie haben Kontakt aufgenommen und auch eine Forderung gestellt.«
»Ich verstehe nicht.« Parker runzelte die Stirn und schob sein Gesicht näher an Peters Gesicht heran, als wolle er in dem spärlichen Licht, das aus den Fenstern drang, seine Miene genau studieren.
»Die Kidnapper haben mit mir Verbindung aufgenommen. In einem Brief, den ich vernichtet habe . . .«
»Warum?« fragte Parker knapp und hart.
»Warten Sie. Ich will es Ihnen erklären«, antwortete Peter. »Sie haben für die Freilassung meiner Tochter nur eine einzige Bedingung und ein Ultimatum von zwei Wochen gestellt. Wenn ich diese Bedingung bis dahin nicht erfüllt hätte, hätten sie mir weitere Körperteile meiner Tochter geschickt – ihre Hände, ihre Füße und zum Schluß ihren Kopf.«
»Teuflisch«, flüsterte Parker. »Unmenschlich. Und wie lautete die Bedingung?«
»Ein Leben für ein Leben«, sagte Peter. »Ich sollte Sie im Austausch für Melissa-Jane töten.«
Parker zuckte zusammen. »Mich!« rief er aus und warf entsetzt den Kopf zurück. »Sie wollten mich?«
Peter antwortete nicht, und sie standen schweigend da und starrten einander ab, bis Parker die Hand hob und sich gedankenvoll übers Haar strich.
»Das ändert alles. Ich muß es erst genau überdenken – aber jeden-

falls gibt es der ganzen Sache ein völlig neues Gesicht.« Er schüttelte den Kopf. »Auf mich hatten sie es abgesehen. Auf den Kommandanten von Atlas. Warum? Weil sie gegen die Gründung von Atlas waren und ich mich dafür eingesetzt habe? Nein! Das ist es nicht. Es scheint nur eine logische Erklärung zu geben. Als wir uns das letzte Mal sahen, habe ich Ihnen gesagt, daß ich den Verdacht hege, hinter all dem stecke ein einziger Mensch, einer, der an den Schnüren der Marionetten zieht und alle bekannten militanten Organisationen unter seiner Kontrolle zu einem einzigen, ungeheuer mächtigen Ganzen verschweißen will. Nun, Peter, ich bin schon seit einiger Zeit hinter diesem Mann her. Ich habe seit unserem letzten Zusammentreffen viele Dinge erfahren, die meinen Verdacht erhärten. Ich bin überzeugt, daß diese Person – oder Gruppe von Personen – wirklich existiert. Ein Teil der neuen Machtbefugnisse, die ich für Atlas verlangt habe, sollte dafür eingesetzt werden, diese Organisation aufzuspüren und zu vernichten, bevor sie schweren Schaden anrichtet, bevor es ihr gelingt, die Staaten dieser Welt so zu terrorisieren, daß sie selbst zu einer Weltmacht wird . . .« Parker hielt inne, als wolle er seine Gedanken sammeln, und fuhr dann in ruhigerem, gemessenerem Ton fort. »Ich glaube, das ist nun der absolute Beweis dafür, daß diese Person existiert, daß sie von meinem Verdacht und von meinen Bestrebungen sie zu vernichten, Kenntnis hat. Als ich Sie zu einem Privatagenten von Atlas machte, hoffte ich, daß der Feind mit Ihnen Kontakt aufnehmen würde – aber, weiß Gott, ich habe nicht erwartet, daß es so kommen würde.«

Abermals hielt er nachdenklich inne. »Unglaublich!« sagte er dann erstaunt. »Sie sind der einzige Mensch, den ich jemals verdächtigt hätte, Peter. Sie sind einer der wenigen, die jederzeit an mich herankönnen. Und das Druckmittel! Ihre Tochter – die angedrohte Fortsetzung der Verstümmelung – vielleicht habe ich die Durchtriebenheit und Abgebrühtheit des Feindes unterschätzt.«

»Haben Sie je den Namen Kalif gehört?« fragte Peter.

»Woher haben Sie diesen Namen?« fragte Parker mit rauher Stimme.

»Der Erpresserbrief war mit Kalif unterzeichnet, und Melissa-Jane hat den Namen von ihren Entführern gehört.«

»Kalif.« Parker nickte. »Ja, Peter, ich habe den Namen gehört. Nach unserer letzten Begegnung.« Er verfiel wieder in Schweigen, sog zerstreut an seiner Pfeife, dann blickte er auf. »Wie und wann, das werde ich Ihnen morgen erzählen, wenn wir uns bei Thor treffen. Für heute reicht es. Ich werde heute nacht wohl kaum viel schlafen können.«

Er nahm Peters Arm und führte ihn zum Haus zurück. Warmes, gelbes Licht und Gelächter drangen einladend und fröhlich aus den ebenerdigen Fenstern, aber die beiden Männer waren in sich gekehrt und schweigsam, als sie über den glattgeharkten Gartenweg dahintrotteten.

Beim Gartentor blieb Kingston Parker stehen und hielt Peter zurück.

»Peter, hätten Sie es getan?« fragte er schroff.

Peter antwortete ihm ohne Umschweife und ohne seinem Blick auszuweichen: »Ja, Kingston, ich hätte es getan.«

»Wie?«

»Mit einem Sprengkörper.«

»Immer noch besser als Gift«, brummte Parker. »Aber nicht so gut wie ein Schuß.« Und dann fügte er zornig hinzu. »Wir müssen ihm Einhalt gebieten, Peter. Das ist eine Pflicht, die gegenüber allen anderen Überlegungen den Vorrang hat.«

»Was ich Ihnen soeben erzählt habe, ändert nichts an unserer Beziehung?« fragte Peter. »Die Tatsache, daß ich zu Ihrem Mörder geworden wäre, hat Sie nicht anderen Sinnes werden lassen?«

»Seltsamerweise bestätigt sie nur die Meinung, die ich in letzter Zeit von Ihnen gewonnen habe, Peter. Sie sind aus hartem Holz geschnitzt und rücksichtslos, wenn es darauf ankommt – wir brauchen solche Männer, wenn wir überleben wollen.«

Er lächelte freudlos. »Vielleicht werde ich nachts manchmal schweißüberströmt aufwachen – aber das ändert nichts an der Sache, die wir tun müssen – Sie und ich.«

Colin Noble mit seiner Zigarre, und ihm gegenüber Kingston Parker mit seiner bernsteinfarbenen Meerschaumpfeife, schienen zu wetteifern, wer die Luft im Raum derart verpesten konnte, daß kein menschliches Wesen mehr darin zu atmen vermochte. Da es in dem provisorischen Hauptquartier des Thor-Kommandos keine Klimaanlage gab, blieben die dicken, blauen Rauchschwaden im Raum hängen, aber Peter war in wenigen Minuten so sehr von dem gefesselt, was er zu hören bekam, daß er diese Unannehmlichkeit gar nicht bemerkte.

Colin Noble gab einen detaillierten Bericht über die Ergebnisse, die die Untersuchung der irischen Operation gezeitigt hatte.

»Das alte Pfarrhaus ist natürlich völlig abgebrannt. Die irische Polizei hat zwanzig Männer hingeschickt, die die Asche durchsiebt haben ...« Er breitete die Hände aus. »Nichts. Absolut nichts.«

»Dann der Inhalt des Austin und seine – Provenienz. Wie gefällt dir dieses Wort, Peter? Provenienz – ist das nicht ein klassisches Wort?«

Parker lächelte nachsichtig. »Bitte fahren Sie fort, Colin.«

»Der Austin wurde in Dublin gestohlen, umlackiert und mit dem Dachgepäckträger versehen. Er enthielt nichts, keine Papiere, nichts im Handschuhfach, nichts im Kofferraum. Er muß von einem Fachmann ausgeräumt worden sein ...«

»Die Männer«, drängte Parker.

»Ja, Sir, die Männer. Zuerst der Tote. Gerald O'Shaugnessy, auch bekannt unter dem Namen ‚Gilly', geboren 1946 in Belfast ...« Colin nahm, während er sprach, die Akte zur Hand, die vor ihm auf dem Tisch lag. Sie war gut zwölf Zentimeter dick. »Soll ich alles vorlesen? Eine verdammt lange Geschichte. Der Bursche hat ein Strafregister ...«

»Nur soweit es für Atlas von Bedeutung ist«, warf Parker ein.

»Es gibt keinerlei Hinweis darauf, wann und wie er mit dieser Geschichte zu tun bekam ...« Colin schilderte die Tatsachen rasch und in groben Zügen. »Bleibt uns also nur noch der Inhalt seiner Taschen. Sechshundert Pfund Sterling, achtunddreißig 38 mm-Patronen und Ausweise auf die Namen Edward und Helen Barry – gefälscht, aber hervorragend gefälscht.« Colin klappte die Mappe zu. »Nichts«, wiederholte er, »nichts, wo wir einhaken könnten. Und nun der andere Mann: Morrison – Claude Bertram Morrison – berüchtigter Abtreiber und chronischer Alkoholiker. 1969 wurde ihm die Ausübung des ärztlichen Berufs verboten ...« Wieder umriß er die schmutzige Geschichte mit knappen, prägnanten Worten. »Sein Honorar für die Amputation des Fingers betrug dreitausend Pfund – die Hälfte im voraus. Verdammt, das ist billiger als die Krankenkasse.« Colin grinste, aber seine Augen waren dunkel und blitzten zornig. »Es freut mich, berichten zu können, daß er mit einer Strafe von etwa fünfzehn Jahren rechnen kann. Sie werden alles gegen ihn vorbringen, was es nur gibt. Aber für uns ist nur ein einziger Punkt von Interesse, in dem er uns allenfalls einen Hinweis geben kann. Gilly O'Shaugnessy war der Anführer, von dem er seine Befehle bekam. O'Shaugnessy wiederum bekam seine Instruktionen von einem anderen, der ...« Er legte eine dramatische Pause ein. »Ja, ganz richtig. Er trägt den Namen, den wir alle schon gehört haben. Kalif.«

»Nur eine kurze Frage«, unterbrach Parker. »Kalif verwendet seinen Namen gern. Er unterzeichnet seine Korrespondenz damit. Selbst seine miesesten Handlanger kennen den Namen und verwenden ihn. Warum?«

»Ich glaube, diese Frage kann ich beantworten.« Peter richtete sich auf und hob den Kopf. »Er will uns wissen lassen, daß es ihn gibt. Wir sollen einen Brennpunkt haben, auf den sich unsere Furcht und unser Haß konzentrieren. Wenn er nur ein namenloses, gesichtsloses Etwas wäre, wäre er nicht annähernd so bedrohlich als auf diese Weise.«

»Ich glaube, Sie haben recht.« Parker nickte schwer. »Indem er diesen Namen verwendet, baut er seine Glaubwürdigkeit auf, die er später ausnützen kann. Wenn Kalif in Zukunft sagen wird, daß er jemanden töten oder verstümmeln wird, dann wissen wir, daß es ihm todernst damit ist, daß er zu keinem Kompromiß bereit ist, daß er seine Drohung wahrmachen wird. Dieser Mann – oder diese Gruppe von Männern – versteht sich sehr gut auf psychologische Tricks.«

»Es bleibt nur noch ein Aspekt der irischen Operation, den wir

noch nicht in Betracht gezogen haben«, fiel Peter ein und runzelte nachdenklich die Stirn. »Und zwar die Frage – wer hat uns den Tip gegeben und was war der Grund für diesen Anruf?«
Alle drei schwiegen, bis Parker sich schließlich an Colin wandte. »Was meinen Sie dazu?«
»Ich habe natürlich mit der Polizei darüber gesprochen, denn diese Frage hat uns von allem Anfang an verwirrt. Die Polizei meint, daß Gilly O'Shaugnessy sich dieses Versteck in Irland ausgesucht hat, weil er das Terrain kennt und dort Freunde hat. Als er noch bei den Provos war, hat er sich schließlich oft genug in der Gegend herumgetrieben. Dort konnte er sich ungehindert bewegen und untertauchen und die Dinge arrangieren.« Colin hielt inne und sah Peters skeptische Miene. »Sieh die Sache mal so, Peter. Er hat eine Frau beauftragt, den Mietvertrag für das alte Pfarrhaus auszuhandeln – sie nannte sich Kate Barry und hat den Mietvertrag auch mit diesem Namen unterzeichnet. – Das war also schon eine Verbündete. Aber er muß auch noch andere gehabt haben, sonst hätte er kaum einen gestohlenen und umgekrempelten Wagen kaufen können. In Edinburgh oder London hätte er damit Schwierigkeiten gehabt, die Sache hätte sich irgendwie herumgesprochen.«
Peter nickte widerstrebend. »Na schön, seine irischen Verbindungen haben ihm geholfen ...«
»... Aber die Sache hat auch noch eine zweite Seite. O'Shaugnessy hatte Feinde, selbst bei den Provos. Er war ein brutaler Kerl, an dessen Händen eine Menge Blut klebte. Wir können nur vermuten, daß einer seiner Feinde hier eben eine Chance sah, mit ihm abzurechnen – vielleicht der, der ihm das gestohlene Auto verkauft hat. Wir haben das Tonband mit der Stimme des Anrufers, der uns den Tip gegeben hat, von Sprachexperten untersuchen lassen und mit den Stimmprotokollen in unserem Computer verglichen, aber es ist nichts Definitives dabei herausgekommen. Die Stimme war verstellt, vielleicht durch ein Taschentuch oder Nasenklemmen, aber nach allgemeiner Ansicht war der Anrufer ein Ire. Die Experten vom Telefonamt haben allerlei technische Kontrollen vorgenommen und vermuten, daß

der Anruf aus dem Ausland kam – höchstwahrscheinlich aus Irland, aber ganz sicher sind sie nicht.«
Peter Stride zog eine Augenbraue hoch, und Colin lachte in sich hinein und hob die Hand mit der Zigarre zu einer schwungvollen, einladenden Geste.
»Okay. Was Besseres kann ich nicht bieten«, sagte er. »Vielleicht fällt dir was Besseres ein. Wenn dir meine Theorie nicht gefällt, mußt du ja wohl eine eigene haben.«
»Du verlangst von mir, daß ich an einen puren Zufall glaube. Daß ich glaube, O'Shaugnessy sei rein zufällig einem alten Feind in die Arme gelaufen, und der habe rein zufällig genau vierundzwanzig Stunden vor Ablauf der Frist, nach der Melissa-Janes Hand amputiert werden sollte, den Tip gegeben. Und dann sind wir rein zufällig genau in dem Augenblick nach Laragh gekommen, als O'Shaugnessy sich davonmachen wollte. Das soll ich doch wohl glauben?«
»So ungefähr«, gab Colin zu.
»Tut mir leid, Colin. Ich hab' was gegen Zufälle.«
»Schieß los!« forderte Colin ihn auf. »Sag uns, wie es wirklich war.«
»Das weiß ich nicht«, sagte Peter mit einem versöhnlichen Lächeln. »Ich hab' bloß das Gefühl, daß Kalif auch nicht besonders viel von Zufällen hält. Und dann hab' ich noch das Gefühl, daß Gilly O'Shaugnessy von allem Anfang an das Todeszeichen auf der Stirn trug. Ich hab' das Gefühl, daß das alles zum Plan dazugehörte.«
»Es muß sehr lustig sein, solche Gefühle zu haben«, stichelte Colin. »Aber sie helfen mir leider verdammt wenig.«
»Nur Ruhe«, meinte Peter nachgiebig und hob beschwichtigend die Hand. »Nehmen wir vorläufig mal an, daß es so war, wie du meinst, und . . .«
»Aber?« fragte Colin.
»Kein aber – nicht, ehe wir konkretere Beweise auf der Hand haben.«
»Okay, Kamerad.« Kein Lächeln lag nun auf Colins Gesicht, der breite Mund war zu einer grimmigen Linie zusammengepreßt. »Du willst konkretere Beweise. Wie wär's mit diesem . . .?«

»Augenblick, Colin«, fuhr Parker rasch und gebieterisch dazwischen. »Warten Sie noch – darauf kommen wir später zurück.« Und Colin Noble nahm sich mit sichtlicher Anstrengung zusammen, die Sehnen an seinem Hals entspannten und der Mund verzog sich zu dem alten, vertrauten Grinsen, als er sich Kingston Parkers Befehl beugte.

»Laßt uns die Sache zurückverfolgen«, schlug Parker vor. »Peter ist als erster auf den Namen Kalif gestoßen. In der Zwischenzeit ist dieser Name auch uns zu Gehör gekommen – aber aus einer völlig anderen Quelle. Ich habe Peter versprochen, daß ich ihm von dieser Quelle erzählen werde – denn ich glaube, daß uns das einen völlig neuen Einblick in die ganze Geschichte geben wird.« Er hielt inne und fummelte mit einem jener kleinen Geräte mit ausklappbaren Klingen, Haken und spitzen Bohrern, mit denen alle Pfeifenraucher bewaffnet sind, an seiner Pfeife herum, kratzte den Pfeifenkopf aus, klopfte ein wenig halbverbrannten Tabak in den Aschenbecher und spähte dann wie ein Schütze, der den Lauf seiner Waffe prüft, mit einem Auge durchs Pfeifenloch. Peter konstatierte, daß Parker seine Pfeife als Requisit für seine Vorstellungen benutzte, wie ein Zauberer, der seine Zuschauer mit allerlei Tricks und Hokuspokus ablenkt. Man darf diesen Mann nicht unterschätzen, dachte er wohl zum hundersten Mal. Kingston Parker blickte zu ihm auf und lächelte – ein verschwörerisches Lächeln, als wolle er damit zugeben, daß Peter sein kleines Theater durchschaut hatte.

»Unsere Informationen über Kalif kommen aus einer unerwarteten Richtung – oder vielleicht doch nicht so ganz unerwartet, wenn man den Namen bedenkt. Aus dem Osten – genau gesagt aus Riad. Hauptstadt von Saudiarabien, Sitz von König Khalids Ölimperium. Der König hat sich nach der Ermordung eines seiner Enkelsöhne an unseren ramponierten und schwer bedrängten Geheimdienst gewandt. Sie können sich sicher an den Fall erinnern ...« Peter hatte ein seltsames *déjà-vu*-Gefühl, als er Kingston Parker lauschte, der genau das bestätigte, worüber er und Magda Altmann vor – war es wirklich erst vor drei Wochen gewesen? – diskutiert hatten ... »Sie sehen, der König und seine Familie befinden sich wirklich in einer sehr heiklen Lage. Wußten Sie, daß es mindestens siebenhundert Saudi-Prinzen gibt, die alle Multimillionäre sind und dem König persönlich und auf Grund der dortigen Machtverhältnisse nahe stehen? Ein wirklich wirksamer Schutz für so viele potentielle Opfer wäre ein Ding der Unmöglichkeit. Die Sache war verdammt schlau angelegt – eine Geiselnahme mit allen damit verbundenen Risiken erübrigt sich vollkommen. Es laufen doch genug von den Herrschaften in der Gegend herum, man braucht sie sich bloß zu schnappen. Und der Vorrat an potentiellen Mördern, die man entweder unter Druck setzt oder einfach für ihre Arbeit bezahlt, ist unerschöpflich, so lange man die entsprechenden Informationen und Druckmittel oder einfach genügend Geld in der Hand hat. Kalif scheint all das zu haben.«

»Welche Forderung wurde an Khalid herangetragen?« fragte Peter.

»Wir wissen mit Sicherheit, daß ihm eine Forderung gestellt wurde, und daß er sich an den CIA mit der Bitte um Schutz für seine Familie gewandt hat. Die Forderung kam von einer Organisation oder einer Person, die sich Kalif nannte. Wir wissen nicht, worin diese Forderung bestand – aber die Tatsache, daß Khalid und der Schah von Persien übereingekommen sind, eine Erhöhung des Rohölpreises bei der nächsten Verhandlungsrunde der OPEC-Mitglieder nicht zu unterstützen, sondern im Gegenteil für eine fünfprozentige Preissenkung einzutreten, könnte sehr aufschlußreich sein.«

»Kalifs Kalkulation hat sich wieder einmal als richtig erwiesen«, murmelte Peter.

»Es sieht so aus, nicht wahr?« Parker nickte und lachte bitter. »Und wieder einmal kriegt man, genau wie bei den Forderungen an die südafrikanische Regierung, das Gefühl, daß das letztlich von ihm angestrebte Ziel wünschenswert ist – auch wenn der Weg, den er zu Erreichung dieses Zieles einschlägt, unkonventionell ist, um es milde auszudrücken.«

»Um es sehr milde auszudrücken«, stimmte Peter ruhig zu und dachte an Melissa-Janes fiebergeschüttelten Körper an seiner Brust.

»Es gibt also keine Zweifel mehr, daß das, was wir befürchtet haben, eine Tatsache ist. Kalif existiert . . .«, sagte Parker.
»Er existiert nicht nur, sondern er blüht und gedeiht«, stimmte Peter zu.
»Er lebt und läßt es sich in einem netten Haus am Stadtrand wohlergehen.« Colin zündte sich seinen Zigarrenstummel an, bevor er fortfuhr. »Zum Teufel! Er hat in Johannesburg Erfolg gehabt. Er hat in Riad Erfolg – was wird er sich als nächstes vornehmen? – Warum nicht die Industriellenvereinigung Westdeutschlands? Die Gewerkschaftsführer Großbritanniens? – Jede Gruppe, die genügend Macht hat, um das Schicksal einer Nation zu beeinflussen, und doch klein genug, daß man einzelne Mitglieder terrorisieren kann.«
»Eine Möglichkeit, das Schicksal der ganzen Welt zu beeinflussen und zu lenken – man kann nicht sämtliche Entscheidungsträger der Welt vor Angriffen schützen«, stimmte Peter zu. »Und das Argument, daß die Auswirkungen dieser Übergriffe auf lange Sicht dem Wohl der Menschheit dienen, bloß weil die beiden ersten Angriffe gegen Südafrika und das Ölmonopol gerichtet waren, überzeugt mich nicht. Ich bin sicher, daß das ganze Unternehmen letztlich auf die Zerstörung des demokratischen Systems abzielt. Ich glaube, wir können mit Gewißheit annehmen, daß Kalif sich selbst als einen Gott betrachtet, einen väterlichen Tyrannen. Sein Ziel ist es, die Welt durch Radikaloperationen von ihren Krankheiten zu kurieren und ihre Gesundheit durch uneingeschränkte Gewalt und Furcht zu erhalten.«
Peter konnte nicht länger stillsitzen. Er stieß seinen Sessel zurück, ging durchs Zimmer und stellte sich in der typischen Haltung des Soldaten – auf die Fußballen erhoben und die Hände locker hinter dem Rücken verschränkt – vors Fenster. Der Blick auf den hohen Stacheldrahtzaun, einen Teil des Flugfeldes und die Wellblechwand des nächstgelegenen Hangars war nicht gerade begeisternd. Ein Wachposten von Thor mit dem weißen Helm des Militärpolizisten patrouillierte mit seinem umgeschnallten Seitengewehr vor den Toren auf und ab. Peter beobachtete ihn, ohne ihn wirklich zu sehen. Die beiden Männer am Tisch hinter ihm wech-

selten einen vielsagenden Blick. Colin Noble stellte leise eine Frage, und Kingston Parker antwortete mit einem kurzen, zustimmenden Nicken.
»Na schön, Peter«, sagte Colin. »Du hast vor einer kleinen Weile konkretere Fakten verlangt, und ich habe dir welche versprochen.«
Peter drehte sich zu ihm um und wartete.
»Punkt eins: In der Zeit, in der Gilly O'Shaugnessy Melissa-Jane in Laragh gefangenhielt, wurde zweimal vom alten Pfarrhaus aus angerufen. Beides waren Auslandsgespräche. Beide gingen über die Telefonvermittlung im Dorf. Der erste Anruf erfolgte am Ersten dieses Monats um sieben Uhr abend. Das muß der früheste Tag gewesen sein, an dem sie das Versteck erreichen konnten. Wir vermuten, daß das Top-Management mit diesem Anruf benachrichtigt werden sollte, daß alles in Ordnung sei. Der zweite Anruf erfolgte genau sieben Tage später, wieder um Punkt sieben Uhr abends Lokalzeit. An dieselbe Nummer. Wir können wiederum nur vermuten, daß es sich um die Mitteilung ‚immer noch alles in Ordnung' handelte. Beide Anrufe dauerten weniger als eine Minute, gerade lange genug, um eine vorher vereinbarte verschlüsselte Botschaft durchzugeben ...« Colin unterbrach sich und warf Kingston Parker abermals einen Blick zu.
»Fahren Sie fort«, wies Parker ihn an.
»Die Anrufe erfolgten an eine Telefonnummer in Frankreich – Rambouillet 47-87-47.«
Peter empfand den Schock wie einen Schlag in die Magengrube und zuckte zurück. Einen Augenblick preßte er fest die Augen zusammen. Er hatte diese Nummer so oft angerufen, daß sich die Ziffern in sein Gedächtnis eingegraben hatten.
»Nein.« Er schüttelte den Kopf und öffnete die Augen. »Nein, das glaube ich nicht.«
»Es ist wahr, Peter«, sagte Parker sanft.
Peter hatte das Gefühl, als wären seine zitternden Beine aus Gummi, ging zurück zu seinem Stuhl und ließ sich schwer hineinfallen. Keiner sprach, keiner der beiden anderen Männer sah Peter Stride ins Gesicht.

Kingston Parker gab Colin einen Wink, und beflissen schob dieser ihm eine rote, mit roten Bändern zusammengebundene Aktenmappe über die billige Tischplatte aus Kunststoff zu.
Parker knüpfte die Bänder auf und öffnete die Mappe. Er blätterte in den Papieren und überflog sie rasch. Zweifellos war er im Schnellesen geübt und brauchte nur einen einzigen Blick auf jede der doppelzeilig geschriebenen Maschinenschreibseiten zu werfen, um den Inhalt aufzunehmen. – Doch nun blätterte er bloß darin, um Peter Zeit zu geben, sich von dem Schock zu erholen, denn er kannte den Inhalt der roten Aktenmappe beinahe auswendig.
Peter Stride saß zusammengesunken in dem ungepolsterten Stahlrohrsessel und starrte blicklos auf die Diensteinteilung von Thor, die auf dem Anschlagbrett auf der gegenüberliegenden Wand hing.
Es fiel ihm schwer, des Entsetzens, das wie eine Flutwelle über ihm zusammenschlug, Herr zu werden. Er fühlte sich wie erstarrt, betäubt, vernichtet von der Ungeheuerlichkeit dieses Verrates, und als er wieder die Augen schloß, sah er lebhaft den schlanken, zarten Körper vor sich, die mädchenhaften Brüste, die durch einen seidigen Vorhang dunklen Haares schimmerten.
Er richtete sich auf, und Kingston Parker erkannte, daß der Augenblick gekommen war, blickte ihn an, schloß den Aktendeckel und hielt ihm die Mappe hin.
Der Deckel trug den Vermerk der allerhöchsten Geheimhaltungsstufe, die es bei Atlas gab, und darunter stand mit Maschine geschrieben:

ALTMANN MAGDA IRENE, geb. KUTCHINSKY

Peter wurde sich bewußt, daß er keine Ahnung davon gehabt hatte, daß ihr zweiter Name Irene war. Magda Irene. Zum Teufel, häßliche Namen, das mußte man schon sagen! Nur die Frau, die sie trug, machte etwas Besonderes daraus.
Parker nahm die Mappe wieder an sich und begann, ruhig zu sprechen.
»Als wir beide einander das letzte Mal trafen, erwähnte ich unser

besonderes Interesse an dieser Dame. Dieses Interesse ist seither nicht geringer geworden, oder besser gesagt, es hat mit jeder neuen Nachricht, die uns erreicht hat, zugenommen.« Er öffnete die Mappe abermals und warf einen Blick hinein, als müsse er seinem Gedächtnis nachhelfen. »Colin hat sich mit sehr viel Erfolg um die volle Unterstützung der Geheimdienste unserer beiden Länder bemüht, denen es wiederum gelang, die Unterstützung des französischen und – ob Sie es nun glauben oder nicht – des russischen Geheimdienstes zu erwirken. Durch die Zusammenarbeit der vier Länder ist es uns schließlich doch gelungen, die Lebensgeschichte dieser Frau aus einzelnen Bruchstücken zusammenzusetzen.«

Er unterbrach sich kurz, wiegte bewundernd den Kopf und meinte: »Eine bemerkenswerte Frau, wirklich unglaublich bemerkenswert! Ich kann verstehen, daß jeder Mann, auf den ihre Wahl fällt, sich von ihrem Zauber umgarnen läßt. Ich kann auch Ihren offensichtlichen Kummer verstehen, Peter. Aber ich muß jetzt ganz offen und direkt sein – wir haben nicht die Zeit, taktvoll um Ihre persönlichen Gefühle herumzureden. Wir wissen, daß Magda Altmann Sie zu ihrem Geliebten gemacht hat. Wie Sie sicher bemerkt haben, habe ich mich sehr exakt ausgedrückt. Die Baronin nimmt sich einen Liebhaber, nicht umgekehrt. Sie sucht sich ihre Liebhaber sehr bedacht und mit Berechnung aus. Und ich zweifle nicht daran, daß sie auch alles übrige mit sehr viel Raffinement erledigt, sobald sie einmal ihre Wahl getroffen hat.«

Peter dachte daran, wie sie zu ihm gekommen war. Er hatte ihre Worte noch ganz genau in Erinnerung.

»Ich bin nicht sehr gut darin, Peter, und ich möchte so gern gut sein.«

Die Worte waren mit dem Raffinement gewählt worden, von dem Kingston Parker soeben gesprochen hatte. Es waren genau die richtigen Worte gewesen, um unwiderstehlich auf ihn zu wirken. – Und danach hatte sie ihnen noch die sanfte Lüge ihrer geschickten Hände, ihres erfahrenen Mundes und ihres teuflisch routinierten Körpers hinzugefügt.

»Sie müssen wissen, Peter, diese Frau hat eine spezielle Ausbildung

in allen Künsten der Liebe erhalten. Es gibt wahrscheinlich nur wenige Frauen in unserer westlichen Welt, die es so gut verstehen, in einem Mann zu lesen und das Richtige zu tun, um ihm zu gefallen. Was sie kann, das hat sie nicht in Paris oder London oder New York gelernt . . .« Kingston Parker schwieg einen Augenblick und betrachtete Peter stirnrunzelnd. »Aber unser Wissen ist nur theoretisch und beruht auf reinem Hörensagen, Peter. Sie können uns sicher sagen, wieviel davon wirklich wahr ist.«
Die raffinierteste Art, einem Mann zu gefallen, besteht darin, seinen Glauben an sich selbst zu stärken, dachte Peter, als er Parkers fragenden Blick mit ausdruckslosen Augen erwiderte. Und er hatte sich in Magda Altmanns Gegenwart wie ein Riese gefühlt, zu allem fähig. Mit einem einzigen Wort, einem Lächeln, einem Geschenk, einer zarten Berührung hatte sie dieses Gefühl in ihm erweckt – das war der Gipfel an Raffinement.
Er beantwortete Parkers Frage nicht. »Bitte fahren Sie fort, Kingston«, forderte er ihn auf. Äußerlich hatte er sich nun völlig unter Kontrolle. Seine rechte Hand lag entspannt, halb geöffnet auf der Tischplatte.
»Ich sagte Ihnen, daß sie schon als Kind besondere Begabungen zeigte. Für Sprachen, für Mathematik – ihr Vater war ein nicht unbedeutender Amateurmathematiker –, für Schach und andere Spiele, die Intelligenz erfordern. Man wurde auf sie aufmerksam. Besonders, weil ihr Vater ein Mitglied der Kommunistischen Partei war . . .« Parker unterbrach sich, als Peter mit einer scharfen Bewegung den Kopf hob und ihn fragend ansah. »Es tut mir leid, Peter. Wir wußten das noch nicht, als ich mich letztesmal mit Ihnen unterhielt. Wir haben es in der Zwischenzeit von den Franzosen erfahren, die anscheinend Zugang zu den Akten in der kommunistischen Parteizentrale in Paris haben. Und die Russen selbst haben es bestätigt. Anscheinend hat sie ihren Vater als Kind zu Parteiversammlungen begleitet und sehr bald ein frühreifes Interesse und Verständnis für Politik gezeigt. Die Freunde ihres Vaters waren größtenteils Parteimitglieder, und nach seinem Tod – der übrigens immer noch irgendwie rätselhaft ist; weder die Franzosen noch die Russen erwiesen sich in dieser Beziehung als

sehr entgegenkommend –, wie dem auch sei, jedenfalls kümmerten sich nach seinem Tod diese Freunde um Magda Kutchinsky. Anscheinend hat man sie von einer Familie zur anderen weitergereicht ...« Kingston Parker nahm ein postkartengroßes Foto aus dem cremefarbenen Umschlag und schob es Peter über den Tisch zu. »Eine Aufnahme aus dieser Zeit.«
Das Foto zeigte ein ziemlich kleines, mageres Mädchen in französischer Schuluniform – kurzer Rock, dunkle Strümpfe, Jacke mit Matrosenkragen und Strohhut. Das Haar war zu zwei kurzen Zöpfen geflochten, die mit Maschen zusammengebunden waren, und in den Armen des Mädchens lag ein kleiner, flauschiger weißer Hund. Die sommerliche Szenerie eines Pariser Parks – dicht belaubte Kastanienbäume und eine Gruppe *Boule* spielender Männer – bildete den Hintergrund.
Die schönen großen Augen in dem feingeschnittenen Gesicht des Mädchens blickten ungewöhnlich klug und verständig, aber dennoch lag die Frische und Unschuld des Kindes in diesem Blick.
»Sie sehen, schon in diesem Alter konnte man erkennen, daß das Kind sich zu einer außerordentlichen Schönheit entwickeln würde«, brummte Kingston Parker und streckte die Hand aus, um das Foto wieder an sich zu nehmen. Einen Augenblick umschlossen Peters Finger das Bild fester – er hätte es gerne behalten, aber dann lockerten sie sich und ließen es los. Parker warf noch einen Blick darauf und steckte es dann zurück in den Umschlag.
»Ja, sie hat allseits Interesse erweckt, und sehr bald meldete sich auch ein Onkel aus der alten Heimat. Er schrieb ihr und schickte Fotos von ihrem Vater, von ihrer Mutter, die sie nie gekannt hatte, erzählte Anekdoten aus ihrer Kindheit und aus der Jugend des Vaters. Die Kleine war begeistert. Sie hatte überhaupt nicht gewußt, daß sie einen Onkel hatte. Ihr Vater hatte nie von seinen Verwandten gesprochen. Und nun auf einmal erfuhr die kleine Waise, daß sie eine Familie hatte. Noch einige Briefe mehr, Beteuerungen des Entzückens und der gegenseitigen Zuneigung, und bald schon war alles arrangiert. Der Onkel holte sie persönlich ab – und Magda Kutchinsky fuhr zurück nach Polen.« Parker breitete die Hände aus. »So einfach war das.«

»Die fehlenden Jahre«, sagte Peter, und seine Stimme klang ihm selbst fremd in den Ohren. Er räusperte sich und rutschte unter Parkers durchdringendem Blick unruhig auf seinem Platz hin und her.

»Sie fehlen uns nicht mehr, Peter. Wir konnten einen kurzen Blick in die Ereignisse jener Jahre erhaschen – und den Rest konnten wir durch das ergänzen, was wir bereits wußten.«

»Die Russen?« fragte Peter, und als Parker nickte, fuhr Peter mit ätzender Stimme fort: »Sie sind anscheinend äußerst entgegenkommend, nicht wahr? Ich habe noch nie gehört, daß sie so bereitwillig Informationen zur Verfügung stellen – zumindest wertvolle Informationen.«

»In diesem Fall haben sie ihre Gründe«, warf Parker ein. »Sehr gute Gründe – aber darauf werden wir später zurückkommen.«

»Wie Sie wollen.«

»Das Kind kehrte mit seinem Onkel nach Polen zurück – nach Warschau –, und es kam zu einer höchst seltsamen Familienzusammenkunft. Wir wissen nicht genau, ob das ihre wirkliche Familie war oder ob für diese Gelegenheit eine Pflegefamilie für das Kind aufgetrieben wurde. Auf jeden Fall kündigte der Onkel bald darauf an, daß Magda ausgezeichnete Aussichten auf ein Stipendium für eine der Elite-Hochschulen der UdSSR hätte, wenn sie bereit wäre, sich einer Prüfung zu unterziehen.

Wir können uns vorstellen, daß sie diese Prüfung mit hervorragendem Erfolg ablegte und daß ihre neuen Lehrmeister sich sicher zu ihrer Entdeckung beglückwünscht haben.

Die Hochschule, die sie besuchte, liegt an der Schwarzmeerküste, in der Nähe von Odessa. Sie hat keinen Namen und es gibt auch keine Schulkrawatte oder dergleichen. Die Schüler werden sehr sorgfältig ausgewählt, die Anforderungen sind hoch, und nur die Intelligentesten und Begabtesten werden aufgenommen. Sie lernen sehr bald, daß sie Angehörige einer Elite sind und werden je nach Begabung in entsprechende Fachgruppen eingeteilt. In Magdas Fall waren das Sprachen und Politik, Finanzwirtschaft und Mathematik. Sie war eine brillante Studentin und wurde bereits mit siebzehn Jahren in einen höheren, spezialisierten Lehrgang der Odessa-Hochschule versetzt. Dort erhielt sie Unterricht in besonderen Memorierungstechniken, und ihre ohnehin schon hervorragende Intelligenz wurde scharf wie eine Rasierklinge. Eine der weniger schwierigen Aufgaben bestand, soweit ich informiert bin, darin, daß der Kandidat sechzig Sekunden Zeit hatte, sich eine Liste hundert verschiedener Dinge durchzulesen. Diese Liste mußte dann, in der richtigen Reihenfolge, vierundzwanzig Stunden später aus dem Gedächtnis aufgesagt werden.« Parker schüttelte abermals bewundernd den Kopf.

»Gleichzeitig wurde sie darauf vorbereitet, sich natürlich und ungezwungen in den höheren Kreisen der internationalen westlichen Gesellschaft zu bewegen. Kleidung, Essen, Trinken, Kosmetik, gesellschaftlicher Schliff, Musik und Literatur, Kino, Theater, demokratische Politik, Praktiken im Geschäftsleben und auf den Aktien- und Warenmärkten, die mehr praxisorientierten Fähigkeiten einer Sekretärin, moderner Tanz, Liebeskunst und die Kunst, den Männern zu gefallen – das und vieles andere wurde ihr von Fachleuten beigebracht – Fliegen, Schifahren, der Umgang mit Waffen, die Grundbegriffe der Elektronik und des Maschinenbaus und jede sonstige Fähigkeit, die ein Top-Agent unter Umständen brauchen kann.

Sie war der Star ihres Lehrgangs und wurde dort ungefähr zu der Frau geformt, die Sie kennen. Gelassen, tüchtig, schön, motiviert – und tödlich.

Mit neunzehn Jahren wußte sie mehr und war zu mehr fähig als die meisten Männer oder Frauen, die doppelt so alt waren wie sie. Eine perfekte Agentin, wenn man von einem kleinen Schönheitsfehler absieht, der sich allerdings erst später zeigte. Sie war zu intelligent und hatte zuviel persönlichen Ehrgeiz.« Kingston Parker lächelte zum ersten Mal seit zwanzig Minuten. »Was natürlich nur ein Pseudonym für Habgier ist. Ihre Lehrmeister haben diesen Charakterzug nicht erkannt, und vielleicht war er in diesem Alter nur latent vorhanden, denn bis dahin war sie ja der Anziehungskraft des Reichtums nicht voll ausgesetzt gewesen – noch jener der unumschränkten Macht.«

Kingston Parker unterbrach sich und beugte sich über den Tisch zu Peter hin. Seine Gedanken schienen plötzlich andere Bahnen zu gehen, er lächelte wissend in sich hinein, als dächte er über eine verborgene Wahrheit nach.

»Die Gier nach Reichtum allein ist im wesentlichen ein Kennzeichen des niedrigeren Niveaus menschlicher Intelligenz. Nur der hochentwickelte Geist kann das Verlangen nach Macht wirklich verstehen . . .« Er sah den Protest in Peters Miene. »Nein, nein, ich meine nicht bloß die Macht, die eigene begrenzte Umwelt zu beherrschen, nicht bloß die Macht über Leben und Tod von ein paar tausend Menschen – ich meine wirkliche Macht. Die Macht, das Schicksal von Nationen zu lenken. Macht, wie Cäsar oder Napoleon sie ausübten, Macht, wie der Präsident der Vereinigten Staaten sie hat – das ist Habgier in höchster Vollendung, Peter. Eine herrliche und noble Form der Habgier.«

Er schwieg einen Augenblick, als zöge eine Vision von Glanz und Herrlichkeit an ihm vorüber, dann fuhr er fort:

»Ich komme vom Thema ab, verzeihen Sie.« Er wandte sich an Colin Noble.

»Gibt es Kaffee, Colin? Ich glaube, eine Tasse Kaffee würde uns jetzt allen guttun.«

Colin ging hinüber zu der Kaffeemaschine, die in einer Ecke des Raumes blubberte und gurgelte und mit ihrem roten Auge blinzelte, und während er die Tassen füllte, lockerte sich die gespannte Stimmung im Raum ein wenig, und Peter versuchte seine Gedanken in irgendeiner logischen Reihenfolge zu sammeln. Er suchte nach Ungereimtheiten und Schwachstellen in der ganzen Geschichte, konnte aber keine finden – statt dessen erinnerte er sich nur an das Gefühl ihres Mundes auf dem seinen, ihrer Hände auf seinem Körper. O Gott, der Gedanke daran, wie sie ihm nie geahnte Tiefen seines Seins erschlossen hatte, jagte ihm einen tiefen, körperlichen Schmerz durch Brust und Eingeweide. Konnte man eine solche Fertigkeit erlernen, fragte er sich, und wenn ja, von wem? Er hatte die schreckliche Vision eines Zimmers hoch über dem Schwarzen Meer und sah diesen schlanken, verletzlich-zarten Körper vor sich, wie er sich in Liebeskunst übte, als wäre es Kochen oder der Umgang mit leichten Waffen. Doch dann wies er solche Gedanken von sich, und Kingston Parker sprach bereits weiter, die Kaffeetasse in einer Hand balancierend und den rosigen kleinen Finger geziert weggestreckt wie eine alte Jungfer bei einer Teeparty.

»So kam sie also zurück nach Paris, und es fiel ihr zu Füßen. Es war ein triumphaler Erfolg.« Kingston Parker blätterte mit der freien Hand in der Akte und warf Fotos von Magda auf den Tisch – Magda beim Tanz im Ballsaal des Elysée-Palastes, Magda vor dem Maxim in der Rue Royale, wie sie aus einem Rolls-Royce stieg, Magda beim Schifahren, beim Reiten, immer schön, lächelnd, gelassen – und immer von Männern umgeben, Reichen, wohlgenährten, attraktiven Männern.

»Ich habe Ihnen einmal gesagt, daß sie mit acht Männern intime Beziehungen eingegangen ist.« Kingston Parker verwendete abermals diesen aufreizenden Ausdruck. »Wir müssen diese Zahl revidieren. Die Franzosen interessieren sich sehr für solche Dinge und haben die Liste vervollständigt.« Er sah flüchtig die Fotos durch. »Pierre Hammond, stellvertretender Verteidigungsminister, und noch einer, Mark Vincent, amerikanischer Konsul in Paris.«

»Schon gut«, unterbrach Peter ihn schroff; aber irgendwie übten die Gesichter dieser Männer eine fast krankhafte Faszination auf ihn aus. Er hatte sie sich ganz richtig vorgestellt, bemerkte er ohne besonderes Behagen.

»Ihre Auftraggeber waren entzückt – wie Sie sich vorstellen können. Bei einem männlichen Agenten dauert es oft ein Jahrzehnt oder länger, bis er sich mühsam seinen Weg in das System gebahnt hat und man mit Ergebnissen rechnen darf. Der Wert einer jungen und schönen Frau ist am größten, solange diese Attribute – Jugend und Schönheit – noch ganz frisch sind. Magda Kutchinsky verstand es, diesen Wert hervorragend auszunützen. Das ganze Ausmaß ihrer Agententätigkeit ist uns nicht bekannt – unsere russischen Freunde haben uns, fürchte ich, nicht alles anvertraut. Aber ich glaube jedenfalls, daß sie etwa zu dieser Zeit das wahre Potential dieser Frau zu erkennen begannen. Sie verstand es, die Männer zu betören, aber ihre Schönheit und Jugend würden einmal vergehen . . .« Kingston Parker machte eine geringschätzige Geste mit seinen schlanken Pianistenhänden. »Wir wissen nicht, ob Aaron Altmann mit Bedacht von ihren Auftraggebern ausgesucht wurde, aber es ist sehr wahrscheinlich. Überlegen Sie doch – einer der reichsten und mächtigten Männer Westeuropas, der den Großteil der Stahl- und Schwerindustrie, den größten privaten Rüstungs- und Elektronikkomplex kontrollierte – und alle damit verbundenen, strategisch wichtigen Sekundärindustrien. Er war Witwer, kinderlos, und nach französischem Recht konnte seine Ehefrau sein gesamtes Vermögen erben. Es war bekannt, daß er einen immer aussichtsloser werdenden Kampf gegen eine Krebserkrankung führte und seine Lebenszeit also begrenzt war – außerdem war er Zionist und genoß als eines der einflußreichsten Mitglieder des Mossad dessen besonderes Vertrauen. Es war großartig – einfach großartig!« sagte Kingston Parker. »Stellen Sie sich das einmal vor! Die Möglichkeit, sich einen Mann dieses Kalibers gefügig zu machen, ihn vielleicht sogar ideologisch umzudrehen. Aber das war wohl eher ein extravaganter Traum – nicht einmal die schönste Sirene der Weltgeschichte konnte sich Hoffnungen darauf machen, einen Mann wie Aaron Altmann umzudrehen. Er ist ein Fall für sich, ebenfalls ein erstaunlicher Mensch, mit der Stärke und dem Mut eines Löwen – bis der Krebs ihn völlig entkräftete. Aber ich schweife schon wieder ab, verzeihen Sie. Irgend jemand jedenfalls hat Aaron Altmann ausgesucht. Entweder der Chef des NKWD in Moskau oder Magda Kutchinskys Aufpasser an der russischen Botschaft in Paris – übrigens kein Geringerer als der Chefkommissar des NKWD in Westeuropa, was für den Wert der Dame spricht – oder Magda Kutchinsky selbst. Nach zwei Jahren war sie für ihn unentbehrlich geworden. Sie war schlau genug, mit ihren Liebeskünsten in seinem Fall ein wenig hinter dem Berg zu halten. Altmann konnte jede Frau haben, die ihm gefiel, und gewöhnlich nahm er sie sich auch. Sein Appetit auf Sex war legendär und wahrscheinlich auch der Grund dafür, daß er kinderlos blieb. Eine jugendliche Unbesonnenheit hatte zu einer Geschlechtskrankheit mit Komplikationen geführt. Die Krankheit wurde später völlig aus-

geheilt, aber der Schaden war irreversibel, und so brachte er nie einen Erben zustande.
Wäre sie unerfahren genug gewesen, sich ihm sofort hinzugeben, hätte er vielleicht bloß mit ihr gespielt und sie dann, wie so viele andere, stehenlassen.
Aber sie eroberte sich zuerst seinen Respekt und seine Bewunderung. Vielleicht lernte er in ihr überhaupt zum ersten Mal in seinem Leben eine Frau kennen, die sich im Hinblick auf Intelligenz, Stärke und Entschlossenheit mit ihm messen konnte.«
Kingston Parker suchte ein anderes Foto hervor und schob es über den Tisch. Fasziniert starrte Peter auf das Schwarzweißfoto, das einen kräftig gebauten Mann mit Stiernacken und energischer Kinnpartie zeigte. Wie so viele sexuell sehr aktive Männer war er fast kahlköpfig, mit Ausnahme eines Haarkranzes, der sich wie bei einem Mönch um die glatte, kanonenkugelartige Wölbung seines Schädels zog. Aber um seinen Mund lagen humorvolle Fältchen, und seine Augen sahen trotz des stolzen, wilden Blicks so aus, als wäre auch ihnen das Lachen nicht fremd. Porträt der Macht, dachte Peter.
»Als sie ihm schließlich auch ihren Körper gab, muß das wie ein ungeheurer elektrischer Sturm gewesen sein.« Kingston Parker kam anscheinend mit Absicht immer wieder auf ihre vergangenen Liebesaffären zu sprechen, und Peter hätte dagegen protestiert, wären diese Informationen nicht so wichtig gewesen. »Dieser Mann und diese Frau waren einander offenbar auch auf diesem Gebiet ebenbürtig. Zwei wirklich überragende Menschen, zwei unter hundert Millionen. Der Gedanke, was wohl aus einem Kind dieser beiden geworden wäre – hätten sie eins bekommen –, ist wirklich interessant.« Kingston Parker grinste. »Wahrscheinlich wäre es ein mongoloider Idiot geworden – so ist das Leben.«
Peter machte eine ungeduldige Bewegung – die Wendung, die dieses Gespräch genommen hatte, widerte ihn an –, und Parker fuhr übergangslos fort.
»So heirateten sie also, und der NKWD hatte einen Agenten im Zentrum der westlichen Industrie. Narmco, Altmanns Rüstungsunternehmen, erzeugte streng geheime amerikanische, britische

und französische Raketenteile für die NATO. Die neue Baronin saß im Aufsichtsrat, war *de facto* stellvertretender Vorsitzender von Narmco. Wir können sicher sein, daß Rüstungsentwürfe weitergeleitet wurden, nicht vielleicht ein paar Blätter, sondern ganze Wagenladungen. Jeden Abend saßen die Führer und Entscheidungsträger der westlichen Welt an der Tafel der neuen Baronin und schlürften ihren Champagner. Jedes Gespräch, jede Nuance, jede Indiskretion wurde in diesem speziell geschulten Gedächtnis registriert, und langsam aber sicher schwanden die Kräfte des Barons. Er begann sich mehr und mehr auf sie zu verlassen. Wir wissen nicht genau, wann sie damit begann, auch an seinen Aktivitäten für den Mossad teilzunehmen – aber als es soweit war, hatten die Russen ihr Ziel erreicht. Im Grunde war es ihnen gelungen, Baron Aaron Altmann umzudrehen, sie hatten seine rechte Hand und sein Herz – denn zu diesem Zeitpunkt war der sterbende Baron bereits ganz und gar in ihrem Bann. Die Russen konnten damit rechnen, daß sie den Großteil der westeuropäischen Schwerindustrie erben würden. Es war alles ganz einfach – bis der latente Fehler im Charakter der Baronin an die Oberfläche kam. Es muß ihre russischen Auftraggeber sehr beunruhigt haben, als sie die ersten Anzeichen dafür entdeckten, daß die Baronin für sich selbst arbeitete. Sie war weitaus intelligenter als alle Männer, die sie bis zu diesem Zeitpunkt bevormundet hatten. Und sie hatte wirkliche Macht gekostet und anscheinend großen Geschmack daran gefunden. Wir können uns den ungeheuren Willenskampf zwischen den Drahtziehern und ihrer schönen Marionette, die plötzlich eigene Ideen und Ambitionen entwickelte, nur vorstellen. Sie hatte keinen geringeren Ehrgeiz, als die reichste und mächtigste Frau seit Katharina von Rußland zu werden – und die Möglichkeiten, dieses Ziel zu erreichen, lagen beinahe in ihren hübschen Händen, wenn nicht . . .«

Kingston Parker hielt inne. Wie der geborene Geschichtenerzähler wußte er instinktiv, wie man die Spannung der Zuhörer steigert. Er klopfte mit den Fingern gegen seine Kaffeetasse.

»Das viele Reden macht durstig.« Es kostete Colin und Peter eine geradezu körperliche Anstrengung, in die Gegenwart zurückzukehren. Die Geschichte und die Persönlichkeit des Erzählers hatten sie hypnotisiert. Als Parkers Tasse nachgefüllt war, nippte er daran und fuhr fort:

»Aber die russischen Meister hatten noch ein Druckmittel gegen die Dame in der Hand. Sie drohten damit, ihre wahre Identität preiszugeben. Ein recht guter Gegenschlag, das muß man zugeben. Ein Mann wie Aaron Altmann hätte wie ein wütender Stier reagiert, wenn er erfahren hätte, wie man ihn hintergangen hatte. Seine Reaktion war leicht vorhersagbar. Er hätte sich sofort von Magda scheiden lassen. Eine Scheidung ist in Frankreich schwierig – aber nicht für einen Mann wie den Baron. Doch ohne seinen Schutz war Magda nichts, weniger als nichts, denn sie hätte auch ihren Wert für die Russen verloren. Ohne das Altmann-Imperium wären ihre Machtträume wie eine Rauchwolke zerstoben. Es wäre ein guter Zug, mit dem sie das Spiel gegen jeden gewöhnlichen Menschen gewonnen hätten, aber natürlich hatten sie es nicht mit einem gewöhnlichen Menschen zu tun.«

Parker hielt abermals inne. Offenbar nahm ihn die Geschichte ebenso gefangen wie seine beiden Zuhörer, und er verlängerte absichtlich das Vergnügen des Erzählens.

»Ich habe eine Menge geredet», sagte er lächelnd zu Peter. »Jetzt will ich einmal Sie zu Wort kommen lassen, Peter. Sie kennen sie ein wenig, und im Lauf der letzten Stunde haben Sie eine ganze Menge mehr über sie erfahren. Können Sie erraten, was sie getan hat?«

Peter setzte zu einem Kopfschütteln an – doch dann durchzuckte ihn wie ein Blitz die furchtbare Erkenntnis; er starrte Parker an und seine Pupillen weiteten sich vor Entsetzen.

»Ich glaube, Sie haben es erraten«, nickte Parker. »Ja, wir können uns vorstellen, daß sie in diesem Stadium selbst ein wenig ungeduldig wurde. Der Baron ließ sich mit dem Sterben ziemlich lange Zeit.«

»O Gott, es ist schrecklich«, stöhnte Peter, als litte er unter unerträglichen Schmerzen.

»Von einem Standpunkt aus pflichte ich Ihnen bei«, nickte Parker. »Aber wenn Sie die Sache mit den Augen eines Schachspielers betrachten – und vergessen Sie nicht, sie ist eine Meisterin im Schachspiel –, dann war es ein brillanter Zug. Sie arrangierte die Entführung des Barons. Es gibt Zeugen, die bestätigen, daß sie an diesem Tag darauf bestand, daß der Baron sie zum Segeln begleite. Er fühlte sich sehr schlecht und hatte keine Lust dazu, aber sie redete ihm hartnäckig ein, daß Sonne und frische Luft ihm guttun würden. Wenn er segeln ging, nahm er seinen Leibwächter nie mit. Die beiden waren ganz allein. Eine sehr schnelle Motorjacht wartete vor der Küste ...« Er breitete die Arme aus. »Die Einzelheiten sind Ihnen bekannt?«

»Nein«, antwortete Peter.

»Die Motorjacht rammte das Segelboot. Den Baron fischten sie aus dem Wasser, doch die Baronin ließen sie zurück. Eine Stunde später wurde die Küstenwache über Funk verständigt, fuhr hinaus und fand die Baronin, die sich immer noch am Wrack des Segelbootes festklammerte. Die Kidnapper waren sehr besorgt um ihr Leben.«

»Wahrscheinlich brauchten sie eine liebende Frau, mit der sie verhandeln konnten«, warf Peter rasch ein.

»Das ist natürlich möglich, und zweifellos spielte sie die Rolle der unglücklichen Ehefrau perfekt. Als die Lösegeldforderung kam, war sie diejenige, die den Aufsichtsrat von Altmann-Industries dazu zwang, die fünfundzwanzig Millionen Dollar aufzubringen. Sie trug das Geld, in bar, persönlich zu dem verabredeten Treffpunkt – allein.« Parker machte eine vielsagende Pause.

»Sie brauchte das Geld aber nicht.«

»O doch, sie brauchte es«, widerpsrach Parker. »Der Baron war keineswegs senil, müssen Sie wissen. Seine Hände hielten die Zügel noch sehr straff – und lagen recht fest auf der Geldtasche. Magda hatte alles, was eine gewöhnliche Frau sich nur wünschen kann – Pelze, Schmuck, Dienerschaft, Kleider, Autos, Boote, ein Taschengeld von rund zweihunderttausend Dollar im Jahr, das ihr als Gehalt von Altmann-Industries ausbezahlt wurde. Jede gewöhnliche Frau wäre damit recht zufrieden gewesen – aber sie war keine gewöhnliche Frau. Wir müssen annehmen, daß sie bereits einen Plan zur Verwirklichung ihres Traumes von unbeschränkter

Macht entworfen hatte – und dazu brauchte sie Geld, nicht ein paar lumpige Tausender, sondern Millionen. Fünfundzwanzig Millionen waren eine ganz hübsche Überbrückungssumme, bis sie in der Lage sein würde, ihre hübsche kleine Hand auf den Erdball zu legen. Sie fuhr das Geld – in Banknoten zu je tausend Schweizer Franken, soviel ich weiß – allein zu irgendeinem verlassenen Flughafen, wo sie es in ein Flugzeug verladen und in die Schweiz bringen ließ. Verdammt saubere Arbeit.«
»Aber . . .« Peter suchte nach irgendwelchen Gegenargumenten. »Aber der Baron war verstümmelt. Sie hätte doch . . .«
»Tot ist tot. Die Verstümmelung könnte irgendeinem obskuren Zweck gedient haben. Gott weiß, wir haben es mit einer östlichen Mentalität zu tun, abwegig, blutrünstig. – Vielleicht dienten die Verstümmelungen auch nur dazu, jeden Verdacht, der auf seine Frau fallen könnte, als völlig absurd hinzustellen – Sie haben dieses Argument ja auch soeben zu ihrer Verteidigung vorgebracht.«
Er hatte natürlich recht. Ein Geist, der etwas derart Abscheuliches planen und durchführen konnte, würde auch vor den kleineren Feinheiten dieser Durchführung nicht zurückschrecken. Peter hatte nichts mehr vorzubringen.
»Wir wollen also zusammenfassen, was die Baroin bis zu diesem Zeitpunkt erreicht hatte. Sie war den Baron los und damit auch alle Beschränkungen, die er ihr auferlegt hatte. Ich will Ihnen ein Beispiel dafür geben, denn wir werden später noch sehen, daß diese Sache wichtig ist. Sie war zu Lebzeiten des Barons energisch dafür eingetreten, daß Narmco den gesamten Verkauf von Waffen und Rüstungsmaterial an die südafrikanische Regierung einstelle. Der Baron, stets in erster Linie Geschäftsmann, betrachtete dieses Land als einen lukrativen Absatzmarkt. Außerdem sympathisiert Südafrika mit dem Zionismus. Er überstimmte sie, und Narmco lieferte weiterhin Flugzeuge, Raketen und anderes Kriegsmaterial in dieses Land, bis die UNO ein totales Waffenembargo beschloß und Frankreich diese Resolution unterzeichnete. Merken Sie sich diese anti-südafrikanische Haltung der Baronin. Wir werden später darauf zurückkommen.

Den Baron war sie also los. Ihren russischen Aufpasser war sie auch los und durchaus in der Lage, sich zu ihrem Schutz eine kleine Armee zu halten. Selbst ihre früheren russischen Auftraggeber wagten es nicht, sich zu rächen. Sie war jetzt eine französische *Grande Dame*. Sie hatte sich ein hohes Betriebskapital verschafft – fünfundzwanzig Millionen, für die sie keinem Menschen auf der Welt Rechenschaft ablegen mußte. Sie hatte sich bei Altmann-Industries eine unumstößliche Machtposition verschafft. Sie unterstand zwar noch einer gewissen Kontrolle durch den Aufsichtsrat, und es gab Sicherheitsbestimmungen, über die auch sie sich nicht hinwegsetzen konnte, aber sie hatte Zugang zu allen Informationsquellen und zu den fest unbegrenzten Ressourcen des Unternehmens. Als Kopf eines derartigen Kolosses genoß sie den Respekt und die Sympathie der französischen Regierung und kam so nebenbei auch in den Genuß eines zwar beschränkten, aber doch nicht unbedeutenden Zugangs zum Geheimdienst dieser Regierung. Und dann war da noch die Verbindung zum Mossad. Schließlich hatte sie das Erbe von Aaron Altmanns Position angetreten ...«
Peter mußte plötzlich daran denken, wie Magda von ihren „Quellen" gesprochen – und deren Identität nie preisgegeben hatte. Sollte sie wirklich dazu fähig sein, den französischen und den israelischen Geheimdienst als ihre Privatagentur zu benutzen? Es schien unmöglich. Doch er hatte bereits begriffen, daß bei Magda Altmann nicht unmöglich war – wie Kingston Parker gesagt hatte, war sie kein gewöhnlicher Mensch. Aber Parker sprach bereits weiter.
»Dann folgte eine Periode der Konsolidierung, eine Zeit, in der sie die Zügel ergriff, die Aaron entglitten waren. Sie nahm im gesamten Altmann-Imperium Änderungen im Top-Management vor und ersetzte alle Mitarbeiter, die sich allenfalls gegen sie auflehnen konnten, durch eigene Günstlinge. Es war eine Zeit des Planens und Organisierens, und dann kam der erste Versuch, das Geschick von Nationen zu lenken und zu beherrschen. Sie wählte sich die Nation, die ihr eigenes Bild von der neuen Welt, die sie schaffen wollte, am meisten störte.

Warum sie sich den Namen Kalif zulegte, werden wir nie erfahren ...«
»Sie müssen sich irren.« Peter preßte Daumen und Zeigefinger gegen seine geschlossenen Augenlider. »Sie kennen sie einfach nicht.«
»Ich glaube nicht, daß irgend jemand sie wirklich kennt, Peter«, murmelte Kingston Parker und fingerte an seiner Pfeife herum. »Verzeihen Sie, wir gehen ziemlich rasch voran. Wollen Sie irgend etwas genauer besprechen, Fragen stellen?«
»Nein, ist schon in Ordnung.« Peter öffnete die Augen wieder. »Fahren Sie bitte fort, Kingston.«
»Eine der wichtigsten Lektionen, die Baronin Altmann gelernt hatte, war die Tatsache, wie leicht es ist, Macht und Gewalt auszuüben und welche ungeheuren Effekte und Profite sich damit erzielen lassen. Sicher hat diese Erkenntnis sie bei der Wahl ihres ersten Zieles als neuer Beherrscher der Menschheit ebenso gelenkt wie ihre frühen politischen Überzeugungen, die sie sich auf den Knien ihres Vaters und bei den Versammlungen der kommunistischen Partei gebildet hatte, bei denen sie als frühreifes Kind zugegen gewesen war. Es liegt auch die Vermutung nahe, daß das Interesse der Bankgesellschaften des Altmann-Konzerns an den Goldverkäufen Südafrikas sie in ihrer Wahl bestärkte, denn zu diesem Zeitpunkt waren die sozialistischen und kommunistischen Neigungen der Baronin bereits mit einem guten Schuß gesunden kapitalistischen Eigeninteresses durchsetzt. Wir können nur Vermutungen anstellen, aber wenn der Plan, vierzig Tonnen Gold und dazu noch eine mehrheitlich schwarze Exilregierung aus dem Land zu bringen, Erfolg gehabt hätte, hätte Kalif bestimmt nicht lange gebraucht, um sich die Kontrolle über die Regierung und das Geld zu verschaffen ...« Parker zuckte die Achseln. »Wir können nicht sagen, wie ehrgeizig, ja vielleicht sogar grandios dieser Plan war. Was wir aber sagen können, ist, daß Kalif, oder die Baronin, sich das Team für die Durchführung des Planes mit derselben Geschicklichkeit ausgesucht hat, mit der sie alles tat.« Er unterbrach sich und lächelte. »Ich glaube, wir erinnern uns alle drei noch lebhaft genug an die Entführung der BA 070 und können

es uns ersparen, nochmals auf die Einzelheiten einzugehen. Ich möchte nur nochmals darauf hinweisen, daß der Plan Erfolg gehabt hätte, ja *de facto* bereits Erfolg gehabt hatte, als Peter seinen planwidrigen Schritt unternahm, der alles zunichte machte. Aber die Sache hatte geklappt. Das war das wichtigste. Kalif hatte allen Grund, sich zu beglückwünschen. Ihre Informationen waren einwandfrei, sie hatte sich die richtigen Leute für die Sache ausgesucht, sie kannte sogar den Namen des Offiziers, der die Antiterroreinheit befehligte und als Unterhändler fungieren würde. Ihre Berechnungen waren psychologisch exzellent. Die Hinrichtung der vier Geiseln hatte die Gegenseite so geschockt und aus der Fassung gebracht, daß sie völlig machtlos war. Ein einziger Mann aber hatte ihr im letzten Augenblick einen Strich durch die Rechnung gemacht. Das erweckte natürlich ihr Interesse für diesen Mann. Vielleicht erkannte sie mit weiblicher Intuition, daß dieser Mann Eigenschaften besaß, die sie ihren eigenen Zwecken dienstbar machen könnte. Sie hatte diesen untrüglichen Instinkt, der manchen Menschen die Fähigkeit gibt, selbst in den desolaten Überresten einer Katastrophe noch das Material für künftige Siege zu erkennen ...« Parkers massige Gestalt neigte sich ein wenig vor, und er machte eine kleine, entschuldigende Handbewegung. »Ich hoffe, Sie finden es nicht unbescheiden, wenn ich in diesem Stadium der Geschichte ein wenig von mir selbst spreche. Ich hatte einen Hinweis erhalten, daß es so etwas wie Kalif gebe. Es ist durchaus möglich, daß dies nicht ihre erste Tat nach der Ermordung Aaron Altmanns war. Zwei andere erfolgreiche Anschläge entsprechen ganz ihrem Stil – einer davon war die Geiselnahme bei der OPEC-Tagung in Wien. Aber das ist nicht erwiesen. Auf jeden Fall war ich gewarnt und wartete darauf, daß Kalif in Erscheinung treten würde. Ich wäre sehr dankbar für die Gelegenheit gewesen, einen der Luftpiraten verhören zu können ...«

»Die hätten Ihnen nichts sagen können«, warf Peter ein. »Sie waren nur unbedeutende Schachfiguren wie der Arzt, den wir in Irland festgenommen haben.«

Parker seufzte. »Vielleicht haben Sie recht, Peter. Aber damals dachte ich, daß unser einziger Draht zu Kalif zerrissen wurde.

Später, als alles vorbei war und ich mich von dem Schock erholt hatte, wurde mir plötzlich klar, daß dieser Draht noch immer da war – erfolgversprechender als zuvor. Sie, Peter, waren dieser Draht. Das war der Grund, weshalb ich für die Annahme Ihres Rücktrittsgesuches war. Wären Sie nicht selbst um Ihren Abschied eingekommen, hätte ich Sie auf irgendeine andere Weise dazu gezwungen, aber Sie haben wunderbar mitgespielt, indem Sie aus eigenem Antrieb den Dienst quittierten ...« Er lächelte abermals. »Ich habe Ihnen noch gar nicht dafür gedankt.«

»Schon gut«, sagte Peter grimmig. »Es freut mich, wenn ich jemandem einen Dienst erweisen kann.«

»Das haben Sie. Fast sofort nachdem Sie den Dienst quittiert hatten, hat sich die Baronin an Sie herangepirscht. Zuerst sammelte sie alle Fakten über Sie. Irgendwie gelang es ihr sogar, an Computerdaten über Sie heranzukommen. Das ist eine Tatsache. Vier Tage nach Ihrem Rücktritt verschaffte sich jemand beim CIA unbefugterweise diese Daten. Die Informationen, die sie bekam, müssen ihr gefallen haben, denn bald darauf unterbreitete Ihnen Narmco – auf üblichem Weg – sein Angebot. Ihre Ablehnung muß ihr Interesse erst recht erweckt haben, denn nun ließ sie ihre Verbindungen spielen, um in Sir Stevens Landhaus eingeladen zu werden.« Parker kicherte. »Mein armer Peter, plötzlich befanden Sie sich ohne Vorwarnung in den Klauen einer der perfektesten Circen der Geschichte. Ich weiß genug über die Dame, um mir vorzustellen, daß sie sich anhand ihrer Informationen über Sie genau zurechtgelegt hatte, auf welche Weise sie sich Ihnen nähern würde. Sie wußte ganz genau, welche Art von Frauen Sie anzieht. Zum Glück entsprach sie im großen und ganzen Ihrem Typ ...«

»Was ist das für ein Typ?« fragte Peter. Es war ihm bisher nicht bewußt gewesen, daß er einen besonderen Typ bevorzugte.

»Groß, schlank und brünett«, antwortete Parker sofort. »Denken Sie darüber nach«, forderte er Peter auf. »Alle Ihre Frauen haben diesem Typ entsprochen.«

Peter mußte sich eingestehen, daß Parker natürlich recht hatte. Zum Teufel, selbst mit neununddreißig kann man immer noch etwas Neues über sich selbst erfahren.

»Sie sind ein eiskalter Bursche, Kingston. Hat Ihnen das noch keiner gesagt?«
»Doch, schon oft.« Kingston lächelte. »Aber es stimmt nicht, und verglichen mit Baronin Altmann bin ich der Weihnachtsmann.« Dann wurd er wieder ernst. »Sie wollte herausfinden, wie weit wir bei Atlas über ihre Aktivitäten informiert waren. Daß wir einen Verdacht hatten, wußte sie bereits, und Sie, Peter, konnten ihr dabei helfen, Näheres zu erfahren. Natürlich würden Sie rasch an Wert verlieren, je länger Sie von Thor weg waren – aber Sie konnten ihr immer noch in manch anderer Weise nützlich sein. Nebenbei war noch damit zu rechnen, daß Sie bei Narmco gute Arbeit leisten würden. Und alle ihre Erwartungen wurden erfüllt, ja sogar übertroffen Sie haben sogar einen Anschlag auf ihr Leben vereitelt ...«
Peter hob fragend eine Augenbraue.
»In jener Nacht auf der Straße nach Rambouillet. Wir sind in dieser Sache zwar auf Vermutungen angewiesen, aber unsere Vermutungen werden durch eine Reihe von Informationen bekräftigt. Die Russen hatten zu diesem Zeitpunkt die Hoffnung aufgegeben, sich die Baronin wieder gefügig zu machen. Auch sie hatten so ihre Vermutungen hinsichtlich Magda Altmanns Rolle als Kalif. Sie entschieden sich für eine Radikalkur ihrer ehemaligen Staragentin. Entweder haben sie den Mordanschlag selbst finanziert und organisiert, oder sie haben dem Mossad die Nachricht zugespielt, daß die Baronin Aaron Altmann ermorden ließ. Ich neige eher zu der Annahme, daß sie selbst die Killer gedungen haben – der Mossad macht seine dreckige Arbeit gewöhnlich allein. Wie dem auch sei, im Auftrag des NKWD oder des Mossad wurde auf der Straße nach Rambouillet eine Falle aufgestellt, und Sie gingen in diese Falle. Ich weiß. Sie halten nicht viel von Zufall, Peter, aber ich glaube doch, daß es bloßer Zufall war, daß Sie in jener Nacht den Maserati der Baronin fuhren.«
»Schon gut«, murmelte Peter, »wenn ich alles andere schlucke, dann geht auch dieser kleine Brocken noch leicht mit runter.«
»Dieser Mordanschlag beunruhigte die Baronin sehr. Sie war nicht sicher, wer ihn inszeniert hatte. Ich glaube fast, sie vermutete, daß

das Atlaskommando dafür verantwortlich sei oder zumindest in irgendeiner Weise seine Hände im Spiel gehabt hatte. Und sehr bald danach konnten Sie ihr bestätigen, daß wir uns für sie interessieren und von Kalifs Existenz wußten. Ich habe Sie nach Amerika eingeladen, Colin hat Sie zu mir gebracht, und als Sie zurückkamen, haben Sie ihr entweder alles erzählt oder durch sonst etwas ihren Verdacht über das Atlaskommando und Kingston Parker bestätigt. Das sind nur Vermutungen – aber wie nahe sind sie an der Wahrheit, Peter? Seien Sie ehrlich.«

Peter starrte ihn an und versuchte ein ausdrucksloses Gesicht zu machen, während seine Gedanken galoppierten. Genauso war es gewesen.

»Wir alle jagen Kalif. Sie sahen keinen Treuebruch darin, die Sache mit ihr zu besprechen«, half Parker freundlich nach, und Peter nickte kurz.

»Sie glaubten, wir hätten ein gemeinsames Ziel«, fuhr Parker verständnisvoll und mitfühlend fort. »Sie glaubten, wir alle wären hinter Kalif her, nicht wahr?«

»Sie wußte, daß ich in Amerika war, um Sie zu treffen, noch bevor ich ihr davon erzählt hatte. Ich weiß nicht woher – aber sie wußte es«, antwortete Peter steif. Er kam sich wie ein Verräter vor.

»Ich verstehe«, sagte Parker einfach. Er streckte den Arm aus, legte abermals seine Hand auf Peters Schulter, drückte sie leicht und sah ihm in die Augen – eine Geste der Zusicherung seines Vertrauens. Dann legte er beide Hände auf die Tischplatte.

»Nun wußte sie, wer der Jäger war, und sie wußte genug über mich, um zu wissen, daß ich gefährlich war. Sie waren vermutlich der einzige Mensch auf der Welt, der an mich herankonnte, um die Sache zu erledigen – aber Sie mußten motiviert werden. Sie wählte das eine und einzige Druckmittel, das bei Ihnen wirken konnte. Sie wählte es mit unglaublicher Instinktsicherheit – so wie sie alles andere tat. Es hätte geklappt – mit einem Schlag wäre sie den Jäger losgeworden und hätte sich einen Mörder der Spitzenklasse geangelt. Denn wenn Sie es getan hätten, wären Sie Kalif auf immer und ewig ausgeliefert gewesen. Sie hätte Sie immer und immer wieder dazu benutzt, zu töten, und mit jedem Mal hätten Sie sich tiefer in ihr Netz verstrickt. Sie waren wirklich ein sehr wertvoller Fang für sie, Peter. Wertvoll genug, daß sie bereit war, sich ihrer sexuellen Kniffe zu bedienen.«

Er sah, wie sich Peters Kiefermuskeln spannten und seine Augen aufblitzten.

»Außerdem sind Sie ein sehr attraktiver Mann, und wer weiß, vielleicht wollte sie das Nützliche mit dem Angenehmen verbinden? Sie ist eine Dame mit starkem sexuellem Appetit.«

Peter verspürte den heftigen Wunsch, ihm die Faust ins Gesicht zu stoßen. Er mußte seinen Zorn irgendwie ablassen. Er fühlte sich gedemütigt, beschmutzt und mißbraucht.

»Sie war klug genug, um sich klarzumachen, daß Sex allein nicht genügte, um Sie zu einem Mord zu treiben. Und so ließ sie Ihre Tochter verschleppen und verstümmeln – genauso wie sie in Johannesburg ohne Zögern die Geiseln hatte hinrichten lassen. Die Welt muß Kalif fürchten lernen.«

Nun lag kein Lächeln mehr auf Parkers Gesicht.

»Ich bin überzeugt, daß sie nicht gezögert hätte, die nächste Verstümmelung anzuordnen, und auch noch die nächste, wenn Sie ihr vor Ablauf des Ultimatums nicht meinen Kopf geliefert hätten.«

Wieder spürte Peter eine Welle der Übelkeit in sich aufsteigen, als er an den in dem Fläschchen schwimmenden verschrumpelten weißen Fleischklumpen mit dem scharlachroten Fingernagel dachte.

»Daß uns das erspart blieb, haben wir einem fast unglaublichen Glück zu verdanken – dem Provo-Informanten«, sagte Parker. »Und wieder diese verständliche Bereitschaft der Russen zur Zusammenarbeit mit uns. Für sie ist das eine wunderbare Gelegenheit, ihr Problem auf uns abzuwälzen. Sie haben uns einen fast vollständigen Bericht über die Dame und ihre Geschichte zur Verfügung gestellt.«

»Aber was sollen wir damit anfangen?« fragte Colin Noble. »Uns sind die Hände gebunden. Müssen wir auf die nächste Greueltat warten – müssen wir darauf warten, vielleicht wieder einmal Glück zu haben, wenn Kalif den nächsten arabischen Prinzen umbringt oder die Schwester des Schahs erschießen läßt?«

»Das wird geschehen – es sei denn, Kalif bringt die OPEC-Sache durch«, prophezeite Parker trocken. »Die Dame hat sich sehr leicht zum kapitalistischen System bekehren lassen, seit ihr die halbe europäische Industrie gehört. Aus einer Senkung des Ölpreises würde sie wahrscheinlich mehr Nutzen ziehen als jeder andere Mensch auf der Welt – und gleichzeitig würde eine solche Senkung auch dem Wohl der ganzen Menschheit dienen. Wie wunderbar das doch mit all ihren politischen und persönlichen Interessen in Einklang steht.«

»Aber wenn sie damit durchkommt«, Colin ließ nicht locker, »was wird ihre nächste größenwahnsinnige Tat sein?«

»Das kann keiner vorhersagen«, murmelte Parker, und beide wandten den Kopf, um Peter Stride anzublicken.

Es schien, als wäre er um zwanzig Jahre gealtert. Die feinen Linien um seinen Mund hatten sich wie tiefe Furchen in verwitterten Granit eingegraben.

»Ich möchte, daß Sie mir glauben, was ich jetzt sage, Peter. Ich habe Ihnen all das nicht erzählt, um Sie unter Druck zu setzen«, versicherte Parker ihm ruhig. »Ich habe Ihnen nur erzählt, was Sie meiner Ansicht nach wissen müssen, um sich selbst zu schützen, falls Sie sich entschließen sollten, in die Höhle des Löwen zurückzukehren. Ich befehle Ihnen nicht, es zu tun. Die damit verbundenen Risiken dürfen nicht unterschätzt werden. Bei einem Mann von geringerem Format würde ich es Selbstmord nennen. Aber nun, da Sie vorgewarnt sind, glaube ich, daß Sie der einzige sind, der Kalif mit seinen eigenen Waffen schlagen kann. Bitte mißverstehen Sie mich nicht. Ich will Ihnen damit keinen Augenblick einen Mord nahelegen. Im Gegenteil, ich verbiete Ihnen ausdrücklich, auch nur an dergleichen zu denken. Ich würde es niemals erlauben, und sollten Sie eigenmächtig handeln, würde ich alles tun, um dafür zu sorgen, daß Sie vor Gericht gestellt werden. Nein, alles, worum ich Sie bitte, ist, daß Sie in Kalifs Nähe bleiben und sie zu überlisten trachten. Versuchen Sie sie aufs Glatteis zu führen, damit wir gesetzliche Maßnahmen ergreifen können, um sie unschädlich zu machen. Streichen Sie alle emotionellen Momente aus Ihrem Gedächtnis – jene Geiseln in Johannesburg, Ihre eigene

Tochter – versuchen Sie, diese Dinge zu vergessen, Peter. Denken Sie immer daran, daß wir weder Richter noch Henker sind ...«
Parker fuhr fort, ruhig, aber eindringlich auf Peter einzureden, und Peter betrachtete aus schmalen Augen die Bewegungen seiner Lippen, doch er hörte kaum hin. Er bemühte sich, klar zu denken und seinen Weg deutlich vor sich zu sehen – aber seine Gedanken waren wie ein Ringelspiel, das sich wie toll im Kreis dreht und doch nach jeder Umdrehung stets zum selben Ausgangspunkt zurückkehrt.
Es gab nur einen Weg, Kalif Einhalt zu gebieten. Der Gedanke an den Versuch, jemanden wie Baronin Magda Altmann vor ein Gericht zu stellen – vor einen französischen Gerichtshof –, war lächerlich. Peter versuchte sich einzureden, daß der Wunsch nach Rache bei seiner Entscheidung keine Rolle spielte, aber er kannte sich viel zu gut, um sich selbst derlei vormachen zu können. Ja, Rache war ein Teil davon – und die Erinnerung ließ ihn vor Zorn zittern, aber es war nicht allein das.
Er hatte Ingrid, das deutsche Mädchen, und Gilly O'Shaugnessy getötet – und hatte seinen Entschluß zu diesen Taten nie bereut. Wenn diese beiden den Tod verdient hatten, dann verdiente ihn Kalif zweifellos tausendmal mehr.
Und er wußte, daß es nur einen Menschen gab, der es tun konnte.
Ihre Stimme klang lebhaft, sanft und warm, mit jenem faszinierenden Hauch von Akzent, den er so gut in Erinnerung hatte. Aber er hatte vergessen, welche Wirkung er auf ihn ausübte. Sein Herz schlug, als wäre er eine lange Strecke gelaufen.
»O Peter, es tut so gut, deine Stimme zu hören. Ich habe mir solche Sorgen gemacht. Hast du mein Telegramm bekommen?«
»Nein, welches Telegramm?«
»Als ich erfuhr, daß du Melissa-Jane befreit hast, habe ich dir von Rom ein Telegramm geschickt.«
»Ich habe es nicht bekommen – aber das spielt keine Rolle.«
»Ich habe es dir zu Narmco geschickt – nach Brüssel.«
»Wahrscheinlich wartet es dort auf mich. Ich habe mich längere Zeit nicht bei Narmco gemeldet.«
»Wie geht es ihr, Peter?«

»Es geht ihr schon wieder gut ...« Es fiel ihm sonderbar schwer, ihren Namen oder irgendein Kosewort zu verwenden. Er hoffte, sie würde nicht merken, wie gepreßt seine Stimme klang. »Aber wir haben die Hölle durchgemacht.«
»Ich weiß. Ich verstehe dich. Ich habe mich so hilflos gefühlt. Ich habe alles versucht, deshalb habe ich so lange nichts von mir hören lassen, *chéri*, aber Tag um Tag verging, ohne daß ich irgend etwas erfuhr.«
»Nun ist alles vorbei«, sagte Peter schroff.
»Das glaube ich nicht«, warf sie rasch ein. »Von wo rufst du an?«
»Aus London.«
»Wann kommst du zurück?«
»Ich habe vor einer Stunde mit Brüssel telefoniert. Narmco braucht mich dringend. Ich fliege heute nachmittag.«
»Peter, ich muß dich sehen. Du bist so lange fort – aber, o mein Gott, ich muß heute abend in Wien sein. – Warte, laß mich sehen. – Wenn ich dir gleich jetzt den Lear schicke, um dich abzuholen, könnten wir uns sehen, wenn auch nur für eine Stunde. Du könntest den Nachtflug von Orly nach Brüssel nehmen, und ich könnte im Lear nach Wien weiterfliegen – bitte, Peter. Du hast mir so gefehlt! Wir hätten wenigstens eine Stunde füreinander.«

Als Peter aus dem Lear stieg, wurde er von einem der Flughafenmanager in Empfang genommen und sofort in einen der Extraräume für VIPs im Stockwerk über der allgemeinen Wartehalle geführt. Magda Altmann eilte ihm entgegen, als er den Raum betrat – und er hatte vergessen, wie sehr ihre Gegenwart einen Raum mit Licht erfüllen konnte. Sie trug ein maßgeschneidertes, metallgraues Kostüm, das streng, aber ungemein elegant wirkte. Ihre langen, anmutigen Beine bewegten sich mit tänzerischer Grazie – und Peter kam sich linkisch und hölzern vor, denn das Bewußtsein, dem Bösen gegenüberzustehen, war eine zu schwere Last.
»O Peter, was haben die mit dir gemacht?« fragte sie, und Sorge flackerte in ihren riesigen, mitleidvollen Augen auf. Sie streckte die Hand aus, um seine Wange zu berühren. Sie begann, ihn ganz sanft zu streicheln.

Die Nervenanspannung und die Schrecknisse der vergangenen Tage hatten ihn an den Rand körperlicher Erschöpfung gebracht. Seine Haut hatte einen grauen, krankhaften Farbton, der mit dem dunklen Schatten der frischen Bartstoppeln auf seinen Wangen kontrastierte. Die feinen silbernen Haare an den Schläfen waren mehr geworden und hoben sich wie Möwenschwingen von dem sonst dunklen, dichten Haarschopf ab, und seine Augen, die tief in ihren Höhlen lagen, hatten einen gehetzten Blick.

»O Liebling, Liebling«, flüsterte sie, leise genug, daß niemand sonst im Raum es hören konnte, und hielt ihm ihren Mund entgegen.

Peter hatte sich sorgfältig auf dieses Treffen vorbereitet. Er wußte, wie wichtig es war, sich nichts von dem, was er erfahren hatte, anmerken zu lassen. Magda durfte keinerlei Verdacht schöpfen, daß er sie durchschaut hatte, denn das könnte tödlich für ihn sein. Er mußte sich völlig natürlich geben, das war absolut lebenswichtig. Doch für einen kurzen Augenblick sah er das blasse, abgezehrte und fieberheiße Gesicht seiner Tochter vor sich, ehe er sich hinunterbeugte, um Magda zu küssen.

Ihr Mund war weich und warm und feucht und schmeckte nach reifer Frau und zerdrückten Blumenblättern, und er zwang sich dazu, seine Lippen mit ihren verschmelzen zu lassen und den sanften Druck ihres Körpers zu erwidern, als sie sich hingebend und vertrauensvoll an ihn lehnte. Er dachte schon, es sei ihm gelungen, sie zu täuschen, als sie sich behutsam aus seiner Umarmung löste und zurückneigte, die schlanken, sehnigen Hüften immer noch gegen die seinen gepreßt. Abermals studierte sie sein Gesicht mit einem raschen, fragenden, prüfenden Blick, und er sah die Veränderung. Sah, wie die Flamme im Grund ihrer Augen erlosch und nur noch ein kaltes, gnadenloses grünes Licht darin glomm, schön, aber kalt wie das Glitzern in der Tiefe eines großen Smaragds.

Sie hatte etwas in seinem Gesicht gelesen – nein, da war nichts zu lesen gewesen. Sie hatte etwas gespürt – hatte gespürt, daß er etwas wußte. Natürlich hatte sie nach Anzeichen gesucht, und es bedurfte bloß einer winzigen Bestätigung – des gespannten Ausdrucks um seinen Mund, der neuen Wachsamkeit in seinem Blick, der kaum merkbaren Steife und Zurückhaltung seines Körpers – und er hatte gedacht, es würde ihm gelingen, all das zu unterdrücken.

»Oh, ich freue mich, daß du jetzt Blau trägst.« Sie fuhr über den Aufschlag seiner blauen Kaschmirjacke. »Es steht dir so gut, Liebster.«

Er hatte an sie gedacht, als er die Jacke gekauft hatte, das war richtig – aber nun lag irgend etwas merkwürdig Sprödes in ihrem Verhalten. Es war, als hätte sich ihr wahres Ich zurückgezogen, als wäre eine unsichtbare Schranke zwischen ihnen niedergegangen.

»Komm.« Sie wandte sich ab und ging voran zu der tiefen Ledercouch unter den breiten Fenstern. Irgendein Flughafenbediensteter hatte Blumen aufgetrieben, gelbe Tulpen, die ersten Frühlingsboten. Und es gab auch eine Bar und eine Kaffeemaschine.

Sie setzte sich neben ihn auf die Couch, ohne ihn zu berühren, und entließ ihren Sekretär mit einem Nicken. Er ging hinüber zu den beiden Leibwächtern, ihren grauen Wölfen, und alle drei blieben außer Hörweite stehen und begannen, gedämpft miteinander zu sprechen.

»Bitte erzähl, Peter.« Sie beobachtete ihn noch immer, aber das kalte grüne Licht in ihren Augen war erloschen – sie war freundlich und voller Anteilnahme und hörte ihm sehr aufmerksam zu, als er Schritt für Schritt über alle Einzelheiten im Zusammenhang mit Melissa-Janes Entführung berichtete.

Er hielt sich an seine gewohnte Regel, die ganze Wahrheit zu sagen, wenn es von Nutzen war – und jetzt war es von Nutzen, denn Magda wußte ohnehin jedes Detail. Er erzählte ihr, daß Kalif Kingston Parkers Leben verlangt hatte, und wie er selbst darauf reagiert hatte.

»Ich hätte es getan«, erklärte er offen, und sie umklammerte ihre Oberarme und zuckte schaudernd zusammen.

»O Gott, so viel Böses kann selbst die Stärksten und Besten verderben ...« Und nun lag Verständnis auf ihrem Gesicht und machte ihren Mund ganz weich.

Peter fuhr fort und erzählte ihr von dem Tip, den sie durch einen

glücklichen Zufall bekommen, und wie sie Melissa-Jane befreit hatten. Er erging sich in Einzelheiten über die Art und Weise, in der man sie mißhandelt hatte, über ihre Angst und den seelischen Schaden, den sie erlitten hatte – und beobachtete dabei sehr genau Magdas Augen. Er sah etwas in ihrem Blick, das durch die kleinen Fältchen, die nun um ihre Augen lagen, noch betont wurde. Er wußte, er durfte nicht mit Schuldgefühlen rechnen. Kalif war über derart profane Gefühlsregungen zweifellos erhaben – aber irgend etwas war da, nicht nur gespieltes Mitleid.
»Ich mußte bei ihr bleiben. Ich glaube, sie hat diese paar Tage mit mir gebraucht«, erklärte er.
»Ja, ich bin froh, daß du es getan hast, Peter.« Sie nickte und warf einen Blick auf ihre Armbanduhr. »Oh, wir haben nur noch so wenig Zeit«, klagte sie. »Trinken wir doch ein Glas Champagner, wir haben schließlich doch ein wenig Grund zum Feiern. Schließlich ist Melissa-Jane am Leben, und sie ist jung und widerstandsfähig genug, um sich bald wieder ganz zu erholen.«
Peter lockerte den Korken, wartete, bis er mit einem Knall heraussprang, goß den schäumenden, blaßgelben *Dom Perignon* in die Sektflöte und lächelte sie über das Glas hinweg an, als sie einander zuprosteten.
»Es tut so gut, dich wiederzusehen, Peter.« Sie war wirklich eine hervorragende Schauspielerin, sie sagte es so unschuldig und spontan, daß gegen seinen Willen Bewunderung in ihm aufwallte. Aber er drängte dieses Gefühl zurück und dachte daran, daß er sie gleich jetzt, hier, an Ort und Stelle, töten könnte. Er brauchte dazu eigentlich keine Waffe. Er konnte es mit den Händen tun, wenn es sein mußte. Aber die Cobra Parabellum steckte ohnehin in dem Halfter aus weichem Chamoisleder in seiner linken Achselhöhle. Er konnte sie töten, und die beiden Leibwächter am anderen Ende des Raumes würden ihn sofort niederschießen. Einen der beiden konnte er vielleicht unschädlich machen, aber der andere würde ihn kriegen. Sie waren Spitzenkräfte. Er hatte sie selbst ausgesucht. Sie würden ihn kriegen.
»Es tut mir leid, daß dieses Wiedersehen nur so kurz ist«, gab er zurück und lächelte ihr immer noch zu.

»Ach, *chéri*, ich weiß, mir tut es auch leid.« Sie legte ihre Hand auf seinen Unterarm – die erste Berührung seit der Begrüßung. »Ich wünschte, es wäre anders. Es gibt so viele Dinge, die wir tun müssen, du und ich, und wir müssen sie einander verzeihen.«
Vielleicht sollten die Worte eine ganz bestimmte Bedeutung haben; das warme, grüne Feuer in ihren Augen flackerte ganz kurz wieder auf, und noch irgend etwas anderes – vielleicht ein tiefes, unermeßliches Bedauern. Dann nippte sie am Champagner, senkte die langen, gebogenen Wimpern über die Augen und entzog sie damit seinem prüfenden Blick.
»Ich hoffe, wir werden einander nie etwas Schreckliches zu verzeihen haben ...«
Zum ersten Mal hatte er dem Vorsatz, sie zu töten, wirklich ins Auge gesehen. Bisher waren seine Überlegungen theoretisch und akademisch gewesen, und er hatte den Gedanken an die Tat selbst vermieden. Aber nun stellte er sich vor, was die Explosion der Kugel in diesem weichen, sanften Körper anrichten würde. Sein Magen krampfte sich zusammen, und er zweifelte zum ersten Mal daran, daß er dazu fähig sein würde.
»O Peter, hoffentlich nicht. Nichts im Leben erhoffe ich mir mehr als das.« Sie hob einen Augenblick die Wimpern, und ihr Blick schien sich an seinem festzusaugen, schien um etwas zu bitten – vielleicht um Vergebung. Wenn ich es nicht mit der Pistole mache, wie dann, fragte sich Peter. Würde er es ertragen können, ihre Knochen unter seinen Fingern krachen und knirschen zu hören? Oder ihr das Messer in den flachen, harten Bauch zu stoßen und zu fühlen, wie sie sich wie ein Speerfisch wand, der verzweifelt versucht, sich von dem glänzenden, gebogenen Haken loszureißen?
Das Telefon auf der Bartheke summte, und der Sekretär nahm es nach dem zweiten Läuten ab.
»*Oui, oui. D'accord*«, murmelte er und hängte auf. »*Ma Baronne*, das Flugzeug ist aufgetankt und zum Abflug bereit.«
»Ich komme sofort«, sagte sie, und dann, an Peter gewandt: »Es tut mir leid.«
»Wann sehe ich dich wieder?« fragte er.

Sie zuckte die Achseln, und ein flüchtiger Schatten huschte über ihre Augen. »Es ist schwer. Ich weiß nicht genau – ich werde dich anrufen. Aber jetzt muß ich gehen, Peter. *Adieu*, mein Schatz.«

Als sie gegangen war, blickte Peter durch das Fenster auf den Flughafen hinaus. Es war ein wunderbarer Frühlingsnachmittag, in den Grasstreifen am Rand der Landebahn blühten die ersten Margeriten und leuchteten wie verstreute Goldtaler. Ein Schwarm schwarzer Vögel hüpfte dazwischen herum, pickte suchend nach Insekten und ließ sich nicht im geringsten vom Düsenlärm einer abfliegenden Swissair-Maschine stören.

Peter rekapitulierte in Gedanken den Verlauf dieses Wiedersehens und präzisierte den Augenblick, in dem sie sich gewandelt hatte, in dem sie aufgehört hatte, Magda Altmann zu sein und Kalif geworden war.

Es gab nun keinerlei Zweifel mehr. Hatte es überhaupt je welche gegeben, oder hatte er es sich bloß gewünscht?

Nun mußte er die Zähne zusammenbeißen und handeln. Es würde schwierig sein, viel schwieriger, als er es für möglich gehalten hatte. Jetzt erst fiel ihm auf, daß sie keinen Augenblick allein gewesen waren – immer hatten die zwei grauen Wölfe in der Nähe herumgelungert. Auch das war ein Zeichen ihrer neuen Wachsamkeit. Er fragte sich, ob sie überhaupt je wieder allein sein würden – nun, da sie gewarnt war.

Dann plötzlich wurde ihm bewußt, daß sie nicht *‚au revoir*, mein Schatz‘, sondern *„adieu“* gesagt hatte.

Sollte darin eine Warnung liegen? Eine leise Anspielung auf das tödliche Ende? – Es war ihm völlig klar, wie Kalif reagieren mußte, wenn sie ihn wirklich verdächtigte. Hatte sie ihm gedroht, oder hatte sie ihn bloß fallengelassen, wie Kingston Parker es vorausgeahnt hatte?

Er konnte nicht begreifen, weshalb der Gedanke, sie vielleicht niemals wiederzusehen – es sei denn durch das Visier eines Gewehres –, ihn so elend machte.

Er stand da, starrte aus dem Fenster und sann darüber nach, wie sehr seine Karriere, ja sein ganzes Leben aus den Fugen geraten war, seit er zum ersten Mal den Namen Kalif gehört hatte.

Eine höfliche Stimme hinter seiner Schulter schreckte ihn auf, und er wandte sich um. »Der KLM-Flug nach Brüssel wird soeben aufgerufen, General Stride«, teilte ihm der Manager mit.
Peter raffte sich mit einem Seufzer auf und ergriff seinen Mantel und die Hermes-Aktentasche aus Krokodilleder, einem Geschenk der Frau, die er nun töten mußte.

Der Berg von Briefen und dringenden Geschäftsangelegenheiten auf dem langen Schreibtisch in Peters Büro bot ihm einen guten Vorwand, die detaillierte Planung des Präventivschlags gegen Kalif hinauszuschieben.
Zu seiner leichten Überraschung stellte er fest, daß ihm das Verhandeln und Feilschen, die Hektik und die Herausforderungen des Wirtschaftsmarktes Spaß machten. Er genoß es, seinen Scharfsinn und sein Urteilsvermögen gegen andere kluge und gewitzte Geister auszuspielen, genoß den Kontakt mit anderen Menschen – und verstand zum ersten Mal die Faszination, die diese Art von Leben auf seinen Bruder Steven ausübte.
Drei Tage nach seiner Rückkehr ins Büro kam von der iranischen Luftwaffe der erste Auftrag auf Lieferung von einhundertzwanzig Stück von Narmcos Kestrel-Raketen im Wert von mehr als hundertfünfzig Millionen Dollar. Es war ein gutes Gefühl, ein Gefühl, das stärker werden, sich vielleicht zu einer Sucht auswachsen könnte, gestand er sich ein.
Geld war für ihn bisher eher etwas Lästiges gewesen, verbunden mit entwürdigenden und langweiligen Sitzungen mit Bankdirektoren und Finanzbeamten von der Einkommenssteuerabteilung, doch nun stellte er fest, daß das hier eine andere Art von Geld war. Er hatte einen Blick in die Welt geworfen, in der Kalif lebte, und machte sich klar, daß für einen Menschen, der sich erst einmal an die Manipulation mit solchen Vermögenswerten gewöhnt hatte, der Traum von gottähnlicher Macht glaubhaft wurde, daß er es für denkbar halten konnte, ihn in die Wirklichkeit umzusetzen.
Er konnte es verstehen, aber nicht verzeihen, und so zwang er sich schließlich sieben Tage nach seiner Rückkehr nach Brüssel dazu, dem Unvermeidlichen ins Auge zu sehen.

Magda Altmann hatte sich zurückgezogen. Seit jener kurzen und so wenig befriedigenden Stunde auf dem Flughafen Orly hatte sie keine Verbindung mehr mit ihm aufgenommen.
Er war sich klar darüber, daß er zu ihr gehen mußte. Er hatte seine Vertrauensstellung, die ihm die Sache leichter gemacht hätte, verloren.
Er konnte immer noch nahe genug an sie herankommen, um sie zu töten, soviel war gewiß. Auch in Orly hätte er dazu Gelegenheit gehabt. Aber es wäre reiner Selbstmord, die Sache auf solche Weise zu erledigen. Selbst wenn es ihm gelänge, dem raschen Vergeltungsschlag ihrer Leibwache zu entkommen, das Gesetz würde ihn ja doch ereilen – langsam aber sicher. Er wußte, ohne darüber nachzudenken, daß er unmöglich zu seiner Verteidigung die Kalif-Geschichte vorbringen könnte. Kein Gericht würde ihm das abnehmen, man würde sie für das Geschwätz eines Verrückten halten. Und Atlas und die Geheimdienste Amerikas und Großbritanniens würden ihm zweifellos nicht zu Hilfe eilen. Sie würden über Kalifs Tod frohlocken, aber ihn würden sie zur Guillotine gehen lassen, ohne auch nur den kleinen Finger zu seiner Verteidigung zu rühren. Er konnte sich die moralische Entrüstung der zivilisierten Welt vorstellen, wenn sie Grund zur Annahme hätte, eine unorthodoxe Organisation wie Atlas heuere Mörder an, um prominente Staatsbürger eines fremden und freundlich gesinnten Landes beseitigen zu lassen.
Nein, er war allein, völlig allein. Parker hatte das ganz deutlich zu verstehen gegeben. Und Peter erkannte, daß er nicht sterben wollte. Er war nicht bereit, sein Leben zu opfern, um Kalif unschädlich zu machen – nicht solange es einen anderen Weg gab. Und natürlich mußte es einen anderen Weg geben.
Er dachte stets an Kalif, wenn er seine Pläne schmiedete – nie an Magda Altmann. So gelang es ihm, das Problem mit kühler Distanz zu betrachten. Das Wo, das Wann und das Wie.
Er hatte sich die Aufgabe durch die neuen Sicherheitsmaßnahmen zu Magda Altmanns Schutz selbst kompliziert. Damals war es seine Hauptsorge gewesen, jeden ihrer Schritte so unvorhersagbar wie nur möglich zu machen. Ihr gesellschaftlicher

Terminkalender wurde wie ein Staatsgeheimnis gehütet; niemals gab es Presseankündigungen über ihre bevorstehende Teilnahme an öffentlichen oder staatlichen Ereignissen.
Wenn sie beispielsweise zu einem Diner in den Elysée-Palast geladen wurde, so berichteten die Zeitungen darüber immer erst am Tag danach. – Aber es gab ein paar Ereignisse im Jahr, die sie sich niemals entgehen ließ. Sie hatten einige Male über diese schwachen Punkte in ihrem Sicherheitssystem diskutiert.
»O Peter – du kannst doch keinen Sträfling aus mir machen«, hatte sie lachend eingewandt, sooft er die Rede darauf brachte. »Ich habe so wenige Dinge, die mir wirklich Freude machen – du willst mir doch nicht auch die noch nehmen, oder?«
Die erste Vorführung von Yves St. Laurents Kollektion für die neue Saison beispielsweise würde sie niemals versäumen. Oder die *Grande Semaine*, die Woche der Rennveranstaltungen im Frühling, die in dem Rennen um den Grand Prix de Paris in Longchamp gipfelte. In diesem Jahr machte sie sich große Hoffnungen auf einen Sieg mit ihrem *Ice Leopard*, einer hübschen und kühnen braunen Stute. Sie würde ganz sicher dort sein.
Peter begann eine Liste der für den Mord in Frage kommenden Örtlichkeiten anzulegen, von der er nach gründlicher Überlegung einen Großteil wieder strich. *La Pierre Bénite*, ihr Landsitz zum Beispiel. Er hatte den Vorteil, daß Peter ihn gut kannte. Und seinem geschulten Soldatenauge war es nicht entgangen, daß der in Terrassen zum See abfallende Rasen, die Wälder jenseits des Sees und der niedrige bewaldete Hügel im Norden des Hauses, von dem man den Wirtschaftshof und die Stallungen überblickte, einem Scharfschützen geradezu ideale Möglichkeiten boten. Aber das Gut war gut bewacht, und man wußte nie genau, wann sie hinkam. Es könnte ihm passieren, daß er eine ganze Woche auf der Lauer lag, während sie sich in Rom oder New York aufhielt. Außerdem war der Fluchtweg zu riskant – ein sehr dünn besiedeltes Gebiet mit nur zwei Zufahrtsstraßen, die leicht und rasch von der Polizei abgeriegelt werden konnten. Nein, *La Pierre Bénite* wurde von der Liste gestrichen.
Zum Schluß blieben nur die beiden Möglichkeiten auf der Liste,

an die Peter zuallererst gedacht hatte – der Rennplatz von Longchamp oder Yves St. Laurents Salon in der Avenue Victor Hugo Nr. 46.
Beide hatten den Vorteil, öffentlich zugänglich und vollgepfercht mit Menschen zu sein, Umstände, die Taschendieben und Mördern sehr zugute kommen, dachte Peter mit leiser Ironie. In beiden Fällen gab es mehrere Fluchtwege und Menschenmengen, in denen man untertauchen konnte. Und die Tribünen und Gebäude mit Blick auf das abgesperrte Klubgelände und den Sattelplatz in Longchamp oder die mehrstöckigen Häuser gegenüber dem Haus Nr. 46 in der Avenue Victor Hugo boten einem Scharfschützen gute Chancen.
Wenn er sich für Yves St. Laurent entschied, würde es nötig sein, eine Bürosuite in einem der gegenüberliegenden Gebäude zu mieten – aber das war natürlich riskant, selbst unter einem falschen Namen. Der Rennplatz von Longchamp schien doch geeigneter zu sein. Peter schob die endgültige Entscheidung so lange hinaus, bis sich ihm eine Gelegenheit bieten würde, beide Örtlichkeiten genau zu inspizieren.
Und noch einen letzten Vorteil hatte diese Vorgangsweise. Es wäre ein Mord aus einer gewissen Entfernung. Er müßte seinem Opfer nicht in die Augen sehen, wie bei einem Mord mit Pistole, Messer oder Garrotte.
Er würde Kalif nur durch die Linse eines Teleskopfernrohres sehen, und das gab einem durch die Verflachung der Perspektive und die Farbverfälschung immer ein Gefühl der Unwirklichkeit. Die Entfernung würde ihm die Notwendigkeit einer Konfrontation ersparen. Er müßte nicht zusehen, wie das grüne Licht in diesen wunderbaren Augen verlosch, müßte nicht hören, wie der letzte Atemzug auf diesen weichen, herrlich geschwungenen Lippen verhauchte, diesen Lippen, die ihm soviel Glück geschenkt hatten. – Rasch schob er diese Gedanken beiseite. Sie lähmten seine Entschlußkraft, obwohl sein Zorn und sein Rachedurst nicht verebbt waren.
Wenn er eine der Zweiundzwanziger bekommen könnte, mit denen die Scharfschützen von Thor ausgerüstet waren – das wäre

die perfekte Waffe für diese Aufgabe. Mit den extralangen Präzisionsläufen, der Spezialmunition und den neuen Laservisieren konnte man selbst aus einer Entfernung von rund 600 Metern unglaublich exakt zielen.

Der Scharfschütze brauchte weiter nichts zu tun, als mit dem Zeigefinger seiner linken Hand den Knopf auf dem Gewehrschaft niederzudrücken, um die Lasereinrichtung in Aktion zu setzen. Der Laserstrahl würde ihm genau die Flugbahn der Kugel anzeigen und sich als heller weißer Fleck von der Größe eines silbernen Zehncentstücks auf dem Ziel abzeichnen. Und sobald er diesen Fleck durch sein Zielfernrohr gefunden hatte, mußte er nur noch abdrücken. Selbst ein ungeübter Schütze konnte das Ziel mit dieser Visiereinrichtung kaum verfehlen, und in Peters Händen würde diese Waffe unfehlbar sein. – Und Colin Noble würde ihm eine geben. Was heißt geben! Er würde sie ihm mit den besten Empfehlungen des amerikanischen Marine Corps vom dienstältesten Militärattaché der US-Botschaft in Paris persönlich überbringen lassen!

Und doch zögerte Peter den Augenblick der Durchführung immer wieder hinaus und überprüfte seine Pläne so oft und so kritisch, daß es sich nicht länger leugnen ließ, daß er die Sache auf die lange Bank schob.

Der sechzehnte Tag nach seiner Rückkehr nach Brüssel war ein Freitag. Peter verbrachte den Vormittag auf dem NATO-Stützpunkt nördlich von Brüssel bei einer Vorführung des neuen Elektroniksystems, das Narmco zur Abwehr von radargesteuerten Kurzstrecken-Panzerabwehrraketen entwickelt hatte. Dann flog er mit den drei iranischen Offizieren, die an der Demonstration teilgenommen hatten, im Hubschrauber zurück, und sie nahmen im *Epaule de Mouton* ein köstliches und sehr gemütliches Mittagsmahl ein. Danach hatte Peter ein schlechtes Gewissen wegen der drei verbummelten Stunden und arbeitete bis acht Uhr abend an den Raketenverträgen.

Es war schon lange dunkel, als er das Bürogebäude mit allen üblichen Vorsichtsmaßnahmen durch den Hintereingang verließ. Er ging nie zur selben Zeit und nahm nie denselben Weg – es war immerhin möglich, daß ein von Kalif gedungener Mörder in den dunklen Straßen auf ihn lauerte. An diesem Abend kaufte er sich die Abendzeitungen in einem Kiosk auf der Grand' Place und setzte sich in eines der Straßencafés mit Blick auf den Platz, um sie zu lesen.

Er begann mit den englischen Zeitungen. Die Schlagzeilen füllten die ganze Breite der Titelseite aus. In schwarzen, kühnen Lettern verkündeten sie:

PREISSENKUNG FÜR ROHÖL

Peter nippte gedankenverloren an seinem Whisky, während er die Titelseite und die Fortsetzung des Artikels auf Seite sechs las. Dann zerknüllte er die Zeitung und starrte verloren auf das Touristengewimmel und die ersten Abendspaziergänger.

Kalif hatte ihren ersten internationalen Sieg errungen. Von nun an würden ihrem rücksichtlosen Streben nach Macht und Gewalt keine Grenzen mehr gesetzt sein.

Peter wußte, daß er nicht länger warten durfte. Es mußte geschehen, und dieser Entschluß war unwiderruflich. Er würde für Montag einen Besuch in London arrangieren, dafür gab es genügend Vorwände. Er würde Colin bitten, ihn auf dem Flughafen zu erwarten. Es war wohl notwendig, ihn in seine Pläne einzuweihen. Er wußte, er konnte mit Colins voller Unterstützung rechnen. Danach konnte er nach Paris weiterfliegen, um den Ort, an dem es geschehen sollte, auszuspähen und zu wählen. Bis zur Vorführung der Frühjahrskollektion waren noch zwei Wochen Zeit – zwei Wochen, in denen er alles so sorgfältig planen konnte, daß ein Fehlschlag ausgeschlossen war.

Er fühlte sich plötzlich erschöpft, als hätte die Anstrengung, diesen Entschluß zu fassen, seine letzten Reserven aufgebraucht. So erschöpft, daß er fast meinte, den kurzen Weg zurück zum Hotel nicht zu schaffen. Er bestellte noch einen Whisky und trank ihn langsam, ehe er sich aufraffen konnte.

Narmco hatte im Hilton zwei Appartements für seine Direktoren und wichtige Besucher reserviert. Peter hatte sich noch nicht die

Mühe genommen, sich eine Privatwohnung in der Stadt zu suchen und wohnte daher in dem kleineren Hilton-Appartement. Es war nichts weiter als ein Ort, an dem er sich wusch und schlief und wo er seine Kleider lassen konnte, denn die Lage der Dinge um ihn herum änderte sich ständig und so rasch, daß er das Gefühl der Unbeständigkeit nicht loswerden konnte.
Meine Bücher liegen schon wieder irgendwo auf Lager, dachte er mit einem leicht fröstelnden Gefühl der Einsamkeit. Seine Sammlung seltener und schöner Bücher war den Großteil seines Lebens irgendwo auf Lager gewesen, während er, dem Ruf der Pflicht folgend, von einem Ort zum anderen, von einer Kaserne zur anderen, von einem Hotelzimmer ins andere gezogen war. Seine Bücher waren sein einziger Besitz, und als er nun an sie dachte, erfüllte ihn eine ungewohnte Sehnsucht nach einem Heim, einem Platz, der ihm gehörte. Doch sofort schob er den Gedanken beiseite und lächelte zynisch über sich selbst, wie er da, wieder einmal allein, durch die Straßen einer fremden Stadt schritt.
Es muß daran liegen, daß ich langsam alt werde, dachte er. Früher hatte er nie Zeit gehabt, sich einsam zu fühlen – aber jetzt, jetzt? Unerklärlicherweise mußte er an Magda Altmann denken und an jenen Abend, als sie sich in seine Arme geschmiegt und leise gesagt hatte: »O Peter, ich bin so lange allein gewesen.«
Die Erinnerung ließ ihn mitten im Schritt innehalten. So stand er im Licht einer Straßenlaterne – eine hochgewachsene Gestalt im gegürteten Trenchcoat, mit hagerem Gesicht und gehetztem Blick.
Ein blondes Mädchen mit vulgär geschminkten Lippen schlenderte über den Gehsteig auf ihn zu, blieb stehen und murmelte ihm ihre Aufforderung zu. Das brachte ihn wieder in die Wirklichkeit zurück.
»*Merci.*« Er schüttelte kurz und abweisend den Kopf und ging weiter.
Als er am Zeitschriftenstand in der Halle des Hilton vorbeikam, fiel sein Blick auf eine Reihe Illustrierter, und er blieb vor den Frauenzeitschriften stehen. Vielleicht gab es schon Ankündigungen für die Haute-Couture-Vorführungen in Paris. Er blätterte die

Seiten von *Vogue* durch und suchte nach einer Erwähnung der Modeschau von Yves St. Laurent – und starrte dann entgeistert auf das Bild einer Frau, die ihm plötzlich aus den Seiten entgegensprang.

Die apart modellierten Backenknochen, die riesigen, leicht schräg gestellten slawischen Augen, die schimmernde Kaskade dunklen Haares, die katzenartige Anmut der im Kamerablitz erstarrten Bewegung ...

Das Bild zeigte sie in einer Gruppe von vier Personen. Die zweite Frau war die Gattin eines Popsängers, die getrennt von ihrem Mann lebte – schmollende Miene, leichter Silberblick und volle, geschürzte Lippen – ein Wahrzeichen der Pariser Gesellschaftsszene. Ihr Partner, ein amerikanischer Schauspieler mit einem sommersprossigen Jungengesicht, der einen Samtanzug und goldene Kettchen um den Hals trug, verdankte seine Berühmtheit mehr seinen Liebesaffären als seinen Filmrollen. Die beiden waren nicht die Art Menschen, mit denen Magda Altmann normalerweise verkehrte, aber der Mann an ihrer Seite, auf dessen Arm sie sich leicht stützte, entsprach schon mehr ihrem Stil. Er war um die Vierzig, dunkel und attraktiv, wenn auch vielleicht etwas zu schwer gebaut, hatte dichtes, gewelltes Haar und strahlte jenes spezielle Fluidum von Macht und Selbstvertrauen aus, das dem Chef des größten deutschen Automobilkonzerns durchaus ziemte.

Im Text unter dem Bild hieß es, daß sie der Eröffnung einer exklusiven neuen Pariser Diskothek beiwohnten – auch das war ansonsten nicht Magda Altmanns Ambiente, aber sie lächelte dem großen, gutaussehenden Deutschen strahlend zu und unterhielt sich so offensichtlich, daß Peter einen Stich unter den Rippen verspürte. Haß oder Eifersucht – er wußte es nicht genau – und er schlug die Zeitschrift zu und legte sie zurück auf den Stoß.

Er ging hinauf in sein aseptisch-unpersönlich eingerichtetes Appartement, zog sich aus, duschte, und schenkte sich dann, noch nackt, in dem kleinen Vorraum seines Appartements einen Whisky ein. Es war der dritte an diesem Abend.

Seit der Entführung seiner Tochter hatte er mehr getrunken als je zuvor in seinem Leben. Für einen einsamen und von schweren

Zweifeln geplagten Mann konnte sich der Alkohol zu einer heimtückischen Gewohnheit entwickeln. Er mußte vorsichtiger werden. Er nahm einen Schluck von der rauchig schmeckenden bernsteinfarbenen Flüssigkeit, drehte sich dann um und betrachtete sich im Spiegel an der gegenüberliegenden Wand.
Seit seiner Rückkehr nach Brüssel hatte er jeden Tag im Turnsaal im Klub der NATO-Offiziere, in dem er immer noch Mitglied war, trainiert, und sein Körper war schlank und hart, sein Bauch flach wie der eines Windhundes – nur das Gesicht war von Überanstrengung und Sorgen gezeichnet – und anscheinend auch von irgendeinem tiefen, nicht in Worte faßbaren Kummer.
Als er ins Schlafzimmer zurückkam, klingelte das Telefon.
»Stride«, sprach er in den Hörer, immer noch nackt, das Glas in der rechten Hand.
»Bitte bleiben Sie am Apparat, General Stride. Wir haben ein Ferngespräch für Sie.«
Die Herstellung der Verbindung schien ewig zu dauern, es rauschte und klickte im Hörer, man hörte die fernen Stimmen ausländischer Telefonvermittlungen, die schlechtes Französisch oder noch schlechteres Englisch sprachen.
Dann plötzlich war ihre Stimme da, ganz leise und so weit entfernt, daß es wie ein Wispern in einer riesigen, leeren Halle klang.
»Peter, bist du da?«
»Magda?« fragte er fassungslos und hörte seine eigene Stimme im Hörer dröhnen. Das leise Klicken der Trägerwelle, ehe sie wieder sprach, sagte ihm, daß die Verbindung über ein Funktelefon gehen mußte.
»Ich muß dich sehen, Peter. Ich kann so nicht weitermachen. Wirst du zu mir kommen? Bitte, Peter.«
»Wo bist du?«
»*Les Neuf Poissons*.« Ihre Stimme klang so schwach, so verzerrt, daß er sie bitten mußte, es zu wiederholen.
»*Les Neuf Poissons* – Die Neun Fische«, wiederholte sie. »Wirst du kommen, Peter?«
»Weinst du?« fragte er, und das Schweigen im Hörer war erfüllt von Knistern und Summen, so daß er schon dachte, die Verbin-

dung sei unterbrochen, und die plötzlich aufsteigende Unruhe ließ seine Stimme brüsk klingen, als er nochmals fragte: »Weinst du?«
»Ja.« Es war nur ein Hauch. Vielleicht hatte er es sich bloß eingebildet?
»Warum?«
»Weil ich traurig bin und Angst habe, Peter. Weil ich allein bin, Peter. Wirst du kommen? Bitte, wirst du kommen?«
»Ja«, sagte er. »Wie komme ich dort hin?«
»Ruf Gaston auf *La Pierre Bénite* an. Er wird alles arrangieren. Aber komm schnell, Peter. So schnell du kannst.«
»Ja. Ich komme, so bald ich kann. Aber wo ist das überhaupt?«
Er wartete auf ihre Antwort, aber es kam nur noch ein fernes, endgültig klingendes Rauschen.
»Magda? Magda?« schrie er verzweifelt, aber das Schweigen klang wie ein Hohn, und widerwillig drückte er die Gabel mit dem Finger nieder.
»*Les Neuf Poissons*«, wiederholte er leise und hob wieder den Finger. »Vermittlung«, sagte er, »bitte verbinden Sie mich mit Frankreich, Rambouillet 47-87-47.« Und während er wartete, rasten seine Gedanken.
Das war es, worauf er im Unterbewußtsein gewartet hatte. Er wußte, es war unvermeidbar, das Rad konnte sich nur weiterdrehen, es konnte nicht seitwärts rollen. Es hatte so kommen müssen. Kalif hatte keine Alternative. Mit diesem Anruf hatte sie ihn zur Exekution bestellt. Er war nur überrascht, daß es nicht früher geschehen war. Er begriff nun, warum Kalif einen Anschlag in einer europäischen Stadt auf dem Kontinent oder in England vermieden hatte. Ein derartiger Versuch war trotz sorgfältiger Planung und Durchführung in jener Nacht auf der Straße nach Rambouillet fehlgeschlagen. Das war Kalif sicher eine Warnung gewesen, die Fähigkeiten des Opfers nicht zu unterschätzen. – Im übrigen hatte Kalif sich zweifellos mit denselben Problemen herumgeschlagen wie er selbst, als er seinen Anschlag auf Kalif geplant hatte.
Das Wann, das Wo und das Wie – und hier war Kalif im Vorteil. Sie

konnte ihn an den von ihr gewählten Ort bestellen – aber wie unglaublich geschickt sie es angegangen war! Während er auf seine Verbindung mit Rambouillet wartete, staunte Peter von neuem über diese Frau. Ihre Talente und ihre Vielseitigkeit waren anscheinend unerschöpflich. Gegen seinen Willen, gegen sein Wissen, daß dieser Anruf eine sorgfältig einstudierte Szene war, daß er es mit einer unbarmherzigen und gnadenlosen Mörderin zu tun hatte, hatte sich sein Herz bei dem verzweifelten Klang ihrer Stimme, bei dem perfekt gespielten, kaum hörbaren, erstickten Weinen zusammengekrampft.
»Hier bei Baronin Altmann.«
»Gaston?«
»Am Apparat, Sir.«
»General Stride.«
»Guten Abend, General. Ich habe Ihren Anruf erwartet. Die Baronin hat vorhin mit mir gesprochen und mich ersucht, alle Vorbereitungen für Ihre Reise nach *Les Neuf Poissons* zu treffen. Ich habe alles arrangiert.«
»Wo ist das, Gaston?«
»*Les Neuf Poissons* – das sind die Urlaubsinseln der Baronin. Sie gehören zur Gruppe der Iles sous le vent. Sie müssen den UTA-Flug nach Papeete-Faaa auf Tahiti nehmen, dort wird Sie der Pilot der Baronin erwarten. Zu den *Neuf Poissons* sind es dann noch etwa 160 Kilometer, und leider ist die Landebahn zu kurz, um den Lear-Jet nehmen zu können – man kann nur mit einem kleineren Flugzeug landen.«
»Wann ist die Baronin dorthin abgeflogen?«
»Vor sieben Tagen, General!«, antwortete Gaston und fuhr sofort im glatten, geschäftsmäßigen Ton des Sekretärs fort, ihm die Einzelheiten über den UTA-Flug durchzugeben. »Das Ticket liegt für Sie beim UTA-Schalter bereit, General, und ich habe einen Fensterplatz in der Nichtraucherklasse für Sie reservieren lassen.«
»Sie denken an alles. Danke, Gaston.«
Peter legte den Hörer auf und stellte fest, daß seine Erschöpfung plötzlich von ihm abgefallen war – er fühlte sich lebendig und energiegeladen. War das die Erregung des Berufssoldaten ange-

sichts des bevorstehenden Kampfes, fragte er sich, oder bloß die Erleichterung über das Ende der Unentschlossenheit und der Angst vor dem Unbekannten? Bald würde alles vorbei sein, so oder so, und er war froh darüber.
Er ging ins Bad und goß den Rest des Whiskys aus seinem Glas ins Waschbecken.

Die UTA DC 10 flog vom Osten her über Tahiti und setzte zum Endanflug auf Tahiti-Faaa an. Unter dem Steuerbordflügel tauchten die schroffen Gipfel von Moorea auf, als die Maschine sich in die Kurve legte. Peter kannte den Anblick der spektakulären schroffen Berge auf Tahitis winziger Satelliteninsel aus dem Musicalfilm *South Pacific*, dessen Außenaufnahmen hier gedreht worden waren. Das vulkanische Gestein war schwarz und völlig verwittert, die Gebirgskämme scharf wie die Zähne eines Haifisches. Pfeilschnell schossen sie über den schmalen Kanal zwischen den beiden Inseln hinweg, und die Landebahn schien sich wie ein Arm ins Meer hinauszustrecken, der der großen, silbernen Maschine einen Willkommensgruß zuwinkte.
Die Luft war schwer und warm und erfüllt vom Duft der Frangipaniblüten, und knusprig-braune Mädchen drehten und wiegten sich anmutig in einem Begrüßungstanz. Die Inseln empfingen den Ankömmling mit beinahe überwältigender Freundlichkeit, doch als Peter seinen einzigen, leichten Koffer aus dem Gepäcksnetz nahm und auf den Ausgang zusteuerte, geschah etwas Ungewöhnliches. Einer der polynesischen Zollbeamten vor dem Eingang wechselte ein paar rasche Worte mit seinem Kollegen und trat Peter dann höflich in den Weg.
»Guten Tag, Sir.« Das Lächeln war breit und freundlich, aber die Augen erreichte es nicht. »Würden Sie mir bitte folgen.« Die beiden Zollbeamten eskortierten Peter in das kleine Büro mit dem vergitterten Fenster.
»Bitte öffnen Sie Ihr Gepäck, Sir.« Rasch, aber gründlich durchsuchten sie seinen Koffer und die Aktentasche aus Krokodilleder. Einer der beiden maß die Gepäckstücke sogar mit einem Zollstab nach, um festzustellen, ob sie etwa ein Geheimfach enthielten.

»Ich gratuliere Ihnen zu Ihrer Gründlichkeit«, sagte Peter, ebenfalls lächelnd, aber seine Stimme war leise und gespannt.
»Eine Routineüberprüfung, Sir.« Der ältere Beamte erwiderte sein Lächeln. »Sie hatten bloß Pech, der zehntausendste Besucher zu sein. Ich hoffe, Sir, Sie haben keinen Einwand gegen eine Leibesvisitation?«
»Eine Leibesvisitation?« fuhr Peter ärgerlich auf und wollte schon weitere Einwände erheben, doch dann zuckte er die Achseln und hob beide Arme. »Also bitte, meinetwegen.«
Er konnte sich gut vorstellen, daß Magda Altmann hier genauso die *Grande Dame* war wie daheim im französischen Mutterland. Immerhin gehörte ihr eine ganze Inselgruppe. Sicher konnte sie mit einem bloßen Nicken veranlassen, daß ein ankommender Besucher gründlichst nach Waffen jeder Art durchsucht wurde. Ebensogut konnte er sich vorstellen, daß Kalif sehr darum besorgt war, daß das auserkorene Opfer entsprechend auf seine Exekution vorbereitet wurde, um nicht etwa versehentlich zum Exekutor zu werden.
Der eine Zollbeamte untersuchte ihn von der Achselhöhle bis zur Hüfte, während der andere sich hinter ihn kniete und die Innen- und Außenseite seiner Beine von oben bis unten abtastete.
Peter hatte die Cobra in Brüssel gelassen, im Safe des Hilton. Er war auf etwas Derartiges gefaßt gewesen – es war damit zu rechnen, daß Kalif so vorgehen würde.
»Zufrieden?« fragte er.
»Danke für Ihr Verständnis, Sir. Wir wünschen Ihnen einen schönen Aufenthalt auf unserer Insel.«
Magdas Privatpilot erwartete Peter in der großen Wartehalle und eilte ihm entgegen, um ihm die Hand zu schütteln.
»Ich habe schon befürchtet, Sie wären nicht im Flugzeug gewesen.«
»Nur eine kleine Verzögerung beim Zoll«, erklärte Peter.
»Wir sollten sofort starten, wenn wir eine Nachtlandung auf *Les Neuf Poissons* vermeiden wollen – die Landebahn ist ein wenig problematisch.
Neben Magdas Gates Lear, die auf dem Abstellplatz in der Nähe

der Servicefläche stand, wirkte die kleine Norman Britten Tri-Islander wie ein plumper, häßlicher Storch. Aber sie war auf kurzen Start- und Landebahnen zu den erstaunlichsten Leistungen fähig. Die Maschine war bereits mit Kisten und Kartons vollbepackt, die alles nur Denkbare enthielten – vom Toilettenpapier bis zum *Veuve Cliquot*. Darüber war ein großmaschiges Nylonnetz gespannt.
Peter setzte sich in den rechten Sitz, der Pilot ließ den Motor an, ersuchte um Startfreigabe und erklärte Peter dann:
»Eine Stunde Flugzeit. Wir werden es gerade noch schaffen.«
Sie hatten die Sonne im Rücken, als sie sich der Inselgruppe vom Westen näherten, und *Les Neuf Poissons* lagen wie eine kostbare Smaragdkette auf dem blauen Samtpolster des Meeres unter ihnen.
Es waren neun Inseln in der typischen kreisrunden Anordnung vulkanischer Formationen, und sie umschlossen eine Lagune, deren Wasser so klar war, daß jede Windung und Drehung der Korallen so deutlich zu sehen war, als ragten sie über den Wasserspiegel hinaus.
»Die Inseln hatten einen polynesischen Namen, als der Baron sie 1945 kaufte«, erklärte der Pilot in der deutlich artikulierten, beinahe schon pedantischen Aussprache des Südfranzosen. »Einer der alten Könige hat sie einem Missionar geschenkt, den er gern mochte, und der Baron hat sie dessen Witwe abgekauft. Aber er konnte den polynesischen Namen nicht aussprechen, und so hat er sie einfach umgetauft . . .« Der Pilot grinste. »Der Baron war ein Mann, der mit der Welt auf seine Weise fertig wurde.«
Sieben von den neun Inseln waren nicht viel mehr als palmengesäumte Sandstreifen, aber die beiden Inseln im Osten waren größer, und ihre Berge aus vulkanischem Basalt glitzerten wie die Haut eines Reptils in den Strahlen der untergehenden Sonne.
Als sie parallel zur Piste flogen, sah Peter durch das Fenster an seiner Seite ein größeres Gebäude, dessen Dach in der traditionellen Bauart der Insel elegant wie eine Schiffsburg geschwungen und mit Palmblättern gedeckt war, und um das sich, halb versteckt in üppigen grünen Gärten, eine Reihe kleinerer Bungalows scharte.
Dann waren sie über der Lagune; und sein Blick fiel auf die lange

Mole, die in die Schutzwasserzone hinausragte und von einem bunten Durcheinander kleiner Schiffe umgeben war – *Hobie-Cats* mit nackten Masten, ein großer, motorisierter Schoner, der wahrscheinlich dazu diente, schwere Ladungen, wie Dieseltreibstoff, von Papeete herüberzubefördern, Motorboote zum Wasserschifahren, Tauchen und Fischen. Eines davon schoß soeben mitten durch die Lagune und zog eine schneeweiße Spur durch die Wellen, die flaumig wie eine Straußenfeder zergischtete. Eine kleine Gestalt auf Schiern hob einen Arm und winkte. Peter dachte, das könnte sie sein, doch in diesem Augenblick legte sich die Maschine steil in die Landekurve, und Peter sah nur noch einen Haufen Kumuluswolken, die die untergehende Sonne blutrot färbte.

Die kurze, schmale Landebahn, mit einer Schicht von zerstoßenen Korallen bedeckt, war aus dem Palmenwald auf dem Streifen ebenen Landes zwischen Strand und Bergen herausgeschlägert worden. Sie flogen nun über eine Palisade hoher Palmen darauf zu, und Peter sah, daß der Pilot wirklich nicht übertrieben hatte, als er die Piste ein wenig problematisch genannt hatte. Ein tückischer Seitenwind fegte über die Berge herunter und schaukelte das Flugzeug beängstigend hin und her. Der Pilot steuerte halb in den Wind und schob die Maschine vorsichtig an die Piste heran, nahm über den Palmwipfeln das Gas weg, richtete sie mit den Seitenrudern gerade, legte sie ein wenig schräg, um ein Abtreiben zu verhindern, sank auf fünfzig Fuß über der Pistenschwelle, exakt auf den kurzen Landestreifen ausgerichtet, und setzte sie dann weich und sicher auf. Sofort lenkte er das Bugrad bis zum Anschlag in den Seitenwind, um ein Überschlagen auf dem Boden zu verhindern, und bremste scharf ab.

»Perfekt!« brummte Peter mit unwillkürlicher Bewunderung, und der Mann schaute ihn ein wenig überrascht an, als ob diese Leistung keiner besonderen Erwähnung bedürfe. Baronin Altmann engagierte nur die Allerbesten.

Am Ende der Piste, zwischen den Palmen, erwartete sie ein junges polynesisches Mädchen mit einem elektrischen Golfwagen. Sie trug nur einen *Pareo*, ein gerades Stück scharlachrot und golden gemusterten Stoffs, das unter den Achseln um ihren Körper gewickelt war und bis zur Mitte ihrer Schenkel herabfiel. Sie war barfuß, aber auf ihrem hübschen Kopf saß ein Kranz aus frischen Blumen.

Mit wahnwitziger Geschwindigkeit lenkte sie den Golfwagen über die schmalen, gewundenen Wege durch die Gärten, in denen eine ausgefallene Sammlung exotischer Pflanzen gedieh und die so raffiniert angelegt waren, daß hinter jeder Wegbiegung eine neue Überraschung wartete.

Sein Bungalow lag direkt über dem Strand. Unter der Veranda breitete sich der weiße Sand aus, und dahinter erstreckte sich das Meer bis zum Horizont. Man hatte das Gefühl, als wäre dieser Bungalow das einzige Gebäude auf der ganzen Insel. Wie ein Kind nahm das Inselmädchen mit einer Geste vollkommener Unschuld seine Hand, führte ihn durch den Bungalow und zeigte ihm die Lichtschalter, die Bedienungsknöpfe für die Klimaanlage und den Videorecorder, erklärte ihm alles in einem gelispelten französischen *Patois* und kicherte über seine erfreute Miene.

Die Bar und die winzige Küche waren vollbepackt, in der kleinen Bibliothek lagen die neuesten Bestseller und Zeitungen und Zeitschriften, die nur wenige Tage alt waren. Das Angebot im Videorecorder umfaßte ein halbes Dutzend der neuesten erfolgreichen Spielfilme, darunter auch einige Oscar-Preisträger.

»Donnerwetter, hier hätte Robinson Crusoe landen müssen«, meinte Peter grinsend, und das Mädchen kicherte und hopste um ihn herum wie ein freundlicher und glücklicher kleiner Hund.

Zwei Stunden später kam sie wieder, um ihn abzuholen. Er hatte sich inzwischen geduscht, rasiert, ein wenig ausgeruht und umgezogen und trug nun einen leichten Tropenanzug aus Baumwolle, ein offenes Hemd und Sandalen.

Wieder nahm sie seine Hand, und Peter spürte, daß es sie verwirrt und verletzt hätte, hätte ein Mann diese Geste als Einladung zu einem Annäherungsversuch mißdeutet. An der Hand führte sie ihn einen Weg entlang, der von raffiniert verborgenen Lampen beleuchtet wurde, und die Nacht war erfüllt vom Gemurmel des Meeres und vom leisen Rauschen und Knistern der Palmwedel, die im Wind wogten.

Dann kamen sie zu dem langen Gebäude mit dem geschwungenen Dach, das er aus der Luft gesehen hatte. Leise Musik und Gelächter drangen an sein Ohr, doch als er ins Licht hineintrat, verstummte das Lachen, und ein halbes Dutzend Menschen wandte sich ihm erwartungsvoll zu.
Peter wußte nicht genau, was er erwartet hatte, aber jedenfalls nicht dieses fröhliche, gesellige Beisammensein, nicht diese braungebrannten Männer und Frauen in teurer und lässig-eleganter Kleidung, die große, mit Eis und Früchten gefüllte Schalen in den Händen hielten.
»Peter!« Magda Altmann löste sich von der Gruppe und kam ihm mit ihrem schwebenden, hüftschwingenden Gang entgegen. Sie trug ein weich fallendes, weizengoldschimmerndes Kleid, das fast bis zum Hals geschlossen war und durch eine goldene Kette um den Nacken festgehalten wurde, aber die Schultern waren völlig frei, und das Rückendekolleté endete nur wenige Zentimeter über dem Gesäß. Der Anblick war atemberaubend, denn ihre Haut war glatt und weich wie ein Rosenblatt und von der Sonne honigfarben getönt. Das dunkle Haar war zu einem dicken Strang gedreht und hoch oben auf dem Kopf festgesteckt, und sie hatte ganz zarten Lidschatten aufgelegt, so daß ihre schrägen Augen grün und geheimnisvoll leuchteten.
»Peter«, wiederholte sie und küßte ihn leicht auf die Lippen, eine Berührung, so zart wie die eines Schmetterlingsflügels, ihr Parfum schlug ihm entgegen, dieser Hauch von Blütenduft, vermischt mit der Wärme und dem Zauber ihres Körpers.
Er fühlte, wie seine Sinne reagierten. Trotz allem, was er über sie wußte, war er immer noch nicht gegen die Nähe ihres Körpers gefeit.
Sie war kühl, elegant und beherrscht wie immer. da war nicht die geringste Spur jener Verwirrung und verzweifelten Einsamkeit, die er in jenem undeutlichen, halb erstickten Schluchzen von der anderen Seite der Erdkugel gehört hatte – nicht ehe sie zurücktrat, den Kopf zur Seite legte, ihn rasch musterte und dann leicht lächelte.
»*O chéri*, du siehst so viel besser aus. Ich habe mir solche Sorgen um dich gemacht, als ich dich das letzte Mal sah.«

Erst jetzt vermeinte er tief in ihren Augen die Schatten zu entdecken, den gespannten Zug um die Mundwinkel.
»Und du bist noch schöner, als ich dich in Erinnerung hatte.«
Es war die reine Wahrheit, also konnte er es ohne Vorbehalt sagen, und sie lachte, und es klang wie ein sanftes, genußvolles Schnurren.
»Das hast du mir noch nie gesagt«, meinte sie, aber trotz allem war ihr Benehmen irgendwie spröde. Früher einmal hätte ihn ihre offen gezeigte Zuneigung und Freundlichkeit vielleicht überzeugt, aber nicht jetzt.
»Ich danke dir«, fügte sie noch hinzu, nahm seinen Arm, die Finger in seiner Armbeuge, und führte ihn hinüber zu der Gruppe wartender Gäste, als fürchte sie, einen sorgsam verborgenen Teil ihrer selbst preiszugeben, wenn sie noch einen Augenblick länger mit ihm allein bliebe.
Magdas Gäste waren drei Männer mit ihren Frauen. Der eine, ein Mann mit einer herrlichen Silbermähne, war ein demokratischer Senator aus Amerika mit beträchtlichem politischen Einfluß und einer schönen Frau, mindstens dreißig Jahre jünger als er, die Peter ansah wie ein Löwe, der eine Gazelle erblickt, und seine Hand einige Sekunden länger als nötig in der ihren behielt.
Dann war da noch ein Australier mit breiten Schultern und vorgewölbtem Bauch. Seine Haut war so braun, daß sie wie gegerbtes Leder wirkte, und seine Augen waren in ein Netz feiner Fältchen eingebettet. Sie schienen durch Staub und Sonnenglast in weite Ferne zu starren. Er besaß ein Viertel aller bisher bekannten Uranvorräte der Welt, und Rinderfarmen, die doppelt so groß waren wie die Britischen Inseln. Seine Frau war genauso braungebrannt wie er, und ihr Händedruck war ebenso fest.
Der dritte Mann war ein Spanier, dessen Familienname ein Synonym für Sherry war, ein großstädtischer und sehr höflicher Don, in dessen hageren Zügen trotz aller Kultiviertheit etwas von der Wildheit der Mauren lag. Peter hatte irgendwo gelesen, daß der Sherry und der Cognac, die in den Kellern dieses Mannes reiften, schätzungsweise mehr als fünfhundert Millionen Dollar wert waren, und das war nur ein kleiner Teil des Familienvermögens.

Seine Frau war eine dunkle, düster wirkende spanische Schönheit, durch deren tiefschwarzes Haar sich ein auffallender, kreideweißer Streifen zog.
Sobald Peter mit allen bekannt gemacht worden war, wandte sich das Gespräch wieder den Ereignissen des Tages zu. Der Australier hatte an diesem Morgen einen riesigen schwarzen Speerfisch in sein Boot gezogen, über tausend Pfund schwer und vom Maul bis zur Spitze des sichelförmigen Schwanzes viereinhalb Meter lang, und die Gesellschaft war begeistert.
Peter beteiligte sich kaum an dem Gespräch, sondern beobachtete unauffällig Magda Altmann. An der Art, wie sie die Hand hielt, und an der gespannten Haltung ihres ganzen schlanken Körpers konnte er erkennen, daß ihr sein prüfender Blick keineswegs entging, dennoch lachte sie unbeschwert mit den anderen und warf ihm nur ein- oder zweimal einen Blick zu, jedesmal mit einem Lächeln, aber in der Tiefe ihrer grünen Augen lagen dunkle Schatten.
Schließlich klatschte sie in die Hände. »Und jetzt kommt alle mit, wir wollen mit dem Festmahl beginnen.« Sie hängte sich in den Senator und den Australier ein und ging mit den beiden voran zum Strand. Peter mußte zusehen, wie er mit der Frau des Senators fertig wurde, die ihren Busen gegen seinen Oberarm preßte und sich mit der Zunge über die Lippen fuhr, während sie sich an ihn drückte.
Zwei polynesische Diener warteten neben einem langgestreckten Hügel aus weißem Strandsand, und als Magda ihnen ein Zeichen gab, machten sie sich mit Schaufeln darüber her und legten rasche eine dicke Schicht aus Seetang und Bananenblättern frei, von der dichte, würzig duftende Rauchsäulen emporstiegen. Darunter befand sich ein Gestell aus Feigenholz und Palmwedeln, auf dem der köstliche Leckerbissen über einer weiteren Schicht von Seetang und glühenden Kohlen brutzelte.
Der Duft nach Huhn, Fisch und Schweinefleisch, vermischt mit dem Aroma von Brotbaumfrüchten, Paradiesfeigen und Gewürzen, wurde mit Begeisterung begrüßt.
»Ah, ein Erfolg«, erklärte Magda fröhlich. »Achtung, daß keine

Luft dazukommt, sonst ist alles dahin. Es beginnt zu brennen, puff, und uns bleibt nur noch die Holzkohle übrig.«
Während sie aßen und tranken, wurden die Unterhaltung und das Gelächter lauter und ausgelassener, doch Peter nippte nur an seinem Glas, das für den ganzen Abend reichen mußte, und wartete ruhig, ohne sich an der Unterhaltung zu beteiligen und ohne auf die Avancen der Senatorsgattin zu achten.
Er wartete auf irgendein Anzeichen, das ihm verraten würde, wann und aus welcher Richtung es kommen würde. Nicht hier, soviel war sicher, nicht in dieser Gesellschaft. Wenn es kam, würde es rasch und wohlgezielt kommen, wie alles, was Kalif tat. Und plötzlich wunderte er sich über seine Selbstherrlichkeit. Wie hatte er es bloß wagen können, gänzlich unbewaffnet und allein in die von seinem Feind ausgewählte und vorbereitete Arena zu spazieren! Er wußte, daß er sich am besten verteidigen konnte, wenn er als erster zuschlug, vielleicht noch in dieser Nacht, falls sich die Gelegenheit bieten sollte. Je eher, desto besser, machte er sich klar, und Magda lächelte ihm über den überreichlich gedeckten Tisch unter dem Baldachin der Palmen zu. Als er ihr Lächeln erwiderte, gab sie ihm durch ein leichtes Kopfneigen ein Zeichen, und während die Männer lautstark diskutierten und scherzten, murmelte sie den Damen eine Entschuldigung zu, erhob sich und verschwand unauffällig in den Schatten der Nacht.
Peter zählte bis fünfzig, ehe er ihr folgte. Sie wartete draußen am Strand. Im Mondlicht sah er das Aufblitzen ihres glatten, nackten Rückens. Sie stand da und starrte hinaus auf die windgekräuselte Oberfläche der Lagune. Sie wandte nicht den Kopf, als Peter sich ihr von hinten näherte, und ihre Stimme war nur ein Wispern.
»Ich bin so froh, daß du gekommen bist, Peter.«
»Ich bin so froh, daß du mich darum gebeten hast.«
Er berührte ihren Nacken, gleich hinter dem Ohr. Es war ihm bisher nicht aufgefallen, wie sylphidenhaft fein ihre Ohren modelliert waren, und das hochgekämmte Haar im Nacken fühlte sich wie Seide unter seinen Fingerspitzen an. Er konnte die obersten Halswirbel fühlen und den Ansatz des zweiten Halswirbels, jenen

zarten Knochen, auf dem der Kopf sich dreht und auf den der Scharfrichter mit dem Fallbeil zielt. Er könnte ihn mit dem Druck seines Daumens brechen, und es würde ebenso schnell gehen wie mit dem Strick.
»Es tut mir so leid, daß die anderen da sind«, sagte sie, »aber ich werde sie loswerden – mit fast unschicklicher Eile, fürchte ich.« Sie griff über ihre Schulter und nahm seine Hand von ihrem Nacken, und er leistete keinen Widerstand. Sanft drückte sie seine Finger und legte seine Handfläche an ihre Wange. »Sie werden morgen in aller Frühe abreisen. Pierre bringt sie mit dem Flugzeug zurück nach Papeete, und dann haben wir *Les Neuf Poissons* ganz für uns allein – nur du und ich ...«, und dann das verhaltene Lachen, »und so an die dreißig Dienstboten.«
Er wußte, warum es so sein würde. Die treu ergebenen Gefolgsmänner der *Grande Dame* dieser Inseln würden die einzigen Zeugen sein.
»Aber jetzt müssen wir zurückgehen. Meine Gäste sind leider sehr wichtige Leute, und ich kann es mit nicht leisten, mich noch länger nicht um sie zu kümmern – aber der morgige Tag wird kommen. Nicht schnell genug für mich, Peter – aber er wird kommen.«
Sie drehte sich in seinen Armen zu ihm um und preßte ihren Mund plötzlich so überraschend wild auf seine Lippen, daß es beinahe wehtat, dann riß sie sich los und wisperte nahe an seinem Ohr. »Wie immer es auch weitergehen wird, Peter, wir beide, du und ich, wir haben etwas sehr Kostbares gehabt. Das Kostbarste vielleicht, das ich je in meinem Leben hatte. Das kann keiner mir mehr nehmen.«
Und schon hatte sie sich mit jener unheimlichen Behendigkeit und Grazie aus seinen Armen gelöst und huschte den Weg zurück, auf die Lichter zu. Er folgte ihr langsam, verwirrt und unschlüssig, was sie mit jenen letzten Worten gemeint haben mochte, und kam schließlich zu der Überzeugung, daß diese Worte gerade das bezweckt hatten – ihn zu verwirren und aus dem Gleichgewicht zu bringen. Und in diesem Augenblick bemerkte er eine Bewegung hinter sich, spürte sie mehr, als daß er sie hörte, und sofort wirbelte er herum und duckte sich.

Der Mann war zehn Schritte hinter ihm, leise wie ein Leopard hatte er sich aus dem Schutz herabhängender Lianen und blühender Kriechpflanzen neben dem Weg angeschlichen; nur irgendein animalischer Instinkt hatte Peter gewarnt – und sofort ging er in Kampfstellung, stand reglos, aber sprungbereit, wie ein Pfeil im gespannten Bogen, bereit zum Angriff oder zur Gegenwehr.
»Guten Abend, General Stride.« Peter gelang es gerade noch, sich zurückzuhalten, langsam richtete er sich auf, beide Arme immer noch steif gestreckt wie die Klingen eines Hackmessers und ebenso tödlich.
»Carl!« sagte er. Die grauen Wölfe waren also in der Nähe gewesen, nur wenige Meter entfernt, um ihre Herrin selbst in diesem intimen Augenblick zu beschützen.
»Ich hoffe, ich habe Sie nicht erschreckt«, sagte der Leibwächter. Peter konnte sein Gesicht nicht sehen, aber er vermeinte leisen Spott in seiner Stimme zu hören. Wenn es noch einer letzten, endgültigen Bestätigung bedurft hatte, so war es dies. Wer außer Kalif hatte es nötig, sich bei einem romantischen Rendezvous von einem Leibwächter beschützen zu lassen? Nun wußte Peter ohne jeden Zweifel, am folgenden Tag, bei Sonnenuntergang, würde entweder er oder Magda Altmann tot sein.

Bevor er seinen Bungalow betrat, durchstreifte er heimlich die umliegenden Gebüsche, ohne etwas Verdächtiges zu finden. Irgend jemand hatte in der Zwischenzeit sein Bett gemacht, das Rasierzeug geputzt und sauber wieder an seinen Platz gestellt, die Schmutzwäsche zur Reinigung mitgenommen und seine übrigen Kleider aufgebügelt und ordentlich in den Schrank gehängt. Er konnte nicht mit Sicherheit sagen, ob man auch seine übrige Habe durchsucht hatte, aber es war wohl anzunehmen. Kalif würde bestimmt nicht auf eine derart elementare Vorsichtsmaßnahme verzichten.
Die Schlösser an den Türen und Fenstern waren unzulänglich, wahrscheinlich waren sie seit Jahren nicht mehr benutzt worden; es hatte keine Schlangen in diesem Paradies gegeben, nicht bis vor kurzem. Er rückte Stühle und andere Hindernisse vor die Türen

und Fenster, um einen etwaigen Eindringling im Dunkeln darüber stolpern zu lassen, zerwühlte das Bett und arrangierte die Polster so, daß es aussah, als läge ein Schlafender darin, dann zog er sich mit einer Decke auf die lange Couch in der Diele zurück. Er rechnete eigentlich nicht mit einem Angriff, solange die anderen Gäste noch auf der Insel waren, aber wenn es doch geschehen sollte, wollte er Kalifs Pläne nach Möglichkeit durchkreuzen.
Er schlief unruhig, schreckte jedesmal hoch, wenn ein abfallendes Palmenblatt raschelnd übers Dach glitt oder der Mond Schattenbilder an die gegenüberliegende Wand malte. Kurz vor Morgengrauen fiel er in einen tieferen Schlaf, durch den verzerrte, sinnlose Träume zogen, und nur das überscharfe Bild von Melissa-Janes angstverzerrtem Gesicht und ihre stummen Angstschreie waren ihm noch gegenwärtig, als er erwachte. Die Erinnerung rief das kalte Verlangen nach Rache wieder in ihm wach, das in den Wochen seit ihrer Befreiung ein wenig abgeklungen war, und er fühlte sich wieder gestärkt, stahlhart und entschlossen, gewillt der zerstörerischen, tödlichen Verlockung Kalifs zu widerstehen.
Er erhob sich im perlfarbenen Zwielicht des aufdämmernden Morgens und ging hinunter zum Strand. Eineinhalb Kilometer schwamm er über das Riff hinaus und mußte sich gegen eine heftige Strömung zurückkämpfen, doch er fühlte sich wohl und stark und wach wie seit Wochen nicht mehr, als er den Strand wieder erreichte.
Nun gut, dachte er grimmig. Meinetwegen kann es losgehen. Ich bin auf alles gefaßt.
Magda gab für die scheidenden Gäste ein Abschiedsfrühstück auf dem weißglitzernden Strand, den die Flut nachts glattgefegt hatte – Champagner Rosé, Marke Laurent Perrier, und Glashauserdbeeren, die von Auckland, Neuseeland, eingeflogen worden waren. Sie trug knapp sitzende grüne Shorts, die ihre langen wohlgeformten Beine perfekt zur Geltung brachten, und ein in der Farbe dazupassendes winziges Oberteil über den kleinen hübschen Brüsten. Bauch, Schultern und Rücken waren nackt. Sie hatte den Körper eines durchtrainierten Sportlers, wie ein großer Künstler ihn gezeichnet hätte.

Sie schien Peter unnatürlich vergnügt, ihre Fröhlichkeit wirkte ein wenig gezwungen, und das leise, schnurrende Lachen kam ein wenig zu bereitwillig – es hatte einen scharfen, nervösen Unterton. Es war fast, als hätte sie einen schweren Entschluß gefaßt und müßte nun allen Mut zusammennehmen, um ihn durchzuführen. Es gab keinen Zweifel mehr, sie waren erbitterte Gegner, die sich sorgfältig wie zwei Preisboxer auf den bevorstehenden Kampf vorbereiteten.

Nach dem Frühstück fuhren sie in einer Kavalkade elektrisch betriebener Wagen zum Flugplatz. Der Senator, ein wenig beschwipst vom rosa Champagner und leicht schwitzend in der aufkommenden Hitze, verabschiedete sich überschwenglich von Magda, doch sie wich seinen Händen geschickt aus und manövrierte ihn gekonnt hinter den anderen Passagieren ins Flugzeug hinein.

Die Maschine stand am Anfang der Rollbahn, und Pierre, Magdas Pilot, blockierte die Räder mit der Bremse und jagte alle drei Triebwerke auf volle Kraft hinauf. Dann ließ er die Bremsen los, und sobald die Maschine genügend Geschwindigkeit erreicht hatte, zog er sie mit hochgehobenem Bug auf Sicherheitshöhe, und der plumpe Vogel schwang sich schaukelnd in den Himmel und flog mit einer Höhenreserve auf 500 Fuß über die Palmen am Ende der Piste hinweg – und Magda wandte sich ekstatisch an Peter.

»Ich habe heute nacht kaum geschlafen«, gab sie zu.

»Ich auch nicht«, sagte Peter und fügte dann ruhig hinzu, »vermutlich aus denselben Gründen.«

»Ich habe einen ganz besonderen Tag für uns geplant«, fuhr sie fort. »Und ich will keine Minute mehr davon vergeuden.«

Der erste Bootsmann hatte Magdas *Chris-craft Fisherman*, eine fünfundvierzig Fuß lange Motorjacht, am Ende der Mole bereitgestellt. Es war ein schönes Boot mit stromförmigen Linien, das selbst jetzt, an der Vertäuung hängend, auf dem Wasser zu schweben schien. Und offensichtlich wurde es sehr liebevoll gepflegt; der Lack war wie neu, und die Armaturen aus rostfreiem Stahl glänzten spiegelblank. Der Bootsmann strahlte glücklich, als Magda ihn mit einem Lächeln und ein paar Worten lobte.

»Die Tanks sind voll, Baronin, die Unterwasser-Atemgeräte aufgeladen, die leichten Angeln gerichtet und die Wasserski bereitgestellt. Und der Küchenchef war persönlich hier, um den Kühlschrank zu inspizieren.«
Doch sein breites Lächeln über den blitzend weißen Zähnen erlosch, als er hörte, daß Magda selbst hinausfahren wollte.
»Trauen Sie es mir nicht zu?« fragte sie lachend.
»Aber natürlich, Frau Baronin ...«
Doch er konnte die Enttäuschung darüber, daß er sein Amt abtreten mußte – wenn auch an einen so hervorragenden Kapitän –, nicht ganz verbergen.
Er löste selbst die Vertäuung, stieß das Schiff von der Mole ab und rief Magda im letzten Augenblick noch angstvolle Ratschläge nach, während der Raum zwischen Mole und Schiff immer größer wurde.
»*Ne t'inquiète pas!*« rief sie lachend, aber er sah niedergeschlagen aus, wie er da am Ende der Mole stand, während Magda langsam beide Dieselmotoren aufdrehte und das Schiff sich hob und beinahe von der Wasseroberfläche abzuheben schien. Das Kielwasser zog sich als tief eingeschnittene Kerbe schnurgerade durch das glasklare Wasser der Lagune und krümmte sich zu einer eleganten Kurve, als Magda in die markierte Fahrrinne einbog und das Schiff auf die Riffdurchfahrt und den offenen Pazifik ausrichtete.
»Wohin geht die Fahrt?«
»Auf der anderen Seite des Riffs liegt ein alter japanischer Flugzeugträger in einer Tiefe von dreißig Metern. Ein Yankee-Flugzeug hat ihn 1944 hier versenkt. Ein herrlicher Ort zum Tauchen. Wir fahren zuerst dorthin ...«
Wie würde es geschehen, fragte Peter sich. Vielleicht war eine der Sauerstoffflaschen zum Teil mit Kohlenmonoxyd gefüllt. Das ging ganz einfach. Man brauchte bloß einen Schlauch an den Auspuff des Dieselgenerators halten, das Abgas durch ein Holzkohlfilter leiten, um die Verbrennungsrückstände zu entfernen, die Flasche bis zu einem Druck von dreißig Atmosphären mit dem zurückbleibenden geruch- und geschmacklosen Kohlenmonoxyd füllen

und dann mit reiner Luft auf den Druck von 110 Atmosphären bringen. Es würde rasch wirken, aber nicht so rasch, daß das Opfer etwas merken konnte – ein sanfter, langer Schlaf. Und wenn dann dem Opfer das Mundstück entglitt, würde sich die Flasche ganz von selbst von jeder Spur des Gases reinigen. Eine gute Methode.

»Danach können wir auf der *Ile des Oiseaux* anlegen. Seit Aaron die Eingeborenen dazu gebracht hat, die Vogeleier nicht mehr zu stehlen und aufzuessen, ist die Insel eine der größten Brutstätten von Fregattvögeln und See- und Tölpelschwalben des Südpazifik.«

Vielleicht eine Harpunenbüchse. Das wäre direkt und wirkungsvoll. Aus kurzer Entfernung, sagen wir nicht ganz einem Meter, würde sich die Harpune auch unter Wasser durch einen menschlichen Körper bohren – zwischen den Schulterblättern hinein und beim Brustbein wieder hinaus.

». . . und dann können wir Wasserschi fahren . . .«

Ein argloser Schifahrer, der darauf wartet, aus dem Wasser hochgezogen zu werden – was könnte einfacher und wirkungsvoller sein, als jene beiden ungeheuer starken Diselmotoren voll aufzudrehen und das Opfer über den Haufen zu fahren? Sollte der Schiffsrumpf ihn nicht zermalmen, würden ihn die Zwillingsschrauben mit ihren 500 Umdrehungen pro Minute in so saubere Stücke zerlegen wie einen vorgeschnittenen Brotlaib.

Das Ratespiel begann Peter zu fesseln, und er bedauerte beinahe, daß er nie wissen würde, was sie vorhatte. Er drehte sich um und blickte von der hohen Brücke, auf der sie Seite an Seite standen, zurück. Die Hauptinsel versank langsam hinter dem Horizont. Sie waren bereits so weit entfernt, daß man sie höchstens noch mit einem sehr starken Fernglas beobachten konnte.

Neben ihm zog Magda das Gummiband aus dem Haar, schüttelte die schwarze, wallende Mähne und ließ sie wie eine Fahne im Wind hinter sich herflattern.

»Ist das nicht herrlich?« rief sie ihm über das Brausen des Windes und das Dröhnen der Motoren zu, »ich könnte ewig so dahinfahren.«

»Ich auch – vor allem mit einer Frau, die so sexy ist wie du«, rief Peter zurück und mußte sich in Erinnerung rufen, daß sie eine perfekt ausgebildete Mörderin war, wie es kaum eine zweite geben mochte. Er durfte sich nicht von ihrem Lachen und ihrer Schönheit einlullen lassen – und er durfte nicht zulassen, daß sie zum ersten Schlag ausholte, denn seine Chancen, ihn zu überleben, waren nur gering.
Er blickte nochmals zurück zum Land. Lange darf ich nicht mehr warten, dachte er, und entfernte sich ein paar Schritte von ihr, als wolle er einen Blick über den Rand des Schiffes werfen. Er stand nun ein wenig hinter ihr, aber immer noch innerhalb ihres Blickwinkels; sie drehte sich um und lächelte ihm zu.
»Bei diesem Stand der Gezeiten gibt es immer Amberfische im Kanal. Ich habe dem Küchenchef versprochen, ihm ein paar ganz frische mitzubringen«, erklärte sie. »Würdest du hinuntergehen und zwei von den leichten Angeln fertigmachen, *chéri*? Die Federköder liegen in der Truhe rechts vorn.«
»Okay«, nickte er.
»Ich drossle die Geschwindigkeit, wenn ich in den Kanal einbiege – wirf dann die Angeln aus.«
»*D'accord*«, sagte er, und dann, einem plötzlichen Impuls folgend, »aber küß mich zuerst.«
Sie hielt ihm ihr Gesicht entgegen, und er wußte selbst nicht, warum er das gesagt hatte. Nicht um Abschied zu nehmen, dessen war er sich sicher. Er hatte es getan, um sie einen Augenblick in Sicherheit zu wiegen, und doch, als ihre Lippen aufeinandertrafen, fühlte er den tiefen Schmerz des Bedauerns, den er so lange unterdrückt hatte, und als ihr Mund sich langsam und feucht dem seinen öffnete, meinte er, das Herz müsse ihm brechen. Einen Augenblick hatte er das Gefühl, es einfach nicht über sich zu bringen und lieber selbst zu sterben, und dunkle Wellen der Verzweiflung schlugen über ihm zusammen.
Er ließ die Hand über ihre Schulter bis zu ihrem Nacken gleiten, und sie preßte sich an ihn. Seine streichelnde Hand tastete nach der richtigen Stelle, er spannte Daumen und Zeigefinger an – eine Sekunde, noch eine Sekunde, und dann wich sie sanft ein wenig zurück.

»Hey«, wisperte sie mit kehliger Stimme. »Hör lieber auf, sonst prallen wir noch gegen das Riff.«
Er hatte es nicht über sich gebracht, sie mit bloßen Händen zu töten. Er konnte es einfach nicht – nicht so! Aber er mußte es tun, rasch, sehr rasch. Jede Minute des Hinauszögerns brachte ihn tiefer und tiefer in tödliche Gefahr.
»Geh jetzt!« kommandierte sie und gab ihm einen spielerischen Stoß gegen die Brust. »Dafür haben wir später noch Zeit – alle Zeit der Welt. Wir wollen es genießen – jeden Augenblick davon.«
Er hatte es nicht über sich gebracht und wandte sich ab. Erst als er über die Eisentreppe ins Cockpit hinunterstieg, wurde ihm plötzlich bewußt, daß in den langsam dahinkriechenden Sekunden, die dieser Kuß gedauert hatte, die Finger ihrer rechten Hand liebevoll sein Kinn umfaßt hatten. Sie hätte ihm die Luftröhre zerquetschen können, ihn beim ersten, bedrohlich wirkenden Druck seiner Finger durch einen Daumenstoß gegen die weiche, empfindliche Halsgrube lähmen können.
Und als seine Füße das Deck des Cockpits berührten, ging ihm ein weiterer Gedanke durch den Kopf. Ihre zweite Hand war unterhalb seiner Rippen gelegen und hatte ihn sanft gestreichelt. Wie leicht hätte sie zustoßen und ihm das Zwerchfell zerreißen können! – Sein Instinkt mußte ihn gewarnt haben. Sie war dazu bereit gewesen, mehr als er; sie war in seinen Armen gelegen, er hätte keine Möglichkeit gehabt, ihren Angriff abzuwehren, sie hatte mit einer Attacke gerechnet – und trotz der heißen Vormittagssonne überlief ihn ein leichtes Frösteln, als er daran dachte, wie nahe er dem Tod gewesen war.
Und sofort verwandelte sich die Erkenntnis in etwas anderes, das ihm kalt wie das Wasser eines schmelzenden Eiszapfens über den Rücken rieselte. Es war Angst! Nicht die lähmende Angst der Feigen, sondern eine Angst, die ihn hart und kaltblütig machte. Das nächste Mal würde er nicht zögern – er durfte nicht mehr zögern.
Mechanisch führte er ihren Auftrag aus, während seine Gedanken verzweifelt nach einer Lösung des Problems suchten. Er hob den Deckel von der Truhe, in der die Behälter mit den Angelgeräten

lagen. Wirbelhaken aus Messing und rostfreiem Stahl in fünfzig verschiedenen Größen, Senklote aller Art, Köder aus Plastik, Federn, Email und glänzendem Metall, Spezialhaken für Fischbrut und gigantische Schwertfische – und in einem Extrafach auf der Seite ein großes Messer.

Es war ein ziemlich teures Messer, mit einem gerieften, handgerecht geformten Griff. Die Klinge aus hohlgeschliffenem Stahl war fast achtzehn Zentimeter lang, am Heft siebeneinhalb Zentimeter breit und lief vorne spitz wie ein Stilett zusammen. Es war eine brutale Waffe; vermutlich konnte man mit diesem Ding wirklich, wie es in der Reklame hieß, ein Eichenholzscheit in Stücke hacken. Das Fleisch und die Knochen eines Menschen würde es jedenfalls bestimmt zertrennen, als wären sie weich wie Cheddar-Käse.

Das Messer lag wunderbar in Peters Hand, und die Klinge zischte, als er sie probeweise durch die Luft sausen ließ. Prüfend fuhr er mit der Hand über die Schneide – ein wenig zu rasch und unvorsichtig; sie war scharf wie eine Rasierklinge und hinterließ eine dünne, hellrote Blutspur auf seinem Handballen.

Er schlüpfte aus seinen leichten Leinenschuhen, um sich nicht durch das Quietschen der Gummisohlen auf dem Deck zu verraten. Er trug nun nur noch ein dünnes Baumwolltrikot und Badeshorts.

Leise stieg er auf nackten Füßen die ersten drei Sprossen der Leiter hoch und schaute zur Brücke hinauf.

Magda Altmann stand am Ruder und steuerte das große Schiff, völlig konzentriert nach vorne blickend, auf die Kanaleinfahrt zu.

Ihr Haar flog immer noch im Wind und verflocht sich zu dicken, schimmernden Strähnen. Ihr nackter Rücken mit der deutlich ausgeprägten Vertiefung entlang der Wirbelsäule und den zu beiden Seiten sanft ansteigenden Wölbungen der harten Muskeln war ihm zugewandt.

Die Shorts waren auf einer Seite ein wenig hochgerutscht und ließen den runden weißen Halbmond ihres Gesäßes sehen. Ihre Beine waren lang und geschmeidig wie die einer Tänzerin, und sie

hatte sich auf Zehenspitzen erhoben, damit sie um die Kurven herumsehen konnte.
Es war noch keine zehn Sekunden her, daß Peter die Brücke verlassen hatte, und sie war völlig unbefangen, völlig ahnungslos.
Peter machte nicht nochmals den gleichen Fehler. Mit einem einzigen, raschen Satz sprang er die Leiter hinauf, und das Dröhnen der Dieselmotoren verschluckte jedes Geräusch.
Mit dem Messer darf man nie das Risiko eingehen, die Spitze auf einen Knochen zu richten, wenn man sich das Ziel aussuchen kann.
Peter zielte auf den Rücken, etwa in Höhe der Nieren, wo die Körperhöhle von keinem Knochen geschützt wird.
Das wichtigste ist, die Klinge mit aller Kraft hineinzustoßen, damit sie von keinem Knochen abgelenkt werden kann, und der Stoß das Maximum an lähmender Wirkung erreicht.
Peter verlegte das ganze Gewicht seines Sprungs in den Arm.
Die Lähmung ist vollkommen, wenn die Klinge halb herumgedreht wird, sobald sie bis zum Heft eingedrungen ist.
Die Muskeln in Peters rechtem Unterarm spannten sich in Erwartung des Augenblicks, in dem er ihr das Messer ins Fleisch stoßen und die Klinge herumdrehen würde, um die Wunde zu vergrößern und die traumatische Wirkung zu steigern.
Ihr Gesicht spiegelte sich im blankpolierten Stahl des Armaturenbretts – merkwürdig verzerrt, wie in einem jener komischen Spiegel eines Lachkabinetts. Und in dem Augenblick, in dem Peter zum Sprung ansetzte und sein ganzes Gewicht in den Arm verlagerte, der den tödlichen Stoß ausführen sollte, bemerkte er mit jähem Schrecken, daß sie ihn in diesem spiegelblanken Stahlband beobachtete, ihn von dem Augenblick an beobachtet hatte, in dem er über die Leiter hochgekommen war.
Die gekrümmte Oberfläche des Stahlbandes verzerrte ihr Gesicht, und es schien nur aus zwei riesigen Augen zu bestehen, die ihn in der tausendstel Sekunde, ehe er zum Stoß ausholte, ablenkten. Er sah nicht, wie sie sich bewegte.
Ein betäubender, lähmender Schmerz schoß durch die rechte Seite seines Oberkörpers und seinen rechten Arm. Der Schmerz

ging von der Vertiefung an der Verbindungsstelle zwischen Schlüsselbein und Oberarm aus. Gleichzeitig traf ein heftiger Schlag die Innenseite seines Unterarms, knapp unter dem Ellbogen. Seine Hand mit dem Messer drehte sich nach außen, kaum mehr als zwei Zentimeter an ihrer Hüfte vorbei, und die Messerspitze bohrte sich in das Steuerpult und ritzte einen tiefen, leuchtenden Kratzer in das Metall. Doch Peters starre Finger konnten den Messergriff nicht halten. Die Waffe rutschte ihm aus der Hand, schlug mit einem melodischen Klirren gegen das stählerne Lenkrad, prallte ab und kollerte ihm ins Cockpit hinunter. Sie hatte sich nicht einmal umgedreht, hatte nur mit Hilfe der Spiegelung in dem Steuerpult die Richtung des Schlages bestimmt, und hatte doch genau die Druckstelle seiner rechten Schulter getroffen.

Der lähmende Schmerz hatte ihn außer Gefecht gesetzt, und die natürliche Reaktion wäre gewesen, an die schmerzende Stelle zu greifen. Doch irgendein instinktiver Überlebensreflex ließ ihn die linke Hand hochschleudern, um seinen Hals zu schützen, und der nächste Schlag nach hinten traf ihn mit der Wucht eines mit aller Kraft geschwungenen Baseballschlägers. Er hatte ihre Hand kaum gesehen, so schnell und hart hatte sie zugeschlagen. Da war nicht mehr gewesen, als eine flackernde Bewegung vor seinen Augen – leise wie ein vorbeirauschender Kolibriflügel, und dann die furchtbare Wucht, mit der ihre Faust auf die Muskeln seines Unterarms niedersauste.

Hätte ihn der Schlag am Hals getroffen, wohin er gezielt war, er hätte ihn sofort getötet. So aber lähmte er seinen zweiten Arm, und nun wirbelte sie herum und konnte ungehindert auf ihn losschlagen und ihre Geschwindigkeit und Meisterschaft gegen seine Bärenkräfte ausspielen.

Er wußte, er durfte sie nicht loslassen, sie mit seinem Gewicht, seiner Größe und seiner Stärke überwältigen, und er klammerte sich mit den gekrümmten, immer noch steifen Fingern seiner rechten Hand an sie. Einige Augenblicke rangen sie miteinander, dann riß sie sich los. Er hatte ihr den winzigen Streifen von den Brüsten gerissen, doch sie wirbelte leichtfüßig herum und duckte sich unter

seinem zweiten Arm durch, während er verzweifelt versuchte, sie mit dem Unterarm zu Boden zu drücken.
Er sah, daß ihr Gesicht kalkweiß war. Wut und Konzentration verzogen ihren Mund zu einer starren Grimasse, und sie bleckte die scharfen Zähne wie eine wütende, gefangene Leopardin.
Und es war auch, als kämpfe er gegen einen Leoparden. Sie attakkierte ihn mit unermüdlicher Wildheit, ohne jede Angst, unmenschlich beinahe, einzig und allein auf seine völlige Vernichtung bedacht.
Ihr langes Haar umwirbelte ihn, schlug ihm wie eine Peitsche in die Augen und nahm ihm Sicht und Gleichgewicht, und sie wand und duckte sich und schnellte dann wieder auf ihn zu wie der Mungo auf die Cobra. Ihre Bewegungen waren fließend, und die rosaroten Spitzen ihrer Brüste tanzten und schaukelten herausfordernd bei jedem Schlag, den sie ihm verpaßte.
Schockiert und ungläubig stellte Peter fest, daß sie die Oberhand gewann. Bisher war es ihm gerade noch gelungen, die Schläge zu überleben, die auf seine Arme und Schultern herniederprasselten; und jedes Mal, wenn ihre nackten Füße gegen seinen Unterleib traten, jedesmal, wenn sie ihm die Knie in die Leisten stieß oder gegen den Beckenknochen rammte, schwand ein wenig von seiner Kraft, wurden seine Reaktionen schwächer und um Bruchteile langsamer. Er hatte ihre Attacken bisher mit Glück und Instinkt abgewehrt, aber nun mußte sie jeden Augenblick einen soliden Treffer landen, der ihn zu Boden strecken würde, denn sie stand keine Sekunde still, hieb mit Händen und Füßen auf ihn ein, gab ihm keine Gelegenheit, sein Gleichgewicht wiederzufinden – und er hatte sie noch kein einziges Mal getroffen, hatte ihr nicht die winzigste Schramme verpaßt. Seine Hände und Finger waren immer noch gefühllos. Er brauchte eine Atempause, er brauchte eine Waffe, und er dachte verzweifelt an das Messer, das ins Cockpit hinuntergefallen war.
Als er ihrem nächsten Angriff auswich, stieß er mit dem Kreuz gegen das Geländer der Brücke. Im selben Augenblick krachte ihre Faust, die auf seinen Hals gezielt und an seinem Arm abgeprallt war, auf seine Nase herab. Sofort traten ihm Tränen in die Augen,

und er spürte das warme, salzige Blut über die Oberlippe tropfen und durch die Kehle rinnen. Er duckte sich rasch und warf sich aus dieser Bewegung nach hinten, wie ein Springer, der sich mit einem Rückwärtssalto vom Dreimeterbrett stürzt. Das Geländer hinter seinem Rücken erleichterte ihm die Drehung in der Luft, und er landete wie eine Katze mit beiden Füßen auf dem Deck des Cockpits, drei Meter unter der Brücke, ging in die Hocke, um die Wucht des Aufpralls abzufangen, wischte sich die Tränen aus den Augen und massierte sich die Arme, um die Durchblutung anzuregen.

Als er in die Knie ging, sah er das Messer. Es war durchs Cockpit ins Speigatt gefallen. Er stürzte sich darauf.

Sein Salto hatte Magda völlig überrascht, gerade als sie zum letzten, tödlichen Schlag auf seinen ungeschützten Nacken ausholte, aber sie fing sich sofort und schnellte auf die Leiter zu, während unter ihr Peter sich mit einem Riesensatz auf das große häßliche Messer stürzte.

Sie ließ sich aus drei Meter Höhe auf ihn hinunterfallen, ihre nackten Fußsohlen drückten ihn zu Boden, und sie verstärkte die Wucht ihres fallenden Körpers noch durch einen heftigen Fußtritt.

Sie traf ihn hoch oben am Rücken und stieß ihn vorwärts, so daß seine Schädeldecke gegen das Schott krachte und rauschende Finsternis ihn umfing. Er fühlte, daß er im Begriff war, das Bewußtsein zu verlieren, und es erforderte seine ganze Willenskraft, sich zusammenzurollen und in Erwartung des nächsten Schlags die Knie an die Brust zu ziehen. Ihre Faust prallte an seinen Schienbeinen ab, und Peter stürzte sich abermals auf das Messer. Ungeschickt umklammerten seine geschwollenen Finger den rauhen, gerieften Griff, sein zusammengekrümmter Körper spannte sich wie eine stählerne Sprungfeder, und er trat mit beiden Füßen zu, blindlings, aus reiner Verzweiflung.

Und er landete seinen ersten Treffer, erwischte sie gerade, als sie zum nächsten Schlag ausholen wollte. Seine Füße bohrten sich knapp unter den Rippen in ihren Bauch, und wäre ihre Bauchdecke weich und schlaff gewesen, hätte das ihr Ende bedeutet. Aber ihre flachen, harten Muskeln fingen die Wucht des Schlages

ab – doch wurde sie nach hinten durchs Cockpit geschleudert, die Luft entwich zischend ihren Lungen, und ihr langer, schlanker Leib krümmte sich vor Schmerz zusammen.
Peter erkannte, daß das seine einzige Chance war, daß eine solche Chance nie wieder kommen würde – doch sein Körper schmerzte so sehr, daß er sich kaum auf den Ellbogen aufrichten konnte, und ein Schleier von Tränen, Blut und Schweiß ließ alles vor seinen Augen verschwimmen.
Er wußte selbst nicht, durch welch übermenschliche Willensanstrengung es ihm gelungen war, auf die Beine zu kommen, aber er stand, und seine Hand umklammerte das Messer. Instinktiv richtete er die Messerspitze nach unten und verbarg die Waffe hinter seinem rechten Schenkel, um den richtigen Augenblick abzuwarten. Dann duckte er sich und rannte los, die linke Hand zum Schutz erhoben. Er wußte, daß er nun rasch ein Ende machen mußte, daß er nicht mehr lange durchhalten konnte, daß dies sein letzter Versuch war.
Und plötzlich hatte auch sie eine Waffe. Sie mußte sie auf halbem Weg durchs Cockpit an sich gerissen haben. Jedenfalls hielt sie nun die Bootsstange in der Hand, die in dem Ständer neben dem Kabineneingang gestanden war.
Die Stange war zweieinhalb Meter lang, aus hochglanzpoliertem Eschenholz, mit einem schön verzierten, aber gefährlichen Messingknauf, und sie schwang das Ding warnend in seine Richtung, während sie nach Luft rang.
Sie erholte sich rasch, viel rascher als Peter, und er sah das kalte Licht der Mordlust wieder in ihrem Blick aufflackern. Er wußte, lange hielt er das nicht mehr durch, er mußte alles in einer einzigen, letzten Anstrengung riskieren.
Er zielte auf ihren Kopf und schleuderte das Messer nach ihr. Doch die *Ninja* war kein Wurfmesser, sie geriet ins Trudeln, der Griff drehte sich nach vorn – aber dennoch sah Magda sich gezwungen, die Stange zu heben, um das Messer abzuwehren. Und diese Ablenkung hatte er beabsichtigt.
Er nützte den Schwung des Wurfs, duckte sich unter dem schwingenden Stock durch und stieß ihr die Schultern in den Leib.

Beide taumelten gegen das Schott, und Peter tastete verzweifelt nach einem Halt. Er fand ihn in den dicken, glänzenden Flechten ihres Haares und verkrallte seine Finger darin.
Sie kämpfte wie ein sterbendes Tier, mit einer Kraft, einer Rage und einem Mut, wie er es nie für möglich gehalten hatte, aber nun endlich kam ihm sein Gewicht und seine überlegene Kraft zunutze.
Er preßte sie an sich, klemmte einen ihrer Arme zwischen seiner Brust und ihrem Oberkörper fest und drückte ihren Kopf mit aller Kraft nach hinten, so daß die lange, sanfte Kurve ihres Halses ungeschützt vor ihm lag.
Dann schlang er seine Schenkel um die ihren, so daß diese gefährlichen Beine und Füße ihm nichts mehr antun konnten, und gemeinsam stürzten sie zu Boden.
Mit unglaublicher Anstrengung gelang es ihr, ihr Gewicht zu verlagern und sich auf ihn hinaufzuwälzen, ihre Brüste glitten über seinen blut- und schweißverschmierten Oberarm, aber er legte seine ganze verbliebene Kraft in die Schultern und rollte sich wieder nach oben.
Sie waren aneinandergeklammert, Brust an Brust, Unterleib an Unterleib, in einer bizarren Parodie des Liebesaktes, nur der Stock der Bootsstange lag zwischen ihnen.
Peter zerrte ihren Kopf mit aller Kraft an der dicken Haarsträhne in seiner linken Hand nach hinten, ihre Augen waren ganz knapp unter den seinen, und das Blut aus seiner Nase und seinem Mund tropfte auf ihr nach oben gewandtes Gesicht.
Keiner von ihnen hatte ein Wort gesprochen; die einzigen Geräusche waren das Zischen und Schnauben ihres angestrengten Atems, das Klatschen der Hiebe und unfreiwillige Schmerzensschreie.
Sie starrten einander in die Augen, und in diesem Augenblick war keiner von beiden mehr ein menschliches Wesen. Sie waren wie zwei auf Leben und Tod miteinander kämpfende Tiere, und Peter rückte plötzlich zur Seite, so daß der Stock der Bootsstange auf ihre ungeschützte Kehle herabsauste. Darauf war sie nicht vorbereitet gewesen, und sie drückte das Kinn zu spät hinunter.

Peter wußte, er konnte es nicht wagen, ihr Haar loszulassen oder die Umklammerung seiner Arme und Beine zu lockern. Er fühlte, wie stählern gespannt ihr ganzer Körper war, er brauchte seine ganze Kraft, um ihn niederzudrücken. Wenn er nun ein wenig locker ließe, würde sie sich sofort losreißen, und er hätte nicht die Kraft, dann noch weiterzumachen.

Mit dem Ellbogen des Armes, dessen Hand sich in ihrem Haar verkrallt hatte, begann er den Eschenholzstab der Bootsstange niederzudrücken, und langsam preßte er sich in ihre Kehle.

Sie wußte, daß es vorbei war, aber sie kämpfte weiter. Je schwächer sie wurde, desto mehr konnte Peter sein Gewicht auf die Stange verlagern. Langsam stieg ihr das Blut ins Gesicht und überzog es mit einem gesprenkelten Pflaumenblau, ihre Lippen bebten bei jedem qualvoll röchelnden Atemzug, und schaumiger Speichel tropfte aus ihren Mundwinkeln und floß ihr über die Wangen. Zuzusehen, wie sie starb, war das Schrecklichste, was Peter je hatte tun müssen. Er bewegte sich vorsichtig. Nur noch ei wenig Druck, und der schwere Holzstock würde die letzten paar Millimeter tiefer gehen und ihr die Kehle zermalmen. Und sie erkannte in seinem Blick, daß der Augenblick gekommen war.

Und nun sprach sie zum ersten Mal wieder. Es war ein Krächzen, das sich ihren geschwollenen, auseinanderklaffenden Lippen entrang.

»Man hat mich gewarnt.« Er dachte, er hätte sich verhört und hielt mitten in der Bewegung inne, kurz vor dem Stoß, der den letzten Funken Leben aus ihr gepreßt hätte. »Ich konnte es nicht glauben.« Ein fast unhörbares Wispern, kaum noch verständlich. »Nicht du!«

Und dann erstarb auch der letzte Rest von Widerstand, ihr Körper entspannte sich, sie wehrte sich nicht mehr gegen den Tod. Das wilde grüne Licht in ihren Augen erlosch und wich im letzten Augenblick einer unendlich tiefen Traurigkeit, als nehme sie diesen letzten Verrat an allem Guten, an allem Vertrauen zur Kenntnis.

Peter konnte sich nicht dazu überwinden, das bißchen Druck auszuüben, das noch nötig war, um allem ein Ende zu machen. Er ließ

sich von ihr herunterrollen und schleuderte den schweren Holzstock durchs Cockpit. Er krachte gegen das Schott, und Peter schluchzte, als er mit dem Rücken zu ihr, mühselig über das Deck kroch. Er wußte, daß sie noch lebte und noch genauso gefährlich war wie je zuvor – aber es war ihm gleichgültig. Er war so weit gegangen, wie er konnte. Es machte nichts mehr aus, ob sie ihn nun tötete, irgendwie war ihm diese Aussicht sogar willkommen.
Er erreichte das Geländer und versuchte sich hochzuziehen. Gleich würde sie wieder auf ihn losgehen, der tödliche Schlag auf sein Genick mußte jeden Augenblick kommen.
Aber er kam nicht, und es gelang ihm, sich auf die Knie zu erheben. Sein ganzer Körper zitterte so heftig, daß seine Zähne aufeinanderschlugen, und jede gequälte und gemarterte Sehne, jeder Muskel schrie nach dem Ende. Soll sie mich doch töten, dachte er, es ist egal. Alles ist jetzt egal.
Halb auf das Geländer gestützt, wandte er sich langsam um, doch er sah alles nur verschwommen, und dunkle Flecken, kleine scharlachrot sprühende Sterne und weiße Flammen zuckten vor seinen Augen.
Durch den wirbelnden Strudel erlöschender Sinnesfunktionen sah er sie in der Mitte des Cockpits knien, das Gesicht ihm zugewandt.
Ihr nackter Oberkörper war mit seinem Blut bespritzt, und die weiche sonnenbraune Haut glänzte ölig vom klebrigen Schweiß der Todesnähe. Ihr Gesicht war immer noch geschwollen und flammendrot und von einem Gewirr verfilzten, zerzausten Haares umrahmt. Über ihre Kehle lief eine leuchtendrote Strieme, und ihre kleinen, kecken Brüste hoben und senkten sich im Takt ihrer schweren, qualvollen Atemzüge.
Sie starrten einander an, unfähig zu sprechen, an den äußersten Grenzen ihres Seins angelangt.
Sie schüttelte den Kopf, als wolle sie verzweifelt versuchen, all das Schreckliche zu leugnen, und als sie schließlich doch zum Reden ansetzte, drang kein Laut aus ihrem Mund, und sie fuhr sich mit der Zunge über die Lippen und hob ihre schlanke Hand zur Kehle, als könne sie dadurch den Schmerz lindern.

Sie versuchte es nochmals, und diesmal gelang es ihr, ein Wort hervorzustoßen. »Warum?«
Eine halbe Minute lang konnte er nicht anworten, seine Kehle war wie zugeschnürt, zusammengewachsen wie eine alte Wunde. Er wußte, er hatte seine Pflicht nicht erfüllt, und dennoch konnte er sich deshalb nicht hassen. Er formulierte im stillen seine Gedanken, als versuche er, sich in einer fremden Sprache auszudrücken, und als er schließlich sprach, klang seine Stimme wie die eines Fremden, gebrochen und rauh in dem Bewußtsein, versagt zu haben.
»Ich hab' es nicht über mich gebracht«, sagte er.
Wieder schüttelte sie den Kopf und versuchte, die nächste Frage zu stellen. Aber es gelang ihr nicht, die Worte zu artikulieren, es kam nur ein Wort, dasselbe Wort wieder.
»Warum . . .?«
Und er hatte keine Antwort für sie.
Sie starrte ihn an, und langsam füllten ihre Augen sich mit Tränen. Sie liefen ihr über die Wangen und blieben an ihrem Kinn hängen wie Morgentau auf Weinblättern.
Langsam kippte sie nach vorn und sank zu Boden, und viele Sekunden lang hatte er nicht die Kraft, zu ihr zu gehen. Doch dann stürzte er über das Deck und sank neben ihr in die Knie. Er nahm ihren Oberkörper in die Arme und zog sie an sich, plötzlich von der schrecklichen Angst erfüllt, es sei ihm womöglich doch noch gelungen, sie zu töten.
Als er sie atmen fühlte, wenn auch immer noch röchelnd, spülte eine Welle der Erleichterung durch seinen geschundenen Körper und ließ ihn fast die eigenen Schmerzen vergessen. Und als ihr Kopf kraftlos gegen seine Schulter schlug, sah er, daß unter ihren geschlossenen Lidern immer noch dicke, ölige Tränen hervorquollen.
Er begann sie völlig sinnlos wie ein Kind in seinen Armen zu wiegen. Und langsam, langsam ging ihm der Sinn ihrer Worte auf.
»Man hat mich gewarnt«, hatte sie gewispert.
»Ich konnte es nicht glauben«, hatte sie gesagt.

»Nicht du!«
Es wurde ihm klar, daß er bis ans Ende gegangen wäre, wenn sie nicht gesprochen hätte. Er hätte sie getötet, ihren Körper mit einem Gewicht beschwert und jenseits der Tausend-Faden-Grenze ins Meer geworfen. – Aber ihre Worte, auch wenn ihm ihr Sinn immer noch nicht klar war, hatten irgendeinen geheimen Winkel seines Bewußtseins angerührt.
Sie regte sich an seiner Brust, sagte etwas, und es klang wie sein Name. Das rief ihn in die Wirklichkeit zurück. Das große Schiff brauste immer noch ziel- und herrenlos durch die Kanäle und Riffe der äußeren Durchfahrt.
Sanft legte er sie aufs Deck und kroch über die Leiter hinauf auf die Brücke. Der ganze schreckliche Kampf hatte von dem Augenblick, da er das Messer zum Stoß erhoben hatte bis zu der Sekunde, in der sie zusammengebrochen war, weniger als eine Minute gedauert. Die Lenkung war auf Automatik geschaltet, und der Autopilot hatte das Schiff durch den Kanal geradewegs aufs offene Meer hinausgesteuert. Die Feststellung dieser Tatsache machte ihm abermals bewußt, daß sie mit seinem Angriff gerechnet hatte. Sie hatte bloß so getan, als konzentriere sie sich völlig aufs Steuern, hatte ihn zum Angriff verlockt und war darauf vorbereitet gewesen, nach hinten zuzuschlagen, während das Schiff von der Automatik weitergelenkt wurde.
Es ergab keinen Sinn, noch nicht. Er wußte bloß, daß er irgendwo in seinen Überlegungen einen schrecklichen Fehler gemacht hatte. Er schaltete den Autopiloten ab und stellte beide Gashebel auf Leerlauf, bevor er den Hauptantrieb drosselte. Die Dieselmotoren blubberten leise, und das Schiff drehte sich sanft in den Wind und wälzte sich, Steuerbord voraus, auf die steilen blauen Wogen des offenen Ozeans zu.
Peter warf einen Blick zurück übers Heck. Die Inseln waren nur noch ein kleiner dunkler Klecks am Horizont. Er stolperte zurück zur Leiter.
Magda hatte sich halb aufgerichtet, doch als er auf sie zukam, wich sie rasch zurück, und zum ersten Mal sah er die Angst, die wie der Schatten einer Wolke ihre Augen verdunkelte.

»Es ist alles gut«, sagte er, und seine Stimme klang immer noch brüchig. Ihre Furcht verletzte ihn tief. Nie, nie wieder sollte sie Angst vor ihm haben.
Er nahm sie in die Arme, doch sie blieb steif und ängstlich gespannt wie eine Katze, die gegen ihren Willen hochgenommen wird, aber zu krank ist, um sich zu wehren.
»Es ist alles gut«, wiederholte er unbeholfen und trug sie hinunter in den Salon der *Chris-craft*. Er fühlte sich selbst wie zerschlagen, als wären sämtliche Knochen in seinem Körper geprellt und gebrochen, aber er ging so behutsam mit ihr um, daß ihr Widerstand langsam schwand und ihre Verkrampfung sich löste.
Er legte sie auf die ledergepolsterte Bank, doch als er sich aufrichten wollte, schlang sie einen Arm um seinen Hals, hielt ihn zurück und klammerte sich an ihn.
»Ich habe das Messer absichtlich dort gelassen«, wisperte sie mit heiserer Stimme, »es war ein Test.«
»Laß mich die Schiffsapotheke holen.«
»Nein.« Sie schüttelte den Kopf, und der Schmerz in ihrer Kehle ließ sie zusammenzucken. »Geh nicht weg, Peter. Bleib bei mir. Ich habe solche Angst. Ich wollte dich töten, wenn du das Messer nehmen solltest. Und beinahe habe ich es getan. O Peter, was ist bloß mit uns los, sind wir denn beide drauf und dran, verrückt zu werden?«
Sie hielt ihn verzweifelt fest, und er sank in die Knie und beugte sich über sie.
»Ja«, antwortete er und drückte sie an seine Brust. »Ja, wir müssen wohl im Begriff sein, verrückt zu werden. Ich verstehe mich selbst nicht mehr, ich verstehe überhaupt nichts.«
»Warum mußtest du das Messer nehmen, Peter? Bitte – du mußt es mir sagen. Lüg mich nicht an, sag die Wahrheit, ich muß wissen, warum.«
»Wegen Melissa-Jane – wegen dem, was du ihr angetan hast . . .«
Er fühlte, wie sie in seinen Armen zusammenzuckte, als hätte er sie abermals geschlagen. Sie versuchte zu sprechen, aber nun war ihre Stimme nur noch ein verzweifeltes Krächzen, und Peter fuhr fort, es ihr zu erklären.

»Als ich erfuhr, daß du Kalif bist, mußte ich dich töten.«
Sie nahm alle ihre Kräfte zusammen, doch als sie sprach, kam wieder nur jenes kratzende, gebrochene Wispern.
»Warum hast du aufgehört, Peter?«
»Weil . . .« er wußte plötzlich den Grund, ». . . weil ich auf einmal wußte, daß ich dich liebe. Weil nichts anderes mehr zählt.«
Sie rang nach Luft und schwieg beinahe eine ganze Minute lang.
Glaubst du immer noch, daß ich Kalif bin?« fragte sie schließlich.
»Ich weiß es nicht. Ich weiß überhaupt nichts mehr – außer daß ich dich liebe. Und nur das ist wichtig.«
»Was ist mit uns geschehen, Peter?« klagte sie leise. »O Gott, was ist nur mit uns geschehen?«
»Bist du Kalif, Magda?«
»Aber Peter, du hast versucht, mich zu töten. Der Test mit dem Messer hat es bewiesen. Du bist Kalif.«

Unter Magdas Anleitung lenkte Peter das Schiff durch eine enge Passage in dem Korallenriff, das die *Ile des Oiseaux* umgab, und die Seevögel umflatterten sie in einer heiser krächzenden Wolke und füllten die Luft mit ihrem Flügelschlag.
Auf der Windschattenseite warf er in fünf Faden Tiefe den Anker aus, funkte dann über das VHF-Gerät die Hauptinsel an und sprach mit dem ersten Bootsmann.
»Die Baronin hat beschlossen, an Bord zu übernachten«, erklärte er ihm. »Machen Sie sich keine Sorgen um uns.«
Als er wieder in den Salon herunterkam, hatte Magda sich soweit er holt, daß sie sitzen konnte. Sie hatte sich einen leichten Frotteeanzug aus dem Kleiderspind geholt und sich ein sauberes Handtuch um den Hals gewickelt, um die häßliche Quetschwunde zu verdecken, die sich wie ein blauroter Pflaumensaftfleck über ihre Kehle zog.
Peter fand die Medikamente in einem Spind über der Toilette im Waschraum, und sie protestierte, als er ihr zwei Temprapain-Kapseln gegen die Schmerzen und vier Brufin-Tabletten zur

Behandlung der Schwellungen und Blutergüsse an Hals und Körper brachte.
»Nimm sie«, befahl er und hielt das Glas, während sie die Tabletten schluckte.
Dann wickelte er vorsichtig das Handtuch von ihrem Hals und strich behutsam mit den Fingerspitzen eine cremige Salbe auf die Wunde.
»Es wird schon besser«, flüsterte sie, aber nun hatte sie die Stimme fast ganz verloren.
»Und nun sehen wir uns deinen Bauch an.« Er drückte sie sanft auf die lange, gepolsterte Bank nieder und öffnete den Zippverschluß des Frotteeanzugs bis zu ihren Hüften. An der Stelle, wo er sie mit seinen Füßen getroffen hatte, hatte sich von den kleinen weißen Brüsten bis hinunter zum fein modellierten Nabel in ihrer flachen, harten Bauchdecke ein riesiger Bluterguß gebildet. Wieder massierte er ihre Haut mit der schmerzlindernden Salbe, und sie gab ein wohliges Seufzen und Murmeln von sich. Als er fertig war, humpelte sie, immer noch zusammengekrümmt vor Schmerzen, zum Waschraum. Sie sperrte sich fünfzehn Minuten lang darin ein, und Peter versorgte in der Zwischenzeit seine eigenen Verletzungen. Als sie wieder herauskam, hatte sie ihr Gesicht gewaschen und ihr Haar gebürstet.
Er goß zwei altmodische Kristallgläser bis zur Hälfte mit *Jack Daniel's* Bourbon voll und reichte ihr eines, als sie sich neben ihn auf die Polsterbank sinken ließ.
»Trink das. Für den Hals«, befahl er, und sie trank und schnappte nach Luft, als ihr der Alkohol die Kehle hinunterbrannte, und stellte dann das Glas weg.
»Und du, Peter?« stieß sie, von plötzlicher Sorge ergriffen, mit heiserer Stimme hervor. »Bist du in Ordnung?«
»Na ja, es geht«, sagte er. »Aber ich möchte nicht, daß du wirklich wütend auf mich wirst.« Er lächelte, und sie begann zu kichern, aber der Schmerz brachte sie zum Husten, und schließlich klammerte sie sich an ihn.
»Wann können wir reden?« fragte er sanft. »Wir müssen uns aussprechen.«

»Ja, ich weiß, aber nicht gleich, Peter. Halt mich noch ein Weilchen fest.« Und es überraschte ihn, wie tröstlich es war, sie in den Armen zu halten. Der warme Frauenkörper, der sich an ihn preßte, schien die körperlichen und seelischen Schmerzen zu lindern, und er streichelte ihr übers Haar, während sie ihr Gesicht an seinem Hals barg.
»Du hast gesagt, daß du mich liebst«, murmelte sie schließlich fragend, Bestätigung heischend wie alle Liebenden.
»Ja, ich liebe dich. Ich glaube, ich habe es schon die ganze Zeit gewußt, aber als ich erfuhr, daß du Kalif bist, mußte ich es tief in mir vergraben. Erst als das Ende kam, mußte ich es mir eingestehen.«
»Ich bin froh«, sagte sie schlicht, »denn, siehst du, ich liebe dich auch. Ich dachte, ich würde niemals lieben können. Ich hatte es schon aufgegeben, Peter. Bis du kamst. Und dann haben sie mir gesagt, du würdest mich töten. Du seist Kalif. Ich dachte, es würde mich umbringen – dich gefunden und wieder verloren zu haben. Es war zu grausam, Peter. Ich mußte dir die Chance geben, zu beweisen, daß es nicht wahr ist.«
»Sprich nicht«, befahl er. »Bleib ganz ruhig liegen und hör bloß zu. Mit meiner Stimme ist alles in Ordnung, also werde ich zuerst erzählen. Wie es mir erging und wie ich erfahren habe, daß du Kalif seist.«
Und er hielt sie in den Armen und begann leise und ruhig zu sprechen. Außer seiner Stimme hörte man nur noch das leise Plätschern der Wellen gegen den Schiffsrumpf und das gedämpfte Summen der Klimaanlage.
»Du weißt alles bis zu dem Tag, als Melissa-Jane entführt wurde, bis ins letzte Detail. Ich habe dir alles erzählt, ohne Vorbehalt, ohne dich ein einziges Mal anzulügen . . .«, begann er und fuhr dann fort, ihr in allen Einzelheiten von der Suche nach Melissa-Jane zu berichten.
»Ich glaube, in diesen Tagen muß irgend etwas in meinem Kopf zugeschnappt sein. Ich war bereit, alles zu glauben, alles zu versuchen, um sie zurückzubekommen. Der Gedanke an ihre Hand in einem Glasbehälter weckte mich nachts, und ich rannte auf die Toilette, um mich zu übergeben.«

Er erzählte ihr, wie er Kingston Parkers Ermordung geplant hatte, um Kalifs Forderung zu erfüllen, rollte seinen Plan vor ihr auf, das Wie und das Wo, bis ins letzte Detail, und sie schmiegte sich zitternd an ihn.

»Er hat die Macht, sich selbst die Besten gefügig zu machen«, wisperte sie.

»Sprich nicht ...«, sagte er tadelnd und erzählte weiter, von dem Tip, der sie schließlich zu dem alten Pfarrhaus in Laragh geführt hatte.

»Als ich meine Tochter so wiedersah, verlor ich den letzten Rest von Vernunft. Als ich ihren fieberheißen Körper in den Armen hielt, ihre Schreie hörte, in denen immer noch die Angst schwang, da hätte ich jeden umbringen können, der ...« Er brach ab, und sie schwiegen, bis sie mit leisem Protest aufseufzte und er merkte, daß er ihren Oberarm umklammert hielt und seine Finger sich in der Erinnerung an all das Furchtbare tief in ihr Fleisch gruben.

»Entschuldige.« Er ließ sie los und hob die Hand, um ihr über die Wange zu streicheln. »Und dann haben sie mir von dir erzählt.«

»Wer?« wisperte sie.

»Das Atlas-Kommando.«

»Parker?«

»Ja, und Colin Noble.«

»Was haben sie dir erzählt?«

»Sie haben mir erzählt, wie dein Vater dich nach Paris brachte, als du ein Kind warst. Daß du schon damals klug und hübsch und etwas Besonderes warst ...« Er begann alles aufzuzählen, was er erfahren hatte. »Als dein Vater getötet wurde ...«, bei diesen Worten bewegte sie sich unruhig an seiner Brust, »kamst du zu verschiedenen Pflegeeltern, alles Parteimitglieder, und entwickeltest duch so hervorragend, daß sie jemanden schickten, der dich zurück nach Polen holte. Jemanden, der sich als dein Onkel ausgab ...«

»Ich glaubte, er sei wirklich ...«, begann sie und nickte.

»... Zehn Jahre lang hab' ich es geglaubt. Er schrieb mir immer ...«

Sie beherrschte sich mit großer Mühe, schwieg einen Augenblick und fügte dann hinzu: »... Er war der einzige Mensch, den ich nach Papas Tod noch hatte.«

»Du wurdest für Odessa ausgewählt«, fuhr Peter fort und merkte, wie sie ganz still in seinen Armen wurde. Er wiederholte es, ohne den brüsken Klang seiner Stimme zu unterdrücken. »Für die Spezialschule in Odessa.«

»Du weißt Bescheid über Odessa?« flüsterte sie. »Oder glaubst zumindest, Bescheid zu wissen – denn keiner, der nicht selbst dort war, kann es wirklich wissen.«

»Ich weiß, daß man dich gelehrt hat ...« Er unterbrach sich und sah wieder ein schönes junges Mädchen vor sich, das in einem Zimmer mit Ausblick auf das Schwarze Meer seinen Körper gebrauchen lernte, um Männer einzufangen und zu verführen, jeden beliebigen Mann. »... Man hat dich viele Dinge gelehrt.« Er brachte es nicht über sich, seine Gedanken auszusprechen.

»Ja«, murmelte sie. »Viele, viele Dinge.«

»Zum Beispiel, wie man einen Menschen mit bloßen Händen umbringt.«

»Ich glaube, im Unterbewußtsein konnte ich mich nicht dazu bringen, dich zu töten, Peter. Gott weiß, daß du sonst nicht mehr leben würdest. Ich liebte dich, obwohl ich dich haßte, weil du mich verraten hast, ich konnte es nicht tun ...«

Sie seufzte abermals; es war ein gebrochener, erstickter Laut.

»Und als ich dachte, du würdest mich töten – da war ich beinahe erleichtert. Ich war bereit, es hinzunehmen, es war immer noch besser als ohne die Liebe weiterzuleben, die ich gefunden zu haben glaubte.«

»Du sprichst zuviel«, unterbrach er sie. »Du wirst dir deine Stimme noch ganz ruinieren.« Er legte ihr einen Finger auf die Lippen, um sie zum Schweigen zubringen, und fuhr dann fort: »Und in Odessa wurdest du dann eine der Auserwählten, ein Mitglied der Elite.«

»Es war wie der Eintritt in eine Kirche, schön und mystisch ...«, wisperte sie. »Ich kann es nicht erklären. Ich hätte alles, wirklich alles für den Staat getan, alles, was für ‚Mütterchen Rußland' gut war.«

»Das ist also wahr?« fragte er, erstaunt, daß sie nichts zu leugnen versuchte.
»Alles«, nickte sie voller Pein. »Ich will dich nie wieder belügen, Peter. Ich schwöre es.«
»Dann haben sie dich nach Frankreich zurückgeschickt – nach Paris?« fragte er, und sie nickte wieder.
»Du hast deine Arbeit getan, besser sogar, als man es erwartet hatte. Du warst die Beste, die Allerbeste. Kein Mann konnte dir widerstehen.«
Sie antwortete nicht, doch sie schaute auch nicht weg. Aber es lag kein Trotz in ihrem Blick, bloß völlige Offenheit.
»Es gab Männer. Reiche und mächtige Männer ...« Seine Stimme klang nun bitter. Er konnte nicht anders. »Viele, viele Männer. Niemand weiß, wie viele, und du hast sie alle ausgenutzt und dich an ihnen bereichert.«
»Armer Peter«, flüsterte sie. »Hat dich das sehr gequält?«
»Es hat es mir leicht gemacht, dich zu hassen«, antwortete er einfach.
»Ja, das verstehe ich. Und ich kann nichts sagen, um dich zu trösten – außer einem: Ich habe nie vor dir einen Mann geliebt.«
Sie hielt ihr Wort – keine Lügen, keine Ausflüchte mehr, dessen war er sicher.
»Dann beschlossen sie, dich dazu auszunützen, um die Kontrolle über Aaron Altmann und sein Wirtschaftsimperium an sich zu bringen ...«
»Nein«, flüsterte sie und schüttelte den Kopf. »Ich habe mich für Aaron entschieden. Er war der einzige Mann, bei dem ich keinen Erfolg mit ...« Ihre Stimme versagte, und sie nahm einen Schluck Bourbon und ließ ihn langsam durch die Kehle rinnen, ehe sie fortfuhr. »Er faszinierte mich. Ich hatte nie zuvor einen Mann wie ihn kennengelernt. Er war so stark, so voll ungezügelter Kraft.«
»Nun gut«, lenkte Peter ein. »Vielleicht hattest du mittlerweile auch schon genug von dieser Rolle ...«
»Es ist harte Arbeit, die Kurtisane zu spielen ...« Nun lächelte sie zum ersten Mal, seit er zu sprechen begonnen hatte, aber es war ein trauriges Lächeln voller Selbstironie.

»Du hast die Sache ganz richtig angepackt. Zuerst hast du dich ihm unentbehrlich gemacht. Er war bereits krank und brauchte eine Stütze, jemanden, dem er voll und ganz vertrauen konnte. Du wurdest ihm diese Stütze . . .«
Sie sagte nichts, aber durch ihre Gedanken zogen Erinnerungen, die die grünen Schatten in ihren Augen schillern ließen wie Sonnenstrahlen das stille Wasser eines tiefen Teiches.
»Und als er dir ganz vertraute, gab es nichts mehr, was du deinen Meistern nicht zur Verfügung stellen konntest. Dein Wert war um das Hundertfache gestiegen.«
Mit ruhiger Stimme fuhr er zu reden fort, während draußen der Tag mit flammendem Scharlachrot und Königspurpur verglühte und das Licht in der Kabine immer dämmriger wurde, bis schließlich nur noch ihr Gesicht in dem sanften Halbdunkel leuchtete, blaß und gespannt, während sie schweigend seinen Anschuldigungen und Aufzählungen von Betrug und Täuschung lauschte. Nur gelegentlich widersprach sie mit einer kleinen Geste, einem Kopfschütteln oder einem leichten Fingerdruck gegen seinen Arm. Manchmal schloß sie sekundenlang die Augen, als könne sie irgendeine besonders grausame Erinnerung nicht ertragen, und ein- oder zweimal entrang sich ihr ein gepreßter Ausruf oder ein gequältes Flüstern.
»O Gott, Peter! Es ist wahr!«
Er sprach davon, wie sie langsam Geschmack an der Macht gefunden hatte, die sie als Frau Aaron Altmanns ausüben konnte, wie sich das zur Sucht gesteigert hatte, als Aarons Kräfte schwanden, wie sie sich zum Schluß in manchen Fragen sogar dem Baron entgegengestellt hatte.
»Wie zum Beispiel in der Frage der Waffenlieferung an die südafrikanische Regierung«, sagte Peter. Sie nickte, und in diesem Fall äußerte sie sich zu seinen Worten.
»Ja, wir haben darüber gestritten. Das war eine der wenigen Fragen, über die wir gestritten haben.« Sie lächelte leise, wie in Erinnerung an etwas ganz Privates, die sie nicht einmal mit Peter teilen konnte.
Er sprach davon, wie der Machthunger und die Verlockungen der

Macht langsam das Engagement für ihre früheren politischen Ideale untergraben hatten, wie ihre Auftraggeber nach und nach merkten, daß sie ihrem Einfluß entglitt, und wie sie versuchten, sie unter Druck zu setzen, um das verlorene Schäfchen wieder in die Herde zurückzutreiben. »Aber da warst du bereits zu mächtig, um dich durch die üblichen Druckmittel unterkriegen zu lassen. Es war dir sogar gelungen, in Aarons Mossadverbindungen einzudringen, du hattest also auch diesen Schutz.«

»Das ist unglaublich!« flüsterte sie. »Es ist so nahe an der Wahrheit, so nahe, daß es schon wieder wahr ist.« Er wartete, ob sie diese Bemerkung weiter ausführen würde, doch sie forderte ihn mit einer Handbewegung auf, fortzufahren.

»Als sie drohten, dich vor dem Baron als kommunistische Agentin bloßzustellen, hattest du keine andere Wahl, als ihn loszuwerden. Und die Art, wie du dich von ihm befreitest, schaffte nicht nur die Bedrohung deiner Existenz aus der Welt, sondern verhalf dir auch noch zur Kontrolle über die Altmann-Industrie. Und um der Sache die Krone aufzusetzen, kamst du durch diesen Coup auch noch zu fünfundzwanzig Millionen Betriebskapital. Du hast die Entführung und Ermordung von Aaron Altmann inszeniert, und brachtest persönlich die fünfundzwanzig Millionen zum angeblichen Treffpunkt und sorgtest für die Überweisung – wahrscheinlich auf ein Nummernkonto bei einer Schweizer Bank . . .«

»O Gott, Peter!« wisperte sie, und ihre Augen wirkten im Dunkel der Kabine unergründlich tief und riesig wie die leeren Augenhöhlen eines Totenschädels.

»Ist es wahr?« fragte Peter, zum ersten Mal Bestätigung fordernd.

»Es ist zu schrecklich. Bitte sprich weiter.«

»Es hat so großartig funktioniert, daß sich dir eine ganze Welt neuer Möglichkeiten auftat. Ungefähr zu dieser Zeit wurdest du wirklich Kalif. Die Entführung der BA 070 war vermutlich nicht der erste Anschlag nach der Verschleppung von Aaron Altmann – vielleicht gab es auch noch andere. Wien und die OPEC-Minister, die Aktivitäten der Roten Brigaden in Rom – aber bei der Flugzeugentführung hast du das erste Mal den Namen Kalif benutzt. Und es hätte funktioniert, wenn nicht ein untergeordneter Offizier seine Pflicht verletzt hätte.« Er wies auf sich selbst. »Das war das einzige, was deinen Plan vereitelte – und das war auch der Grund, weshalb ich überhaupt deine Aufmerksamkeit erregte.«

Es war nun beinahe vollkommen dunkel in der Kabine, und Magda streckte die Hand aus, um die Leselampe einzuschalten. Mit dem Dimer regelte sie die Lichtstärke zu einem sanftgoldenen Schimmer und musterte ernst sein Gesicht, während er fortfuhr.

»Zu diesem Zeitpunkt wußtest du aus deinen speziellen Informationsquellen – wahrscheinlich über deine Verbindung zum Mossad und fast sicher über den französischen Geheimdienst –, daß jemand hinter Kalif her war. Wie sich bald herausstellte, war dieser Jemand Kingston Parker mit seiner Atlas-Organisation, und ich war der ideale Mann, um dir erstens Gewißheit darüber zu verschaffen, daß wirklich Parker der Jäger war, und um ihn zweitens zu beseitigen. Ich hatte die Eignung und die Spezialausbildung für diese Aufgabe, ich konnte jederzeit an ihn herankommen, ohne Verdacht zu erregen, und ich brauchte bloß richtig motiviert zu werden ...«

»Nein«, flüsterte sie, unfähig, den Blick von seinem Gesicht zu wenden.

»Es paßt alles zusammen«, sagte er. »Alles!« Und sie hatte keine Antwort.

»Als ich Melissa-Janes Finger bekam, war ich zu allem fähig ...«

»Ich fürchte, mir wird schlecht.«

»Verzeih.« Er gab ihr das Glas, und sie trank den Rest der dunklen Flüssigkeit und hustete ein wenig. Dann saß sie eine Weile mit geschlossenen Augen da, die Hand gegen die verletzte Kehle gepreßt.

»In Ordnung?« fragte er schließlich.

»Ja, schon wieder in Ordnung. Sprich weiter.«

»Es klappte großartig – bis auf die Tatsache, daß die Polizei einen Tip über das Versteck in Irland bekam. Aber das hatte niemand vorhersehen können, nicht einmal Kalif.«

»Aber es gab doch keinen Beweis!« protestierte sie. »Das waren alles nur Vermutungen. Es gab keinen Beweis dafür, daß ich Kalif bin.«

»Doch, es gab einen«, sagte er ruhig. »O'Shaugnessy, der Anführer der Bande, die Melissa-Jane entführt hatte, hat zwei Telefonate geführt. Beide mit der Nummer Rambouillet 47-87-47.«
Sie starrte ihn wortlos an.
»Er berichtete seinem Herrn und Meister – Kalif.« Peter wartete auf eine Antwort, doch es kam keine, und so fuhr er nach einer Minute des Schweigens fort und berichtete ihr von den Vorbereitungen, die er für ihre Ermordung getroffen hatte, erzählte ihr, daß seine Wahl auf den Rennplatz von Longchamp oder die Avenue Victor Hugo gefallen war, und sie wurde von einem Schauer geschüttelt, als hätten die Flügel des Todesengels sie gestreift.
»Ich wäre dort gewesen«, gab sie zu. »Du hast die zwei besten Orte ausgesucht. Yves hatte für den sechsten des kommenden Monats eine Privatvorführung für mich arrangiert. Ich wäre sicher hingegangen.«
»Doch dann hast du mir die Mühe erspart, indem du mich hierher einludest. Ich wußte, es war eine Einladung zu meinem Tod, ich wußte, du warst dir darüber im klaren, daß ich dich durchschaut, daß ich erfahren habe, daß du Kalif bist. Ich sah es in deinen Augen, als wir uns am Flughafen Orly trafen, ich fand den Beweis dafür in der Tatsache, daß du mir plötzlich auswichest, mir keine Gelegenheit gabst, meine Aufgabe durchzuführen.«
»Weiter.«
»Du hast veranlaßt, daß ich bei meiner Ankunft auf Tahiti-Faaa durchsucht wurde.«
Sie nickte.
»Du hast vergangene Nacht mein Zimmer von deinen grauen Wölfen durchsuchen lassen und alles für heute vorbereitet. Ich wußte, daß ich zuerst zuschlagen mußte, und das habe ich getan.«
»Ja«, murmelte sie, »das hast du getan.« Und wieder rieb sie sich die Kehle.
Er ging zu der eingebauten Bar hinter dem Schott, um die Gläser nachzufüllen, und setzte sich dann wieder neben sie.
Sie rutschte ein wenig näher und schmiegte sich in seine Arme, und er hielt sie schweigend umfaßt. Das Reden hatte ihn erschöpft, und sein Körper schmerzte erbarmungslos, aber er war

froh, daß alles gesagt war. Irgendwie war es, als wäre ein bösartiger Abszeß geöffnet worden – das Austreten der Giftstoffe war eine Erleichterung, und nun konnte der Heilungsprozeß beginnen.

Er spürte das Echo seiner eigenen Erschöpfung in dem schlanken Körper, der an dem seinen lehnte, aber er fühlte, daß ihre Erschöpfung tiefer ging, daß sie schon zu viel hatte ertragen müssen. Sie protestierte nicht, als er sie in seinen Armen aufhob und wie ein schlafendes Kind durch die Kapitänskajüte trug und auf die Schlafkoje legte.

In dem Spind darunter fand er Polster und eine Decke, schlüpfte zu ihr in die Koje unter die einzige Decke, und sie schmiegte sich in die Krümmung seines Körpers, preßte sanft den Rücken gegen seine Brust, ihr hartes, rundes Gesäß drückte sich gegen seine Oberschenkel, und ihr Kopf ruhte in seiner Armbeuge, während er sie mit dem anderen Arm umschlang, so daß seine Hand auf einer ihrer Brüste lag. So schliefen sie ein, eng aneinandergekuschelt, und als er sich umdrehte, rollte auch sie sich, ohne aufzuwachen, auf die andere Seite, schmiegte sich an seinen Rücken, drückte ihr Gesicht an seinen Nacken, umklammerte ihn mit einem Arm und schlang ein Bein um seinen Unterkörper, als wolle sie ihn ganz und gar in sich einschließen.

Einmal wurde er wach, und sie war nicht da, und die Heftigkeit, mit der die Unruhe ihn überfiel, überraschte ihn. Hundert neue Zweifel und Ängste stürzten aus der Dunkelheit auf ihn ein, doch dann hörte er das Rauschen der Toilette im Waschraum und entspannte sich. Als sie zurückkam, hatte sie den Frotteeanzug ausgezogen, und ihr nackter Körper lag wie etwas sehr Kostbares, aber ebenso Verletzliches in seinen Armen.

Als die Sonne hell wie ein Bühnenscheinwerfer durch eine Luke drang, wachten sie gleichzeitig auf.

»Mein Gott – es muß Mittag sein.« Sie setzte sich auf und warf die lange dunkle Mähne über die gebräunten nackten Schultern zurück. Doch als Peter sich aufzurichten versuchte, hielt er stöhnend mitten in der Bewegung inne.

»Was hat du, *chéri?*«

»Ich muß in eine Betonmaschine geraten sein«, ächzte er.
Sein geschundener Körper war über Nacht ganz steif geworden, die gequetschten Muskeln und überanstrengten Sehnen protestierten gegen die geringste Bewegung.
»Für uns beide gibt es nur eine Kur«, erklärte sie, »und die besteht aus drei Teilen.«
Sie half ihm aus der Koje, als wäre er ein alter Mann, und er übertrieb seinen Zustand ein wenig, um sie zum Lachen zu bringen. Es klang zwar noch ein wenig heiser, aber ihre Stimme war schon kräftiger und klarer, und sie achtete kaum noch auf ihre eigenen Verletzungen, als sie ihn aufs Deck hinaufführte. Sie erholte sich mit der Schnelligkeit eines jungen und außerordentlich widerstandfähigen, hervorragend trainierten Rassetieres.
»Es wirkt tatsächlich«, gab Peter zu, als das warme Salzwasser seinen zerschundenen Körper wohltuend umspülte. Sie schwammen Seite an Seite, beide nackt, zuerst langsam, mit geruhsamen Brustzügen, dann rascher, mit harten Kraulbewegungen, bis hinaus zum Riff, wo sie wassertretend und nach Luft schnappend anhielten.
»Besser?« fragte sie heftig atmend, und ihre nassen Haarsträhnen umflossen ihr Gesicht wie die Ranken einer schönen Wasserpflanze.
»Viel besser.«
»Schwimmen wir um die Wette zurück.«
Sie erreichten gleichzeitig das Schiff und kletterten lachend, schnaufend und Wasser um sich spritzend ins Cockpit, doch als er die Hand nach ihr ausstreckte, ließ sie sich nur flüchtig streicheln und löste sich gleich wieder von ihm.
»Zuerst kommt Phase zwei der Kur.«
Sie machte sich in der Kombüse zu schaffen, nur mit einer geblümten Schürze angetan, die die dunklen Blutergüsse auf ihrem Bauch verbarg.
»Ich hätte mir niemals gedacht, daß eine Schürze so provokant wirken kann.«
»Du solltest den Kaffee machen«, mahnte sie ihn und gab ihm einen leichten, etwas frivolen Schubs mit der nackten Kehrseite.

Ihre Omelettes waren dick und goldig und flaumig. Sie verzehrten sie auf dem Deck, in der hellen Vormittagssonne, und der Passatwind trieb eine Herde flockiger Silberwolken über den leuchtendblauen Himmel.

Sie aßen mit ungeheurem Appetit, denn der strahlend neue Tag hatte die Untergangsstimmung der vergangenen Nacht vertrieben, und keiner wollte die neue Stimmung zerstören. So schwatzten sie sinnloses Zeug, freuten sich über die Schönheit dieses Tages und warfen den Seemöwen Brotkrumen zu, übermütig wie zwei Kinder bei einem Picknick.

Schließlich setzte sie sich auf seinen Schoß und fühlte ihm mit viel Getue den Puls.

»Dem Patienten geht es wesentlich besser«, verkündete sie. »Er ist jetzt sicher stark genug für die dritte Phase der Kur.« Sie sah ihn schmelzend an.

»Und die wäre?« fragte er.

»Peter, *chéri,* auch wenn du ein Engländer bist, so begriffstutzig bist du nun auch wieder nicht.« Und sie ringelte sich in seinem Schoß zusammen.

Sie liebten einander im warmen Sonnenlicht auf einer der Schaumgummimatratzen, und der Passatwind streichelte sie mit unsichtbaren Fingern.

Es begann spielerisch, mit leisen, glucksenden Lachern, kleinen Seufzern der Wiederentdeckensfreude, gemurmelten Lauten der Zustimmung und Ermutigung – dann plötzlich wurde es anders, steigerte sich zu fast unerträglicher Intensität, zu einem Sturm der Gefühle, der all das Häßliche und alle Zweifel hinwegzufegen suchte. Sie wurden erfaßt von einem tosenden Wirbel, in dem sie hilflos über alle physischen Grenzen hinweg auf eine unbekannte Dimension zutrieben, aus der es keinen Weg zurück zu geben schien, in der die vollkommene Bejahung von Körper und Geist alles andere bedeutungslos erscheinen ließ.

»Ich liebe dich«, schrie sie auf dem Höhepunkt, als wolle sie damit alles andere leugnen, was sie zu tun gezwungen gewesen war. »Du bist der einzige, den ich je geliebt habe.« Es war ein Schrei, der sich den tiefsten Tiefen ihrer Seele entrang.

Sie brauchten lange, um aus der weiten Ferne, zu der es sie getrieben hatte, wieder zurückzufinden, wieder zwei Einzelwesen zu werden, aber als es soweit war, spürten beide, daß sie sich nie wieder ganz voneinander würden lösen können; ihre Verschmelzung war tiefer, bedeutungsvoller gewesen als die bloße Vereinigung ihrer Körper, und dieses Wissen ernüchterte sie und schenkte ihnen doch gleichzeitig neue Kraft und ein Gefühl der Beseligung, das keiner von ihnen in Worte fassen konnte – es war da, und sie wußten es ganz einfach.

Sie ließen das große Schlauchboot übers Heck hinunter, fuhren hinüber zum Strand, zogen es ins Seichte und banden es am schräggewachsenen Stamm einer Palme fest.
Hand in Hand wanderten sie zwischen den in die Erde gescharrten Nestern der Seevögel landeinwärts. Ein halbes Dutzend verschiedener Vogelarten brütete hier in einer Kolonie, die sich fast über die ganze, acht Hektar große Insel erstreckte. Die Eier hatten die unterschiedlichsten Formen und Farben, manche waren so groß wie Gänseeier und von kühlem Blaßblau, andere wieder hühnereigroß, gesprenkelt oder hübsch und originell getupft. Die Küken waren entweder von grotesker Häßlichkeit, mit nackten, von der Hitze rotgesottenen Körpern, oder niedlich, als stammten sie aus Walt Disneys Feder. Die ganze Insel war erfüllt von einem endlosen Flügelrauschen und dem Geschrei und Gekreische streitender und sich paarender Vögel.
Magda kannte den zoologischen Namen jeder einzelnen Art, wußte über ihre Verbreitung und Gewohnheiten Bescheid und konnte sagen, ob sie Überlebenschancen hatte oder durch den Wandel im Ökosystem der Ozeane vom baldigen Aussterben bedroht war.
Peter hörte ihr geduldig zu, denn er fühlte, daß dieses muntere Geschwätz nur eine Fassade war, hinter der sie sich dafür wappnete, seinen Anschuldigungen entgegenzutreten.
Am anderen Ende der Insel stand ein einsamer, wuchtiger Takamakabaum mit dichter grüner Laubkrone, die ihren weit ausgedehnten Schatten auf den weichen, weißen Sand warf. Die Sonne

schien nun schon sehr grell, und die Hitze und Feuchtigkeit umhüllte sie wie eine in heißes Wasser getauchte Wolldecke.
Dankbar setzten sie sich eng nebeneinander im Schatten des Takamakabaumes in den Sand und starrten über das reglose Wasser der Lagune hinüber zu den schattenhaften Umrissen der acht Kilometer entfernten Hauptinsel. Aus dieser Entfernung und diesem Blickwinkel sah man nicht das Geringste von den Gebäuden und der Mole, und Peter kam sich vor wie im Paradies, als wären sie und er die ersten Menschen auf einer neuen, unschuldigen Welt.
Doch Magdas folgende Worte zerstörten diese Illusion.
»Wer hat dir aufgetragen, mich zu töten, Peter? Wie wurde es dir aufgetragen? Das muß ich noch wissen, bevor ich dir von mir erzähle.«
»Niemand«, antwortete er.
»Niemand? Du hast keine Botschaft erhalten, so wie jene, als dir aufgetragen wurde, Parker zu töten?«
»Nein.«
»Und Parker selbst oder Colin Noble? Sie haben dir nicht aufgetragen, es zu tun – oder es dir nahegelegt?«
»Parker hat mir ausdrücklich befohlen, es nicht zu tun. Du solltest nicht angerührt werden – nicht ehe sich die Möglichkeit bot, dich vor Gericht zu bringen.«
»Es war also deine eigene Entscheidung?« bohrte sie weiter.
»Es war meine Pflicht.«
»Um deine Tochter zu rächen?«
Er zögerte, suchte nach Erklärungen, doch dann nickte er mit völliger Ehrlichkeit. »Ja, hauptsächlich deshalb. Hauptsächlich Melissa-Janes wegen. Aber ich betrachtete es auch als meine Pflicht, jeden zu vernichten, der zu derartigen Niederträchtigkeiten wie diese Flugzeugentführung, die Verschleppung Aaron Altmanns und die Verstümmelung meiner Tochter fähig war.«
»Kalif kennt uns genau. Er versteht uns besser, als wir selbst uns verstehen. Ich bin kein Feigling, Peter, aber jetzt habe ich wirklich Angst.«
»Die Angst ist seine Waffe«, stimmte Peter zu, und sie rückte ein

wenig näher an ihn heran. Er legte einen Arm um ihre nackten braunen Schultern, und sie lehnte sich an ihn.
»Alles, was du letzte Nacht gesagt hast, war die Wahrheit, nur die Hypothesen und Schlußfolgerungen waren falsch. Papas Tod, die einsamen Jahre mit fremden Menschen als Pflegeeltern – was mir aus dieser Zeit am deutlichsten in Erinnerung ist, sind die Nächte, in denen ich wach lag und mein Weinen unter einer Decke zu ersticken versuchte. Die Rückkehr nach Polen, ja, und die Schule in Odessa – all das stimmt. Ich werde dir eines Tages von Odessa erzählen, wenn du es wirklich hören willst . . .«
»Ich glaube nicht, daß ich es wirklich will«, sagte er.
»Vielleicht hast du recht. Willst du von meiner Rückkehr nach Paris hören?«
»Nur soviel notwendig ist.«
»Also gut, Peter. Es gab Männer. Das war es schließlich, wofür man mich ausgesucht und ausgebildet hatte. Ja, es gab Männer . . .« Sie brach ab, nahm sein Gesicht in ihre Hände und drehte es so, daß sie ihm in die Augen sehen konnte. »Ändert das etwas zwischen uns, Peter?«
»Ich liebe dich«, antwortete er fest.
Sie sah ihm lange in die Augen, suchte nach einem Anzeichen der Unaufrichtigkeit, und als sie nichts davon fand, sagte sie: »Ja, es ist wirklich so. Du meinst, was du sagst.«
Sie seufzte erleichtert, lehnte ihren Kopf an seine Schulter und sprach weiter, mit leiser Stimme, jenem bezaubernden Hauch von Akzent und einer manchmal ungewöhnlichen Redewendung.
»Ich mochte die Männer nicht, Peter. Ich glaube, das war der Grund, weshalb ich mir Aaron Altmann ausgesucht habe. Der einzige Mann – ja –, bei dem ich noch Selbstachtung fühlen konnte.« Sie zuckte leicht die Achseln. »Ich suchte mir Aaron aus, und Moskau war einverstanden. Es war, wie du sagtest, eine heikle Arbeit. Zuerst mußte ich seinen Respekt gewinnen, er hatte nie zuvor eine Frau respektiert. Ich bewies ihm, daß ich ebenso gut war wie jeder beliebige Mann, in jeder Aufgabe, die er von mir verlangte. Und als ich seine Achtung hatte, ging alles seinen Lauf . . .« Sie machte eine kleine Pause und lachte leise. »Das Leben

spielt einem manchmal boshafte Streiche. Zuerst stellte ich fest, daß ich ihn mochte, dann lernte ich ihn ebenfalls respektieren. Er war ein großer, häßlicher Bulle von einem Mann, aber seine Kraft, diese unbändige, gleichsam kosmische Kraft, wurde zum Mittelpunkt meines Lebens.« Sie hob den Kopf und hauchte Peter einen besänftigenden Kuß auf die Wange. »Nein, Peter, ich habe ihn nie geliebt. Ich habe keinen einzigen Mann vor dir geliebt. Aber ich empfand so etwas wie Ehrfurcht vor ihm, ich verehrte ihn etwa so, wie ein Angehöriger eines primitiven Stammes den Donner und den Blitz anbetet. Ja, so war es. Er beherrschte mein Leben – mehr als ein Vater, mehr als ein Lehrer, eher schon wie ein Gott – aber weniger, viel weniger als ein Geliebter. Er war stark und roh. Er verstand nicht zu lieben, er konnte sich bloß auf animalische Art paaren wie der Bulle, der er nun einmal war.«

Sie brach ab und sah ihn ernst an. »Verstehst du, Peter? Vielleicht habe ich es schlecht erklärt?«

»Nein«, versicherte er ihr. »Du hast es sehr gut erklärt.«

»Körperlich hat er mich nicht erregt – sein Geruch und der behaarte Körper! Er hatte Haare auf den Schultern und einen richtigen Pelz auf dem Rücken. Sein Bauch war vorgewölbt und hart wie Eisen ...« Sie schüttelte sich. »Aber ich hatte gelernt, diese Dinge zu ignorieren, irgend etwas in meinem Kopf auszuschalten. Und in jeder anderen Hinsicht faszinierte er mich. Er stachelte mich an, verbotene Gedanken zu denken, Verliese in meinem Kopf aufzuschließen, die durch meine Ausbildung fest versperrt worden waren. Zugegeben, er lehrte mich die Macht und ihre Verlockungen kennen. Du hast mir das vorgeworfen, Peter, und ich gebe es zu. Macht und Geld waren nach meinem Geschmack. Sind es noch immer. Sehr sogar. Aaron hat mich damit in diese Welt eingeführt. Er lehrte mich, schöne und kostbare Dinge zu schätzen, denn er war nur äußerlich ein Bulle, ansonsten verstand er sehr viel von den schönen Dingen des Lebens – er hat mich erst richtig zum Leben erweckt. Und dann hat er mich ausgelacht. O Gott, ich kann sein dröhnendes Lachen immer noch hören und seh' immer noch vor mir, wie sein großer behaarter Bauch dabei gewackelt hat.«

Sie hielt inne, um sich beinahe andächtig der Erinnerung hinzugeben, und dann lachte sie ihr typisches, verhangenes kleines Lachen.

»Meine süße kleine Kommunistenlady«, hat er gespöttelt. »Ja, Peter, ich war diejenige, die hereingelegt wurde. Er hat von Anfang an gewußt, wer ich war. Er hat auch von der Schule in Odessa gewußt. Er betrachtete mich als eine Herausforderung, sicherlich liebte er mich auch – auf seine Art, aber jedenfalls wußte er alles, als er mich zur Frau nahm, und hat mit voller Absicht meine reinen ideologischen Überzeugungen untergraben. Erst damals erfuhr ich, daß alle Informationen, die ich an Moskau weitergab, sorgfältigst von Aaron gesammelt wurden. Er hat mich ausgetrickst, so wie ich geschickt worden war, um ihn auszutricksen. Er war ein Mossad-Agent, aber das weißt du natürlich. Er war Zionist, das weißt du auch. Und er machte mir bewußt, daß ich eine Jüdin bin, und was das bedeutet. Er zeigte mir jeden verhängnisvollen Fehler in der Doktrin des Weltkommunismus, er überzeugte mich von der Demokratie und vom kapitalistischen System des Westens, und dann hat er mich für den Mossad angeworben.«

Sie hielt abermals inne und schüttelte heftig den Kopf.

»Was für eine Idee, ich hätte den Wunsch haben können, jemanden wie ihn zu vernichten. Ich hätte seine Entführung und Verstümmelung veranlassen können! – Gegen Ende, als er immer schwächer wurde, als die Schmerzen sehr schlimm waren, da habe ich ihn fast geliebt; so wie eine Mutter ihr Kind liebt. Er wurde auf geradezu rührende Weise von mir abhängig, er sagte oft, das einzige, was seine Schmerzen lindern könne, sei meine Berührung. Ich saß manchmal stundenlang an seinem Bett und massierte seinen behaarten Bauch – und spürte, wie dieses schreckliche Ding in ihm mit jedem Tag größer wurde wie ein Blumenkohl oder ein grotesker Foetus. Aber er wollte keine Operation. Er haßte die Chirurgen. ‚Fleischhauer' nannte er sie. ‚Fleischhauer mit ihren Messern und Gummischläuchen ...'«

Sie brach ab, und Peter merkte, daß ihre Augen in Tränen schwammen. Er zog sie ein wenig fester an sich und wartete, bis sie sich wieder beruhigt hatte.

»Es muß um diese Zeit gewesen sein, daß Kalif mit Aaron Kontakt aufnahm. Wenn ich jetzt zurückdenke, fällt mir auf, wie schrecklich aufgeregt er plötzlich wurde. Damals wurde ich nicht recht schlau daraus, wenn er sich in langen Tiraden darüber erging, daß die Tyrannei der Rechten sich durch nichts von der Tyrannei der Linken unterscheide. Den Namen Kalif hat er nie erwähnt. Ich glaube nicht, daß Kalif damals bereits diesen Namen benutzte. Und ich bin sicher, daß Aaron mir irgendwann alles über diesen Kontakt erzählt hätte, hätte er lange genug gelebt. Er hätte mir von Kalif erzählt – aber Kalif sorgte dafür, daß er es nicht konnte.«
Sie löste sich aus Peters Armen, um ihm wieder ins Gesicht zu schauen.
»Du mußt wissen, *chéri*, daß ich vieles von dem, was ich dir jetzt erzähle, selbst erst vor kurzem erfahren habe – in den letzten paar Wochen. Und vieles kann ich mir nur aus Bruchstücken zusammenreimen, wie bei einem Puzzle. Aber so muß es gewesen sein. Kalif hat Aaron einen Vorschlag gemacht. Einen sehr einfachen Vorschlag. Er lud ihn ein, sein Partner zu werden. Aaron sollte einen namhaften Beitrag für Kalifs Kriegskasse leisten und ihm sein Insiderwissen und seinen Einfluß zur Verfügung stellen. Zum Dank dafür sollte er ein Wörtchen bei der Gestaltung von Kalifs schöner neuer Welt mitzureden haben. Aber das war eine Fehlkalkulation Kalifs, der einzige Fehler vielleicht, den er bisher gemacht hat. Er hat sich in der Beurteilung Aaron Altmanns geirrt. Aaron hat ihn kühl abgewiesen. – Ein noch gefährlicherer Fehler jedoch war der, daß Kalif Aaron seine Identität aufgedeckt hat. Ich nehme an, daß er das tun mußte, um Aaron überzeugen zu können, denn Aaron war nicht der Mann, der sich in ein Spiel mit Decknamen und geheimnisvollen Unbekannten eingelassen hätte. Das hatte Kalif ganz richtig erkannt. Er mußte sich Aaron also von Angesicht zu Angesicht stellen, und als ihm klar wurde, daß Aaron nicht bereit war, sich einem Feldzug von Mord und Erpressung anzuschließen – egal, wie edel auch das Ziel sein mochte –, blieb Kalif keine andere Wahl. Er entführte Aaron und tötete ihn, nachdem er ihn auf schreckliche Weise gefoltert hatte, um Informationen aus ihm herauszupressen, die vielleicht von Nutzen

sein konnten, hauptsächlich Informationen über seine Verbindungen zum Mossad, nehme ich an. Und dann brachte er mich dazu, das Lösegeld zu zahlen. Er hat mit einer einzigen Karte zweimal gestochen. Er brachte Aaron zum Schweigen und bekam die fünfundzwanzig Millionen für seine Kriegskasse.«

»Wie hast du das erfahren? Wenn du mir das bloß früher gesagt hättest...« Peter hörte den bitteren Klang seiner eigenen Stimme.

»Ich wußte es nicht, als wir uns kennenlernten, *chéri*, bitte glaub mir. Ich werde dir erzählen, wie ich es erfahren habe, aber bitte hab Geduld mit mir. Laß mich der Reihe nach erzählen.«

»Entschuldige«, sagte er einfach.

»An dem Tag, an dem ich das Lösegeld ablieferte, habe ich den Namen Kalif zum ersten Mal gehört. Das habe ich dir erzählt, nicht wahr?«

»Ja.«

»Dann kommen wir jetzt zu deiner Rolle. Ich habe von dir zum ersten Mal in Zusammenhang mit der Entführung der 070 nach Johannesburg gehört. Ich dachte, du könntest der sein, der mir hilft, Kalif zur Strecke zu bringen. Ich habe Erkundigungen über dich eingezogen, Peter. Ich konnte mir sogar Computerdaten beschaffen ...« Sie schwieg einen Augenblick und ihre Augen blitzten mutwillig auf. »Ich gebe zu, daß mich die tolle Liste deiner Damenbekanntschaften sehr beeindruckt hat.«

Peter hob zum Zeichen der Kapitulation beide Hände.

»Nie wieder«, beteuerte er. »Kein Wort mehr darüber – ja?«

»Einverstanden.« Sie lachte, und dann sagte sie: »Ich bin hungrig, und mein Hals tut wieder weh von all dem Reden.«

Wieder durchquerten sie die Insel, ihre nackten Füße brannten auf dem sonnenheißen Sand, und dann fuhren sie zurück zum Schiff.

Der Chefkoch hatte den Kühlschrank mit einer Fülle von Lebensmitteln vollgestopft, und Peter öffnete eine Flasche *Veuve Cliquot*.

»Du hast einen sehr kostspieligen Geschmack«, meinte er. »Ich weiß nicht, ob ich es mir leisten kann, dich zu ernähren – von meinem Gehalt.«

»Ich bin sicher, wir können bei deinem Boß eine Gehaltserhöhung erwirken«, tröstete sie ihn und zwinkerte ihm zu. In schweigendem Einverständnis erwähnten sie Kalif nicht mehr, bis sie mit dem Essen fertig waren.

»Es gibt da noch etwas, was du wissen mußt, Peter. Ich gehöre zum Mossad, aber ich habe keine Macht über ihn, sondern er hat Macht über mich. So war es auch mit Aaron. Wir waren, beziehungsweise ich bin eine sehr wertvolle Agentin, vielleicht eine der wertvollsten seines ganzen Netzes, aber ich treffe keine Entscheidungen und habe auch nicht Zugang zu allen seinen Geheimnissen. Das einzige Ziel des Mossad ist die Sicherheit des Staates Israel. Das ist der einzige Grund für die Existenz dieses Geheimdienstes. Ich war sicher, daß Aaron dem Mossad einen vollständigen Bericht über Kalifs Identität vorgelegt hat, daß er über Kalifs Vorschläge berichtet hat – und ich vermute, daß der Mossad Aaron aufgetragen hat, mit Kalif zusammenzuarbeiten . . .«

»Warum?« fragte Peter scharf.

»Ich weiß es nicht sicher – aber ich kann mir zwei Gründe dafür denken. Kalif muß ein so mächtiger und einflußreicher Mann sein, daß seine Unterstützung wertvoll für den Mossad gewesen wäre. Und dann glaube ich auch, daß Kalif pro-israelisch eingestellt ist, oder es zumindest vorgab. Der Mossad sucht sich seine Verbündeten, wo er nur kann, und fragt nicht nach ihrer moralischen Einstellung. Ich glaube, sie trugen Aaron auf, mit Kalif zusammenzuarbeiten, aber . . .«

»Aber?« half Peter nach.

»Aber einem Mann wie Aaron kann man keinen Auftrag geben, der seinen tiefsten Überzeugungen widerspricht. Und Aaron Altmann war, wenn auch äußerlich abstoßend, ein zutiefst humaner Mensch. Ich glaube, daß dieser Konflikt zwischen Pflicht und persönlicher Überzeugung der Grund für seine Erregung war. Sein Instinkt befahl ihm, Kalif zu vernichten, und seine Pflicht . . .«

Sie zuckte die Achseln, nahm die Sektflöte, drehte sie zwischen ihren langen, schlanken Fingern und betrachtete die langsam durch den blaßgoldenen Wein an die Oberfläche steigenden Bläschen. Dann sprach sie zu Peters Verwirrung von etwas völlig anderem weiter.

»Ich habe tausendmal versucht, dahinterzukommen, was die Beziehung zwischen dir und mir so anders machte als meine Beziehungen mit andern Männern, die ich gekannt habe. Warum mich keiner von ihnen erregen konnte – und bei dir sprang der Funke fast sofort über.« Sie hob den Blick und sah ihn an, als suche sie immer noch nach dem Grund. »Natürlich wußte ich eine ganze Menge über dich. Du hattest all die Eigenschaften, die ich an einem Menschen bewunderte, und meine Einstellung zu dir war daher von Anfang an positiv – aber es gibt Eigenschaften, die kann man nicht in einem Computer festhalten oder in einer Fotografie einfangen. Du hattest irgend etwas, das mich ...« Sie machte eine hilflose Handbewegung, als sie nach dem rechten Wort suchte. »... das mich zum Klingen brachte.«

»Das ist ein gutes Wort«, lächelte Peter.

»Und mich hatte noch nie zuvor etwas zum Klingen gebracht. Also mußte ich ganz sicher sein. Es war ein völlig neues Erlebnis für mich, einen Mann zu begehren, bloß weil er sanft und stark und ...«, sie kicherte, »... ganz einfach sexy ist. Du bist sexy, Peter, das weißt du doch; aber du bist noch mehr ...« Sie brach ab. »Nein, ich werde dir keine weiteren Komplimente machen, ich will nicht, daß dir zu sehr der Kamm anschwillt.« Und ohne Übergang fuhr sie fort: »Kalif muß dahintergekommen sein, daß ich einen gefährlichen Verbündeten gewonnen hatte. Er versuchte, dich in jener Nacht auf der Straße nach Rambouillet zu töten ...«

»Sie hatten es auf dich abgesehen«, warf Peter ein.

»Wer, Peter? Wer hatte es auf mich abgesehen?«

»Die Russen – zu dieser Zeit wußten sie schon, daß du eine Doppelagentin warst.«

»Ja, das wußten sie ...« Sie neigte den Kopf zur Seite und ihre Augen wurden schmal. »Ich habe natürlich auch daran gedacht - es gab schon vorher zwei Anschläge auf mich, aber ich glaube nicht, daß dieser Anschlag auf der Straße nach Rambouillet von den Russen kam.«

»Na schön, dann war es eben Kalif, aber er hatte es auf dich abgesehen – nicht auf mich«, meinte Peter.

»Vielleicht, aber auch das glaube ich nicht. Mein Instinkt sagt mir, daß sie das richtige Opfer hatten. Sie waren hinter dir her.«

»Es könnte sein, daß du recht hast«, sagte Peter. »Ich glaube, ich wurde verfolgt, als ich an jenem Abend aus Paris hinausfuhr.« Und er erzählte ihr von dem Citroën. »Ich glaube, sie wußten, daß ich allein im Maserati war.«

»Dann müssen wir annehmen, daß es Kalif war«, stellte sie nüchtern fest.

». . . oder der Mossad«, murmelte Peter, und ihre Augen wurden langsam weit, dunkel und nachdenklich, als Peter fortfuhr.

»Was, wenn es dem Mossad nicht paßte, daß ein Mann von Atlas seiner Staragentin zu nahe kam, wenn sie verhindern wollten, daß du für deine Jagd auf Kalif einen Verbündeten bekamst? Oder wenn es ihnen ganz einfach gegen den Strich ging, daß ich ihr sorgfältig einstudiertes Programm durcheinanderbrachte?«

»Peter, wir begeben uns in sehr tiefes Wasser . . .«

». . . Und es sind ganze Rudel von Haien drin.«

»Lassen wir diese Nacht auf der Straße nach Rambouillet einen Augenblick beiseite«, schlug sie vor. »Sie kompliziert nur die Geschichte, die ich dir erzählen will.«

»Gut«, stimmte Peter zu. »Wir können später darauf zurückkommen, wenn es nötig sein sollte.«

»Der nächste entscheidende Zug war die Entführung von Melissa-Jane«, sagte sie, und Peters Gesicht wurde steinern und verschlossen.

»Die Wahl des Opfers war genial«, sagte sie, »aber sie erforderte keine speziellen Kenntnisse über dich oder deine familiären Verhältnisse. Es war kein Geheimnis, daß du ein einziges Kind hast, und man brauchte dich bloß flüchtig zu kennen, um zu begreifen, was für ein wirkungsvolles Druckmittel man damit gegen dich in der Hand hatte . . .« Magda tauchte die Fingerspitzen in den Champagner, sog nachdenklich daran, schürzte die Lippen und runzelte leicht die Stirn.

»Du mußt wissen, in dieser Zeit war es mir bereits klar, daß ich dich liebe. Mein Geschenk sollte das beweisen . . .« Eine leichte Röte überzog ihre honigbraune Haut, und es sah rührend und kindlich aus. Er hatte sie noch nie rot werden sehen, und irgendwie zog es ihm das Herz zusammen.

»Das Buch«, erinnerte er sich. »Die Erstausgabe von Cornwallis Harris.«

»Das erste Geschenk, das ich aus Liebe gemacht habe. Ich hab' es gekauft, als ich mir endgültig eingestanden hatte, daß ich dich liebe – aber ich war entschlossen, es dir nicht zu sagen. Ich bin altmodisch genug, um zu finden, daß der Mann das erste Wort sagen muß.«

»Das hab' ich auch getan.«

»O Gott, ja, ich werde es nie vergessen«, sagte sie inbrünstig, und beide dachten an die wilde Szene des vergangenen Tages, die so unerwartet mit einer Liebeserklärung geendet hatte.

»Ich bemühe mich, unkonventionell zu sein«, sagte er, und sie schüttelte lächelnd den Kopf.

»Das gelingt dir auch, *mon amour*, und wie dir das gelingt.« Doch dann wurde sie wieder sachlich. »Ich war in dich verliebt. Dein Kummer war auch der meine. Deine Tochter ist ein bezauberndes Mädchen, sie hat mich sofort erobert, als ich sie zum ersten Mal sah – und zu all dem kam noch, daß ich mich für das Leid, das ihr zugefügt wurde, verantwortlich fühlte. Ich hatte dich dazu verleitet, mit mir gemeinsam die Jagd auf Kalif aufzunehmen, und nun hattest du deshalb deine Tochter verloren.«

Er senkte leicht den Kopf und dachte daran, daß er geglaubt hatte, sie hätte diese Entführung inszeniert. Sie deutete die Geste richtig.

»Ja, Peter. Das war das schlimmste für mich. Daß du das von mir glauben konntest. Es gab nichts, was ich nicht getan hätte, um dir dein Kind zurückzugeben – aber ich konnte nichts tun. Vom französischen Geheimdienst war nichts zu erfahren. Sie hatten nicht die mindeste Ahnung, wo das Kind sein konnte und wie es ihm ging. Und mein Verbindungsmann zum Mossad gab mir merkwürdig ausweichende Antworten. Irgendwie hatte ich das Gefühl, daß der Mossad den Schlüssel zu dieser Entführung hatte. Wenn sie nicht direkt in die Sache verwickelt waren, so wußten sie zumindest mehr als alle anderen. Wie ich dir schon gesagt habe, glaube ich, daß Aaron ihnen Kalifs Identität verraten hat. Wenn das stimmt, dann mußten sie etwas wissen, was dir die Suche nach

deiner Tochter erleichtert hätte. – Aber von Paris aus hatte ich keine Möglichkeit, mir diese Information zu beschaffen. Ich mußte nach Israel gehen und persönlich mit meinem Verbindungsmann sprechen. Es war die einzige Chance, den Mossad zur Mithilfe zu bewegen. Ich hoffte, sie würden meinen Wert als Agentin hoch genug einschätzen, um mir einen Tip zu geben.«
»Du hast dem Mossad gedroht, deine Dienste aufzukündigen?« fragte Peter staunend. »Das hättest du für mich getan?«
»O Peter, verstehst du denn nicht, ich liebe dich – und ich habe noch nie zuvor geliebt. Ich hätte alles für dich getan.«
»Du beschämst mich«, sagte er.
Sie antwortete nicht, sondern lauschte dem Klang der Worte nach, als wolle sie sie ganz auskosten, dann seufzte sie zufrieden und fuhr fort. »Ich ließ in Paris alles liegen und stehen. Für den Fall, daß ich plötzlich verschwinden muß, habe ich gewisse Routinevorkehrungen eingeführt. Pierre hat mich in der Lear nach Rom gebracht. Von dort rief ich dich an, aber ich konnte dir nicht sagen, was ich vorhatte. Dann flog ich unter einem anderen Namen mit einer Linienmaschine nach Tel Aviv. Meine Aufgabe in Israel war schwierig, viel schwieriger, als ich es mir vorgestellt hatte. Ich mußte fünf Tage warten, ehe mein Kontaktmann bereit war, mich zu treffen. Er ist ein alter Freund. Nein! Vielleicht kein Freund, aber wir kennen einander schon sehr lange. Er ist der Vizedirektor des Mossad. Daran siehst du, wie hoch man meine Dienste einschätzt, daß sie mir einen so wichtigen Verbindungsmann geben, aber dennoch dauerte es fünf Tage, ehe ich ihn treffen konnte. Und er zeigte mir die kalte Schulter. Sie könnten mir in keiner Weise helfen, sagte er. Sie wüßten überhaupt nichts.« Sie kicherte. »Du hast mich nie gesehen, wenn ich mir etwas in den Kopf gesetzt habe, Peter. Ha! – Was für ein Kampf! Ich weiß eine ganze Menge Dinge, mit denen ich den Mossad vor seinen mächtigen Verbündeten im Westen in größte Verlegenheit bringen könnte – vor Frankreich, Großbritannien und den USA. – Ich drohte ihm, in New York eine Pressekonferenz abzuhalten. Er wurde ein bißchen zugänglicher, erklärte mir, daß die Sicherheit des Staates gegenüber allen persönlichen Gefühlen den Vorrang habe, und ich

machte irgendeine ziemlich grobe Bemerkung über die Sicherheit des Staates und erinnerte ihn an eine Sache, die ich noch zu erledigen hätte und mit Vergnügen unerledigt lassen würde. Er erwärmte sich noch ein wenig mehr – aber all das brauchte Zeit, Tage, viele Tage, zu viele Tage, und ich wurde langsam verrückt. Ich mußte immer daran denken, wie man Aarons Leiche gefunden hatte, und konnte vor Sorge um das reizende Kind nicht mehr schlafen. Und du, o Peter, du kannst dir nicht vorstellen, wie sehr ich zu einem Gott betete, von dessen Existenz ich nicht ganz überzeugt war. Du kannst dir nicht vorstellen, wie sehr ich mich danach sehnte, bei dir zu sein, dich zu trösten. Ich wünschte mir so verzweifelt, wenigstens deine Stimme zu hören – aber ich war doch unter einem Decknamen in Tel Aviv. Ich konnte dich nicht einmal anrufen oder dir schreiben . . .« Sie brach ab. »Ich konnte nur hoffen, daß du nicht schlecht von mir denken würdest, daß du nicht glauben würdest, deine Sorgen seien mir gleichgültig und ich wäre nicht bereit, dir zu helfen. Ich konnte nur hoffen, daß es mir gelingen würde, dir irgendeine wertvolle Information zu geben, um zu beweisen, daß es nicht so war – aber ich hätte nicht im Traum daran gedacht, daß du eines Tages glauben könntest, ich hätte deine Tochter entführt und mißhandelt.«

»Verzeih mir«, sagte er ruhig.

»Nein, das brauchst du nicht zu sagen. Wir sind beide Kalifs Spielball. Du mußt dir keine Vorwürfe machen.« Sie legte ihm die Hand auf den Arm und lächelte ihn an. »Nicht nur du allein hast schlimme Dinge geglaubt. Denn ich habe meinen Mossad-Verbindungsmann schließlich doch noch bewogen, mir einige kleine Hinweise zu geben. Zuerst stritt er rundweg ab, daß der Mossad jemals von Kalif gehört hätte, aber ich riskierte es, ihn anzulügen. Ich sagte ihm, Aaron hätte mir erzählt, daß er dem Mossad von der Kontaktaufnahme Kalifs berichtet hätte. Ja, gab er zu, sie wüßten von Kalif, aber sie wüßten nicht, wer er sei. Ich ließ nicht locker, verlangte, ihn täglich zu sehen, und machte ihn genauso rasend, wie ich es längst war – bis er drohte, mich einfach ausweisen zu lassen. Aber jedesmal, wenn wir einander trafen, schmeichelte und trotzte ich ihm ein wenig mehr ab.

Zum Schluß gab er es zu. ‚Also gut, wir kennen Kalif, aber er ist sehr gefährlich, sehr mächtig – und er wird noch mächtiger werden – so Gott will, wird er einer der mächtigsten Männer der Welt werden, und er ist ein Freund Israels. Zumindest glauben wir das.'
Ich drängte noch ein wenig mehr, und er sprach weiter. ‚Einer unserer Agenten befindet sich in Kalifs Nähe, in allernächster Nähe, und wir dürfen ihn nicht gefährden. Es handelt sich um einen wertvollen, einen sehr wertvollen Agenten, aber wenn Kalif ihm hinter die Schliche kommt, ist er ihm völlig ausgeliefert. Wir können nicht riskieren, daß Kalif irgendeinen Verdacht schöpft. Wir müssen unseren Mann schützen.'
Nun drohte ich ihm, und er verriet mir schließlich den Decknamen des Agenten – zu meinem und seinem Schutz, falls wir jemals miteinander Kontakt aufnehmen müßten. Er führt den Decknamen KAKTUSBLÜTE.«
»Das war alles?« fragte Peter offensichtlich enttäuscht.
»Nein, mein Kontaktmann gab mir noch einen anderen Namen. Um mich zu beschwichtigen – und um mich zu warnen. Und der Name, den er mir gab, war so eng mit Kalif verbunden, daß es praktisch so war, als handelte es sich um eine und dieselbe Person. Und wieder wies er darauf hin, daß er mir den Namen zu meinem eigenen Schutz sage.«
»Was für ein Name war das?« fragte Peter begierig.
»Deiner«, sagte sie sanft. »Stride.«
Peter machte eine gereizte und abfällige Handbewegung. »Mein Name – das ist doch widersinnig! Warum sollte ich meine eigene Tochter entführen und verstümmeln. – Und Kaktusblüte! Da hätte er ebensogut *‚Kentucky Fried Chicken'* sagen können.«
»Nun ist die Reihe an mir, dich um Verzeihung zu bitten.«
Peter faßte sich wieder und plötzlich wurde ihm bewußt, daß er diese Information vielleicht allzu rasch als unsinnig abgetan hatte. Er erhob sich und begann unruhig, aufgeregt und stirnrunzelnd auf dem Deck auf und ab zu gehen. »Kaktusblüte«, wiederholte er. »Hast du diesen Namen je zuvor gehört?«
»Nein.« Sie schüttelte den Kopf.

»Und seither?«
»Auch nicht.«
Er durchforschte seine Gedanken, suchte nach irgendeiner Assoziation, aber der Name sagte ihm absolut nichts.
»Na schön.« Er sah ein, daß es im Augenblick keinen Sinn hatte. »Lassen wir das vorläufig und kommen wir zu meinem Namen – Peter Stride. Was für einen Reim hast du dir darauf gemacht?«
»Zuerst konnte ich mir überhaupt keinen darauf machen, ich war bloß geschockt. Seltsamerweise dachte ich nicht sofort an dich, sondern an eine Verwechslung zwischen Kidnapper und Opfer.«
»Stride?« fragte er nochmals. »Peter Stride? Das versteh' ich nicht.«
»Nun – Melissa-Jane ist auch eine Stride.«
»Ja, natürlich. Man hat dir also nicht den Namen Peter Stride genannt?«
»Nein, bloß Stride.«
»Ich verstehe.« Peter hielt mitten im Schritt inne, als ihm ein Gedanke durch den Kopf ging. Nachdenklich starrte er hinaus auf die Linie, wo der Ozean mit dem blauen Horizont verschmolz.
»Aber später haben sie mir deinen vollen Namen gegeben«, unterbrach sie seine Gedanken.
»Wann?«
»Nachdem wir die Nachricht von Melissa-Janes Befreiung erhalten hatten. Natürlich wollte ich sofort nach Paris zurückkehren – um bei dir zu sein. Es gelang mir, ein Ticket für eine Maschine zu bekommen, die sechs Stunden später vom Flughafen Ben Gurion abflog. Mein Herz jubilierte, Peter. Melissa-Jane war in Sicherheit, und ich war verliebt. Ich würde bald wieder bei dir sein. Und dann, bei der Sicherheitskontrolle vor dem Abflug, nahm mich die Polizistin beiseite und führte mich ins Sicherheitsbüro. Mein Kontaktmann wartete auf mich. Er war eigens zum Flughafen gefahren, um mich noch zu erreichen. Und er war sehr beunruhigt. Sie hatten soeben eine dringende Mitteilung von Kaktusblüte erhalten. General Stride sei nun ganz entschieden von Kalif angestiftet, mich bei der erstbesten Gelegenheit zu ermorden, teilte er mir mit. Ich lachte ihn aus – aber er war todernst. ‚Meine liebe Baronin,

Kaktusblüte ist ein erstklassiger Mann. Sie müssen seine Warnung ernst nehmen', wiederholte er immer und immer wieder.«
Magda zuckte die Achseln. »Ich glaubte es noch immer nicht, Peter. Es war unmöglich. Ich liebte dich, und ich wußte, daß du mich liebst – auch wenn du es dir selbst vielleicht noch nicht eingestanden hattest. Es war verrückt. Aber im Flugzeug hatte ich Zeit nachzudenken. Mein Verbindungsmann zum Mossad hatte sich noch nie geirrt. Kannst du dir mein Dilemma vorstellen – ich sehnte mich so danach, bei dir zu sein, und doch hatte ich nun Angst. Nicht davor, daß du mich töten würdest, das schien mir gar nicht so wichtig – aber davor, daß sich wirklich herausstellen könnte, daß du Kalif bist. Das war es, wovor ich mich fürchtete. Ich hatte noch nie zuvor einen Mann geliebt, verstehst du. Ich glaube, ich hätte es nicht ertragen können.«
Sie schwieg einen Augenblick in Gedanken an ihren Schmerz und ihre Verwirrung, dann schüttelte sie den Kopf und der dichte Schleier ihrer dunklen, schimmernden Haare umfloß knisternd ihre Schultern.
»Als ich in Paris ankam, habe ich mich zuallererst vergewissert, daß ihr beide, du und Melissa-Jane, wohlbehalten auf Abbot's Yew wart. Dann erst begann ich Nachforschungen anzustellen, um herauszufinden, wieviel an Kaktusblütes Warnung dran sei. – Aber ehe ich nichts Näheres wußte, konnte ich es nicht riskieren, mit dir allein zu sein. Jedesmal wenn du versuchtest, mit mir Verbindung aufzunehmen, mußte ich mich verleugnen lassen; und ich hatte das Gefühl, als würde dabei jedesmal ein kleines Stück von mir sterben.«
Sie streckte den Arm aus, nahm seine Hand, öffnete sie und beugte sich hinunter, um seine Handfläche zu küssen; dann hob sie seine Hand an ihre Wange und fuhr fort:
»Hunderte Male sagte ich mir, daß es nicht wahr sein konnte, und war nahe dran, zu dir zu gehen. O Peter! – Schließlich konnte ich es nicht mehr ertragen. An jenem Tag beschloß ich, dich in Orly zu treffen, um der schrecklichen Ungewißheit auf die eine oder andere Weise ein Ende zu machen. Ich hatte die grauen Wölfe mit, wie du sicher noch weißt, und sie waren darauf vorbereitet, daß es

Schwierigkeiten geben könnte. – Ich habe ihnen nicht befohlen, dich zu bewachen«, erklärte sie rasch, als wolle sie versuchen, jede Erinnerung an einen derartigen Verrat aus ihrem Gedächtnis zu streichen, »aber wenn du versucht hättest, mich zu attackieren, hätten sie ...« Sie brach ab und ließ seine Hand los. »In dem Augenblick, in dem du den privaten Warteraum in Orly betratest, sah ich, daß es wahr war. Ich konnte es spüren, es war eine Aura des Todes um dich. Das war der schrecklichste und schmerzlichste Augenblick meines Lebens. Du sahst aus wie ein Fremder – nicht wie der Peter Stride, den ich kannte. Dein ganzes Gesicht schien verändert von Haß und Zorn. Ich küßte dich zum Abschied, weil ich wußte, daß wir einander nie wiedersehen konnten.« Die Erinnerung verdunkelte ihr Gesicht vor Traurigkeit, als wäre der Schatten einer Wolke darübergezogen. »Ich dachte sogar daran, dich zu meinem eigenen Schutz ...« Sie schluckte die Worte hinunter. »... Du warst ein Teil von Kalif, verstehst du, und es wäre nur vernünftig gewesen. Ich gebe zu, daß ich daran dachte, Peter, dich töten zu lassen, bevor du mich töten könntest. – Aber es war nur ein Gedanke, weiter bin ich nicht gegangen. Statt dessen stürzte ich mich in die Arbeit, um mein Leben ertragen zu können. Arbeit ist für mich immer eine Art Opium gewesen. Wenn ich hart genug arbeite, kann ich alles vergessen – aber diesmal funktionierte es nicht. Ich habe es schon gesagt, aber es erklärt so vieles, daß ich es nochmals sagen will. Ich habe nie zuvor geliebt, Peter, und ich konnte dieses Gefühl nicht einfach abschalten. Es quälte mich und ich klammerte mich an meine Zweifel. – Zweifel über die Warnung von Kaktusblüte und an dem, was ich so deutlich auf dem Flughafen Orly gesehen hatte. Es konnte nicht wahr sein, es konnte einfach nicht wahr sein – ich liebte dich und du liebtest mich, es war einfach nicht möglich, daß du meine Ermordung planst. Fast gelang es mir, mich davon zu überzeugen.«
Sie lachte kurz, aber es lag kein Humor in diesem Lachen, nur die Bitterkeit der Ernüchterung.
»Ich bin hierhergekommen«, sie umschrieb das Meer, den Himmel und die Inseln mit einer Geste, »um nicht der Verlockung zu erliegen, zu dir zu gehen. Verkroch mich in dieses Asyl, um von

meinen Wunden zu genesen und langsam über dich hinwegzukommen. Aber es klappte nicht, Peter. Hier war es noch schlimmer. Ich hatte mehr Zeit zum Nachdenken, mehr Zeit, um mich mit wilden Spekulationen und grotesken Theorien zu quälen. Und schließlich erkannte ich, daß es nur einen Weg gab. Ich mußte dich hierherkommen lassen und dir die Gelegenheit geben, mich zu töten.« Sie lachte wieder, doch diesmal ihr warmes, verschleiertes Lachen. »Das war das Verrückteste, was ich je in meinem Leben getan habe – aber ich danke Gott, daß ich es getan habe.«

»Wir sind beide bis zur äußersten Grenze gegangen«, stimmte Peter zu.

»Peter, warum hast du mich nicht ohne Umschweife gefragt, ob ich Kalif bin?« wollte sie wissen.

»Aus demselben Grund, warum du mich nicht ohne Umschweife gefragt hast, ob ich die Absicht hätte, dich zu töten.«

»Ja«, pflichtete sie bei. »Wir waren einfach in dem Netz gefangen, das Kalif für uns gesponnen hat. Ich habe nur noch eine Frage, *chéri*. Wenn ich wirklich Kalif wäre – glaubst du, ich wäre so dumm gewesen, dem Mann, der Melissa-Jane entführt hat, meine Telefonnummer in Rambouillet zu geben und ihn aufzufordern, mich zu einem freundschaftlichen Plausch anzurufen, sooft ihm danach zumute sei?«

Peter machte ein überraschtes Gesicht. »Ich dachte . . .«, begann er, hielt dann aber inne. »Nein, ich habe nichts gedacht. Ich habe überhaupt nicht mehr klar denken können. Natürlich hättest du das nicht getan, obwohl – selbst die schlauesten Verbrecher machen manchmal die elementarsten Fehler.«

»Nicht solche, die ihre Ausbildung in Odessa erhalten haben«, erinnerte sie ihn, schien die Worte aber gleich zu bereuen, denn sie fuhr rasch fort: »Das ist also meine Seite der Geschichte, Peter. Vielleicht habe ich etwas ausgelassen – wenn dir etwas einfällt, Liebling, dann frag mich bitte. Ich werde versuchen, alle Lücken zu füllen.«

Und so begannen sie von vorn, rollten die ganze Geschichte nochmals in allen Einzelheiten auf, suchten nach irgendeinem Detail,

das sie vielleicht beim ersten Erzählen übersehen hatten, und beleuchteten jedes Ereignis kritisch von allen Seiten. Doch obwohl beide ihren Verstand mit äußerster Konzentration einsetzten, fanden sie nicht mehr heraus, als sie bereits wußten.
»Eines dürfen wir keinen Augenblick vergessen – die Überlegenheit des Gegners«, faßte Peter zusammen, als die Sonne sich auf ihrer majestätischen Reise langsam gen Westen herabsenkte, begleitet von Regen- und Haufenwolken, die sich wie Atompilze über den verstreuten kleinen Inseln zu riesigen Amboßklötzen türmten.
»Die ganze Geschichte ist sehr vielschichtig – da überlagert ein Motiv das andere. Mit der Entführung Melissa-Janes wollte man mich nicht nur dazu zwingen, Kingston Parker zu ermorden, sondern auch dich – die sprichwörtlichen zwei Fliegen – und eine dritte wäre noch hinzugekommen. Wenn ich es getan hätte, wäre ich Kalif für immer ausgeliefert gewesen.«
»Was fangen wir nun an, Peter?« fragte sie und übertrug ihm damit stillschweigend die letzte Entscheidung.
»Wie wäre es, wenn wir zunächst einmal nach Hause fahren würden«, meinte er. »Es sei denn, du hast Lust, noch eine weitere Nacht hier draußen zu verbringen.«

Peter stellte fest, daß man seine Sachen diskret aus dem Gästebungalow in das Privathaus der schönen Herrin von *Les Neuf Poissons* gebracht hatte, das auf der Nordspitze der Insel stand.
Seine Toilettenartikel lagen in dem mit Spiegelwänden ausgestatteten großen Badezimmer gleich neben dem der Hausherrin. Seine Kleider, frisch gereinigt und gebügelt, hingen in der 14 Quadratmeter großen begehbaren Garderobe, die durch eine Zwischenwand vom Ankleidezimmer getrennt war. Peter durchmaß die Garderobe mit großen Schritten und rechnete sich aus, daß man dreihundert Anzüge brauchen würde, um sie anzufüllen. Neben den Hängevorrichtungen gab es auch noch Kästen mit ausschwenkbaren Fächern für rund dreihundert Hemden und Stellagen für etwa hundert Paar Schuhe. Doch alles war leer.
Sein leichter Baumwollanzug wirkte so einsam wie ein einziges Kamel mitten in der Sahara. Seine Schuhe waren so glänzend po-

liert, wie nicht einmal sein Bursche beim Militär es je zustande gebracht hatte. Gegen seinen Willen sah er sich rasch nach irgendwelchen Hinweisen auf einen früheren Benützer dieses Raumes um – und war auf geradezu lächerliche Weise erleichtert, keine zu finden.

»Ich könnte es lernen, so spartanisch zu leben«, erklärte er seinem Spiegelbild, als er sich das dunkle, von der Feuchtigkeit gelockte Haar aus der Stirn kämmte.

Das Wohnzimmer der Suite war durch Stufen in drei Ebenen gegliedert, mit Peddingrohrmöbeln eingerichtet und mit üppigen tropischen Pflanzen geschmückt, die in antiken griechischen Amphoren oder in den fließenden Design des Raumes passenden Steingärten wuchsen. Die Kriechpflanzen harmonierten sehr stilvoll mit dem Dschungelmuster der Vorhänge und der exotischen Vegetation in den üppigen Gärten jenseits der hohen Panoramafenster. Der Raum war angenehm kühl und einladend, und das Summen der Klimaanlage wurde vom Plätschern eines Wasserfalls übertönt, der über eine raffiniert gestaltete, sich über die ganze Länge einer geschwungenen Seitenwand des Raumes erstrekkende Felswand rieselte. Im klaren Wasser der kleinen Teiche, in die sich der Wasserfall ergoß, tummelten sich tropische Fische, und der Duft der Blumen, die in dem gedämpften Licht leuchteten, erfüllte den Raum.

Eine der kleinen goldbraunen Polynesierinnen kam mit einem Tablett mit vier großen, beeisten Gläsern herein, und hielt es Peter zur Auswahl hin. Sie waren alle mit Früchten gefüllt, und er roch das süße, volle Aroma des Rums, das sich mit dem fruchtigen Duft des Obstes mischte. Ihm schwante, daß dieser Fruchtcocktail umwerfend stark sein würde, und er bat um einen Whisky, lenkte aber gleich ein, als die Augen des Mädchens vor Enttäuschung feucht wurden.

»Ich mache sie selbst«, jammerte sie.

»Ja dann . . .« Sie wartete ängstlich, während er daran nippte.

»Köstlich!« rief er aus, und sie kicherte dankbar und wackelte wie ein glücklicher kleiner Hund mit dem Hinterteil unter dem kurzen *Pareo,* als sie davonging.

Dann kam Magda herein, in einem Chiffonkleid, das so hauchzart war, daß es sie wie ein feiner grüner Dunstschleier umfloß, durch den ihre Beine hindurchschimmerten, als das Licht darauf fiel. Er fühlte, wie ihm beinahe der Atem stockte, als sie auf ihn zukam, und fragte sich, ob er sich je an den Anblick ihrer Schönheit gewöhnen würde.
Sie nahm ihm das Glas aus der Hand und kostete.
»Gut«, sagte sie und gab es ihm zurück. Doch als das Mädchen wieder mit dem Tablett kam, lehnte sie lächelnd ab.
Arm in Arm gingen sie durch den Raum, und Magda zeigte ihm die selteneren Pflanzen und Fische.
»Ich habe diesen Flügel nach Aarons Tod bauen lassen«, erklärte sie, und ihm wurde bewußt, daß sie ihn wissen lassen wollte, daß dieser Teil des Hauses keine Erinnerungen an einen anderen Mann barg. Es belustigte ihn ein wenig, daß sie das offenbar für wichtig hielt – doch dann dachte er daran, wie er selbst sich verstohlen in dem Ankleideraum nach irgendwelchen Anzeichen eines verflossenen Liebhabers umgesehen hatte, und die Belustigung verflog.
Eine Wand des Speisezimmers bestand zur Gänze aus Panzerglas, und dahinter tummelten sich Korallenfische, die wie lebendige Juwelen in den gedämpft beleuchteten Meereshöhlen leuchteten, und die Blätter herrlicher Seepflanzen wiegten sich in sanften, unsichtbaren Strömungen.
Magda ließ die Fauteuils umstellen, so daß sie Seite an Seite auf dem niedrigen, zweisitzigen Sofa gegenüber dem Aquarium Platz nehmen konnten.
»Ich möchte dich von nun an immer ganz neben mir haben«, erklärte sie und suchte von den Servierplatten besondere Leckerbissen für seinen Teller aus.
»Das ist eine Spezialität von *Les Neuf Poissons*, die du sonst nirgends auf der Welt bekommst.« Sie nahm kleine Tiefsee-Schalentiere aus einer dampfenden kreolischen Sauce aus Gewürzkräutern und Kokosbutter, und zum Schluß schälte sie mit ihren schlanken Fingern australische eisgekühlte Trauben, entfernte geschickt wie ein Chirurg mit ihren langen perlmuttrosa Fingernägeln die

Kerne, und steckte ihm die Früchte mit Daumen und Zeigefinger zwischen die Lippen.
»Du verwöhnst mich«, sagte er lächelnd.
»Ich hatte als kleines Mädchen nie eine Puppe«, erklärte sie, ebenfalls lächelnd.
Eine steinerne Wendeltreppe führte hinunter zum fünfzehn Meter tiefer gelegenen Strand, und sie ließen ihre Schuhe auf der letzten Stufe stehen und gingen mit bloßen Füßen über den glatten, feuchten Sand, den die zurückweichende Flut so fest zusammengepreßt hatte, daß er hart war wie Beton. Der Mond war noch fast voll und warf einen gelben Lichtstreifen über den Horizont.
»Wir müssen dafür sorgen, daß Kalif glaubt, er hätte Erfolg gehabt«, sagte Peter plötzlich und fühlte sie neben sich zittern.
»Ich wünschte, wir könnten Kalif für eine Nacht vergessen.«
»Wir können es uns nicht leisten.«
»Nein, da hast du recht. Und was wollen wir tun, damit er das glaubt?«
»Du mußt sterben ...« Er fühlte ihren Körper steif werden.
»... Ich meine, es muß so aussehen, als wärest du tot, als hätte ich dich umgebracht.«
»Erklär mir das genauer«, forderte sie ihn ruhig auf.
»Du hast mir erzählt, du hättest für den Fall, daß du plötzlich verschwinden mußt, bestimmte Vorkehrungen getroffen.«
»Ja, das ist richtig.«
»Was würdest du tun, wenn du von hier verschwinden müßtest?«
Sie dachte nur einen Augenblick nach. »Pierre würde mich mit dem Flugzeug nach Bora-Bora bringen. Dort habe ich Freunde. Gute Freunde. Dann würde ich mit einem anderen Paß mit der offiziellen Fluglinie nach Tahiti-Faaa weiterfliegen, und von dort, unter demselben Namen, mit einem Linienflugzeug nach Kalifornien oder Neuseeland.«
»Hast du Papiere auf einen anderen Namen?« fragte er.
»Ja natürlich.«
Die Frage schien sie so zu überraschen, daß er fast schon erwartete, sie würde sagen »hat die nicht jeder?«
»Gut«, sagte er. »Und hier werden wir einen sehr verdächtigen

Unfall in Szene setzen. Einen Tauchunfall – Angriff eines Hais im tiefen Wasser – keine Leiche.«
»Was bezweckst du mit all dem, Peter?«
»Wenn Kalif glaubt, daß du tot bist, wird er keinen weiteren Versuch machen, dich umbringen zu lassen.«
»Gut«, stimmte sie zu.
»Du bleibst so lange offiziell tot, bis wir Kalif aus seinem Versteck gelockt haben«, sagte Peter, und es klang wie ein Befehl, aber sie protestierte nicht, und er fuhr fort. »Und wenn ich also – indem ich dich töte – Kalifs offenkundigen Wunsch erfülle, so wird mich das für ihn sehr wertvoll machen. Ich werde mich bewährt haben, also wird er mich zu schätzen wissen. Und das wird mir eine weitere Chance geben, an ihn heranzukommen. Oder zumindest eine Chance, einige vage Vermutungen zu überprüfen.«
»Allzu überzeugend dürfen wir meinen Tod aber nicht inszenieren, Liebster. Die Polizei von Tahiti schätzt mich sehr«, murmelte sie. »Es wäre mir schrecklich, wenn du in Tuarruru unter der Guillotine enden müßtest.«

Peter erwachte vor ihr, stützte sich auf einen Ellbogen und beugte sich über sie, um ihr Gesicht zu studieren. Entzückt betrachtete er den Schwung ihrer hohen, breiten Backenknochen, immer wieder Neues entdeckend: die samtige Beschaffenheit ihrer Haut, die so zart war, daß man die Poren nur aus allernächster Nähe sah, die dichte, dunkle Palisade der gebogenen Wimpern, die ihre Lider im Schlaf zu versiegeln schienen – und doch sprangen sie ganz plötzlich auf, die riesigen schwarzen Teiche ihrer Pupillen verengten sich, und er bemerkte zum ersten Mal, daß die Iris ihrer Augen nicht vollkommen grün war, sondern ein wenig mit Gold und Violett gesprenkelt.
Die Überraschung, ihn über sich gebeugt zu sehen, verwandelte sich langsam in Freude, und sie hob die Arme über den Kopf und streckte und räkelte sich wie ein fauler Panther beim Erwachen. Die Satindecke rutschte ihr bis zur Taille hinunter, und sie streckte sich ein wenig länger als notwendig, stellte bewußt ihren Körper zur Schau.

»Jeder Morgen meines Lebens, an dem du nicht neben mir warst, als ich erwachte, war verschwendet«, murmelte sie, hob ihm die ausgestreckten Arme entgegen, schlang sie um seinen Hals, den Rücken immer noch gestreckt, so daß ihre großen dunkelroten Brustwarzen sanft über die rauhen dunklen Haare auf seiner Brust strichen.
»Laß uns so tun, als würde das nie zu Ende gehen«, wisperte sie, ihre Lippen waren ganz knapp vor den seinen, und ihr Atem duftete wie eine voll erblühte Rose, schwer und süß von Vitalität und aufkeimender Leidenschaft. Ihre Lippen öffneten sich leicht, verschmolzen warm und weich auf den seinen, und sie saugte seine Zunge tief in ihren Mund, mit einem leisen, sehnsüchtigen Stöhnen. Ihr fester, schlanker Körper preßte sich an ihn, sie löste die Hände von seinem Nacken und strich ihm über die Wirbelsäule, und ihre langen, spitzen Fingernägel bohrten sich so heftig in seine Haut, daß es beinahe schon schmerzte. Seine Erregung kam so rasch, mit so brutaler Härte, daß sie abermals aufstöhnte, und dann entspannte sich ihr Körper, schien plötzlich ganz weich zu werden und zu zerfließen wie Wachs, das der Flamme zu nahe gekommen ist, ihre geschlossenen Lider zitterten und ihre Schenkel fielen auseinander.
»So stark ...«, flüsterte sie tief in der Kehle, und er bäumte sich über ihr auf, fühlte sich herrlich und unbesiegbar.
»Peter, Peter«, schrie sie. »O ja, so ist es gut. Bitte mach weiter so.«
Beide strebten wonnetrunken dem Augenblick höchster Beseligung zu, in dem jeder sein Ich verlieren und für einen flüchtigen Augenblick Teil der Göttlichkeit werden konnte.
Danach lagen sie lange Zeit auf dem Rücken ausgestreckt nebeneinander in dem riesigen Bett, ohne einander zu berühren, nur die Finger ineinander verflochten wie zuvor ihre Körper.
»Ich werde verschwinden«, wisperte sie, »weil es sein muß, aber nicht jetzt. Noch nicht.«
Er antwortete nicht, die Anstrengung überstieg seine Kräfte, und sie sprach weiter, mit einer Stimme, die träge klang vom Übermaß an Glück.
»Ich will einen Handel mit dir schließen. Gib mir noch drei Tage,

um so glücklich zu sein wie jetzt. Es ist das erste Mal für mich. Ich habe so etwas noch nie erlebt, und es könnte das letzte Mal sein . . .«
Er versuchte zu widersprechen, doch sie hieß ihn schweigen, indem sie leicht seine Finger drückte, und fuhr fort.
»Es könnte das letzte Mal sein«, wiederholte sie. »Und ich will es voll auskosten. Drei Tage, in denen wir nie von Kalif reden, in denen wir nicht an all das Blut, das erbitterte Ringen und Leid da draußen denken. Wenn du mir das gibst, werde ich alles tun, was du von mir verlangst. Einverstanden, Peter? Sag mir, daß wir diese drei Tage haben können.«
»Ja, wir können sie haben.«
»Dann sag mir noch einmal, daß du mich liebst. Ich glaube, ich kann es nicht oft genug hören.«
Er sagte es noch oft in diesen verzauberten Tagen, und sie hatte die Wahrheit gesprochen. Es beglückte sie jedesmal von neuem, sooft er es auch sagte.
Sie waren immer beieinander in diesen Tagen, was immer sie auch taten. Ob sie nun Seite an Seite auf Schiern durch das warme seichte Wasser der Lagune brausten, weit zurückgelehnt, mit durchstreckten Armen an der Schleppleine hängend und sprühende Fontänen aus der Wasseroberfläche schneidend, wenn sie in einem wiegenden *pas de deux* über das schäumende, wogende Wasser flogen, laut in den Wind und das Motorengetöse der *Chris-craft* lachend, während Hapiti, der polynesische Bootsmann, sich auf der Brücke umdrehte und mit einem breiten, weißblitzenden Grinsen voller Verständnis ihrem Vergnügen zusah . . .
. . . oder wenn sie langsam und flossenschlagend durch geheimnisvolle, blauschillernde Tiefen glitten, in denen das Pfeifen und Zischen der Atemgeräte, das sanfte Plätschern und das ewige Säuseln und Rauschen, der Pulsschlag des Ozeans, die einzigen Geräusche waren; wenn sie, einander an den Händen haltend, zu dem langen versunkenen Rumpf des von einem schwingenden Wald von Seepflanzen überwucherten japanischen Flugzeugträgers hinuntertauchten, in dem es von einer faszinierenden Vielzahl schöner und bizarrer Tiere wimmelte . . .
. . . wenn sie geräuschlos an der Stahlfront des gekippten Flug-

decks hinunterglitten, das bis auf den Grund des Ozeans hinabzureichen schien, so daß plötzlich eine gespenstische Angst in ihnen aufstieg, von allem abgeschnitten zu sein und in Tiefen hinunterzustürzen, in denen das blaue Licht sich in schwarzes Nichts auflöste ...

... wenn sie anhielten und durch die Glaswände ihrer Gesichtsmasken in die klaffenden Wunden schauten, die Bomben und Sprengkörper in den stählernen Rumpf geschlagen hatten und dann – vorsichtig wie Kinder, die sich in ein Spukschloß schleichen – in diese grausamen Kavernen eindrangen und triumphierend mit Netzen voller Trophäen – Münzen, Besteck, Messing und Porzellan – herauskamen ...

... wenn sie Hand in Hand im Sonnenlicht nackt über die einsamen Strände der äußeren Insel schlenderten ...

...wenn sie bei Springflut in der Brandung des Hauptkanals nach Fischen angelten und aufgeregt schrien, sooft die großen goldenen Amberfische mit spiegelglänzenden Bäuchen im Kielwasser hochkamen und an den tanzenden Federköchern zerrten, so daß die Angelrollen protestierend kreischten und die Ruten aus Fiberglas auf und ab hüpften ...

...wenn sie weit draußen durch die ehrfurchtsgebietende Stille des unendlichen Ozeans glitten und selbst die verwischten Umrisse der Inseln manchmal minutenlang hinter den schäumenden Wellenkämmen versanken, wenn nur die Takelage knirschte und wisperte, das Hauptsegel sich zitternd im Wind bauschte und der Rumpf der großen Hobie-Kat mit leisem Knistern durch die Dünung schnitt ...

... wenn sie bei Mondlicht über die langgeschwungenen Strände schlenderten und nach den Himmelskörpern suchten, die sich so selten auf dem verhangenen Himmel Europas zeigen – Orion, der Jäger, und die Sieben Schwestern – und die selteneren Konstellationen dieser vom großen Kreuz des Südens beherrschten Hemisphäre entdeckten ...

Und jeder Tag begann und endete mit den Wundern und Geheimnissen des runden Bettes, mit Liebe, die ihre Körper und Seelen mit jedem Mal fester aneinanderschmiedete.

Und dann, am vierten Tag, erwachte Peter, und sie war fort. Und einen Augenblick durchzuckte ihn das schreckliche Gefühl, alles verloren zu haben.
Als sie zurückkam, konnte er sie im ersten Augenblick nicht erkennen.
Dann bemerkte er, daß sie ihre lange dunkle Mähne so kurz geschnitten hatte, daß das Haar sich in kleinen Locken eng an ihren Kopf schmiegte wie die Blütenblätter einer dunklen Blume. Sie wirkte dadurch noch größer, ihr Hals, der wie ein Blütenstengel den gelockten Kopf trug, noch länger, zarter und schwanenähnlicher.
Sie sah, wie er sie anstarrte, und erklärte in beiläufigem Ton: »Ich hielt eine kleine Veränderung für notwendig, wenn ich mit einer neuen Identität verschwinden soll. Das Haar kann ich wieder wachsen lassen, wenn du es lang lieber hast.«
Sie wirkte völlig verändert; die träge, verliebte Stimmung war wieder der energischen und sachlichen Tüchtigkeit von früher gewichen. Während sie ein letztes Mal gemeinsam frühstückten – süße gelbe Papayas und frisch gepreßten Limonellensaft –, blätterte sie rasch die Dokumente in der braunen Mappe durch, die ihr Sekretär schweigend neben ihren Teller gelegt hatte, und erklärte Peter, was sie vorhatte.
In der Mappe war ein roter israelischer Diplomatenpaß.
»Ich werde den Namen Ruth Levy annehmen ...«, sie ergriff den dicken Block von Flugtickets, »... und ich habe beschlossen, nach Jerusalem zurückzukehren. Ich habe dort ein Haus, aber nicht unter meinem Namen. Ich glaube nicht, daß außer dem Mossad irgend jemand davon weiß. Es wird ein idealer Stützpunkt sein, in der Nähe meines Mossads-Verbindungsmannes. Ich werde versuchen, dich so gut ich kann zu unterstützen und weitere Informationen zu bekommen, die dir bei deiner Jagd helfen können ...«
Sie reichte ihm einen Notizzettel, auf den etwas getippt war.
»Das ist eine Telefonnummer des Mossad, auf der du Nachrichten für mich hinterlassen kannst. Unter dem Namen Ruth Levy.«
Er prägte sich die Nummer ein, während sie weitersprach, und zerriß dann den Zettel.

»Ich habe einige kleine Änderungen im Zusammenhang mit meiner Abreise vorgenommen«, teilte sie ihm mit. »Wir werden die *Chris-craft* nehmen, um nach Bora-Bora hinüberzufahren. Es sind nur hundert Meilen. Ich werde meine Freunde über Funk verständigen, und sie werden mich nach Einbruch der Dunkelheit vor der Küste erwarten.«
Sie näherten sich der Insel durch eine enge Passage im Korallenriff. Alle Lichter auf der *Chris-craft* waren abgedreht, und Magdas Bootsmann konnte sich nur nach dem schwachen Lichtschimmer des abnehmenden Mondes und nach seiner genauen Kenntnis der Inseln orientieren.
»Ich wollte, daß Hapiti sieht, daß ich lebendig an Land gegangen bin«, flüsterte sie und lehnte sich an Peters Brust, um aus den letzten gemeinsamen Minuten Trost zu schöpfen. »Ich habe nicht übertrieben, als ich sagte, wie gefährlich es für dich werden könnte, wenn die Leute hier das glauben, was wir Kalif glauben machen wollen. Hapiti wird den Mund halten«, versicherte sie ihm, »und wird deine Geschichte von einem Haifischangriff bekräftigen, solange du ihm nicht befiehlst, die Wahrheit zu sagen.«
»Du denkst an alles.«
»Ich habe Sie eben erst gefunden, Monsieur«, sagte sie und lachte leise. »Ich möchte Sie nicht schon wieder verlieren. Ich habe sogar beschlossen, bei meiner Durchreise ein Wort mit dem Polizeichef von Tahiti zu reden. Er ist ein alter Freund. Bestelle meinem Sekretär, er soll Tahiti über Funk verständigen, wenn du wieder auf *Les Neuf Poissons* bist ...«
Ruhig sprach sie weiter, erklärte ihm jede Einzelheit der getroffenen Vorkehrungen, und er konnte keinen Fehler finden. Ein leiser Ruf aus der Dunkelheit unterbrach sie, und Hapiti schaltete die Dieselmotoren aus. Sie trieben näher an die verschwommenen Umrisse der Insel heran, ein Kanu stieg gegen den Schiffsrumpf, und Magda eilte in Peters Arme und hob ihren Mund dem seinen entgegen.
»Bitte gib acht, Peter«, war alles, was sie sagte, dann riß sie sich los und stieg hinunter in das Kanu, und Hapiti reichte ihr den Koffer

nach, ihr einziges Gepäckstück. Das Kanu stieß sofort ab und verschwand in der Dunkelheit. Peter konnte ihr nicht einmal nachwinken, und das war ihm auch lieber so; dennoch blieb er stehen und starrte über das Heck hinaus in die Nacht, während die *Chriscraft* sich durch die Finsternis ihren Weg zurück zum Kanal suchte.

Er hatte ein leeres Gefühl in der Brust, als fehle ihm ein Stück von sich selbst; er versuchte die Leere mit einer Erinnerung an eine Szene mit Magda zu füllen, die ihn amüsiert hatte, weil sie ein charakteristisches Beispiel für ihren rasch funktionierenden, pragmatischen Verstand war.

»Wenn die Neuigkeit von deinem Tod auf dem Börsenmarkt bekannt wird, werden die Altmann-Aktien einen schwindelerregenden Kurssturz erleben.« Der Gedanke war ihm plötzlich mitten in ihrer letzten Besprechung an diesem Morgen gekommen. »Daran habe ich bisher gar nicht gedacht.« Die Komplikation beunruhigte ihn.

»Ich schon«, lächelte sie heiter. »Ich schätze, daß ich in den ersten Wochen nach dem Bekanntwerden der Neuigkeit an die hundert Francs pro Aktie verlieren werde.«

»Macht dir das gar nichts aus?«

»Eigentlich nicht.« Sie betrachtete ihn mit einem verschmitzten Lächeln. »Ich habe heute früh per Fernschreiber einen Kaufantrag an Zürich durchgegeben. Ich rechne mit einem Gewinn von nicht weniger als hundert Millionen Francs, wenn die Aktien wieder steigen.« Wieder ein schelmisches Aufblitzen in den grünen Augen. »Irgendwie muß ich schließlich für alle diese Unannehmlichkeiten entschädigt werden, glaubst du nicht?«

Doch obwohl er in Erinnerung an diese Szene immer noch lächelte, blieb das Gefühl der Leere in seiner Brust.

Pierre brachte die tahitischen Polizisten mit dem Flugzeug auf *Les Neuf Poissons*, und es folgten zwei Tage mit Verhören und Protokollaufnahmen. Fast jeder wollte eine Aussage zu Protokoll geben, selten hatte es so viel Aufregung auf der Insel gegeben. Fast alle Aussagen waren glühende, mit tränenreichen Wehklagen

vorgebrachte Lobeshymnen auf „La Baronne". Nur Hapiti hatte Informationen aus erster Hand und holte das Beste aus seiner wichtigen Position heraus, indem er die Geschichte bilderreich und kunstvoll ausschmückte. Er war sogar in der Lage, den Hai als einen „Dead White" zu identifizieren. – Die englische Bezeichnung überraschte Peter, doch dann fiel ihm ein, daß es in der Videobibliothek der Insel eine Kassette von dem Film *Der weiße Hai* gab, aus dem sich der große Bootsmann zweifellos seine Anregungen geholt hatte. Hapiti schilderte die Fangzähne des Raubfisches – „so lang und scharf wie ein Buschmesser" – und gab eine schreckliche Imitation des Geräusches zum besten, mit dem diese Zähne sich in „La Baronne" gegraben hatten. Peter hätte ihm gerne den Mund gestopft, damit er sich von seiner Phantasie nicht zu weit mitreißen lasse, doch der Polizeisergeant war sehr beeindruckt und ermunterte Hapiti mit erstaunten Ausrufen zu weiteren schöpferischen Ausführungen.
Am letzten Abend wurde auf dem Strand ein Trauerfest für Magda abgehalten. Es war ein bewegendes Ritual, und Peter fühlte sich seltsam ergriffen, als die Frauen der Insel schwankend und wehklagend am Ufer standen und Kränze aus Frangipaniblüten ins Wasser warfen, damit die Flut sie aufs offene Meer hinaustrage.
Am nächsten Morgen flog Peter zusammen mit den Polizisten nach Tahiti-Faaa zurück, und sie blieben bei ihm und flankierten ihn diskret auf der Fahrt zum Gendarmeriehauptquartier in der Stadt. Sein Gespräch mit dem Polizeichef verlief kurz und höflich – Magda war offensichtlich vor ihm dagewesen. Und wenn sie einander auch nicht gerade zunickten oder zuzwinkerten, so verabschiedete sich der Kommissar doch mit einem kräftigen, freundlichen Händedruck von Peter.
»Jeder Freund der Baronin ist auch unser Freund«, sagte er, das Präsens benutzend, und ließ Peter in einem Dienstwagen zurück zum Flughafen bringen.
Der UTA-Flug senkte sich durch die schwefelige gelbe Smogschicht, die zwischen Meer und Bergen hing und in den Augen brannte, zur Landung in Kalifornien. Peter verließ den Flughafen nicht, sondern zog sich auf der Herrentoilette ein frisches Hemd

an, rasierte sich, und besorgte sich dann in der Pan-Am-Wartehalle erster Klasse ein Exemplar des *Wall Street Journal*. Es trug das Datum vom Vortag, und der Bericht über Magda Altmanns Tod stand auf Seite drei. Er war eine volle Spalte lang, und Peter stellte erstaunt fest, wie stark der Altmann-Konzern mit der amerikanischen Finanzszene verflochten war. Der Artikel enthielt eine Aufstellung der Aktienanteile, danach folgte eine Zusammenfassung über die Karriere Baron Aaron Altmanns und seiner Witwe. Der Bericht erwähnte auch die von der tahitischen Polizei offiziell bekanntgegebene Todesursache: „Haifischangriff" beim Tiefseetauchen in Begleitung eines Freundes – General Peter Stride. Peter empfand eine grimmige Befriedigung darüber, daß sein Name genannt wurde. Kalif würde ihn lesen, wo immer er auch sein mochte, und würde die entsprechenden Schlüsse daraus ziehen. Peter konnte nun damit rechnen, daß etwas geschehen würde. Er wußte nicht genau was, aber er fühlte, daß er näher ans Zentrum angezogen wurde wie ein Stückchen Eisen von einem Magneten.

Es gelang ihm, eine Stunde in einem der großen Fauteuils zu schlafen, bevor die Hostess ihn für den Pan-Am-Polarflug nach London-Heathrow weckte.

Vom Flughafen Heathrow rief er seine Schwägerin Pat an, und sie war aufrichtig erfreut, seine Stimme zu hören.

»Steven ist in Spanien, aber ich erwarte ihn morgen vor dem Lunch zurück, das heißt, wenn seine Besprechungen so verlaufen, wie er es sich vorstellt. Sie wollen in San Sebastian einen Golfplatz mit sechsunddreißig Löchern bauen ...« Stevens Gesellschaften besaßen einen Komplex von Urlauberhotels an der spanischen Küste. »... und Steven mußte die Sache mit den spanischen Behörden besprechen. Aber komm doch gleich heut abend nach Abbot's Yew. Alex und Priscilla sind da, und fürs Wochenende haben wir eine lustige Hausparty geplant ...« Er hörte, wie sich plötzlich ein berechnender Tonfall in Pats Stimme schlich, als sie instinktiv in Gedanken die Liste potentieller Ehegattinnen für Peter durchging.

Nachdem er die Einladung angenommen und den Hörer wieder aufgelegt hatte, rief er in Cambridge an und war erleichtert, als Cynthias Mann, George Barrow, ans Telefon kam.

Ein bolschewistischer Intellektueller ist mir allemal noch lieber als eine neurotische Exgattin, dachte er, während er Melissa-Janes Stiefvater herzlich begrüßte. Cynthia war bei einem Treffen der Vereinigung von Ehefrauen der Professoren und Melissa-Jane bei einer Probe für die Aufführung eines Stückes von Gilbert und Sullivan durch die Theatergruppe von Cambridge.

»Wie geht es ihr?« wollte Peter wissen.

»Ich glaube, sie hat die Geschichte jetzt ganz überwunden, Peter. Die Hand ist völlig verheilt, und sie scheint sich auch sonst beruhigt zu haben ...« Sie sprachen noch ein paar Minuten, doch dann ging ihnen der Gesprächsstoff aus. Die beiden Frauen waren alles, was sie miteinander verband.

»Sag Melissa-Jane, ich laß sie ganz besonders herzlich grüßen«, trug Peter ihm auf. Auf dem Weg zum Avis-Schalter kaufte er sich eine Nummer der *Financial Times.* Er mietete sich einen Kompaktwagen, und während er auf ihn wartete, blätterte er rasch die Zeitung durch und suchte nach einer Erwähnung Magda Altmanns. Er fand das Gesuchte im Inneren des Blattes; der Artikel war eindeutig die Fortsetzung eines früheren Berichts über ihren Tod. Die Reaktion an der Londoner Börse und an den Börsen des Kontinents war sehr heftig gewesen – der Kurssturz der Altmann-Aktien hatte die von Magda erwarteten hundert Francs bereits überschritten. Auch sein Name wurde im Zusammenhang mit den Begleitumständen ihres Todes nochmals genannt. Er war sehr befriedigt über diese Publicity und über Magdas kluge Voraussicht, ihre eigenen Aktien aufzukaufen. Aber irgendwie schien alles fast ein wenig zu glatt zu gehen. Er spürte ein ahnungsvolles, unheilkündendes Prickeln über die Wirbelsäule kriechen – sein Privatbarometer für drohende Gefahr.

Wie stets hatte er bei seiner Ankunft auf Abbot's Yew das Gefühl heimzukommen. Pat erwartete ihn auf der mit Kies bestreuten Hauptzufahrt, küßte ihn mit schwesterlicher Zuneigung und hängte sich bei ihm ein, um ihn in das anheimelnde alte Haus zu führen.

»Steven wird sich sehr freuen«, versprach sie. »Ich nehme an, er

wird heute abend anrufen. Das macht er immer, wenn er unterwegs ist.«
Im Gästezimmer, aus dessen Fenstern sich der Ausblick auf die Stallungen bot und das stets für Peter reserviert war, lag ein brauner Telegrammumschlag auf dem Nachtkästchen. Das Telegramm war auf dem Flughafen Ben-Gurion in Tel Aviv aufgegeben worden und enthielt ein einziges Wort – das Codewort, mit dem Magda ihm wie vereinbart mitteilte, daß sie gut und ohne Zwischenfälle angekommen war. Er verspürte einen heftigen Stich der Sehnsucht, und als er später in der randvoll mit heißem Wasser gefüllten Badewanne lag, dachte er an Magda und an Einzelheiten ihrer Gespräche und gemeinsamen Erlebnisse, die ihm plötzlich ungeheuer wertvoll erschienen.
Als er sich abtrocknete, betrachtete er sich mit kritischen Augen in dem vom Dampf beschlagenen Badezimmerspiegel. Seine Figur war schlank und sportgestählt, und die pazifische Sonne hatte ihn dunkelbraun gebrannt wie einen arabischen Wüstensohn. Er betrachtete das Spiel seiner Muskeln unter der gebräunten Haut, und wußte, daß er geistig und körperlich so gut in Form war wie nur je. Er war froh darüber, daß Magda außerhalb der Reichweite von Kalifs Klauen war, und er seine ganze Energie auf das, wie sein Instinkt ihm sagte, letzte Stadium der Jagd konzentrieren konnte.
Das Handtuch um die Hüften gewickelt ging er hinüber in sein Schlafzimmer und streckte sich auf dem Bett aus, um bis zur Cocktailstunde in Pat Strides streng geführtem Haushalt ein wenig auszuruhen.
Er fragte sich, was ihn eigentlich so sicher machte, daß dies die Fährte sein mußte, die ihn zu Kalif führen würde; die Chance schien so winzig, und doch war er so felsenfest davon überzeugt, als wäre sein Herz selbst zu Stein geworden.
Der Gedanke machte ihn stutzig, und er grübelte abermals über den Wandel nach, der sich in ihm vollzogen hatte, seit er das erste Mal Kalifs üblem Einfluß ausgesetzt gewesen war. Das unheilvolle Miasma der Verderbtheit, das sich um Kalif herum auszubreiten schien wie der giftige Dunst eines krankheitserregenden Sumpfes, schien ihn völlig eingehüllt zu haben.

Er dachte wieder daran, wie er in Johannesburg das blonde Mädchen getötet hatte. Es kam ihm vor, als wäre es vor tausend Jahren gewesen, und fast ein wenig überrascht machte er sich klar, daß es erst einige Monate und keineswegs Jahre her war.
Er dachte daran, wie er bereit gewesen war, Kingston Parker und Magda Altmann zu töten – und es wurde ihm bewußt, daß die Berührung mit der Gewalt den Menschen verrohen läßt, daß sie imstande ist, Prinzipien und Überzeugungen, mit denen er fast vierzig Jahre gelebt und die er für unantastbar gehalten hatte, auszuhöhlen.
Wenn das wirklich so war, was kam dann nach Kalif – falls es ihm gelingen würde, ihn zu vernichten? Würde er je wieder derselbe Mensch sein wie zuvor? Hatte er die Grenzen gesellschaftlichen Verhaltens und sozialen Gewissens zu weit überschritten? Würde er je zurückgehen können? Er war sich nicht sicher. Dann dachte er an Magda Altmann und erkannte, daß sie seine Hoffnung für die Zukunft war. Nach Kalif würde Magda kommen.
Er sagte sich, daß diese Zweifel ihn zermürbten. Er durfte sich nun durch nichts ablenken lassen, jetzt, wo er sich wieder mit seinem Gegner in der Kampfarena befand. Keine Ablenkungen, keine Zweifel – nur völlige Konzentration auf die bevorstehende Auseinandersetzung.
Er erhob sich vom Bett und begann sich anzukleiden.

Wie Pat es vorhergesagt hatte, war Steven entzückt, Peter wieder bei sich auf Abbot's Yew zu haben.
Auch er war von seinem kurzen Aufenthalt in Spanien braungebrannt, aber er hatte wieder zugenommen, ein paar Pfund zwar nur, doch bald würde sich sein Übergewicht zu einem ernsten Problem auswachsen. Gutes Essen und Trinken sind die Berufsrisiken des Erfolgs – die augenfälligsten, wenn auch nicht die gefährlichsten Versuchungen, denen ein Mann ausgesetzt ist, der genügend Geld hat, um sich jeden Wunsch zu erfüllen.
Beim Lunch beobachtete Peter seinen Bruder unauffällig, studierte das gutgeschnittene Gesicht, das dem seinen so ähnlich war – die gleichen dichten Brauen, die gleiche gerade aristokratische

Nase – und das sich doch in kleinen, aber wichtigen Details so sehr von seinem unterschied; und das lag nicht nur an Stevens dickem, dunklem Schnurrbart.

»Na ja, hinterher läßt sich immer leicht reden«, sagte Peter sich, als er seinen Zwillingsbruder betrachtete und die Kleinigkeiten bemerkte, die erst jetzt von Bedeutung schienen. Die enger beisammen stehenden Augen – etwas zu eng vielleicht, so daß sie immer noch ein wenig kalt und grausam zu glitzern schienen, selbst wenn Steven sein tiefes, übertrieben schallendes Lachen von sich gab –, den Mund, der selbst beim Lachen zu hart, zu entschlossen war, der Mund eines Mannes, der nicht bereit war, seinem Ehrgeiz Zügel anzulegen, keine Durchkreuzung seiner Pläne dulden würde. Oder kommt mir das bloß jetzt so vor? fragte Peter sich. Es ist so leicht, das zu sehen, was man zu sehen erwartet.

Die Unterhaltung während des Essens drehte sich fast ausschließlich um die Flachrennsaison, die am vergangenen Wochenende in Doncaster eröffnet worden war, und Peter beteiligte sich fachmännisch an dem Gespräch. Doch während er plauderte, schweiften seine Gedanken in die Vergangenheit, zu den kleinen Zwischenfällen, die ihn vielleicht mehr beunruhigt hätten, wenn er sie nicht sofort unter einer instinktiven und bedingungslosen Loyalität gegenüber seinem Zwillingsbruder begraben hätte.

Da war der Hinauswurf Stevens aus Sandhurst, den Peter selbstredend für ungerecht gehalten hatte. Kein Stride war zu dem fähig, was man Steven vorgeworfen hatte, und er hatte es nicht einmal für nötig befunden, mit seinem Bruder darüber zu reden. Er hatte ihm mit einem Handschlag und ein paar verlegen gemurmelten Worten zu verstehen gegeben, daß er zu ihm stand.

»Danke Peter, ich werde dir das nie vergessen«, hatte Steven ihm überschwenglich erklärt, und seine klaren Augen waren Peters forschendem Blick nicht ausgewichen.

Von da an war Stevens Aufstieg kometenhaft gewesen, und das in den Nachkriegsjahren, in denen es selbst für den fähigsten Mann fast unmöglich schien, ein großes Vermögen anzuhäufen. Man mußte ganz besondere Talente haben und die gefährlichsten

Risiken auf sich nehmen, um das zu erreichen, was Steven erreicht hatte.
Und nun, am Tisch seines Bruders, bei gegrillten Lammkoteletts und den ersten vom Kontinent eingeflogenen Spargelspitzen der Saison, die weiß und herrlich zart waren, begab Peter sich zum ersten Mal auf verbotenen Grund und erforschte seine bisher nie in Frage gestellte Loyalität gegenüber Steven. Doch diese kleinen Ereignisse waren längst vom Winde verweht, wahrscheinlich waren sie unwichtig. Und so wandte Peter seine Gedanken wieder der Gegenwart zu.
»Stride«, hatte Magdas Verbindungsmann zum Mossad in Tel-Aviv gesagt. Nur die beiden Namen: »Kaktusblüte« und »Stride«. Das war eine Tatsache, kein Hirngespinst.
Über den langen Eßtisch hinweg traf sich der Blick Sir Steven Strides mit dem seines Bruders.
»Prost, altes Haus.« Steven hob sein Glas mit Rotwein, um seinem Bruder zuzutrinken.
»Dein Spezielles, Bruderherz.« Peter gab die korrekte Antwort – ein kleines Ritual zwischen den beiden Brüdern, eine Erinnerung an die Tage von Sandhurst, und Peter war überrascht von der Tiefe seines Bedauerns. Vielleicht ist es Kalif doch noch nicht gelungen, mich ganz zu verderben, dachte Peter, während er sein Glas hob.
Nach dem Lunch kam ein anderes brüderliches Ritual. Steven kündete es mit einer kleinen Kopfbewegung an, und Peter nickte zum Einverständnis. Sein alter Dufflecoat aus der Militärzeit war zusammen mit seinen Wellington-Stiefeln in der Truhe unter der Hinterstiege, und er und Steven setzten sich auf die einfache Holzbank in der hinteren Diele und schlüpften in die derben Kleidungsstücke, wie sie es früher so oft getan hatten.
Dann ging Steven ins Jagdzimmer, nahm eine Flinte – eine Purdey Royal – vom Ständer und steckte Patronen in die Manteltasche.
»Die verdammte Füchsin hat irgendwo einen Wurf Junge, die sich mit den Küken der Bauern vergnügen«, erklärte er, als Peter ihn fragend ansah. »Es geht mir ein wenig gegen den Strich, einen

Fuchs zu erschießen, aber ich muß was gegen sie unternehmen – hab' bisher noch keine Gelegenheit dazu gehabt ...« Und er ging voraus durch den Obstgarten in Richtung Fluß.
Es war fast eine Art offizieller Rundgang durch den Besitz, ein gemütliches Abschreiten der Grenzen, wie die beiden Brüder es stets an Peters erstem Tag auf Abbot's Yew unternahmen – auch eine alte, liebgewordene Tradition, die ihnen Gelegenheit bot, Neuigkeiten auszutauschen und das Band zwischen ihnen neu zu festigen.
Sie schlenderten am Flußufer entlang, Seite an Seite, und als der Weg schmäler wurde, übernahm Steven die Führung, und sie wandten sich vom Fluß ab und stapften durch die Wälder bergauf.
Steven war durch den Erfolg seines Spanienbesuchs in gehobener Stimmung und brüstete sich damit, daß es ihm gelungen war, eine weitere Parzelle erstklassigen Küstenlandes zu erwerben, auf dem er nicht nur den neuen Golfplatz errichten konnte, sondern das ihm auch erlauben würde, sein Hotel um weitere fünfhundert Zimmer zu vergrößern.
»Jetzt ist die richtige Zeit zum Kaufen, glaub mir, Peter – wir stehen vor einer neuen Hausse.«
»Der Rückgang des Ölpreises wird wohl auch dazu beitragen, nehme ich an«, meinte Peter.
»Es wird noch viel besser kommen, alter Knabe.« Steven warf einen Blick zurück über die Schulter und zwinkerte Peter wissend zu. »Du kannst dich darauf verlassen, daß der Preis in sechs Monaten um weitere fünf Prozent sinkt, dafür leg ich meine Hand ins Feuer. Die Araber und der Schah sind zur Vernunft gekommen.« Steven sprach rasch weiter, zählte die Industriezweige auf, die am meisten von der Senkung des Rohölpreises profitieren würden, und nannte dann die führenden Unternehmen in diesen Bereichen. »Wenn du ein paar Pfund erübrigen kannst, dann steck sie da hinein.« Er wirkte völlig verwandelt, wenn er so von Macht und großem Reichtum sprach. Dann bröckelte die Fassade des englischen Landedelmannes ab, hinter der er sich sonst so geflissentlich verbarg.

Das Glitzern in seinen Augen war nun unverhüllt, und sein buschiger Schnurrbart sträubte sich wie das Barthaar einer großen, gefährlichen Wildkatze.
Er sprach immer noch rasch und eindringlich, als sie den Wald verließen und über die offenen Felder auf die Ruinen des römischen Lagers auf der Kuppe des niedrigen Hügels zumarschierten.
»Man muß diesen Leuten immer noch sagen, was sie zu tun haben, weißt du. Auch wenn diese verdammten Gewerkschaftsfunktionäre in Westminster das Empire weggeworfen haben, haben wir immer noch unsere Verpflichtungen.« Steven nahm das Gewehr in die andere Hand, und dabei ging der Verschluß auf, und man sah die glänzenden Messingkappen der Eley Kynoch-Patronen. »Die Regierung sollte von den Leuten gemacht werden, die zum Regieren taugen.« Er ließ sich einige Minuten über dieses Thema aus.
Dann verstummte er plötzlich, als wäre ihm jäh zum Bewußtsein gekommen, daß er zuviel geredet hatte, zuviel selbst zu einem Mann, dem er so vertrauen konnte wie seinem jüngeren Zwillingsbruder. Auch Peter schwieg, während sie weiter bergan stapften, und seine Stiefel versanken in der weichen, feuchten Erde. Es hatte etwas völlig Unwirkliches an sich, im sanften, heiteren Sonnenlicht dieses englischen Frühlingsnachmittags über so vertrauten Grund zu gehen, an der Seite eines Mannes, den er seit seiner Geburt kannte – und vielleicht doch niemals wirklich gekannt hatte.
Es war nicht das erste Mal, daß er Steven so reden hörte, aber es war vielleicht das erste Mal, daß er ihm wirklich zuhörte. Es fröstelte ihn, und Steven warf ihm einen Blick zu.
»Kalt?«
»Nein, nein, mir ist bloß so ein komisches Gefühl über den Rücken gekrochen«, erklärte Peter, und Steven nickte, während sie den niedrigen Erdwall erkletterten, der das römische Lager umzingelte.
Sie standen am Rand des Walls unter den Zweigen einer prächtigen, leuchtenden Blutbuche, im Glanz ihres neuen, rostroten Frühlingsgewandes.

Steven keuchte von den Anstrengungen des Bergaufmarsches; sein Übergewicht machte sich bereits bemerkbar. Auf seinen Wangen zeichneten sich ungesunde, dunkelrote Flecken ab, und kleine Schweißperlen glänzten auf seinem Kinn.
Er ließ den Gewehrverschluß mit einem metallischen Klicken zuschnappen und lehnte die Waffe gegen den Stamm der Blutbuche, um zu verschnaufen.
Peter schlenderte lässig zu ihm hinüber und lehnte sich mit der Schulter gegen die Buche, aber er streckte die Hände nicht in die Taschen seine Dufflecoats, sondern hakte bloß die Daumen in die Taschenklappen ein, und verlagerte sein Gewicht ein wenig auf die Fußballen. Er wirkte völlig entspannt und locker, doch in Wirklichkeit war er gespannt wie eine Stahlfeder, jederzeit kampfbereit – und das Gewehr war in Reichweite seiner rechten Hand.
Er hatte gesehen, daß Steven die Waffe mit Viererpatronen geladen hatte. Aus einer Entfernung von zehn Schritten würden sie einem Menschen den Bauch zerfetzen. Der Sicherungsflügel rastete automatisch ein, wenn der Verschluß geöffnet und wieder geschlossen wurde, aber der rechte Daumen würde ihn instinktiv nach vorne drücken, wenn die Hand sich um den Griff schloß.
Steven nahm ein silbernes Zigarettenetui aus der Manteltasche, holte eine Zigarette heraus und klopfte damit gegen den Deckel des Etuis.
»Ein wahrer Jammer, diese Geschichte mit Magda Altmann«, brummte er, ohne Peter anzusehen.
»Ja«, stimmte Peter leise zu.
»Bin froh, daß die Polizei sich zivilisiert verhalten hat. Hätten dich in eine peinliche Situation bringen können, was?«
»Wahrscheinlich«, stimmte Peter abermals zu.
»Was ist jetzt mit deinem Job bei Narmco?«
»Ich weiß noch nicht. Das werde ich erst in Brüssel erfahren.«
»Na, jedenfalls – mein Angebot gilt noch immer, alter Knabe. Ich könnt ein wenig Hilfe gebrauchen. Wirklich. Jemanden, dem ich vertrauen kann. Du würdest mir nur einen Gefallen tun.«
»Verdammt anständig von dir, Steven.«

»Nein, wirklich, ich mein's ehrlich.« Steven zündete sich mit einem goldenen Dunhill-Feuerzeug die Zigarette an und inhalierte mit sichtlichem Behagen.
»Ich hoffe, du besitzt nicht zu viele Altmann-Aktien. Sie sind ganz schön gefallen«, fragte Peter nach einem kurzen Schweigen.
»Komische Sache, das«, meinte Steven und schüttelte den Kopf. »Hab' meine Altmann-Aktien vor ein paar Wochen abgestoßen. Hab' das Geld für San Sebastian gebraucht.«
»Da hast du Glück gehabt«, murmelte Peter. Wohl mehr als bloß Glück! Er fragte sich, warum Steven diese Transaktion so freimütig zugab. Doch gleich darauf wurde ihm der Grund klar. Es handelte sich sicher um einen namhaften Betrag, da konnte er die Spuren nicht so leicht verwischen.
Er studierte seinen Bruder nun genau, musterte ihn konzentriert, fast ein wenig finster. War es möglich, fragte er sich. War Steven wirklich dazu fähig, sich etwas derart Komplexes auszudenken, in dem Ideologie, Eigeninteresse und Allmachtswahn so unentwirrbar ineinander verflochten und miteinander verstrickt zu sein schienen?
»Was ist los, alter Knabe?« fragte Steven und runzelte die Brauen.
»Ich habe gerade darüber nachgedacht, wie unglaublich der ganze Plan und seine Ausführung sind, Steven. Ich hätte niemals gedacht, daß du zu so etwas fähig bist.«
»Entschuldige Peter – ich versteh' kein Wort. Wovon redest du?«
»Kalif«, sagte Peter leise.
Da war es! Peter sah es sofort. Einen Augenblick völliger Stille, wie bei einem aufgeschreckten Dschungeltier – das Erschrecken im Blick, und sofort danach der Versuch, sich nichts anmerken zu lassen.
Der Ausdruck von Stevens Gesicht hatte sich nicht geändert, die Brauen waren immer noch höflich fragend gerunzelt und gingen langsam und erstaunt hoch.
»Ich fürchte, ich komm' nicht ganz mit, alter Freund.«
Er verstellte sich großartig. Gegen seinen Willen war Peter beeindruckt. Er entdeckte charakterliche Dimensionen an seinem Bruder, die er nie vermutet hätte – aber das war sein eigener

Fehler. Wie immer man auch darüber denken mochte, es bedurfte außerordentlicher Fähigkeiten, um das zu erreichen, was Steven in weniger als zwanzig Jahren gegen alle Widrigkeiten erreicht hatte. Egal, wie er es getan hatte, es war zweifellos das Werk einer besonderen Art von Genie.

Er war dazu fähig, die Operation Kalif zu leiten – endlich war sich Peter darüber klar. Und nun hatte er auch ein Ziel für den zersetzenden Haß, den er so lange mit sich herumgeschleppt hatte.

»Der einzige Fehler, den du bisher gemacht hast, Steven, war der, Aaron Altmann deinen Namen zu verraten«, fuhr Peter ruhig fort. »Ich nehme an, du wußtest damals noch nicht, daß er ein Mossad-Agent war, und daß dein Name direkt in den Computer des israelischen Geheimdienstes kommen würde. Niemand und nichts kann ihn je wieder aus dem Speicher löschen, Steven. Du bist bekannt.«

Stevens Blick flackerte hinunter zum Gewehr – instinktiv, unbeherrschbar – die letzte Bestätigung für Peter, hätte er einer solchen noch bedurft.

»Nein, Steven, das ist nichts für dich.« Peter schüttelte den Kopf. »Das ist meine Arbeit. Du bist dick und schlecht in Form, und du hast auch nie die richtige Ausbildung dafür erhalten. Du kannst dir nur andere anheuern, um die Mordarbeit zu erledigen. Du würdest nicht einmal soweit kommen, die Hand drauf zu legen.«

Stevens Blick schoß zurück zum Gesicht seines Bruders. Sein Gesichtsausdruck hatte sich noch immer nicht verändert.

»Ich glaube, du hast den Verstand verloren, alter Knabe.«

Peter überging die Bemerkung. »Du solltest doch am besten wissen, daß ich dazu fähig bin, jeden zu töten. Du hast mich doch dazu gebracht.«

»Wir reden uns da in einen fürchterlichen Wirrwarr hinein«, protestierte Steven. »Warum um Himmels willen solltest du irgend jemanden töten wollen?«

»Steven, du beleidigst uns beide. Ich weiß Bescheid. Es hat keinen Sinn, dich weiter zu verstellen. Wir müssen uns gemeinsam darüber klarwerden, was nun geschehen soll.«

Er hatte sich sehr vorsichtig ausgedrückt, hatte die Möglichkeit

eines Kompromisses offengelassen. Er sah das Aufkeimen des Zweifels in Stevens Augen, das leichte Zucken um den Mund, als er versuchte, zu einem Entschluß zu kommen.
»Aber bitte unterschätze die Gefahr nicht, in der du dich befindest, Steven.« Während Peter das sagte, holte er ein Paar alter, abgetragener Lederhandschuhe aus seiner Manteltasche und begann sie überzuziehen. Es lag etwas unendlich Drohendes in dieser einfachen Handlung, und Steven sah ihm wie hypnotisiert zu.
»Warum tust du das?« Stevens Stimme klang zum ersten Mal ein wenig heiser.
»Ich habe das Gewehr noch nicht berührt«, erklärte Peter völlig nüchtern. »Es sind nur deine Fingerabdrücke drauf.«
»Jesus Christus, du würdest nie damit davonkommen, Peter.«
»Warum nicht, Steven? Es ist immer gefährlich, mit einer geladenen Schrotflinte über sumpfigen und unebenen Boden zu gehen.«
»Du könntest es nicht tun, nicht so kaltblütig.« Nun lag nackte Angst in Stevens Stimme.
»Warum nicht? Du hattest keine solche Bedenken bei Prinz Hassied Abdel Hayek.«
»Ich bin dein Bruder – und er war nur ein Scheißaraber«, keuchte Steven hervor und starrte Peter verzweifelt an, und endlich fiel die freundlich-erstaunte Maske ab, als ihm bewußt wurde, daß er das verhängnisvolle Eingeständnis gemacht hatte.
Peter streckte die Hand nach der Flinte aus, ohne den Blick von seinem Bruder zu wenden.
»Warte!« schrie Steven. »Warte, Peter!«
»Wozu?«
»Du mußt mich erklären lassen.«
»Na schön, schieß los.«
»Du kannst nicht so einfach sagen schieß los. Es ist alles so kompliziert.«
»In Ordnung, Steven. Beginnen wir mit dem Anfang – mit dem Flug 070. Sag mir warum.«
»Wir mußten es tun, Peter. Verstehst du denn nicht? Großbritannien

hat über vier Milliarden in dieses Land investiert, die Amerikaner drei Milliarden. Dieses Land ist der größte Produzent von Gold, Uran, Chrom und einem Dutzend anderer strategischer Rohstoffe in der Welt. Mein Gott, Peter, diese unfähigen Hohlköpfe, die jetzt an der Macht sind, die steuern doch einen Selbstmordkurs. Wir mußten ihnen die Macht wegnehmen und einer kontrollierbaren Regierung in die Hände legen. Wenn wir es nicht tun, gehört in zehn Jahren alles den Roten – wahrscheinlich noch früher.«
»Ihr habt eine Alternativregierung gewählt?«
»Natürlich«, erklärte Steven eifrig und eindringlich, ohne den Blick von der Flinte zu lassen, die Peter immer noch in Hüfthöhe hielt. »Wir haben alles bis ins Detail geplant. Wir haben zwei Jahre dafür gebraucht.«
»Na gut.« Peter nickte. »Erzähl mir von der Ermordung des Prinzen Hassied.«
»Das war kein Mord, um Himmels willen, Mann, das war absolut notwendig. Es war eine Frage des Überlebens. Sie waren im Begriff, mit ihrer unverantwortlichen Naivität westliche Zivilisation zu zerstören. In ihrer Machttrunkenheit waren sie keiner Vernunft mehr zugänglich, sie waren wie verwöhnte Kinder in einer Konditorei – wir mußten dem ein Ende setzen oder uns auf den Zusammenbruch des kapitalistischen Systems gefaßt machen. Diese Kerle haben dem Dollar wahrscheinlich irreparablen Schaden zugefügt und setzten auch das Pfund unter Druck, indem sie Tag für Tag damit drohen, ihre astronomischen Konten aus London zurückzuziehen. Wir mußten sie zur Vernunft bringen – und schau doch nur, um welchen geringen Preis! Wir können den Rohölpreis nach und nach auf die Höhe des Jahres 1970 herunterschrauben. Wir können die Währungen der westlichen Welt wieder gesund machen und Hunderten Millionen Menschen ein echtes Wachstum und einen echten Wohlstand garantieren – und all das um den Preis eines einzigen Menschenlebens.«
»Und außerdem war er ja nur ein Scheißaraber, nicht?« meinte Peter einsichtig.
»Schau, Peter. Ich hab' das gesagt, aber ich hab's nicht so gemeint. Du bist wirklich unvernünftig.«

»Ich werde versuchen, es nicht zu sein«, versicherte Peter sanftmütig. »Sag mir, was ihr nun vorhabt. Wen wollt ihr als nächstes unter Kontrolle bringen – die britischen Gewerkschaften vielleicht?«

Und Steven starrte ihn einen Augenblick wortlos an.

»Verdammt, Peter. Das war gut geraten. Aber stell dir doch bloß mal vor, wir könnten einen fünfjährigen Lohn- und Gehaltsstop erzielen – und keine Streiks in dieser Zeit! Die Frage ist: sie oder wir, Peter. Wir könnten wieder eine der führenden Industriemächte der westlichen Welt werden. Großbritannien! Das könnten wir wieder sein.«

»Das klingt sehr überzeugend, Steven«, gab Peter zu. »Da sind nur noch ein paar Einzelheiten, die mich beunruhigen.«

»Was ist es, Peter?«

»Warum war es nötig, die Ermordung Kingston Parkers und Magda Altmanns zu arrangieren?«

Steven starrte ihn mit leicht hängendem Kinn an, und die harte Linie seines Mundes wurde vor Erstaunen schlaff. »Nein!« Er schüttelte den Kopf. »So ist das nicht!«

»Und warum war es nötig, Baron Altmann zu ermorden und ihn zu Tode zu quälen?«

»Damit hatte ich nichts zu tun – ja, es ist geschehen. Und ich wußte, daß es geschah – aber ich hatte nichts damit zu tun, Peter. Zumindest nicht mit dem Mord. O Gott, ja, ich hab' gewußt, daß es sein mußte, aber . . .« Er brach ab und starrte Peter hilflos an.

»Fang von vorn an, Steven. Alles der Reihe nach«, sagte Peter fast freundlich.

»Ich kann nicht, Peter. Du verstehst nicht, was geschehen könnte, was geschehen wird, wenn ich dir erzähle . . .«

Peter entsicherte die Flinte. Das Klicken des Sicherungsmechanismus klang unnatürlich laut in der Stille, und Steven Stride fuhr zusammen und trat einen Schritt zurück, sah seinen Bruder fassungslos an, die ganze Aufmerksamkeit auf Peters Augen gerichtet.

»Gott«, flüsterte er. »Du wärest wirklich dazu imstande.«

»Erzähl mir von Aaron Altmann.«

»Darf ich noch eine Zigarette rauchen?«
Peter nickte, und Steven zündete sich eine an, seine Hände zitterten kaum merkbar.
»Du mußt zuerst wissen, wie das Ganze funktionierte, bevor ich es dir erklären kann.«
»Erzähl mir, wie es funktionierte«, forderte Peter ihn auf.
»Ich wurde angeworben . . .«
»Steven, lüg mich nicht an – du bist Kalif.«
»Nein, o Gott nein, Peter. Du irrst dich«, schrie Steven. »Das Ganze ist eine Kette. Ich bin nur ein Glied in Kalifs Kette. Ich bin nicht Kalif.«
»Dann bist du also ein Teil von Kalif.«
»Nur ein Glied in der Kette«, wiederholte Steven heftig.
»Erzähl weiter», forderte Peter ihn mit einer kleinen Bewegung des Flintenlaufes auf, die Stevens Blick sofort auf sich zog.
»Da ist ein Mann, den ich schon sehr lange kenne. Wir haben früher miteinander gearbeitet. Der Mann ist viel reicher und hat viel mehr Einfluß als ich. Es war keine Sache des Augenblicks. Es war das Ergebnis vieler Diskussionen und Gespräche, die sich über eine lange Zeit erstreckten – über Jahre –, und in denen wir beide unserer Sorge darüber Ausdruck gaben, daß die Macht in die Hände von Personengruppen gelangt war, die unfähig sind, sie auszuüben.«
»Gut, gut«, unterbrach Peter mit grimmigem Nicken, »ich versteh' deine politischen und ideologischen Gefühle. Klammere sie aus dem Bericht aus.«
»In Ordnung«, stimmte Steven zu. »Nun, schließlich fragte mich der Mann, ob ich bereit wäre, einer Vereinigung politischer und industrieller Führungspersönlichkeiten der westlichen Welt beizutreten, die sich das Ziel gesetzt hat, die Macht wieder in die Hand derer zurückzulegen, die ihre Bildung und Erziehung zum Regieren befähigt.«
»Wer war dieser Mann?«
»Peter, das kann ich dir nicht sagen.«
»Du hast keine andere Wahl«, sagte Peter, und einen langen Augenblick senkten sich die Blicke der beiden Brüder ineinander,

Und Wille stand gegen Wille. Dann kapitulierte Steven mit einem Seufzer.

»Es war ...« Er sagte ihm den Namen des Bergbaumagnaten, der die Kontrolle über den Großteil der Vorräte an nuklearem Brennstoff, Gold und Edelsteinen in der freien Welt innehatte.

»Das also ist der Mann, der die Kontrolle über die neue südafrikanische Regierung gehabt hätte, durch die ihr das derzeitige Regime dieses Landes ersetzen wolltet, wenn die Entführung der BA 070 erfolgreich verlaufen wäre?« fragte Peter, und Steven nickte wortlos.

»Gut«, meinte Peter. »Weiter.«

»Er war ebenso angeworben worden wie ich«, erklärte Steven. »Aber ich durfte niemals erfahren von wem. Ich wiederum sollte ein weiteres geeignetes Mitglied anwerben – aber in diesem Fall sollte ich der einzige sein, der wußte, um wen es sich handelte. Auf diese Weise wurde die Sicherheit der Kette gewährleistet. Jedes Glied der Kette kannte nur den Mann über und den Mann unter sich; denjenigen, von dem er selbst angeworben worden war, und den, den er angeworben hatte ...«

»Und Kalif?« fragte Peter. »Was ist mit Kalif?«

»Niemand weiß, wer er ist.«

»Aber er muß doch wissen, wer ihr seid.«

»Ja, natürlich.«

»Dann mußt du irgendeine Möglichkeit haben, Kalif Mitteilungen zukommen zu lassen«, beharrte Peter. »Wenn du zum Beispiel ein neues Mitglied anwirbst, dann mußt du diese Information doch irgendwie weiterleiten können? Und wenn er etwas von dir will, muß er eine Möglichkeit haben, sich mit dir in Verbindung zu setzen.«

»Ja.«

»Und wie?«

»Um Christi willen, Peter. Soviel ist mein Leben gar nicht wert.«

»Wir werden darauf zurückkommen«, sagte Peter ungeduldig. »Jetzt fahr fort. Erzähl mir von Aaron Altmann.«

»Das war ein Unglück. Ich wollte Aaron anwerben. Ich hielt ihn für genau den Mann, den wir brauchten. Ich kannte ihn schon seit Jah-

ren. Ich wußte, daß er ziemlich hart sein konnte, wenn es nötig war. Also habe ich mich an ihn herangemacht. Zuerst schien er sehr interessiert und lockte alles Mögliche aus mir heraus, zum Beispiel die Art, wie die ganze Sache funktionieren sollte. Ich war begeistert, einen so wichtigen Mann angeworben zu haben. Er deutete an, daß er fünfundzwanzig Millionen Dollar für den Fonds der Vereinigung springen lassen würde, also ließ ich Kalif eine Mitteilung zukommen. Ich ließ ihn wissen, daß es mir so gut wie gelungen war, Baron Altmann für uns zu gewinnen ...«
Steven hielt nervös inne, warf seinen Zigarettenstummel auf den feuchten, torfigen Boden und trat ihn mit dem Absatz aus.
»Was geschah dann?« fragte Peter.
»Kalif antwortete sofort. Ich erhielt Weisung, augenblicklich jeglichen Kontakt zu Altmann abzubrechen, und da wurde mir klar, daß ich einen Mann gewählt haben mußte, der gefährlich werden konnte. Du hast mir jetzt erzählt, daß er für den Mossad gearbeitet hat. Das habe ich nicht gewußt – aber Kalif muß es gewußt haben. Ich tat, wie mir geheißen wurde, und ließ Aaron wie eine heiße Kastanie fallen – und vier Tage später wurde er entführt. Ich hatte nichts damit zu tun, Peter. Ich schwör's dir. Ich konnte den Mann außerordentlich gut leiden. Ich hab' ihn bewundert ...«
»Und doch wurde er gekidnappt und schrecklich gefoltert. Du mußt gewußt haben, daß Kalif das getan hatte, und daß du dafür verantwortlich warst?«
»Ja«, sagte Steven tonlos, aber aufrichtig. Peter verspürte, wie sich leise Bewunderung für diese Aufrichtigkeit in ihm regte.
»Sie haben ihn gefoltert, um herauszukriegen, ob er die Information, die du ihm über Kalif gegeben hast, an den Mossad weitergeleitet hatte«, bohrte Peter weiter.
»Ja, wahrscheinlich. Ich weiß es nicht.«
»Wenn Aaron Altmann so war, wie ich ihn mir vorstelle, haben sie nichts aus ihm herausgekriegt.«
»Nein. Er war so. Sie müssen schließlich die Geduld mit ihm verloren haben – um das zu tun, was sie getan haben. Das war das erste Mal, daß Kalif mich enttäuscht hat«, murmelte Steven düster.
Nun schwiegen sie beide, bis Peter zornig losbrach.

»Mein Gott, Steven, siehst du denn nicht, in was für ein dreckiges Geschäft du dich da eingelassen hast?« Und Steven schwieg. »Hast du das denn nicht gesehen?« beharrte Peter, und nackter Zorn lag in seiner Stimme. »Hast du das denn nicht von Anfang an begriffen?«

»Nicht am Anfang.« Steven schüttelte unglücklich den Kopf. »Am Anfang hielt ich es für eine brillante Lösung für all die Probleme, an denen die westliche Welt laboriert. – Und dann, als ich mich erst einmal darauf eingelassen hatte, war es, als säße ich in einem Schnellzug. Es war einfach unmöglich, wieder auszusteigen.«

»Na gut. Und dann hast du versucht, mich auf der Straße nach Rambouillet umbringen zu lassen?«

»Guter Gott, nein!« Steven war ehrlich entsetzt. »Du bist doch mein Bruder! Guter Gott . . .«

»Dann hat Kalif es getan, um mich daran zu hindern, Aarons Witwe zu nahe zu kommen, die entschlossen war, Aaron zu rächen.«

»Ich hatte keine Ahnung davon, ich schwör es dir. Wenn Kalif es getan hat, hätte er wohl kaum mich ins Vertrauen gezogen.« Stevens Stimme klang nun fast flehend. »Das mußt du mir glauben.«

Peter fühlte, wie seine Entschlußkraft ins Wanken geriet, doch er drängte den Gedanken zurück, daß dieser Mann sein Bruder war, jemand, der ihm sein ganzes Leben lang lieb und teuer gewesen war.

»Was hast du dann als nächstes für Kalif getan?« fragte er, und seiner Stimme war nicht anzumerken, daß er weicher geworden war.

»Nichts, gar nichts . . .«

»Verdammt, Steven, lüg mich nicht an.« Nun klang seine Stimme scharf wie ein Peitschenknall. »Du wußtest doch von dem Prinzen Hassied Abdel Hayek!«

»Na schön, das habe ich arrangiert. Kalif sagte mir, was ich tun sollte, und ich hab' es getan.«

»Und dann hast du Melissa-Jane entführen und verstümmeln lassen.«

»O Gott, nein!« Stevens Stimme war ein einziges Schluchzen.

»Um mich dazu zu zwingen, Kingston Parker zu töten.«

»Nein, Peter! Nein!«

»Und dann Magda Altmann.«
»Peter, ich schwör's dir. Doch nicht Melissa-Jane! Ich liebe sie wie meine eigenen Töchter. Das mußt du doch wissen. Ich hatte keine Ahnung, daß Kalif etwas damit zu tun hatte«, beschwor Steven ihn flehentlich. »Das ist doch wirklich zu schrecklich.«
Peter beobachtete ihn mit einem stahlblauen, gnadenlosen Funkeln in den Augen, das kalt und schneidend war wie das Beil des Scharfrichters.
»Ich tu, was du willst, um dir zu beweisen, daß ich nichts mit Melissa-Janes Entführung zu tun hatte. Alles, was du willst, Peter. Ich nehm' jedes Risiko auf mich, um es dir zu beweisen, das schwör' ich dir.«
Steven Strides ehrliche Bestürzung stand außer Frage. Sein Gesicht hatte alle Farbe verloren und seine kalkweißen Lippen zitterten, als er sich verzweifelt gegen Peters Anschuldigungen wehrte.
Ohne ein weiteres Wort händigte Peter seinem Bruder die Flinte aus. Überrascht und verwirrt hielt Steven sie einige Augenblicke auf Armeslänge vor sich.
»Du sitzt ziemlich arg in der Tinte, Steven«, sagte Peter ruhig. Er wußte, daß er von nun an Stevens rückhaltlose und ehrliche Bereitschaft brauchte. Zu dem, was Steven nun tun mußte, konnte er ihn nicht mit vorgehaltenem Gewehr zwingen.
Steven erkannte die Bedeutung der Geste und ließ langsam die Flinte sinken. Er drückte mit dem Daumen auf den Verschlußmechanismus, und die Waffe klappte auseinander. Er zog die Patronen aus den beiden Läufen und steckte sie in seine Jackentasche.
»Gehen wir zurück zum Haus«, sagte er, und seine Stimme klang immer noch unsicher vom Entsetzen der vergangenen Minuten, »ich brauch' jetzt einen anständigen Whisky.«

In dem tiefen offenen Kamin in Stevens Arbeitszimmer brannte ein Holzfeuer. Die Türen des Arbeitszimmer waren prachtvolle Schnitzarbeiten, die aus einer im Zweiten Weltkrieg von den Alliierten zerbombten deutschen Kirche des sechzehnten Jahrhun-

derts stammten. Man hatte sie aus den Ruinen geborgen und über die Schweiz nach Spanien geschmuggelt, wo Steven sie von einem Händler gekauft hatte.
In der Wand gegenüber dem Kamin waren Bogenfenster mit alten Butzenscheiben, durch die man in den Rosengarten hinaussah. An den anderen beiden Wänden standen Bücherregale, die vom Fußboden bis zur hohen Stuckdecke reichten und Stevens Sammlung seltener Bücher enthielten, jedes in einem eigenen Ledereinband mit Blattgoldinschrift. Bücher waren eine Leidenschaft, die die beiden Brüder gemeinsam hatten.
Steven stand nun mit dem Rücken zum Feuer vor dem Kamin und schob mit einer Hand die Schöße seiner Tweedjacke hoch, um sich die Kehrseite zu wärmen. In der anderen Hand hielt er ein hohes Kristallglas, das noch zur Hälfte mit kaum verdünntem Whisky gefüllt war.
Er sah immer noch bleich und mitgenommen aus und zitterte von Zeit zu Zeit, obwohl alle Fenster dicht geschlossen waren und das lodernde Feuer den Raum drückend heiß machte.
Peter hatte es sich in dem brokatbespannten Louis-Quatorze-Sessel auf der anderen Seite des Zimmers bequem gemacht, Beine gerade von sich gestreckt, Füße überkreuzt, Hände tief in den Taschen vergraben, und das Kinn nachdenklich auf die Brust gesenkt.
»Wieviel hast du zu Kalifs Kriegskasse beigetragen?« fragte Peter plötzlich.
»Ich war natürlich nicht in derselben Klasse wie Aaron Altmann«, antwortete Steven ruhig. »Ich habe im Lauf von fünf Jahren fünf Millionen Pfund beigesteuert.«
»Wir müssen uns also ein Netz vorstellen, daß alle nationalen Grenzen überschreitet. Mächtige Männer in jedem Land, von denen jeder enorme Geldsumme hereinbringt – und fast uneingeschränkte Informationen, beinahe unbegrenzten Einfluß.«
Steven nickte und nahm noch einen Schluck von seinem dunklen Whisky.
»Wir haben keinen Grund zu der Annahme, daß es in jedem Land nur ein einziger Mann ist. Es könnte ein Dutzend in England sein,

ein weiteres Dutzend in Westdeutschland, fünfzig in den Vereinigten Staaten ...«
»Das wäre möglich«, pflichtete Steven ihm bei.
»Kalif hätte die Entführung von Melissa-Jane also leicht durch ein anderes Mitglied seiner Kette in diesem Land organisieren können.«
»Du mußt mir glauben, daß ich damit nichts zu tun hatte, Peter.«
Peter tat diese neuerliche Beteuerung mit einer ungeduldigen Handbewegung ab und überlegte laut weiter.
»Es ist immer noch möglich, daß Kalif ein Komitee der Gründungsmitglieder ist – nicht nur ein einziger Mensch.«
»Das glaube ich nicht ...« Steven zögerte. »Ich hatte den sehr starken Eindruck, daß nur ein Mann an der Spitze steht. Ich glaube nicht, daß ein Komitee zu so raschem und entschiedenem Handeln fähig wäre.« Er schüttelte den Kopf, während er versuchte, sich an die genauen Worte zu erinnern, die diesen Eindruck in ihm erweckt hatten. »Du darfst nicht vergessen, daß ich nur mit einem einzigen Menschen über Kalif gesprochen habe – mit dem Mann, der mich angeworben hat. Wie dem auch sei, du kannst sicher sein, daß wir uns eingehend und längere Zeit hindurch darüber unterhalten haben. Ich hatte keineswegs die Absicht, fünf Millionen Pfund für etwas auszugeben, das mich nicht völlig überzeugte. Nein, es war ein Mann, der für uns alle die Entscheidungen treffen sollte – aber die Entscheidungen sollten im Interesse aller sein.«
»Aber es gab keine Garantie dafür, daß jedes einzelne Mitglied der Kette von jeder Entscheidung in Kenntnis gesetzt werden würde?«
»Nein, natürlich nicht. Das wäre ja verrückt gewesen. Sicherheit war der Schlüssel zum Erfolg.«
»Du konntest jemandem vertrauen, den du nie persönlich kennengelernt hast? Dessen Identität vor dir geheimgehalten wurde? Du warst bereit, ihm riesige Geldsummen anzuvertrauen und das Schicksal der Welt, wie wir sie kennen, in seine Hände zu legen?«
Steven zögerte abermals, als suche er nach den rechten Worten.
»Kalif hat eine Aura, die uns alle einzuhüllen scheint. Der, der

mich angeworben hat ...« Steven schien den Namen nur ungern zu wiederholen, für Peter ein Beweis für den Einfluß, den Kalif auf seine Leute ausübte, »... ist ein Mann, vor dessen Urteil ich großen Respekt habe. Er war überzeugt, und so konnte er auch mich überzeugen.«
»Und was denkst du jetzt?« fragte Peter schroff. »Bist du immer noch überzeugt?«
Steven leerte das Whiskyglas und strich sich mit einer nervösen Geste den Schnurrbart glatt.
»Na los, Steven«, drängte Peter.
»Ich glaube immer noch, daß Kalif die richtige Idee hatte«, sagte Steven zögernd. »Die Spielregeln haben sich geändert, Peter. Wir haben dafür gekämpft, unsere Welt zu retten. Und wir haben uns dabei nur an die neuen Moralgesetze gehalten ...«
Er ging hinüber zu dem Silbertablett auf seinem Schreibtisch und schenkte sich Whisky nach.
»Bis jetzt war uns eine Hand auf den Rücken gebunden, während die Roten, die extremen Linken und die Mitglieder der Dritten Welt beide Hände zum Kämpfen frei hatten, und noch dazu einen Dolch in jeder. Kalif hat nichts anderes getan, als uns von unseren Fesseln zu befreien.«
»Was hat dich dann dazu gebracht, deine Meinung zu ändern?« fragte Peter.
»Ich bin nicht sicher, ob ich meine Meinung geändert habe.« Steven wandte ihm sein Gesicht zu. »Ich glaube noch immer, daß es die richtige Idee war ...«
»Aber?« beharrte Peter.
Steven zuckte die Achseln. »Die Ermordung Aaron Altmanns, die Verstümmelung von Melissa-Jane ...« Er zögerte. »... und andere Dinge, die vermutlich auf Kalifs Konto gehen. Sie haben nicht dem allgemeinen Wohl gedient. Sie hatten nur den Zweck, für Kalifs persönliche Sicherheit zu sorgen oder ein Verlangen zu befriedigen, das ich langsam für anmaßende und ungezügelte Machtgier halte.« Wieder schüttelte Steven den Kopf. »Ich hatte Kalif für einen Menschen mit nobler und anständiger Gesinnung gehalten – aber einige Dinge, die er getan hat, kann man wirklich nicht als no-

bel bezeichnen. Er hat wie ein gewöhnlicher Verbrecher gehandelt, für seinen persönlichen Vorteil und aus persönlichem Geltungsdrang. Ich glaube an Kalifs Idee – aber ich weiß jetzt, daß wir den falschen Mann haben. Die Macht, die wir in seine Hände gelegt haben, hat ihn verdorben.«
Peter hörte ihm aufmerksam zu, den Kopf zur Seite geneigt, und seine klaren, blauen Augen betrachteten Steven ruhig und forschend.
»Na schön, Steven. Du hast also erkannt, daß Kalif kein Gott ist, sondern ein Mensch mit kleinlicher Habgier und Eigensucht.«
»Ja, so ist es wohl.« Stevens gutgeschnittenes, frisches Gesicht wirkte zerknirscht. »Kalif ist nicht der Mensch, für den ich ihn gehalten habe.«
»Begreifst du jetzt, daß er schlecht ist – durch und durch schlecht?«
»Ja, das begreife ich.« Und dann, leidenschaftlich: »Aber o Gott, wie sehr wünsche ich mir, er wäre das, wofür ich ihn am Anfang gehalten habe!«
Das konnte Peter verstehen, und er nickte.
»Das wäre genau das gewesen, was diese verrückte Welt braucht«, fuhr Steven bitter fort. »Wir brauchen jemanden, einen starken Mann, der uns sagt, was wir zu tun haben. Ich habe geglaubt, Kalif wäre dieser Mann. Ich habe mir so sehr gewünscht, daß er es wäre.«
»Aber siehst du jetzt ein, daß Kalif nicht dieser Mann ist?«
»Ja«, sagte Steven einfach. »Aber wenn es einen solchen Mann gäbe, würde ich ihm wieder vorbehaltlos folgen.«
»Du hast gesagt, du würdest alles tun, um mir zu beweisen, daß du nichts mit Melissa-Janes Entführung zu tun hattest – willst du mir helfen, Kalif zu vernichten?«
»Ja.« Steven zögerte nicht.
»Wir werden dabei große Gefahren auf uns nehmen müssen«, bemerkte Peter, und nun sah Steven ihm direkt in die Augen.
»Das weiß ich. Ich kenne Kalif besser als du.«
Peter fühlte, wie die Zuneigung zu seinem Bruder durch eine neu aufkeimende Bewunderung noch stärker wurde. Steven hat beinahe alle männlichen Tugenden, dachte er. Er ist stark, mutig und

klug; sein Hauptfehler war vielleicht, daß er von jeder dieser Eigenschaften ein wenig zu viel hat.

»Was soll ich tun, Peter?«

»Ich möchte, daß du ein Treffen mit Kalif arrangierst – ein Treffen unter vier Augen.«

»Unmöglich.« Steven verwarf den Gedanken sofort.

»Du hast gesagt, du hättest Möglichkeiten, ihm eine Nachricht zukommen zu lassen.«

»Ja, aber Kalif würde niemals einem Treffen mit mir persönlich zustimmen.«

»Steven, was ist die einzige – die absolut einzige Schwäche, die Kalif bisher gezeigt hat?«

»Kalif hat keine Schwäche gezeigt.«

»Doch«, behauptete Peter.

»Und was für eine?«

»Er ist davon besessen, seine Identität zu wahren und seine Sicherheit zu schützen«, erklärte Peter. »Sobald diese bedroht sind, greift er zu harten Methoden: Entführung, Folter, Mord.«

»Das ist keine Schwäche . . .«, meinte Steven. »Das ist eine Stärke.«

»Wenn du ihn wissen ließest, daß seine Identität in Gefahr ist. Daß es jemandem – einem Feind – gelungen ist, sein Sicherheitssystem zu durchbrechen und nahe an ihn heranzukommen«, schlug Peter vor, und Steven überlegte lange und sorgfältig.

»Er würde sehr heftig reagieren«, stimmte er schließlich zu. »Aber er würde nicht lange brauchen, um herauszufinden, daß ich lüge. Damit würde ich mich nur in Mißkredit bringen, und wie du selbst früher gesagt hast, wäre das ein großes Wagnis ohne guten Grund.«

»Es ist keine Lüge«, sagte Peter grimmig. »Einem Mossad-Agenten ist es gelungen, nahe an Kalif heranzukommen. Sehr nahe an ihn.«

»Woher weißt du das?« fragte Steven scharf.

»Das kann ich dir nicht sagen«, antwortete Peter, »aber die Information ist hieb- und stichfest. Ich kenne sogar den Decknamen des Agenten. Ich gebe dir mein Wort, daß die Information echt ist.«

»Wenn das so ist . . .« Steven überlegte nochmals. »Wenn das so ist, hat Kalif wahrscheinlich ohnehin schon Verdacht geschöpft und meine Warnung würde ihn nicht unvorbereitet treffen. Aber er würde mich bloß auffordern, ihm den Namen zu sagen – auf dem üblichen Kommunikationsweg. Und das wär's dann!«
»Und wenn du dich einfach weigerst, ihm die Information anders als unter vier Augen zu geben, wenn du darauf hinweist, daß diese Information viel zu heikel ist, daß auch deine Sicherheit auf dem Spiel steht. Wie würde er dann reagieren?«
»Ich nehme an, er würde mich unter Druck setzen, damit ich den Namen verrate.«
»Und wenn du Widerstand leistest?«
»Dann bliebe ihm wahrscheinlich nichts anderes übrig, als einem Treffen mit mir zuzustimmen. Wie du richtig gesagt hast, ist er geradezu davon besessen, seine Identität geheimzuhalten. Und ein Treffen mit mir von Angesicht zu Angesicht würde diese Identität preisgeben.«
»Denk nach, Steven. Du weißt doch, wie sein Hirn funktioniert.«
Es dauerte einige Sekunden, dann änderte sich Stevens Gesichtsausdruck, und die Bestürzung verzerrte seinen Mund, als durchzucke ihn ein Schmerz.
»Du guter Gott – natürlich! Wenn ich ihn zu einem Treffen unter vier Augen zwinge, würde ich das kaum überleben.«
»Genau.« Peter nickte. »Wenn wir einen Köder auslegen, auf den er unbedingt anbeißen muß, bliebe ihm keine andere Wahl, als sich mit dir zu treffen – aber er würde dafür sorgen, dich sofort zum Schweigen zu bringen, ehe du die Gelegenheit hättest, seine Identität irgend jemand anderem zu verraten.«
»Verdammt, Peter, das ist unheimlich. Du hast vorher ganz richtig gesagt, daß ich dick und nicht in Form bin. Mit Kalif könnte ich es bestimmt nicht aufnehmen.«
»Das würde er sicher in Betracht ziehen, wenn er entscheidet, ob er sich mit dir treffen soll oder nicht«, pflichtete Peter bei.
»Das klingt nach Selbstmord«, sagte Steven.
»Du hast soeben versprochen, hart zu sein«, erinnerte Peter ihn.
»Hart sein ist eins, dumm sein etwas anderes.«

»So lange du die Botschaft nicht überbracht hast, bist du überhaupt nicht in Gefahr. Kalif würde es nicht wagen, dich vorher zu beseitigen«, erklärte Peter. »Und ich gebe dir mein Wort, daß ich nie von dir verlangen werde, zu einer Verabredung mit Kalif zu gehen.«
»Mehr kann ich wohl nicht verlangen.« Steven warf die Hände hoch. »Wann soll ich mich mit ihm in Verbindung setzen?«
»Wie machst du das – dich mit ihm in Verbindung setzen?«
»Durch ein Zeitungsinserat«, teilte Steven ihm mit, und Peter grinste mit widerwilliger Bewunderung. Sauber, zweckdienlich und völlig unverfänglich.
›Mach es möglichst rasch«, trug Peter ihm auf.
»Montag früh«, nickte Steven und musterte seinen Bruder mit seltsamer Intensität.
»Was ist, Steven?«
»Ich habe bloß über was nachgedacht. Wenn Kalif nur ein Mann wie du wäre, Peter.«
»Wie ich?« Zum ersten Mal war Peter wirklich verblüfft.
»Der kriegerische König – gnadenlos in der Verfolgung seiner Vision von Recht, Gerechtigkeit und Pflicht.«
»So bin ich gar nicht«, meinte Peter abwehrend.
»Doch, so bist du«, sagte Steven überzeugt. »Du bist genau so, wie ich mir Kalif erhofft hatte. Du bist der Mann, den wir brauchen würden.«

Peter hatte Grund zu der Annahme, daß Kalif ihn beobachtete. Nach der Ermordung von Baronin Altmann würde Kalifs Interesse an ihm besonders groß sein. Peter mußte so handeln, wie man es von ihm erwartete.
Am Montag nahm er das erste Flugzeug nach Brüssel und saß noch vor Mittag an seinem Schreibtisch in der Zentrale von Narmco. Auch hier stand er im Mittelpunkt des Interesses und Ränkespiels um die Macht. Der Altmann-Konzern hatte seinen obersten Boß verloren, und es wurden bereits starke Unterströmungen und „Hofintrigen" spürbar. Trotz einiger sehr vorsichtiger Annäherungsversuche hielt Peter sich dem Machtkampf fern.
Dienstag abend holte er sich aus dem Zeitungsstand in der Halle

des Hilton die Abendzeitungen. Stevens Kontaktaufnahme stand unter den kleinen Anzeigen.

> Und die Kinder Israel ... fragten den Herrn und sprachen: Sollen wir wieder nahen, zu streiten mit den Kindern Benjamin ...
> Richter 20:23

Das Zitat, das Kalif gewählt hatte, schien deutlich zum Ausdruck zu bringen, wie er sich selbst sah. Als einen Gott, der hoch über seinen Mitmenschen steht.

Steven hatte Peter erklärt, daß Kalif sich bis zu achtundvierzig Stunden mit der Antwort Zeit ließ. Steven würde nach dem Erscheinen der Anzeige jeden Tag von zwölf bis zwölf Uhr zwanzig am Schreibtisch in seinem Büro in der Leadenhall Street warten. In dieser Zeit würde er keine Besucher empfangen, keine Verabredungen treffen und dafür sorgen, daß die Leitung auf seiner Geheimnummer stets frei blieb, damit er den Anruf sofort entgegennehmen konnte.

Es kam kein Anruf am Mittwoch, aber Steven hatte auch nicht damit gerechnet. Am Donnerstag ging er ruhelos auf dem antiken seidenen Kirman-Teppich auf und ab, während er auf den Anruf wartete. Er trug bereits sein Jackett, und sein Hut und der zusammengerollte Schirm lagen auf dem vergoldeten und aufwendig verzierten französischen Schreibtisch, der breitbeinig wie ein freundliches Monster unter den Fenstern stand, durch die sich der Blick auf *Lloyd's Exchange* auf der gegenüberliegenden Straßenseite bot.

Steven Stride hatte Angst, das gestand er sich unumwunden ein. Intrigen gehörten zu seiner Existenz, das war fast sein Leben lang so gewesen – aber das Spiel hatte sich immer an gewisse Regeln gehalten. Doch nun betrat er einen Dschungel, eine ungezähmte Wildnis, in der auch diese wenigen Regeln nicht mehr galten. Er stürzte sich da kopfüber in eine Sache, der er, worauf Peter ihn hingewiesen hatte, nicht gewachsen war, und Steven wußte, daß Peter recht hatte. Er hatte recht, und Steven hatte Angst wie nie zuvor in seinem Leben. Und dennoch wußte er, er würde weiter-

machen. Er hatte gehört, es sei das Zeichen wahren Mutes, sich seine Angst einzugestehen, ihr ins Auge zu sehen, und sie doch soweit zu unterdrücken, daß man weitermachen konnte, tun konnte, was die Pflicht einem zu tun befahl.
Aber er kam sich nicht tapfer vor.
Das Telefon klingelte einmal – viel zu laut und viel zu schrill, und jeder Nerv in seinem Körper spannte sich, und er blieb wie erstarrt, gelähmt von der Furcht, mitten auf dem schönen, kostbaren Teppich stehen.
Das Telefon klingelte ein zweites Mal; der hartnäckige Ton klang ihm wie der Donnerschlag des Weltunterganges in den Ohren, und er spürte den heißen öligen Schleim der Angst, die er nicht beherrschen konnte, in seinen Eingeweiden.
Das Telefon klingelte zum dritten Mal, und mit enormer Willensanstrengung zwang er sich dazu, die drei Schritte bis zu seinem Schreibtisch zu gehen.
Er hob den Hörer ab und hörte die scharfen Störgeräusche einer öffentlichen Telefonzelle.
»Stride«, sagte er. Seine Stimme klang gespannt, hoch und beinahe schrill, und dann hörte er die Münze fallen.
Die Stimme erschreckte ihn. Eine ausdruckslose Automatenstimme, unmenschlich, geschlechtslos, seelenlos, ohne Höhenunterschiede.
»Aldgate und Leadenhall Street«, sagte die Stimme.
Steven wiederholte den Treffpunkt, und sofort wurde die Verbindung unterbrochen.
Er ließ den Hörer auf die Gabel fallen, riß Hut und Schirm an sich und eilte zur Tür.
Seine Sekretärin blickte auf und lächelte ihn erwartungsvoll an. Sie war eine hübsche, grauhaarige Frau und arbeitete schon seit fünfzehn Jahren für Steven.
»Sir?« Sie redete ihn immer noch so an.
»Ich geh' auf eine halbe Stunde fort, May«, teilte Steven ihr mit. »Kümmern Sie sich bitte um den Laden, braves Mädchen.« Er stieg in seinen Privataufzug und fuhr hinunter in die Tiefgarage, wo sein Rolls und die Privatfahrzeuge seiner höheren Angestellten geparkt waren.

Im Spiegel des Aufzugs überprüfte er die Neigung seines keck, schräg über dem rechten Auge sitzenden Bowlers, zupfte die scharlachrote Nelke im Knopfloch seines eleganten, dunkelblauen Nadelstreifenanzugs aus der Savile Row zurecht. Es war wichtig, in den nächsten paar Minuten völlig natürlich auszusehen und sich ebenso zu verhalten. Seine Leute würden jede Abweichung vom Üblichen bemerken.

In der Garage ging er nicht hinüber zu seinem dunkelbraunen Rolls-Royce, der in dem dämmrigen Licht wie ein wertvoller Edelstein schimmerte, sondern steuerte auf die kleine Tür im stählernen Garagentor zu, und der Pförtner in seinem kleinen Glashäuschen neben dem Tor blickte von seinen Totoscheinen auf, erkannte seinen Chef und sprang auf.

»Guten Tag, Chef.«

»Guten Tag, Harold. Ich nehm' nicht den Wagen. Will mir bloß ein wenig die Beine vertreten.«

Er trat hinaus auf die Straße und wandte sich nach links auf die Kreuzung Leadenhall Street und Aldgate zu. Er ging rasch, aber ohne auffallende Eile. Kalif berechnete die Zeit immer sehr knapp, um zu verhindern, daß sein Gesprächspartner irgendeinen Überwachungsdienst einschalten konnte. Steven wußte, daß er nur wenige Minuten Zeit hatte, um von seinem Büro bis zur Telefonzelle an der Ecke zu kommen. Kalif schien genau zu wissen, wie lang er dafür brauchen würde.

Das Telefon in der rotgerahmten gläsernen Telefonzelle begann zu läuten, als er noch zwanzig Schritte entfernt war. Steven begann zu laufen.

»Stride«, sagte er ein wenig atemlos von der Anstrengung, und gleich darauf hörte er das Fallen der Münze, und dieselbe Automatenstimme gab ihm die nächste Kontaktstelle bekannt. Es war eine öffentliche Telefonzelle in der High-Street, vor dem Eingang zur U-Bahn-Station Aldgate. Steven wiederholte die Mitteilung. Die Stimme beunruhigte ihn zutiefst, sie klang wie die Stimme eines Roboters aus einem Science-Fiction-Film. Die Sache wäre nicht ganz so schlimm gewesen, wenn er das Gefühl gehabt hätte, mit einem Menschen zu reden.

Es gab zwei Telefonzellen, in welcher der Anruf kommen würde, war nicht vorauszusehen, und die Entfernung zwischen ihnen war so genau berechnet, daß es gerade noch möglich war, sie rechtzeitig zu erreichen, aber ganz unmöglich, noch während des Gespräches ausforschen zu lassen, woher der Anruf kam. Und Kalif oder sein Agent ging in einem anderen Stadtteil sicher ebenfalls von Zelle zu Zelle. Selbst wenn es Steven gelungen wäre, die Herkunft des Anrufes eine Minuten nach Verlassen der Zelle zu ermitteln, hätte ihm das nichts genützt, um Kalifs Identität festzustellen.

Der Stimmverzerrer, den Kalif benutzte, war ein einfaches Gerät, nicht größer als ein Taschenrechner. Peter hatte Steven gesagt, daß man dieses Ding bei einigen Firmen kaufen könnte, die sich auf elektronische Überwachung und auf Geräte für den Sicherheits- und Abwehrdienst spezialisiert hätten. Er kostete weniger als fünfzig Dollar und veränderte die menschliche Stimme durch eine Phasenverzerrung aller Schwingungen außerhalb des mittleren Bereichs derart, daß man selbst mit einem technisch noch so hochentwickelten Aufnahmegerät keine brauchbare Aufzeichnung für einen Stimmvergleich machen konnte. Ja, man konnte nicht einmal feststellen, ob der Sprecher ein Mann, eine Frau oder ein Kind war.

Die Straße war ungewöhnlich menschenleer, und Steven erreichte sein Ziel in so kurzer Zeit, daß er vor der Telefonzelle in dem überfüllten U-Bahn-Eingang warten mußte, bis ein junger Mann in einem farbbespritzten Overall, mit langen, fettigen blonden Haarsträhnen, sein Gespräch beendet hatte. Kalifs System berücksichtigte die Möglichkeit, daß die gewählte Telefonzelle besetzt war, und sobald der ungepflegte Jüngling seinen gemütlichen Plausch beendet hatte, drängte sich Steven in die Zelle und begann eifrig im Telefonbuch zu blättern, als suche er eine Nummer.

Das Telefon klingelte, und obwohl Steven darauf gewartet hatte, zuckte er nervös zusammen. Das rasche Gehen und die nervliche Anspannung hatten ihn ins Schwitzen gebracht, und seine Stimme klang rauh, als er den Hörer an sich riß.

»Stride«, würgte er hervor.
Die Münze fiel hinunter, und Kalifs unpersönliche Stimme jagte ihm wieder einen eisigen Schauer über den Rücken.
»Ja?«
»Ich habe eine Mitteilung.«
»Ja?«
»Kalif ist in Gefahr.«
»Ja?«
»Ein Regierungsgeheimdienst hat einen Agenten in seine Nähe eingeschleust, nahe genug, um ihm äußerst gefährlich zu werden.«
»Nennen Sie die Quelle Ihrer Information.«
»Mein Bruder, General Peter Stride.« Peter hatte ihm aufgetragen, soweit wie möglich die Wahrheit zu sagen.
»Sagen Sie, um welche Regierung es sich handelt.«
»Das kann ich nicht. Die Information ist zu heikel. Ich muß sicher sein, daß Kalif sie persönlich erhält.«
»Sagen Sie den Namen oder die Stellung des feindlichen Agenten.«
»Das kann ich nicht. Aus denselben Gründen.«
Steven warf einen Blick auf seine goldene Uhr von Cartier mit dem schwarzen Krokodillederband. Sie sprachen bereits fünfzehn Sekunden – er wußte, daß das Gespräch nicht länger als dreißig Sekunden dauern würde. Kalif würde es nicht riskieren, sich länger der Gefahr einer Entdeckung auszusetzen. Er wartete nicht auf die nächste Frage oder Instruktion.
»Ich gebe die Information nur an Kalif persönlich weiter, und ich muß sicher sein, daß er es selbst ist, nicht einer seiner Agenten. Ich will ihn unter vier Augen sprechen.«
»Das ist nicht möglich«, schnarrte die unmenschliche Stimme.
»Dann wird Kalif sich großer Gefahr aussetzen«, sagte Steven, allen Mut zusammennehmend.
»Ich wiederhole, sagen Sie den Namen und die Stellung des feindlichen Agenten.«
Fünfundzwanzig Sekunden waren vergangen.
»Ich sage nochmals, nein. Sie müssen ein Treffen unter vier Augen für die Übermittlung dieser Information arrangieren.«

Ein Schweißtropfen löste sich von Stevens Schläfe und lief ihm über die Wange. Er hatte das Gefühl, als müsse er in der beengenden kleinen Telefonzelle ersticken.
»Man wird sich mit Ihnen in Verbindung setzen«, schnarrte die Stimme, ein leises Klicken, und die Leitung war tot.
Steven zog sein weißes Seidentaschentuch aus der Brusttasche und tupfte sich das Gesicht ab. Dann steckte er das Seidentuch sorgfältig wieder zurück, nicht exakt zusammengelegt, sondern absichtlich ein wenig lässig.
Er straffte die Schultern, hob das Kinn und verließ die Telefonzelle. Zum ersten Mal kam er sich tapfer vor. Er genoß das Gefühl und schritt beflügelt dahin, jeden Schritt mit einer schwungvollen Bewegung des zusammengerollten Schirmes begleitend.

Peter war die ganze Woche telefonisch erreichbar gewesen. Er hatte die Serie von Narmco-Projekten bearbeitet, die er vor seiner Abreise nach Tahiti in Gang gesetzt hatte und die nun alle gleichzeitig spruchreif zu werden schienen. Es gab Besprechungen, die am Vormittag begannen und sich bis in die Abendstunden hinzogen, und zwei Tagesreisen – eine nach Oslo und eine nach Frankfurt. Er hatte beide Male den hauptsächlich von Geschäftsleuten benutzten Morgenflug genommen und war noch vor dem Abend wieder in seinem Büro bei Narmco gewesen. Er war immer telefonisch zu erreichen, und Steven Stride wußte die Nummer. Selbst wenn er sich im Turnsaal des NATO-Offiziers-Klubs aufhielt, um seinen Körper auf Spitzenkondition zu trainieren, oder wenn er bis nach Mitternach auf dem unterirdischen Schießplatz exerzierte, bis die 9-mm-Cobra Teil seiner Hand zu sein schien und er aus jeder beliebigen Stellung – stehend, kniend oder liegend – mit der Linken ebensogut wie mit der Rechten aus fünfzig Metern Entfernung genau in die Mitte der Schießscheibe traf – immer war er in Reichweite eines Telefons.
Er kam sich vor wie ein Preisboxer im Trainingslager und konzentrierte sich ganz und gar auf die Vorbereitungen für den Kampf, der ihm, wie er genau wußte, bevorstand.
Schließlich näherte sich das Wochenende mit der Aussicht auf

langweilige und frustrierende Stunden. Einer seiner Kollegen von Narmco lud ihn in sein Landhaus ein, ein anderer fragte ihn, ob er Lust hätte, am Samstag mit ihm zum Pferderennen nach Paris zu fliegen – aber er lehnte alle Einladungen ab und blieb allein in seiner Suite im Hilton und wartete auf Stevens Anruf.
Sonntag früh ließ er sich alle Zeitungen auf sein Zimmer schicken; englische, amerikanische, französische, deutsche – er sprach zwar nicht besonders gut deutsch, konnte es aber recht gut lesen – und sogar die holländischen und italienischen, obwohl er diese beiden Sprachen nur sehr mangelhaft beherrschte und so ungefähr über jedes dritte Wort stolperte.
Er las sie alle sehr sorgfältig und versuchte irgendeinen Hinweis auf Kalifs Aktivitäten zu entdecken. Menschenraub, Flugzeugentführungen oder andere Unternehmen, die Kalifs Handschrift trugen und ihm vielleicht einen Fingerzeig geben konnten.
Italien befand sich in politischem Aufruhr. Die Verwirrung war so groß, daß er nur raten konnte, wieviel davon der Linken und wieviel der Rechten zuzuschreiben war. In Neapel waren fünf bekannte Mitglieder der terroristischen Roten Brigaden ermordet worden, alle fünf mit einer einzigen Granate. Wie die Untersuchungen ergeben hatten, handelte es sich bei der Granate um einen Standardtyp der NATO, und die Ermordung der fünf Terroristen hatte sich in der Küche eines Geheimquartiers der Roten Brigaden in den Slums der Stadt abgespielt. Die Polizei hatte keinerlei Anhaltspunkte. Es klang nach Kalif. Es gab keinen Grund zu der Annahme, daß seiner Kette nicht auch prominente italienische Geschäftsleute angehörten. Ein italienischer Millionär, der in seinem eigenen Land lebt, muß gleich nach dem blauen Wal die am meisten gefährdete Spezies dieser Erde sein, dachte Peter sarkastisch, und es wäre durchaus möglich, daß sie Kalif gebeten haben, die Offensive zu ergreifen.
Peter beendete seine Lektüre der Zeitungen vom Kontinent und wandte sich dann erleichtert den englischen und amerikanischen Zeitungen zu. Es war kurz vor Mittag, und er fragte sich, wie er die eintönigen Stunden bis Montag früh durchstehen würde. Er war sicher, daß nicht früher mit einer Antwort auf Stevens Forderung nach einer Zusammenkunft mit Kalif zu rechnen war.

Er begann mit den Zeitungen in englischer Sprache und ließ sich sehr viel Zeit damit, um die leeren Stunden, die vor ihm lagen, auszufüllen.
Der Streik der British Leyland Motor Company dauerte nun schon die fünfzehnte Woche an – und es gab keine Aussicht auf eine Einigung. Nun, das war wieder ein Fall für Kalif! Peter lächelte ironisch vor sich hin, als ihm sein Gespräch mit Steven einfiel. Ein paar Leute zu ihren eigenen Gunsten mit den Schädeln gegeneinanderschlagen!
In den Zeitungen fand Peter nur noch eine interessante Meldung. Der Präsident der Vereinigten Staaten hatte in einem neuerlichen Anlauf zu einer Lösung für die von den Israelis besetzten umstrittenen Territorien des Nahen Ostens einen Sonderverhandlungsbeauftragten ernannt. Der Mann, den er gewählt hatte, war Dr. Kingston Parker. Der Artikel nannte ihn einen persönlichen Freund des Präsidenten und einen der ranghöchsten Mitglieder im engeren Kreis des Präsidentenberaterstabs, einen Mann, der bei allen an diesem Konflikt beteiligten Parteien einen guten Ruf hatte und der sich daher ideal für diese schwierige Aufgabe eignen würde. Und abermals stimmte Peter dieser Ansicht bei. Kingston Parkers Energien und Reserven schienen unerschöpflich.
Peter legte die Zeitung weg und dachte an die Stunden der Leere und Langeweile, die sich bis zum folgenden Tag dahinziehen würden. Neben seinem Bett lagen drei Bücher, die er lesen wollte, und der Hermes-Koffer war zur Hälfte mit Narmco-Unterlagen angefüllt, aber er wußte, er würde sich nicht konzentrieren können – nicht, wenn die Konfrontation mit Kalif bevorstand, die alles andere überschattete.
Er ging hinüber ins Badezimmer und holte das Päckchen hervor, das er tags zuvor in der Kosmetikabteilung der Galéries Anspach, einem der größten Kaufhäuser der Stadt, gekauft hatte.
Die Perücke war aus qualitativ hochwertigem, echtem Menschenhaar, kein unnatürlich glänzendes Ersatzstück aus billigem Kunsthaar. Sie war in seiner Haarfarbe, aber viel länger, als Peter das Haar trug. Er setzte sie auf, achtete sorgfältig darauf, daß sich der Ansatz genau mit seinem eigenen Haaransatz deckte, und machte

sich dann mit einer Schere daran, sie zurechtzustutzen und in die richtige Fasson zu bringen. Als das Ergebnis ungefähr seinen Vorstellungen entsprach, begann er die Schläfenhaare mit „Italian Boy"-Haarfarbe silbergrau zu tönen.
Er ließ sich fast den ganzen Nachmittag dafür Zeit, denn er hatte es nicht eilig und betrachtete sein Werk mit kritischen Augen. Alle paar Minuten verglich er es mit dem Schnappschuß, den Melissa-Jane mit ihrer neuen Polaroidkamera, die er ihr zu Weihnachten geschenkt hatte, am Neujahrstag auf Abbot's Yew gemacht hatte. Die beiden Stride-Brüder waren gut getroffen. Sie standen direkt mit dem Gesicht zur Kamera und lächelten geduldig, wie Melissa-Jane es gefordert hatte.
Das Foto zeigte die Ähnlichkeit der beiden Brüder, aber auch die Unterschiede. Sie hatten die gleiche Haarfarbe, doch Steven trug sein Haar länger, wie es jetzt Mode war, so daß es sich hinten über den Kragen ringelte. Außerdem waren seine Schläfen stärker ergraut, und auch sein Stirnhaar war von grauen Strähnen durchzogen. Stevens Gesicht war voller, zeigte bereits die ersten Ansätze zu einem Doppelkinn, und sein Teint war rötlicher – vielleicht die ersten Warnsignale einer schlechten Herzfunktion, vielleicht aber auch nur ein Merkmal des guten Lebens, das er führte. Aber mit der Perücke auf dem Kopf wirkte auch Peters Gesicht viel voller.
Als nächstes nahm Peter sich den Schnurrbart vor und stutzte ihn auf die von Infanterieoffizieren bevorzugte Fasson zurecht, die sein Bruder Steven gern trug. In der Kosmetikabteilung hatte es mitten unter künstlichen Wimpern und Brauen auch eine recht gute Auswahl an Schnurrbärten gegeben, aber keiner hatte hundertprozentig gepaßt. Peter mußte ihn vorsichtig mit der Schere bearbeiten und dann ein wenig silbergrau tönen.
Als er fertig war, klebte er sich den Bart mit einem Spezialkleber unter die Nase, und das Ergebnis war verblüffend. Der Schnurrbart machte sein Gesicht noch fülliger. Die Augen der Zwillinge hatten fast genau die gleiche Form und Farbe, und beider Nasen waren gerade und knochig. Peters Mund war etwas voller und seine Lippen hatten nicht diesen etwas harten Zug – aber der Schnurrbart verbarg das ziemlich gut.

Peter trat einen Schritt zurück und betrachtete sich in dem wandhohen Spiegel. Der Größenunterschied zwischen ihm und Steven betrug etwa einen halben Zentimeter, und sie hatten die gleichen breiten Schultern. Steven war um den Bauch herum etwas voller und sein Nacken war stärker geworden, so daß die Linie von Kopf und Schultern ein wenig an einen Stier mit gesenktem Schädel erinnerte. Peter änderte ein wenig die Haltung. So war's recht. Er bezweifelte, daß irgend jemand, der sie nicht beide sehr gut kannte, den Schwindel bemerken würde. Und es gab keinen Grund zu der Annahme, daß Kalif oder einer seiner engsten Mitarbeiter Steven oder Peter jemals leibhaftig gesehen hatte.
Er verbrachte eine Stunde damit, Stevens Gangart zu üben, und beobachtete sich dabei im Spiegel, um die forschen, schwungvollen Bewegungen seines Bruders genau hinzukriegen, suchte nach persönlichen Eigenarten, wie zum Beispiel Stevens Gewohnheit, die Hände auf dem Rücken unter den Rockschößen zu verschränken oder sich mit einem Finger über den Bart zu streichen, zuerst von der Trennlinie unter der Nase nach links und dann nach rechts.
Die Kleider waren kein ernstes Problem. Die beiden Brüder gingen seit den Sandhurst-Tagen immer noch zum selben Schneider, und Stevens Kleidungsstil war unveränderlich und unantastbar. Peter wußte genau, was er in jeder beliebigen Situation tragen würde.
Er nahm die Perücke und den Schnurrbart wieder ab, verpackte beides sorgfältig in die Platikschachteln der Galéries Anspach und steckte sie in ein verschließbares Innenfach seines Hermes-Koffers. Dann holte er aus einem anderen Fach die Cobra Parabellum hervor. Sie steckte immer noch in ihrem Halfter aus Chamoisleder, und er wog das vertraute Gewicht der Waffe in der Hand. Widerstrebend beschloß er, sie nicht mitzunehmen. Das Treffen würde fast mit Sicherheit in England stattfinden. Der Kontakt mit Steven am vergangenen Donnerstag war eindeutig aus London erfolgt. Er mußte annehmen, daß es beim nächsten Mal dieselbe Stadt sein würde. Und er konnte nicht das Risiko eingehen, mit einer gefährlichen Waffe am Leib durch den britischen Zoll zu spazieren. Sollte man ihn aufhalten, würde das Aufsehen erregen, und Kalif

würde sofort Lunte riechen. Wenn er erst einmal in England war, konnte er sich vom Thor-Kommando eine andere Waffe besorgen. Colin Noble würde ihm sicher eine zur Verfügung stellen, wenn Peter ihm die Notwendigkeit erklärte.
Er ging hinunter zur Rezeption, ließ die Cobra in den Safe legen und kehrte in sein Zimmer zurück. Nun lag nur noch die ermüdende, unendliche Warterei vor ihm, eine der Soldatenpflichten, an die er sich niemals ganz gewöhnt hatte – er haßte das Warten immer noch.
Dennoch machte er es sich gemütlich, um Robert Aspreys *War in the Shadows* zu lesen, jenes präzise Werk über Jahrhunderte der Entwicklung und der Praktiken der Guerilla. Es gelang ihm, sich soweit zu entspannen, daß er fast ein wenig überrascht war, als er einen Blick auf die Uhr warf und feststellte, daß es bereits nach acht war. Er bestellte sich ein Omelette aufs Zimmer, und zehn Sekunden nachdem er den Hörer aufgelegt hatte, klingelte das Telefon. Er dachte zuerst, es sei die Küche, eine Rückfrage wegen seines Abendessens.
»Ja, was ist?« fragte er gereizt.
»Peter?«
»Steven?«
»Er hat sich bereit erklärt, mich zu treffen.«
Peter spürte, wie sein Herz einen wilden Sprung machte.
»Wann? Wo?«
»Das weiß ich nicht. Ich soll morgen nach Orly fliegen. Am Flughafen bekomme ich weitere Instruktionen.«
Natürlich, Kalif sicherte sich ab. Peter hätte damit rechnen sollen. Verzweifelt versuchte er sich die Anlage des Flughafens Orly ins Gedächtnis zu rufen. Er brauchte einen Privatraum, um mit Steven die Rollen zu tauschen. Den Gedanken, sich in einer der Wartehallen oder auf der Toilette mit ihm zu treffen, verwarf er sofort wieder. Damit blieb nur noch ein Ort übrig.
»Wann kommst du an?« fragte Peter.
»Ich hab' ein Ticket für den Morgenflug. Um elf Uhr fünfzehn bin ich dort.«
»Ich werde vor dir dort sein«, teilte Peter ihm mit. Er kannte den

Flugplan der Sabena auswendig, und alle Führungskräfte von Narmco besaßen eine VIP-Karte, mit der sie jederzeit für jeden beliebigen Flug einen Platz bekommen konnten.
»Ich werde im Flughafenhotel im vierten Stock des Südterminals von Orly ein Zimmer auf deinen Namen reservieren«, erklärte er Steven. »Ich erwarte dich in der Hotelhalle. Geh direkt zur Rezeption und verlang deinen Schlüssel. Ich werde aufpassen, ob dir jemand folgt. Nimm in keiner Weise Notiz von mir. Alles klar, Steven?«
»Ja.«
»Also dann bis morgen.«
Peter legte den Hörer auf und ging ins Badezimmer. Er studierte sein Gesicht im Spiegel.
»Na schön, mit einer Waffe von Thor wird's also nichts.« Kalif hatte sich nicht für England entschieden. Und Paris war natürlich nur eine Zwischenstation. Von dort würde Kalif seinen Informanten mit der üblichen Vorsicht wieder woanders hinbestellen – vielleicht über eine oder mehrere Zwischenstationen bis zum endgültigen Ort des Rendezvous.
Auf diese Weise würde er sichergehen, daß sein Informant unbewaffnet und schutzlos zu der Unterredung kam – und Peter war davon überzeugt, daß er danach mit der üblichen Gründlichkeit dafür sorgen würde, daß sein Gesprächspartner niemandem von dieser Unterredung berichten konnte.
Ich spiele ein *Straight Flush* mit zwei verdeckten Karten aus einem Päckchen, das Kalif gemischt und sorgsam präpariert hat, dachte Peter kühl, aber wenigstens ist das Warten vorüber. Er begann seine Toilettesachen in die wasserdichte Tasche von Gucci einzupacken.

Sir Steven Stride spazierte fünf Minuten nach zwölf in die Halle des Flughafenhotels in Orly Süd, und Peter gratulierte sich selbst mit einem leisen Lächeln. Steven trug einen blauen, doppelreihigen Blazer, ein weißes Hemd, eine Krawatte der Kricket-Klubs, eine graue Wollhose und handgearbeitete schwarze englische Schuhe – kein Firlefanz von italienischem Schuhwerk für Steven. Stevens Kleidung entsprach genau seinem Standardstil für inoffi-

zielle Anlässe, und Peter hatte sich nur in der Krawatte geirrt. Er selbst trug unter seinem Trenchcoat ebenfalls einen doppelreihigen Blazer und graue Hosen, und seine Schuhe waren scharze Barkers.
Steven ließ seinen Blick kurz durch die Halle schweifen, über Peter hinweg, der weit hinten in einer Ecke saß und in einer Nummer von *Le Monde* blätterte, dann steuerte er gebieterisch auf die Rezeption zu.
»Mein Name ist Stride, ich habe ein Zimmer reservieren lassen.« Steven sprach langsam und artikulierte sehr breit und deutlich, denn nur wenige von diesen verdammten Leuten hier sprachen Englisch. Der Angestellte warf rasch einen Blick in sein Buch, nickte, murmelte eine Begrüßung und überreichte Steven das Anmeldeformular und den Schlüssel.
»Vier, eins, sechs.« Steven wiederholte die Nummer laut genug, daß Peter es hören konnte. Peter hatte den Eingang sorgfältig im Auge behalten. Zum Glück hatten in den wenigen Minuten seit Stevens Ankunft nur wenige Gäste die Halle betreten, und keiner davon sah so aus, als wäre er ein Agent Kalifs. Aber wenn Paris – wovon Peter überzeugt war – nur eine Zwischenstation war, hatte Kalif natürlich auch keinen Grund, Steven überwachen zu lassen – das würde erst viel später, in der Nähe des endgültigen Bestimmungsortes kommen.
Steven ging mit einem Träger, der seinen einzigen kleinen Koffer trug, auf einen der Lifts zu, und Peter schlenderte langsam hinüber und schloß sich der kleinen Gruppe von Gästen an, die vor den Aufzügen warteten.
Schulter an Schulter mit Steven stand er in dem überfüllten Lift, doch keiner nahm vom anderen Notiz, und als Steven und der Träger im vierten Stock ausstiegen, fuhr Peter noch drei Stockwerke höher, ging den Korridor entlang und wieder zurück und stieg dann in den abwärts fahrenden Lift, den er auf Stevens Stockwerk verließ.
Steven hatte die Tür zum Zimmer Nr. 416 angelehnt gelassen, und Peter stieß sie auf und schlüpfte ohne anzuklopfen hinein.
»Hallo, mein lieber Junge.« Steven war in Hemdsärmeln. Er hatte

den Fernseher eingeschaltet, drehte aber nun die Lautstärke zurück und eilte Peter entgegen, um ihn erfreut und erleichtert zu begrüßen.
»Keine Probleme?« fragte Peter.
»Hat alles funktioniert wie ein Uhrwerk«, sagte Steven. »Möchtest du einen Drink? Ich hab' im *Duty-free-shop* eine Flasche gekauft.«
Während Steven im Badezimmer nach Gläsern suchte, sah Peter sich rasch im Zimmer um. Durchs Fenster sah man hinunter auf die funktionellen, viereckigen Marktgebäude, Ersatz für die malerischen alten *Halles*, die früher im Zentrum von Paris gestanden waren; die Vorhänge paßten zu den Decken auf den beiden Betten, zwischen denen der Fernseher und ein Radiogerät standen, die Möbel waren modern und seelenlos – es war ein Zimmer, mehr konnte man von diesem Raum wirklich nicht sagen.
Steven kam mit den Gläsern herein und reichte Peter eines.
»Prost!«
Peter kostete den Whisky. Er war zu stark, und das Pariser Leitungswasser schmeckte nach Chlor. Er stellte das Glas beiseite.
»Auf welche Weise wird Kalif dir weitere Instruktionen zukommen lassen?«
»Ich hab' sie bereits.« Steven ging zu seinem Blazer, den er über den Stuhl gehängt hatte, und holte einen langen weißen Umschlag aus der Innentasche hervor. »Das war am Auskunftsschalter der Air France für mich hinterlegt.«
Peter nahm den Umschlag, riß ihn auf, und ließ sich in einen Fauteuil fallen. Der Umschlag enthielt drei Dinge.
Ein Ticket für einen Air-France-Flug erster Klasse, einen Gutschein für einen Wagen inklusive Chauffeur und eine Bestätigung für eine Hotelreservierung.
Das Ticket konnte gegen Barzahlung an jedem Schalter und in jedem Büro der Air France gekauft und auch die Reservierungen für die Limousine und das Hotelzimmer konnten anonym vorgenommen worden sein. Diese Unterlagen boten keinerlei Möglichkeit, eine Spur aufzugreifen.
Peter öffnete das Ticket-Heft und las den Bestimmungsort. Irgend etwas kroch ihm plötzlich über die Haut wie ekliges Ungeziefer.

Er schloß das Heft und überprüfte die beiden Gutscheine. Das ohnmächtige Gefühl von Verrat und Unheil traf ihn wie ein Schlag und breitete sich in seinem ganzen Körper aus, machte seine Fingerspitzen gefühllos und löste einen bitteren, salzigen Geschmack auf seiner Zunge aus.
Das Ticket galt für den Abendflug von Orly zum Flughafen Ben Gurion in Israel, der Gutschein für den Mietwagen für eine Fahrt von dort nach Jerusalem, und der Hotelgutschein für ein Zimmer im King David Hotel in der alten, heiligen Stadt.
»Was ist, Peter?«
»Nichts«, sagte Peter und erst jetzt wurde ihm bewußt, daß man ihm ansehen mußte, wie elend er sich fühlte. »Jerusalem«, fuhr er fort. »Kalif will, daß du nach Jerusalem kommst.«
In Jerusalem hielt sich zu dieser Zeit ein Mensch auf, eine Frau, um die seine Gedanken unaufhörlich gekreist waren, seit er sie in der Dunkelheit der Bora-Bora-Insel zum letzten Mal umarmt hatte – vor so langer, langer Zeit.
Kalif war in Jerusalem und Magda Altmann war in Jerusalem – und Zorn und bittere Enttäuschung drückten ihm fast das Herz ab. Die Durchtriebenheit Kalifs.
Nein, sagte er sich fest. Diesen Weg bin ich schon einmal gegangen. Es kann nicht Magda sein.
Die Genialität Kalifs – unheilvoll und mühelos.
Aber möglich ist es, mußte er sich eingestehen. Bei Kalif ist alles möglich. Jedesmal, wenn er den Würfelbecher schüttelt, ändern sich die Zahlen und jedesmal fallen neue Zahlen, die eine neue Summe ergeben – aber immer ist alles völlig plausibel, völlig glaubhaft.
Einer der unbestrittenen Grundsätze seines Metiers besagte, daß die Liebe einen Mann – jeden Mann – blind, taub und töricht macht. Peter war verliebt, und er wußte es.
Na schön, ich muß also versuchen, einen klaren Kopf zu kriegen und alles ganz nüchtern und sachlich von vorn zu überdenken.
»Peter, ist alles in Ordnung?« fragte Steven nochmals, nun bereits ehrlich besorgt. Es war unmöglich, nachzudenken, solange Steven ihn nicht aus den Augen ließ. Er mußte es auf später verschieben.

»Ich geh' an deiner Stelle nach Jerusalem«, sagte Peter.
»Sag das noch mal – ich glaub', ich hab' nicht recht verstanden.«
»Wir tauschen die Rollen – du und ich.«
»Damit kommst du nie durch.« Steven schüttelte entschieden den Kopf. »Kalif fällt auf so was nicht rein.«
Peter nahm seinen Hermes-Koffer und ging ins Badezimmer. Er beeilte sich mit der Perücke und dem künstlichen Schnurrbart, dann rief er: »Steven, komm her.«
Sie standen nebeneinander und starrten sich im Spiegel an.
»Guter Gott!« brummte Steven. Peter ahmte die Haltung seines Bruders noch ein wenig genauer nach.
»Das ist unglaublich. Ich hab' gar nicht gewußt, was für ein fescher Bursche du bist«, kicherte Steven und schüttelte staunend den Kopf. Peter ahmte die Geste perfekt nach.
»Verdammt, Peter.« Das Lachen auf Stevens Lippen gefror. »Das reicht jetzt. Mir wird ganz unheimlich.«
Peter zog sich die Perücke vom Kopf. »Es klappt bestimmt.«
»Ja«, gab Steven zu. »Es wird klappen – aber woher zum Teufel hast du gewußt, daß ich einen Blazer und graue Hosen tragen werde?«
»Nur ein Berufstrick«, antwortete Peter. »Zerbrich dir nicht den Kopf darüber. Machen wir uns lieber an die Arbeit mit den Papieren.«
Im Schlafzimmer legten sie ihre Personaldokumente auf zwei kleine Stöße und sahen sie rasch durch.
Die Paßfotos würden keine Schwierigkeiten machen.
»Du mußt dir deinen Schnauzbart abrasieren«, erklärte Peter Steven, und der fuhr sich mit einem Finger über den Bart, zuerst nach links, dann nach rechts – zögernd und bedauernd.
»Ist das unbedingt notwendig? Ich werd' mir vorkommen, als würd' ich ohne Hosen in der Öffentlichkeit spazierengehen.«
Peter nahm den schlanken goldenen Kugelschreiber aus seiner Brusttasche und holte sich ein Bündel Hotelbriefpapier aus der Lade. Er studierte Stevens Unterschrift im Paß eine Minute, dann warf er sie mit einem kühnen Schriftzug auf das oberste Blatt.
»Nein.« Er schüttelte den Kopf und versuchte es nochmals. Die Unterschrift war wie Stevens Gang, forsch und selbstbewußt, das T mit einem schwungvollen Federstrich durchkreuzt.

In sechzig Sekunden gelang sie ihm perfekt.
»Mit dieser Perücke auf dem Kopf könntest du jederzeit in meine Bank spazieren und den ganzen verdammten Zaster abheben«, murmelte Steven unbehaglich. »Und dann nach Haus gehen und dich mit Pat ins Bett legen.«
»Gar keine schlechte Idee.« Peter machte ein nachdenkliches Gesicht.
»Hör auf, Witze zu machen«, bat Steven.
»Wer macht Witze?« Peter sah Scheckkarten, Klub-Mitgliedskarten, Führerschein und all den anderen Papierkram durch, den der Mensch in der zivilisierten Welt für seine Existenz braucht.
Steven brachte die Unterschrift seines Bruders nicht annähernd so gut zustande, aber nachdem er zwanzig Minuten geübt hatte, reichte es gerade zur Unterzeichnung eines Anmeldeformulars im Hotel.
»Hier hast du die Adresse eines Hotels am linken Seine-Ufer. Großartiges Restaurant, und die Direktion ist sehr verständnisvoll, falls du Lust haben solltest, eine junge Dame auf einen Drink in dein Zimmer einzuladen.«
»Gott behüte!« Steven machte ein blasiertes Gesicht.
»Nur ein paar Tage, Steven. Verhalt dich ganz unauffällig. Zahl alles in bar und halt dich vom Georg V, dem Meurice, dem Doyen und Maxim's fern – von allen Orten, wo man dich kennt.«
Während Steven sich den Schnurrbart abrasierte und die nackte Stelle vorsichtig mit Eau Sauvage betupfte, besprachen sie die letzten Einzelheiten des Rollentauschs.
»Und jetzt geh lieber«, sagte Peter schließlich. »Zieh das da an . . .« Er reichte ihm seinen Trenchcoat. »Und die Krawatten sollten wir auch noch tauschen.«
Steven war fertig und stand in dem eng sitzenden Trenchcoat etwas unglücklich neben der Tür.
»Steven, darf ich dich was fragen?« Peter wußte nicht, warum er es jetzt wissen mußte; er hatte es so lange Zeit so tief in sich vergraben, und doch war es in diesem Augenblick plötzlich unendlich wichtig für ihn.
»Natürlich, alter Knabe.« Steven schien froh, daß er den Abschied noch ein wenig hinausschieben konnte.

»Sandhurst.« Peter versuchte sich seine Verlegenheit nicht anmerken zu lassen. »Ich hab' dich nie danach gefragt – aber du hast es doch nicht getan, Steven, oder?«
Stevens Augen begegneten seinem Blick ruhig und fest. »Nein, Peter. Ich hab' es nicht getan. Mein Wort drauf.«
Peter nahm die Hand, die sein Bruder ihm entgegenstreckte und drückte sie fest. Es war beinahe lächerlich, wie erleichtert er sich fühlte.
»Ich bin froh, Steven.«
»Paß auf dich auf, alter Knabe.«
»Mach ich.« Peter nickte. »Aber wenn etwas passieren sollte . . .« Peter zögerte. »Melissa-Jane . . .«
»Mach dir keine Sorgen. Ich kümmere mich um sie.«
Warum fällt es uns Engländern so schwer, miteinander zu reden oder gar Zuneigung oder Dankbarkeit zu zeigen, fragte sich Peter.
»Nun ja, dann geh' ich also«, sagte Steven.
»Also dann, mach's gut und laß dich bei nichts erwischen«, mahnte Peter im alten Blödelton.
»Darauf kannst du dich verlassen«, sagte Steven, trat hinaus auf den Gang und schloß fest hinter sich die Tür. Und Peter blieb allein, um über Jerusalem nachzudenken.

Nur der Name hatte sich geändert – früher Lod, jetzt Ben Gurion –, aber sonst war die Ankunftshalle des Flughafens genau, wie Peter sie in Erinnerung hatte. Einer der wenigen Flughäfen auf dieser Kugel, auf dem es genug Gepäckwagen gibt, so daß die Passagiere sich nicht darum raufen müssen.
In der Ankunftshalle stand ein junger israelischer Chauffeur mit einer schwarzen Schultafel, auf die mit Kreide der Name SIR STEVEN STRIDE gekritzelt war.
Er trug Sandalen, ein weißes Baumwollhemd, und – als einzigen Bestandteil einer Uniform – eine marineblaue Mütze mit schwarzem Lackschild. Sein Englisch hatte den üblichen, stark amerikanischen Akzent, sein Benehmen war freundlich und lässig – heute spielte er eben den Chauffeur, aber morgen konnte er ebensogut in einem

Centurion-Panzer sitzen, und soviel wie sein Fahrgast war er lang noch wert.

»Schalom, Schalom«, begrüßte er Peter. »Ist das Ihr ganzes Gepäck?«

»Ja.«

»*Beserder.* Gehen wir.« Er bot sich nicht an, Peters Gepäckwagen zu schieben, aber er schwatzte freundschaftlich drauf los, während er ihn zum Wagen dirigierte.

Es war ein langgestreckter Mercedes Benz 240 D – fast nagelneu und liebevoll poliert – aber irgend jemand hatte zwei schielende Augen auf den Kofferraumdeckel gemalt, eines links und eines rechts von dem verchromten dreizackigen Stern.

Sie hatten noch kaum die Tore des Flughafens hinter sich gelassen, als schon einer der typischen Gerüche Israels den Fond des Mercedes füllte – der Geruch nach Orangeblüten von den Zitrushainen zu beiden Seiten der Straße.

Aus irgendeinem Grund verursachte dieser Geruch Peter Unbehagen, das Gefühl, etwas verabsäumt, etwas Wichtiges übersehen zu haben. Er bemühte sich, alles nochmals vom Anfang an zu überdenken, aber sein Chauffeur begleitete die Fahrt über die neue, vierbahnige Schnellstraße und durch die Wälder über die Berge in Richtung Jerusalem mit pausenlosem Gerede, und die Stimme lenkte ihn ab.

Peter wünschte, er hätte die Liste behalten, die er sich in seinem Hotelzimmer in Orly gemacht hatte. Doch leider hatte er sie vernichtet und mußte nun versuchen, sie in Gedanken zu rekonstruieren.

Es waren etwa ein Dutzend Punkte auf der Plusseite gewesen. Der dritte hatte gelautet: Magda hat mir von Kaktusblüte erzählt. Hätte sie das getan, wenn sie Kalif wäre?

Und gleich daneben, auf der Minusseite: Wenn Magda Kalif ist, dann existiert Kaktusblüte nicht. Dann hat sie es aus irgendeinem ungeklärten Grund erfunden.

Das war die Frage, die ihn wie ein Stein im Socken drückte. Immer wieder kam er darauf zurück. Irgendwo fehlte ein Glied in der logischen Kette, und er versuchte dahinterzukommen, was es war.

Es war da, irgendwo in seinem Unterbewußtsein, und er wußte instinktiv, daß die Folgen tödlich sein konnten, wenn er es nicht fand.
Der Fahrer quatschte ununterbrochen und drehte sich alle paar Minuten grinsend und Bestätigung heischend nach ihm um.
»Es ist Ihnen doch recht, oder?«
Peter brummte. Der Mann ging ihm auf die Nerven – das fehlende Glied war da, begann langsam an die Oberfläche zu steigen. Er konnte es beinahe schon fassen. Warum hatte ihn der Duft nach Orangenblüten beunruhigt? Blütenduft? Kaktusblüte? Da war etwas, irgend etwas, das auf der Liste fehlte.
Wenn Magda nicht Kalif ist, dann ... War es das? Er war nicht sicher.
»Ist es Ihnen recht?« wiederholte der Fahrer.
»Entschuldigen Sie – was haben Sie gesagt?«
»Ich hab' gesagt, daß ich bei meiner Schwiegermutter ein Paket abgeben muß«, erklärte der Fahrer nochmals. »Es ist von meiner Frau.«
»Können Sie das nicht auf dem Rückweg tun?«
»Ich fahr' heute nicht mehr zurück.« Der Fahrer warf ihm über die Schulter ein gewinnendes Lächeln zu. »Meine Schwiegermutter wohnt direkt auf der Strecke. Ich brauch' keine fünf Minuten. Ich hab' meiner Frau versprochen, daß ich es ihrer Mutter heut bring'.«
»Na, dann meinetwegen«, sagte Peter gereizt. Der Mann hatte etwas an sich, was ihm nicht gefiel. Und den Faden hatte er nun auch wieder verloren.
Er kam sich vor, als spiele er Schach mit einem haushoch überlegenen Gegner, und hätte einen ungedeckten Turm übersehen oder ein Pferd, das seine Dame bedrohen und gleichzeitig seinem König Schach bieten konnte.
»Hier fahren wir rein«, erklärte der Fahrer und bog in eine neue Wohnsiedlung ein, deren Häuser alle aus dem eiercremfarbenen Jerusalemer Stein gebaut waren, Reihe für Reihe – Israels verzweifelte Bemühungen, Wohnungen für all seine neuen Bürger zu schaffen. Zu dieser Stunde lagen die Straßen verlassen da, denn die Familien saßen alle beim Abendessen.

Der Fahrer kurvte, vertraulich auf Peter einschwatzend, durch den Irrgarten der völlig gleich aussehenden Straßen und hielt vor einem der quadratischen, schachtelähnlichen Gebäude.
»Nur zwei Minuten«, versprach er, sprang aus dem Mercedes, eilte nach hinten und öffnete den Kofferraum. Ein kratzendes Geräusch, ein kleiner Stoß, der Kofferraumdeckel wurde wieder zugeschlagen, und der junge Mann kehrte mit einem in braunes Papier gewickelten Paket in Peters Blickfeld zurück.
Er grinste, schob sich die lächerliche Mütze aus der Stirn, rief ihm durch das geschlossene Fenster nochmals zu: »Nur zwei Minuten«, und verschwand dann im Haustor.
Peter hoffte, daß er länger brauchen würde. Die Stille war kostbar. Er schloß die Augen und konzentrierte sich.
Wenn Magda nicht Kalif ist, dann ... dann ... Der kalt werdende Motor begann zu ticken – oder war es die Autouhr auf dem Armaturenbrett? Peter bemühte sich, nicht auf das Geräusch zu achten. ... dann ... dann existiert Kaktusblüte. Ja, das war es! Kaktusblüte existiert, und wenn er existiert, ist er Kalif nahe genug, um zu wissen, daß ihm die Gefahr droht, von Sir Steven Stride aufgedeckt zu werden.
Peter setzte sich steif und kerzengerade auf. Er hatte geglaubt, daß Steven Stride bis zu dem Treffen mit Kalif in völliger Sicherheit sei. Das war der verhängnisvolle Fehler.
Kaktusblüte muß Steven Stride daran hindern, an Kalif heranzukommen! Ja, natürlich, wie hatte er das nur übersehen können! Kaktusblüte war Mossad, und Peter saß in einer Straße in Jerusalem – vor der Haustür des Mossad sozusagen – verkleidet als Steven Stride.
»Jesus Christus!« Plötzlich wurde ihm die Lebensgefahr bewußt. Wahrscheinlich hat Kaktusblüte alles arrangiert. Wenn Magda Altmann nicht Kalif ist, dann spaziere ich geradewegs in die Falle von Kaktusblüte!
Die verdammte Uhr tickte noch immer, und das Geräusch war nerventötend wie ein tropfender Wasserhahn.
Ich bin in der Stadt von Kaktusblüte ... in seiner Limou ...
Das Ticken! O Gott! Es kam nicht vom Armaturenbrett. Peter

wandte den Kopf. Es kam von hinten; aus dem Kofferraum, den der Fahrer geöffnet und in dem er mit irgend etwas hantiert hatte. Mit einem Ding, das nun vor sich hintickte.
Peter drückte den Türgriff mit einem Ruck nieder und stieß mit der Schulter die Tür auf. Mit der anderen Hand riß er instinktiv den Hermes-Koffer an sich.
Wahrscheinlich hatten sie das Blech zwischen dem Kofferraum und dem Rücksitz entfernt, damit die Wucht der Explosion ihn voll treffen konnte. Wahrscheinlich war nur die Lederpolsterung zwischen ihm und dem Ding, das da tickte. Deshalb hatte er es so deutlich gehört.
Die Zeit schien zu schleichen, so daß er ungehindert nachdenken konnte, während die Sekunden zäh und langsam wie tropfender Honig dahinflossen.
Eine Höllenmaschine, dachte er. Er hatte keine Ahnung, warum ihm gerade jetzt dieser lächerliche Ausdruck des neunzehnten Jahrhunderts in den Sinn kam – wahrscheinlich ein Überbleibsel aus den Kindheitstagen, in denen er *Boy's Own Paper* gelesen hatte.
Er schwang sich aus dem Mercedes und verlor fast das Gleichgewicht, als er die Füße auf den unasphaltierten, holprigen Gehsteig aufsetzte.
Wahrscheinlich eine Plastikbombe mit einem Zeitzünder, dachte er, als er zu rennen begann. Auf welche Zeit hatten sie ihn wohl eingestellt? Auf dreißig Sekunden? Nein, der Fahrer mußte sich in Sicherheit bringen können. Zwei Minuten hatte er gesagt, zweimal sogar...
Die Gedanken jagten ihm durch den Kopf, aber seine Beine waren schwer, als zöge er ein riesiges Gewicht hinter sich her oder versuche sich durch eine tosende Brandung voranzukämpfen, die ihm bis zu den Hüften reichte.
»Es dauert nur zwei Minuten«, hatte der Kerl gesagt, und so lange war er nun schon weg.
Zehn Schritte vor Peter war eine Art Blumenrabatte um den Häuserblock herum, die von etwa kniehohen Ziegelmauern begrenzt wurde. Der Zwischenraum war mit trockener, gelber Erde gefüllt, in der ein paar verschrumpelte Oleanderbüsche ihr kümmerliches Dasein fristeten.

Peter setzte mit einem Hechtsprung über die Mauer, fing die Wucht des Aufpralls mit Schulter und Unterarm auf und ließ sich knapp neben die schützende niedrige Mauer rollen.
Über seinem Kopf lagen die großen Fenster der Parterrewohnungen. Auf der Seite liegend, spähte Peter hinauf und sah in den Fensterscheiben das Spiegelbild des Mercedes.
Er hielt sich beide Hände über die Ohren. Der Mercedes war nur fünfzehn Meter entfernt, und Peter beobachtete ihn in den Scheiben, mit gespannten Muskeln und weit offenem Mund, um zu verhindern, daß die Stoßwelle der Explosion ihm den Schädel zerriß.
Der Mercedes ging in die Luft, schien sich fast langsam zu öffnen wie eine aufblühende Rose in Zeitlupenaufnahme, das glänzende Metall dehnte und verbog sich zu grotesken schwarzen Blütenblättern, und eine helle, weiße Flamme schoß daraus hoch - das war alles, was Peter sah, denn die Reihe von Fensterscheiben über seinem Kopf zersplitterte in der letzten Druckwelle zu tausend funkelnden Scherben, und die Fenster waren nur noch klaffende Löcher, leer wie der zahnlose Mund eines alten Mannes, und im selben Augenblick knallte der Explosionsstoß mit unheimlicher Wucht auf ihn nieder.
Obwohl die dicke Wand der Blumenrabatte die Schockwelle zum Teil auffing, hatte er das Gefühl, als würde ihn die Wucht des Stoßes zerschmettern und ihm die Rippen zerquetschen, und die Luft entwich zischend aus seinen Lungen. Der ohrenbetäubende Knall der Explosion dröhnte in seinem Kopf, und Sterne in allen Farben des Regenbogens blitzten vor seinen Augen.
Einen Augenblick mußte er wohl das Bewußtsein verloren haben, dann prasselten Scherben und Splitter auf ihn herunter und er verspürte einen heftigen Stich im Kreuz. Das riß ihn aus seiner Betäubung.
Er rappelte sich hoch und schnappte keuchend nach Luft. Er wußte, daß er verschwinden mußte, bevor die Polizei kam, wenn er sich nicht einer hartnäckigen Befragung aussetzen wollte, bei der sich zweifellos herausstellen würde, daß er nicht Sir Steven war.
Er begann zu laufen. Die Straße war immer noch leer, aber er

hörte bereits die ersten Anzeichen des Tumults, der gleich losbrechen würde, hörte schon die ersten Angst- und Schreckensrufe.
Er rannte bis zur Ecke und ging dann mit raschen Schritten weiter bis zur nächsten Gasse hinter einem der Wohnblocks. Die Gassen waren unbeleuchtet, und Peter blieb kurz in der Dunkelheit stehen. Nun drängte sich bereits ein Dutzend schreiender Menschen zu der in Rauch und Staubwolken gehüllten Explosionsstelle, und Fragen und Vermutungen schwirrten durch die Luft.
Peter verschnaufte ein wenig, klopfte sich den Staub von Jacke und Hose, wartete bis die Verwirrung und der Tumult den Höhepunkt erreicht hatten, und ging dann ruhig weiter.
Auf der Hauptstraße schloß er sich einer kurzen Warteschlange vor einer Autobushaltestelle an. Er stieg in der Jaffa Road aus.
Gegenüber der Bushaltestelle war ein Café, und er ging hinein und verschwand in der Toilette. Er war blaß und erregt, aber sonst fehlte ihm nichts. Seine Hände zitterten noch ein wenig, als er sich mit dem Kamm durchs Haar fuhr.
Er ging zurück ins Café, setzte sich in eine Ecke und bestellte eine Portion *Falafel*, *Pita*-Brot und Kaffee.
Eine halbe Stunde blieb er sitzen und dachte nach, was nun zu tun sei.
Wenn Magda Altmann nicht Kalif ist . . ., begann er seine Überlegungen von neuem mit der Frage, die er gerade noch rechtzeitig beantwortet hatte, um sein Leben zu retten.
Magda Altmann war nicht Kalif! Nun wußte er es mit völliger Sicherheit. Kaktusblüte hatte versucht, Sir Steven Stride daran zu hindern, ihn bei Kalif zu denunzieren. Also hatte Magda ihm die Wahrheit gesagt. Ein warmes Gefühl der Erleichterung durchflutete ihn, und er wollte schon aufspringen, um sie auf der Mossadnummer, die sie ihm gegeben hatte, anzurufen. Doch dann erkannte er die Gefahr. Kaktusblüte war Mossad. Er konnte es nicht wagen, sich ihr zu nähern – noch nicht.
Was also sollte er tun? Er brauchte nicht lange über die Antwort nachzudenken. Er mußte das tun, wozu er gekommen war. Er mußte Kalif finden, und der einzige dünne Faden, dem er folgen konnte, war die Spur, die Kalif für ihn markiert hatte.

Er verließ das Café und fand ein Taxi an der Ecke.
»King David Hotel«, sagte er dem Fahrer und ließ sich in den Sitz fallen.
Zumindest weiß ich jetzt, wie gefährlich Kaktusblüte ist, dachte er grimmig. In die nächste Falle stolpere ich nicht wieder blindlings hinein.
Peter blickte sich rasch in dem Zimmer um, das für ihn reserviert worden war. Die Fenster gingen nach hinten hinaus, und gegenüber befand sich eine Herberge der YMCA mit einem hohen Glockenturm, von dem ein Scharfschütze die beiden Fenster seines Zimmers gut im Blickfeld haben konnte.
»Ich habe eine Suite reservieren lassen«, fuhr er den Rezeptionisten an, der ihn hinaufbegleitet hatte.
»Verzeihen Sie, Sir Steven«, erwiderte der Mann verwirrt, »da muß ein Irrtum passiert sein.«
Noch ein Blick durch den Raum, und Peter hatte ein halbes Dutzend Stellen ausfindig gemacht, an denen Kaktusblüte eine weitere Sprengladung versteckt haben könnte, für den Fall, daß die Sache mit dem Mercedes schiefgehen sollte. Lieber hätte er die Nacht in einer Schlangengrube verbracht als in einem Raum, den Kaktusblüte für ihn vorbereitet hatte.
Er trat hinaus auf den Gang und sah den Angestellten so gebieterisch an, wie er nur konnte. Der Mann hastete davon und kam nach fünf Minuten offensichtlich erleichtert zurück.
»Wir können Ihnen eine unserer besten Suiten geben.«
Von Nummer 122 bot sich ein herrlicher Ausblick über das Tal hinweg bis zum Jaffa-Tor in der alten Stadtmauer, und in der Mitte dieses Panoramas ragte die Grabeskirche auf.
Der Hotelgarten war üppig grün, mit saftigen Rasenflächen und hohen, schlanken Palmen, um den Swimming-pool tummelten sich fröhlich schreiende Kinder, und eine leichte kühle Brise milderte die Hitze.
Die Suite grenzte an eine lange, offene Terrasse, und sobald Peter allein war, ließ er die schweren Rolläden vor der Terrassentür herab. Kaktusblüte könnte zu leicht auf diesem Weg jemand hereinschicken. Dann trat er auf den Privatbalkon hinaus.

Auf den hohen Steinzinnen des französischen Konsulats, das an den Hotelgarten grenzte, wurde soeben vor dem flammenden Hintergrund des Sonnenuntergangs die Trikolore eingeholt. Peter sah einen Augenblick zu und konzentrierte sich dann wieder auf die Absicherung seiner Suite.
Der Zugang vom Nebenzimmer war leicht möglich – nur ein kleiner Sprung vom Fenster zum Balkon. Peter zögerte, beschloß aber dann, die Rolläden vor der Balkontür nicht herunterzulassen. Er konnte sich mit der beengenden Atmosphäre eines hermetisch verschlossenen Raumes nicht abfinden.
Er zog bloß die Vorhänge zu und bestellte sich dann einen großen Whisky mit Soda aufs Zimmer. Den brauchte er jetzt. Es war ein langer, harter Tag gewesen.
Er legte Krawatte und Hemd ab, befreite sich von der Perücke und dem Schnurrbart, und ging ins Badezimmer, um ein wenig von der Spannung fortzuwaschen. Als er sich abtrocknete, klopfte es an der Tür.
»Verdammt schnelle Bedienung«, murmelte er, stülpte sich die Perücke auf den Kopf und trat in den Vorraum, als sich der Schlüssel im Schloß drehte, dann ging auch schon die Tür auf. Er hob das Handtuch und tat so, als würde er sich noch abtrocknen, um das Fehlen des Bartes auf seiner Oberlippe zu verbergen.
»Herein«, knurrte er, und erstarrte dann in der Tür. Ein Schraubstock schien sich um sein Herz zu schließen und ließ ihm den Atem stocken.
Sie trug ein Männerhemd mit offenem Kragen und Brusttaschen, eine khakifarbene Hose umspannte ihre schmalen Hüften. Die langen Beine steckten in weichbesohlten Leinenstiefeln. Und doch gab sie sich mit demselben ungezwungenen Chic, als trüge sie ein Pariser Modellkleid.
»Sir Steven.« Rasch schloß sie hinter sich die Tür, und Peter sah den Metallstift in ihrer Hand aufblitzen, mit dem sie das Schloß geöffnet hatte. »Ich bin Magda Altmann, wir kennen uns. Ich bin gekommen, um Sie zu warnen. Sie befinden sich in allerhöchster Gefahr.«
Die dichten kurzen Locken umgaben ihren Kopf wie eine dunkle Gloriole, und ihre grünen Augen waren vor Sorge weit geöffnet.

»Sie müssen dieses Land sofort verlassen. Mein Privatflugzeug wartet auf einem Flugplatz hier in der Nähe ...«
Peter ließ das Handtuch gerade so weit sinken, daß er sprechen konnte.
»Warum sagen Sie mir das?« unterbrach er sie brüsk. »Und warum sollte ich Ihnen glauben?«
Er sah, wie ihr die zornige Röte in die Wangen stieg.
»Sie geraten da in eine Sache, von der Sie nichts verstehen.«
»Warum sollte Ihnen daran gelegen sein, mich zu warnen?« bohrte Peter.
»Weil ...« Sie zögerte und fuhr dann mit scharfer Stimme fort. »... weil Sie Peter Strides Bruder sind. Nur deshalb möchte ich nicht, daß man Sie umbringt.«
Peter warf das Handtuch nach hinten ins Badezimmer, zog sich gleichzeitig die Perücke vom Kopf und ließ sie auf den Sessel neben sich fallen.
»Peter!« Fassungslos vor Staunen starrte sie ihn an, die zornige Röte wich aus ihren Wangen und ihre grünen Augen wurden dunkel und leuchtend. Wieder einmal hatte er vergessen, wie schön sie war.
»Nun, steh nicht bloß da«, sagte er, und sie rannte auf ihren langen, grazilen Beinen zu ihm und schlang ihre Arme um seinen Hals.
Schweigend preßten sie sich aneinander, und viele Minuten lang hielt keiner von beiden Worte für nötig. Dann löste sie sich von ihm.
»Peter, Liebling – ich kann nicht lange bleiben. Es ist ziemlich riskant, daß ich überhaupt hergekommen bin. Sie beobachten das Hotel, und die Mädchen in der Telefonvermittlung arbeiten alle für den Mossad. Deshalb konnte ich nicht anrufen ...«
»Erzähl mir alles, was du weißt«, forderte er sie auf.
»Gut, aber halt mich dabei fest, *chéri*. Ich möchte keine Minute von dem bißchen Zeit, das wir füreinander haben, vergeuden.«
Sie versteckte sich im Badezimmer, als der Kellner den Whisky brachte, dann setzte sie sich zu Peter auf die Couch.
»Kaktusblüte hat dem Mossad berichtet, daß Steven eine Zusammenkunft mit Kalif verlangt hat, um ihn über die Identität von

Kaktusblüte aufzuklären. Das war alles, was ich bis gestern wußte – aber es war immerhin eine Grundlage. Zunächst war ich überrascht, daß es im ersten Bericht von Kaktusblüte um Steven gegangen war und nicht um dich, Peter ...« Sie streichelte über die glatten, harten Muskeln auf seiner gebräunten Brust, während sie sprach. »Der Gedanke an Steven war mir nie gekommen, nicht einmal als wir darüber sprachen, daß in diesem Bericht kein Vorname genannt worden war.«

»Auch ich kam nicht gleich darauf – erst als ich *Les Neuf Poissons* schon verlassen hatte.«

»Dann konnte ich mir natürlich denken, daß du Steven beschuldigt und ihm die Quelle deiner Information genannt hast. Eine verrückte Idee – nicht dein Stil. Aber ich dachte, wo er doch dein Bruder ist ...« Sie ließ den Satz unbeendet.

»Du hast recht, genau das hab' ich getan.«

»Peter – wir könnten doch auch reden, wenn wir im Bett liegen«, murmelte sie. »Ich hab' so lange ohne dich auskommen müssen.« Ihre nackte Haut fühlte sich wie warmer Satin an. Sie umschlangen einander, ihre harte glatte Bauchdecke preßte sich an die seine, und ihr Mund lag an seinem Ohr.

»Stevens Forderung nach einem Treffen mit Kalif wurde direkt an diesen weitergeleitet, nicht über Kaktusblüte, sondern auf einem anderen Weg. Kaktusblüte hatte also keine Möglichkeit, es zu verhindern ...«

»Wer ist Kaktusblüte, hast du das herausgefunden?«

»Nein.« Sie schüttelte den Kopf. »Ich weiß es immer noch nicht.« Sie strich mit ihren langen Fingernägeln leicht über seine Bauchdecke.

»Wenn du das tust, kann ich nicht klar denken«, protestierte er.

»Entschuldige.« Sie legte ihm die Hand auf die Wange. »Wie dem auch sei – Kalif gab Kaktusblüte den Auftrag, das Treffen mit Steven zu arrangieren. Ich wußte nicht, welche Vorbereitungen getroffen wurden – bis ich heute abend Sir Stevens Namen auf der Liste der Einwanderungsbehörde sah. Ich hab' nicht eigens nach seinem Namen gesucht, aber als ich ihn sah, erriet ich, was da vor sich ging. Ich ahnte, daß Kaktusblüte ihn hierher gelockt hatte, um

sich ihn zu schnappen. Ich brauchte drei Stunden, um herauszufinden, wo Sir Steven absteigen würde.«
Nun schwiegen sie beide, und Magda beugte sich zu ihm und drückte glücklich seufzend ihr Gesicht in seine Halsgrube.
»O Gott, Peter. Du hast mir so gefehlt.«
»Hör zu, Liebling. Du mußt mir alles erzählen, was du sonst noch weißt.« Peter hob zärtlich ihr Kinn, um ihr ins Gesicht zu sehen, und ihr Blick wurde wieder konzentriert.
»Hast du gewußt, daß ein Mordanschlag auf Steven geplant war?«
»Nein – aber für den Mossad war das ein logischer Schritt, um Kaktusblüte zu schützen.«
»Was noch?«
»Nichts.«
»Du weißt nicht, ob tatsächlich Vorbereitungen zu einem Treffen zwischen Kalif und Steven getroffen worden sind?«
»Nein, das weiß ich nicht«, gab sie zu.
»Und du hast immer noch nicht die geringste Ahnung, wer Kalif sein könnte?«
»Nein, nicht die geringste.«
Sie schwiegen wieder, aber nun stützte sie sich auf einen Ellbogen und betrachtete sein Gesicht, während er sprach.
»Kaktusblüte wird nichts anderes übrigbleiben, als die Vorbereitungen für diese Zusammenkunft nach Kalifs Anordnungen zu treffen. Irgendeinen Schwindel wird er kaum riskieren können – nicht bei Kalif.«
Magda nickte zustimmend.
»Wir müssen also annehmen, daß Kalif in diesem Augenblick in der Nähe ist – sehr nahe.«
»Ja.« Sie nickte abermals, diesmal widerwillig.
»Das heißt also, daß ich mich weiterhin für Steven ausgeben muß.«
»Peter! Nein! – Sie werden dich umbringen.«
»Sie haben es schon versucht«, sagte Peter grimmig und berichtete von der Sprengung des Mercedes. Sie strich ihm über die Stelle auf dem Kreuz, wo ein Splitter ihn verletzt hatte.
»Sie werden dich nicht an Kalif herankommen lassen.«
»Es wird ihnen wohl nichts anderes übrigbleiben«, meinte Peter.

»Kalif ist so um seine Sicherheit besorgt – er wird auf dem Treffen bestehen.«
»Sie werden nochmals versuchen, dich zu töten«, beschwor sie ihn.
»Vielleicht, aber ich wette, daß die Zusammenkunft mit Kalif sehr bald stattfinden soll. Sie werden keine Gelegenheit mehr haben, noch eine so ausgetüftelte Falle wie die mit dem Mercedes aufzustellen. Und außerdem bin ich jetzt darauf gefaßt. Ich muß weitermachen, Magda.«
»O Peter . . .« Aber er legte ihr den Finger auf die Lippen und dachte laut weiter.
»Nehmen wir einmal an, der Mossad wüßte, daß ich nicht Steven Stride bin, daß ich in Wirklichkeit nicht die Absicht habe, Kaktusblüte zu denunzieren? Was würde das an den Überlegungen des Mossad ändern?«
Sie dachte nach. »Ich weiß nicht recht.«
»Wenn sie wüßten, daß ich in Wirklichkeit Peter Stride bin, der sich für seinen Bruder Steven Stride ausgibt«, beharrte er, »würde sie das neugierig genug machen, um das Treffen zustande kommen zu lassen?«
»Peter, willst du damit sagen, daß ich beim Mossad einen Bericht abgeben soll . . .?«
»Würdest du das tun?«
»Barmherziger«, wisperte sie. »Ich könnte dein Todesurteil unterzeichnen, Peter!«
». . . oder mein Leben retten!«
»Ich weiß nicht.« Sie setzte sich im Bett auf und fuhr sich mit den Fingern beider Hände durch ihre kurzen dunklen Locken. Das Licht der Lampe übergoß ihre Haut mit einem gedämpften, leicht opalisierenden Schimmer, und die kleinen zarten Brüste veränderten die Form, als sie die Arme hob. »O Peter, ich weiß nicht.«
»Es könnte unsere einzige Chance sein, je an Kalif heranzukommen«, meinte er hartnäckig, und sie verzog gequält das Gesicht.
»Kalif glaubt, ich hätte dich getötet, er glaubt, ich hätte ihm über meinen Bruder eine Warnung zukommen lassen. Er wird nie wieder so wenig auf der Hut sein wie jetzt. So eine Chance wird sich uns nie wieder bieten.«

»Ich hab' solche Angst um dich, Peter. Ich hab' solche Angst um mich, ohne dich ...« Sie beendete den Satz nicht, sondern zog die langen nackten Beine an, umfaßte ihre Knie und drückte sie an die Brust, kauerte sich zusammen, hilflos und schutzsuchend wie ein Embryo.
»Wirst du es tun?« fragte er sanft.
»Ich soll also meinem Verbindungsmann sagen, wer du bist. Soll ihm sagen, daß ich vermute, du wolltest in Wirklichkeit gar nicht Kaktusblüte denunzieren, sondern jemand anderen, den ich nicht kenne ...«
»Richtig.«
Sie wandte den Kopf und sah ihn an.
»Ich werde es tun, wenn du mir dafür ein Versprechen gibst«, sagte sie langsam.
»Was für ein Versprechen?«
»Wenn ich nach dem Gespräch mit meinem Mossad-Verbindungsmann das Gefühl habe, daß du immer noch in Gefahr bist, daß sie immer noch dein Treffen mit Kalif verhindern wollen ... versprich mir, daß du dann deine Versuche aufgibst. Daß du sofort dorthin gehst, wo die Lear wartet und dich von Pierre an einen sicheren Ort fliegen läßt.«
»Wirst du aufrichtig sein?« fragte er. »Wirst du die Reaktion des Mossad ehrlich prüfen – und zulassen, daß ich das Risiko auf mich nehme, wenn es nur eine halbwegs gute Chance gibt, an Kalif heranzukommen?«
Sie nickte, aber er wollte ganz sichergehen und fügte grimmig hinzu: »Schwör es mir!«
»Ich würde dich bestimmt nicht daran hindern – so lange es eine Aussicht auf Erfolg gibt.«
»Schwör es mir, Magda.«
»Ich schwöre es bei meiner Liebe zu dir«, sagte sie ruhig, und er entspannte sich ein wenig.
»Und ich schwöre dir, daß ich dieses Land mit der Lear verlasse, wenn es keine Chance gibt, Kalif zu treffen.«
Sie schmiegte sich an seine Brust und schlang beide Arme um seinen Hals.
»Liebe mich, Peter. Jetzt! Rasch! Laß mich wenigstens das noch haben.«

Während sie sich anzog, erklärte sie ihm, auf welche Weise sie ihn verständigen würde.
»Ich kann dich nicht anrufen – ich hab' dir schon gesagt, warum«, meinte sie, während sie sich die Leinenstiefel zuschnürte. »Du mußt hier bleiben, in diesem Zimmer, damit ich dich erreichen kann. Wenn du in Gefahr bist, werde ich jemanden zu dir schicken. Jemand, dem ich vertraue. Er wird einfach sagen: ‚Magda hat mich geschickt', und du mußt mit ihm gehen. Er wird dich zu Pierre und dem Lear-Jet bringen.«
Sie stand auf, schnallte sich den Gürtel um ihre schmale Taille und ging hinüber zum Spiegel, um das dunkle feuchte Gewirr ihrer Locken durchzukämmen.
»Wenn du nichts von mir hörst, bedeutet das, daß ich glaube, du hast die Chance, an Kalif heranzukommen ...« Sie unterbrach sich, und ihr Gesichtsausdruck änderte sich. »Bist du bewaffnet, Peter?« Sie betrachtete ihn im Spiegel, während sie sich kämmte.
Er schüttelte den Kopf.
»Ich könnte dir eine Waffe verschaffen – ein Messer oder eine Pistole?«
Und wieder schüttelte er den Kopf. »Man wird mich durchsuchen, bevor man mich in Kalifs Nähe läßt. Wenn sie eine Waffe finden ...« Er brauchte den Satz nicht zu beenden.
»Du hast recht«, sagte sie zustimmend.
Sie wandte sich vom Spiegel ab und ihm zu, während sie das Hemd über ihren Brüsten zuknöpfte, und ihre Brustwarzen waren immer noch geschwollen und dunkelrosa.
»Es wird jetzt alles sehr schnell gehen, Peter. So oder so – morgen abend ist alles vorbei. Ich hab' so ein Gefühl hier ...« Sie legte sich die Hand zwischen die kleinen Brüste, über denen sich das Baumwollhemd spannte. »Küß mich jetzt. Ich bin schon viel zu lange hier – ich bring' uns noch beide in Gefahr.«

Obwohl Peter sehr müde war, schlief er nur wenig, nachdem Magda ihn verlassen hatte. Mehrmals fuhr er aus dem Schlaf hoch und lag dann starr, schwitzend und mit angespannten Nerven eine Weile wach.

Noch ehe es hell wurde, stand er auf und bestellte sich das Frühstück aufs Zimmer – eine jener merkwürdigen israelischen Frühstückskompositionen, bestehend aus verschiedenen Salaten und hartgekochten Eiern mit blaßgrünem Dotter.
Dann richtete er sich wieder einmal aufs Warten ein.
Er wartete den ganzen Vormittag, und als er bis Mittag keine Nachricht von Magda erhalten hatte, gelangte er immer mehr zu der Überzeugung, daß der Mossad beschlossen hatte, sein Treffen mit Kalif nicht zu verhindern. Wenn Magda irgendwelche Zweifel gehabt hätte, hätte sie jemanden zu ihm geschickt. Er ließ sich ein leichtes Mittagessen aufs Zimmer bringen.
Das blendend grelle Mittagslicht verwandelte sich langsam in ein gedämpftes Buttergelb, die Schatten krochen schüchtern unter den Palmen im Hotelgarten hervor, während die Sonne ihre Bahn über einen Himmel zog, dessen wolkenlos tiefes Blau den Augen fast wehtat, und Peter wartete noch immer.
Eine Stunde vor Einbruch der Dämmerung läutete das Telefon. Es überraschte ihn, aber er streckte rasch die Hand nach dem Hörer aus.
»Guten Abend, Sir Steven. Ihr Chauffeur ist da, um Sie abzuholen«, sagte das Mädchen in der Rezeption.
»Danke. Sagen Sie ihm, daß ich sofort hinunterkomme«, erwiderte Peter.
Er war komplett angezogen, denn er hatte den ganzen Tag auf diesen Augenblick gewartet. Er brauchte bloß den Krokodillederkoffer in den Schrank zu sperren, dann verließ er das Zimmer und ging durch den Gang zu den Aufzügen.
Er konnte nicht wissen, ob er nun Kalif treffen würde oder ob er in Magdas Lear-Jet heimlich aus Israel hinausgeschafft werden sollte.
»Ihr Wagen wartet vor dem Eingang«, teilte ihm die hübsche Rezeptionistin mit. »Ich wünsche Ihnen einen schönen Abend.«
»Danke«, erwiderte Peter. »Ich hoffe, daß er schön wird.«
Es war ein kleiner japanischer Wagen, an dessen Lenkrad eine Frau saß. Sie war plump, grauhaarig und hatte ein freundliches, häßliches Gesicht, das ihnen an Golda Meir erinnerte.

Doch die Frau begrüßte ihn nur höflich mit »Schalom, Schalom«, ließ den Motor an, schaltete die Scheinwerfer ein und fuhr gelassen aus dem Hotelgelände.

Ohne Hast fuhren sie in der zunehmenden Dämmerung um die Außenmauern der alten Stadt hinunter ins Tal von Kidron. Peter warf einen Blick zurück auf die eleganten neuen Gebäude des jüdischen Viertels, die sich über den Mauern erhoben.
Als er das letzte Mal in Jerusalem gewesen war, war dieses Gebiet eine verlassene, von den Arabern vorsätzlich verwüstete Ruinenstätte gewesen.
Der Wiederaufbau dieses dem Judentum heiligen Viertels wirkte auf Peter wie ein Symbol für den Geist dieses außergewöhnlichen Volkes.
Das war ein gutes Thema für die Anknüpfung eines Gesprächs, und Peter wandte sich mit einigen Bemerkungen über diese Neubauten an seine Fahrerin.
Sie antwortete ihm auf hebräisch, offenkundig, um ihn wissen zu lassen, daß sie kein Englisch verstünde. Er versuchte es mit Französisch, mit demselben Ergebnis.
Die Dame hatte offenbar den Auftrag, ihren Mund zu halten.
Die Nacht senkte sich herab, als sie an den Hängen des Ölbergs entlangfuhren und die letzten verstreuten Häuser arabischer Siedlungen hinter sich ließen. Sie fuhren nun ein gemütliches Tempo, und die Straße war fast leer. Sanft senkte sich die breite, beschotterte Fahrbahn zwischen den Höckern einer desolaten Wüstenlandschaft in ein dunkles seichtes Tal hinab.
Der Himmel war wolkenlos klar, das letzte Tageslicht verglomm langsam auf dem westlichen Himmel in ihrem Rücken, und die Sterne leuchteten immer heller und stärker.
Die Straße war sehr gut beschildert. Sie fuhren ostwärts, auf den Jordan, das Tote Meer und Jericho zu; fünfundzwanzig Minuten nachdem er das King David verlassen hatte, erspähte Peter im Scheinwerferlicht eine Straßentafel auf der rechten Straßenseite, auf der in Englisch, Arabisch und Hebräisch zu lesen stand, daß

Sie nun unter den Meeresspiegel hinabfuhren, in das Tal des Toten Meeres.
Er versuchte nochmals, die Fahrerin in ein Gespräch zu ziehen, aber sie antwortete nur einsilbig. Peter tröstete sich mit dem Gedanken, daß sie ihm wahrscheilich ohnehin nichts sagen konnte. Der Wagen stammte von einem Autoverleih. Auf dem Armaturenbrett klebte ein Plastikschild, auf dem der Name und die Adresse der Firma und die Mietgebühren standen. Wahrscheinlich wußte sie bloß, wohin sie ihn bringen sollte – und das würde er bald genug selbst wissen.
Er unternahm keinen weiteren Versuch, ein Gespräch anzuknüpfen, aber er blieb wachsam. Scheinbar ohne sich zu rühren, machte er einige Lockerungsübungen, dehnte und streckte die Muskeln, damit sein Körper vom langen Stillsitzen nicht steif werde, sondern direkt aus der Ruhestellung zum Angriff übergehen konnte.
Vor ihnen leuchteten die Warnsignale einer Kreuzung im Scheinwerferlicht auf, und die Fahrerin verlangsamte das Tempo und gab das Zeichen zum Linksabbiegen. Als die Scheinwerfer voll auf das Straßenschild fielen, sah Peter, daß sie in die Straße nach Jericho eingebogen waren und nun vom Toten Meer weg durch das Jordantal, in Richtung Norden auf Galiläa zufuhren.
Die schmale Mondsichel stieg langsam über die schroffen Berggipfel jenseits des Tales und gab gerade genug Licht, um Teile der trockenen, versengten Wüstenlandschaft aus der Dunkelheit zu heben.
Wieder verlangsamte sie das Tempo, diesmal weil sie die Stadt Jericho erreicht hatten, diese älteste Stätte menschlicher Ansiedlung auf der ganzen Welt. – Seit sechstausend Jahren lebte hier der Mensch, und die Spuren seines Lebens hatten sich zu einem gewaltigen Hügel aufgetürmt, der sich Hunderte Meter hoch über die Wüste erhob. Archäologen hatten bereits die Reste der Mauern ausgegraben, die Josua mit einem Hörnerstoß zum Einstürzen gebracht hatte.
»Ein toller Trick.« Peter grinste in die Dunkelheit hinein. »Besser als die Atombombe.«

Kurz bevor sie den Hügel erreichten, bog die Fahrerin von der Hauptstraße in eine schmale, holprige Nebenstraße ein, die sich zwischen Souvenirbuden, arabischen Cafés und Antiquitätenläden hindurchschlängelte, und verlangsamte abermals die Geschwindigkeit.

Im ersten Gang krochen sie bergauf, auf höhere, karg bewachsene Berge, und als sie die Anhöhe erreicht hatten, bogen sie abermals in eine ungepflasterte Straße ein. Feiner Kalkstaub drang ins Wageninnere und kitzelte Peter in der Nase, so daß er einmal kurz niesen mußte.

Sie waren noch nicht ganz einen Kilometer gefahren, als eine Tafel auf Schragen die Weiterfahrt untersagte.

»Militärische Zone«, verkündete sie. »Zutritt verboten.«

Die Fahrerin mußte auf den felsigen Straßenrand hinausfahren, um der Tafel auszuweichen, und es waren keine Wachposten da, um dafür zu sorgen, daß das Verbot nicht übertreten wurde.

Ganz plötzlich bemerkte Peter die hohe schwarze Felswand, die sich steil in die sternenklare Nacht erhob und fast den halben Himmel verdeckte.

Irgend etwas rührte sich in seiner Erinnerung – die hohen Felsen über Jericho, die das Tal des Toten Meeres überschauen; natürlich – nun wußte er es wieder – das war die Szene der Versuchung Christi. Wie hieß es doch bei Matthäus? Peter versuchte sich den genauen Wortlaut in Erinnerung zu rufen:

> Wieder nahm ihn der Teufel mit auf einen sehr hohen Berg und zeigte ihm alle Reiche der Welt und ihre Herrlichkeit . . .

Hatte Kalif sich diesen Ort bewußt wegen dessen mystischen Assoziationen ausgesucht, gehörte das alles zu dem quasi-religiösen Bild, das Kalif von sich selbst hatte?

> Seinen Engeln wird er dich anbefehlen, und sie werden dich auf Händen tragen . . .

Sah Kalif sich wirklich als Erbe der unumschränkten Macht über

alle Reiche der Welt – jener Macht, die die alten Chronisten den „Sechsten Chor der Engel" genannt hatten?
Peter fühlte seinen Mut sinken angesichts solch monumentalen Wahnsinns, solch gewaltiger und gefährlicher Visionen, denen gegenüber er sich unbedeutend und hilflos vorkam. Die Angst überfiel ihn wie ein Gladiatorennetz, in dessen Maschen er sich verhedderte und das ihm Kraft und Entschlossenheit raubte. Schweigend kämpfte er dagegen an, versuchte, sich daraus zu befreien, ehe die allumfassende Macht Kalifs ihn völlig hilflos machen konnte.
Der Wagen hielt plötzlich an, die Fahrerin drehte sich zu ihm um und schaltete das Licht ein. Sie betrachtete ihn einen Augenblick. War da nicht eine Spur von Mitleid in ihrem alten, häßlichen Gesicht?
»Wir sind da«, sagte sie sanft.
Peter holte seine Brieftasche aus der Innentasche seine Blazers.
»Nein«, sagte sie und schüttelte den Kopf, »nein, Sie schulden mir nichts.«
»*Toda raba.*« Peter bedankte sich in seinem mangelhaften Hebräisch und öffnete die Tür.
Die Wüstenluft war ruhig und kalt, und das niedrige Dornengestrüpp strömte einen würzigen Geruch aus.
»Schalom«, sagte die Frau durch das offene Fenster und schwang den Wagen mit einer knappen Wendung herum. Das Scheinwerferlicht strich über den vor ihnen liegenden Dattelpalmenhain und schwenkte dann wieder auf die offene Wüste zu. Langsam gewann der kleine Wagen an Geschwindigkeit und zockelte in der Richtung davon, aus der sie gekommen waren.
Peter drehte ihm den Rücken zu und wartete, bis seine Augen sich an das gedämpfte Licht der gelben Mondsichel und das weißere Licht der großen Wüstensterne gewöhnt hatten.
Nach ein paar Minuten begann er, sich vorsichtig seinen Weg in den Palmenhain zu bahnen. Es roch nach abgebranntem Dung, und zwischen den Bäumen hing noch ein feiner blauer Rauchschleier.
Irgendwo ertönte das klagende Meckern einer Ziege und dann

das hohe, dünne Wimmern eines Kindes – es mußte ein Beduinenlager ain der Oase sein. Er ging auf die Geräusche zu und kam plötzlich auf eine Lichtung im Hain. Die Erde war von den Hufen vieler Tiere aufgewühlt, und Peter stolperte, fing sich aber sofort wieder.

In der Mitte der Lichtung war eine steinerne Einfassung, die einen tiefen Brunnen umgab. Über der Einfassung war eine primitive Winde und noch irgend etwas Dunkles, das Peter nicht sofort erkennen konnte – ein schwarzes, formloses Etwas, das auf der Einfassung hockte.

Er ging vorsichtig darauf zu und fühlte, wie sein Herz einen Sprung machte, als der Fleck sich rührte.

Es war eine menschliche Gestalt in einem langen, weiten Gewand, das über den sandigen Boden fegte, so daß es in der Dunkelheit so aussah, als käme die Gestalt auf ihn zugeschwebt.

Fünf Schritte vor ihm blieb sie stehen, und Peter sah, daß ihr Kopf mit einer Mönchskapuze aus dunklem Wollstoff bedeckt war, so daß das Gesicht unter der Kapuze aussah wie ein bedrohliches schwarzes Loch.

»Wer sind Sie?« fragte Peter, und seine Stimme klang ihm krächzend in den Ohren.

Der Mönch antwortete nicht, sondern streckte eine Hand aus dem weiten Ärmel und gab Peter einen Wink, ihm zu folgen, drehte sich um und glitt zwischen die Palmen.

Peter folgte ihm und mußte etwa hundert Meter schnell vorwärtsschreiten, um den Mönch nicht aus den Augen zu verlieren. Seine leichten Straßenschuhe waren nicht für diesen unwegsamen Boden aus losem Sand und verstreuten Felsbrocken gemacht.

Sie traten aus dem Palmenhain, und direkt vor ihnen, höchstens vierhundert Meter entfernt, fiel die Felswand vom Himmel herab wie ein breiter, schwarzer, versteinerter Wasserfall.

Der Mönch führte ihn über einen holprigen, aber offenbar vielbenützten Fußpfad, und Peter hätte gerne die Distanz zwischen sich und ihm verringert, doch dazu hätte er in einen Trab verfallen müssen – denn obwohl die Gestalt des Mönchs unter dem

wogenden Gewand breit und schwer wirkte, bewegte er sich geschmeidig und leicht.
Sie ereichten den Felsen, und der Weg begann sich in so steilen Serpentinen hochzuwinden, daß sie sich nach vorne neigen mußten. Der Boden war mit lockerem Schiefergeröll und trockener Erde bedeckt und stieg immer steiler an. Dann plötzlich spürte Peter Pflaster unter seinen Füßen – ausgetretene Stufen aus massivem Fels.
Auf der einen Seite fiel der Hang tief und steil zum Tal ab, und auf der anderen Seite neigte sich die Felswand über den Weg, als wolle sie Peter über den Grat hinunterdrücken.
Und der Mönch war ihm immer weit voraus, rasch und unermüdlich huschten seine Füße geräuschlos über die ausgetretenen Stufen und nicht einmal ein angestrengtes Atmen war zu hören. Peter machte sich klar, daß ein Mann von solcher Zähigkeit und Statur ungeheuer stark sein mußte. Er bewegte sich keineswegs so, wie man das von einem Mann Gottes und des Gebets erwarten mochte. Er hatte etwas von der Wachsamkeit und Beweglichkeit des Kämpfers an sich, vom unbewußten Stolz und der Kraft des Kriegers. Bei Kalif kommt immer alles anders, als man erwartet, dachte Peter.
Je höher sie hinaufstiegen, desto großartiger wurde das vom Mond beschienene Panorama unter ihnen; ein erhabener Blick über Wüste und Berge, mit dem großen Schild des Toten Meeres, das wie gehämmertes Silber unter den Sternen leuchtete.
Alle Reiche der Welt und ihre Herrlichkeit, dachte Peter.
Sie waren kein einziges Mal stehengeblieben, um zu rasten. Peter fragte sich, wie hoch sie wohl sein mochten – dreihundert Meter, vierhundertfünfzig vielleicht? Sein Atem ging tief und regelmäßig, er hatte sich noch keineswegs verausgabt, und der leichte Schweiß, der seine Stirn benetzte, trocknete rasch in der kühlen Nachtluft.
Irgend etwas rührte an sein Gedächtnis, und schnuppernd sog er das leicht parfümierte Aroma ein, das in der Luft lag. Es war nicht ständig da, aber ein- oder zweimal hatte er einen Hauch davon gespürt.

Peter besaß den ausgeprägten Geruchssinn des Nichtrauchers, Düfte und Gerüche hatten immer besondere Bedeutung für ihn – und dieser Geruch war wichtig, aber er wußte im Augenblick nicht genau, wo er ihn einordnen sollte. Er ließ ihm keine Ruhe, dann aber verlor sich der Duft in einer Vielzahl anderer, intensiverer – dem Geruch einer menschlichen Gemeinschaft. Dem Geruch nach Küchendunst und Essen, vermischt mit dem schwachen, widerwärtig süßlichen Gestank verfaulender Abfälle und primitiver Kanalisationsanlagen.

Vor langer Zeit hatte er irgendwo Fotos des alten Klosters gesehen, das in den Gipfel dieses spektakulären Felsens hineingebaut war. Das Kellergeschoß und die unterirdischen Räume durchsetzten wie Honigwaben den Grat der Felswand, und darüber erhoben sich Wände aus roh behauenem Stein, erbaut von Männern, die schon seit tausend Jahren tot waren.

Aber die Erinnerung an dieses schwach parfümierte Aroma ließ Peter nicht los, während sie die letzten, beängstigend steilen dreißig Meter hochkletterten und plötzlich vor dem steinernen Turm und der dicken Festungsmauer standen, in die ein schweres, beinahe vier Meter hohes, eisenbeschlagenes Holztor eingelassen war.

Als sie näherkamen, flog das Tor auf. Dahinter war ein enger Felsengang, nur von einer einzigen Sturmlaterne erhellt, die in einer Nische in der Ecke hing.

Als Peter durch das Tor trat, tauchten zwei Gestalten aus der Dunkelheit und näherten sich ihm von links und rechts. Instinktiv hob er die Hand zur Verteidigung, hielt aber mitten in der Bewegung inne und blieb ruhig mit halb erhobener Hand stehen, während sie ihn sorgfältig und fachkundig nach einer Waffe durchsuchten.

Beide Männer waren mit einteiligen Kampfanzügen und Leinenstiefeln bekleidet, wie Fallschirmjäger sie tragen. Ihre Köpfe waren in grobe Wollschals gehüllt, die sie sich auch um Mund und Nase gewickelt hatten, so daß nur ihre Augen zu sehen waren. Und beide trugen die allgegenwärtigen Uzzi-Maschinenpistolen, geladen, gespannt und an Gurten über die Schultern geschlungen.

Endlich traten sie befriedigt zurück, und der Mönch führte Peter durch ein Gewirr von schmalen Gängen. Irgendwo waren Mönche bei der Andacht, und der dunkle, monotone Klang griechisch-orthodoxer Kirchengesänge drang an sein Ohr. Dieser Klang und der rauchige Zedernholzduft brennenden Weihrauchs wurden immer stärker, bis der Mönch ihn schließlich in ein höhlenartiges, schwach erhelltes Kirchengewölbe führte, das direkt aus dem lebenden Fels herausgehauen war.

Wie große einbalsamierte Mumien saßen die alten griechischen Mönche im Dämmerlicht in ihren hohen dunklen Holzstühlen. Ihre zerfurchten Gesichter waren fast ganz unter den buschigen schwarzen Bärten verborgen, nur die Augen glitzerten lebendig wie die Juwelen und die Edelmetalle auf den alten Ikonen an den Steinwänden.

Der Geruch nach Weihrauch war überwältigend, und der rauhe Männergesang des Gottesdienstes ging ungestört weiter, als Peter und der Mann in der Mönchskutte sich rasch ihren Weg zwischen den Betenden bahnten.

Im Hintergrund der Kirche schien der Mönch plötzlich in der undurchdringlichen Finsternis zu verschwinden, doch als Peter die Stelle erreichte, entdeckte er, daß einer der geschnitzten Kirchenstühle zur Seite geschwungen war, und dahinter tat sich eine dunkle Geheimöffnung im Fels auf.

Peter trat vorsichtig ein. Drinnen war es vollkommen finster, aber seine Füße traten auf flache Steinstufen, und er stieg eine in den Fels gehauene Wendeltreppe hoch. Er zählte fünfhundert Stufen, jede davon etwa fünfzehn Zentimeter hoch.

Und plötzlich war er wieder draußen in der kühlen Wüstennacht, auf einem offenen, gepflasterten Hof, den funkelnden Sternenhimmel über sich, die steil ansteigende Felswand vor sich und eine niedrige Steinmauer vor dem jäh ins Tal abfallenden Hang hinter sich. Er erkannte, daß Kalif sich keinen einsameren und leichter zu schützenden Treffpunkt als diesen hätte aussuchen können – und außerdem waren hier noch weitere Wächter.

Wieder kamen zwei auf ih zu und durchsuchten ihn abermals . . ., noch sorgfältiger diesmal als am Klostertor.

Während sie ihn abtasteten, blickte Peter sich rasch um. Das ebene Gelände des Hofs thronte wie ein Adlerhorst am Rande des Felsens, die steinerne Brüstung war anderthalb Meter hoch, und auf der anderen Seite des Hofs waren längliche Öffnungen; die Eingänge zu Höhlen, die in den Felsen hineingehauen waren. Wahrscheinlich zogen sich die Mönche in diese Höhlen zurück, wenn sie die Einsamkeit suchten.

Auf dem Hof waren noch andere Männer, auch sie in der einteiligen Uniform, die Köpfe unter der arabischen Kopfbedeckung, dem um Kopf und Gesicht gewundenen Schal, verborgen. Zwei davon waren damit beschäftigt, Leuchtfeuer in Form einer Pyramide anzuordnen.

Peter erkannte, daß es sich um Landesignale für ein Flugzeug handelte. – Nein, kein Flugzeug. Nur ein Hubschrauber konnte an diesem gefährlichen Ort am Rand der Felswand landen.

Nun gut – die Signale sollten also einem Hubschrauber die Landung auf dem ebenen, gepflasterten Hof ermöglichen.

Einer der bewaffneten Wachposten beendete seine Leibesvisitation mit einer Überprüfung von Peters Gürtelschnalle. Er zerrte prüfend daran, um festzustellen, ob sie sich nicht etwa als der Griff eines versteckten Messers entpuppen würde.

Dann trat er zurück und gab Peter einen Wink, weiterzugehen. Der große Mönch wartete geduldig auf der anderen Hofseite vor dem Eingang zu einer der Felsenzellen.

Peter duckte sich durch die niedrige Öffnung. Die Zelle war von einer stinkenden Kerosinlampe in einer Nische über dem schmalen Bett schwach beleuchtet. An einer Wand stand ein roher Holztisch, und darüber hing als einziger Zimmerschmuck ein schlichtes Kruzifix. Aus der Felswand war ein Gesims herausgeschlagen, das als Regal für etwa ein Dutzend abgegriffener ledergebundener Bücher und einige primitive Eßgeräte diente und gleichzeitig die Funktion einer einfachen Sitzbank hatte.

Der Mönch deutete darauf hin, blieb aber selbst neben dem Eingang stehen, die Hände in den weiten Ärmeln seiner Kutte versteckt und das immer noch unter der Kapuze verborgene Gesicht zur Seite gewandt.

Auf dem Hof hinter dem Zelleneingang war es unheimlich still – eine spannungsgeladene, erwartungsvolle Stille.

Plötzlich wurde Peter wieder des parfümierten Aromas gewahr – hier, in dieser primitiven Felsenzelle! –, und es durchfuhr ihn wie ein elektrischer Schlag, als er es erkannte. Der Geruch strömte von dem Mönch aus.

Er wußte sofort, wer der große Mann in der Mönchskutte war, und die Erkenntnis stürtzte ihn einige Augenblicke lang in äußerste Verwirrung.

Und dann, schlagartig, fiel es ihm wie Schuppen von den Augen. Er sah klar – o Gott – endlich sah er klar!

Das Aroma, das er erkannt hatte, war der schwache, leicht parfümierte Rauchgeruch teurer holländischer Zigarren, und Peter fixierte den großen Mönch in der Kapuze mit starrem Blick.

Nun erfüllte ein Geräusch die Luft, ein leises Schwirren wie das Flügelschlagen eines Falters auf dem Glas einer Lampe, und der Mönch neigte den Kopf ein wenig zur Seite und lauschte angestrengt.

Peter wog in Gedanken seine Chancen ab.

Der Mönch, die fünf bewaffneten Männer auf dem Hof, der nahende Hubschrauber ...

Der Mönch war der gefährlichste Faktor. Nun, da Peter wußte, wer der Mann war, wußte er auch, daß er seine Kräfte noch nie zuvor an einem besser ausgebildeten und härteren Kämpfer hatte messen müssen.

Die fünf Männer auf dem Hof – Peter blinzelte, als ihm plötzlich die Erkenntnis kam. *Sie würden nicht mehr da sein!* So einfach war das. Kalif würde sich niemals anderen als seinen engsten Vertrauten zeigen – und solchen, die dem Tod geweiht waren. Der Mönch hatte sie bestimmt weggeschickt. Sie würden zwar in der Nähe warten, aber es würde einige Zeit dauern, bis sie wieder einsatzbereit wären.

Blieben nur der Mönch und Kalif, denn Peter wußte, daß der Motorenlärm und das Dröhnen der Rotoren Kalif an den Treffpunkt brachte. Das Geräusch klang nun, als wäre der Hubschrauber direkt über ihren Köpfen. Die Aufmerksamkeit des Mönchs

war ganz auf das Geräusch gerichtet. Peter konnte sehen, wie er den Kopf unter der Kapuze geneigt hielt. Er war das erste Mal nicht auf der Hut.
Das Geräusch der rotierenden Drehflügel änderte sich, als der Pilot die Schraubenblätter zur Senkrechtlandung auf dem winzigen Hof verstellte. Die Zelle wurde vom Eingang her durch den Widerschein der Landelichter erhellt, deren harte weiße Lichtkegel auf den Hof niederbrannten.
Die Rotoren wirbelten blaßgraue Staubwolken auf, die in die Zelle qualmten, und der Mönch bewegte sich.
Er ging zur Tür, warf einen Blick hinaus, und sein Gesicht – das leere schwarze Loch unter der Kapuze – war kurz von Peter abgewandt.
Das war der Augenblick, auf den Peter gewartet hatte. Sein ganzer Körper spannte sich wie der gekrümmte Nacken einer Natter kurz vor dem Angriff, und kaum hatte der Mönch den Kopf abgewandt, stürzte Peter quer durch die Zelle auf ihn zu.
Die Entfernung zwischen ihnen betrug nur drei Meter, und das Donnern der Hubschraubermotoren überdeckte alle anderen Geräusche. Aber irgendein Kämpferinstinkt warnte den großen Mönch, und er wirbelte herum, zog den Kopf unter der Kapuze ein, und Peter mußte die Richtung seines Schlages ändern. Er konnte ihm nicht mehr das Genick brechen, aber er konnte ihn immer noch durch einen gezielten Handkantenschlag auf die rechte Schulter kampfunfähig machen. Wie das Beil des Scharfrichters sauste seine Hand zwischen Hals und Oberarmgelenk auf die Schulter des Mönchs nieder. Er hörte das Schlüsselbein mit einem scharfen, knacksenden Geräusch brechen, das sogar das Dröhnen der Hubschraubermotoren übertönte.
Mit der linken Hand ergriff er den kraftlosen Arm des Mönchs am Ellbogen, riß ihn mit einem heftigen Ruck hoch, so daß die beiden Enden des zerschmetterten Knochens sich mit einem rauhen Knirschen aneinanderrieben, und drehte ihn herum, bis die Knochensplitter sich wie scharfe Rasierklingen ins Fleisch bohrten – und der Mönch schrie auf und krümmte sich zusammen, um den furchtbaren, unerträglichen Schmerz in seiner Schulter zu lindern.

Der Schock hatte ihn gelähmt, und der große, starke Körper in Peters Armen wurde schlaff. Mit der Kraft seines ganzen Gewichts und aus dem vollen Schwung der Bewegung heraus, rammte Peter den Kopf des Mönchs gegen den Türpfosten. Mit einem dumpfen Knall prallten Schädelknochen gegen Fels, und der große Mann fiel mit dem Gesicht voraus auf den gepflasterten Boden.
Peter rollte ihn rasch herum und zog die Kutte hoch. Darunter trug der Mann Fallschirmjägerstiefel und den blauen einteiligen Overall des Thor-Kommandos. An der Koppel glänzten die blauen Metallteile und der polierte Nußholzkolben der Browning 45, die in ihrem Schnellziehhalfter steckte. Peter zog sie heraus und spannte den Hahn mit einer raschen Bewegung der linken Hand. Er wußte, daß die Pistole mit Velex-Explosivgeschossen geladen sein mußte.
Die weite Kapuze war Colin Noble vom Kopf geglitten, und Peter betrachtete die vertrauten Züge seines ihm einst so lieb gewesenen Kameraden: Der breite Mund unter der großen krummen Boxernase stand offen, die vollen Lippen hingen schlaff herunter, und die karamelbraunen Augen starrten ihn mit glasigem Blick an.

Unter seinem dichten lockigen Haaransatz quoll Blut hervor und rieselte ihm über die Stirn – aber er war noch bei Bewußtsein. Peter drückte die Mündung der Browning gegen Colins Nasenrücken. Die Velex-Kugel würde ihm den Schädel zertrümmern. Peter hatte in den Sekunden ihres verzweifelten Kampfes seine Perücke verloren und sah nun das Erkennen in Colins bestürztem Blick aufblitzen.
»Peter! Nein!«, krächzte er verzweifelt. »Ich bin Kaktusblüte!«
Der Schock wirkte auf Peter wie ein Schlag, und er lockerte den Druck seines Fingers auf dem Auslöser der Browning. Er zögerte nur einen Moment, dann drehte er sich um, duckte sich durch die niedrige Tür und ließ Colin auf dem Steinboden der Zelle liegen.
Der Hubschrauber war bereits auf dem Hof gelandet. Es war ein fünfsitziger Bell Jet Ranger in den Farben des Thor-Kommandos –

blau und gold –, und an der Seite prangte das Thor-Emblem und die Aufschrift: THOR COMMUNICATIONS.
Der Pilot saß noch in der Flugkanzel, aber der zweite Mann war bereits ausgestiegen und steuerte auf den Eingang der Zelle zu.
Obwohl er sich duckte, um den rotierenden Drehflügeln auszuweichen, war die hochgewachsene, kraftvolle Gestalt unverkennbar. Der starke Wind, den die Rotoren aufwirbelten, zauste die dichte, graugelockte Löwenmähne über dem edlen Haupt, und die Landefeuer beleuchteten ihn hell wie Bühnenscheinwerfer den Hauptdarsteller einer Shakespeare-Tragödie – eine gewaltige Persönlichkeit, deren Ausstrahlung über die bloße Wirkung seiner körperlichen Erscheinung weit hinausging.
Kingston Parker richtete sich auf, als er unter den schwirrenden Rotoren hervorkam, und starrte Peter über den gepflasterten Hof hinweg einen Augenblick an, in dem die Erde plötzlich stillzustehen schien. Ohne die Perücke erkannte er Peter sofort.
Wie ein alter, in die Enge getriebener Löwe stand Kingston Parker diesen einen Augenblick still.
»Kalif!« rief Peter mit rauher Stimme, und der letzte Zweifel wich, als Kingston Parker herumwirbelte, unglaublich rasch für einen so großen Mann.
Ehe Peter die Browning in den Anschlag hochgerissen hatte, hatte Parker schon fast die Kabinentür des Jet Rangers erreicht.
Der erste Schuß traf ihn in den Rücken und schleuderte ihn durch die offene Kabinentür, aber der Rückstoß hatte Peters Hand nach rechts oben gerissen. Es war kein tödlicher Schuß, das wußte er.
Und nun stieg der Hubschrauber rasch hoch, drehte sich um die eigene Achse und erhob sich über den Rand des Abgrunds.
Peter preschte los und war mit einem Satz bei der Steinbrüstung.
Der Jet Ranger schwirrte über ihn hinweg, sein Bauch wirkte weiß und aufgebläht wie der eines menschenfressenden Hais, der grelle Schein der Landelichter brannte hernieder und blendete Peter.
Dann schwang sich der Hubschrauber über den Grat der Felswand hinaus.
Peter umfaßte die Browning mit beiden Händen, zielte direkt

nach oben, genau auf die Stelle, wo sich am Übergang zwischen Rumpf und Schwanz der Treibstoffbehälter befinden mußte, und pumpte die großen, schweren Explosivgeschosse aus dem Lauf. Der Rückstoß drückte ihm die ausgestreckten Arme nach unten und fuhr ihm wie die Faust eines Boxers in die Schultern.
Er sah, wie sich die Velex-Kugeln durch die dünne Metallhaut des Rumpfes bohrten, sah das Aufblitzen der explodierenden Geschosse, aber dennoch schraubte sich der Helikopter immer höher. Peter hatte seine Schüsse gezählt – die Browning war fast leer.
Sieben, acht – dann plötzlich loderte ein Flammenmeer über den Himmel, und der Fels unter Peters Füßen erbebte vom Druck der Explosion.
Der Jet Ranger drehte sich auf den Rücken – ein leuchtendes Bouquet von Flammen –, der Motor stieß aufheulend seinen Todesschrei aus, und dann trudelte die Maschine über den Grat der Felswand und stürzte, hell lodernd, in den schwarzen Abgrund zu Peters Füßen.
Als Peter sich umdrehte, sah er die bewaffneten Männer durch das Tor in der Felswand in den Hof stürmen.
Es waren Thor-Männer, ausgesuchte Kämpfer, Männer, die er selbst ausgebildet hatte. In dem Browning war noch eine Kugel. Er wußte, er würde es nicht schaffen – aber dennoch machte er den Versuch, den Eingang zu der Wendeltreppe zu erreichen, die sein einziger Fluchtweg war.
Er rannte auf der Brüstung der Steinmauer wie ein Seiltänzer, und feuerte den einzigen ihm verbliebenen Schuß ab, um seine Verfolger abzulenken.
Das Krachen vorbeizischender Schüsse dröhnte in seinem Kopf, und er zuckte zurück und geriet ins Stolpern. Im Fallen drehte er sich zur Seite, weg vom Rand des Abgrunds – aber dann bohrten sich die Kugeln in seinen Leib.
Er hörte noch ihren dumpfen Einschlag – ein merkwürdig saugendes Geräusch, als würden die Fäuste eines Schwergewichtsboxers auf einen Punchingball einhämmern – und dann schleuderte es ihn über die Mauer in die schwarze, bodenlose Leere.

Er würde endlos fallen – dreihundert Meter in die Tiefe – und auf dem kahlen Wüstenboden zu Füßen der Felswand neben den Trümmern des Hubschraubers landen, aus denen eine dreißig Meter hohe Flammenfontäne zum Himmel loderte – ein grandioses Leichenfeuer für Kalif.

Drei Meter unter der Mauerbrüstung war eine schmale Felsbank, auf der ein dorniges Wüstengestrüpp unsicheren Halt gefunden hatte. Es bremste Peters Sturz, und die krummen Dornen bohrten sich durch die Kleider in sein Fleisch.

So hing er über dem Abgrund, und langsam schwanden ihm die Sinne.

Das letzte, was ihm noch klar ins Bewußtsein drang, war Colin Nobles gebrülltes Kommando an die fünf Thor-Soldaten. »Feuer einstellen! Hört auf zu schießen!« Und dann versank er endgültig in die Finsternis der Ohnmacht.

Die Finsternis wurde von lichten Momenten durchzuckt, zwischen denen Ewigkeiten von Schmerz und wirren Alpträumen lagen.

Er erinnerte sich daran, daß man ihn – hilflos wie ein Neugeborenes – auf eine der leichten, körpergerechten Krankenbahren von Thor gelegt, fest angeschnallt und in ein Flugzeug gehoben hatte.

Er erkannte die Kabine von Magda Altmanns Lear-Jet an der handbemalten gewölbten Decke. Über seinem Kopf hingen Blutkonserven, und das Blut hatte die schöne rubinrote Farbe eines edlen Bordeaux in einem Kristallglas. Als er hinunterblickte, sah er die Schläuche, die mit den dicken glänzenden, in seinen Armen steckenden Nadeln verbunden waren – aber er war so müde, so erfüllt von einer unendlichen Mattigkeit, die seine Seele zerschmettert zu haben schien – und er schloß die Augen.

Als er sie wieder aufschlug, blickte er auf die Decke eines langen, hell erleuchteten Korridors, der rasch vor seinen Augen dahinzog. Er spürte die Bewegung und hörte das kratzende, quietschende Geräusch der Räder eines Operationswagens. Leise Stimmen sprachen französisch, und über seinem Kopf hielten lange schlanke

Hände die Flasche mit dem leuchtendroten Blut – Hände, die er so gut kannte.
Er drehte den Kopf ein wenig zur Seite und sah Magdas geliebtes Gesicht am Rand seines Blickfeldes verschwimmen.
»Ich liebe dich«, sagte er, aber es kam kein Ton aus seinem Mund, und er merkte, daß er die Lippen überhaupt nicht bewegt hatte. Er konnte die Müdigkeit nicht ertragen und ließ die Lider zufallen.
»Wie schlimm ist es?« hörte er Magda in ihrem bezaubernden, singenden Französisch fragen, und ein Mann antwortete:
»Eine Kugel steckt sehr nahe beim Herz – wir müssen sie sofort entfernen.«
Dann spürte er den Stich der Nadel, die seine Vene suchte, den schalen Geschmack von Pentothal auf der Zunge und sank zurück in den wirbelnden Strudel der Finsternis.

Sehr langsam tauchte er wieder aus der Finsternis empor; das erste, was er bemerkte, war der feste Verband um seinen Brustkorb, der ihn am freien Atmen hinderte.
Das nächste, was er bemerkte, war Magda Altmann und wie schön sie war. Sie saß da, als hätte sie sich während der ganzen Zeit, die er im Dunkel der Bewußtlosigkeit versunken gewesen war, nicht von seiner Seite gerührt. Er sah die Freude in ihrem Gesicht aufleuchten, als sie merkte, daß er bei Bewußtsein war.
»Danke«, flüsterte sie. »Danke, daß du zu mir zurückgekommen bist, mein Liebling.«
Dann war er auf *La Pierre Bénite*, in dem Zimmer mit dem hohen, goldumrahmten Plafond und den großen Schiebefenstern, durch die sich über die Rasenterrassen hinweg der Blick hinunter zum See bot. Die Bäume am Ufer des Sees trugen volle Laubkronen, und die Luft schien durchdrungen vom Duft des Frühlings und der Verheißung neuen Lebens. Magda hatte den ganzen Raum mit Blumen angefüllt und war all die Tage hindurch kaum von seiner Seite gewichen.
»Wie war die Reaktion bei Altmann-Industries, als du plötzlich wieder im Sitzungssaal des Vorstands aufgetaucht bist?« war eine seiner ersten Fragen.

»Man war konsterniert, *chéri*«, antwortete sie mit ihrem verhangenen kleinen Lachen.
»Man hatte sich die Beute bereits aufgeteilt.«
Als Peter den achten Tag auf *La Pierre Bénite* war und bereits in einem der brokatbezogenen Stühle neben dem Fenster sitzen konnte, erhielt er Besuch.
Magda stand neben seinem Stuhl, bereit, ihn vor jeder körperlichen oder psychischen Überanstrengung zu beschützen.
Colin Noble kam wie ein beschämter Bernhardiner ins Zimmer getrottet. Sein rechter Arm war verbunden und ruhte in einer Schlinge. Er deutete mit seiner unverletzten Hand darauf.
»Wenn ich gewußt hätte, daß du es bist und nicht Sir Steven, hätte ich dir nie den Rücken zugewandt«, teilte er Peter mit und grinste versöhnlich.
Peter war steif geworden, und sein Gesicht hatte sich in eine Maske verwandelt. Magda legte ihm die Hand auf die Schulter.
»Nur nicht aufregen, Peter«, flüsterte sie.
»Sag mir nur eins«, zischte Peter. »Hast du die Entführung von Melissa-Jane arrangiert?«
Colin schüttelte den Kopf. »Mein Wort, Peter, ich war es nicht. Parker hat dafür einen anderen seiner Agenten benutzt. Ich hab' überhaupt nichts davon gewußt.«
Peter starrte ihn an, hart und unversöhnlich.
»Erst als wir Melissa-Jane befreit hatten, erst da erfuhr ich, daß Kalif hinter der Sache steckte. Wenn ich es gewußt hätte – ich hätte es niemals zugelassen. Kalif muß sich darüber im klaren gewesen sein, deshalb hat er es auch nicht von mir verlangt.« Colin sprach rasch und drängend.
»Und was hat Parker damit bezweckt?« Peters Stimme war immer noch ein böses Zischen.
»Dreierlei. Erstens wollte er dich davon überzeugen, daß er nicht Kalif sei. Daher lautete sein erster Auftrag an dich, Parker zu töten. Natürlich wärst du nie an ihn herangekommen. Dann ließ er es zu, daß du deine Tochter befreien konntest. Es war Kalif selbst, der uns O'Shaugnessys Namen gegeben hat und uns wissen ließ, wo wir ihn finden würden. Dann wurdest du auf Magda Altmann los-

gehetzt...« Colin warf ihr einen entschuldigenden Blick zu. »Wenn du sie erst einmal getötet hättest, hätte die Schuld dich für immer an Kalif gefesselt.«
»Wann hast du das erfahren?« fragte Peter.
»Einen Tag nachdem wir Melissa-Jane gefunden haben. Aber da konnte ich nichts mehr tun, ohne mich zu verraten und meine Identität als Kaktusblüte preiszugeben – das einzige, was ich tun konnte, war, Magda über den Mossad eine Warnung zukommen zu lassen.«
»Das ist wahr, Peter«, sagte Magda ruhig.
Langsam wich die Erstarrung von Peter.
»Wann hat Kalif dich zu seinem *Chief Lieutnant* gemacht?« fragte er, und auch seine Stimme klang nun etwas weicher.
»Sobald ich das Thor-Kommando von dir übernommen hatte. Du warst ihm nie ganz geheuer, Peter – deshalb war er auch gegen deine Ernennung zum Kommandanten von Thor und stürzte sich auf die erstbeste Chance, dich loszuwerden. Deshalb hat er auch versucht, dich auf der Straße nach Rambouillet ermorden zu lassen. Erst als der Mordanschlag fehlschlug, wurde ihm der potentielle Wert klar, den du für ihn hattest.«
»Sind die Kommandanten der anderen Atlas-Einheiten auch Kalifs Gehilfen – Tanner vom Mercury-Kommando und Peterson von Diana?«
»Ja, wir alle drei!« Colin nickte, und es folgte ein langes Schweigen.
»Hast du noch weitere Fragen, Peter?« fragte Colin leise.
»Nicht jetzt.« Peter schüttelte müde den Kopf. »Später werde ich noch viele Fragen haben.«
Colin hob den Kopf und warf Magda einen fragenden Blick zu. »Ist er schon stark genug?« fragte er. »Kann ich ihm den Rest erzählen?«
Sie zögerte einen Augenblick. »Ja«, entschied sie dann. »Sagen Sie es ihm.«
»Atlas sollte der geheime Dolch im Ärmel der westlichen Zivilisation werden – einer Zivilisation, die sich vor ihren Feinden entmannt und erniedrigt hatte. Endlich würden wir imstande sein, nackter Gewalt und Piraterie mit harter Kraft entgegenzustehen.

Atlas ist eine Kette mächtiger Männer aus vielen Staaten, und Kalif sollte ihr Präsident sein. Atlas ist die einzige Organisation, die alle nationalen Grenzen überschreitet und sich die Rettung der westlichen Gesellschaft, so wie wir sie kennen, zum Ziel gesetzt hat. Atlas existiert noch, an seiner Struktur hat sich nichts geändert – nur Kalif ist tot. Er ist über dem Jordantal bei einem bedauerlichen Flugzeugabsturz ums Leben gekommen – aber Atlas existiert noch. Und es muß weiterexistieren, sobald der Teil, den Kalif pervertiert hat, mit allen Wurzeln herausgerissen wurde. Atlas ist unsere Hoffnung für die Zukunft in einer Welt, die verrückt geworden ist.«

Peter hatte ihn nie so deutlich, so überzeugend reden gehört.

»Du weißt natürlich, Peter, daß du ursprünglich als Kommandant von Atlas vorgesehen warst. Doch du wurdest vom falschen Mann ausgestochen – wenn auch damals noch keiner wissen konnte, daß er der falsche Mann war. Kingston Parker schien all die Eigenschaften zu besitzen, die für diese Aufgabe nötig sind – aber er hatte verborgene Fehler, die sich erst später offenbarten.« Colin begann sie an den Fingern seiner unverletzten Hand aufzuzählen.

»Erstens mangelte es ihm an körperlichem Mut. Er war immer mehr von der Sorge um seine eigene Sicherheit besessen – und mißbrauchte seine Macht, um sich selbst zu schützen.

Zweitens entpuppte er sich als schrankenlos ehrgeiziger Mann mit ungezügelter Gier nach nackter Macht. Atlas wurde für ihn rasch das Beförderungsmittel auf dem Weg zum eigenen Ruhm. Sein erstes Ziel war es, Präsident der Vereinigten Staaten zu werden. Er benutzte Atlas, um seine politischen Gegner zu vernichten. Kein Mensch kann sagen, was er sich als nächstes Ziel vorgenommen hätte, wenn er die Präsidentschaftswahlen erst einmal gewonnen hätte.«

Colin ließ die Hand sinken und ballte sie zur Faust.

»Die Entscheidung, dich zu dem Treffen mit Kingston Parker auf den Felsen über Jericho gehen zu lassen, wurde von mehr als einem Mann getroffen – in mehr als einem Land.«

Colin grinste wieder, entwaffnend wie ein kleiner Junge.

»Ich wußte nicht, daß du es warst. Ich glaubte, es sei Steven

Stride, bis zu dem Augenblick, in dem ich dir den Rücken zuwandte.«
»Sagen Sie es ihm«, forderte Magda ihn ruhig auf. »Kommen Sie zum Ende, Colin. Er ist immer noch sehr geschwächt.«
»Ja«, stimmte Colin zu. »Ich werde es jetzt sagen. Gestern mittag wurde deine Ernennung zum Nachfolger Doktor Kingston Parkers als Chef des Atlas-Kommandos in geheimer Sitzung bestätigt.«
Es war für Peter, als hätte sich zu guter Letzt ein Tor geöffnet, ein Tor, das so lange Zeit verschlossen und versperrt gewesen war, und durch das er nun sein Schicksal zum ersten Mal ganz klar und deutlich vor sich liegen sah.
»Du bist der Mann, der sich charakterlich und von seiner Ausbildung her am besten dafür eignet, das Vakuum zu füllen, das Kingston Parker hinterlassen hat.«
Trotz der Müdigkeit, die seinen gequälten Körper umfing, spürte Peter einen tiefen Quell der Kraft und Entschlossenheit in sich, von dem er nie zuvor etwas geahnt hatte. Als wäre diese Energie für diesen Zeitpunkt, für diese Aufgabe gespeichert worden.
»Wirst du die Ernennung zum Kommandanten von Atlas annehmen?« fragte Colin. »Welche Antwort darf ich überbringen?«
Der Druck von Magdas langen Fingern auf seiner Schulter verstärkte sich, während sie auf seine Entscheidung warteten. Sie kam fast sofort. Er hatte keine Alternative, das wußte er – es war sein Schicksal.
»Ja«, sagte er sehr deutlich. »Sag ihnen, daß ich die Verantwortung auf mich nehme.«
Es war ein feierlicher Augenblick, keiner lächelte, keiner sprach – sekundenlang. Und dann flüsterte Magda.
»Kalif ist tot. Lang lebe Kalif.«
Peter Stride hob den Kopf und sah sie an, aber als er ihr antwortete, war seine Stimme so kalt, als wolle sie ihm auf den Lippen gefrieren.
»Nenn mich nie wieder so«, sagte er. »Niemals wieder.«
Und Magda akzeptierte seine Worte mit einer kleinen Geste schweigenden Einverständnisses, beugte sich hinunter und verschloß seine Lippen mit einem Kuß.